P9-ELI-214

Edmond et Jules
de Goncourt

Manette Salomon

Préface de Michel Crouzet

Édition établie et annotée par Stéphanie Champeau avec le concours d'Adrien Goetz

Gallimard

dans Le Temps *à partir du 18 janvier 1867, puis en novembre il devient un livre, et le 25 novembre 1867 les Goncourt peuvent se glorifier, avec quelque exagération, en partant pour Bar-sur-Seine : « Nous laissons derrière nous notre* Manette Salomon *en plein succès. » Deux ans plus tôt, en décembre 1865, les deux frères livraient à la censure de l'Empire, puis à celle des républicains, la bataille perdue d'*Henriette Maréchal ; *leur pièce avait eu six représentations ponctuées de sifflets et de chahut ; ils avaient essayé sans grande conviction et sans résultat de combattre le guignon en publiant des morceaux du* Journal *sous le titre exemplaire d'*Idées et sensations ; *Sainte-Beuve les définit alors comme « des modernes et de purs modernes », « deux hérétiques en littérature », des gens qui sont « aux avant-postes de l'art ». Ils allaient lui donner raison en écrivant un roman sur l'art, un hymne à la modernité, le grand livre artiste consacré aux artistes. Un roman si hérétique qu'il n'a jamais été mis vraiment à sa place, la première.*

Ils y pensaient depuis longtemps : ils avaient vidé leur cœur et leur carquois en montrant le milieu des gens de lettres et la destruction d'un écrivain par une femme dans Charles Demailly ; *ils avaient songé dès 1861 à un roman parallèle sur les* Artistes *et recueilli force notes, force pierres, utilisables dans une éventuelle construction : en 1863 et 1864 en séjournant dans la forêt de Fontainebleau, en 1863 en se renseignant sur les milieux juifs parisiens (Manette existait déjà virtuellement) ; en avril 1865 ils visitent la synagogue de la rue Lamartine. Le 13 avril encore les voilà au Jardin des plantes à « étudier le réveil de l'animalité au printemps », ils recueillent par l'intermédiaire de Flaubert des renseignements d'un savant naturaliste sur les singes ; Anatole a pris consistance le premier car ils connaissent de longue date un bohème, Pouthier, qui les fascine ; Anatole exige le compagnonnage du singe (en 1854 Jules avait acheté un singe, un ouistiti, nommé Kokoli, qu'il avait peint lors de sa mort); mais ils devaient voir mourir un singe : en mars 1866 on les convoque pour voir au Jardin des plantes l'agonie d'un macaque Rhésus, comme Vermillon, qui est « né » alors; ainsi dès le mois de mai 1865 ils peuvent parler de « notre roman »; le 20 mai, chez le peintre Tournemine qui vit dans un décor d'Orient et leur donne du café à la turque, ils écoutent la lecture, faite par sa femme, de ses lettres de Turquie où il racontait les dangers courus, les punaises écrasées, et le charme, le bonheur de la lumière et de l'azur; le peintre s'écriait « avec un rire de Paradis : "Ah, que c'était beau !" ». Pendant l'été et à l'automne ils retournent par acquit de conscience à Barbizon et ils se congratulent eux-mêmes de braver pour leur roman « la nature ouvrière des peintres », l'inconfort de l'auberge « où l'on dévore le gruyère à la fin des repas » et où « plane l'immense tristesse des fruits secs ». Et aussi que de lectures, que de dossiers établis au cours des années sur l'esthétique, les mœurs juives, l'élevage des poules, les Salons, les couleurs; leur documentation, moins méthodique que celle d'un Flaubert, confondue avec leur manie de* noter *l'étrange, le singulier, se poursuit encore en juillet 1866 où ils vont voir une collection de paysages. Le roman s'est appelé d'abord* L'Atelier Langibout. *Finalement ils lui ont donné comme à la plupart de leurs romans le nom même de l'héroïne.*

Flaubert écrit méchamment : « La Manette Salomon *des bichons me paraît avoir remporté une veste d'une telle longueur qu'elle peut passer pour un linceul; c'est à lire néanmoins »; aux deux frères il avait écrit pourtant : « J'en suis ahuri, ébloui, bourré... Jamais de la vie vous n'avez été plus* vous *ce qui est le principal[1]. » Si l'histoire littéraire était juste, elle retiendrait que Flaubert a sans*

1 Voir « Réception de *Manette Salomon* ». (Dossier.)

doute été en effet « bourré » par Manette. *Sans ce roman,* L'Éducation sentimentale *(qui elle aussi remporta la veste) aurait-elle été tout à fait ce qu'elle est? La critique passe impavide devant les dettes évidentes de Flaubert; on dirait que les Goncourt ont fixé une série de « clichés » du roman* parisien *avec lesquels Flaubert entre en rivalité imitative : le peintre raté et humanitaire (Pellerin comme Anatole a tenté le chef-d'œuvre d'un Christ socialiste), l'artiste bavard féru d'esthétique comme Chassagnol et Pellerin, la vente aux enchères (dans* Manette, *c'est la dépouille d'un artiste que l'on dépèce à l'Hôtel des Ventes), le grand bal masqué, mascarade de l'Art chez les Goncourt, mascarade de l'Éros chez Flaubert; et l'Idylle en forêt, le contrepoint Fontainebleau-Paris*[1]*, dans lequel les deux (ou trois) romanciers se livrent à une sorte de match d'écriture (qui le premier a vu la forêt comme un chaos, un désert antédiluvien, un « tumulte immobile », un combat de Titans pétrifié?).* Manette *a été un grand événement littéraire : Zola reprend à son tour l'admirable scène de l'héroïne devant son miroir (encore peut-on se demander si le passage de* Nana *n'est pas une dégradation vulgaire de la contemplation esthétique et amoureuse de Manette par elle-même), pour ne pas parler de* L'Œuvre *où joue à plein ce mouvement d'imitation et de rivalité qu'ont déclenché les Goncourt*[2]*. Alors il faut bien se poser la question : et si* Manette Salomon *était une des grandes œuvres romanesques dont le préjugé qui condamne les Goncourt nous prive absurdement? François Fosca*[3] *avait noté que les deux frères ont été les victimes à la fin du siècle de la critique universitaire et de*

1. Sur ce point voir une autre étude capitale concernant les Goncourt, le livre de Jacques Dubois, *Romanciers français de l'instantané*, Bruxelles, 1963, en particulier p. 33 sq.

2. Voir à ce sujet, dans le dossier, la réception de *Manette Salomon* (p. 561 et s.).

3. Voir la bibliographie, p. 565.

l'intellectualisme en général : plus le roman s'est avancé dans une direction doctrinale et idéologique, plus les Goncourt ont été rejetés. Avec eux l'artiste est l'antagoniste de « l'intellectuel », et Manette Salomon *est le récit exemplaire de ce combat.*

Un roman de l'artiste

Manette Salomon *vient* avant L'Œuvre, *mais* après *Balzac ou Gautier, dans une filiation qui parcourt le* XIXe *siècle*[1], *et qui constitue un ensemble romanesque, une sorte de sous-genre, dans lequel le roman des Goncourt joue peut-être le rôle de chef-d'œuvre central et presque inconnu. Le roman de l'art ou de l'artiste est une sorte de matrice romanesque qui produit les multiples variantes d'un thème : très souvent incarné dans un peintre, comme si la peinture plus* représentative *était le cas exemplaire de l'Art, et comme si le peintre était la conscience vivante et claire de l'écrivain, l'artiste d'abord dans le registre fantastique d'Hoffmann, puis chez Théophile Gautier avec* Mlle de Maupin, Fortunio *(1837),* La Toison d'or *(1839), avec* Le Chef-d'œuvre inconnu *(1837), uni dans la trilogie de Balzac à* Gambara *et à* Massimilla Doni, *est le héros d'une aventure personnelle et d'une fable esthétique qui noue le destin du créateur à une réflexion sur la création, son sens, ses possibilités,*

1. Elle est étudiée dans le livre de Pierre Laubriet, *Un catéchisme esthétique, « Le Chef-d'œuvre inconnu » de Balzac*, Didier, 1961, qui met à sa place dans l'évolution du *motif* le roman des Goncourt; aussi bien *Corinne, La Cousine Bette, Andrea del Sarto, Le Fils du Titien*, la première *Éducation sentimentale, Les Maîtres Sonneurs, Le Roi Candaule* de Gautier participent à cette thématique. La liste n'est pas close et se prolonge évidemment au-delà des Goncourt, vers Maupassant, Zola, Mirbeau, Proust. Les Goncourt (cf. *Journal*, 1er mai 1869) avaient la conviction que le peintre est plus heureux dans son art que l'écrivain en proie au « supplice du cerveau ».

ses limites et conditions. L'artiste appartient à un héroïsme pour le romantique, mais surtout c'est dans son être, dans son destin et son désir, que la tentative esthétique peut être saisie et méditée. Il est celui par qui la Beauté vient au monde, et cette épiphanie se réalise en une personne, en un être humain fait de chair, de faiblesses. De passions. Le thème, multiple, contient aussi bien une tentation de l'Absolu, la rivalité du créateur avec le Créateur, le conflit du sens infini et de l'œuvre finie, vouée aux formes et aux langages qui sont une chute dans la réalité et la finitude, le conflit encore entre l'amour et l'art : la beauté est, jusqu'à quel point, jusqu'à quelle option fatale, objet de désir et de contemplation, objet d'une passion humaine et d'une création plus ou moins surhumaine. La dualité, la double nature de l'artiste faudrait-il dire en reprenant les termes de la théologie à propos du Christ, se traduit à l'état pur et tragique, dans le cas de l'artiste amoureux, c'est-à-dire tenté et menacé de ne voir dans la Beauté de la femme, qui lui est révélée en un être à la fois réel et surnaturel, que la beauté d'une femme; d'aimer celle qui n'est qu'un passage, un corps à traverser, le signe sensible d'une transcendance; de confondre l'Éros comme visée de l'Idée et l'érotisme.

C'est ce dernier thème que les Goncourt ont repris méthodiquement. La suprématie que la femme conquiert sur l'artiste, et plus dangereusement sur l'Art, sur le désir et le pouvoir de créer, l'erreur de Coriolis qui s'éprend comme homme de la femme qui l'a inspiré comme peintre, qui confond la beauté surnaturelle de son corps avec sa personne, médiocre et perverse, ces thèmes font partie de la tradition du roman de l'Artiste. Le platonisme « naïf » du XIX*e siècle fait volontiers de la Femme une Muse, un Intercesseur entre l'artiste et l'idéal, une figure vivante de l'Idée, mais à condition d'en « sublimer » le désir. On ne couche pas impunément, surtout on ne se* *marie pas avec la Muse, la Béatrice, le Modèle. L'artiste dépasse l'homme. Il doit veiller à ce détournement du désir, à ce conflit de deux désirs, que déjà Hoffmann avait exploré dans ces nouvelles où l'artiste confond la femme du rêve, la femme de l'œuvre, et telle femme (*La Cour d'Artus, Le Choix d'une fiancée*), la vocation de l'art et la vie d'artiste avec ses charmes bohèmes* (La Vie d'artiste)[1]. *Chez Gautier, l'œil du corps et l'œil de l'âme, le regard de l'amant, le regard désintéressé de l'artiste sont rapprochés et distingués : au point peut-être de faire de l'artiste un être a-humain, pour qui les tableaux, les statues sont seuls* réels. *Seuls objets d'amour : « c'est une fort jolie fille, mais je préfère mes Titiens », dit un personnage de* Fortunio, *« je n'ai jamais aimé que cette belle fille qui est là-haut couchée au-dessus de la porte dans son lit de velours rouge... Ah, si tu pouvais ouvrir une heure ces beaux bras et me presser sur cette poitrine qui semble palpiter je jetterais avec plaisir toutes mes maîtresses par la fenêtre » ; Fortunio, qui sait voir dans la femme le chef-d'œuvre, à l'issue d'une orgie fait se dévêtir une courtisane, il commente sa beauté, « il la touche avec le même sang-froid que s'il eût touché du marbre. On eût dit un sculpteur qui passe le pouce sur les contours d'une statue pour s'assurer de leur correction ». Inversement dans* La Toison d'or, *le héros, peintre aussi, est converti de l'amour insensé pour le portrait peint à l'amour de la jeune fille réelle.*

Comment vivre la transcendance de l'Art ? Comment concilier le regard de l'amant et le regard de l'artiste ? Comment surtout les séparer pour éviter ce leurre de l'amour dommageable à la vocation esthétique ? Comment faire le départ entre la beauté de nature de la femme et la beauté de vision, de construction ? On le voit, ce qui

1 Dans *L'Église des Jésuites*, le héros peintre a sans doute assassiné sa femme et son enfant, qui faisaient obstacle à son activité créatrice.

est débattu ici, ce sont les rapports de l'artiste avec sa nature d'homme, les rapports de l'objet d'art avec la nature qui en offre les modèles. Manette est d'abord « un idéal de nature » : l'être chez qui la nature est identique à l'idéal de la nature. Dans Le Chef-d'œuvre inconnu *il y a le même conflit des regards de l'amant et du peintre. Chez Frenhofer qui rêve de la « femme irréprochable*[1] *» et qui en a conçu l'image fantastique, le regard du peintre est devenu follement le regard d'un amant épris de sa création, amoureux* fou *de la chimère; chez Gillette, qui quand elle pose pour son amant, a le sentiment qu'il ne la voit plus comme femme, « tu ne penses plus à moi, et cependant tu me regardes », tant les yeux de l'artiste ne sont plus les yeux de l'amour; chez Poussin, malheureux d'attenter à l'amour en proposant Gillette comme modèle à Frenhofer en échange des secrets de son art, « il devint plus amant qu'artiste »; pour Gillette encore désespérée que son amant regarde un portrait avec d'*autres *yeux, « il ne m'a jamais regardée ainsi ! ». « J'ai pour les femmes le regard d'un sculpteur et non celui d'un amant », confiait un héros de Gautier avec le sentiment d'une étrangeté, presque d'une monstruosité.*

L'artiste est plus qu'un homme : il est fatal qu'il retombe à n'être qu'un homme, qu'il soit prisonnier de l'insuffisance de la nature humaine; qu'il soit inférieur à lui-même. Menacé d'être décoré, Coriolis voit se lever en lui « la lutte de l'homme et de l'artiste »; mais déjà l'homme en lui a vaincu l'artiste dès qu'il s'est épris de Manette. Telle est l'erreur *qui conduit à sa mise à mort comme peintre. En lui le talent est vaincu par la femme, qui de modèle devient maîtresse, puis épouse, et ajoute*

1. Voir *Le Chef-d'œuvre inconnu, Comédie humaine*, Folio, p. 53-54, 57, 61, 63, « je suis plus amant encore que je ne suis peintre », 433-434. Frenhofer comme Coriolis brûle son œuvre. « Cette nudité presque sacrée », dit encore le roman à propos du modèle féminin, « fait taire les sens. »

au trouble de l'engagement passionnel la déchéance de l'établissement matériel et social. « Je suis puni d'avoir aimé Rembrandt », conclut Coriolis. Puni d'avoir confondu Manette l'Orientale, à la fois mythique et picturale, sortie vivante des toiles de Rembrandt, apparue dans le clair-obscur de l'omnibus ou de la fête juive comme dans un tableau du Maître, et la femme réelle, d'avoir surtout confondu le « véritable et divin être d'art » né « des mains artistes de la Nature » et la compagne de lit et de vie. Manette surgit tard dans le roman ; elle vient symboliquement occuper une place toute faite, non dans la vie de Coriolis, mais dans son tableau Le Bain turc ; l'ébauche, la pose, la forme sont prêtes ; mais il faut « la nature », la réalité, un modèle. La femme doit emplir ce vide de la toile.

Le couple essentiel du roman est le couple peintre-modèle : le modèle, c'est la réalité, la chair vivante, la femme, appelée par l'art, mais tentatrice pour l'homme. D'un bout à l'autre les Goncourt ont parlé des modèles : à l'atelier il y a les grands modèles quasi historiques, les « types » requis par tout apprentissage, au Salon il y a les femmes-modèles qui sont heureuses de se voir dans les tableaux ; la vanité de leur corps s'unit en elles au sentiment d'être des éléments et des objets de l'art. La femme-modèle comme le peintre est double ; la pose n'est pas un pur métier, c'est un hommage à sa beauté, et elle se sent à sa manière une artiste. Ainsi Manette, dont la peau est « heureuse » d'être peinte par un grand talent, qui est contente de se voir en œuvre, « persuadée que c'est son corps qui fait les tableaux », insultée de ne pas être peinte nue : « vous n'avez droit qu'à ma nudité pour vos cinq francs. » Sur le piédestal de bois où elle pose, « statue de nature », la femme est désexualisée comme l'est le regard de l'artiste. « Elle se voit regardée par les yeux d'artistes », mais cette nudité « sacrée » est celle d'un « morceau de Vrai », d'un objet de contemplation et de création.

Cependant entre Manette et Coriolis tout se dérègle et se confond et l'analyse subtile, elliptique des Goncourt revient sur cette erreur fatale à l'artiste. Tout est insinué dans cette brutale « cristallisation » par la jalousie qui dès la première séance de pose force Coriolis à chasser Anatole qui lui aussi veut faire une étude de Manette. Celle-ci sans doute vient s'appliquer (comme chez Gautier ou Balzac) sur l'image rêvée de la Beauté absolue; mais Manette s'est fait désirer : la coquetterie professionnelle du modèle qui se fait attendre et veut être autre chose qu'un pur objet a joué comme une coquetterie de femme. Et d'emblée « le chef-d'œuvre » de son corps (« il s'oublia à s'éblouir de cette femme, de cette chair ») produit une impression étrange et puissante, dont le roman ne va dire que les manifestations extérieures. Surmontant sa pudeur de femme, Manette se dénude : avec son corps surgit dans le roman l'Absolu; les yeux de Coriolis « se perdent » à voir, à scruter cette chair qui est un corps de gloire, qui est au-delà de la réalité et de l'humain, comme transparence, comme luminosité, comme puissance de rayonnement et d'ensoleillement interne, comme couleurs diaphanes, fugitives, toujours entre les tons ou au-delà de leur spectre, comme formes naissantes, originelles d'une Ève nouvellement créée, d'une Vénus sortie des flots. Au centre du roman (comme Manette est au centre de la toile) se produit cette véritable révélation de la Femme : le regard de Coriolis, comme la description des Goncourt, est un regard de peintre, il mesure le défi de ce chef-d'œuvre de la nature qui appelle le chef-d'œuvre de l'art. Mais soudain il y a un glissement : « cette attention... ne semblait pas travailler », et Manette s'inquiète : le modèle redevient femme. Coriolis est pris : son destin est noué par le flottement du regard qui n'est plus celui d'un artiste et devient celui d'un amant. Significativement et implicitement les Goncourt expriment sa passion pour la femme, sa confusion de la Beauté de l'art et de celle du désir, par la jalousie qui s'en prend immédiatement à la prétention d'Anatole d'user de Manette comme modèle de nature. Les démarches de l'amant (le texte suggère que Manette a su résister à son désir) se dégagent des démarches du peintre, qui, comblé par un trésor de beauté, veut l'interdire à tout autre rival; il est plus jaloux de ceux qui peuvent la voir, et la peindre, que de ceux qui ont su l'avoir. « L'artiste aimant avec l'homme », il aime en elle la Beauté inouïe, « cette présence réelle et toute vive du Beau ». Mais la jalousie d'artiste qui veut se réserver la Beauté, contient subtilement la jalousie de l'amant qui veut se réserver la femme; c'est par la jalousie que s'opère la chute du peintre. Pour avoir à lui seul cette œuvre vivante, il doit obtenir qu'elle ne pose plus, que cette « Narcisse juive » folle de son corps, qu'elle veut sentir admiré, voir inscrit dans une œuvre qui l'éternise, renonce à son métier; c'est au nom de cette jalousie ambiguë qu'il entre dans le concubinage fatal, sans s'interroger sur Manette dont un portrait contient pourtant le « mauvais sourire » d'un Gavroche révolté, sur cette étrangeté de Juive qui lui laisse « une impression indéfinissable », sans s'inquiéter de son impossibilité à la peindre et à saisir l'expression profonde de ce « désespoir des peintres » (le mot à double sens va loin), sans s'inquiéter enfin qu'elle n'aime en lui que le peintre à succès (elle aussi va du peintre au mari); telle est l'erreur, la confusion des ordres, le quiproquo de la Femme prise comme femme.

C'est le vieux thème romantique : on ne confond pas la vie et l'art; le vécu est une expérience, une matière, qui n'est exploitable que si l'artiste s'en tient à distance et en conserve la maîtrise; l'esthétique est une transcendance, mais elle s'enracine dans une sensation charnelle. Manette fait de son corps une œuvre quand elle pose pour elle-même dans une transe muette d'adoration de soi, elle ne se borne pas à se voir, elle travaille son corps, elle le *façonne pour en dégager « une admirable statue d'un moment », c'est un « amoureux travail » sans cesse recommencé, « une patiente création », un « Musée de sa nudité » : elle se sculpte elle-même, devenant devant cette glace qui est seule à la voir à la fois le modèle, l'artiste et l'amant; Anatole qui s'est fait artiste par passion de la vie d'artiste, non de l'art, fait de sa vie une œuvre, une parade fantastique; tous deux sont à la limite extérieure du monde de l'art. Coriolis en sort dès qu'il se lie à Manette.*

Il pouvait avec l'autorisation des Goncourt en faire une maîtresse, une compagne, une amie, il pouvait tant qu'il voulait faire bouillir le pot-au-feu avec une charmante femme épousée de la main gauche, inculte autant que possible, et inférieure spirituellement. *L'artiste est* seul*: l'erreur, que Coriolis ne commet pas, est l'illusion d'une « passion spirituelle », d'une femme pouvant être « associée à une carrière », capable de partager le travail de la création; mais cet homme « féminin », délicat, à la volonté défaillante et incapable de supporter la solitude, ne va pas respecter son serment de fuir le mariage ou « l'acoquinement »; les Goncourt ne lui permettent ni la passion ni la vie conjugale; on ne sert pas deux maîtres. « L'idée chez l'homme se renforce et grandit de tout ce qu'il ne donne pas à la femme » (*Journal, *29 janvier 1865). Coriolis le sait au début, il doit redouter le mariage comme une chute dans le « fonctionnarisme », dans la compromission de l'art avec le métier, l'industrie, l'activité socialement utile et orientée vers le gain ou la carrière, dans la paternité qui substitue à la « production spirituelle » « l'orgueil bourgeois d'une propriété charnelle*[1] ».

Le roman est l'histoire de son démenti, de sa déchéance

1. Pourtant Coriolis n'adhère pas à sa paternité : il n'aime son fils que comme œuvre d'art, et son affection se limite à la durée de sa beauté. Il ne tombe pas dans le piège de la paternité charnelle.

dans ce que Flaubert au même moment appelle « la vie active », celle qui n'est pas contemplative et vouée à l'esthétique, celle qui comprend la passion aussi bien que l'appartenance à la vie « temporelle ». Manette Salomon *est un manifeste radical en faveur du célibat esthétique*[1] *: le service de l'Idéal esthétique est non moins exigeant que le service de Dieu. La contagion de la « matière », que représente aussi bien la douceur du foyer, la joie d'être père et époux, ou la consécration sociale, le succès professionnel, toutes les formes même les plus voilées ou les plus anodines de l'établissement dans la vie, la société, l'habitude, le bonheur en un mot, est rapide et inexpiable. L'artiste est comme menacé dès qu'il est « réel » et la pire menace, c'est la femme, ou mieux « la femelle » comme dit Coriolis quand il tire les conclusions de sa déchéance, « "quand il y a un homme d'intelligence il faut qu'il se trouve une femelle pour lui mettre la patte dessus, le déchirer, lui mordre le cœur, lui tuer ce qu'il y a dedans, et puis encore ce qu'il y a là", et il se toucha le front, "enfin le manger" ». On ne récusera pas la misogynie des Goncourt sans comprendre leur récit exemplaire, cet affrontement qui vire à la guerre des sexes et même des races entre le créateur et la femme; elle n'est que trop forte, la douceur, la tendresse, la sensibilité de la femme; elle est amour, et c'est le pire : toutes ses forces vont à vivre, à réaliser son pouvoir d'amour; elle n'a pas de potentiel idéal, de vocation créatrice. Ce que Manette atteint en Coriolis, c'est le* vouloir *esthétique, l'âpreté de l'abnégation, la foi dans l'impossible de ses idées, « elle avait touché à ses sentiments, à ses instincts, à ses pensées », elle produit « une diminution dans l'absolue confiance de ses opinions », elle atténue, elle l'égoïste,*

1. Voir le livre de Jean Borie, *Le Célibataire français*, Le Sagittaire, 1976, qui contient de suggestives remarques sur la « littérature célibataire », les relations de l'artiste et du mariage, l'opposition du célibat et de la vie embourgeoisée, c'est-à-dire familiale et grégaire.

Narcisse idolâtre d'elle-même, l'égoïsme sacré du Créateur, le pouvoir de tout engager sur ce qui ne relève pas du réel et du certain, la valeur d'une œuvre, le grand pari de l'artiste sur ce qu'il sera. Lui aussi est un Narcisse (d'où sa joie de se voir au Salon), il aime non sa personne, mais ce qu'il peut faire. Coriolis capitule le jour où Manette qui représente à la fois l'altérité d'une conscience extérieure, d'une incompétence spirituelle et d'un attachement au « temporel », vient se loger en lui, « toucher presque à son inspiration », influer sur son art, « entamer sa foi en lui-même » et ramollir sa « conscience d'artiste ». L'artiste est un célibataire parce qu'il doit séparer sa vie d'homme et sa vie d'artiste (ne jamais confondre les deux regards !) et parce que la création est un célibat, l'exercice d'une solitude et d'une exception.

Les Goncourt sont de fins psychologues, comme Flaubert en un sens, du détournement du désir, sinon de son retournement contre lui-même. Manette, éprise monstrueusement d'elle-même, aime son corps comme une œuvre possible; elle est sur le chemin d'une attitude esthétique. Toute la question qui traverse la réflexion romantique sur les rapports de l'érotique et de l'esthétique (c'est le thème du Banquet) est celle-ci : dans quelle mesure la passion peut-elle devenir désintéressée, aller au-delà d'elle-même, renoncer à elle-même pour devenir contemplation et création ? Un Schopenhauer dans lequel on commence à voir le fondateur de la « modernité » nie que les passions aient un sens, qu'elles puissent se convertir en une attitude esthétique. Celle-ci se désincarne, ou étrangement conclut une sorte de pacte avec l'antinature et avec les passions homosexuelles, ce qui inverse et oriente dans une direction nihiliste le pacte romantique de l'Éros et de la Beauté. Tout au long du siècle il se brouille et se trouble : le désir s'affirme comme un ennemi de la création esthétique, dont elle ne peut néan-

moins se passer. L'artiste ne naît plus d'une conversion de l'amant, il est son antagoniste. À l'extrême bout de cette chaîne de romans, on mettra La Bien-Aimée *de Thomas Hardy (1897), roman ironique de l'art, qui raconte les aventures d'un sculpteur : il* incarne *son idéal de beauté en une série de femmes* bien-aimées, *qui appartiennent, à la suite, à une même famille ; il va de la mère à la fille, puis à la petite-fille ; mais quand il renonce, il renonce à son art. Roman méchant, antiromantique, qui a violemment plu à Proust. La femme devient une ennemie de l'art, l'engagement passionnel étant exclusif de l'engagement esthétique. Comme le dit Degas, « la femme a été créée pour empêcher l'homme de faire de trop belles choses ». Mais c'est elle la Beauté faite corps, l'épiphanie surnaturelle de la Beauté. Encore faut-il à l'artiste une sévérité ascétique qui lui permette un sacrifice de soi (« l'artiste est libertin d'esprit, et chaste de corps », a dit Edmond), un dédoublement de soi, une foi idéaliste qui le maintienne au-dessus de lui-même et du « monde ».*

Sinon le roman de l'artiste devient le martyre d'un créateur par une femme, c'est-à-dire par sa douceur puis par sa domination froide et humiliante, puis par l'Argent et le métier, par les valeurs tangibles, matérielles et qui ont socialement cours, comme si Manette représentait dans le roman toute la puissance du temporel, *tous ceux pour qui le sens spirituel est toujours absent. Coriolis est « rasé », annulé comme artiste, décapité comme esprit, non pas le jour où Manette lui fait signer un contrat de travail sur commande et à la chaîne, mais le jour de son mariage : alors il est méconnaissable, une silhouette, un* homme, *un spectre qui frôle les murs, un coupable qui fuit les regards ; il n'existe plus, et il disparaît symboliquement avec Manette qui a saisi son bras. Il est* fini. *Il s'agit donc, immuable intrigue des Goncourt, du récit d'une destruction, de l'« affaiblissement d'une volonté », selon le mot de Bourget, au fond d'une pathologie humaine (mais l'artiste n'est-il pas en soi la grande pathologie de l'humanité ?), où un homme faible et féminin est affronté à une femme qui est d'abord d'une autosuffisance monstrueuse, d'un égocentrisme non moins pathologique, puis en qui se déclarent peu à peu des puissances mauvaises et destructrices. Le thème était dans l'air, et Robert Ricatte a montré ce que les Goncourt*[1] *doivent au roman d'Alexandre Dumas fils,* L'Affaire Clémenceau *paru en 1866, histoire d'un sculpteur qui épouse son modèle ; celle-ci le bafoue, pervertit et stérilise son talent ; finalement il la tue. Œuvre ratée qui définit négativement le roman des Goncourt : le pire chez Manette, c'est qu'elle est une bonne épouse. Coriolis est le type du « mal marié », mais par essence et non par accident ; l'artiste ne se marie pas avec la réalité. La chronique anecdotique leur apporte aussi l'exemple du grand peintre Chassériau*[2] *(un créole !) tourmenté, humilié, subjugué par la courtisane Alice Ozy. Et puis finalement, Coriolis (noble, mondain, dandy, riche et libre) n'est-il pas le portrait de ce qu'ils sont et craignent de devenir : Coriolis est vaincu par la femme, mais aussi par lui-même, par la destruction de son talent qui tourne à l'excès, son sens de la lumière devenant une fureur, une pathologie de l'œil, une folie du regard, semblable, dit le roman, à « l'hallucination » d'un Turner ; tout talent, celui de l'écrivain évidemment, est guetté par la démesure, c'est-à-dire l'impuissance. Les Goncourt écrivent la charge d'eux-mêmes pour exorciser leurs démons ; eux aussi ils connaissent l'amer-*

1. Voir *op. cit.* p. 309-310 sur les précédents du thème chez les Goncourt, et p. 311 sq. sur les sources du roman ou les œuvres analogues qui l'entourent ; p. 334 sur les romans de la bohème artiste auxquels les Goncourt s'opposent (Feydeau, Murger, Champfleury).

2. Auteur d'un *Bain, intérieur de sérail à Constantine* (1849) ; Robert Ricatte (*ib.* p. 312) rappelle aussi que l'ami des deux frères, Saint-Victor, créole d'origine, a été pris au piège par une comédienne juive, sœur de la célèbre Rachel, et que les Goncourt ont assisté à ce collage devenu ménage, envahi lui aussi par toute une tribu.

tume enragée de l'échec, et comme Coriolis atteint de « sensibilité maladive », morbidement obsédé par lui-même, et devenu un jugeur féroce des autres, ils risquent de s'enfermer dans une attitude de vengeance, de désespoir, de fureur radicale; l'artiste souffre trop de son état, et de son agonie permanente; le fiel, nous disent-ils avec Coriolis, est « la poche » des chefs-d'œuvre[1].

Tel est ce récit d'une mésalliance mortelle. La femme, qui est le porte-parole du temporel, de la réalité, le symbole des forces hostiles à l'art, est le désespoir de l'artiste. Le couple Coriolis-Manette tourne au couple infernal; Coriolis asservi, annihilé, comprend de plus en plus que Manette a été fatale à son talent : la belle scène où Coriolis brûle ses toiles par une sorte de vengeance, de suicide esthétique, d'ultime sursaut du génie brisé, annonce la dernière phase du couple de plus en plus uni et irrémédiablement séparé d'âme et de cœur. On a questionné cet accouplement du créole et de la juive : est-il le plus favorable à l'intrigue, à la thèse des Goncourt? D'emblée, avant que le projet du roman se précisât, ils avaient voulu leur héroïne d'origine populaire, orgueilleuse de son corps, et juive : « autre sens moral que nous, au fond pour elle, le chrétien, un ennemi[2] *». C'est un personnage très complexe, opaque (on ne le connaît que par l'analyse des romanciers, il n'a guère la parole, il n'est jamais*

1. Cf. *Journal,* 12 juin 1856 : « Eh bien oui, nous sommes pourris! La loque qu'il faut faire obéir se dérobe. La peau s'en va. Nous sommes dartreux, teigneux, et puis que sais-je?... » Obsession qui n'était pas un vain mot pour Jules. Les deux frères ont aussi donné à leur personnage leur expérience de la gravure à l'eau-forte; voir *Journal,* 17 février 1859.

2. Cf. Robert Ricatte, *op. cit.* p. 305, ce premier crayon de Manette, préparé pour *La Fille Élisa*, roman de la banque et de la prostitution dans les premiers projets : « Modèle, petite-fille d'ouvriers aisés, n'ayant pas besoin de poser pour vivre, orgueil de son corps. Posant pour cela seul; tenue de petite-bourgeoise; ne couchant qu'avec ceux qui lui plaisent; voulant être prise au sérieux par des sentiments de hiérarchie; empereur, pape, il n'y a que des hommes. Type de modèle juif, autre sens moral que nous, au fond pour elle, le chrétien, un ennemi. »

centre d'un « point de vue »), un personnage lointain, par suite de cet exotisme *qui en fait une Orientale-Parisienne, passive, assez froide, facile et difficile à la fois, un être d'une miraculeuse beauté et déjà insaisissable, une inconnue fascinante qui annonce toutes les héroïnes décadentes par la grande scène spéculaire d'apothéose narcissique, l'hymen exclusif avec soi où Manette acquiert la dimension d'une déesse de l'Indifférence, d'une prêtresse d'un culte érotique de Soi.*

La poétique des Goncourt les fait renoncer à la notion de caractère : ils définissent leur personnage par une pluralité d'identités, son évolution devient une série de métamorphoses. Dans Coriolis, l'identité originelle, le créole, l'emporte sur l'artiste et le détruit ; en Manette se déclare le despote domestique, le dominateur rusé et patient, avide de considération, de richesses, de revanche. Ce qui se dévoile en chacun, c'est la couche originelle, l'identité première, l'atavisme, « les vieilles vendettas humaines... les entre-mangeries des races » ; au fond de « ce misérable concubinage d'un peintre et d'un modèle », les Goncourt retrouvent l'« ironie des choses qui finissent », la remontée des instincts et des haines pures, le déterminisme de l'involontaire.

Il y a donc un retournement de Manette : à Fontainebleau elle prend conscience de ce qu'elle est pour les autres femmes ; dès lors elle s'installe dans une stratégie tenace et obscure de domination et de vengeance. On en a les étapes, par fragments, par plongées analytiques, par scènes exemplaires : la maternité[1]*, les tentatives pour brouiller Coriolis et Anatole, le départ enfin dans le Midi. Dès lors le destin de Coriolis est scellé : avec l'amitié et le*

1. Qui est pour Manette aussi une déchéance, la perte de sa perfection de modèle, de statue, au profit d'un simple état de femme. Coriolis se détache de Manette comme modèle dans sa période « moderne ». Voir Robert Ricatte, *op. cit.* p. 315 sq. sur le personnage de Manette si proche des Salammbô, Hérodiade, Salomé...

compagnonnage d'Anatole part la dernière protection qui le sépare de la mainmise de Manette et le maintient dans la vie d'artiste, dans la fidélité à sa jeunesse; le voilà livré à l'enveloppement du confort familial; symboliquement il sort du roman[1] *: on ne l'aperçoit que de loin en loin à son retour, au gré des rencontres avec Anatole, des rumeurs sur la lésinerie de son ménage, des scènes elliptiques en dehors desquelles on le perd de vue; Manette a fait le vide autour de lui, en lui, il n'existe plus, il a été vampirisé par la femme au cours de cette « longue dépossession de lui-même » qui a commencé le jour où en lui le peintre a failli et s'est laissé contaminer par le désir de l'amant. Cette erreur a fait de lui un homme comme les autres.*

Un roman d'anticipation esthétique

Peut-on domestiquer sans le tuer « cette espèce de sauvage et de monstre social qu'est le vrai artiste » ? Ne faut-il pas au contraire lui laisser au sein de la civilisation un espace de vie primitive, une liberté de nomade, un droit à la « pensée sauvage », symboliquement représenté dans le roman par les affinités de l'artiste et de l'animal? S'il n'est pas un bohème, il demeure lié au « bohémianisme » au moins moral qui l'écarte de l'embourgeoisement. Manette Salomon *est dans la tradition du roman de l'artiste, mais en développe les données en devenant le roman de l'art, le roman* réaliste *du milieu artiste, roman doublement réaliste car il tend à être une histoire de l'art au* XIXe *siècle et une tranche de vie artistique; et puis ne serait-il pas une méditation romanesque sur le sens, le destin de l'art?*

La chronologie des carrières depuis l'atelier Langibout,

1. Pour l'excellent commentaire de la fin, voir Robert Ricatte, *op. cit.* p. 324 sq.

les scènes de vie de l'atelier lui-même, la répartition des héros en personnages typiques de la vie picturale, l'analyse des mécanismes du succès et de l'échec, les étapes de la recherche de Coriolis et de Crescent, scandées par les tirades du doctrinaire Chassagnol, font du roman une scène de mœurs artistiques, et une chronique de l'esthétique au milieu du XIX*e siècle, de 1840 à la date de l'écriture du roman.*

Telle est l'originalité exceptionnelle de ce roman, ce qui le sépare de L'Œuvre *de Zola gâté par le didactisme pesant et aussi par l'exaspération des problèmes de la peinture au nom de la règle de l'effet maximal, de la vulgarisation mélodramatisée, et ce qui le distingue des précédents romans de l'art qui s'en tenaient à une aventure symbolique et presque métaphysique de l'artiste. L'intelligence esthétique des Goncourt leur a permis d'écrire un roman qui est une sorte de para-histoire de l'art : mêlant réalité et fiction, il offre des artistes imaginaires encadrés par les vrais, des personnages de fiction qui ont des répondants réels (on a parlé de clefs*[1]*), qui incarnent des directions effectives de la peinture au milieu du siècle, mais aussi, chose unique, ils ont inventé des inventeurs, ils ont représenté l'avenir de la peinture, imaginé des*

1. Alidor Delzant, le premier biographe des Goncourt, les indiquait dans son livre, *Les Goncourt*, 1889, p. 143 : « Il n'y a pas grande raison pour chercher Drolling sous le masque de Langibout, Hippolyte Flandrin sous Garnotelle, Chenavard sous Chassagnol, Millet, Rousseau et Jacque sous le paysagiste Crescent. *Manette Salomon* vaut mieux qu'un livre à clefs. » Nous suivons l'étude irremplaçable de Robert Ricatte, *op. cit.* p. 344 sq., puis 354 sq. sur les lectures des Goncourt : (les *Salons* divers, Gustave Planche, Thoré-Bürger, Baudelaire, Étienne Delécluze, Gautier, Philippe de Chennevières, ceci depuis 1833-1834 ; eux-mêmes, car ils reviennent à leur *Salon* de 1855 ; voir le même ouvrage p. 357 sur la stratégie critique des Goncourt et le rôle d'Alexandre Decamps, « vieille gloire dont on était saturé » mais « miroir des Goncourt » ; contre l'École de Rome ils utilisent G. Planche et son essai, *De l'éducation et de l'avenir des artistes en France* (1853). Sur les sources des divers personnages du roman, voir toujours Robert Ricatte, *op. cit.* p. 360-371.

peintres à la fois possibles et originaux, contenant un potentiel de réalité et d'avenir ; écrit enfin un roman de la peinture avec des peintres dont la recherche esthétique devient une véritable intrigue, qui vivent pour des œuvres, qui les réalisent, qui raisonnent leur art « la brosse à la main », comme l'avait dit Balzac. Les héros sont des peintres qui peignent. C'est le roman d'une aventure de l'esprit et de l'art.

Elle commence en 1840 et à l'atelier : par là le roman se rattache avec Langibout, « le dernier des Romains » (pour lequel les deux frères ont pensé à Michel Drolling), à David, à la peinture de la Révolution et de l'Empire ; le vieux peintre, vieux républicain, austère, indépendant et probe, enseigne une morale de la peinture, le respect de l'œuvre et de soi-même, la probité dans le labeur et le culte de l'art au sens strict du mot ; mais il ne se retrouve que trop dans son disciple Garnotelle, l'élève par essence, n'ayant ni vice ni qualités, « l'homme des qualités négatives », travailleur, patient, correct à jamais, nanti d'un « précoce archaïsme académique ». Puis vient le chapitre de pure histoire qui dispose les données réelles du roman : où en est la peinture en 1840 ? Le jugement négatif des Goncourt sur cet état met les personnages devant leur tâche : il faut inventer. L'atelier ne lègue que la liste « historique » des modèles, qui représentent les grands canons éternels de l'homme, et la situation de la peinture, reposant sur un « jeu d'éliminations successives », se réduit au duel classique Ingres-Delacroix, l'un et l'autre récusés ensuite par Chassagnol dans la grande scène de l'atelier de Coriolis, au profit d'un tiers inattendu, Decamps, d'abord traité assez mal, repoussé par Coriolis qui dégage l'originalité de sa vision de l'Orient contre lui, finalement retrouvé et magnifié par Coriolis lui-même qui le reprend tout entier et l'élève au niveau du Maître.

Robert Ricatte a montré que cette glorification de Decamps qui peut étonner de nos jours était stratégique :

le peintre orientaliste était déjà bien lointain; *mais, notent les deux frères le 28 mai 1864, « l'homme auquel nous ressemblons le plus c'est Decamps. Il nous semble en avoir le style et la façon d'éclairer ». Baudelaire a parlé de son « côté fantastique et réel à la fois », de son sens du détail accentué et aberrant, de sa volonté parfois exténuante du rendu; ainsi ce mur du* Café turc *célébré dans le roman. Decamps redevenait nouveau par cette association avec les Goncourt qui se voulaient eux-mêmes nouveaux. Le nouveau encore dans l'« esthétique parlée » du roman, ce sont les « Primitifs » exaltés par Chassagnol, et les Japonais*[1] *: Coriolis dans la grisaille parisienne rêve sur ses albums d'estampes du Japon. Dans l'« esthétique pratique », les novateurs sont les deux créateurs du roman, Crescent et Coriolis. Le premier par son sens de la beauté des humbles tâcherons rustiques, par son panthéisme paysan et sa mystique de la terre, est évidemment proche de Millet*[2] *: peintre-paysan dont le roman reprend*

1. Voir Ricatte, *op. cit.* p. 355 et note, et F. Fosca, *Edmond et Jules de Goncourt*, Albin Michel, 1941, p. 349 sq.; on le sait, les Goncourt ont réclamé une priorité dans la découverte des Japonais : F. Fosca fait justice de cette prétention mais établit que les pages de *Manette Salomon* consacrées aux estampes sont l'un des premiers textes, en tout cas le plus brillant, consacré à l'apologie des artistes japonais.

2. Voir *Journal*, 4 septembre 1862, ces phrases reprises presque littéralement dans le roman : « C'est prodigieux comme Millet a saisi le galbe de la paysanne, de la femme de labeur et de fatigue, penchée sur la terre et ramassant la glèbe! Il a trouvé un dessin rond, qui rend ce corps-paquet, où il n'y a plus rien des lignes de chair provocantes de la femme; ce corps que la misère et le travail ont aplati comme avec un rouleau; corps qui semble, en marche, du travail et de la fatigue qui marchent : plus de hanches, plus de gorge, un ouvrier dans un fourreau, dont la couleur ne semble que la déteinte de deux éléments où elle vit — brun comme la terre, bleu comme le ciel. » Les Goncourt ont ajouté aux traits réels de Millet qu'ils attribuent à Crescent des détails pris au graveur Charles Jacque pour la vie militaire de leur peintre, à un obscur maître d'armes pour le wagon de marchandises devenu maison, au paysagiste Dupré pour le côté sentencieux du peintre. Mme Crescent (cf. Robert Ricatte, *op. cit.* p. 340 sq.), ils la composent à partir d'une ancienne blanchisseuse devenue la femme d'un graveur, Mme Plaque-

en gros la carrière (en particulier la découverte picturale de la banlieue de Paris), moins ignorant certes que le Crescent de la fiction (mais comme lui lecteur de Montaigne), marié (dans ses secondes noces) à une paysanne qui avait la réputation d'être complètement illettrée, simple donnée que les deux frères ont développée dans l'étonnant personnage de Mme Crescent dans lequel se retrouvent les apports d'autres modèles réels. Millet incarne un des grands moments de la peinture, le « retour... à la nature naturelle » *qui caractérise le* XIXe *siècle, le contact direct de l'artiste avec une réalité à la fois quelconque, totale et poétique, à la fois élémentaire (« le brun de la terre, le bleu du ciel ») et sacrée; son « poème rustique des Heures retrouvé au bout de la brosse » est évoqué comme la grande révolution picturale.*

Crescent est donc dans le roman le créateur spontané, heureux de peindre, heureux de vivre pour peindre, heureux même en ménage, producteur fécond et inlassable, parfaitement accordé aux choses et à l'art. Mais il y a en lui plus que dans le seul modèle Millet : les Goncourt pensent aussi à Théodore Rousseau, qui pour eux est « un luminariste », un artiste de la sensation, c'est-à-dire de la lumière, milieu enveloppant, mouvant, déterminant les motifs et les objets ; ce n'est pas aux peintres « impressionnistes » que pensent les deux frères quand ils écrivent de Crescent : « ce qu'il cherchait, ce qu'il rendait avant tout, c'était l'impression, vive et profonde du lieu, du moment, de la saison, de l'heure... il semblait emporter dans ses toiles l'espèce d'âme variable, circulant autour de la sèche immobilité du motif, animant l'arbre et le terrain, l'atmosphère ». Le peintre qui pour eux a fait « du ciel » non pas un fait isolé, *mais l'« enveloppement*

gnot, à partir de Charles Jacque, auteur d'un *Poulailler, monographie des poules indigènes et exotiques* en 1858, et fanatique des poules, d'une femme de ménage enfin qu'ils ont eue, qui avait été élevée par une chèvre et détestait la viande.

du paysage », qui a peint « la pénétration des choses par le ciel », qui a fait de l'embrasement solaire, de la buée de l'air, de la fuite des saisons, des heures, des couleurs, le vrai sujet de la toile, c'est Théodore Rousseau.

Avec lui ils prophétisent : ils annoncent « l'impressionnisme » alors qu'il n'existe pas encore, alors qu'ils ne le comprendront pas, alors qu'ils en ratent la signification. Ils passent à côté de lui et le font naître par une erreur géniale chez un paysagiste d'anticipation[1]. *Le même futurisme définit le personnage de Coriolis : il n'a pas de modèle précis, il est l'artiste de la modernité, l'idéal des Goncourt qui lui prêtent leurs doutes, leurs souffrances, leurs échecs, leur désillusion enragée. C'est surtout un homme seul, qu'isolent son élégance, ses habitudes mondaines (dès le début il fréquente le milieu de l'hôtel Pimodan), sa gentilhommerie morale, et surtout son sens du radicalisme esthétique. Contrairement à Crescent, Coriolis n'a pas de* manière*, c'est un artiste en recherche, passionné de nouveau, enivré de mouvement et d'invention. Dès le début, il part pour l'ailleurs, le là-bas de la lumière à l'état pur, il crée un Orient neuf et personnel, mais « sans la note extrême; et sans cette note-là, vois-tu en art... ». Toute sa carrière est une quête du nouveau, ou mieux, dans le tourment, l'échec, une quête de cette « contemporanéité » définie initialement comme ce qui*

1. Cf. Fosca, *op. cit.* p. 228, « sans Manette, Coriolis aurait eu la chance de devenir un autre Manet, ou un autre Monet »; le roman est écrit en pleine gestation de l'impressionnisme : « Tout ce qui fermentait dans les cerveaux, tout ce qui alimentait les méditations et les discussions de cette équipe de peintres... tout cela on le trouve dans *Manette Salomon* et cela forme le sujet des préoccupations du héros. » Or la mise au point des rapports des Goncourt avec l'impressionnisme réel et constitué révèle dans ces mêmes pages leur indifférence à peu près totale au mouvement et à ses peintres. En 1882 un instant Edmond songe à « recommencer » *Manette*, mais avec un peintre bohème du grand monde pour lequel il pense à Forain et à Degas. « Et pourtant cet impressionnisme, ils avaient directement contribué à sa naissance. »

manque à une peinture moribonde et bloquée. Coriolis est plus que « le peintre de la vie moderne », il est un essayeur, *le peintre moderne.*

Lui aussi il anticipe : si l'on résume avec Robert Ricatte l'impressionnisme à deux traits, la peinture claire (ou le plein air) et les sujets modernes, Coriolis le contient potentiellement bien que ces deux aspects soient disjoints chez lui, et qu'il soit indifférent aux trouvailles techniques des impressionnistes. Si bien que le peintre imaginaire est un précurseur attardé des peintres réels. D'abord rompant avec « le bitume » d'un Decamps, il invente un Orient clair, *« tout pétillant de couleurs tendres et mouillées », avec des « ombres blondes », une « poussière d'eau », plus* vrai *sans doute, et moins véhément. « La lumière, c'est un brouillard opalisé » ; il a voulu voir, vivre, « les bains de jour », « les pleins soleils aveuglant, mangeant tout », et les restituer sur ses toiles en pleine fidélité aux rapports primordiaux d'ombre et de lumière. Chaleur, soleil, vapeur, tel est l'Orient qu'il apporte à Paris en 1851. « Faire de la lumière avec des couleurs... qui ne la font jamais » : tel est le défi de la « nature » relevé par Coriolis. En 1853 son* Bain turc *proche du tableau de Chassériau* Le Bain, intérieur de sérail à Constantine[1] *(1849) est une nouvelle étape de son « luminisme » : Manette, juive de Rembrandt, est d'abord lumière et toujours lumière, sa chair est du soleil, réclame le soleil pour être peinte[2]. Alors Coriolis, repre-*

1. Les œuvres orientales de Coriolis doivent beaucoup aussi au peintre Tournemine (qui a peint *Un café en Asie Mineure, Souvenir de la Turquie d'Asie* où il représente un départ de caravane, *Sur la route de Magnésie à Smyrne*), à un autre artiste admiré par les Goncourt, Ziem, spécialisé dans les paysages vénitiens ou hollandais. Decamps est aussi l'auteur d'*Un campement de Bohémiens*.

2. Les premiers tableaux de plein air (*La Dame en vert* de Monet, en 1866, *Lise* et *En été* de Renoir en 1868 et 1869) ne peuvent en rien avoir donné à penser aux Goncourt ; *Manette* est bien « un roman d'anticipation » (Ricatte, p. 370).

nant une « conviction » des Goncourt qui s'impose à eux un soir de 1862 à l'Opéra[1], *que l'atelier de Rembrandt était au midi, décide d'en faire autant, d'ouvrir son atelier, de peindre « dans du vrai soleil », à l'exemple des paysagistes dont l'expérience est intégrée à sa recherche, de faire « poser le soleil ». Et c'est le succès : « Tout le public était frappé de l'ensoleillement de ce corps de femme, d'un certain lumineux que Coriolis avait tiré de son dernier travail dans l'éclat du jour. »*

Brusquement Coriolis au retour de Barbizon déserte cette gloire et cette position acquise : il change de « manière », et il entre dans sa période « moderniste » ; alors que les théories de Chassagnol font invinciblement penser à Baudelaire, Coriolis courant les rues pour surprendre la beauté moderne et parisienne, au hasard des rencontres et des spectacles fortuits, évoque Constantin Guys, un Constantin Guys[2] *qui aimerait non la vie élégante, mais les étranges créations spontanées de la vie fiévreuse et misérable de la ville; les deux frères pensent aussi bien à La Tour, à Houdon, à Gavarni surtout, quand ils prêtent à leur peintre à ce premier stade de sa quête de la modernité, l'idéal d'un dessin qui coïnciderait le temps d'un éclair, avec le mouvement de la vie, avec le réel éphémère, unique, le principe d'une ligne qui n'en serait jamais une, mais se renouvellerait sans cesse; alors la « physionomie moderne » ne peut être saisie toute vive que par l'esquisse, le croquis sur le carnet de notes qui attrape « l'instantanéité d'un mouvement ». Sa carrière dès lors* fait penser, *mais le plus souvent par le contraste,*

1. *Journal*, 12 mars 1862 ; c'est le jeu de la lumière d'un quinquet sur une danseuse qui conduit à une comparaison avec *La Ronde*, à la critique du jour du nord, à l'idée de l'atelier au midi ; Rembrandt y « dirigeait le jour sur son modèle, il l'amassait sur ce qu'il voulait, il le dardait à sa volonté; il peignait, en un mot, le soleil dans sa vérité, dans son intensité, d'après nature ».

2. Dont les Goncourt ont déjà parlé, dans *Charles Demailly*, mais qui les a intéressés plus comme voyageur que comme artiste.

à des artistes réels : en 1855 à l'Exposition universelle, Coriolis sort son Conseil de révision *et son* Mariage à l'église*; l'idée de scènes exemplaires représentant dans la vie moderne les grands actes simples de la vie civile, la Naissance, la Conscription, le Mariage, la Mort vient de Gavarni qui avait songé pour décorer une mairie à de tels tableaux allégoriques*[1]*; le projet est complètement transformé par Coriolis : en 1855 le peintre imaginaire doit se démarquer de Courbet (qui organise en marge de l'Exposition officielle une présentation de son œuvre), de la « bêtise du daguerréotype, de la charlatanerie du laid », imposer un « réalisme nouveau », qui donne un style même à la laideur, même à la nullité banale. Coriolis échoue parce que critique et public le confondent avec son repoussoir, Courbet, que les Goncourt ne nomment pas. En fait* Le Mariage *est un anti-Courbet, « l'image renversée », a dit Robert Ricatte de l'*Enterrement à Ornans*; le tableau imaginé s'oppose point par point au tableau réel : Paris contre la campagne, le grand monde contre le village, la couleur, l'éclat, la luxuriance et même le luxe contre la grisaille funèbre et le grotesque d'une cérémonie de parodie, la perspective montante vers le chœur contre l'aplatissement horizontal du cimetière; le suisse magnifique contre les bedeaux ivrognes de village; chez Coriolis les personnages populaires sont dans le tableau lui-même à l'état de « repoussoir » des « splendeurs » sacrées.*

Le Conseil de Révision, *qui passera pour le chef-d'œuvre de Coriolis et lui donnera lors de sa vente une gloire à laquelle il ne croit plus et qu'il ne mérite plus, dans lequel il s'étonnera lui-même d'avoir su inventer un contraste puissant, un clair-obscur, le surgissement du nu, « il y a des choses là-dedans, l'homme nu, le coup de lumière, le dos en bas dans l'ombre », vaut en effet par*

1. Voir *Journal*, année 1853, t. I, p. 77 et II, 24 juin 1866.

« ce mélange de l'habillé et du nu qu'autorisent si rarement les sujets modernes », l'habit noir contre les nus « superbes », l'« académie » du conscrit, le « nu martial du dix-neuvième siècle », bref l'héroïsme de la vie moderne; mais en 1863 un tableau réel avait fait scandale par le même alliage du nu et de l'habit noir, par la reprise qui semblait profanatrice de motifs classiques dans un contexte moderne : c'est Le Déjeuner sur l'herbe[1] *de Manet, auquel, note Robert Ricatte, les Goncourt font discrètement la leçon; le tableau de Coriolis, « espagnol » de facture comme ceux de Manet, légitime la coexistence du nu et des vêtements, alors que le grand reproche fait à Manet était le rapprochement immotivé et plus profondément sensuel par là de la femme nue et des hommes habillés de noir. Vient enfin* La Plage de Trouville, *qui fera penser immédiatement à Boudin*[2] *qui au même moment donne à plusieurs reprises le même titre à ses compositions. Cette fois encore il n'y a que des affinités et des liens indirects entre Coriolis et ses « contemporains » : Boudin peint des personnages en costume moderne, mais pour lui l'essentiel est l'harmonie de la mer, du sable, du ciel, ces « prodigieuses magies de l'air et de l'eau » dont avait parlé Baudelaire en 1859, quand il avait loué ces études sur l'impalpable, et l'insaisissable, d'après « des vagues et des nuages »; « il ne m'arriva pas*

1. En 1865 *Olympia* de Manet avait provoqué un tel scandale qu'il est difficile de croire que les Goncourt n'en aient pas entendu parler; une récente étude de Thérèse Dolan, « Mon salon Manet, Manette et Salomon » paru dans *La Critique d'art en France*, Saint-Étienne, 1989, en tire argument pour avancer que *Le Bain turc* de Coriolis et le nu de Manette sont des réponses à Manet; le nom même de Manette ferait référence au peintre! Le tableau de Manet déclenche en effet une querelle du nu, et apparaît comme une profanation de la nudité féminine; un critique comme Gautier ne se trompe pas sur la valeur de ce signal. Il est difficile néanmoins de voir dans le tableau « oriental » une réplique terme à terme au tableau de Manet.

2. Auteur en 1861 d'une *Plage de Trouville*, en 1865 d'une *Plage de Trouville à l'heure du bain*, en 1866 d'une *Réunion sur la plage*.

une seule fois, devant ces magies liquides ou aériennes, de me plaindre de l'absence de l'homme ». À l'inverse la toile de Coriolis décrit la plage, mais comme site de vacances, comme univers « parisien » et moderne, dominé par « le type féminin de l'époque actuelle », surmené par le plaisir, dévoré d'ennui, malade de trop vivre; « de jolies convalescentes au milieu des énergies de la nature », tel est le thème.

Après quoi les œuvres de Coriolis basculent vers une sorte d'exaspération et de caricature, elles tendent à révéler la destruction d'un talent. Il y a « cela », cette toile qui lui est « venue » comme une vengeance et une profanation, Le Satyre bourgeois, *œuvre de la rage et du désespoir, poche de fiel crevée, excès en tout, surtout dans le « réalisme », dans le contraste (la Belle et la Bête, le gorille et la vierge), dans l'exécution, véhémente et féroce, dans l'intention d'insulter toutes les valeurs sociales et esthétiques. Après cette caricature de l'érotisme, Coriolis revient en arrière, il retourne à son Orient, qu'il retrouve dans le Languedoc, et il finit par cette toile qui n'est même plus décrite, qui est la convulsion pathologique de son talent, la caricature de son « luminisme »; les Goncourt l'assimilent aux dernières œuvres de Turner, que sans doute ils ne connaissent que par ouï-dire et qu'Edmond admirera plus tard. Dans Coriolis l'œil est comme malade et « presque fou »; ce n'est plus la lumière solaire qu'il cherche à saisir, mais une « sur-lumière », une lumière absolue, minérale, si constamment excessive que le peintre se trouve rejeté de la nature. La trajectoire de Coriolis l'a ramené en arrière, à ses débuts, mais dans le détraquement insensé de sa vision, la pathologie de son sens de la couleur.*

Telle est la mort d'un génie, qui justement ne meurt pas. Dans le roman les créateurs, Coriolis, Crescent, sont escortés par les « mauvais » artistes, ceux qui ne créent pas, ceux qui, situés aux limites du monde de l'art, repré-

sentent les cas limites de l'artiste. C'est Garnotelle et Anatole, tous deux unis au fond par les similitudes qui les expulsent de la peinture vivante. Ils s'opposent : l'un vit, fort bien, de sa peinture, l'autre en crève; l'un réussit, l'autre échoue même à rester « bohème », il finit fonctionnaire, double échec, mais leur carrière élimine de toute façon l'invention et l'art, ils font de la peinture un « état », l'un renté et pensionné, l'autre meurt-la-faim, mais ils lui demandent l'un et l'autre de quoi « manger »; ils sont l'un et l'autre indifférents à la proclamation de Chassagnol, « l'art, ça doit être comme le saut périlleux », « du talent ou la mort »; l'art est un absolu, incompatible avec les finalités d'un métier ou d'un gagne-pain. Garnotelle et Anatole, l'un mondain, l'autre encanaillé, l'un bourgeois, l'autre misérable, sont les représentants de l'art séparé du talent original; l'un incarne le travail, la patience, le savoir; chez l'autre le talent est dévoré par la facilité et la paresse. Alors que l'art est l'aventure radicale, le Tout ou Rien, le Jugement dernier, la révélation de l'Œuvre et du Génie, ils en font un moyen*; peu importe que l'un entre victorieusement dans l'officiel, et que l'autre s'efface peu à peu dans la marée des marginaux et des clochards, ils ont relativisé l'art, ils travaillent pour quelque chose (la fortune ou calmer sa faim), selon la commande sociale; ils sont dans* l'utile, *également et identiquement « bourgeois » : le Prix de Rome qui peint les dames du monde (et pas les courtisanes), et qui dîne en ville, comme le facétieux bohème, qui a voulu être peintre pour être bohème et qui explore tous les degrés de la sous-peinture, tous les petits boulots, toutes les servitudes de ceux qui attendent de l'art leur dîner du soir.*

Garnotelle et Anatole, ce sont deux statuts sociaux de l'artiste, mais aussi deux situations (fort proches) de l'art sur le plan esthétique ou quasi métaphysique.

L'artiste et le bourgeois sont des antagonistes : le roman le dit; mais le bourgeois se loge dans l'artiste, il y a des artistes-bourgeois comme il y a des bourgeois gentilshommes, les deux « esprits » peuvent se confondre. Garnotelle, c'est le peintre lauréat, qui a la gloire, les places, le pouvoir, le peintre « médiatique », qui a la presse, la critique, le public et Manette pour lui, qui est choyé par le ministre de la Culture, peintre d'État, qui a une conception essentiellement stratégique *de l'art et qui à défaut de talent a beaucoup de relations. L'intellectuel arriviste est d'abord un homme de relations. Garnotelle*[1] *a un modèle, Hippolyte Flandrin, dont les Goncourt ont utilisé les* Lettres et pensées *publiées en 1865, et qui, comme le peintre du roman, prenait volontiers la pose de « romain » nostalgique, pratiquait le portrait bourgeois, la peinture religieuse, se présentait en « Ingriste militant », et prônait le dessin contre la couleur. Sans doute ils ont forcé la note pour construire dans Garnotelle l'exemple de la médiocrité arriviste et arrivée. Viollet-le-Duc leur a aussi transmis des faits sur « le moyen de parvenir » en peinture*[2] *dont ils se sont servis pour évoquer comment Garnotelle fait sa cour aux patrons, comment il se donne un profil de candidat idéal à l'Institut. Le médiocre sans talent doit avoir au moins le génie de la publicité. Les Goncourt ont établi pour Garnotelle le parcours (sans fautes) du bon élève travailleur qui, n'ayant aucun don, est le produit du travail et de l'enseignement, donc un dessinateur exact et plat, donc un artisan qui dès l'atelier bénéficie de la protection et de la bienveillance universelles. Ce faux peintre (est-il même un peintre, tous les ennemis de la peinture se retrouvent en lui) est un mauvais peintre : ses portraits sont marqués par*

1. Sur ce point Robert Ricatte, *op. cit.* p. 335 sq. Flandrin a refusé le portrait d'une impure et n'a eu le prix de Rome qu'à la troisième tentative; l'affaire du prix de Rome injustement attribué est empruntée à un épisode véritable de 1844.

2. L'article hostile à Coriolis contient des passages littéraux pris à Delécluze et à Planche.

l'absence d'invention, il est incapable de trouver l'idéal de la réalité, de chaque réalité; ses bourgeois sont idéalisés à faux; « la grosse race positive » prend des allures mystiques; ou ses bourgeoises sont saisies telles quelles, dans le malaise de la pose, avec leurs soucis de ménagère, comme « en pénitence dans les Limbes ». Avec Garnotelle, « aimablement classique et artistiquement bourgeois », se définit une esthétique bourgeoise; c'est l'esthétique du cliché, de la ligne impersonnelle, du tout fait, ou du tout vrai, de la soumission au libellé du réel, de la banalité restée banalité.

L'artiste fuira-t-il l'embourgeoisement par l'excentricité et la marginalité sociale? Sans les bohèmes, sans les personnages de l'artiste tombé au peuple, qui font de Manette Salomon un excellent roman populaire, sans Anatole le rapin-parasite, et Chassagnol le « parleur de tableaux », l'esthéticien à la vie incertaine et vagabonde, vivant au gré des tirades, des compagnonnages et des idées fulgurantes, ce tableau des figures de l'artiste ne serait pas complet. Chassagnol et les Goncourt le déplorent : il y a dans le peintre quelque chose de grossier, de peuple; leur temps est celui des écrivains faméliques (Murger, Champfleury, Vallès) qui ont fait de leur misère une inspiration, sinon une ressource. Il y a le picaresque et le pittoresque de tout cet envers de la peinture auquel Anatole est voué et dans lequel il descend toujours plus bas, de moins en moins peintre, de plus en plus bohème pur, de plus en plus rien. Il aura parcouru toutes les parodies de l'art pour finir comme Coriolis, dans un renoncement parallèle et simultané qui détruit en lui l'orgueil de l'artiste, le laisse accablé par « le retour d'âge du bohème », le convertit enfin dans « la mort honteuse du rêve de toute sa vie » à la vie régulière et normale. Il devient fonctionnaire : il a capitulé comme Coriolis qui vend son talent, brûle ses toiles, se marie et « suicide » son génie. Le roman de l'artiste, c'est sa mise à mort. Tan-

dis que l'ultime tirade de Chassagnol laisse sans réponse la seule et unique question : qu'est-ce que le Beau ?

Tel est ce raté éblouissant et génial, Anatole[1]*. Pour lui les Goncourt avaient un modèle, ce Pouthier, ami de collège d'Edmond, compagnon intermittent de leur vie, « notre parasite », comme ils disent, héros continu d'une véritable saga anecdotique étrange et bouffonne dont on retrouve l'essentiel dans le roman, comme si Jules et Edmond, fascinés-dégoûtés, voulaient à la fois ne rien inventer pour leur personnage et ne rien perdre de la carrière extravagante mais réelle du modèle. Ils en ont considérablement étendu la signification : Anatole renvoie à d'autres modèles vivants, à Henry Monnier (ou à son avatar balzacien, Bixiou), à de grands types littéraires avec lesquels les Goncourt ont couru avec succès le risque de rivaliser, le Neveu de Rameau (même vagabondage absolu, même cohérence dans l'inversion de tout, même prodigieuse faculté d'imiter, d'assimiler, de détruire, même consternante proximité du génie et de sa parodie, le raté), Gavroche aussi : Anatole qui va devenir l'allégorie de la Blague, c'est Gavroche remis sur ses*

1. Sur les origines de ce personnage (dont le nom renvoie au milieu agité des clercs et des étudiants de jadis), voir Robert Ricatte, *op. cit.* p. 326 sq. Tout de suite il s'agit de Pouthier : et les Goncourt ne lui attribuent aucune aventure qu'on ne puisse confirmer par le *Journal* ; l'exploitation des portraits de l'Empereur, l'épisode de la cuisine russe, la danse caricaturale, le petit nègre, les sommeils sur le côté gauche, les journées au lit, le goût du Jardin des plantes, la cohabitation avec les maçons, un sergent de ville, les pompiers, les « noces » populaires, la vie de garçon-pharmacien amateur, les bains de la Seine, le Christ ; Pouthier se sépare d'Anatole par ce seul trait : tombé au plus bas de la misère, il refuse néanmoins une place dans les chemins de fer proposée par les deux frères. Voir dans le *Journal*, t. I, p. 55 (sur le petit morceau de blanc accroché à sa porte qui permet aux visiteurs d'inscrire leur nom), 152, 162, 166, 197, 212, 235, 338, 432, 436, 634, 815, 958, 993 ; t. II, p. 34. Pouthier aussi les pourvoit en anecdotes ; ainsi *Journal*, t. I, p. 154, l'histoire du vieux peintre Guichard, tourmenté par sa femme, qui joue aux boules tous les jours ; le trait est mis en réserve pour Coriolis déchu.

pieds, ramené à la réalité du Parisien, du Titi absolu, de l'Esprit du Peuple et de la Modernité. Nous y reviendrons, Anatole est un symbole. Le rapin en lui se confond avec le Gamin (la même réunion se faisait chez Balzac avec un Léon de Lora) ; les Goncourt avec lui font la leçon à Murger et à Hugo, et à tout romancier du peuple. Le mauvais artiste va représenter une sorte de retournement de l'art contre lui-même propre à la modernité; mais il est d'abord le représentant des mauvais côtés de l'« artiste », qui sont en lui par une sorte de fatalité : la facilité, l'excès de dons (Anatole contrairement à Garnotelle a un immense talent naturel), l'absence de volonté et d'application, qui le condamne à ne pas travailler, à ne pas développer ses dons, qui le sépare de la discipline, de l'éthique sévère de l'art; comme Garnotelle Anatole a voulu dans l'art autre chose que l'art, un style de vie, un débraillé fondamental, une anarchie existentielle auréolée de « licence, de gaieté, et d'immoralité » ; une escapade radicale hors de tout ce qui constitue « le principe de réalité », hors de la personnalité et de l'identité; Anatole n'a pas de moi; il a le don précieux « du non-vrai ». Et le don encore plus rare de la paresse : c'est par là qu'il est potentiellement un artiste prodigieux. Il ne fait jamais rien; mais l'artiste n'est-il pas un paresseux fondamental? Coriolis aussi a ses moments de « farniente » rêveur, rageur; l'épisode de Barbizon, moment central du roman, saisit l'artiste dans ses vacances, ou sa vacance : il ne fait rien, mais sa vacuité s'emplit de la touffeur, du bruissement, du chatoiement de l'être. L'imitation *est d'abord une transfusion d'existence, une confusion passive des limites, dont Anatole est la variante excessive et incurable. C'est devenu une passion pour lui de n'être jamais lui, en lui, ou* chez lui. *Et par là il rejoint paradoxalement « le bourgeois », et l'artiste en bourgeois : le nomade éternel a la nostalgie de l'ordre et de la foule; le farceur est un Joseph Prudhomme. « Il avait le tempérament non point classique, mais académique, comme la France. » Le non-conformiste total est le plus conventionnel. Le marginal cultive le cliché. Lui aussi a le bourgeois dans la peau; il improvise un vécu, il n'invente pas une forme. Et sans doute pour les Goncourt, on ne peut pas inventer en tout : l'artiste est inventeur s'il réussit, comme Coriolis quelque temps, comme Crescent toujours, un équilibre entre la stabilité et la recherche, l'identité et le mouvement, la perte et la conservation de lui-même. Entre Garnotelle l'assis, et Anatole le ludion, tous deux unis dans le respect académique.*

Le roman enfin est rythmé par les improvisations du plus problématique des personnages, la variante la plus excentrique, la plus aberrante, la plus déviante, de l'artiste, Chassagnol[1]*, le « théoricien »; venu explicitement des grands maniaques artistes d'Hoffmann, ce personnage est à la frontière du fantastique : sa vie est une énigme, les sources de sa parole toujours inspirée, saccadée, fulgurante, sont inconnues, il* apparaît *à intervalles réguliers dans le roman pour orienter la recherche des artistes, lui, paradoxe vivant, qui n'a jamais peint ni dessiné, mais qui semble doué d'un don de vision et de prévision, et dont la pensée vaticinante est sourdement accordée à l'expérience des créateurs; n'est-il pas le « porte-parole » des Goncourt qui ont eu le coup de génie de confier le soin de « penser » à une sorte de bizarre, halluciné, drogué, égaré? Lui-même est l'excitant intellectuel*

1. Le 5 avril 1886 Edmond choqué par des articles qui encensent *L'Œuvre* se livre à un éreintage du roman de Zola et écrit : « Quant aux idées révolutionnaires en art de Zola, c'est partout un rabâchage patent des tirades et des “morceaux de bravoure” de Chassagnol et des autres. » Sur les origines du personnage, voir Robert Ricatte, *op. cit.* p. 337 sq. Il n'y a aucune ressemblance physique entre Chassagnol et Chenavard. Il y a aussi un modèle convergent, Fromentin, dont les Goncourt (*Journal*, 25 mai 1865) notent qu'il est « un des plus remarquables parleurs d'art et fileurs d'esthétique que j'aie encore entendus, je pense qu'il y a, dans les peintres, les derniers théologiens ».

du roman, l'élément de fièvre esthétique *qui s'exprime dans la transe d'épileptique ou d'hystérique, des gesticulations désarticulées, un rire de fou, des yeux troubles ; il est toujours ivre d'idées ou de drogue. Cet oracle esthétique est un paradoxe vivant, un mystère ambulant, un parasite (de sa femme, de ses interlocuteurs qu'il vampirise, de tout le monde), un noctambule qui fait le désespoir des garçons de café à l'heure de fermeture, un « génie » parisien, une sorte de revenant qui hanterait les brasseries et les ateliers, un spectre philosophe qui aurait raison dans sa folie. Cette fois encore les Goncourt ont un modèle, le peintre Chenavard, dont ils n'apprécient certes pas la peinture humanitaire et allégorique (on la retrouve peut-être dans le tableau d'Anatole) ; mais sans ressembler physiquement à cet « esprit » errant qu'est Chassagnol, Chenavard avait des lectures, des idées, le goût de l'entretien, Baudelaire s'est félicité de pouvoir avec lui « causer de Virgile et de Platon », de trouver en lui « l'ami de tous les gens qui aiment le raisonnement... curieux de religions et doué d'un esprit encyclopédique » ; Théophile Silvestre l'a présenté comme « un docteur ès toutes choses », « une espèce de gymnosophiste qui passe sa vie à discuter sans fin et sans repos ». Bohème radical, éblouissant et stérile, sa passion absolue de l'art met symboliquement Chassagnol sur les limites de la réalité.*

Déconstruction romanesque

Cinq personnages constituent donc le roman, dont la disposition et le mouvement semblent réguliers et nets ; il fait la boucle : du Jardin des plantes dans la première séquence pour une tirade sur Paris et la présentation des futurs artistes, au Jardin des plantes, où le seul Anatole, survivant mais vaincu, se détourne au contraire des hommes pour revenir au milieu des animaux au matin du monde, et jouir étrangement « de la félicité du premier homme en face de la Nature vierge »; il y a l'avant-Manette, qui vient presque au centre de l'œuvre (comme du tableau de Coriolis qui est l'apogée de la carrière du peintre); il y a l'époque de Manette, ou le lent glissement vers la mort esthétique; il y a la formation des artistes, l'atelier, la séparation du trio, Coriolis en Orient, Garnotelle à Rome, Anatole à Paris, et le retour de Coriolis, période d'équilibre, de travail, de bonheur, qui culmine avec l'immersion dans la paresse et la nature à Barbizon (autre centre symbolique et « dramatique » de l'œuvre); il y a le rythme des séparations de Coriolis et d'Anatole qui déclenchent à chaque fois les deux grandes chutes du bohème dans la « dèche », ses immersions dans la foule, l'anonymat et la misère, à la fois consolante et désespérante; il y a ainsi trois « départs » de Coriolis si l'on compte le séjour à Fontainebleau; il y a enfin au retour de la forêt, après la mort du singe (autre grand moment!), la longue fin, le long glissement dans l'échec et toutes les variantes de la mort des artistes, thème qui est un peu « la basse » fondamentale du récit.

Le roman est fait d'échos, d'évolutions, de suggestions; à un certain niveau, il transcrit une histoire *d'un artiste dans son art, avec des dates et des étapes; à un autre niveau il est une chronique paradoxale d'événements qui n'ont plus rien à voir avec la logique d'une intrigue ou la construction d'un récit. « Par un jour de soleil de la fin de février... », « il faisait un de ces jours de printemps de la fin d'avril », « à minuit le 20 juin commençait dans l'atelier de Coriolis ce bal qui... ». Ce sont les saisons (l'été du canoteur, ou du peintre de Barbizon, l'hiver du peintre et du misérable, l'été parisien du bohème) qui sont les événements du roman; ou mieux encore, comme l'a excellemment analysé Jacques Dubois, l'instant : le roman-poème*[1] *est bien comme les toiles de Crescent le poème*

1. Voir aussi sur les difficultés narratives des Goncourt, E. Caramaschi, *Le Réalisme romanesque des Goncourt*, Pise, 1964, p. 120-140.

des Heures, *dont la luminosité, la qualité, la complexité ne reviennent jamais identiques. Si l'on était juste à l'égard des Goncourt on reconnaîtrait leur originalité dans l'histoire du roman qu'ils ont voulu plus que tout autre renouveler en le niant, en le* décomposant *au sens strict du mot, en faisant éclater tous les schémas narratifs.* Manette Salomon *est peut-être à ce point de vue leur chef-d'œuvre.*

Fragmenté en 155 chapitres, qui tendent vers la séquence autonome, le poème en prose, la tirade, la lettre, le portrait, la note de journal, la chose vue, ou entendue, « la veduta » de Paris ou de la nature, la scène comique, le « topo » historique, social, didactique, l'impression fugitive, l'allégorie, le détail insignifiant et inutile, le roman laisse le descriptif envahir le narratif, le monologue supplanter le dialogue, le statisme supprimer la crise ou la tension, l'état ou le résumé analytique recouvrir l'intrigue. Au nom d'un nominalisme qui est l'essence du réalisme et qui chez eux est radical, les Goncourt fuient la continuité, la construction, l'homogénéité, éléments de généralité. *Pas de drame, pas d'aventure; à peine un récit*. On ne romance pas le roman. Manette *est sans doute l'œuvre la plus proche de l'idéal des deux frères exprimé en 1856*[1]. *« Le roman de l'avenir appelé à*

1. *Journal*, 16 juillet 1856 : cette phrase figure dans les premières éditions, nous citons l'article en entier (cf. édition définitive, Flammarion-Fasquelle, 1935-1936, t. I., p. 108) : « Après avoir lu du Poe, la révélation de quelque chose dont la critique n'a point l'air de se douter. Poe, une littérature nouvelle, la littérature du XXe siècle : le miraculeux scientifique, la fabulation par A+B, une littérature à la fois monomaniaque et mathématique. De l'imagination à coup d'analyse, Zadig juge d'instruction, Cyrano de Bergerac élève d'Arago. Et les choses prenant un rôle plus grand que les êtres, et l'amour déjà un peu amoindri dans l'œuvre de Balzac par l'argent, l'amour cédant sa place à d'autres centres d'intérêt, enfin le roman de l'avenir appelé à faire plus l'histoire des choses qui se passent dans la cervelle de l'humanité que des choses qui se passent dans son cœur. » Voir aussi le texte où Edmond définit l'évolution du roman vers « le livre de pure analyse », pour lequel le

faire plus l'histoire des choses qui se passent dans la cervelle de l'humanité que des choses qui se passent dans son cœur. » Ils l'ont écrit ici ce « roman des idées » : l'aventure y est intellectuelle; l'idée, l'œuvre, le devenir d'un esprit y sont les événements. Mais leur formule renvoie plus généralement à une négation tendancielle de l'intrigue ou du drame : le roman est « analyse », « étude », « mémoire », « document », « histoire », tous termes qui définissent l'objectivité réaliste, et aussi l'effacement de ce qu'il faut bien considérer comme l'antagonisme du réel romanesque, ce contre quoi s'écrit le roman de la modernité du Second Empire, c'est-à-dire l'ordre de l'intrigue, cette « fausseté de la perspective » à laquelle à ses risques et périls Flaubert renonce dans L'Éducation sentimentale. Si l'organisation est fausseté, ou cliché romanesque, la désorganisation est vérité. Et si Manette Salomon est un grand roman historique du XIXe siècle, il s'agit de l'histoire pratiquée par les Goncourt, l'histoire de la vie privée, des mœurs, des sentiments, des « nerfs », de l'art : la révolution de 1848 est évoquée pour ses conséquences sur la peinture et sur la vie d'Anatole; le roman présente comme de l'histoire, et ils en font partie en un sens, les grands modèles typiques qui ont un nom, une gloire, un rôle dans la micro-histoire des artistes. La société de l'Oignon[1] aussi, c'est de l'histoire. Mais cette

---

terme de roman sera impropre. L'*analyse* (mot flaubertien aussi) implique le récit détaillé d'états et élimine les actions, les événements, qui sont le propre d'une intrigue ou d'une aventure. Cf. F. Fosca, *op. cit.* p. 338 : il s'agit d'une lettre d'Edmond à A. Daudet au moment de la parution de *Chérie*. Le même Edmond note le 4 mars 1883 : « Le manque d'intrigue ne me suffit plus. Je voudrais que la contexture fût différente, que ce livre eût le caractère de *Mémoires* d'une personne, écrits pour une autre. » Fosca note qu'il définit alors le futur roman proustien.

1. Ph. de Chennevières, *Lettres sur l'art français en 1850*, 1851, p. 27 évoque la Société de l'Oignon, franc-maçonnerie des anciens « Romains ». (Voir aussi le texte p. 256.)

histoire privée, intime, celle des particuliers *qui se définit par le fait qu'elle n'est justement pas publique, elle est le contraire même du général (l'erreur de l'histoire dite nouvelle fut ces dernières années, en redécouvrant une histoire du privé découverte déjà par le roman au* XIXe *siècle, de croire qu'elle pouvait être « généralisée »); elle existe dans l'infinie fragmentation de l'anecdote : ici l'anecdotique, c'est l'*être *unique*[1], *le trait singulier, l'histoire pittoresque, et surtout la farce, le canular, l'épisode inouï et qui jamais ne reviendra, la bonne blague, une noce effrénée, une mystification mémorable, un carnaval d'Anatole, les plaisanteries de Barbizon mais aussi les spectacles parisiens, l'arrangement fortuit et presque fantastique de la ville (ce bout de l'île Saint-Louis, « du côté de l'Arsenal, un coin de pittoresque échappé au dessinateur parisien Méryon » où Anatole va pêcher), ces cours qui ressemblent à un vrai marché aux puces, cette réalité qu'une boutique de brocanteur n'imiterait pas, le chaos d'objets que représente aussi bien l'atelier de Coriolis, tous uniques, tous hétéroclites (c'est le « topos » de la boutique d'antiquaire lancé par* La Peau de chagrin*); mais la nature, la banlieue de Crescent, Barbizon et l'auberge, offrent les mêmes effets de coexistence bizarre; tout cela relève de l'anecdote, qui ne désigne pas seulement par exemple la blague des bains ou celle des chevaux (réellement arrivée à la Jenny Colon de Nerval), ou les excentriques, extravagants et réels, qui se succèdent inlassablement dans la vie du bohème; les Goncourt* collectionnent *le bric-à-brac humain avec délices. Relève de* l'anecdote *tout ce qui existe à un seul exemplaire, tout ce qui se présente par l'article défini (le médecin des artistes, l'homme à la fabrique, le sourd des Batignolles);*

1. Sur ce sens de l'individuel voir E. Caramaschi, *Réalisme et impressionnisme dans l'œuvre des frères Goncourt*, Pise-Paris, Lib. Goliardica et Nizet, 1971, p. 63 sq.; et Robert Ricatte, *op. cit.* p. 347 sq., qui oppose fortement la manière des Goncourt à celle de Zola.

Coriolis dans sa période « moderne » est arrêté par « un aspect, une attitude, un geste, l'apparition d'un dessin sortant d'un groupe... un individu bizarre, l'originalité d'une silhouette excentrique... » ; les toiles de Crescent qui montrent la Bièvre font voir « le rouge d'une cerise sur un cerisier », ou « le bleu d'un bourgeron qui dort, un dos d'homme tapi qui montre une sieste suspecte de pochard ou d'assassin ».

Le roman est épris de cette gratuité, de ce caprice du réel *cueilli au vol et reproduit sans suite ni conséquences. Tant pis ou tant mieux si l'inutile fait éclater la forme narrative, distend outrageusement les épisodes de l'Atelier, de la vie d'Anatole, de Fontainebleau, rompt le fil directeur, ou le rend problématique, laisse proliférer aux dépens du sujet central une recherche autonome du bizarre, du comique et du grotesque, qui fait de* Manette Salomon *un chef-d'œuvre de « blague » plein de cette « turgescence de comique[1] » que les deux frères trouvaient dans la vie de province et proposaient à un Tallemant des Réaux moderne; le travail de déconstruction des ensembles, de suppression de l'ordre, de la hiérarchie, de la logique, de pulvérisation des unités et des généralités caractérise et le roman, et les séquences et les descriptions et les paragraphes, et les phrases mêmes des Goncourt. Le mot lui-même tend à la valeur d'une touche de couleur : Coriolis parle comme s'il peignait. Comme l'a montré l'analyse remarquable par Jacques Dubois de l'épisode[2] de Fontainebleau chez les Goncourt et chez Flaubert, les premiers* tendent *à l'éclatement de la phrase sous la poussée de l'impression pure, de la chose sentie, comme le roman explose en « poème de sensations ». Pour Flaubert, a dit Thibaudet, « le style consiste à exprimer le caractère de l'objet par une beauté verbale, à transposer la*

1. *Journal*, 22 septembre 1862.
2. Voir *op. cit.* p. 33 sq., et p. 111, 132, 153.

nature des choses en des natures de phrases; pour les Goncourt il consiste à diminuer le plus possible l'écart entre la sensation et la phrase, à laisser tomber de la phrase tout ce qui n'est pas sensation directe, à marcher librement dans les répétitions, les cascades de relatifs et de génitifs qui faisaient le tourment de Flaubert ». L'anti-description des Goncourt combine les masses et le détail aberrant, dissonant, incompatible, *selon le mot de Robert Ricatte; elle ordonne et détache, elle confond et isole, la réalité se divise en traits contradictoires, comme pour les juifs dans la fête de la Pourime, ou s'émiette comme pour le portrait de Manette dans l'omnibus en fragments, en instants, en éclairs lumineux répartis dans un trajet d'omnibus, en reflets, en un tournoiement incessant de lumière et d'ombre, de visible et d'invisible. La forêt de Fontainebleau se décompose en forêts de Fontainebleau, saisies à travers les saisons, les heures, les sites, les marches du peintre témoin, qui visite et qui voit, et qui enregistre la totalité des fragmentations qui reproduisent ses sensations, et même prolongent la réalité vers le rêve et l'image.*

*Pour les Goncourt, sentir, décrire, raconter sont du même ordre ou plutôt du même désordre. Le culte de l'*individuel *et de la nuance leur rend difficile de construire une phrase, une description comme de faire un récit. La démarche analytique dont ils font l'opposé de l'intrigue et de la narration élit le ponctuel, le momentané, le discontinu; comme leurs personnages sont une suite d'identités, de « types » qui se déclenchent en eux, le roman sera une succession de moments, parfois abrupts, commençant audacieusement* in medias res, *ou plutôt ne commençant pas, mais jetant le lecteur en plein réel, dans le présent pur (« Hé là-bas, mon petit ange... tu vas bien sur la matelote... »), une série d'éclairages subits, d'épisodes déliés, lancés parfois par des raccords temporels au passé qui reviennent en arrière pour recréer une* *continuité dans l'interruption du temps (« Septembre amenait les derniers beaux jours. La forêt, sous les chaleurs de l'été, avait pris des rayonnements plus doux »; « En devenant mère, Manette était devenue une autre femme »). Le roman avance au jour le jour, comme la vie d'Anatole (« Des mois, un an, se passaient »), au gré des rencontres (d'Anatole et de Coriolis surtout qui, on l'a vu, rythment l'œuvre), dans le silence des ellipses et des blancs, le surgissement des étapes qui révèlent la partie visible des évolutions insidieuses et continues, « peu à peu les dîneurs d'habitude devinrent rares et ne parurent plus que de loin en loin : Coriolis s'en étonna », « tout avait changé dans l'intérieur de Coriolis ». La fin de Coriolis, la preuve de la fatalité, c'est une série de rencontres où on ne le reconnaît plus, où il ne reconnaît plus personne.*

La quête du « réel »

Les Goncourt qui n'aimaient pas raconter, ont fait de cette lacune une méthode, et ont été peut-être des novateurs et des précurseurs trop audacieux. Ce n'est pas à Flaubert ou Zola qu'il faut les comparer, mais aux décadents ou aux romanciers dits modernes comme Proust. De toute façon la décomposition de Manette Salomon *en épisodes, en notes, en pages d'album, ne doit pas dissimuler l'unité thématique profonde de cette œuvre. Roman de l'artiste, c'est aussi le roman de l'art, une réflexion en acte sur son sens, ses sources, ses conditions, sa décadence (Delacroix dès le début apparaît comme « l'image de la décadence de ce temps-ci »; la mise à mort des peintres annonce qu'il est peut-être question d'une mise à mort de l'art), la question du moderne et du « réel »; à la limite le destin des peintres est le destin des Goncourt eux-mêmes. Par une audacieuse et discrète*

« mise en abyme », le roman parle du combat esthétique dont il naît, évoque l'écrivain dans le peintre, le livre dans le tableau, la page dans la toile; Coriolis, Crescent, Anatole même sont nés des Goncourt, leur roman se représente lui-même en eux. C'est tout l'art qui est en jeu dans ce roman des peintres. Romanciers dont on a dit qu'ils étaient les ultimes « condillaciens[1] *» par leur culte de la sensation et leur exaltation du sensible, le mur de Decamps les provoque : il obsède Coriolis, et les deux frères, qui doivent le restituer, en écrire le séché, le craquelé, l'écaillé.*

Le premier élément qui fait du roman le double de lui-même, qui le fait être ce qu'il raconte, c'est qu'il se présente comme une quête dont il est l'enjeu. C'est la quête du réel, le défi relevé de la vie frémissante du physique pur, de la secousse des nerfs et de la vitalité, comme l'indique le premier « topo » de Chassagnol sur Le Baiser *d'Houdon. Decamps aussi a « fait frissonner la nature », « dramatisé le bois, héroïcisé le ciel et les sentiers ». Crescent, « peintre admirable de la sensation », donne « le sentiment, presque l'émotion » des choses. Le peintre doit « attraper la nature dans sa puissance éclairante », « faire de la lumière », « donner juste la vie ». La fonction de l'art, c'est de retrouver et de communiquer « cette sensation absolue que Chevreul dit aussi forte pour l'œil que les sensations des saveurs agréables pour le palais... cette impression spontanée, la sensation... cette chose divine que rien n'apprend, la couleur ». Le visuel n'est qu'une partie, la première certes, de cette sensibilité où s'enracine l'expérience première, dernière, de l'homme, où le fait d'exister et l'être au monde sont dans leur état originel et absolu. Qu'est-ce que la passion du réel, et du document chez les Goncourt, sinon la quête esthétique et presque*

1. Rapprochement suggestif proposé par P. Sabatier, *L'Esthétique des Goncourt*, Hachette, 1920, p. 254; la formule « idées et sensations » qui les définit si bien est voisine évidemment de la pensée sensualiste.

métaphysique du nouveau absolu, et de l'unique, c'est-à-dire de la sensation première, et rare, donc vraie, de l'expérience puissante et complexe qui révèle le vivre *dans ses modalités authentiques et déjà esthétiques ? C'est elle qui est l'objet du roman et l'objectif des peintres. Le nominalisme des Goncourt aspire à l'individu pur, saisi pour la première fois. Dans l'« intuition » du contemporain, il n'y a qu'une sincérité plus sentie, un engagement plus personnel dans le fait d'exister.*

L'artiste restitue la sensation parce qu'il l'a eue ; le talent, c'est l'aptitude à la nouveauté, à l'individuel. Tels sont les conseils initiaux de Chassagnol : que le peintre en croie ses yeux « de Parisien du XIXe *siècle », qu'il peigne ce qu'il surprend et perçoit* lui-même. *Tout artiste commence, absolument, il recommence l'art, et pour lui le monde est en train de commencer : il est moderne et primitif. À lui de voir « le caractère caché dans toute chose qui se révèle à l'homme unique né pour le voir ». La chance des modernes devrait être que leur adhésion au flux temporel, leur rupture avec la tradition, les mettent en contact immédiat avec l'éphémère et le toujours nouveau. La quête du réel conduit l'artiste tout simplement à ce qui est là, « au premier champ, à la première herbe, à la première eau » que le regard naïf et religieux de Crescent a su voir. Qu'il soit « jaloux de ses sensations propres, de son optique personnelle », qu'il ait (contrairement à Decamps qui n'a pas « appris le soleil » du soleil lui-même) « des yeux tout à fait à lui » ; un peintre (un écrivain ?), c'est un regard qui perçoit, qui travaille, qui fait les « croquis inconscients » de Coriolis promeneur de Fontainebleau, qui se détraque, comme Coriolis, comme le drogué soumis à un excès de sensations ; Crescent, né paysan, a mis du temps à* voir *la campagne, à retrouver grâce à la Bièvre, la première vue des choses, qui est la bonne, la seule. Coriolis justifie ses Orientales : « Si, c'est bien cela », « cela, je le sais » ; il le sait parce qu'il l'a vu, senti, et mémorisé; il est « une mémoire » (les Goncourt ne font nul crédit à l'imagination, leur esthétique*[1] *repose sur la mémoire; d'où leur* Journal*), une mémoire de ce qu'il a connu et vécu, fidèle au dépôt originel de l'expérience. Tel est le combat de l'art, de l'*étude d'après nature, *qui relève le défi de l'être, et repose sur « l'effort presque enivrant de la serrer de près, la lutte acharnée, passionnée, de la main de l'artiste contre la réalité visible. »*

Le terme de cette lutte, c'est le début, la fidélité à la sensation première, au moment divin *et sensuel, où dans l'acte pur de sentir, l'artiste a été lié avec plus de profondeur au monde et à lui-même; la quête passionnée du réel est la quête du sensible et du sensuel : rien de moins « intellectuel » que les Goncourt, nul n'est plus qu'eux étranger à l'intellectuel dans tous les sens du mot; seul Flaubert peut-être les rejoint; la chute des Goncourt a coïncidé avec la montée de l'écrivain-intellectuel, avec la chute du figuratif et l'ascension de toutes les formes de l'abstrait. Pour eux* réalisme *veut dire sensualisme et plaisir; et l'ennemi de l'art, incarné dans le mauvais peintre, c'est tout ce qui relève de l'*intellectuel, *du savoir (de la main, de l'œil), de l'appris (vulgaire, commun ou académique), du pensable, qui s'interpose comme écran factice, comme* tout fait *et inévitablement comme généralité; l'intellectuel relève du confort : l'esprit ne cherche que lui-même et se détourne de cette expérience de vérité, de plaisir, d'insécurité aussi qui est le propre de l'art*[2]*; la recherche du réel et du beau est périlleuse, elle contient*

1. Cf. *Journal,* 31 octobre 1860 : « Je crains bien que l'imagination ne soit une mémoire inconsciente. La création pure est une illusion de l'esprit et l'invention ne procède que de choses arrivées. »

2. Paul Valéry n'a-t-il pas écrit, au prix d'un reniement de lui-même : « Une vie vouée aux couleurs et aux formes n'est pas *a priori* moins profonde ni moins admirable qu'une vie passée dans les ombres intérieures. »

l'inquiétude morbide, l'exaspération de la sensibilité, sa dénaturation (les grands artistes sont « les excessifs, les déréglés, les géants »); le réel se définit par le fait d'être autre que l'intellectuel, c'est le choc qui nous ramène à nous en nous écartant de nous. Et par le plaisir : le « parti » Garnotelle qui réunit tous les ennemis « du morceau peint », c'est-à-dire de la couleur, est une coalition de tous les puritanismes, Garnotelle en dernier recours est un peintre moral et chaste; le choix des couleurs ternes et anémiées, du graphisme rigide et mesquin, de l'idéalisation conformiste produit une peinture pauvre et comme pénitentielle. Mais il s'agit bien d'une rancune contre la couleur et la sensation; les sérieux, les académiques, les officiels, les écrivains penseurs, les critiques lettrés, les doctrinaires ont une haine générale contre le sensible, le sensible pur et vrai, leur austérité prude nie l'art en l'appréciant « par la réflexion, par une opération du cerveau, par une application et un jugement d'idées ». La quête du réel est une victoire sur l'idée (« c'est si drôle un homme d'esprit, c'est si bête en art »), sur la littérature (le roman pourfend toutes les contaminations de la peinture par la littérature), sur les lieux communs (pour Crescent, « la terre n'avait point de lieux communs », il a rompu avec « le persil héroïque du feuillage »), sur le schéma connu, la routine de la main et de l'œil, sur la science en un mot, aussi impersonnelle et abstraite que le jour du Nord qui convient à tout et à rien, que « le caractère de noblesse éternelle et permanente » revendiqué par l'article d'éreintement de Coriolis.

L'art réclame de l'artiste un œil ou une conscience désintellectualisés, purifiés de ce qui est logique, construit, conceptuel; l'académisme n'est sans doute qu'un cas particulier du refus puritain et intellectuel de la sensation dont le roman parcourt toutes les formes et tous les alibis. Decamps a eu un tort, il n'avait « pas d'yeux tout à fait à lui », il savait l'Orient, « il ne s'est pas *assez livré, abandonné, oublié »; Garnotelle, savant! hélas, arrêté au savoir du « grand » style romain, dessinateur de seconde main, anticoloriste par impuissance, est significativement « tiraillé entre la nature et l'exemple », entre la saisie de la réalité comme exemple du général, et le sens à créer, à dégager de la « nature » individuelle et présente. Ne va-t-il pas exalter Rome comme « le seul endroit au monde pour vous donner le dégoût des choses trop vivantes » ? Mais par nature l'intelligence a horreur « des choses vivantes », elle se fie à elle-même et fuit ce qui est étranger à l'esprit; elle tend à se contempler elle-même : le prouve le destin des avant-gardes* théoriques *et celui de « la modernité », construction théoricienne. Pour les Goncourt l'artiste prend à revers cette tendance uniformisante, généralisante, moralisante de l'intelligence; tel est le saut de l'art, saut périlleux qui défait les ensembles construits et les schémas abstraits. C'est le saut que ne fera jamais Anatole, « malheureusement adroit », c'est-à-dire capable d'apprendre et de reproduire sans contact avec « la nature », sans combat de la main contre la réalité, c'est le peintre de* chic *qui se fie aux souvenirs, aux routines, aux conventions, aux « à-peu-près de style canaille »; aussi le cas de son « grand » tableau est-il exemplaire : il est né d'une* idée[1]*, non pas d'une idée picturale, mais d'une idée politique; Anatole veut traduire ses « opinions »; la fausse peinture va de la « pensée » à l'allégorie, elle tourne en rond dans l'intellectuel.*

Jusqu'où ira ce travail de purification de l'intelligence? Cette recherche du sentir à l'état premier et violent, du contact naïf et innocent avec la nature, ce refus de la distance *entre le sujet et l'objet, le parti pris de ne pas savoir et de ne pas penser? Esprit sauvage et vierge, l'artiste va*

1. Robert Ricatte, *op. cit.* p. 329 n., le rapproche pour la disposition en zones superposées, les allégories, les processions historiques, de la *Palingénésie universelle* de Chenavard. Crescent lui-même, s'il se met à dogmatiser et à spiritualiser sa peinture, inquiète Coriolis.

se trouver ainsi sur une limite ou dans une antinomie. Il est tout à la fois suprêmement personnel, et désireux, ou menacé de s'abolir comme personne, de se confondre avec l'innocence, l'inconscience des choses, il est différent, autre, et il tend à être dans les choses, fondu avec elles, absorbé jusqu'à la perte de lui-même, tant la relation vivante avec la vie le mène à être sans conscience, sans moi ; le voici sur les frontières du moi et du non-moi cosmique, de la vie individuelle et de la mort par fusion, de la conscience créatrice et de l'instinct pur du vivant. Entre le Moi unique et l'extase. Aussi peut-être les Goncourt ont-ils le courage à propos de leurs peintres, si faibles comme volonté et comme personnalité, si malléables comme Coriolis, si « enfantins » comme Anatole (dénué de Moi, privé du « besoin d'une vie à part »), si prompts comme Crescent à revenir à la vie simple, en communion avec la nature et le peuple, ils ont le courage de révéler que cette carence du Moi est une loi de la création esthétique : l'artiste est faible dans la société, parce qu'il est artiste, parce qu'il est d'ailleurs. Parce que l'art lui commande ce sacrifice de lui-même qui est en un sens quasi mystique le triomphe de lui-même.

Toutes les grandes descriptions du roman, unies par un lien secret et profond, montrent que la quête du « réel » a une dimension extatique, qui conduit l'artiste aux confins de la vie et de la mort. Les grands moments descriptifs sont des immersions, des absorptions, dans la lumière, dans l'eau, dans les reflets de la lumière et de l'eau avec le canotage, dans le sommeil et les expériences du jeûne d'Anatole (qui se sert de la faim comme d'une drogue, et s'y dépersonnalise comme il le fait dans les bains de foule), dans la paresse de vivre du misérable qui endort la vie au fond de son grabat et rêve sur ordre pour ne plus être ; dans les vacances de Fontainebleau, où les peintres enveloppés par la vie de la forêt, qui est relayée par les paysages de Crescent et son panthéisme de rural, renouent avec une paresse de bête (Anatole va « dormir d'après nature »), une vie végétative, qui met Coriolis en contact avec les somptuosités de la nature végétale. Dans la Seine, dans la nuit, dans ce bain si semblable à la mort, Anatole se sent riche d'un bien-être infini, il « boit de tout le corps, de tout l'être ce bonheur des muets enchantements nocturnes de la Seine, et cette délicieuse fraîcheur enveloppante de l'eau ».

L'expérience esthétique est une expérience du Tout, une rencontre fusionnelle et immédiate avec les choses, une redécouverte de l'Éden premier, un retour à un état de virginité primitive, au moment où le monde commence à exister et l'homme à être; c'est avec ce re-commencement que la sensation fondatrice de l'art doit renouer; dans le roman cette vérité nous est signifiée par le thème de l'Éden et son omniprésence, en particulier aux places stratégiques du début et de la fin. Il faut en effet ressentir « l'immense enivrement de la création » : Crescent, grisé de panthéisme, de communion, d'embrassement, comme l'artiste du « Confiteor » baudelairien, absorbe l'être autant qu'il en est absorbé, et il retrouve « l'extatisme des anciens Solitaires ». Mais tout a commencé en Orient et avec la lumière pure que Coriolis y a trouvée; c'est sa patrie morale et esthétique, mourir pour lui c'est revenir là où il est né comme artiste, c'est le milieu *le plus proprement pictural, et en même temps le plus dangereux pour le peintre, tenté de se laisser dissoudre dans le bain de lumière au lieu de concentrer ses volontés pour s'en séparer et le peindre. L'Orient non seulement par les scènes bibliques qu'il présente, mais par le caractère pur et absolu de sa luminosité, ramène Coriolis « aux premiers jours du monde », à une aurore paradisiaque de la réalité; il est revenu alors au « temps de la création », donc si l'on veut, au temps de la re-création par l'art; à la fin de sa carrière il ressemble à Turner qui rêve de s'élever « à un jour vierge et primordial, la* Lumière d'avant le

Déluge ». *La quête du « réel » ne se sépare pas d'un retour au monde du début, d'un retour du monde à ses débuts. L'Orient est aux portes de Paris, dans la banlieue même, la lumière de Crescent sait être « virginale », il sait retrouver la sainteté de l'homme premier dans le travailleur des champs; à Barbizon sa femme s'écrie, « c'est comme si l'on était sur de la mousse au paradis », et la forêt est un retour du monde à ses origines, elle est chaotique, titanique, gigantesque, elle est mystérieuse et religieuse, elle évoque les Solitaires, elle contient les miracles et les mythes.*

Le regard ingénu de l'artiste recherche et retrouve la virginité du monde: c'est le but de sa quête. Et c'est une quête de l'absolu, de l'expérience d'une communion avec la lumière. Être en Orient, c'est être dans *l'azur, étincelle d'or d'une lumière qui est dans le roman une sorte d'absolu visible. Elle est à l'origine parce qu'elle est le principe de toutes choses. Être dans la lumière, c'est participer à la création, être au début de l'être, quand les choses naissent; le luminisme, qui est l'axe de la carrière picturale de Coriolis, a sans doute une valeur plus haute. La lumière, cette participation mystique par laquelle les peintres accèdent à une existence transpersonnelle, n'est pas seulement une impression première et toujours changeante, elle est aussi ce qui fait être les choses, ce par quoi l'esprit et la vie se confondent; tout se passe comme si dans une sorte de néoplatonisme les Goncourt admettaient que la lumière était l'idée et le principe des choses. En Orient, « un coup de jour là-dessus, et crac! », tout existe, le rêve est réel; inversement dans la belle scène de l'atelier de Coriolis, la mort de la lumière, le soir parisien, coïncident avec la mort des choses, l'entrée des tableaux eux-mêmes dans une sorte de néant (provisoire?). La femme, Manette, est née dans et par la lumière, dans la scène de l'omnibus, mais son corps lui-même qui résume la création entière, est producteur, porteur de lumière, si bien que l'extérieur (l'épiderme) est offert comme quelque chose d'intérieur ; la chair féminine, le poème primordial, est lumière d'abord et toujours, c'est l'être absolu qui apparaît et qui est par lui-même*[1].

La condition de l'artiste est d'être au-delà de lui-même, menacé d'anéantissement par cette capacité d'assimilation et de confusion qui le définit. Il descend (pour monter) dans l'être confus de la nature, de l'animalité, du peuple, des foules, du milieu pur que représente la lumière ou l'eau. Crescent, chez qui « la sève des choses » est montée au cerveau, est grisé, plongé, enfoncé, ébloui, *il* aspire, embrasse *la nature, il* communie *avec elle, il connaît « l'enivrement sacré de la création ». Coriolis qui est féminin, ou « féminisable » de nature, a besoin d'être possédé, caressé, « enveloppé continûment », enroulé, par la femme,* trempé *en elle, perdu en elle. Cette paresse d'exister, ce manque à être, mettent en danger sa volonté, instance séparatrice et fondatrice ; à la limite il vaut mieux* être *son tableau, le vivre et le contempler à la fois, que le faire. Ce qui le dit crûment dans le roman, c'est le destin d'Anatole plus paresseux peut-être que les autres, ou plutôt voué à des formes de paresse, d'assimilation plus vulgaires et plus crapuleuses que les autres ; mais il n'est pas par nature différent de Coriolis ou de Crescent ; comme canotier sur la Seine, en « vachant » à Barbizon, il a vécu ce que Crescent a peint*[2].

Aussi le thème animalier est-il présent d'un bout à l'autre du roman avec Vermillon, membre du trio heureux qui n'aurait jamais dû admettre un quatrième, Manette, avec Mme Crescent, liée à toutes les bêtes par la sympathie et la ressemblance (elle bavarde comme les poules caquettent) et par « une solidarité de parenté, une

1. L'essai de J.-P. Richard sur Goncourt dans *Littérature et sensation*, Seuil, 1954, contient sur ce passage de suggestives remarques.

2. Robert Ricatte rapproche les hallucinations provoquées par la faim, des expériences similaires de Rimbaud.

communion de souffrances » (« elle sentait vivre de sa vie » dans les bêtes), avec Anatole qui dès le début a fait de « son larynx une ménagerie », et étudié tous les cris d'animaux depuis la basse-cour jusqu'aux fauves du Jardin des plantes; le thème animalier triomphe dans les dernières pages avec un hymne à la joie et à la vie où, par un miracle parodique, l'ancien rapin raté devient le nouvel Adam d'une nouvelle Genèse (sérieuse et farcesque), d'un nouveau Paradis terrestre parisien, d'une arche de Noé fabriquée par l'administration du Zoo, où recommence dans la lumière du matin, du printemps, du début absolu, l'« enfance du monde sur une terre divine encore »; ce thème général participe à la définition de l'artiste. À sa manière, ce moderne, ce malade des nerfs, cet homme à l'organisation compliquée et frémissante, est un simple, accordé à tous les simples et à la simplicité plus fondamentale de l'animal; par la prédominance de l'instinct en lui, par l'ignorance qui est sa science, par son aptitude à sentir la vie, à être la vie elle-même dans sa pureté originelle, l'artiste est un vivant frère de tous les êtres qui vivent comme lui. Les canotiers retrouvent « l'ivresse presque animale de vivre »; à Barbizon, Coriolis va se retremper dans la vie végétative : « la bête chez lui avait besoin de se mettre au vert ». De Vermillon, on dit : « un homme ne serait pas plus bête ». Paradoxe profond : où est l'homme, où est la bête? Vermillon, si humain, mais qui reste une bête, devient l'ami, le compagnon aimé d'Anatole; le singe et le peintre s'adorent, mais surtout Vermillon, qui se met à ressembler à Anatole révèle dans le peintre le singe, *la capacité simiesque, si fondamentale dans l'artiste; Anatole, plus singe que le singe, l'imite à la perfection, il y a en lui un singe de génie, ou un génie de singe, une capacité mimétique universelle : tout artiste est imitateur. L'artiste élargit l'homme vers l'animalité, vers la nature, vers l'existence du pur instinct; toutes les simplicités ont leur place dans ce roman-poème de l'art, celles du peuple et du bohème (« une nature de peuple » unie à « un métier d'idéal »), celles plus innocentes encore du cosmos tout entier rassemblé au Jardin des plantes pour le chant final, le concerto triomphal du panthéisme latent dans toute l'œuvre. Ce que Coriolis avait cherché dans la lumière vierge de l'Orient est donné ici à Anatole : on peut penser à un finale comme celui de* Germinal, *mais plus intense dans son ambiguïté. Alors le Blagueur parisien, le Gavroche esthétique, le raté total devient le Tout cosmique et vitaliste, il se* métamorphose *(mais c'est ce qu'il a toujours fait, ce que fait tout artiste), en tout ce qui vit, la nature le pénètre, il la pénètre par un échange d'être, une régénération bienheureuse, un bain de Jouvence dans l'Universel, la joie enfin trouvée d'être Tout et Rien, beaucoup plus et beaucoup moins qu'un homme. Ce « bonheur animal » est premier et dernier : il transcende le temps (cet ultime chapitre est au présent, c'est le matin éternel de la vie qui est toujours présent), il transcende le moi, Anatole a enfin atteint une simplicité extatique, mais il est aussi aux bords du néant.*

L'artiste est dans le voisinage de la mort : par vocation, par fonction. Le roman des peintres, de leur mort finalement, est douloureusement pénétré par le thème funèbre : la mort double la vie, l'automne double l'été à Barbizon; le mouvement fusionnel met le comble de la vie au plus près du néant. Comme la forêt tend au jardin mortuaire, la vie de bohème du parasite tend à la réduction de la vie, à une hypnose famélique qui « escamote » les jours. Le chant du monde final reprend ce thème d'un Nirvana bienheureux. Le thème de l'hiver et de la mort solaire, la vente aux enchères de l'artiste doublement mis à mort, le destin de Coriolis effacé de la vie et mort vivant, la mort latente de l'art qui rôde dans le roman, la tirade de Chassagnol sur le risque de l'art, la passion d'Anatole de tuer en lui la conscience d'exister, la singulière destinée qui le met en relation avec les professions funèbres, avec les moribonds et les morts, tout cela manifeste une menaçante proximité de l'art et de la mort, de l'excès de vie et de l'abolition de la vie, au moins de la vie sous sa forme individuelle. Est-ce que la paresse de vivre, le refus d'être une conscience, une volonté, ne sont pas la forme suprême de la vitalité ? Le roman est traversé par les symboles ambigus de l'indifférenciation, de la dépersonnalisation. Dans le travail de l'eau-forte, Coriolis jouit d'une « suspension momentanée de la vie ». Elle coexiste dans la scène finale pour Anatole avec la joie extatique d'être dans le courant de la vie universelle. Le drame de l'artiste, c'est qu'il est « une volonté » (l'on se sent en droit d'utiliser le vocabulaire de Schopenhauer, tant il vient naturellement à propos d'écrivains qui sont entrés de leur propre mouvement dans un pessimisme vécu et réfléchi), une volonté qui doit se transcender dans la contemplation esthétique, ou dans l'adhésion à la volonté cosmique et transindividuelle.

La Blague ou le Grotesque

C'est une antinomie; en voici une seconde, qui concerne le rôle d'Anatole, que l'on ne peut restreindre à une variante de l'artiste, ni à une présentation pittoresque du bohème parasite, du Gamin éternel de Paris, que sa passion canaille de la convivialité populaire, ses idées humanitaires et socialistes, sa paresse invétérée conduisent à être absorbé par l'anonymat des taudis et des misères. Anatole est un symbole : une tirade truculente et précieuse l'identifie à la Blague, *c'est-à-dire au* « Credo *farce » du* XIX*e siècle, à la révolte blasphématoire de la France moderne, à l'*esprit *révolutionnaire de la démocratie. En ce sens Anatole est une composante de la modernité esthétique; artiste raté, mais pitre génial, peintre impuissant, mais bouffon universel, mauvais* *rapin, farceur, qui meurt de trop rire, est-il compatible avec un art quelconque, avec quel art ? L'interrogation baudelairienne sur le comique, la caricature, les affinités de la modernité avec l'expressivité profanatrice de la charge, se retrouve ici, plus intense peut-être et plus profonde. Anatole est l'ennemi de la Beauté, la dissonance absolue et fatale dans la modernité qui unit à la beauté sa contrepartie (inévitable) de dérision, de parodie, de négation. Dans la modernité, l'envers de l'art fait partie de l'art. Les tableaux « modernes » de Coriolis sont fondés sur des dissonances : si la dissonance s'accentue, si elle devient déchirante et enragée, si elle compromet l'œuvre et son effet esthétique (c'est le cas du* Satyre bourgeois*), on est à la limite possible de l'art, aux confins de la Beauté. On en sort avec Anatole, mais Anatole est la grande dissonance du roman, et la Blague, la grande compagne profanatrice de l'art. Quand Coriolis peint, Anatole dessine, Vermillon imite Anatole, mais Anatole imite tout, y compris Vermillon; cette cascade de parodies situe Anatole et son rôle. Il est le singe de l'artiste, et il est l'art et la Blague, il est la Blague dans l'art, il prend sur lui toutes les forces « blagueuses » du moderne qui s'affirme à condition de tout profaner.*

Parodie du peintre, Anatole est la parodie de tout, y compris de lui-même (il fait lui-même « la caricature de ses projets comme pour n'en pas laisser la moquerie aux autres »); le roman ne se borne pas à raconter Anatole, il lui donne un développement immense, qui est une erreur du point de vue narratif, mais un trait profond en réalité; dans la mesure où Manette Salomon *est écrit aussi du point de vue d'Anatole, il écrit la Blague, procédé d'écriture, de réalité; Anatole n'est-il pas la puissance universelle de répétition railleuse, inférieure, dégradante de l'esprit du XIXe siècle? Anatole, il faut le ranger dans la mouvance de Hugo et du « grotesque », de Flaubert et du « grotesque triste », et pourquoi pas, de l'ironie roman-*

tique. C'est un « symptôme », celui par qui le scandale arrive, le scandale du réel dès lors qu'il entre dans la beauté comme une puissance d'abaissement, de dérision, de laideur qui fait peur et qui fait froid. Anatole n'est-il pas voué à confondre le Christ avec Polichinelle, ou Pierrot (c'est tout un symbole ce Pierrot qui recouvre un Christ), à inverser le sacré de l'art et de la religion, en pitrerie? Le Pierrot suit exactement les contours du Christ : la Blague est le double de toutes les valeurs, se trouve avec toute chose en relation de reprise incrédule, destructrice. Anatole est l'homme-parodie, par qui tout est dédoublé et rabaissé, l'instance burlesque ou grotesque du Moderne.

Pour les Goncourt[1], *tout lecteur du* Journal *le sait, la Blague est une réalité déplorable de leur temps, une des forces montantes de la démocratie (« les grands principes de 89, dit Anatole, l'Égalité devant la Blague » : la Blague, c'est l'égalité, et ce n'est pas une blague), la revanche de l'inférieur, la mise à mort de l'enthousiasme et du respect,*

1. Dans une lettre à Zola (citée par M. Sauvage, *Jules et Edmond de Goncourt précurseurs*, Mercure de France, 1970, p. 115), Edmond indique que le « plus doux rêve » de son frère, s'il s'était rétabli, était de se mettre « à une grande satire théâtrale de ce temps sous ce titre, *La Blague* ». Il faudrait toute une étude sur ce thème chez les Goncourt (proches à cet égard de Flaubert); voir *Journal*, 31 octobre 1860 : « le comique théâtral à l'heure actuelle, c'est la blague d'atelier dans son cynisme féroce, le rire impitoyable de toutes les infirmités, de toutes les illusions, de toutes les institutions humaines [...]. Véritable diabolique du scepticisme de Paris, c'est l'éclat de rire de Méphisto tombé dans la bouche de Cabrion » (sur Cabrion, voir p. 108, n. 5); 1er février 1866 : « le XIXe siècle est à la fois le siècle de la vérité et de la blague »; de même *Journal*, 3 octobre 1863, où les Goncourt ont cette remarque profonde et inquiétante : « Peut-être que ce qui, en ce temps, a le plus rompu avec le consacré et le classique, c'est le comique, le comique des bouffons actuels. Cela est du plus grand fantastique, d'une insanité qui arrache le rire, d'un imprévu, d'un caprice de pitre, d'un effet nerveux inouï, des choses qui font l'effet d'un gaz exhilarant qui fait mal, parfois, à faire frissonner comme si on voyait Hamlet chez Bobèche ou Shakespeare gâteux. » Belle définition d'Anatole!

*le tutoiement du voyou appliqué à toutes les valeurs, l'empoisonnement de l'âme et du cœur par l'*esprit, *un conformisme plat dans la vulgarité sceptique; mais aussi la Blague est en eux : elle représente ce qu'il y a de plus anticlassique et son cynisme féroce, son indifférence, sa destruction de toute sympathie et de toute crédulité, comment se cacheraient-ils qu'ils font partie de leur sensibilité, de leur violence observatrice, analytique ou descriptive, qui est bien une cruauté : « Oh, toutes les choses du monde, lorsqu'on les voit par-derrière ! » La vérité, c'est ce qu'on dissimule; ils ont, comme l'a dit Enzo Caramaschi*[1], *« un parti pris de démasqueurs, de déshabilleurs de l'humanité ».*

Anatole ne leur est pas extérieur; il n'est pas extérieur non plus au monde de l'art ou de la modernité. Il a son « génie » (« le sens du grotesque l'avait amené au génie de la parodie »), un regard à lui, une vocation, l'« obsession de la farce, le travail de tête de l'observateur comique, un perpétuel rêve de rapin qui cherche et pioche une invention de charges »; il « avait la vocation de l'acteur et du mystificateur », une prodigieuse aptitude à l'imitation (en acte), à la mimesis *faudrait-il dire, car chez lui la mimétique s'élève au talent universel et absolu : son visage a toutes les expressions, son corps toutes les souplesses et toutes les acrobaties, il peut* jouer *tout (ou jouer avec tout) ; clown, bouffon, pitre, bonimenteur, travesti, il est si totalement hors de lui, dans le rôle, la feinte, la gymnastique du corps, l'orchestration du tumulte farcesque, si animé par la mobilité et l'élasticité de ses mouvements et bondissements, si léger dans la lévitation qui le fait planer dans « l'*in-vrai*» et dans « l'*in-souci*», qu'il se définit au fond par le vide intérieur (il perd son passé comme il perd son temps), donc par l'aptitude à être toutes les choses et tous les êtres :* imitateur *total, artiste*

1. Voir *op. cit., Le Réalisme romanesque des Goncourt*, p. 111.

gaspillé, créateur *inutile. Car chez lui l'imitation est faite pour blesser, pour abaisser, contrefaire. Avec lui l'imitation est meurtrière; il blague les blagueurs (Garnotelle), les clichés, le toc et le truqué (ainsi la tirade initiale sur Paris, capitale du* chic*); il dénonce la blague du moderne. Lui-même fait tout de* chic *: il en sait trop pour être un créateur; pour lui tout est cliché, et lui-même est un cliché anticlichés. La Blague, née du* XVIII*e* *siècle (« ce que le voyou vole à Voltaire »), née de la Révolution, ou des Révolutions successives, tombée au niveau des mœurs, de l'argot, des plaisanteries, élevée au niveau de toutes les grandes créations caricaturales et comiques du siècle, au niveau d'un* esprit *général, ou d'une philosophie et d'une esthétique (elle consiste à « cracher sur la beauté des bêtes et la royauté des lions »), est une culture comme on dirait maintenant, mais c'est une culture retournée contre elle-même (comme celle de maintenant peut-être), qui généralise le cliché et la parodie, forme de cliché.*

Où s'arrête la Blague dans le roman? Elle en est la trame; dès qu'on s'oppose au convenu et à l'académique, on est menacé d'en faire la parodie; l'effort vers le réel n'est-il pas à sa manière une répétition dénigrante, une vision plus vraie, c'est-à-dire plus basse, ou plus violente, ou inversée? Pour le journaliste classique le nu du conscrit de Coriolis est un blasphème. À Rome, en 1867, Jules se plaint, boulevardier incurable que « tout ce qui est beau » le soit « brutalement, matériellement », et par réaction, par esprit de blague, il « se surprend à l'heure du crépuscule, dans le Corso, à mâchonner, à se répéter quelque énorme mot cynique à la Grassot, ou à la Lagier[1]*, comme pour se rendre l'odeur saine du ruisseau de Paris*[2] *». Pour ne pas être Garnotelle, soyez Anatole. Inévitable et inquiétante, la Blague est donc partout; elle est*

1. Grassot et Lagier étaient un acteur et une actrice comiques.
2. « Rome donne la nostalgie de la blague », *Journal*, 3 mai 1867.

la limite de l'art, au-delà de laquelle la modernité est peut-être incapable de maintenir un art quelconque. Significativement le seul épisode de l'École de Rome est un canular : les académiques ne sont-ils pas au fond des blagueurs ? Garnotelle est un expert en charlatanisme : mimer l'admiration, arranger son atelier, se disposer une figure d'artiste « médiatique », c'est l'essentiel de son talent. Mais, dit Chassagnol, le XIXe *siècle est « un Prométhée raté... un Titan... avec une maladie de foie » : le tableau moderne qu'il propose à Coriolis, le passage de la Loire à Saint-Florent, offre bien l'antithèse de la grandeur et de la vulgarité, de l'épique et du burlesque; antithèse blagueuse. Et la banlieue de Crescent, ce chef-d'œuvre du « faisandé », c'est la blague du paysage, un répertoire d'antithèses où la ville et la nature coexistent en s'annulant, en se parodiant.* Le Satyre bourgeois *de Coriolis, qui reprend l'iconographie traditionnelle de* Suzanne et les Vieillards *par la « caricature physiologique de notre temps » et l'antithèse exaspérée de la Belle et de la Bête, c'est bien un sacrilège esthétique, une ironie faite pour blesser et punir; mais blesser et punir qui ? le public ? l'homme ? l'art lui-même ? Il y en a bien d'autres dans le roman de ces « ironies vivantes », la carrière d'Anatole n'en est qu'une longue suite; mais quand le drame qui se joue entre Coriolis et Manette devient la guerre avérée de la juive qui se venge du chrétien, il s'agit bien d'une « ironie » de la réalité, d'une sorte de blague de la vie qui réalise un montage grotesque-triste d'un « misérable concubinage d'un peintre et d'un modèle » renouvelant des « rancunes de dix-huit siècles »; l'homme se parodie lui-même, s'imite en mineur, en burlesque, et c'est cela le « réel ».*

Comme instance créatrice, comme modèle d'une rhétorique ou d'un style, Anatole met tout à égalité, il rit de tout, il crache *sur la beauté et constitue une « anti-esthétique » féroce et joyeuse, tueuse de respect, empoi-*

sonneuse du regard et du sentiment, s'affirmant comme une négativité absolue (c'est bien l'esprit du Neveu de Rameau qui revit en Anatole); il organise la blague de la beauté qui ne peut jamais devenir la beauté de la blague. Anatole, génie de l'imitation dénigrante et de la mimesis inférieure, est une composante de la modernité; à lui est délégué le soin de faire vivre la parodie, la reprise destructrice de tout, comme une « idée » esthétique, comme une topique qui est « le réel » en ce sens; toute la question du « réel » est de savoir s'il peut s'intégrer à la beauté ou s'il reste définitivement sa négation parodique.

Il y a donc dans le roman des œuvres d'Anatole : ce ne sont pas ses peintures, bien qu'elles soient toutes des « blagues », des caricatures vulgaires du sacré (ainsi cette « blague » de Garnotelle et de la peinture spiritualiste, le tableau de l'ange gardien qui détourne un enfant de jouer avec des allumettes); la Blague, c'est bien le « zut » gouailleur qui défie le ciel, la Providence, la mort, le sérieux, mais aussi la grandeur, la majesté, la poésie. Les œuvres d'Anatole ce sont ses actes, où il blague en effet la mort durant l'épidémie de Marseille (il y trouve « comme un sinistre côté comique », il « fit rire la Mort » et il en fait rire); c'est cette danse « historique », ce « cancan » qui exprime toute une époque (« une danse qui blaguait »), un cancan moderne, « ricaneur et ironique », « le cancan épileptique qui crache comme le blasphème du plaisir et de la danse »; le bal lui-même est un Musée chaotique de toute la « culture »; il se présente comme un tohu-bohu moderne et esthétique : le Musée universel tourne au Carnaval, au festival négateur de tout art; comme la boutique de l'antiquaire balzacien, le bal du peintre révèle une chute de la culture; le bric-à-brac en lui-même est une charge et une parodie; toutes les gloires de l'histoire, de l'art, de la littérature se vulgarisent en coexistant en d'abominables antithèses, en voisinant avec les autres illustrations, celles de la farce et du Mardi gras. Toute la culture révèle qu'elle est du simili, du toc, du carton-pâte, et c'est avec raison que les Goncourt évoquent l'antiquité de Daumier. Surgit Anatole dont la danse, création *originale, œuvre dans tous les sens du mot, incarne en acte la Blague, danse macabre du sentiment; cette danse, qui est une sorte d'argot mimé, une tirade populacière déclamée par le corps, est la parodie de l'amour, et aussi l'inversion grossière de tous les couples de l'histoire et de la fiction, de « toute la tendre sentimentalité de l'homme »; oxymore vivant, Anatole rappelle l'idéal, les chefs-d'œuvre, les gestes et les sentiments ritualisés par des siècles de littérature et d'amour, mais pour les profaner, non pas comme un Satan romantique, mais comme un Satan-Voyou. Le « réel » ne peut avoir toute sa charge de cruauté et de cynisme, toute sa valeur de mise à l'agonie de la convention et de la culture, que s'il se confond avec une démystification impie, avec la blessure d'une parodie universelle, d'une inversion des valeurs. Anatole ainsi donne la clé d'une esthétique fondée sur le haut-le-cœur du réel, la passion écœurante de la laideur et de la vulgarité absolues, c'est-à-dire poussées jusqu'à l'idiotie a-humaine. Anatole va sans atténuation au cœur de la négativité ou du nihilisme modernes; il va très loin, mais en revient, sauvé par sa simplicité, sa bonté animale, sa passion des bêtes qui l'unit au flux impérissable de la vie, source de toute beauté.*

Aussi la scène la plus étrange, la plus riche en ambiguïtés, antithétiques, en inversions savantes, c'est l'enterrement de Vermillon. L'homme simiesque enterre son ami le singe, et il fait de ses obsèques parodiques, la singerie fondamentale, le contre-thème radical, la blague de la mort et de l'art; la scène est riche en résonances : elle renvoie à Corot, à Girodet, c'est-à-dire à Atala *et à Chateaubriand; l'enterrement d'un macaque, au Bois de Boulogne, un bohème pochard, une oraison funèbre animale, un lamento petit nègre : le passage se déduit par une inversion méthodique. Idylle / contre-idylle, gouaille / émotion, Atala / un singe : comment s'y retrouver dans cette séquence exemplaire du réel et de la blague ? Au* désert *américain succède le Bois de Boulogne, le singe a droit à une féerie lunaire aussi somptueuse que celle qui prélude à l'enterrement de la vierge chrétienne ; Anatole creuse la tombe avec un couteau puis avec ses mains ; Chactas et l'ermite n'avaient utilisé que leurs mains ; est-ce hasard si le rapin se met à évoquer les forêts vierges du Mississippi ? Si le bon Dieu des singes attire avec lui un exotisme américain ? Si les Goncourt écrivent, « l'éclaircie était mélancolique, douce, hospitalière », quand Chateaubriand avait évoqué « le grand secret de mélancolie » de la lune. Le cliché romantique produit cette mise en scène du Blagueur qui enterre une partie de sa blague en blaguant la Littérature.*

Un acte de foi esthétique

Il y a « le laid bête », ou vulgaire, privé « de ce qui est la beauté et la vie du Laid dans la nature et dans l'art, le style *» ; c'est le laid réaliste, celui de Courbet, le laid banal, le tout-venant du laid. Le roman tout entier par un acte de foi esthétique nie que les temps soient venus de la laideur bête et insignifiante, du sordide à tout prix. Le laid, dit Chassagnol, en une formule qui rappelle Victor Hugo*[1]*, ou dont on trouverait l'équivalent chez Flaubert, « c'est une ombre de ce monde-ci, si vilain qu'il soit », c'est-à-dire une apparence, le constat d'un regard superficiel, partiel des choses. Toute laideur est-elle alors susceptible d'être résorbée par l'art ? Le même Chassagnol, porte-parole encore des Goncourt, semble admettre que*

1. Cf. *Préface de Cromwell* : « Ce que nous appelons le laid... est un détail d'un grand ensemble qui nous échappe et qui s'harmonise non pas avec l'homme mais avec la création tout entière. »

l'art est la seule réalité : indifférent à l'humain, ou ne le reconnaissant que par la médiation de l'art, ému non par le réel, mais par sa représentation, il est tout prêt à ne reconnaître comme réelle que la création de l'homme, à juger embêtante la création de Dieu. « Les villes, les bibliothèques, les musées », oui, mais pas « cette grande machine qu'on est convenu d'appeler la nature »; du monde inerte, végétal, vivant, il a la nausée*; l'art se confond alors avec l'artificiel (Venise, la ville du monde où il y a le moins de terre végétale), avec la libre création par l'homme d'un monde autonome et gratuit. C'est une direction du roman et des Goncourt, ce n'est sans doute pas la principale : ils se dirigent plutôt vers une reprise complète de la réalité par l'art, vers une expansion de l'esthétique, à toute la réalité, vers la magie d'une* rencontre *de la vision esthétique et de la réalité. On connaît le mot de Degas voyant un groupe d'arbres à Bougival : « qu'ils seraient beaux peints par Corot ! » Certes, mais pour les peintres des Goncourt, les arbres sont d'abord « peignables » par Corot, et la littérature du réel va aller sans s'arrêter d'un réel qui est déjà de l'art, à une œuvre qui est du réel, qui rivalise avec lui et le transcende. Le modèle nu est « une statue de nature », le corps de Manette est « cet Idéal de nature, cette matière à chefs-d'œuvre, cette présence réelle et toute vive du Beau » dont rêve l'artiste. Tout le roman repose sur l'affinité qui unit le modèle et le tableau; sans Manette, sans la présence charnelle de son corps, le* Bain turc *est impossible, Coriolis ne peut imaginer son personnage, il ne trouve pas de modèle féminin qui ait assez de « style »; et c'est le miracle : il découvre un corps qui est une œuvre. Le corps féminin au fond, qui change avec l'histoire, n'est-il pas défini par des changements de style*[1] *? Dès l'atelier les peintres apprennent qu'il y a des corps qui sont des*

1. *Journal*, 11 avril 1862.

« types », qui reprennent des personnages peints du passé, qui en contiennent de nouveaux à peindre; avec Manette, comme l'a montré Enzo Caramaschi, Coriolis rencontre *(dans l'omnibus) un être réel qui apporte le souvenir ou la proposition animée d'un style formel, qui, contrairement aux modèles canoniques* invente *par lui-même un style; « véritable et divin* être d'art *qui sort des mains artistes de la Nature », Manette* est *un chef-d'œuvre. La Nature est « une grande artiste inégale ». Robert Ricatte*[1] *a insisté sur les sources du Nu du* Bain turc*: les Goncourt construisent cette œuvre de nature avec des références esthétiques, avec une gravure du peintre hollandais Goltzius (cité par Coriolis), avec des emprunts au Parmesan, à des œuvres antiques,* Le Génie du repos éternel *dont Manette prend spontanément l'attitude,* La Victoire *de Brescia, la* Vénus de Milo. *D'emblée le corps de Manette est décrit comme dessin, formes, contours, couleur, « passages » de tons, sculpture; le regard de Coriolis voit en elle l'œuvre qu'elle est et celle qu'il va faire à la fois; l'œil distrait de Coriolis à Fontainebleau travaille, il voit des tableaux possibles (des descriptions de tableaux). Qu'est-ce que l'œuvre sinon la rencontre d'une réalité qui est une* préfiguration, *et du regard, ou de l'émotion d'un artiste qui en tire la figuration véritable? « Au fond » d'Anatole en qui il y a aussi un travail de l'œil et de la tête, il y a des crayonnages, des « méditations de caricatures », des schémas comiques. Et dans tout le roman, la caricature foisonne, le réel en produit à l'infini, et c'est même sa définition.*

S'il y a chez les Goncourt un réalisme dont on dit à juste titre qu'il est « aristocratique », « distingué », artiste, fondé sur la suprématie d'une vision personnelle de toute chose, on en trouve dans Manette Salomon *une explication par l'entremise des peintres : leur regard, le*

1. Cf. *op. cit.*, p. 364-365.

choix de leur œil, la rencontre (ainsi Coriolis homme des foules) qui les émeut, contiennent déjà les éléments du style. Le réalisme est possible parce que l'art commence avec la saisie du réel, ou mieux, si on osait le dire, dans le réel.

« Le canaille est toujours distingué », il s'oppose au « commun » ; la réalité est « canaille », elle a sa grandeur, sa corruption, son cynisme, sa rareté. « Le rare en tout, quoi qu'on dise, est presque toujours beau. » Il vaut mieux aller jusqu'au bout de la laideur, jusqu'au point où elle devient bizarre, monstrueuse, grotesque, ou horrible ; il y a un paroxysme, « une note extrême », dans le réel qui le sauve, qui le fait entrer de plain-pied dans l'esthétique. Tel est l'héroïsme d'Anatole : toute sa vie (dont il fait un spectacle et un amusement jusqu'à ce qu'il craque), il a vécu, il a rencontré, il a créé de l'étrange, de l'incongru, du cocasse, une « vulgarité d'élite », selon le mot d'Edmond sur leur art ; la vie, la rue, Paris lui réservent des arrangements uniques de réalité et d'humanité. Aussi ce roman du réel est-il subrepticement envahi par le fantastique : c'est l'éclairage surprenant, excentrique, terrifiant ou grimacier du réel. Quand il est superlatif, hyperbolique, alors il monte, il se grossit, il se boursoufle, il saute dans l'impossible. Dans le Carnaval d'Anatole, dans cette folie où les bouteilles de Champagne circulent « comme des seaux d'incendie », où elles se vident par la fenêtre « dans des gosiers vagues », une « rue ivre », on trouvera sans peine quelque chose qui fait penser à Céline. Pour les Goncourt, fidèles en cela au romantisme et à Hoffmann, si souvent cité dans le roman, le grotesque est l'autre nom du fantastique. Il y a du cauchemar dans le réel : dans le bureau de tabac de Barbizon, dans les futaies de la forêt, dans la grande bordée des rapins, qui apparaissent « comme les truands de l'Idéal sur un horizon de Salvator Rosa » ; il y a du sabbat dans l'atelier de Coriolis où les objets simulent par leur voisi-

nage une action, où la mort de la lumière les anime d'une vie surnaturelle avant de les faire défaillir et agoniser; dans les paysages de Decamps où Coriolis voit « une espèce de style héroïque moderne », il se souvient en particulier d'un « tapecul fantastique, d'un bourgeois presque effrayant, ayant l'air de mener le diable chez un notaire de campagne ».

Où s'arrête l'art, où commence l'art ? La grande leçon « littéraire » du roman des peintres est justement l'absence délibérée de frontières entre le réel et l'œuvre. Toute description tend vers la description d'un tableau[1]*; tout tableau est présenté comme une description de la réalité. Fidèles à l'art de la description esthétique d'un Gautier, les Goncourt ont organisé toute scène comme un tableau et tout tableau comme une scène réelle. La description orchestre la communauté de substance et de style du réel et de l'art, elle présente une œuvre indistinctement picturale et littéraire; le réel est un potentiel d'œuvres. Étrangement les Goncourt sont fidèles à ce topos de l'Antiquité, la description d'œuvres d'art fictives : le redoublement esthétique fait du chef-d'œuvre imaginaire un chef-d'œuvre de l'art descriptif. Qui étudiera au reste dans tout le XIX*e *siècle ce thème de l'œuvre d'art imaginée dans le roman ou la poésie ? Les dessins japonais de Coriolis sont à la fois des pages d'album feuilletées, et des scènes fascinantes dans lesquelles le peintre est entraîné. Ses tableaux d'Orient reprennent des scènes décrites par lettres, des ébauches racontées, ces « tableaux tout faits » que Coriolis a d'abord* écrits. *La*

1. Cf. Robert Ricatte, p. 371-373, sur les combinaisons de l'objet d'art et de l'objet naturel à travers le roman (l'œuvre réelle décrite comme une œuvre, l'œuvre réelle formant un objet imaginaire, un objet réel donné comme réel, ou comme une œuvre imaginaire). On trouvera dans le *Journal*, 6 août 1864, ce trait, relevé à Trouville : « J'ai vu ce matin un tableau qui m'a fait l'effet d'une idée, un prêtre lisait son bréviaire au bord de la mer. »

banlieue de Crescent est indifféremment « étude » et scène. La plage de Trouville présente à peine des éléments picturaux : c'est tout juste si des termes de mise en place spatiale soulignent l'organisation de la toile comme plus stricte et plus élaborée. Inversement par un pari qui assimile complètement le visible au verbal, le pictural au réel, en particulier par le lexique emprunté à la peinture, dans les vues de Paris (le Jardin des plantes, le Palais-Royal, le Luxembourg), le réel est structuré, désigné, on devrait presque dire, identifié, en fonction du tableau virtuel qu'il contient; il y a bien là une rencontre, *qui discerne dans le spectacle courant la délicatesse, la magie sensuelle, la stabilité essentielle, d'une peinture possible.*

Ce ne serait encore rien, si les Goncourt, par un coup de force qu'ils ont chèrement payé, car là se trouve le grief le plus réellement destructeur de leur existence littéraire, n'avaient opté pour une écriture « précieuse[1] *» du réel. C'est elle qui baptisée « style artiste » (et pourtant quelle influence fondatrice ils ont eue à cet égard) les a enfermés dans un ghetto dont ils ne sont pas sortis. Dont ils ne peuvent sortir que si l'on reconnaît, comme je pense qu'il faut le faire, qu'ils ne sont pas les seuls à être des précieux du réalisme; qu'il y a des précieux du romantisme. Que le* XIX*e siècle est un grand siècle « maniériste » et précieux. La préciosité, l'usage échevelé des figures et des pointes, participe au refus du convenu, et au pari de tout dire avec* art, *de reprendre tout le réel dans le langage le plus élaboré, le plus systématiquement apparent, le plus hyperboliquement subtil; le réel s'accorde d'une manière essen-*

1. Cf. l'article de Marianne Bury, « Réalisme et préciosité chez les Goncourt », dans *Francofonia*, n° 21, automne 1991 ; l'étude de la stylistique des Goncourt a été faite dans le livre irremplaçable de Marcel Cressot, *La Phrase et le Vocabulaire de J.-K. Huysmans*, Genève, Droz, 1938, qui s'ouvre par une mise au point générale des traits principaux du « style artiste »; F. Fosca (*op. cit.* p. 163) a parlé « du feu d'artifice des *concetti* » qui semble avoir été le propre de Jules.

tielle à la rhétorique la plus outrecuidante et la plus échevelée. Et c'est cela le réel : Manette Salomon *chef-d'œuvre des Goncourt et du roman au* XIXe *siècle est le plus prestigieux et le plus vertigineux arsenal de pointes, de figures, de* concetti. *Tout relève de l'art, tout relève du maximum d'art. Ces « nerveux » sont des précieux : ils célèbrent les noces triomphales de la sensation difficile et rare et de la rhétorique. C'est là que se trouve une beauté palpitante, frémissante, illogique, éloignée de toute intellectualisation.*

Il faudrait toutes les étudier, les éblouissantes figures de Manette Salomon, *et les métaphores (courtes, syncopées, brutales, comme ce lutteur qui a « des houles sous la peau », ou ces poules qui sont « des boules de soie », ou ces insectes qui sont des « atomes ailés »); et l'hypallage audacieux (« le cri de soie de ses bas »), les figures phonétiques qui tendent au calembour (« les pommettes d'un rose de pomme d'api »), les synecdoques : si nombreuses que toute description est faite d'un ensemble de glissements ou de réductions, « salué par l'engueulement des cireurs de bottes... d'où roulaient des descentes folles de petites filles... »; les alliances de mots et paradoxismes : « un Hercule énormément nu »; toutes les tirades, surtout celle sur la Blague, sont des feux roulants, hurlants de paradoxes, des litanies d'accouplements impossibles, d'antithèses violentes (« le trognon de pomme du titi dans la fronde de David,... la Blague qui défie la mort, la Blague qui la profane », « un héroïsme à la Gribouille »); l'allégorie, si fréquente dans ce texte du réel, où justement le réel tend au type, où le type descend au réel, le cochon et le singe deviennent « l'Esprit monté sur la Chair et emporté par elle » : c'est tout le sujet du roman, et l'aventure de Coriolis détruit par Manette; le tableau du Satyre présente la Banque, la Vieillesse, l'Usure, le Million; l'antonomase : très riche, l'antonomase dans un roman où le réel se définit par l'entité : « la*

Parque qui se lève dans la femme... une tête de Niobé aux Petits-Ménages » ; la personnification : la Nuit « au fond de cette barque de Bohème » « vient dégriser » l'ivresse du vin bleu, alors « la bêtise même des femmes rêvait ». On n'en finira pas, car à l'horizon du roman, définissant à lui tout seul le faisandé (c'est la vie mourante, un mixte de santé et de maladie; la banlieue est « du faisandé » d'un bout à l'autre), se lève l'astre de l'oxymore, la figure ultime, et qui est partout, « le sublime du ruisseau, l'effrayant mot pour rire des Révolutions... une paillasserie sinistre, l'Inquisition aux Funambules... les fleurs d'or... (qui sont) un calice de punaises... l'affreusement joli, le charme affreux, l'angoisse presque délicieuse... la forêt muette et murmurante... le vieux gamin... le comique à pleurer, la lamentable cocasserie... il maniérait le commun... ». Le plus réel alors est ce surréel de l'oxymore, cette transgression du langage et de la raison, cet au-delà *de tout, qui est comme l'hystérie du langage et de la sensation.*

Michel Crouzet

Manette Salomon

I

On était au commencement de novembre. La dernière sérénité de l'automne, le rayonnement blanc et diffus d'un soleil voilé de vapeurs de pluie et de neige, flottait, en pâle éclaircie, dans un jour d'hiver.

Du monde allait dans le Jardin des plantes, montait au labyrinthe, un monde particulier, mêlé, cosmopolite, composé de toutes les sortes de gens de Paris, de la province et de l'étranger, que rassemble ce rendez-vous populaire.

C'était d'abord un groupe classique d'Anglais et d'Anglaises à voiles bruns, à lunettes bleues.

Derrière les Anglais, marchait une famille en deuil.

Puis suivait, en traînant la jambe, un malade, un voisin du jardin, de quelque rue d'à côté, les pieds dans des pantoufles.

Venaient ensuite : un sapeur, avec, sur sa manche, ses deux haches en sautoir surmontées d'une grenade ; — un prince jaune, tout frais habillé de Dusautoy[1], accompagné d'une espèce d'heiduque[2] à figure de Turc, à dolman d'Albanais ; — un apprenti maçon, un petit gâcheur débarqué du Limousin, portant le feutre mou et la chemise bise.

Un peu plus loin, grimpait un interne de la Pitié, en casquette, avec un livre et un cahier de notes sous le bras. Et presque à côté de lui, sur la même ligne, un ouvrier en redingote, revenant d'enterrer un camarade au Montparnasse, avait encore, de l'enterrement, trois fleurs d'immortelle à la boutonnière.

Un père, à rudes moustaches grises, regardait courir devant lui un bel enfant, en robe russe de velours bleu, à boutons d'argent, à manches de toile blanche, au cou duquel battait un collier d'ambre.

Au-dessous, un ménage de vieilles amours laissait voir sur sa figure la joie promise du dîner du soir en cabinet, sur le quai, à la *Tour d'argent*.

Et, fermant la marche, une femme de chambre tirait et traînait par la main un petit négrillon, embarrassé dans sa culotte, et qui semblait tout triste d'avoir vu des singes en cage.

Toute cette procession cheminait dans l'allée qui s'enfonce à travers la verdure des arbres verts, entre le bois froid d'ombre humide, aux troncs végétants de moisissure, à l'herbe couleur de mousse mouillée, au lierre foncé et presque noir. Arrivé au cèdre, l'Anglais le montrait, sans le regarder, aux miss, dans le Guide ; et la colonne, un moment arrêtée, reprenait sa marche, gravissant le chemin ardu du labyrinthe d'où roulaient des cerceaux de gamins fabriqués de cercles de tonneaux, et des descentes folles de petites filles faisant sauter à leur dos des cornets à bouquin peints en bleu.

Les gens avançaient lentement, s'arrêtant à la boutique d'ouvrages en perles sur le chemin, se frôlant et par moments s'appuyant à la rampe de fer contre la charmille d'ifs taillés, s'amusant, au dernier tournant, des micas qu'allume la lumière de trois heures sur les bois pétrifiés qui portent le belvédère, clignant des yeux pour lire le vers latin qui tourne autour de son bandeau de bronze :

Horas non numero nisi serenas[1].

Puis, tous entrèrent un à un sous la petite coupole à jour.

Paris était sous eux, à droite, à gauche, partout.

Entre les pointes des arbres verts, là où s'ouvrait un peu le rideau des pins, des morceaux de la grande ville s'étendaient à perte de vue. Devant eux, c'étaient d'abord des toits pressés, aux tuiles brunes, faisant des masses d'un ton de tan et de marc de raisin, d'où se détachait le rose des poteries des cheminées. Ces larges teintes étalées, d'un ton brûlé, s'assombrissaient et s'enfonçaient dans du noir-roux en allant vers le quai. Sur le quai, les carrés de maisons blanches, avec les petites raies noires de leurs milliers de fenêtres, formaient et développaient comme un front de caserne d'une blancheur effacée et jaunâtre, sur laquelle reculait, de loin en loin, dans le rouillé de la pierre, une construction plus vieille. Au-delà de cette ligne nette et claire, on ne voyait plus qu'une espèce de chaos perdu dans une nuit d'ardoise, un fouillis de toits, des milliers de toits d'où des tuyaux noirs se dressaient avec une finesse d'aiguille, une mêlée de faîtes et de têtes de maisons enveloppées par l'obscurité grise de l'éloignement, brouillées dans le fond du jour baissant; un fourmillement de demeures, un gâchis de lignes et d'architectures, un amas de pierres pareil à l'ébauche et à l'encombrement d'une carrière, sur lequel dominaient et planaient le chevet et le dôme d'une église, dont la nuageuse solidité ressemblait à une vapeur condensée. Plus loin, à la dernière ligne de l'horizon, une colline, où l'œil devinait une sorte d'enfouissement de maisons, figurait vaguement les étages d'une falaise dans un brouillard de mer. Là-dessus pesait un grand nuage, amassé sur tout le bout de Paris qu'il couvrait, une nuée lourde, d'un violet sombre, une nuée de Septentrion, dans laquelle la respiration de fournaise de la grande ville et la vaste bataille de la vie de millions d'hommes semblaient mettre comme des poussières de combat et des fumées d'incendie. Ce nuage s'élevait et finissait en déchirures aiguës sur une clarté où s'éteignait, dans du rose, un peu de vert pâle. Puis revenait un ciel dépoli et couleur d'étain, balayé de lambeaux d'autres nuages gris.

En regardant vers la droite, on voyait un Génie d'or sur une colonne[1], entre la tête d'un arbre vert se colorant dans ce ciel d'hiver d'une chaleur olive, et les plus hautes branches du cèdre, planes, étalées, gazonnées, sur lesquelles les oiseaux marchaient en sautillant comme sur une pelouse. Au-delà de la cime des sapins, un peu balancés, sous lesquels s'apercevait nue, dépouillée, rougie, presque carminée, la grande allée du jardin, plus haut que les immenses toits de tuile verdâtres de la Pitié et que ses lucarnes à chaperon de crépi blanc, l'œil embrassait tout l'espace entre le dôme de la Salpêtrière et la masse de l'Observatoire : d'abord, un grand plan d'ombre, ressemblant à un lavis d'encre de Chine sur un dessous de sanguine, une zone de tons ardents et bitumineux, brûlés de ces roussissures de gelée et de ces chaleurs d'hiver qu'on retrouve sur la palette d'aquarelle des Anglais; puis, dans la finesse infinie d'une teinte dégradée, il se levait un rayon blanchâtre, une vapeur laiteuse et nacrée, trouée du clair des bâtisses neuves, et où s'effaçaient, se mêlaient, se fondaient, en s'opalisant, une fin de capitale, des extrémités de faubourgs, des bouts de rues perdues. L'ardoise des toits pâlissait sous cette lueur suspendue qui faisait devenir noires, en les touchant, les fumées blanches dans l'ombre. Tout au loin, l'Observatoire apparaissait, vaguement noyé dans un éblouissement, dans la splendeur féerique d'un coup de soleil d'argent. Et à l'extrémité de droite, se dressait la borne de l'horizon, le pâté du Panthéon, presque transparent dans le ciel, et comme lavé d'un bleu limpide.

Anglais, étrangers, Parisiens, regardaient de là-haut de tous côtés; les enfants étaient montés, pour mieux voir, sur le banc de bronze, quand quatre jeunes gens entrèrent dans le belvédère.

— Tiens! l'homme de la lorgnette n'y est pas, — fit l'un en s'approchant de la lunette d'approche fixée par une ficelle à la balustrade. Il chercha le point, braqua la lunette : — Ça y est! attention! — se retourna vers le groupe d'Anglais qu'il avait derrière lui, dit à une des Anglaises : — Milady, voilà! confiez-moi votre œil... Je n'en abuserai pas! Approchez, mesdames et messieurs! Je vais vous faire voir ce que vous allez voir! et un peu mieux que ce préposé aux horizons du Jardin des plantes qui a deux colonnes torses en guise de jambes... Silence! et je commence!...

L'Anglaise, dominée par l'assurance du démonstrateur, avait mis l'œil à la lorgnette.

— Messieurs! c'est sans rien payer d'avance, et selon les moyens des personnes!... *Spoken here! Time is money! Rule Britannia! All right!* Je vous dis ça, parce qu'il est toujours doux de retrouver sa langue dans la bouche d'un étranger... Paris! messieurs les Anglais, voilà Paris! C'est ça!... c'est tout ça... une crâne ville!... j'en suis, et je m'en flatte! Une ville qui fait du bruit, de la boue, du chiffon, de la fumée, de la gloire... et de tout! du marbre en carton-papier, des grains de café avec de la terre glaise, des couronnes de cimetière avec de vieilles affiches de spectacle, de l'immortalité en pain d'épice, des idées pour la province, et des femmes pour l'exportation! Une ville qui remplit le monde... et l'Odéon, quelquefois! Une ville où il y a des dieux au cinquième, des éleveurs d'asticots en chambre, et des professeurs de tibétain en liberté! La capitale du Chic, quoi! Saluez!... Et maintenant ne bougeons plus! Ça? milady, c'est le cèdre, le vrai du Liban, rapporté d'un chœur d'Athalie, par M. de Jussieu[1], dans son chapeau!... Le fort de Vincennes! On compte deux lieues, mes gentlemen! On a abattu le chêne sous lequel Saint Louis rendait la justice, pour en faire les bancs de la Cour de cassation... Le château a été démoli, mais on l'a reconstruit en liège sous Charles X : c'est parfaitement imité, comme vous voyez... On y voit les mânes de Mirabeau, tous les jours de midi à deux heures, avec des protections et un passeport... Le Père-Lachaise! Le faubourg Saint-Germain des morts : c'est plein d'hôtels... Regardez à droite, à gauche... Vous avez devant vous le monument à Casimir Périer, ancien ministre, le père de M. Guizot... La colonne de Juillet[1], suivez! bâtie par les prisonniers de la Bastille pour en faire une surprise à leur gouverneur... On avait d'abord mis dessus le portrait de Louis-Philippe, Henri IV avec un parapluie[2]; on l'a remplacé par cette machine dorée : la Liberté qui s'envole; c'est d'après nature... On a dit qu'on la muselait dans les chaleurs, à l'anniversaire des Glorieuses : j'ai demandé au gardien, ce n'est pas vrai... Regardez bien, milady, il y a un militaire auprès de la Liberté : c'est toujours comme ça en France... Ça? c'est rien, c'est une église... Les buttes Chaumont... Distinguez le monde... On reconnaîtrait ses enfants naturels!... Maintenant, milady, je vais vous la placer à Montmartre... La tour du télégraphe[3]... Montmartre, *mons martyrum*[4]... d'où vient la rue des Martyrs, ainsi nommée parce qu'elle est remplie de peintres qui s'exposent volontairement aux bêtes chaque année, à l'époque de l'Exposition... Là-dessous, les toits rouges? ce sont les Catacombes pour la soif, l'Entrepôt des vins, rien que cela, mademoiselle!... Ce que vous ne voyez pas après, c'est simplement la Seine, un fleuve connu et pas fier, qui lave l'Hôtel-Dieu, la Préfecture de Police, et l'Institut!... On dit que dans le temps il baignait la Tour de Nesle[5]... Maintenant, demi-tour à droite, droite alignement! Voilà Sainte Geneviève... À côté, la tour Clovis... c'est fréquenté par des revenants qui y jouent du cor de chasse chaque fois qu'il meurt un professeur de Droit comparé... Ici, c'est le Panthéon... le Panthéon, milady, bâti par Soufflot[1], pâtissier... C'est, de l'aveu de tous ceux qui le voient, un des plus grands gâteaux de Savoie du monde... Il y avait autrefois dessus une rose : on l'a mise dans les cheveux de Marat[2] quand on l'y a enterré... L'arbre des Sourds-et-Muets[3]... un arbre qui a grandi dans le silence... le plus élevé de Paris... On dit que quand il fait beau, on voit de tout en haut la solution de la question d'Orient[4]... Mais il n'y a que le ministre des Affaires étrangères qui ait le droit d'y monter !... Ce monument égyptien ? Sainte-Pélagie[5], milady... une maison de campagne, élevée par les créanciers en faveur de leurs débiteurs... Le bâtiment n'a rien de remarquable que le cachot où M. de Jouy[6], surnommé « l'Homme au masque de coton », apprivoisait des hexamètres avec un flageolet... Il y a encore un mur teint de sa prose !... La Pitié... un omnibus pour les pékins malades, avec correspondance pour le Montparnasse, sans augmentation de prix, les dimanches et fêtes... Le Val-de-Grâce, pour MM. les militaires... Examinez le dôme, c'est d'un nommé Mansard, qui prenait des casques dans les tableaux de Lebrun[7] pour en coiffer ses monuments... Dans la cour, il y a une statue élevée par Louis XIV au baron Larrey[8]... L'Observatoire... Vous voyez, c'est une lanterne magique... il y a des Savoyards[9] attachés à l'établissement pour vous montrer le Soleil et la Lune... C'est là qu'est enterré Matthieu Laensberg[10], dans une lorgnette... en long... Et ça... la Salpêtrière[11], milady, où l'on enferme les femmes plus folles que les autres ! Voilà !... Et maintenant, à la générosité de la société ! — lança le démonstrateur de Paris.

Il ôta son chapeau, fit le tour de l'auditoire, dit merci à tout ce qui tombait au fond de sa vieille coiffe, aux gros sous comme aux pièces blanches, salua et se sauva à toutes jambes, suivi de ses trois compagnons qui étouffaient de rire en disant : — Cet animal d'Anatole !

Au cèdre, devant un vieux curé qui lisait son bréviaire, assis sur le banc contre l'arbre, il s'arrêta, renversa ce qu'il y avait dans son chapeau sur les genoux du prêtre, lui jeta : — Monsieur le curé, pour vos pauvres !

Et le curé, tout étonné de cet argent, le regardait encore dans le creux de sa pauvre soutane, que le donneur était déjà loin.

II

À la porte du Jardin des plantes, les quatre jeunes gens s'arrêtèrent.

— Où dîne-t-on ? — dit Anatole.

— Où tu voudras, — répondirent en chœur les trois voix.

— Qu'est-ce qui *en* a ? — reprit Anatole.

— Moi, je n'ai pas grand-chose, — dit l'un.

— Moi, rien, — dit l'autre.

— Alors ce sera Coriolis... — fit Anatole en s'adressant au plus grand, dont la mise élégante contrastait avec le débraillé des autres.

— Ah ! mon cher, c'est bête... mais j'ai déjà mangé mon mois... je suis à sec... Il me reste à peine de quoi donner à la portière de Boissard[1] pour la cotisation du punch...

— Quelle diable d'idée tu as eue de donner tout cet argent à ce curé ! — dit à Anatole un garçon aux longs cheveux.

— Garnotelle, mon ami, — répondit Anatole, — vous

avez de l'élévation dans le dessin... mais pas dans l'âme!... Messieurs, je vous offre à dîner chez Gourganson... J'ai l'*œil*[1]... Par exemple, Coriolis, il ne faut pas t'attendre à y manger des pâtés de harengs de Calais truffés comme à ta société du vendredi...

Et se tournant vers celui qui avait dit n'avoir rien :

— Monsieur Chassagnol, j'espère que vous me ferez l'honneur...

On se mit en marche. Comme Garnotelle et Chassagnol étaient en avant, Coriolis dit à Anatole, en lui désignant le dos de Chassagnol :

— Qu'est-ce que c'est, ce monsieur-là, hein? qui a l'air d'un vieux fœtus...

— Connais pas... mais pas du tout... Je l'ai vu une fois avec des élèves de Gleyre, une autre fois avec des élèves de Rude... Il dit des choses sur l'art, au dessert, il m'a semblé... Très collant... Il s'est accroché à nous depuis deux ou trois jours... Il va où nous mangeons... Très fort pour reconduire, par exemple... Il vous lâche à votre porte à des heures indues... Peut-être qu'il demeure quelque part, je ne sais pas où... Voilà!

Arrivés à la rue d'Enfer[2], les quatre jeunes gens entrèrent par une petite allée dans une arrière-salle de crémerie. Dans un coin, un gros gaillard noir et barbu, coiffé d'un grand chapeau gris, mangeait sur une petite table.

— Ah! l'homme aux bouillons... — fit Anatole en l'apercevant.

— Ceci, monsieur, — dit-il à Chassagnol, — vous représente... le dernier des amoureux!... un homme dans la force de l'âge, qui a poussé la timidité, l'intelligence, le dévouement et le manque d'argent jusqu'à fractionner son dîner en un tas de cachets de consommé... ce qui lui permet de considérer une masse de fois dans la journée l'objet de son culte, mademoiselle ici présente...

Et d'un geste, Anatole montra mademoiselle Gourganson qui entrait, apportant des serviettes.

— Ah ! tu étais né pour vivre au temps de la chevalerie, toi ! Laisse donc, je connais les femmes... j'avance joliment tes affaires, va, farceur ! — et il donna un amical renfoncement au jeune homme barbu qui voulut parler, bredouilla, devint pourpre, et sortit.

Le crémier apparut sur le seuil :

— Monsieur Gourganson ! monsieur Gourganson ! — cria Anatole, — votre vin le plus extraordinaire... à 12 sous !... et des biftecks... des vrais !... pour monsieur... — il indiqua Coriolis — qui est le fils naturel de Chevet[1]... Allez !

. . . .

. . . .

— Dis donc, Coriolis, — fit Garnotelle, — ta dernière académie... j'ai trouvé ça bien... mais très bien...

— Vrai ?... vois-tu, je cherche... mais la nature !... faire de la lumière avec des couleurs...

— Qui ne la font jamais... — jeta Chassagnol. — C'est bien simple, faites l'expérience... Sur un miroir posé horizontalement, entre la lumière qui le frappe et l'œil qui le regarde, posez un pain de blanc d'argent : le pain de blanc, savez-vous de quelle couleur vous le verrez ? D'un gris intense, presque noir, au milieu de la clarté lumineuse...

Coriolis et Garnotelle regardèrent après cette phrase, l'homme qui l'avait dite.

— Qu'est-ce que c'est que ça ? — Anatole, en cherchant dans sa poche du papier à cigarette, venait de retrouver une lettre. — Ah ! l'invitation des élèves de Chose... une soirée où l'on doit brûler toutes les critiques du Salon dans la chaudière des sorcières de Macbeth... Il est bon, le post-scriptum : « Chaque invité est tenu d'apporter une bougie... »

Et coupant une conversation sur l'École allemande

qui s'engageait entre Chassagnol et Garnotelle : — Est-ce que vous allez nous embêter avec Cornélius ?... Les Allemands ! la peinture allemande !... Mais on sait comment ils peignent les Allemands[1]... Quand ils ont fini leur tableau, ils réunissent toute leur famille, leurs enfants, leurs-petits enfants... ils lèvent religieusement la serge verte qui recouvre toujours leur toile... Tout le monde s'agenouille... Prière sur toute la ligne... et alors ils posent le point visuel... C'est comme ça ! C'est vrai comme... l'histoire !

— Es-tu bête ! — dit Coriolis à Anatole. — Ah ça ! dis donc, tes biftecks, pour des biftecks soignés...

— Oui, ils sont immangeables... Attendez... Donnez-moi-les tous... — et il les réunit dans une assiette qu'il cacha sous la table. Puis, profitant d'une sortie de la fille de Gourganson, il disparut par une petite porte vitrée au fond de la salle.

— Ça y est, — dit-il en revenant au bout d'un instant. — Ah ! tu ne connais pas la tradition de la maison... Ici, quand les biftecks ne sont pas tendres, on va les fourrer dans le lit de Gourganson... C'est sa punition... Après ça, c'est peut-être aussi sa santé... J'ai connu un Russe qui en avait toujours un... cru... dans le dos.

— Qu'est-ce qu'on fait à l'hôtel Pimodan[2] ? — demanda Garnotelle à Coriolis.

— Mais c'est très amusant, dit Coriolis. D'abord, Boissard est très bon garçon... Beaucoup de gens connus et amusants... Théophile Gautier... la bande de Meissonier... On fait de la musique dans un salon... dans l'autre, on cause peinture, littérature... de tout... Et une antichambre avec des statues... grand genre et pas cher... Un dîner tous les mois... nous avons déboursé chacun six francs pour un couvert en Ruolz[3]... Ça se termine généralement par un punch... Nous avons Monnier qui est superbe ! Il a eu la dernière fois une charge belge, les *prenkirs*... étourdissante !... Et puis Feuchères, qui fait des imitations de soldat, des histoires de Bridet à se tordre... Un monde bon enfant et pas trop canaille... On bavarde, on rit, on se monte... Tout le monde dit des mots drôles... L'autre jour, en sortant, je reconduisais Magimel le lithographe[1]... Il me dit : « Ah ! comme j'ai vieilli !... Autrefois, les rues étaient trop étroites... je battais les deux murs. Maintenant c'est à peine si j'accroche un volet !... »

— Quel homme du monde ça fait, ce Coriolis ! Il va chez Boissard, excusez ! — fit Anatole. — Mais tu t'es trompé d'atelier, mon vieux... tu aurais dû entrer chez Ingres... Vous savez, ils sont bons, les Ingres ! ils se demandent de leurs nouvelles[2] ! Plus que ça de genre !

Pour réponse, le grand Coriolis prit avec sa main forte et nerveuse la tête d'Anatole, et fit, en jouant, la menace de la lui coucher dans son assiette.

— Qui est-ce qui a vu le *Premier baiser de Chloé*[3], de Brinchard, qui est exposé chez Durand Ruel[4] ? — demanda Garnotelle.

— Moi... C'est d'un réussi... — dit Anatole... — Ça m'a rappelé le baiser d'Houdon[5]...

— Oh ! un baiser !... — lança Chassagnol. — Ça, un baiser ! cette machine en bois ! Un baiser, ça ? Un baiser de ces poupées antiques qu'on voit dans une armoire au Vatican, je ne dis pas... Mais un baiser vivant, cela ? Jamais ! non, jamais ! Rien de frémissant... rien qui montre ce courant électrique sur les grands et les petits foyers sensibles... rien qui annonce la répercussion de l'embrassement dans tout l'être... Non, il faut que le malheureux qui a fait cela ne se doute pas seulement de ce que c'est que les lèvres... Mais les lèvres, c'est revêtu d'une cuticule si fine qu'un anatomiste a pu dire que leurs papilles nerveuses n'étaient pas recouvertes, mais seulement gazées, *gazées*, c'est son mot, par cet épiderme... Eh bien ! ces papilles nerveuses, ces centres de sensibilité fournis par les rameaux des nerfs trijumeaux ou de la cinquième paire, communiquent par des anastomoses avec tous les nerfs profonds et superficiels de la tête... Ils s'unissent, de proche en proche, aux paires cervicales, qui ont des rapports avec le nerf intercostal ou le *grand sympathique*, le grand charrieur des émotions humaines au plus profond, au plus intime de l'organisme... le *grand sympathique* qui communique avec la paire vague ou nerfs de la huitième paire, qui embrasse tous les viscères de la poitrine, qui touche au cœur, qui touche au cœur!...

— Neuf heures et demie... Je me sauve, — dit Coriolis.

— Je m'en vais avec toi, — fit Anatole; et, sur la porte, son geste appela Garnotelle, comme s'il lui disait : Viens donc!...

Garnotelle voulut se lever, mais Chassagnol le fit rasseoir, en le prenant par un bouton de sa redingote, et il continua à lui exposer la circulation de la sensation du baiser d'une extrémité à l'autre du corps humain.

III

En ce temps, le temps où ces trois jeunes gens entraient dans l'art, vers l'année 1840, le grand mouvement révolutionnaire du Romantisme qu'avaient vu se lever les dernières années de la Restauration, finissait dans une sorte d'épuisement et de défaillance. On eût cru voir tomber, s'affaisser le vent nouveau et superbe, le souffle d'avenir qui avait remué l'art. De hautes espérances avaient sombré avec le peintre de la *Naissance d'Henri IV*, Eugène Devéria[1], arrêté sur son éclatant début. Des tempéraments brillants, ardents, pleins de promesses, annonçant le dégagement futur d'une personnalité, allaient, comme Chassériau, de l'ombre d'un maître à l'ombre d'un autre, ramassant sous les chefs d'école, dont ils essayaient de fusionner les qualités, un éclectisme bâtard et un style inquiet.

Des talents qui s'étaient affirmés, qui avaient eu leur jour d'inspiration et d'originalité, désertaient l'art pour devenir les ouvriers de ce grand musée de Versailles, si fatal à la peinture par l'officiel de ses sujets et de ses commandes, la hâte exigée de l'exécution, tous ces travaux à la toise et à la tâche, qui devaient faire de la Galerie de nos gloires l'école et le Panthéon de la pacotille.

En dehors de ces causes extérieures, les faillites d'avenir, les désertions, les séductions par les commandes et l'argent du budget, en dehors même de l'action, appuyée par la grande critique, des œuvres et des hommes en lutte avec le Romantisme, il y avait pour l'affaiblissement de la nouvelle école des causes intérieures, spéciales, et tenant aux habitudes, à la vie, aux fréquentations des artistes de 1830. Il était arrivé peu à peu que le Romantisme, cette révolution de la peinture, bornée presque à ses débuts à un affranchissement de palette, s'était laissé entraîner, enfiévrer par une intime mêlée avec les lettres, par la société avec le livre ou le faiseur de livres, par une espèce de saturation littéraire, un abreuvement trop large à la poésie, l'enivrement d'une atmosphère de lyrisme.

De là, de ce frottement aux idées, aux esthétiques, il était sorti des peintres de cerveau, des peintres poètes. Quelques-uns ne concevaient un tableau que dans le cadre d'un vague symbolisme dantesque[1]. D'autres, d'instinct germain, séduits par les *lieds* d'outre-Rhin, se perdaient dans des brumes de rêverie, noyaient le soleil des mythologies dans la mélancolie du fantastique, cherchaient les Muses au Walpurgis[2]. Un homme d'un talent distingué, Ary Scheffer[3], marchait en tête de ce petit groupe. Il peignait des âmes, les âmes blanches et lumineuses créées par les poèmes. Il modelait les anges de l'imagination humaine. Les larmes des chefs-d'œuvre, le souffle de Goethe, la prière de saint Augustin, le Cantique des souffrances morales, le chant de la Passion de la chapelle Sixtine, il tentait de mettre cela dans sa toile, avec la matérialité du dessin et des couleurs. Le *sentimentalisme*, c'était par là que le larmoyeur des tendresses de la femme essayait de rajeunir, de renouveler et de passionner le spiritualisme de l'art.

La désastreuse influence de la littérature sur la peinture se retrouvait à l'autre bout du monde artiste, dans un autre homme, un peintre de prose, Paul Delaroche[1], l'habile arrangeur théâtral, le très adroit metteur en scène des cinquièmes actes de chronique, l'élève de Walter Scott et de Casimir Delavigne[2], figeant le passé dans le trompe-l'œil d'une couleur locale à laquelle manquaient la vie, le mouvement, la résurrection de l'émotion.

De tels hommes, malgré la mode du moment et la gloire viagère du succès, n'étaient, au fond, que des personnalités stériles. Ils pouvaient monter un atelier, faire des élèves ; mais la nature de leur tempérament, le principe d'infécondité de leurs œuvres, les condamnaient à ne pas créer d'école. Leur action, restreinte fatalement à un petit cercle de disciples, ne devait jamais s'élever à cette large influence des maîtres qui décident les courants, déterminent la vocation d'avenir d'une génération, font lever le lendemain de l'art des talents d'une jeunesse.

Au-dessous de la grande peinture, parmi les genres créés ou renouvelés par le mouvement romantique, le paysage se débattait, encore à demi méconnu, presque suspect, contre les sévérités du jury et les préjugés du public[3]. Malgré les noms de Dupré, de Cabat, de Huet, de Rousseau qui pouvaient forcer les portes du Salon, le paysage n'avait point alors l'autorité, la considération, la place dans l'art qu'il devait finir par conquérir à coups de chefs-d'œuvre. Et ce genre, réputé inférieur et bas, contre lequel s'élevaient les idées du passé, les défiances du présent, n'avait guère de tentation pour le jeune talent indécis dans sa voie et cherchant sa carrière. L'orientalisme, né avec Decamps et Marilhat[1], paraissait épuisé avec eux. Ce qu'avait essayé de remuer Géricault dans la peinture française semblait mort. On ne voyait nulle tentative, nul effort, nulle audace qui tentât la vérité, s'attaquât à la vie moderne, révélât aux jeunes ambitions en marche ce grand côté dédaigné de l'art : la contemporanéité[2]. Couture ne faisait qu'exposer son premier tableau, l'*Enfant prodigue*. Et depuis quelques années, il n'y avait guère eu qu'un coloriste sorti des talents nouveaux : un petit peintre de génie naturel, de tempérament et de caprice, jouant avec les féeries du soleil, doué du sentiment de la chair, et né, semblait-il, pour retrouver le Corrège dans une Orientale d'Hugo : Diaz avait apporté à l'art, de 1830 à 1840, sa franche et éblouissante originalité. Mais sa peinture était une peinture indifférente. Elle ne cherchait et ne donnait rien que la sensation de la lumière d'une femme ou d'une fleur. Elle ne parlait à la passion de personne. Toute âme lui manquait pour toucher et retenir à elle autre chose que les yeux.

Dans cette situation de l'art, rejetée, rattachée à la grande peinture par cette lassitude ou ce mépris des autres genres, la génération qui se levait, l'armée des jeunes gens nourris dans la pratique de la peinture historique ou religieuse, allait fatalement aux deux personnalités supérieures et dominantes, aux deux tempéraments extrêmes et absolus qui commandaient dans l'École d'alors aux passions et aux esprits. Ceux-ci demandaient l'inspiration au grand lutteur du Romantisme, à son dernier héros, au maître passionnant et aventureux, marchant dans le feu des contestations et des colères, au peintre de flamme qui exposait en 1839, *Cléopâtre, Hamlet* et les *Fossoyeurs* ; en 1840, la *Justice de Trajan* ; en 1841, l'*Entrée des Croisés à Constantinople*, un *Naufrage*, une *Noce juive*[1]. Mais ce n'était qu'une minorité, cette petite troupe de révolutionnaires qui s'attachaient et se vouaient à Delacroix, attirés par la révélation d'un Beau qu'on pourrait appeler le Beau expressif. La grande majorité de la jeunesse, embrassant la religion des traditions et voyant la voie sacrée sur la route de Rome, fêtaient rue Montorgueil le retour de M. Ingres comme le retour du sauveur du Beau de Raphaël. Et c'est ainsi qu'avenirs, vocations, toute la jeune peinture, à ce moment, se tournaient vers ces deux hommes dont les deux noms étaient les deux cris de guerre de l'art : — Ingres et Delacroix[2].

IV

Anatole Bazoche était le fils d'une femme restée veuve sans fortune, qui avait eu l'intelligence de se faire une position dans une spécialité de la mode presque créée par elle. Entrepreneuse de broderie pour la haute confection, elle avait eu l'imagination de ces nouveautés bizarres qui charmèrent le goût de la Restauration et des premières années du règne de Louis-Philippe : les ridicules à pendants d'acier, les manchons en velours noir avec broderie en soie jaune représentant des kiosques, les boas pour l'exportation, roses, brodés d'argent et recouverts de tulle noir. Au milieu de cela, elle avait eu aussi l'invention des toilettes de féerie : c'était elle qui avait introduit la *lame* dans les robes de bal, édité les premières robes à *étincelles*, étonné les bals citoyens des Tuileries avec ces jupes et ces corsages où scintillaient des élytres d'insectes des Antilles. À ce métier de trouveuse d'idées et de dessins, elle gagnait de huit à dix mille francs par an[1].

Elle mit Anatole au collège Henri IV.

Au collège, Anatole dessina des bonshommes en marge de ses cahiers. Le professeur Villemereux qui s'y reconnut, en le mettant aux arrêts pour cela, lui prédit la potence, — une prédiction qui commença à mettre autour d'Anatole le respect contagieux dans les foules pour les grands criminels et les caractères extraordinaires. Puis, plus tard, en le voyant exécuter à la plume, trait pour trait, taille pour taille, les bois de Tony Johannot du *Paul et Virginie* publié par Curmer[2], ses camarades prirent pour lui une espèce d'admiration. Penchés sur son épaule, ils suivaient sa main, retenaient leur souffle, pleins de l'attention religieuse des enfants devant ce mystère de l'art : le miracle du trompe-œil. Autour de lui on murmurait tout bas : « Oh ! lui, il sera peintre ! » Il sentait la classe le regarder avec des yeux moitié fiers et moitié envieux, comme si elle le voyait déjà destiné à une carrière de génie.

Son idée d'être peintre lui vint peu à peu de là : de la menace de ses professeurs, de l'encouragement de ses camarades, de ce murmure du collège qui dicte un peu l'avenir à chacun. Sa vocation se dégagea d'une certaine facilité naturelle, de la paresse de l'enfant adroit de ses mains, qui dessine à côté de ses devoirs, sans le coup de foudre, sans l'illumination soudaine qui fait jaillir un talent du choc d'un morceau d'art ou d'une scène de nature. Au fond, Anatole était bien moins appelé par l'art qu'il n'était attiré par la vie d'artiste. Il rêvait l'atelier. Il y aspirait avec les imaginations du collège et les appétits de sa nature. Ce qu'il y voyait, c'était ces horizons de la bohème qui enchantent, vus de loin : le roman de la Misère, le débarras du lien et de la règle, la liberté, l'indiscipline, le débraillé de la vie, le hasard, l'aventure, l'imprévu de tous les jours, l'échappée de la maison rangée et ordonnée, le sauve-qui-peut de la famille et de l'ennui de ses dimanches, la blague du bourgeois, tout l'inconnu de volupté du modèle de femme, le travail qui ne donne pas de mal, le droit de se déguiser toute l'année, une sorte de carnaval éternel; voilà les images et les tentations qui se levaient pour lui de la carrière rigoureuse et sévère de l'art.

Mais, comme presque toutes les mères de ce temps-là, la mère d'Anatole avait pour son fils un idéal d'avenir : l'École polytechnique. Le soir, en tisonnant son feu, elle voyait son Anatole coiffé d'un tricorne, l'habit serré aux hanches, l'épée au côté, avec l'auréole de la Révolution de 1830 sur son costume; et elle se regardait d'avance passer dans les rues, lui donnant le bras. Ce fut un grand coup quand Anatole lui parla de se faire artiste : il lui sembla qu'elle avait devant elle un officier qui déchirait son uniforme, et tout l'orgueil de son âge mûr s'écroula.

De la troisième jusqu'à la rhétorique, le collégien eut à chaque sortie à batailler avec elle. À la fin, comme il s'arrangeait toujours pour être le dernier en mathématiques, la mère, faible comme une veuve qui n'a qu'un fils, céda et se résigna en gémissant. Seulement, pour préserver autant que possible l'innocence d'Anatole, dans une carrière qui la faisait trembler d'avance par ses périls de toutes sortes, elle demanda à un vieil ami de chercher dans ses connaissances et de lui indiquer un atelier où les mœurs de son fils seraient respectées.

À quelques jours de là, le vieil ami menait le jeune homme chez un élève de David qui s'appelait d'un nom fameux en l'an IX, Peyron, et qui consentait à recevoir Anatole sur le bien qu'on lui en disait.

Il y avait bien un embarras : l'atelier de M. Peyron

était un atelier de femmes[1], mais d'âge si vénérable, sans aucune exception, qu'Anatole put y faire son entrée sans intimider personne. Il se trouva même, à la fin du troisième jour, occuper si peu ces respectables demoiselles, qu'il se sentit humilié dans sa qualité d'homme, et déclara péremptoirement le soir à sa mère qu'il ne voulait plus retourner dans une pareille pension de Parques.

Il entrait alors chez le peintre d'histoire Langibout, qui avait rue d'Enfer un atelier de soixante élèves. Il montait d'abord chez un élève nommé Corsenaire, qui travaillait dans le haut de la maison. Il y restait six mois à dessiner d'après la bosse; puis redescendait dans le grand atelier d'en bas, pour dessiner d'après le modèle vivant[2].

Il trouvait là Coriolis et Garnotelle entrés dans l'atelier depuis deux ou trois ans.

V

L'atelier de Langibout[3] était un immense atelier peint en vert olive[4]. Sur le mur d'un des côtés, sous le jour de la baie ouverte en face, se dressait la table à modèle, avec la barre de fer où s'attache la corde pour la pose des bras levés en l'air, les talonnières pour supporter le talon qui ne pose pas, le T en cuir verni où s'appuie le bras qui repose.

Une boiserie montait tout le long de l'atelier, à une hauteur de sept à huit pieds. Des grattages de palette, des adresses de modèles, des portraits-charges la couvraient presque entièrement. Un faux col sur un pantalon représentait les longues jambes de l'un; un bilboquet caricaturait la grosse tête de l'autre; un garde national sortant d'une guérite par une neige qui lui argentait le nez et les épaulettes, moquait les ambitions miliciennes de celui-ci. Un gentilhomme amateur était représenté dans un bocal, sous la figure d'un cornichon, avec la devise au-dessous : *Semper viret*[1]. Et çà et là, à travers les caricatures éparses, semées au hasard, on lisait : *Sarah Levy, la tête, rien que la tête, rue des Barres-Saint-Paul*; et plus loin : *Armand David, fifre sous Louis XVI, modèle de torse, fait la canne.*

Sur une des parois latérales se levait le Discobole[2], moulage de Jacquet.

Les sculpteurs et les peintres, au nombre d'environ soixante, les sculpteurs avec leurs sellettes et leurs terrines à terre, les peintres, juchés sur de hauts tabourets, formaient trois rangs devant la table à modèle[3].

On voyait là :

Javelas, « l'homme aux bouillons », le patito[4] de mademoiselle Gourganson, le pâtira, le souffre-douleur de l'atelier, un méridional naïf, un *gobeur* avalant tout, et qu'on avait décidé à promener son chapeau gris la nuit, en lui affirmant que le clair de lune était le meilleur blanchisseur des castors; Javelas, auquel Anatole, en lui rognant un peu sa canne tous les jours, arriva au bout d'une semaine à persuader qu'il grandissait, et qu'il n'avait que le temps de se soigner, la croissance à son âge étant toujours un signe de maladie; Javelas, qui était sculpteur, et qui avait pour spécialité les sujets de piété.

Lestonnat, aux cheveux en broussaille enflammée, aux yeux clignotants, aux cils d'albinos; Lestonnat ne voyant des couleurs, que le blond et la tendresse, faisant des esquisses laiteuses et charmantes, peintre-né des mythologies plafonnantes;

Grandvoinet, un maigre garçon qu'on appelait *Moins-Cinq*, à cause de sa réponse aux arrivants, qui le trouvaient toujours le premier à l'atelier, et lui disaient :

— Tiens, il est l'heure ? — Non, messieurs, il est l'heure moins cinq minutes. Grand acheteur de gravures du Poussin, excellent et doux garçon, n'entrant en colère que lorsque le modèle avait oublié de poser son mouchoir sur le tabouret, et volait ainsi quelques secondes à la pose ; le type du fruit sec exemplaire, dont l'application, la vocation ingrate, l'effort désespéré étaient respectés avec une sorte de commisération par la blague de ses camarades ;

Le grand Lestringant, derrière le dos duquel Langibout s'arrêtait, étonné et souriant d'un détail exagéré ou forcé dans une académie bien dessinée : — « C'est bien, lui disait-il, vous voyez comme cela, c'est bien, mon ami, vous voyez comique... » Lestringant, qui devait obéir à sa vraie vocation, abandonner bientôt l'histoire pour mettre l'esprit de Paris dans la caricature ;

Le petit Deloche[1], joli gamin, la mine spirituelle et effrontée, arrivant la casquette en casseur, la blouse tapageuse, engueulant les modèles, faisant le crâne : il n'y avait pas trois mois qu'arrivant de son collège et de sa province dans des habits de première communion rallongés, et tombant dans l'atelier, au milieu d'une séance de modèle de femme, il était resté pétrifié devant « la madame » toute nue, ses yeux de petit garçon démesurément ouverts, les bras ballants, et laissant glisser de stupéfaction son carton par terre, au milieu du rire homérique des élèves ;

Rouvillain, un nomade, qui, dès qu'il avait pu réunir vingt francs, donnait rendez-vous à l'atelier pour qu'on lui fît la conduite jusqu'à la barrière Fontainebleau : de là, il s'en allait d'une trotte aux Pyrénées, frappant à la porte du premier curé qu'il trouvait le premier soir, lui faisant une tête de vierge ou une petite restauration, emportant une lettre pour un curé de plus loin ; et, de recommandations en recommandations, de curé en curé, gagnant la frontière d'Espagne, d'où il revenait à Paris par les mêmes étapes;

Garbuliez, un Suisse, fils d'un *cabinotier* de Genève; qui avait rapporté de son pays le culte de son compatriote Grosclaude, et la charge du peintre Jean Belin[1] chez le Grand-Turc;

Malambic « et son sou de fusain », ainsi nommé par l'atelier, à cause de ses interminables jambes, éternellement enfermées dans un pantalon noir, et si justement comparées aux deux bâtons de charbon que les papetiers donnent pour un sou;

Massiquot, beau d'une beauté antique, le front bas avec les cheveux frisés à la ninivite, des traits d'Antinoüs avec un sourire de Méphistophélès[2]; un garçon qui avait l'étoffe d'un grand sculpteur, mais dont le temps et le talent allaient se perdre dans la gymnastique, les tours de force, les excès d'exercice auxquels l'entraînait l'orgueil du développement de son corps; Massiquot, le massier des élèves;

Lemesureur, le massier de l'atelier, l'intermédiaire entre le maître et les élèves, l'homme de confiance du patron, qui reçoit la contribution mensuelle, écrit aux modèles, surveille le mobilier, et fait payer les tabourets et les carreaux cassés; Lemesureur, ancien huissier de Montargis, marié à une repriseuse de cachemire, et qui faisait, dans l'atelier, un petit commerce, en achetant dix francs les têtes bien dessinées qu'il revendait à des pensionnats comme modèles;

Schulinger, un Alsacien à tournure de caporal prussien, grand bredouilleur de français, qui brossait de temps en temps, entre deux saouleries de bière, une figure rappelant le gris argentin de Vélasquez;

Blondulot, un petit vaurien de Paris, pris en servage par un amateur braque très connu qui, de temps en temps croyait découvrir un Raphaël dans quelque peintriot comme Blondulot, dont il surveillait les mœurs avec une jalousie intéressée de mère d'actrice, et qu'il allait recommander aux critiques, en disant : « Il est pur ! c'est un ange !... »

Jacquillat, qui n'avait aucun talent, mais que Langibout soignait : c'était le fils de ce Jacquillat qui avait donné des leçons de tour à M. de Clarac[1] et qui exécutait l'étoile à huit cercles ;

Montariol, le mondain, qui déjeunait souvent dans les crémeries avec les domestiques des bals dont il sortait, le monsieur bien mis à l'atelier ; mais ayant dans ses élégances des solutions de continuité et des accrocs, et regardant l'heure à une montre dont le verre avait été recollé avec de la cire à cacheter ;

Lamoize, aux cheveux ras, au blanc de l'œil bleu, au teint indien, toujours serré dans un habit noir râpé ; un liseur, un républicain, un musicien, qui faisait de la peinture à idées ;

Dagousset, le louche, qui faisait loucher tous les yeux qu'il peignait par cette tendance singulière et fatale qu'ont presque tous les artistes à refléter dans leurs œuvres l'infirmité marquante de leur personne.

Puis c'était « Système », Système, auquel on ne connaissait de nom que ce sobriquet ; Système, peignant, à cloche-pied, la main gauche tenant la palette, appuyée sur une tringle de fer ; Système posant sur son bras, dont il retroussait la manche, le ton de chair pris sur sa palette, et l'approchant du modèle pour le comparer ; Système qui partageait avec Javelas le rôle de martyr de l'atelier.

Et l'atelier Langibout possédait encore les deux types du *cuveur* et du *rêveur* dans le peintre Vivarais et le sculpteur Romanet. Vivarais était l'homme qui passait sa vie à « s'imprégner » sans presque jamais peindre ; et c'était Romanet qui disait un jour, sur le pas de sa porte à Anatole : — Vois-tu, mon cher, pour mon buste, il fallait le marbre... — Pourquoi pas en terre ? c'est si long, le marbre... — Non... je n'aurais pas eu la ligne rigide, le cassant du trait... Ça aurait été toujours mou, veule... Il me fallait le marbre, absolument le marbre... — Eh bien ! laisse-moi le voir... Je t'assure, je n'en parlerai pas... — Mon marbre ? mon marbre ? Il est là... — lui dit Romanet en se touchant le front.

Pêle-mêle étrange de talents et de nullités, de figures sérieuses et grotesques, de vocations vraies et d'ambitions de fils de boutiquiers aspirant à une industrie de luxe ; de toutes sortes de natures et d'individus, promis à des avenirs si divers, à des fortunes si contraires, destinés à finir aux quatre coins de la société et du monde, là où l'aventure de la vie éparpille les jeunesses et les promesses d'un atelier, dans un fauteuil à l'Institut, dans la gueule d'un crocodile du Nil, dans une gérance de photographie, ou dans une boutique de chocolatier de passage[1] !

VI

Anatole était devenu immédiatement le boute-en-train de l'atelier, le « branle-bas » des farces et des charges.

Il était né avec des malices de singe. Enfant, lorsqu'on le ramenait au collège, il prenait tout à coup sa course à toutes jambes, et se mettait à crier de toutes les forces de sa voix de crapaud : « V'la la révolution qui commence ! » La rue s'effarait, les boutiquiers se précipitaient sur leurs portes, les fenêtres s'ouvraient, des têtes bouleversées apparaissaient, et dans le dos des vieilles gens qui se faisaient un cornet de leur main pour entendre le tocsin de Saint-Merry, le frisson du rentier passait. Malheureusement, à sa troisième tentative, il fut dégoûté du plaisir que lui donnait tout ce sens dessus dessous par un énorme coup de pied d'épicier philippiste de la rue Saint-Jacques. Au collège, c'était les mêmes niches diaboliques. Un professeur, dont il avait à se plaindre, ayant eu l'imprudence à une distribution de prix, de commencer son discours par : « Jeunes athlètes qui allez entrer dans l'arène... » — *Vive la reine !* se mit à crier Anatole en se tournant vers la reine Marie-Amélie[1] venant voir couronner ses fils[2]. Sur ce calembour, une acclamation trois fois répétée partit des bancs, et le malheureux professeur fut obligé de remettre son éloquence dans sa poche.

Avec l'âge et la sortie du collège, cette imagination de drôlerie n'avait fait que grandir chez Anatole. Le sens du grotesque l'avait mené au génie de la parodie. Il caricaturait les gens avec un mot. Il appliquait sur les figures une profession, un métier, un ridicule qui leur restait. À des fusées, à des cascades de bêtises, il mêlait des cinglements, des claquements de ripostes pareils à ces coups de fouet avec lesquels les postillons enlèvent un attelage. Il jouait avec la grammaire, le dictionnaire, la double entente des termes : la mémoire de ses études lui permettait de jeter dans ce qu'il disait des lambeaux de classiques, de remuer à travers ses bouffonneries de grands noms, des vers dérangés, du sublime estropié ; et sa verve était un pot-pourri, une macédoine, un mélange de gros sel et de fin esprit, la débauche la plus folle et la plus cocasse.

Dans les parties, le soir, en revenant dans les voitures des environs de Paris, il faisait un personnage de province ; il improvisait des récits de petite ville, il racontait des intérieurs où il y a des oranges sur des timbales, il inventait des sociétés pleines de nez en argent, tout un monde qu'il semblait mener de Monnier à Hoffmann, au grand amusement et dans le rire fou de ses compagnons de voyage. Il avait la vocation de l'acteur et du mystificateur. Sa parole était soutenue par son jeu, une mimique de méridional, la succession et la vivacité des expressions, des grimaces, dans un visage souple comme un masque chiffonné, se prêtant à tout, et lui donnant l'air d'une espèce d'homme aux cent figures. À ce tempérament de comique, à tous ces dons de nature, il joignait encore une singulière aptitude d'imitation, d'assimilation de tout ce qu'il entendait, voyait au théâtre, et partout, depuis l'intonation de Numa[1] jusqu'au coup de jupe d'une danseuse espagnole piaffant une cachucha[2], depuis le bégaiement de Mijonnet, le marchand de *tortillons* de l'atelier, jusqu'au jeu muet du monsieur qui cherche sa bourse en omnibus. À lui tout seul, il jouait une scène, une pièce : c'était le relais d'une diligence, le piétinement des garçons d'écurie, les questions des voyageurs endormis, l'ébranlement des chevaux, le hue ! du postillon ; ou bien une messe militaire, le *Dominus vobiscum* chevrotant du vieux prêtre, les répons criards de l'enfant de chœur, le ronflement du serpent[3], les nasillements des chantres, le son voilé des tambours, la toux du pair de France sur la tombe du mort. Il singeait un grand air d'opéra, un *ut* de ténor. Il contrefaisait le réveil d'une basse-cour, la fanfare fêlée du coq, les gloussements, les cacardements, les roucoulements, tous les caquetages gazouillants des bêtes qui semblaient s'éveiller sous sa blouse. Des journées qu'il passait au Jardin des plantes à étudier les animaux, il rapportait leur voix, leur chant. Quand il voulait, son larynx devenait une ménagerie. Du fond de son chapeau, il faisait sortir, comme d'une gorge de l'Atlas, le rauquement du lion, un rugissement si vrai, que, la nuit, Jules Gérard[4] eût tiré dessus au jugé. Pour les bruits humains, il les possédait tous. Il imitait les accents, les patois, les bruits de la rue, le chantonnement de la marchande de vieux chapeaux, la criée de la marchande de « bonne vitelotte », le cri du vendeur de *canards* s'éteignant dans le lointain d'un faubourg, tous les cris : il n'y avait que le cri de la conscience qu'il disait ne pouvoir imiter.

L'atelier avait en lui son amuseur et son fou, un fou dont il n'aurait pu se passer. Au bout de ces grands silences de travail qui se font là, après un long recueillement de tous ces jeunes gens pliés sur une étude, quand une voix s'élevait : « Allons ! qu'est-ce qui va faire un *four ?* » Anatole lançait aussitôt quelque mot drôle, faisant courir le rire comme une traînée de poudre, secouant la fatigue de tous, relevant toutes les têtes de dessus les cartons, et sonnant jusqu'au bout de la salle une récréation d'un moment.

Jamais il n'était à court. L'atelier avait-il une vengeance à exercer ? Anatole trouvait un tour de son invention, et le plus souvent, à la prière de ses camarades et pour répondre à leur confiance, il l'exécutait lui-même. Devait-on faire la réception d'un *nouveau ?* Il s'en chargeait, et c'était son triomphe. Il s'y surpassait en fantaisie, en imagination de mise en scène.

Le reste de crucifiement, la tradition de torture, demeurés d'un autre temps, dans ces farces artistiques, l'attachement à l'échelle, l'estrapade, la brutalité de ces exécutions qui parfois finissaient par un membre brisé, commençaient à passer de mode dans les ateliers. À peine si l'usage des férocités anciennes était encore conservé chez le sculpteur David, dont les élèves promenaient, en ces années, par tout le quartier, un nouveau lié sur une échelle, avec un camarade, à cheval sur l'estomac, qui jouait de la guitare. Les initiations peu à peu s'adoucissaient et se changeaient en innocentes épreuves de franc-maçonnerie. Anatole les renouvela par le sérieux de la charge et la comédie de la cruauté.

Aussitôt qu'un nouveau arrivait, il commençait par le faire déshabiller, lui injuriait successivement tous les membres, lui reprochait ses « abattis canaille », établissait, avec la voix de pituite de Quatremère de Quincy[1], le peu de rapports existant entre une figure de Phidias et cet « Apollon des chaudronniers ». Puis, il le faisait chanter, en costume de paradis, dans des poses d'un équilibre périlleux, des paroles impossibles sur des airs dont il avait le secret. Quand le nouveau était enroué et enrhumé, Anatole lui annonçait les *supplices*. Soudain, il changeait de voix, d'air, de visage : il avait des gestes d'ogre de contes de fées, une intonation de roi de féerie qui donne des ordres pour une exécution, des ricanements de Schahabaham[2]. Une paillasserie sinistre l'animait : c'était Bobèche[3] et Torquemada[4], l'Inquisition aux Funambules[5]. S'agissait-il de marquer un récalcitrant ? Il était terrible à fourgonner le poêle pour chauffer les fers tout rouge, terrible quand avec les fers, changés habilement dans sa main en chevilles de sculpteur peintes en vermillon, il approchait ; terrible, lorsqu'il essayait ces faux fers, derrière le dos du patient, quatre ou cinq fois sur des planches, pendant qu'on brûlait de la corne ; épouvantable, lorsqu'il les appliquait sur l'épaule du malheureux avec un *pschit !* qui jouait infernalement le cri de la peau grillée. On riait, et il faisait presque peur. — Et puis, venaient des boniments, des discours de réception, des morceaux académiques, du Bossuet tombé dans le *Tintamarre*[6]... Pour chaque nouveau, il inventait un nouveau tour, des plaisanteries inédites, un chef-d'œuvre comme les sangsues, la farce des sangsues qu'il montrait à sa victime dans un verre, et qu'il lui posait au creux de l'estomac : la victime plaisantait d'abord, puis ne plaisantait plus : elle se figurait sentir piquer les sangsues, tant Anatole les avait bien imitées avec des découpures d'oignon brûlé !

À l'atelier, on l'appelait « la Blague ».

VII

La Blague, — cette forme nouvelle de l'esprit français, née dans les ateliers du passé, sortie de la parole imagée de l'artiste, de l'indépendance de son caractère et de sa langue, de ce que mêlent et brouillent en lui, pour la liberté des idées et la couleur des mots, une nature de peuple et un métier d'idéal; la Blague, jaillie de là, montée de l'atelier, aux lettres, au théâtre, à la société; grandie dans la ruine des religions, des politiques, des systèmes, et dans l'ébranlement de la vieille société, dans l'indifférence des cervelles et des cœurs, devenue le *Credo* farce du scepticisme, la révolte parisienne de la désillusion, la formule légère et gamine du blasphème, la grande forme moderne, impie et charivarique, du doute universel et du pyrrhonisme[1] national; la Blague du XIXe siècle, cette grande démolisseuse, cette grande révolutionnaire, l'empoisonneuse de foi, la tueuse de respect; la Blague, avec son souffle canaille et sa risée salissante, jetée à tout ce qui est honneur, amour, famille, le drapeau ou la religion du cœur de l'homme; la Blague, emboîtant le pas derrière l'Histoire de chaque jour, en lui jetant dans le dos l'ordure de la Courtille[2]; la Blague, qui met les gémonies[3] à Pantin; la Blague, le *vis comica* de nos décadences et de nos cynismes, cette ironie où il y a du *rictus* de Stellion[4] et de la goguette du bagne, ce que Cabrion jette à Pipelet[5], ce que le voyou vole à Voltaire, ce qui va de *Candide* à Jean Hiroux[6]; la Blague, qui est l'effrayant mot pour rire des révolutions; la Blague, qui allume le lampion d'un lazzi sur une barricade; la Blague, qui demande en riant au 24 Février, à la porte des Tuileries : « Citoyen, votre billet ! » ; la Blague, cette terrible marraine qui baptise tout ce qu'elle touche avec des expressions qui font peur et qui font froid ; la Blague, qui assaisonne le pain que les rapins vont manger à la Morgue ; la Blague, qui coule des lèvres du môme et lui fait jeter à une femme enceinte : « Elle a un polichinelle dans le tiroir ! » ; la Blague, où il y a le *nil admirari*[1] qui est le sang-froid du bon sens du sauvage et du civilisé, le sublime du ruisseau et la vengeance de la boue, la revanche des petits contre les grands, pareille au trognon de pomme du titi dans la fronde de David ; la Blague, cette charge parlée et courante, cette caricature volante qui descend d'Aristophane par le nez de Bouginier[2] ; la Blague, qui a créé en un jour de génie Prudhomme[3] et Robert Macaire[4] ; la Blague, cette populaire philosophie du « Je m'en fiche ! » le stoïcisme avec lequel la frêle et maladive race d'une capitale moque le ciel, la Providence, la fin du monde, en leur disant tout haut : « Zut ! » ; la Blague, cette railleuse effrontée du sérieux et du triste de la vie avec la grimace et le geste de Pierrot ; la Blague, cette insolence de l'héroïsme qui a fait trouver un calembour à un Parisien sur le radeau de *la Méduse*[5] ; la Blague, qui défie la mort ; la Blague, qui la profane ; la Blague, qui fait mourir comme cet artiste, l'ami de Charlet, jetant, devant Charlet, son dernier soupir dans le *couic* de Guignol ; la Blague, ce rire terrible, enragé, fiévreux, mauvais, presque diabolique, d'enfants gâtés, d'enfants pourris de la vieillesse d'une civilisation ; ce rire riant de la grandeur, de la terreur, de la pudeur, de la sainteté, de la majesté, de la poésie de toute chose ; ce rire qu'on dirait jouir du bas plaisir de ces hommes en blouse, qui, au Jardin des plantes, s'amusent à cracher sur la beauté des bêtes et la royauté des lions ; — la Blague, c'était bien le nom de ce garçon.

VIII

L'atelier ouvrait le matin de six heures à onze heures en été, de huit heures à une heure en hiver. Le mercredi, il y avait une prolongation de travail d'une heure, « l'heure du torse[1] », pour finir le torse commencé la veille : heure supplémentaire payée par la cotisation des élèves. Trois semaines de modèle d'homme, une semaine de modèle de femme, faisaient le mois.

Pendant ces cinq heures d'étude quotidienne, pendant ce travail d'après nature se continuant des mois, des années, Anatole vit défiler les plus beaux corps du temps, l'humanité de choix qui sert de leçon à l'artiste, les statues vivantes qui conservent les lois de proportion, le *canon* de l'homme et de la femme, les types qui dessinent le nu viril ou féminin, l'élégance ou la force, la délicatesse ou la puissance, les lignes avec leurs oppositions, les contours avec leur sexe, les formes avec leur style.

Anatole dessina : il fit la longue éducation de son œil et de son fusain; il apprit à bâtir une académie d'après tous ces corps fameux qui ont laissé leur mémoire dans les tableaux de l'époque : — le corps de Dubosc, ce corps merveilleux de cinquante-cinq ans, qui avait conservé la souplesse et l'harmonieux équilibre de la jeunesse; — le corps de Gilbert, ce corps tout plein des trous d'une sculpture à la Puget, de Gilbert, le modèle pour les satyres, les convulsionnaires, les *ardents*. Il dessina d'après ce corps de Waill, le corps d'un éphèbe florentin, le torse ciselé, les pectoraux accusés sur l'adolescence de la poitrine, les jambes fines et montrant la souple élégance, la longueur filante d'un dessin italien du seizième siècle, des formes de cire sur des muscles d'acier; — le corps de Thomas l'Ours, cet ancien lutteur de Lyon, renvoyé de son régiment à cause de son appétit, le vorace qui prenait son café au lait dans une terrine de sculpteur avec un pain de six livres, et que nourrissaient par commisération les domestiques de Rothschild; un corps de damné de Michel-Ange, les épaules d'Atlas, une musculature de Crotoniate[1] et d'animal dévorateur où les mouvements faisaient courir des houles sous la peau. Anatole eut encore les corps de grâce sauvage, nerveux, ondulants, élastiques, du nègre Saïd, du nègre Joseph[2] de la Martinique, le nègre à la taille de femme, aux bras ronds, qui charmait les fatigues de sa pose par des monologues à demi-voix, gazouillés dans la langue de son pays. Il eut la fin de ces modèles héroïques, à la constitution homérique, formés dans l'atelier de David, la poitrine élargie comme à l'air de ces grandes toiles antiques, vieux débris d'un Empire de l'art, auxquels l'atelier ne manquait jamais de faire la charité d'habitude avec les vieux modèles, ce qu'on appelle « un cornet », une feuille de papier tournée par un des nouveaux, qui circule, et où chacun met le fond de sa poche[3].

La femme, le corps de la femme, les modes diverses et contraires de sa beauté, Anatole les apprit sur ces corps : — les corps des trois Marix, le trio de Juives dont l'une a sa superbe nudité peinte dans la *Renommée de* l'*Hémicycle* de Delaroche[4]; — le corps de Julie Waill, aux formes pleines, à la tête de Junon, à la grande bouche romaine, aux grands yeux énormes de la Tegée de Pompei; — le corps de madame Legois, le type du modèle pour le dessin classique du ventre et des jambes; — le corps mince, nerveux, distingué dans la maigreur, de Marie Poitou, une nature de sainte, de martyre, de mystique; — le corps androgyne de Caroline l'Allemande, qui a posé les bras du *Saint-Symphorien*[5] de M. Ingres, ennemi des modèles d'hommes, et disant « qu'ils puaient » ; — le corps de Georgette, à la taille d'anguille, aux reins serpentins, l'idéal dans un type égyptiaque de la ligne de beauté professée par Hogarth ; — le corps à la Rubens, la poitrine exubérante, les jambes magnifiques de Juliette ; — le corps de Caroline Alibert, le corps d'une Ourania du Primatice, allongé, effilé, avec des extrémités si souples qu'elle faisait, d'un mouvement, passer tous les doigts d'une de ses mains l'un sous l'autre ; — le corps fluet, maigriot, élancé et charmant de Cœlina Cerf, avec ses formes hésitantes de petite fille et de femme, ses lignes d'une ingénue de roman grec, — le plus jeune des modèles, si jeune que les élèves lui payaient, quand elle posait, une livre de sucre d'orge.

IX

De loin en loin, une distraction furieuse, une noce enragée rompait cette monotonie de la vie d'atelier. Par un beau jour tout plein de soleil, et promettant l'été, quelqu'un demandait ce qu'il y avait à la masse ; et quand les entrées de 25 francs payées par chaque élève et exigées rigoureusement de tous, sans exception, par Langibout ; quand ces entrées, appelées les *bienvenues*, montaient à une somme de quelques centaines de francs, on convenait d'aller manger la masse à la campagne. Alors tout l'atelier partait, suivi du modèle de la semaine, et se lançait aux champs dans les costumes les plus farouches, avec les vareuses les plus rouges, les chapeaux les plus révolutionnaires, des oripeaux hurlants et des mises forcenées. La jeunesse de tous débordait sur le chemin ; ils allaient avec des cris, des gestes, des chansons, une gaieté violente qui effarouchait la banlieue et violait la verdure. Tout les grisait, leur nombre, leur tapage, la chaleur; et ils marchaient en casseurs, animés, tumultueux, batailleurs, avec cette insolence de joie qui démange les mains, et cette envie de vaillance qui appelle les coups.

À la porte Fleury, dans un cabaret en plein air, la bande dînait. Et c'était une ripaille, des poulets déchirés, des bouteilles entonnées par le goulot, des paris de goinfrerie et de saoulerie, une espèce de vanité et d'ostentation d'orgie grasse qui cachait, sous les lilas des environs de Paris, des licences de kermesse et des fonds de tableaux de Téniers[1].

Puis, la nuit tombée, quand tous étaient ivres, et que les plus doux avaient bu un vin de colère, la troupe, chantant à tue-tête et armée d'échalas pris dans les vignes, se répandait au hasard sur une route où elle espérait trouver l'hostilité, la haine du paysan d'auprès de Paris pour le Parisien. Sur les ciels d'été, les ciels lourds et fumeux, zébrés de noir par des nuages d'orage, les artistes se découpaient en silhouettes agitées et fiévreuses; et la nuit donnant sa terreur à la fantaisie de leurs costumes, à la furie de leurs gestes, à leurs ombres, au point de feu de leurs pipes, il se levait de ce qu'on voyait vaguement d'eux comme une sinistre apparence fantastique de bandits légendaires : on eût cru voir les truands de l'Idéal sur un horizon de Salvator Rosa.

L'atelier en était un soir à une de ces fins de bienvenue. L'on revenait. Sur la route on trouva une cour ouverte, et dans la cour, des blanchisseuses. Aussitôt, l'on eut l'idée d'un bal, et l'on organisa, en plein vent, la salle et la danse avec des chandelles achetées chez un épicier, et que tenaient dans leurs mains ceux qui ne dansaient pas. Le modèle avait apporté un violon : ce fut la musique. Mais, au milieu du quadrille, les garçons du village se ruaient sur les messieurs qui dansaient. La bataille s'engageait, une bataille sauvage, au milieu de laquelle Coriolis se jetant, les manches retroussées, couchait avec son échalas deux des paysans par terre. À la fin, les garçons battus se sauvaient pour aller chercher du renfort dans le pays. Il n'y avait plus qu'à partir.

Mais Coriolis s'entêtait à rester. Il traita ses camarades de lâches. Il ramassa des pierres qu'il jeta dans le cabaret dont il venait de sortir. Il voulait se battre. Il fallut que ses camarades l'entraînassent de force. Tous étaient étonnés de sa rage, de ce besoin fou qu'il avait des coups.

— Comment ! tu n'es pas content ? — lui dit Anatole, — tu n'as rien reçu et tu en as descendu deux !... Ah ! tu y allais bien... Moi, j'ai donné un joli coup de pied à hauteur d'estomac dans un grand serin qui m'ennuyait... Mais deux, c'est très gentil...

— Non, non, — répéta Coriolis, — des lâches, les amis ! Nous aurions dû leur donner une tripotée à ne pas leur donner envie de revenir... Des lâches, je te dis, les amis !

Et sur tout le chemin jusqu'à Paris, son grand corps donna tous les signes d'une colère de créole qui ne veut rien entendre.

Naz de Coriolis était le dernier enfant d'une famille de Provence, originaire d'Italie, qui, à la Révolution de 89, s'était réfugiée à l'île Bourbon. Un oncle, qui était son tuteur, lui faisait une pension de six mille francs, et devait lui laisser à sa mort une quinzaine de mille livres de rentes. Ce nom aristocratique, cette pension, cet avenir, qui était une fortune à côté de la pauvreté de ses camarades, l'élégance de tenue de Coriolis, le monde où l'on se disait qu'il allait, les maîtresses avec lesquelles il avait été rencontré, les restaurants où on l'avait entrevu, mettaient entre lui et l'atelier le froid d'une certaine réserve. Langibout lui-même éprouvait une sorte de gêne avec le « gentilhomme », comme il l'appelait; et il y avait un peu de brusquerie amère dans la façon dont il laissait tomber sur ses esquisses si vives et si colorées : — « C'est très bien, très bien... mais c'est fermé pour moi... vous savez, je ne comprends pas...[1] » On plaisantait un peu Coriolis, mais doucement, prudemment, avec des malices qui ne s'aventuraient pas trop. On savait que les charges trop fortes ne réussiraient pas avec lui. On se rappelait son duel avec Marpon, lors de son entrée à l'atelier, le duel pour rire, avec des balles de liège, traditionnel dans les ateliers[2], et qui faillit ce jour-là devenir tragique : Coriolis, frappant sur la main du témoin qui allait charger les pistolets, avait fait tomber les deux balles inoffensives, et, tirant de sa poche deux vraies balles de plomb, avait exigé un nouveau et sérieux chargement. Il était donc respecté; mais c'était tout. Quoiqu'il ne montrât aucune hauteur dans sa personne, ni dans ses manières, quoiqu'il fût reconnu bon garçon, qu'il jouât sa partie dans toutes les gamineries, qu'il fût des jeux, des griseries et des batailles de l'atelier, c'était un camarade avec lequel les autres élèves ne se sentaient pas à l'aise et n'avaient que les rapports de l'atelier. Et dans ce monde le seul intime de Coriolis était Anatole, un ami de collège de deux ans de grande cour à Henri IV. Amusé par sa gaieté, il lui permettait, lui pardonnait tout, avec cette espèce d'indulgence qu'a un gros chien pour un roquet.

— Reconduis-moi, — lui dit-il, quand ils furent sur le pavé de Paris.

Arrivé chez lui : — Tu déménages? — fit Anatole en regardant le sens dessus dessous de l'appartement et des commencements d'emballage.

— Non, je pars, — dit Coriolis d'un ton de voix dégrisé.

— Tu t'en retournes à Bourbon?

— Non, je vais me promener en Orient.

— Bah !

— Oui, j'ai besoin de changer d'air... Ici, je sens que je ne peux rien faire... J'aime trop Paris, vois-tu... Ce gueux de Paris, c'est si charmant, si prenant, si tentant ! Je me connais et je me fais peur : Paris finirait par me manger... Il me faut quelque chose qui me change... du mouvement... Je suis ennuyé de moi, de ma peinture, de l'atelier, de ce qu'on nous serine ici... Il me semble que je suis fait pour autre chose... Après ça, on croit toujours ça... Enfin, là-bas, je me figure... je verrai bien si Decamps et Marilhat ont tout pris, n'ont rien laissé aux autres. Il y a peut-être encore à voir après eux... Et puis, je serai seul... c'est bon pour se reconnaître et se trouver... Les distractions, absence totale... Plus de dîners de Boissard[1], plus de soupers, plus de nuits au champagne... Rien ! je serai bien forcé de travailler... Mon brave homme d'oncle fait les choses très proprement... Il est enchanté, tu comprends, de me voir quitter le boulevard... Et dire que toutes ces idées raisonnables là, c'est une femme qui me les a données !... mon Dieu, oui... en me flanquant à la porte ! Ah ça ! tu m'écriras, hein ? parce qu'une fois là... j'y resterai quelque temps... Je voudrais revenir avec de quoi étaler, devenir quelqu'un quand je remettrai les pieds à Paris... Tu sais, quand on voit son talent quelque part... On m'a dit souvent que j'avais un tempérament de coloriste... Nous verrons bien !

Et devant l'avenir, la séparation, les deux amis, revenant au passé, se mirent à causer de leur liaison, du collège, retrouvant dans leurs souvenirs l'enfance de leur amitié. Il était trois heures du matin quand Coriolis dit à Anatole :

— Ainsi, c'est convenu, tu m'embarques mercredi...

— Oui, je viendrai avec Garnotelle.

X

On était à la fin du déjeuner d'adieu donné par Coriolis à Anatole et à Garnotelle. Le repas avait été triste et gai, cordial et ému. On y avait bu ce coup de l'étrier qui remue le cœur de celui qui part et de ceux qui restent. Dans le petit atelier, de grandes malles noires, pareilles aux malles d'Anglais qui vont au bout du monde, des caisses, des sacs de nuit, des couvertures serrées dans des courroies, même une petite tente de campagne, dont la grosse toile faisait rêver, ainsi qu'une voile au repos, de nuits lointaines et d'autres cieux : toutes sortes de choses de voyage attendaient, prêtes à être chargées sur le fiacre avancé et arrêté déjà devant la porte de la maison.

À ce moment la porte s'ouvrit, et il parut sur le seuil une femme poussant devant elle une petite fille : l'enfant, timide, ne voulait pas entrer ; n'osant regarder ni se laisser voir, elle s'enfonçait dans la robe de sa mère, et de ses deux petites mains, lui prenant deux bouts de sa jupe, elle essayait de s'en cacher à demi, avec une sauvagerie d'oiseau, comme de deux ailes qu'elle s'efforçait de croiser.

— Personne de ces messieurs n'aurait besoin d'un petit Jésus ? — demanda la femme avec un sourire humble, et, dégageant la tête de l'enfant, elle montra une petite fille aux yeux bleus.

— Oh ! charmante... — dit Coriolis ; et faisant signe à l'enfant :

— Viens un peu, petite...

Un peu poussée par sa mère, un peu attirée par le monsieur, et marchant vers son regard, moitié peureuse et moitié confiante, elle arriva à lui. Coriolis, la mettant sur ses genoux, lui fit prendre des gâteaux dans des assiettes, sur la table. Puis lui passant la main dans ses petits cheveux, des cheveux d'enfant blonde qui sera brune, et s'amusant les doigts de ce chatouillement de soie, il resta un instant à regarder ce grand et profond bonheur d'enfant que la petite avait dans les yeux.

— Ah ça ! la mère je ne sais plus qui... — fit Anatole, — vous prendrez bien une tasse de café avec nous ? Dites donc, on ne vous voit plus poser, pourquoi donc ça ? Vous n'êtes pas trop vieille...

— Ah ! monsieur, j'ai un malheur... Les médecins disent comme ça que j'ai un commencement d'ankylose de la colonne vertébrale... Ce n'est pas que ça me gêne autrement pour n'importe quoi... Mais voilà deux ans au moins que je ne puis plus hancher...

— Une petite tête qui m'aurait été..., — fit Coriolis qui continuait à examiner la petite fille. — C'est dommage... Mais vous voyez, la mère, je pars... À propos, quelle heure est-il ?

Il regarda sa montre.

— Diable ! nous n'avons que le temps...

Et, se levant, il éleva, par-dessous les bras, l'enfant au-dessus de sa tête, l'embrassa et la posa à terre. Mais dans ce mouvement, l'enfant glissant contre lui, accrocha la chaîne de sa montre, et en fit sauter les breloques qui roulèrent en sonnant, sur le parquet.

— Ne la grondez pas, la mère... Ce n'est pas sa faute à cette enfant, — fit Coriolis en ramassant les breloques : — C'est bête, ces petites bêtises-là, on s'accroche toujours avec... Mais, au fait, j'y pense... Quand on va là-bas, on ne sait trop si on en reviendra.... Tiens ! Anatole, voilà mon petit poisson d'or, tu en auras toujours bien vingt francs au Mont-de-Piété... Et toi, — dit-il à Garnotelle, — qui vas attraper le prix de Rome un de ces jours, voilà une paire de cornes en corail pour te défendre du mauvais œil en Italie... Ah ! et ma roupie ?...

Il regarda par terre.

— Tu sais, j'avais essayé dessus mon gros couteau catalan... Oh! ne cherchez pas, la mère... Si elle était tombée on la verrait... Je l'aurai sans doute perdue.

Le portier entra : — Allons, monsieur Antoine, chargeons tout ça un peu vite... Et en route!

XI

— Petit cochon, vous ne travaillez pas, — répétait Langibout à Anatole quand il passait derrière lui dans sa visite à l'atelier.

On aurait pu appeler Langibout le dernier des Romains.

Il était le survivant et le type dur de l'ancienne école. Il finissait la race où l'indépendance bourgeoise des artistes du XVIIIe siècle se mêlait au culte de 89 et des idées de liberté. Élève de David, il vivait dans la religion de son souvenir. Les antichambres ministérielles ne l'avaient jamais vu ni mendier ni attendre; et sa vie roide dans sa dignité, affectait une certaine austérité républicaine, comme une sainteté rude, aujourd'hui perdue dans le monde des arts. Il tenait du vieux grognard et du militaire à la Charlet, avec son libéralisme bougon, ses mécontentements boudeurs et refoulés, son air, sa grosse voix mâchonnant les mots, sa dure et forte moustache, ses cheveux ras. Quand il entrait dans l'atelier, le respect et le salut du silence se faisaient devant sa tête robuste et penchée de côté, ses tempes grises sous son bonnet grec, ses yeux aux paupières lourdes, ses traits carrés, taillés largement dans des traits d'ouvrier, et où se voyait, sous l'air grognon, une bonté de peuple. Un souffle de recueillement passait sur toute cette jeunesse, et les plus gamins se sentaient une petite peur d'émotion quand le maître leur parlait. On l'estimait, on le craignait, et on le vénérait. Dans la gronderie de ses avertissements, il y avait une chaleur de cœur, une brusquerie de vive affection qui n'échappait point à ses élèves. On lui savait gré de ces colères impuissantes, de ces rages qu'il répandait en gros mots, quand son peu d'influence dans les jugements des concours de prix de Rome avait fait manquer à un de ses élèves à un prix enlevé par l'intrigue et la partialité de ses confrères tenant atelier comme lui. On lui était encore reconnaissant de sa tolérance pour les vieux usages transmis par les ateliers de la Révolution aux ateliers de Louis-Philippe. Langibout était indulgent pour les farces, et même pour les charges un peu féroces. Il trouvait que cela essayait et trempait la virilité des gens, disant que les hommes n'étaient pas « des demoiselles »; que de son temps, c'était bien autre chose, et que personne n'en mourait; que, dans l'art, il fallait se faire un peu la peau et le cœur à tout. Et il rappelait la sauvage école des artistes sous la république une et indivisible, les misères mâles et farouches où, n'ayant pas de quoi dîner[1], il se couchait, prenait une chique dans sa bouche, versait dessus un verre d'eau-de-vie, et mangeait la fièvre que cela lui donnait.

Enfin, dans tout l'atelier, Langibout était aimé pour la simplicité de sa vie, une vie de petit bourgeois, en manches de chemise, quotidiennement promenée sur ce trottoir de la rue d'Enfer, entre un *regard*[2] des eaux d'Arcueil et la boutique d'un chaudronnier; une vie de famille, égayée de temps en temps d'un petit vin de Nuits qui arrosait les modestes et cordiaux dîners d'amis du dimanche.

Langibout s'était laissé prendre au charme d'Anatole, à la séduction qu'exerçait sur tous ce gai garçon qui semblait né pour plaire et arriver, ce jeune homme si brillant, si sympathique, dont les mères des autres élèves se parlaient entre elles, dans leurs petites soirées, avec une sorte d'envie. Son intérêt, son affection avaient été gagnés par l'entrain de ce farceur, et aussi par de certaines promesses de talent que ses études semblaient montrer. Tant qu'Anatole avait dessiné et peint d'après l'académie, rien n'avait attiré sur ce qu'il faisait l'attention de Langibout. Mais quand il arriva à ces concours d'esquisses de tous les quinze jours, où le premier recevait en prix de Langibout un exemplaire des *Loges* de Raphaël ou des *Sacrements* du Poussin[1], il se dégagea, montra des aptitudes personnelles, obtint presque toutes les fois la première place. Il avait un certain sens de la composition, de l'arrangement, de l'ordonnance. De beaucoup de lectures, il avait retenu comme des morceaux de reconstitution archaïque, des signes symboliques, des emblèmes, la mémoire d'animaux hiératiques et désignateurs, le hibou de la Minerve athénienne, l'épervier d'Égypte. Il avait attrapé par-ci par-là, à travers les livres feuilletés, un petit bout d'antiquité, un détail de mœurs, un de ces riens, qui mettent du caractère et l'apparence du passé dans un coin de toile. Il connaissait le *modius*[2], emblème d'abondance, et le *strophium*[3], couronne des dieux et des athlètes vainqueurs. À ce qu'il savait de raccroc, il ajoutait ce qu'il inventait au petit bonheur, et ce qu'il défendait auprès de Langibout avec des citations imaginées, des arguments tirés d'un Homère inédit ou d'une Bible invraisemblable. « Il cherche celui-là », — disait naïvement aux autres élèves Langibout, confondu dans sa courte science d'érudition.

Par là-dessus, Anatole avait un certain instinct du groupement, l'intelligence du moment précis de la scène indiqué et souligné sur le programme du concours, une entente un peu banale, mais agréablement littéraire, du drame agité dans son sujet. À côté des autres esquisses, plus colorées, plus ressenties de dessin, son esquisse avait la clarté : ses bonshommes étaient en situation, son décor montrait une espèce de couleur locale, son ébauche de tableau faisait tableau. Et Langibout jugeait que, si jamais il pouvait parvenir à travailler, il était capable de faire aussi bien qu'un autre son trou et son chemin dans l'art. Aussi était-il toujours à le pousser, à le tourmenter, se plantant derrière lui et restant là à lui grommeler dans le dos : — « Le garçon voit bien... Il interprète bien, très bien... Ça va bien... Bonne couleur... fin, solide, lumineux... La tête... la tête y est... le torse, bien construit, le torse... Et puis... Ah ! voilà... quelque chose manque... Oui, la volonté... ne jamais aller jusqu'au bout... Faiblesse, paresse... plus de jambes... Tout qui fiche le camp... Plus personne !... En bas, rien... Des jambes ? ça, des jambes ! Rien... Est-ce que ça porte, ces jambes-là, voyons ?... Non, plus rien... Le bas, bonsoir... »

Et la semonce finissait toujours par le refrain : « Petit cochon, vous ne travaillez pas », qu'il jetait dans l'oreille d'Anatole en lui tirant assez rudement les cheveux.

XII

Monsieur,
Monsieur Anatole Bazoche,
peintre,
31, rue du Faubourg-Poissonnière. Paris
France

Adramiti[1], près et par Troie (*Iliade*).
Affranchir.

« Mon vieux,

« Figure-toi que ton ami habite une ville où tout est rose, bleu clair, cendre verte, lilas tendre... Rien que des couleurs gaies qui font : pif ! paf ! dans les yeux dès qu'il y a un peu de soleil. Et ce n'est pas comme chez nous, ici, le soleil : on voit bien qu'il ne coûte rien, il y en a tous les jours. Enfin, c'est éblouissant ! Et je me fais l'effet d'être logé dans la vitrine des pierres précieuses au musée de minéralogie. Il faut te dire par là-dessus que les rues, dans ce pays-ci, servent de lits aux torrents qui viennent de la montagne, ce qui fait qu'il y a toujours de l'eau, — quand ce n'est pas une boue infecte, — et que les femmes sont obligées de marcher sur des patins, et qu'il y a de grosses pierres jetées pour traverser... Tu permets ? je lâche ma phrase : elle s'embourbe dans le paysage. Donc, il y a toujours de l'eau, et dans cette eau, tu comprends, tout ce carnaval se reflète, et toutes les couleurs tremblent, dansent : c'est absolument comme un feu d'artifice tiré sur la Seine que tu verrais dans le ciel et dans la rivière... Et des baraques ! des auvents ! des boutiques ! un remuement de kaléidoscope, sans compter ce qui grouille là-dedans, le personnel du pays, des gens qui sont turquoise ou vermillon, des femmes turques, de vrais fantômes avec des bottes jaunes, des femmes grecques avec de larges pantalons, des chemises flottantes, un voile foncé qui leur cache la moitié de la figure, des mendiants... ah ! mon cher, des mendiants à leur donner tout ce qu'on a pour les regarder !... et puis des bonshommes farces, bardés, bossués, chargés, hérissés de pistolets, de poignards, de yatagans, avec des fusils trois fois grands comme les nôtres (ça me fait penser à la ceinture de l'Albanais qui me sert d'escorte, écoute l'inventaire : deux cartouchières, une machine à enfoncer les balles, un couteau, plus une blague et un mouchoir), un coup de jour là-dessus, et crac ! ils prennent feu : ils font la traînée de poudre, ils éclairent, avec leur batterie de cuisine, comme un feu de Bengale !

» C'est mon vieux rêve, tu sais, tout cela. L'envie

m'en avait mordu en voyant la *Patrouille turque*[1] de Decamps. Diable de patrouille! elle m'avait tapé au cœur... Enfin, m'y voilà, dans la patrie de cette couleur-là... Seulement, il y a un embêtement, — ne le dis pas à ces animaux de critiques, c'est que c'est si beau, si brillant, si éclatant, si au-dessus de ce que nous avons dans nos boîtes à couleurs, qu'il vous prend par moments un découragement qui coupe le travail en deux. On se demande si ce n'est pas un pays fait tout bonnement pour être heureux, sans peindre, avec un goût de confiture de roses dans la bouche, au pied d'un petit kiosque vert et groseille, avec le bleu du Bosphore dans le lointain, un narguilhé à côté de soi, des pensées de fumée, de soleil, de parfum, des choses dans la tête qui ne seraient plus qu'à moitié des idées, une toute douce évaporation de son être dans un bonheur de nuage... Et puis cet imbécile d'Européen revient dans la grande bête que tu as connue; je me sens prendre au collet par l'autre moitié de moi-même, le monsieur actif, le producteur, l'homme qui éprouve le besoin de mettre son nom sur de petites ordures qui l'ont fait suer...

» Enfin, tout de même, mon vieux, c'est bien dommage de faire des tableaux quand on en voit continuellement de tout faits comme celui-ci. Tu vas voir.

» L'autre soir j'étais assis à la porte d'un café. J'avais devant moi un auvent de boucher. Le boucher, gravement, chassait avec une branche d'arbre les mouches des quartiers de viande saignante qui pendaient. Autour de lui, un voltigement de friperie, de vieux tapis multicolores; à côté des enfants aux cheveux en petites nattes, des chiens maigres, une douzaine de chèvres et de moutons pressés et se serrant dans une vague peur commune; une pierre ensanglantée avec du sang dégoulinant, des traces que les chiens léchaient en grognant. Je regardais cela et un petit chevreau noir et blanc, avec ses grosses pattes, qui se tenait presque collé sous une chèvre. Je vis mon boucher quitter sa branche, aller au pauvre petit chevreau qui voulut se débattre, poussa deux ou trois petits cris malheureux, étouffés par les chants et la guitare des musiciens de mon café. Le boucher avait couché le chevreau sur la pierre ; il tira un petit yatagan de sa ceinture et lui coupa la gorge : un flot de sang jaillit qui rougit la pierre et s'en alla faire de grands ronds dans l'eau que lapaient les chiens. Alors un enfant qui était là, un bel enfant[1], au teint de fleur, aux yeux de velours, prit la bête par les cornes, attendant son dernier tressaillement ; et de temps en temps il se penchait un peu pour mordre dans une pomme qu'il tenait dans une main avec la corne du petit chevreau... Non, je n'ai jamais rien vu de plus affreusement joli que ce petit sacrificateur avec son amour de tête, ses petits bras nus qui tenaient de toutes leurs forces, mordillant sa pomme au-dessus de cette fontaine de sang, sur cette agonie d'un autre petit...

» Ma maison est tout à fait au bout de la ville, presque dans la campagne, sur une route conduisant à la plaine et descendant à la mer que domine le mont Ida avec le blanc éternel de sa neige. Je m'assieds dehors, et, à la nuit tombante, dans la demi-obscurité qui met les choses un peu plus loin des yeux et un peu plus près de l'âme, j'assiste à la rentrée des troupeaux. C'est le plaisir doux et triste, — tu connais cela, — qu'on prend chez nous, dans un village, sur un banc de pierre, à la porte d'une auberge. Ici, c'est pour moi le moment le plus heureux de la journée, un moment de solennité pénétrante. Je me crois au soir d'un des premiers jours du monde. Ce sont d'abord des dromadaires, toujours précédés d'un petit bonhomme monté sur un âne, la file des chameaux qui avancent lentement, le dernier portant la clochette, les petits courant en liberté et cherchant à téter les mères dès qu'elles s'arrêtent; puis les innombrables troupeaux de vaches; puis les buffles conduits par des bergers au chantonnement mélancolique, à la petite flûte aigrelette; enfin vient l'armée des chèvres et des moutons. Et à mesure que tout cela passe, les chants, les clochettes, les piétinements, les marches traînant la fatigue de la journée, les bruits, les formes qui vont s'endormant dans la majesté de la nuit, eh bien! que veux-tu que je te dise? il me vient une émotion si bonne, si bonne... que c'est stupide de t'en parler.

» Après cela, il faut bien avouer que je suis venu ici le cœur un peu ouvert à tout : avant de partir, il y avait une dame qui m'y avait fait un petit trou pour voir ce qu'il y avait dedans... Ah! en fait d'amour, veux-tu mes impressions *femmes* ici? Voici. En allant en caïque à Thérapia, je suis passé sous les fenêtres d'un harem. C'était éclairé à *gigorno* [1], comme nous disions pour les vins chauds de Langibout; et, sur les rais de lumière des persiennes, on voyait se mouvoir des ombres, des ombres très empaquetées, les houris de la maison, rien que cela! qui dansaient et sautaient sur de la musique qu'elles se faisaient avec une épinette et un trombone... Une houri jouant du trombone! Ah! mon ami, j'ai cru voir l'Orient de l'avenir! Et je te laisse sur cette image.

» Tu vois que je pense à toi. Serre la main à tous ceux qui ne m'auront pas oublié. Écris-moi n'importe quoi de Paris, de toi, des amis, — des bêtises, surtout : — ça sent si bon à l'étranger!

À toi,

N. de Coriolis. »

XIII

Langibout avait raison : Anatole ne travaillait pas, ou du moins il n'avait pas cette persistance, cette volonté et ce long courage du travail qui tire le talent de l'effort continu d'un accouchement laborieux. Il n'avait que l'entrain de la première heure et le premier feu de la chose commencée. Sa nature se refusait à une application soutenue et prolongée.

En tout ce qu'il essayait, il se satisfaisait lui-même par l'à-peu-près, l'escamotage spirituel, une sorte de rendu superficiel, l'effleurement de son sujet. Pousser l'art jusqu'au sérieux, creuser, fouiller une étude, une composition, était impossible à ce garçon dont la cervelle légère était toujours pleine d'idées volantes. Son imagination enfantine et rieuse, une pensée grotesque qui le traversait, toutes sortes de riens pareils au chatouillement d'une mouche sur le front d'un homme occupé, une perpétuelle inspiration de drôleries, l'enlevaient sans cesse à l'attention, à la concentration de l'étude; et à tout moment l'atelier le voyait quitter son académie pour aller crayonner quelque charge lui jaillissant des doigts, la silhouette d'un camarade allongeant le Panthéon drolatique qui couvrait le mur.

Au Louvre, dans l'après-midi, il ne travaillait guère plus. Son esprit, ses yeux se lassaient vite d'interroger la couleur, le dessin des vieilles toiles qu'il copiait; et son observation quittait bientôt les tableaux pour aller au monde baroque des copistes mâles et femelles qui peuplaient les galeries. Il régalait ses malices de toutes ces ironies vivantes jetées au bas des chefs-d'œuvre par la faim, la misère, le besoin, l'acharnement de la fausse vocation; peuple de pauvres, d'un comique à pleurer, qui ramasse l'aumône de l'Art sous le pied de ses Dieux! Les vieilles femmes, aux anglaises grises, penchées sur des copies de Boucher roses et nues, avec un air d'Alecto[1] enluminant Anacréon, les dames au teint orange, à la robe sans manchettes, au bavolet gris sur la poitrine, perchées, les lunettes en arrêt, au haut de l'échelle garnie de serge verte pour la pudeur de leurs maigres jambes, les malheureuses porcelainières, les yeux tirés, grimaçantes de copier à la loupe la *Mise au tombeau*[2] du Titien, les petits vieillards qui, dans leur petite blouse noire, les cheveux longs séparés au milieu de la tête, ressemblent à des enfants Jésus de cinquante ans conservés dans de l'esprit-de-vin, — tout ce monde, avec sa lamentable cocasserie, amusait Anatole et le faisait délicieusement rire en dedans. Au fond de lui passaient des crayonnages en idée, des méditations de caricatures, des figurations bouffonnes, des morceaux d'aperçus impossibles sur le passé, l'intérieur, les plaisirs, les passions de ces êtres déclassés qu'il étudiait avec sa pénétrante curiosité du comique humain, avec son œil toujours occupé, allant d'un vieux chapeau noir, noué à la barre avec ses rubans roses, aux innocentes déclarations d'amour de l'endroit : deux pêches posées par une main inconnue sur une boîte à couleurs. Avait-il tout observé et n'avait-il plus rien à voir? il travaillait à peu près une petite heure, puis il allait causer avec une vieille copiste portant en toute saison la même robe de barège noire, tachée de couleurs, et une palatine en plumes d'oiseaux; bonne vieille sentimentale, adorant les discussions métaphysiques, et qui, tout en parlant de son cœur, parlait toujours du nez.

Le plaisir quotidien d'Anatole était de la scandaliser par des paradoxes terribles, des professions de foi d'insensibilité, toutes sortes de paroles troublantes, au bout desquels la pauvre vieille femme s'écriait avec un accent de désespoir presque maternel :

— Mon Dieu ! il est sceptique en tout, sceptique en divinité, sceptique en amour ! — Et elle se mettait à pleurer, à pleurer sérieusement de vraies larmes sur le manque d'idéal de son jeune ami, et toutes les illusions qu'il avait déjà perdues.

Telle était, dans l'apprentissage de l'art, sa vie et toute sa pensée, une obsession de la farce, le travail de tête de l'observation comique, un perpétuel rêve de rapin qui cherche et pioche une invention de charges. Et parfois il en trouvait d'admirables et de suprêmement drôles comme celle-ci qui avait fait la joie de tout l'atelier et le bruit du quartier.

C'était à propos de Mongin, un élève qui peignait la figure le matin chez Langibout, et travaillait dans la journée chez l'architecte Lemeubre. Mongin, un matin, arriva chez Langibout furieux contre une actrice qui leur avait fait donner un « suif[1] général » par Lemeubre pour avoir manqué de respect à sa femme de chambre, laquelle femme de chambre, disait Mongin, s'obstinait à secouer les tapis au-dessus des fenêtres ouvertes où séchaient les lavis et les épures des élèves ; et Mongin parlait de se venger. Anatole le fit causer sur les habitudes, les dispositions de la maison, l'étage et le train de l'actrice ; puis il lui dit de le prévenir du jour où elle ne sortirait pas le soir et où le cocher serait absent. Ce soir-là venu, il se glissa avec Mongin dans l'écurie, emmaillota avec du linge les sabots des deux chevaux de l'actrice, puis, marche par marche, ils les firent monter, chacun en tirant un avec les doigts par les naseaux, jusqu'au troisième, jusqu'à l'appartement. Là-dessus, un grand coup de sonnette, et la femme de chambre, accourant ouvrir, se trouva devant ces deux grands quadrupèdes plantés sur le palier. Le plus terrible, ce fut de les ôter de là : un cheval qu'on hisse par le procédé d'Anatole peut monter un escalier, mais quant à le faire redescendre, il n'y a pas même à essayer. On fut obligé de passer la nuit à couvrir l'escalier de coulisseaux, à bâtir un vrai praticable pour faire ramener l'attelage à l'écurie. L'actrice eut si peur d'ébruiter l'histoire qu'elle ne se plaignit pas, et la femme de chambre ne secoua plus jamais de tapis.

XIV

Surexcité, mis en verve par son succès, sa popularité de mystificateur, Anatole imaginait, à peu de temps de là, une autre vengeance contre une autre femme qui avait fait tomber sur ses camarades et sur lui une terrible semonce de Langibout.

Il se trouvait, par un malencontreux hasard, que dans le fond de la cour où était l'atelier de Langibout, il y avait un établissement de bains. Cela obligeait les malheureuses jeunes femmes du quartier, qui allaient au bain le matin, à traverser une haie de grands diables garnissant, à l'heure du déjeuner, les deux côtés de la cour, campés contre le mur, en vareuses rouges et la pipe à la bouche. Quand elles sortaient de l'établissement, charmantes, frissonnantes, caressées sous leurs robes du souvenir de l'eau et comme d'un souffle de fraîcheur, elles avaient à déranger des lazzarones[1] couchés en travers de leur chemin. Elles passaient vite, en se serrant; mais elles sentaient tous ces regards d'hommes les fouiller, les tâter, les suivre; leurs oreilles accrochaient au passage des fragments d'histoires effarouchantes, des mots dans des récits, des cris d'animaux, qui leur faisaient peur. Les jours de gaieté de l'atelier, on les faisait s'arrêter dans l'angoisse d'une détonation imminente devant un petit canon vide de poudre auquel un élève menaçait de mettre feu avec une grande feuille de papier allumé. Voyant sa clientèle s'éloigner, les femmes enceintes, les jeunes filles avec leurs mères, et jusqu'aux mères elles-mêmes ne plus revenir, la maîtresse des bains avait été faire ses plaintes à Langibout, qui, prenant feu sur la justice et l'honnêteté de ses récriminations, s'était livré contre tout l'atelier à un éclat de colère.

Sur cela, Anatole résolut de punir la dénonciatrice en frappant son commerce au cœur. Un matin, huit bains, qu'il avait été retenir dans un grand établissement de la rue Taranne, stationnaient devant la maison, avec leur adresse sur les planchettes de derrière des huit tonneaux, étonnant, occupant les voisins, la maison, la rue, le quartier, tout un monde qui se demandait s'il n'y avait plus d'eau, plus de bains, dans l'établissement de la maison Langibout. Tout l'atelier écoutait avec délices cette rumeur qui ruinait les robinets d'à côté, quand la porte s'entrouvrit.

— Salut, messieurs... — fit une voix d'homme, une voix qui nasillait et bredouillait.

— Salut, messieurs... — répétèrent aussitôt, aux quatre coins de l'atelier, quatre ou cinq voix de jeunes gens répercutant l'accent de l'homme avec une fidélité d'écho.

L'homme se décida à entrer, en souriant humblement. C'était un grand homme gauche, aux traits purs, réguliers, à la lèvre un peu tombante, à l'air ingénu et naturellement ahuri. Une blonde perruque d'amoureux de théâtre lui couvrait le crâne. Il respirait la douceur et le ridicule, appelait, comme certaines bonnes natures grotesques, la sympathie et le rire.

— Salut, messieurs... — reprit-il avec sa même voix embrouillée. — Qu'est-ce que vous voulez? Voilà des boîtes de fusain que je vends cinquante centimes... j'ai des tortillons... j'ai des estompes... de très belles estompes en peau... j'en ai aussi en linge... — Et se baissant, il regardait, avec des yeux clignotants et le bout de son nez, les objets qu'il tirait de sa boîte. — C'est-il des canifs à deux lames qu'il vous faut ? Maintenant, messieurs, j'ai de petites maquettes en fil de fer... messieurs, que j'ai inventées... Messieurs, c'est exact... C'est M. Cavelier qui m'a donné les mesures avec M. Gigoux... Ils ont compté... tenez, messieurs, regardez... depuis la rotule jusqu'à la malléole, c'est la même distance que de la rotule au bassin... Vous mettez un peu de cire là-dessus... Voyez-vous : ça hanche... Vous avez votre bonhomme, vous avez votre ensemble, vous avez tout... C'est-il des tortillons qu'il vous faut, monsieur Anatole ?

— Oui, père Mijonnet... Mettez-m'en là pour deux sous... Mais, dites-moi donc, qu'est-ce que c'est que cette perruque que vous avez là ?

— Je vais vous dire, monsieur Anatole... Je vais vous dire...

Et une rougeur d'enfant colora les joues du marchand de tortillons.

— Ce n'est pas pour faire jeune... Oh ! non, vous me connaissez... On me disait toujours que j'avais une tête de bénédictin... Alors, je m'ai fait couper tous les cheveux, là-dessus, sur la tête... et je m'ai fait mouler presque jusque-là...

Et il montra le milieu de sa poitrine.

— Mais, depuis ça, je ne désenrhumais pas... je ne désenrhumais pas, figurez-vous... Alors, ce bon monsieur Barnet, de chez M. Delaroche, a eu pitié de moi : il m'a donné cette perruque-là... Je ne m'enrhume plus... Elle est bien un peu blonde, c'est vrai... dans le jour surtout... mais comme on sait bien que ce n'est pas pour faire des femmes que je la mets...

— Satané farceur de Mijonnet ! — fit Anatole — Et le Théâtre-Français, qu'est-ce que nous en faisons ?

— Le Théâtre-Français, monsieur Anatole ? Eh bien !

voilà... On avait été gentil pour moi... M. Barnet m'avait fait mon costume... Il m'avait prêté une toge, il m'avait appris à me draper. Il m'avait même fait des sandales, vous savez, avec des lanières rouges... Voilà ces messieurs du théâtre, quand ils m'ont vu, ils ont été enchantés... Ils m'ont mis tout de suite au premier rang des comparses, sur le devant... même que je disais : « Mort à César !... » Tenez ! messieurs, je me posais comme ça, — il se drapa dans son paletot, — et je criais...

— Des tortillons !... — cria Anatole avec la voix même de Mijonnet. — Oui, je sais, on m'a dit cela mon pauvre Mijonnet. Ça vous a fait renvoyer du théâtre.

— Ah ! monsieur Anatole, vous êtes toujours le même. Il faut que vous vous moquiez... Vous êtes toujours à taquiner le pauvre monde, — bredouilla doucement et plaintivement le père Mijonnet. — Mais c'est des histoires... J'ai toujours été très convenable aux Français... Tenez, je criais très bien, comme ça : « Mort à César ! » — Et il s'arracha une note prodigieuse : le cri de Jocrisse[1] dans une conspiration de Brutus !

— Sérieusement, père Mijonnet, votre place était là... Vous aurez eu des jaloux, voyez-vous... Vous étiez né pour la déclamation... Non, vrai, je ne vous fais pas de blague... Je suis sûr qu'il y en a beaucoup d'entre vous, messieurs, qui n'ont jamais entendu M. Mijonnet réciter la *Chute des feuilles*, de Millevoye[2]... Priez M. Mijonnet.

— Ah ! monsieur Anatole, c'est encore une plaisanterie que vous me faites là, — dit sans se fâcher le bonhomme, habitué à cette *scie* d'Anatole.

— La *Chute des feuilles !* la *Chute des feuilles*, Mijonnet !... ou pas de tortillons ! — cria l'atelier.

— Vous le voulez, messieurs ?

> De la dépouille de nos bois,
> L'automne avait jonché la terre...
> . . . .

— De la dépouille de nos bois,
L'automne avait jonché la terre...

Mijonnet crut que c'était lui qui répétait le vers : c'était Anatole.

— Taisez-vous donc, monsieur Anatole... C'est bête : je ne sais plus si c'est moi ou vous qui parlez...

Mais Anatole continua, toujours avec la voix de Mijonnet :

Le rossignol était en bois,
Bocage était au ministère...

— Oh ! vous changez, — dit Mijonnet. — Ce n'est pas comme ça dans le livre... Je ne dis plus rien... Ah ! merci, mon Dieu, comme voilà des bains ! — fit-il en se retournant et en apercevant dans l'atelier les huit bains apportés de la rue Taranne.

— C'est pour vous, monsieur Mijonnet, — se hâta de répondre Anatole, éclairé et traversé par une inspiration subite, — un bain d'honneur qu'on vous offre... une gracieuseté de l'atelier... Vous avez le choix des baignoires...

— Tout de même, je veux bien... si ça vous fait plaisir, messieurs, — dit Mijonnet, charmé à l'idée de prendre un bain gratis.

Il se déshabilla et entra dans l'eau. Au bout de quelques minutes, il fut pris dans la baignoire de l'ennui des personnes qui n'ont pas l'habitude du bain. Il se remua, agita les mains, chercha une position, regarda timidement les baignoires à côté, et finit par se hasarder à dire timidement :

— Ça ne vous ferait rien, messieurs, que j'aille dans une autre, n'est-ce pas ?

— C'est pour vous les huit ! — hurla l'atelier avec l'ensemble et le sérieux d'un chœur antique.

Cinq minutes après, comme Mijonnet se promenait d'un bain à l'autre, cherchant de l'eau qui ne l'ennuyât pas, Langibout entra brusquement et violemment dans l'atelier, avec un teint d'apoplectique, les moustaches hérissées. Se jetant sur Mijonnet, qui posait pour l'indécision à cheval entre deux baignoires, et l'attrapant par le bras :

— Comment, grand imbécile ! un vieillard comme vous !... vous prêter à des farces d'enfant !... Habillez-vous de suite... et si jamais vous remettez les pieds ici...

Mijonnet, tremblant, courut à ses habits et se mit à les passer vivement, sans s'essuyer.

Langibout se promenait à grands pas. L'atelier était silencieux, consterné, écrasé sous la colère muette du maître. Anatole, enfoncé dans le collet de sa redingote, ratatiné, les coudes au corps, le nez sur son esquisse, n'osait pas souffler : il espérait pourtant que tout l'orage tomberait sur Mijonnet.

Mijonnet rhabillé, Langibout le poussa dehors ; et, en fermant la porte sur lui, il jeta, sans se retourner, pardessus son épaule :

— Monsieur Bazoche, faites-moi le plaisir de venir me trouver...

XV

Il fallut que la mère d'Anatole mît sa robe de velours pour venir désarmer Langibout et le décider à reprendre son garçon. Le « poil » qu'il eut à subir à sa rentrée, la menace d'une expulsion à la première peccadille refroidirent pour quelque temps la folle gaieté d'Anatole et ses facétieuses imaginations. Il devint presque raisonnable et se mit à piocher. On le vit arriver à six heures et travailler consciencieusement ses cinq heures de séance presque silencieux, à demi grave.

Il ne perdit plus de journées à courir à la recherche des modèles dans ces excursions en fiacre, à trois ou quatre, qui fouillaient toute la rue Jean-de-Beauvais. Il s'appliquait, poussait ses études, soignait ses esquisses plus qu'il ne les avait jamais soignées, ne bougeant plus de son tabouret, toujours présent quand venait la leçon de Langibout, sur la mine rébarbative duquel il cherchait à voir, avec un regard craintif et un sourire humble, s'il était tout à fait pardonné. Les progrès qu'il se sentait faire, et dont il percevait la reconnaissance autour de lui dans le contentement mal dissimulé de Langibout et les regards curieux et étonnés de ses camarades, soutinrent l'effort de son travail pendant plusieurs mois, au bout desquels il se leva en lui, d'une bouffée de vanité, une petite espérance, un grand désir, une ambition.

Anatole était le vivant exemple du singulier contraste, de la curieuse contradiction qu'il n'est pas rare de rencontrer dans le monde des artistes. Il se trouvait que ce farceur, ce paradoxeur, ce moqueur enragé du bourgeois, avait, pour les choses de l'art, les idées les plus bourgeoises, les religions d'un fils de Prudhomme. En peinture, il ne voyait qu'une peinture digne de ce nom, sérieuse et honorable : la peinture continuant les sujets de concours, la peinture grecque et romaine de l'Institut. Il avait le tempérament non point classique, mais académique, comme la France. Le Beau, il le voyait entre David et M. Drolling. Le collège, l'écho imposant des langues mortes et des noms sombres de l'histoire ancienne, l'écrasement des *pensums* et de la grandeur des héros, lui avaient plié l'esprit à une sorte de culte instinctif, plat et servile, non de l'antiquité, mais de l'Homère de Bitaubé[1]. Le poncif héroïque lui inspirait un peu du respect qu'imprime au peuple, dans un parterre, la noblesse et la solennité de la représentation d'un temps enfoncé dans les siècles. Il avait à la bouche toutes les admirations reçues, tous les enthousiasmes traditionnels pour les grands stylistes, les grands coloristes; mais, au fond, sans oser se l'avouer, il sentait plus et goûtait mieux un Picot qu'un Raphaël. Ces dispositions faisaient qu'il méprisait à peu près toute la peinture des talents vivants, s'en détournait avec des regards de mépris ou des compliments de protection, et ne regardait guère, avec des yeux furieux d'attention et lui sortant de la tête, que les petites toiles néo-grecques menant Aristophane à Guignol.

Pour un homme de ce tempérament et de ces idées, il y avait un grand rêve : le prix de Rome. Et c'est là qu'allaient bientôt toutes les aspirations de ses heures de travail. Ce que représentait le prix de Rome dans la pensée d'Anatole, ce n'était pas le séjour de cinq ans dans un musée de chefs-d'œuvre; ce n'était pas l'éducation supérieure de son métier et la fécondation de sa tête; ce n'était pas Rome elle-même : c'était l'honneur d'y aller, de passer par ce chemin suivi par tous ceux auxquels il trouvait du talent. C'était pour lui, comme pour le jugement bourgeois et l'opinion des familles, la reconnaissance, le couronnement d'une vocation d'artiste. Dans le prix de Rome, il voyait cette consécration officielle, dont malgré tous leurs dehors d'indépendance, les natures bohèmes sont plus jalouses et plus avides que toutes les autres. Dans Rome, il voyait la capitale de la consécration de l'Art, un lieu ennoblissant et supérieurement distingué, qui était un peu pour lui comme le faubourg Saint-Germain pour un voyou.

Il devenait assidu aux cours du soir de l'École des Beaux-Arts. Il attrapait même une seconde médaille, en ajoutant, avec une touche spirituelle, à sa figure terminée, les habits, la pipe et le cornet de tabac du modèle jetés sur un tabouret. Et tout à coup, pris d'une résolution subite, effrontée, se fiant à un coup de chance, au hasard qui aime les hasardeux, il alla, sans prévenir

Langibout, se présenter au premier des trois concours pour le prix de Rome. C'était au mois d'avril 1844.

Par une froide matinée de la fin de ce mois, Anatole, son chevalet à la main, un cervelas dans une poche, arrivait bravement à l'École, sur les cinq heures et demie, avec l'émotion d'une mauvaise nuit. À six heures, l'appel des inscrits était fait. Les premiers médaillés, usant du droit de leur médaille, prenaient possession des vingt cellules ; les autres se partageaient à deux les cellules qui restaient. Le professeur du mois apparaissait au fond du corridor, et dictait le sujet de l'esquisse, en appuyant sur les mots soulignés indiquant le moment de la scène, et que ramassaient en sourdine, avec des *queues de mots*, les élèves sur le pas de leurs cellules. Là-dessus, on entrait en loge. Dans les cellules à deux, les défiants se dépêchaient de clouer une couverture entre leur toile et le camarade pour n'être pas *chipés*. Anatole, lui, ne cloua rien, se jeta au travail, mangea son cervelas sans lâcher son esquisse, travailla jusqu'à la dernière minute de la dernière heure. Au dernier quart d'heure de clarté déjà nébuleuse, il mettait encore des points lumineux dans sa toile à la lueur du jour des lieux.

XVI

— Ah ! mon cher, quelle chance ! — s'écria Anatole en rencontrant, à un coin de rue, Chassagnol qu'il n'avait pas vu depuis le jour du Jardin des plantes.

Et il se jeta dans ses bras, avec une folie de joie qui le tutoya.

— Tu ne sais pas ? Je suis le neuvième au concours d'esquisse pour le prix de Rome !

— Le neuvième? répéta froidement Chassagnol; et lui prenant le bras, il l'emmena du côté d'un café qui répandait sur le pavé le feu de son gaz. Arrivé à la porte, il fit passer Anatole devant lui avec ce geste d'invitation qui offre la consommation, et se jetant sur la première banquette sans rien voir, sans s'occuper des garçons plantés devant lui, des bourgeois qui regardaient, de l'argent qui pouvait bien n'être pas dans la poche d'Anatole, il partit : — Le prix de Rome... ah! ah! ah! le prix de Rome! Voilà! C'est bien cela! Le prix de Rome, n'est-ce pas, hein? Le rêve de six cents niais... tous les ans, six cents niais!

Il jetait des cris, des interjections, des exclamations, des monosyllabes, des morceaux de phrases pénibles, douloureux. Sa voix se pressait, ses mots s'étranglaient. Ce qu'il voulait dire grimaçait sur ses traits crispés. De ses mains tressaillantes de violoniste, agitées au-dessus de sa tête, il relevait fiévreusement les ficelles tombantes de ses cheveux plats. Ses doigts épileptiques se tourmentaient, faisaient le geste d'accrocher et de saisir, battaient l'air devant ses idées, remuaient autour de son front le magnétisme de leurs nerfs. Coup sur coup, il renfonçait dans sa poitrine la corne de son habit boutonné. Un rire mécanique et fou mettait une espèce de hoquet dans sa parole coupée, hachée; et l'on eût cru voir de l'eau qui remplissait d'une lueur trouble ces yeux d'un visage halluciné montrant les misères d'un estomac qui ne mange pas tous les jours, et les débauches de l'opium.

La crise dura quelques instants; puis avec l'élancement d'une source qui a rejeté ce qui l'étouffe et lui pèse, vomi son sable et ses pierres, il jaillit de Chassagnol un flot libre et courant d'idées et de mots, qui roula autour de lui sur l'hébétement des buveurs de bière.

— Insensée!... là! insensée!... l'idée d'une fournée

d'avenir!... d'avenirs! Ah! ah!... Comment!... ce qu'il y a de plus divers et de plus opposé, natures, tempéraments, aptitudes, vocations, toutes les manières personnelles de sentir, de voir, de rendre, les divergences, les contrastes, ce qu'une Providence sème d'originalité dans l'artiste pour sauver l'art humain de la monotonie, de l'ennui; les contraires absolus qui doivent faire la contrariété des admirations, ces germes ennemis et disparates d'un Rembrandt et d'un Vinci à venir... tout cela! vous enfermez tout cela, dans un pensionnat, sous la discipline et la férule d'un pion du Beau! Et de quel Beau! du Beau patenté par l'Institut! Hein! comprends-tu? Du talent, mais si tu avais la chance d'en avoir pour deux sous, tu ne le rapporterais pas de là-bas... Car le talent, enfin le talent, qu'est-ce que c'est, hein, le talent? C'est tout bêtement, et ça dans tous les arts, pas plus dans la peinture que dans autre chose..., c'est la faculté petite ou grande de nouveauté, tu entends? de nouveauté, qu'un individu porte en lui... Tiens! par exemple, dans le grand, ce qui différencie Rubens de Rembrandt, ou, si tu veux, de haut en bas, Rubens de Jordaëns, là, hein?... eh bien, cette faculté, cette tendance de la personnalité à ne pas toujours recommencer un Pérugin, un Raphaël, un Dominiquin, et cela avec une sorte de piété chinoise[1], dans le ton qu'ils ont aujourd'hui... cette faculté de mettre dans ce que tu fais quelque chose du dessin que tu surprends et perçois toi-même, et toi seul, dans les lignes présentes de la vie, la force et je dirai le courage d'oser un peu la couleur que tu vois avec ta vision d'occidental, de Parisien du XIXe siècle, avec tes yeux... je ne sais pas, moi... de presbyte ou de myope, bruns ou bleus... un problème, cette question-là, dont les oculistes devraient bien s'occuper, et qui donnerait peut-être une loi des coloristes... Bref, ce que tu peux avoir de dispositions à être *toi*, c'est-à-dire beaucoup, ou un peu différent des autres... Eh bien ! mon cher, tu verras ce qu'on t'en laissera, avec les prêcheries, les petits tourments, les persécutions ! Mais on te montrera du doigt ! Tu auras contre toi le directeur, tes camarades, les étrangers, l'air de la Villa Médicis, les souvenirs, les exemples, les vieux calques de vingt ans que les générations se repassent à l'École, le Vatican, les pierres du passé, la conspiration des individus, des choses, de ce qui parle, de ce qui conseille, de ce qui réprimande, de ce qui opprime avec le souvenir, la tradition, la vénération, les préjugés... tout Rome, et l'atmosphère d'asphyxie de ses chefs-d'œuvre ! Un jour ou l'autre, tu seras empoigné par quelque chose de mou, de décoloré et d'envahissant, comme un nageur par un poulpe... le pastiche te mettra la main dessus, et bonsoir ! Tu n'aimeras plus que cela, tu ne sentiras plus que cela : aujourd'hui, demain, toujours, tu ne feras plus que cela... pastiches ! pastiches ! pastiches ! Et puis la vie, là !... Gardez donc de la flamme dans la tête, de l'énergie, du ressort, les muscles et les nerfs de l'artiste, dans cette vie d'employé peintre, dans cette existence qui tient de la communauté, du collège et du bureau, dans cette claustration et cette régularité monacales, dans cette pension ! « Une cuisine bourgeoise », comme l'a appelée Géricault... Rudement juste, le mot ! C'est là qu'il s'éteint bien le *sursum corda* de l'ambition poignante... Toi ? mais dans ce douceâtre et endormant bien-être, dans la fadeur des routines, devant la platitude des perspectives tranquilles, l'avenir assuré, le droit aux commandes, les travaux qui vous attendent... toi ? Mais la bourgeoisie la plus basse finira par te couler dans les moelles !... Tu n'oseras plus rien trouver, rien risquer... Tu marcheras dans les souvenirs éculés de quelque vieille gloire bien sage, et tu feras de l'art pour faire ton chemin ! Ah ! tu ne sais pas ce qu'il a fallu de résistance, d'héroïsme, de solidité à deux ou trois qui ont passé par là... quatre, si tu veux, mais pas plus... pour résister au casernement, à l'énervement de ces cinq ans, à l'embourgeoisement et l'aplatissement de ce milieu ! Non, vois-tu, mon cher, qu'on fasse toutes les tartines du monde là-dessus, ce n'est pas là l'école qu'il faut au talent : la vraie école, c'est l'étude en pleine liberté, selon son goût et son choix. Il faut que la jeunesse tente, cherche, lutte, qu'elle se débatte avec tout, avec la vie, la misère même, avec un idéal ardu, plus fier, plus large, plus dur et douloureux à conquérir, que celui qu'on affiche dans un programme d'école, et qui se laisse attraper par les forts en thème... Et pourquoi une école de Rome, hein ? Dis-moi un peu pourquoi ? Comme si l'on ne devrait pas laisser le peintre qui se forme aller où il lui semble qu'il y a des aïeux, des pères de son talent, des espèces d'inspirations de famille qui l'appellent... Pourquoi pas une école à Amsterdam pour ceux qui sentent des liens de race, une filiation avec Rembrandt ? Pourquoi pas une école de Madrid pour ceux qui croient avoir du Vélasquez dans les veines ? Pourquoi pas une école de Venise pour les autres ? Et puis, au fond, pourquoi des écoles ? Veux-tu que je te dise ce qu'il y a à faire, et ce qu'on fera peut-être un jour ? Plus de concours, d'émulation d'école, de vieilles machines usées et d'engrenages de tradition : à l'œuvre libre, convaincue, personnelle, témoignant d'une pensée et d'une inspiration, à l'artiste jeune, débutant, inconnu, qui aura exposé une toile remarquable, que l'État donne une somme d'argent, qu'avec cet argent l'artiste aille où il voudra, en Grèce... c'est aussi classique que Rome, à ce que je crois... en Égypte, en Orient, en Amérique, en Russie, dans du soleil, dans du brouillard, n'importe où, au diable s'il veut ! partout où le poussera son instinct de voir et de trouver... Qu'il voyage, si c'est son humeur ; qu'il reste, si c'est son goût ; qu'il regarde, qu'il étudie sur place, qu'il travaille à Paris et sur Paris... Pourquoi pas ? Pincio[1] pour Pincio, quand il prendrait Montmartre? Si c'est là qu'il croit trouver son talent, le caractère caché dans toute chose qui se révèle à l'homme unique né pour le voir... Eh bien! celui qu'on encouragera ainsi, en le laissant tout à lui-même, en lui jetant la bride de son originalité sur le cou, s'il est le moins du monde doué, je puis bien t'assurer que ce qu'il fera, ce ne sera ni du beau Blondel, ni du beau Picot, ni du beau Abel de Pujol, ni du beau Hesse, ni du beau Drolling... pas du beau si noble, mais quelque chose qui aura des entrailles, du tressaillement, de l'émotion, de la couleur, de la vie!... ah! oui, qui vivra plus que toutes ces resucées de mythologies là!... Allons donc! Il y aurait eu des Instituts partout avec des couronnes, que nous n'aurions peut-être pas vu se produire les excessifs, les déréglés, les géants, un Rubens ou un Rembrandt! On nous arrête le soleil à Raphaël! Ah! le prix de Rome!... Tu verras ce que je te dis : une honorable médiocrité, voilà tout ce qu'il fera de toi... comme des autres. Pardieu! tu arriveras à sacrifier « aux doctrines saines et élevées de l'art »... Doctrines saines et élevées! C'est amusant! Mais, nom d'un petit bonhomme! qu'est-ce qu'elle a donc fait ton école de Rome? Est-ce ton école de Rome qui a fait Géricault? Est-ce ton école de Rome qui a fait ton fameux Léopold Robert? Est-ce ton école de Rome qui a fait Delacroix? qui a fait Scheffer? qui a fait Delaroche? qui a fait Eugène Devéria? qui a fait Granet? Est-ce ton école de Rome qui a fait Decamps? Rome! Rome! toujours leur Rome! Rome? Eh bien, moi je le dis, et tant pis! Rome? c'est la Mecque du *poncif!*... oui, la Mecque du *poncif*... Et voilà! Hein? n'est-ce pas? ça va, le baptême y est...

Chassagnol parlait toujours. Et de son éloquence enfiévrée, morbide, qui grandissait en s'exaltant, se levait l'orateur nocturne, le parleur dont les théories, les paradoxes, l'esthétique semblent se griser à la nuit de l'excitation de la veille et de la lumière du gaz, un type de ce génie de la parole parisienne, qui s'éveille, à l'heure du sommeil des autres, sur un bout de table de café, les coudes sur les journaux salis et les mensonges fripés du jour, dans un coin de salle, à la lueur des bougies éclairant vaguement, au fond de l'ombre, les matelas roulés sur les billards par les garçons en manches de chemise.

À une heure, le maître du café fut obligé de mettre à la porte les deux amis. Chassagnol s'égosillait toujours.

Arrivé à sa porte, Anatole monta : Chassagnol monta derrière lui, en homme accoutumé à monter l'escalier de tout ami avec lequel il avait dîné une fois, ôta son habit qui le gênait pour parler, n'entendit pas sonner l'heure au coucou de la chambre, se mit à fumer une pipe sans cesse éteinte, regarda Anatole se déshabiller, et resta, toujours parlant, jusqu'à ce qu'Anatole lui eût offert la moitié de son lit pour obtenir le silence. Encore Anatole eut-il la fin de la tirade Chassagnol dans un de ses rêves.

Deux jours et deux nuits, Chassagnol ne quitta pas Anatole, emboîtant son pas, l'accompagnant au restaurant, au café, vivant sur ce qu'il mangeait, partageant ses nuits et son lit, continuant à parler, à théoriser, à paradoxer, intarissable sur l'art, sans que jamais un mot lui échappât sur lui-même, ses affaires, la famille qu'il pouvait avoir, ce qui le faisait vivre, sans qu'il lui vînt jamais à la bouche le nom d'un père, d'une mère, d'une maîtresse, de n'importe quel être à qui il tînt, d'un pays même qui fût le sien. Mystère que tout cela dans cet homme bizarre et secret, dont la science même venait on ne savait d'où.

La troisième nuit, Chassagnol abandonna Anatole pour s'en aller avec un autre ami quelconque, qui était venu s'asseoir à leur table de café. C'était son habitude, une habitude qu'on lui avait toujours connue de passer ainsi d'un individu, d'une société, d'un camarade, d'un café à un autre café, à un autre camarade, pour se raccrocher aux gens, quand il les retrouvait, comme s'il les avait quittés la veille, les quitter de nouveau quelques jours après, et s'en aller nouer avec le premier venu une nouvelle intimité d'une moitié de semaine.

XVII

Le lendemain de cette séparation, Anatole entrait dans l'atelier à l'heure où Langibout faisait sa leçon. Il avait le petit air modestement fier qui s'attend à des félicitations.

— Vous voilà, petit misérable! — lui cria Langibout d'une voix terrible dès qu'il l'aperçut. — Comment! avec ce que vous savez, vous avez eu le front de concourir? Et vous êtes reçu le neuvième! C'est dégoûtant... Mais est-ce que vous avez jamais eu l'idée que vous seriez capable de peindre une académie, petit animal? Vous serez refusé au second concours, et vous aurez pris pour rien du tout la place d'un autre qui avait la chance d'avoir le prix... Quand je pense que vous auriez pu le faire manquer à Garnotelle! un garçon qui sait, lui, et qui est à sa dernière année... Ah! si c'était arrivé par exemple, je vous aurais flanqué à la porte! Je vous aurais flanqué à la porte!... — répéta plus vivement Langibout, et il s'avança sur Anatole qui baissa la tête sur son carton, comme devant la menace d'une calotte. Ce furent là toutes les félicitations de Langibout. Du reste, il ne s'était pas trompé : la semaine suivante, au concours de l'académie peinte, Anatole fut refusé. Garnotelle passait le troisième dans les dix admis à entrer en loge.

Garnotelle montrait l'exemple de ce que peut, en art, la volonté sans le don, l'effort ingrat, ce courage de la médiocrité : la patience. À force d'application, de persévérance, il était devenu un dessinateur presque savant, le meilleur de tout l'atelier. Mais il n'avait que le dessin exact et pauvre, la ligne sèche, un contour copié, peiné et servile, où rien ne vibrait de la liberté, de la personnalité des grands traducteurs de la forme, de ce qui, dans un beau dessin d'Italie, ravit par l'attribution du caractère, l'exagération magistrale, la faute même dans la force ou dans la grâce. Son trait consciencieux, sans grandeur, sans largeur, sans audace, sans émotion, était pour ainsi dire impersonnel. Dans ce dessinateur, le coloriste n'existait pas, l'arrangeur était médiocre, et n'avait que des imaginations de seconde main, empruntées à une douzaine de tableaux connus. Garnotelle était, en un mot, l'homme des qualités négatives, l'élève sans vice d'originalité, auquel une sagesse native de coloris, le respect de la tradition de l'école, un précoce archaïsme académique, une maturité vieillotte, semblaient assurer et promettre le prix de Rome.

Malgré trois échecs successifs, Langibout gardait l'espérance opiniâtre du succès pour cet élève persistant et méritant, auquel un double lien l'attachait : une similitude et une parité d'origine, une ressemblance de son vieux talent avec ce jeune talent classique. L'avenir lui semblait ne pouvoir échapper à tout ce qu'il estimait dans ce compatriote de Flandrin[1], à son caractère, à cette ténacité que Garnotelle mettait en tout, apportant à la plaisanterie même comme l'entêtement d'un canut.

Né de pauvres ouvriers, Garnotelle avait eu la chance de ne pas naître à Paris, et de trouver, autour de sa misérable vocation, toutes les protections qui soutiennent et caressent en province une future gloire de clocher.

Le conseil municipal l'avait envoyé à Paris avec

douze cents francs de pension, et, dans sa sollicitude maternelle, l'avait logé dans un hôtel vertueux, où les mœurs des pensionnaires étaient surveillées par un hôtelier tenu à un rapport sur leurs rentrées. Il avait été augmenté de deux cents francs, lors de sa réception à l'École des beaux-arts. Au bout de deux médailles, il avait été porté à dix-neuf cents francs. Une pension de deux mille quatre cents francs l'attendait quand il serait envoyé à Rome. Déjà venaient à lui, sans qu'il se fût produit, des commandes, des restaurations de chapelle, des portraits de gens de son endroit. Il sentait derrière lui tous ces bras d'une province qui poussent un fils dont elle attend de l'honneur, du bruit, toutes ces mains qui jettent au commencement de la carrière de quelqu'un du pays, les recommandations de l'évêque, l'influence toute-puissante du député, le tapage d'éloges de la presse locale.

Malgré cette place de troisième, le maître et l'élève n'étaient pas rassurés. C'était le va-tout de l'avenir de Garnotelle, sa dernière année de concours; et Langibout avait beau se répéter toutes les chances de ce talent honnête et courageux, ses titres à la justice charitable du jury de l'école, il gardait un fond d'inquiétude. Il lui semblait qu'il y avait de mauvais courants et des menaces dans l'air. Des bruits d'atelier, un commencement de bourdonnement d'opinion, jetaient en avant les noms de deux ou trois jeunes gens, dont le talent nouveau, hardi, sympathique, pouvait s'imposer au jury et triompher de ses répugnances.

Le programme du concours de cette année-là était un de ces sujets tirés du *Selectae* [1], que semblent régulièrement tous les ans dicter à l'Institut, dans un songe, les ombres de Caylus [2] et d'André Bardon [3]: « Brennus [4] assiégeant Rome, les vieillards, les femmes et les enfants assistent au départ des jeunes hommes qui montent au Capitole pour le défendre. *Les Flamines descendent du temple de Janus, portant les vases et les statues sacrés, et distribuent des armes aux guerriers qu'ils bénissent.* »

Garnotelle passa soixante-dix jours en loge à faire son tableau, travaillant jusqu'à la nuit, sans perdre une heure, avec l'acharnement de toute sa volonté, une rage d'application, le suprême effort de toutes les ambitions et de toutes les espérances de sa médiocrité.

Arrivait l'Exposition : son tableau était déjà jugé; car à ce concours, les élèves ne s'étaient pas contentés, selon l'habitude ordinaire, de *saloper*, c'est-à-dire de faire des trous dans la cloison pour regarder l'esquisse du voisin : profitant de l'inexpérience d'un gardien nouveau qu'on avait fait poser, le dos tourné aux portes des cellules, sous prétexte de faire son portrait, les concurrents s'étaient rendu visite les uns aux autres, et avec la justice loyale et spontanée des jugements de rivaux, le prix avait été décerné d'un commun accord à un tout jeune homme nommé Lamblin. À l'Exposition, ce jugement était confirmé par le public et la critique, qui restaient froids devant la sage ordonnance des Flamines de Garnotelle, la pauvre symétrie des troupes, la banale rouerie des draperies, le mouvement mort et mannequiné de la scène, la déclamation des gestes. Deux toiles de ses concurrents lui étaient opposées comme supérieures par le sentiment de la scène, l'entente de la grandeur et du pathétique historiques, des parties enlevées de verve. Et pour la première place, elle était donnée sans conteste à la toile de Lamblin, à laquelle les plus sévères accordaient une rare solidité de couleur, et le plus grand goût d'austérité tragique.

Mais Lamblin avait eu l'imprudence d'exposer au dernier Salon un tableau dont on avait parlé, et autour duquel s'était fait un de ces bruits que les professeurs n'aiment pas à entendre autour du nom d'un élève. Puis, il n'avait que vingt-deux ans, l'avenir était devant lui, il pouvait attendre. Lui donner le prix, c'était l'enlever à un honnête travailleur, consciencieux, régulier, modeste, à un concurrent de la dernière année, auquel les échecs mêmes avaient un peu promis le prix de Rome : à ces considérations se joignait un intérêt naturel pour un pauvre diable méritant, et venu de bas, qui s'était élevé par l'étude. Des recommandations puissantes de Lyonnais haut placés firent encore pencher la balance du jury : Garnotelle eut le premier prix. On écarta Lamblin, pour que le rapprochement de son nom, le souvenir de sa toile n'écrasât pas trop le couronné : il n'eut pas même une mention ; et pour sauver le jugement, des articles furent envoyés aux journaux amis, où l'on appuyait sur le caractère d'élévation et de pureté de sentiment du tableau vainqueur. Mais ceci ne trompa personne : c'était un fait trop flagrant que le prix de Rome venait d'être encore une fois donné, non au talent et à la promesse de l'avenir, mais à l'application, à l'assiduité, aux bonnes mœurs du travail, au bon élève rangé et borné. Et la victoire de Garnotelle tomba dans le mépris de l'École, dans le soulèvement qu'inspire à la jeunesse une iniquité de juges et de maîtres.

Anatole était une de ces heureuses natures trop légères pour nourrir la moindre amertume. Il n'eut aucune jalousie de cette victoire qu'il avait tant rêvée. Il trouva que Garnotelle avait de la chance ; ce fut tout. Et lors de la grande partie de campagne d'octobre à Saint-Germain, à cette fête des prix de Rome, où les cinquante-cinq logistes de l'année mêlés à des anciens, à des amis, courent la forêt, sur des rosses louées, avec des pantalons de clercs d'huissier remontés aux genoux et l'air d'un état-major de bizets[1] dans une révolution, Anatole fut toujours en tête de la grotesque cavalcade. Au dîner traditionnel du pavillon Henri IV, dans la casse de toute la table et le bruit de deux pianos apportés par les prix de musique, il domina le bruit, le tapage

L'embarras était qu'il fallait une apparence de meubles pour entrer là-dedans; et Anatole gagnait à peine de quoi dîner tous les jours. Le plus souvent, il était nourri par un camarade de l'atelier, avec lequel il compagnonnait; un brave garçon pris dans la conscription, et qu'une recommandation d'Horace Vernet avait fait mettre dans la réserve, et placer parmi les infirmiers du Val-de-Grâce, « les canonniers de la seringue[1] ». De la caserne, il apportait à Anatole la moitié de sa ration dans son shako. Cela n'entamait en rien la fermeté de résolution d'Anatole, qui continuait à passer tous les jours par l'escalier de service devant la porte de la cuisine entrouverte de sa mère, sans y entrer, avec l'air de mépriser, du haut d'un estomac plein, l'odeur du déjeuner.

Là-dessus, il entendit parler d'un monsieur de province qui cherchait quelqu'un pour lui faire des personnages dans une lithographie. Il demanda l'adresse, et courut à un petit hôtel de la rue du Helder.

— Entrez! — lui cria une voix formidable quand il eut frappé à la porte indiquée. Il se trouva en face d'un Hercule, énormément nu, et tout occupé à faire des ablutions froides.

L'homme ne se dérangea pas; il continua à faire jouer ses membres de lutteur, des muscles féroces, en roulant de gros yeux dans sa grosse tête à barbe dure.

— Proférez des sons, — dit-il à Anatole interdit. Et quand Anatole eut expliqué le motif de sa visite : — Ah! vous savez faire la lithographie, vous?

— Parfaitement, — dit intrépidement Anatole, qui n'avait jamais touché de sa vie un crayon lithographique[2].

— Où demeurez-vous?

— Rue du Faubourg-Poissonnière, n° 31.

— Garçon! — cria l'homme en se rhabillant à un domestique de l'hôtel, qu'on entendait remuer dans la chambre à côté, — fermez ma malle, et un commissionnaire...

Anatole ne comprenait pas; mais il sentait une vague terreur brouillée lui monter dans les idées, devant cet homme inquiétant par sa force et ses espèces de manières de fou.

— Partons! — dit brusquement l'homme tout à fait rhabillé.

Anatole descendit l'escalier, suivi par le commissionnaire, par la malle, et par l'homme portant sous le bras une immense pierre, concentré, sinistre, muet et caverneux, avec l'air de rouler sous ses épais sourcils froncés des méditations farouches. Il avait l'impression d'un cauchemar, d'une aventure menaçante, et, par-dessus tout, un poignant sentiment de honte. L'idée était horrible pour lui d'introduire cet étranger dans son taudis. S'il ne lui avait pas donné son adresse, il se serait sauvé à un tournant de rue.

Quand le commissionnaire eut enfourné avec peine la grande malle dans la petite chambre, et que la pierre fut posée sur la table qu'elle couvrit, l'homme, après avoir mesuré de l'œil la hauteur et la largeur de la mansarde, posa sa large main sur la couverture, et dit ces simples mots : — C'est votre lit, n'est-ce pas? Bon, je vais me coucher.

Anatole était tout à fait ahuri. Cependant, il commençait à préparer dans sa tête une timide demande d'explication, quand l'homme tira de sa poche quatre ou cinq cents francs qu'il posa sur la table de nuit.

Anatole vit dans cet or un éblouissement : son futur atelier! Il ne dit pas un mot.

L'homme s'était couché; tout à coup, sortant à moitié du lit, et se dressant sur son séant : — Au fait, vous ne mangeriez pas quelque chose, vous n'avez pas faim?

— Si, — dit Anatole, — j'ai oublié de déjeuner ce matin.

— Eh bien ! faites monter quelque chose du restaurant.

Après le déjeuner, où l'homme ne parla pas à Anatole, et où Anatole n'osa pas lui parler :

— Vous me réveillerez à dix heures, — dit l'homme en se recouchant. — Vous entendez, à dix heures !

Il était une heure. Anatole alla se promener. Toutes sortes d'imaginations lui tournoyaient dans la cervelle. Des histoires de fous dangereux qu'il avait lues lui revenaient. Il ne savait que penser, que croire de ce prodigieux garnisaire[1] installé chez lui, tombé de la lune dans ses draps.

À dix heures, il réveilla le dormeur qui s'habilla et se mit à découvrir, avec toutes sortes de précautions, la pierre sur laquelle on ne voyait que l'indication d'un arc de triomphe, de ce caractère alhambresque qui est le style spécial de la pâtisserie : là-dessous devait être représentée la réception du duc d'Orléans par la garde nationale de Saint-Omer, avec les portraits exacts de tous les gardes nationaux, exécutés d'après de mauvais daguerréotypes contenus dans la malle de leur compatriote.

— Hein ? nous allons nous y mettre ? — fit l'homme après avoir donné à Anatole toutes les explications du sujet.

— Nous y mettre ? Mais je n'ai pas l'habitude de travailler la nuit.

— Tiens ?... Ah ! bien, très bien... Vous coucherez dans le lit, la nuit... moi le jour... Nous nous relaierons.

Au bout de douze jours de ce singulier travail, la pierre était finie. L'artiste-amateur de Saint-Omer repartit pour son pays, laissant à Anatole cent vingt-cinq francs, l'estomac refait et réélargi, et le souvenir d'un original très brave homme qui n'avait trouvé que ce bizarre moyen pour obtenir vite d'un collaborateur ce qu'il voulait, comme il le voulait.

La malle du Saint-Omérois n'était pas au bout de la rue, qu'Anatole sautait rue Lafayette ; il retenait le petit atelier. De là il courait chez un brocanteur qui, pour soixante-dix francs, lui vendait un chiffonnier et quatre fauteuils en velours d'Utrecht. À ce superflu, Anatole ajoutait le lit et la table de sa chambre. C'était de quoi répondre d'un terme pour un loyer de cent soixante francs. Et il entrait dans son premier atelier avec cinquante francs d'avance, de quoi vivre tout un mois, trente jours à n'avoir pas besoin de la Providence.

XIX

Atelier de misère et de jeunesse, vrai grenier d'espérance, que cet atelier de la rue Lafayette, cette mansarde de travail avec sa bonne odeur de tabac et de paresse ! La clef était sur la porte, entrait qui voulait. Un éventail de pipes à un sou dans un plat de faïence de Rouen, accompagné, les jours d'argent, d'un cornet de *caporal*[1], attendait les visiteurs, qui trouvaient toujours pour s'asseoir une place quelconque, un bras de fauteuil, une couverture par terre, un coin sur le lit transformé en divan, et où, en se tassant, on tenait une demi-douzaine. Là venaient et revenaient toutes sortes d'amis, d'hôtes d'une heure ou d'une nuit, les vagues connaissances intimes de l'artiste, des gens qu'Anatole tutoyait sans savoir leur nom, tous les passants que ce seul mot d'atelier attire comme l'annonce d'un lieu pittoresque, comique et cynique : c'étaient des camarades de chez Langibout qui, ce jour-là, avaient pris la rue Lafayette pour aller au Louvre, quelque garçon sans atelier venant exécuter chez Anatole un *esgargot*[2] pour un marchand de vin, un camarade de collège chatouillé par l'idée de voir un modèle de femme, un garçon plongé dans une étude d'avoué et en course dans le quartier, montant jeter ses dossiers dans le creux d'un plâtre de Psyché, ou bien encore quelque surnuméraire[1] évadé de son ministère sur le coup de deux heures avec l'envie de flâner. On y voyait encore de jeunes architectes, des élèves de l'École centrale, des débutants de tout métier, des stagiaires de tout art, rencontrés, racolés par Anatole ici et là, dans le voisinage, au café, n'importe où : Anatole n'y regardait pas. Il prenait toutes les connaissances qui lui venaient, et rien ne lui semblait plus naturel que d'offrir la moitié de son domicile à un monsieur qui, dans la rue, avait allumé sa cigarette avec la sienne. Cette extrême facilité dans les relations ne tardait pas à lui amener un camarade de lit permanent, sans qu'il sût trop d'où lui venait ce camarade. Il s'appelait M. Alexandre, et il était engagé au Cirque[2]. Son emploi ordinaire était de jouer « le malheureux » général Mélas[3]. C'eût été, du reste, un acteur assez ordinaire sans ses pieds; mais par là, il sortait de la ligne : on avait retourné tous les magasins du Cirque, sans pouvoir trouver de chaussure où il pût entrer.

Ainsi animé et hanté, l'atelier d'Anatole était encore visité, généralement sur le tard et vers les heures où commencent les exigences de l'estomac, par quelques femmes sans profession, qui faisaient le tour des hommes qui étaient là, et cherchaient si l'un d'eux avait l'idée de ne pas dîner seul. Le plus souvent, à six heures, elles se rabattaient sur une cotisation qui permettait de faire remonter du café d'à côté des absinthes et des anisettes panachées.

Le mouvement, le tapage ne cessaient pas dans la petite pièce. Il s'en échappait des gaietés, des rires, des refrains de chansons, des lambeaux d'opéra, des hurlements de doctrines artistiques. L'honnête maison croyait avoir sur sa tête un cabanon plein de fous. Puis venaient des jeux qui faisaient trembler le parquet sur la tête des locataires du dessous : deux pauvres diables de dramaturges, malheureux comme des gens qu'on aurait enfermés sous une cage de singes pour trouver des situations. L'atelier piétinait, se poussait, dansait, se battait, faisait la roue. Il y avait des pantalonnades enragées, des chocs, des chutes, des tombées de corps qu'on eût dit s'assommer en tombant, des luttes à main plate, des bondissements d'acrobate, des tours de force. À tout moment éclatait cet athlétisme auquel invite la vue des statues et l'étude du nu, cette gymnastique folle, enragée, avec laquelle l'atelier continue les récréations du collège, prolonge les batailles, les jeux, les activités et les élasticités de l'enfance chez les artistes à barbe.

Les billets que M. Alexandre avait pour le Cirque semés dans l'atelier, apportèrent bientôt à cette furie d'exercices une terrible surexcitation. Anatole et ses amis conçurent une grande idée qui, à peine réalisée, amena le congé des deux dramaturges. Ils pensèrent à répéter dans l'atelier les grandes épopées militaires du Cirque. À douze, ils jouèrent l'Empire tous les soirs. Chacun représentait à son tour une puissance coalisée, et quelquefois deux. La table à modèle était la capitale où l'on entrait, et une planche jetée du poêle sur la table figurait le praticable imité du fameux tableau des neiges du Frioul. Pour la campagne de Russie, le décor était simple : on ouvrait la fenêtre. Une femme de la société, qui raffolait du talent de Léontine[1], fut chargée du rôle de cantinière, à la condition qu'elle fournirait le costume : elle s'habilla avec un pantalon, une paire de bottes, une blouse fendue jusqu'au haut, et le dessus d'une boîte de sardines appliqué sur le chapeau de cuir d'un capitaine au long cours, naufragé à Terre-Neuve, et recueilli dans un coin de l'atelier. Il y eut des revues de la grande armée admirablement passées par Anatole à cheval sur une chaise. Il excellait à dire, d'après les plus pures traditions de Gobert[1] : « Toi ? je t'ai vu à Austerlitz... À cheval, messieurs, à cheval ! » On vit aussi là des marches d'armées pleines d'ensemble, où le roulement des tambours était fait avec un bruit de lèvres, et la sonnerie des clairons imitée dans le creux du bras replié. Mais ce qu'il y eut de plus beau, ce furent les batailles acharnées, héroïques, traversées de furieuses charges à la baïonnette avec des lattes d'emballeur, couronnées de la lutte suprême : le combat du drapeau ! Triomphe d'Anatole, où serrant contre son cœur la flèche de son lit, il luttait, se tordait, se disloquait, et finissait par faire passer au-dessus du manche à balai vainqueur tous les ennemis de la France !

XX

Deux lettres tombaient le même jour dans cet atelier et cette vie d'Anatole :

« Punsisiana, route de Magnésie
Septembre 1845

« Gredin ! me laisser, depuis le temps que je suis ici, sans un bout de lettre, sans un mot ! et je suis sûr que tu n'es pas même mort, ce qui serait au moins une excuse. Du reste, si je t'écris, ce n'est pas que je te pardonne, au contraire. Je t'écris parce que je ne puis pas dormir. Sache que je gîte, pour l'instant, chez le Grec Dosiclès, lequel, pour m'honorer, m'a mis dans un lit où les draps sont brodés de fleurs en or d'un relief désespérant. J'étais si éreinté ce soir, que je commençais à dormir là-dessus, je me gaufrais, je me modelais en creux, mais je dormais... quand tout à coup, je me suis aperçu que chacune de ces fleurs d'or était un calice... un vrai calice de punaises ! Et voilà pourquoi je t'honore de ma prose, sans compter que j'ai eu ces temps-ci des journées qui me démangent à raconter, et qu'il faut que je fasse avaler à quelqu'un.

» Sur ce, suis-moi. En selle, à trois heures du matin, une escorte d'une douzaine d'Albanais et de Turcs, et bien entendu mon fidèle Omar. D'abord des sentiers, des chemins bordés de lauriers-roses et de grenadiers sauvages, au milieu desquels je voyais passer le tout jeune museau d'un petit chameau né dans la nuit et gros comme une chèvre, qui venait nous dire bonjour. À huit heures, nous commencions à monter la montagne : alors des précipices, des chutes d'eau à tout emporter, des pins gigantesques, admirables de formes, des arbres du temps de la création, des arbres pleins de vie et pleins de siècles, de vrais morceaux d'immortalité de la terre, qui font le respect avec l'ombre autour d'eux. Je ne te parle pas de tout ce que nous faisions fuir dans les broussailles et les feuilles, serpents, oiseaux, écureuils, qui se sauvaient et se retournaient pour nous voir, comme s'ils n'avaient jamais vu de bêtes d'une espèce comme nous. En haut, malgré un froid de chien qui nous fait grelotter sous nos manteaux et nos couvertures, nous restons une heure à regarder ce qu'on voit de là : le Bosphore, les îles, la côte de Troie, blanche, avec des éclats de carrière de marbre, étincelante dans ce bleu, le bleu du ciel et de la mer mêlés, un bleu pour lequel il n'y a ni mots ni couleur, un bleu qui serait une turquoise translucide, vois-tu cela ?

» De là, dégringolade dans la plaine. Des villages dominés par de grands cyprès, de la bonne bête de grosse verdure, comme en Normandie ; des vergers avec de l'eau sourcillante sous le pied de nos chevaux, des arbres qui s'embrassent de leurs branches du haut ; des pêches jaunes, des prunes, des grenades, des raisins de toute couleur glissant des vignes emmêlées aux arbres ; partout sur le chemin, des fruits suspendus, tentants, tombant à la portée de la main ; entre les éclaircies des arbres, des champs de pastèques et de melons que mon escorte sabre à grands coups de yatagan et dont elle m'offre le cœur. Enfin, il me semblait être sur la grande route du paradis, animé par un peuple de paradis qui semblait enchanté de nous voir manger ce qui lui appartenait. Nous croisons des zebecks aux étendards rouges. Nous passons de petites rivières sur des ponts en ogive, un vrai décor de croisade. Il défile des hommes, des femmes, de tout, et jusqu'à un déménagement du pays : cela se compose d'un petit âne blanc sur lequel est un grand diable de nègre, le cafetier, et sur le cafetier, juché, un coq ; puis un gros Turc écrasant une maigre monture ; puis la femme n° 1, montée à califourchon, et flanquée devant et derrière d'un enfant ; puis la femme n° 2 ; puis un ânon et un mouton en liberté, qui suivent la famille à peu près comme ils veulent. Le soleil se met à baisser : nous tombons dans un groupe de pasteurs, à la grande immobilité découpée sur le ciel, au chant grave, les yeux tournés vers une mosquée : je t'assure qu'ils dessinaient une crâne silhouette de la *Prière orientale*[1]. C'est seulement à la nuit, à la pleine nuit, que nous atteignons Ailvatissa, où un gros dégoûtant de Turc, qui a voulu absolument nous héberger, nous fourre dans la bouche, avec toutes sortes de politesses, les boulettes qu'il se donne la peine de faire avec ses doigts sales : c'était comme mon lit de fleurs !

» Voilà une journée pas mal pittoresque, n'est-ce pas ? Eh bien ! elle ne vaut pas ce que nous avons vu aujourd'hui. Imagine-toi une immense oasis, un bois d'arbres énormes et si pressés qu'ils donnent l'ombre d'une forêt, des platanes géants qui ont quelquefois, autour de leur tronc mort de vieillesse, quarante rejetons enracinés et rejaillissant du sol ; imagine là-des-

XXI

« Rome, 26 décembre 1844, deux heures du matin.

« Je suis à Rome, je suis à l'École de Rome!... Ah! mon ami, si je l'osais, je pleurerais. Mais pas de phrases. Tu vas voir ce que c'est!

» Nous sommes arrivés ce soir; tu sais, Charagut a dû t'écrire cela, nous avions pris, il y a près de trois mois, un voiturin à Marseille. Nous étions les cinq prix : Jouvency, Salaville, Froment, Gouverneur et Charmond, le musicien. Nous avons passé par la Corniche et pas mal flâné en Toscane : ç'a été charmant. Enfin aujourd'hui, c'était le grand jour. À trois heures, nous étions dans un endroit appelé Ponte Molle. Nous savions que les camarades viendraient à notre rencontre : il y en avait quatre. Mais quel drôle de changement! des garçons avec qui nous étions à Paris à tu et à toi, des amis! tu ne t'imagines pas! un froid... et pas seulement du froid, un air tout gêné, tout inquiet, tout absorbé. Avec ça, ils étaient mis comme des brigands, fagotés à faire peur. J'ai demandé à Guérinau pourquoi Férussac, tu sais, Férussac qui a été chez nous, n'était pas venu. Il m'a répondu, comme mystérieusement, qu'il n'avait pas pu venir; que j'allais le trouver bien changé, qu'il avait une espèce de maladie noire; qu'on craignait un peu pour sa tête, et qu'il m'avertissait de ne pas le contrarier dans ses idées. Et comme ça toute la route, ç'a été un tas de mauvaises nouvelles des uns et des autres, et des histoires qui nous ont mis tout sens dessus dessous. J'oublie de te dire qu'à Ponte Molle, ils nous ont montré des statues de Michel-Ange : je t'avouerai que ni moi ni Jouvency n'y avons rien compris. Ils trouvent, eux, que c'est ce qu'il a fait de plus beau. Il faut que je te dise quelque chose, mais cela tout à fait entre nous, je te demande le secret : ils sont ici très malheureux d'une aventure arrivée à Filassier, le prix du *Joseph*, tu te rappelles. À ce qu'il paraît, il est entretenu par une princesse italienne, et publiquement. Il ne s'en cache pas, il se donne en spectacle. Tu comprends la déconsidération que cela jette sur l'Académie, et la position fausse où cela nous met tous à Rome.

» Nous sommes entrés par une grande porte où il y a des obélisques de chaque côté, et ils nous ont de suite conduits dans le Corso voir Saint-Pierre. Mon Dieu ! que cela ressemble peu à l'idée qu'on s'en fait ! Je me figurais une place circulaire avec des colonnes devant : il paraît que ç'a été démoli par le gouvernement pour faire des rues. Et puis, nous avons monté, et nous sommes arrivés, comme la nuit venait, à la villa Médicis. On nous a menés à nos chambres : tu ne te figures pas des chambres comme ça : j'en ai une... ignoble ! Et nous en avons pour un an, à ce qu'il paraît, à être là ! Là-dessus l'*Ave Maria* a sonné : cela sonne le dîner ici, l'*Ave Maria*. Nous sommes descendus à la salle à manger. C'était lugubre ; rien que de mauvaises chandelles, pas de nappes ; au lieu de serviettes, des torchons, des couverts en étain. Il y avait, pour servir, deux domestiques, mais si sales, qu'ils vous ôtaient d'avance l'appétit. J'ai aperçu que c'était peint en rouge, et qu'il y avait au fond le Faune, appuyé, tu sais, avec sa flûte, et puis en haut les portraits des pensionnaires. Fleurieu me montrait tous ceux qui étaient morts : il y en avait des files de sept d'emportés ! On était séparés : chaque année avait sa petite table. Les vieux prix, les restants à l'école, les *professeurs*, comme on les appelle ici, en avaient une un peu exhaussée. Ceux que j'ai connus dans le temps m'ont paru terriblement vieillis ; et puis, ils ont un teint d'un vert affreux. Tu as bien connu Grimel ? Il a les cheveux tout blancs, à présent. On a passé la soupe, et comme les nouveaux sont ici les derniers servis, la soupière nous est arrivée à peu près vide. Personne ne se parlait. Il y avait toujours un silence de glace. Ils ont l'air de se détester tous. Les vieux, autour de Grimel, avaient des regards perdus comme s'ils avaient été dans la lune. Quelques-uns avaient de petits manteaux de laine, et paraissaient avoir froid dessous comme des pauvres. Enfin, il y eut une voix à la table des professeurs : « — Ah ! voilà les nouveaux... — Il est bien laid, celui-là... — Lequel ? — On dit que le concours était bien faible... » Nous avions le nez dans notre assiette. Il nous arriva une boîte de sardines où il n'y avait plus rien au fond que des arêtes et de l'huile qui sentait l'huile grasse. Il y avait dans la salle un grand brasier plein de braise : voilà que je vois un de ceux qui grelottaient y aller, poser les pieds sur le tour de bois du brasier, et rester là à trembler. Cela faisait mal. Il en vint un autre, puis un autre. Alors il partit des tables : « Sont-ils embêtants, avec leur fièvre, ceux-là ! C'est agréable pendant qu'on mange, d'avoir l'hôpital à côté de soi ! » Il faut te dire que les domestiques ne parlent qu'italien, ce qui est commode. Nous avions attrapé quelques tirans du bouilli, de l'*alesso* [1], comme ils disent quand Filassier a fait son entrée, en bottes, en culotte blanche, en veste de velours, des éperons, une cravache, et un air ! Faisant des effets de cuisse, repoussant ce qu'on passait comme un homme qui veut dire qu'il mange mieux ailleurs... C'est révoltant ! Je ne comprends pas qu'il en soit arrivé à cette impudeur-là. Là-dessus, j'ai entendu des cris : Michel-Ange ! Raphaël !... Je n'ai entendu que cela, et j'ai vu toute une table qui se levait pour en manger une autre... Il y avait même Chatelain qui avait son couteau... Et personne n'essayait de les séparer ! On devient de vraies bêtes féroces ici. Notre graveur, qui est nerveux, a pris le trac : il s'est sauvé dans la cuisine. Heureusement qu'on a fait apporter du vin cacheté, qui m'a semblé par parenthèse plus mauvais que l'ordinaire, et Grimel a proposé gentiment de boire à la santé des nouveaux, en nous disant qu'il « espérait que nous ferions honneur à l'Académie, et que nous reconnaîtrions la généreuse hospitalité que nous y recevions ». Aucun de nous n'a eu le courage de répondre. On est passé au salon. Qui est-ce qui m'avait donc dit qu'il y avait des aquarelles de carnaval au salon? C'est une petite chambre nue, très petite. Nous avons été obligés de nous asseoir par terre, tandis que Charmond jouait son prix, et on m'a conduit à ma chambre: les quatre murs, mon ami. Mon lit et ma malle, rien de plus. Je t'écris, assis sur ma malle. Je te dirai encore que... »

« Du même endroit. Octobre 1845.

« Ah! mon cher, je retrouve ce vieux torchon de lettre oublié dans un coin, et je ris bien! Mais il faut d'abord que je te finisse ma nuit.

» Je t'écrivais donc sur ma malle lorsque, crac! ma bougie s'éteint. Je la tâte: froide comme un mort! Je cherche des allumettes : pas une. J'ouvre ma porte : pas de lumière. Je me risque dans de grands diables d'escaliers et des corridors qui n'en finissent pas. La peur me prend de me casser le cou, je retrouve ma chambre et mon lit à tâtons. Je prends mon meuble de nuit sous mon lit : c'est un arrosoir! Enfin, je me couche, je vais fermer l'œil... voilà de la lumière qui se met à serpenter par terre entre les jointures des carreaux, et il part sous mon lit quelque chose comme une mine qui saute! Au même instant la porte s'ouvre, et on me jette dans ma chambre une avalanche de meubles.

» Une farce tout cela, tu comprends; une farce depuis le commencement jusqu'à la fin! Les soi-disant statues de Michel-Ange, à Ponte Molle, sont de n'importe qui. Le Saint-Pierre qu'on m'a montré, c'est l'église San-Carlo. Férussac ne songe pas plus que moi à aller à Charenton. Il y a deux bonnes lampes dans la salle à manger, et des nappes. Les cheveux blancs de Grimel étaient faits avec de la farine. Filassier, l'honnête garçon, n'est entretenu que par l'École de Rome. Les fiévreux étaient de faux fiévreux. Le vrai salon a bien des aquarelles de carnaval. La dispute à table était en imitation. Ma chambre n'était pas ma chambre. Le meuble de dessous mon lit était percé, et ma bougie était un bout de bougie sur un navet ratissé ! Voilà ! Ah ! les scélérats ! les ai-je assez amusés ! Car on vous donne, pour ces occasions, une chambre sans volets, sans rideaux, et où on peut vous voir du balcon de la Loggia. Et ils m'ont vu ! je leur ai donné la comédie de l'homme qui rentre désespéré dans sa chambre, ferme la porte, regarde, fait deux ou trois tours, met la main dans son gousset pour y trouver un équilibre dans son malheur, tire lentement une manche de sa redingote, cherche un meuble où la poser, et finit par s'asseoir sur sa malle comme un condamné à cinq ans de Rome ! Ils m'ont vu ouvrir ma malle, en tirer un pot de pommade, et me frotter le nez pour le coup de soleil qu'on attrape ordinairement dans le voyage, avec le geste imbécile qu'on a à se frotter le nez quand on n'a pas de glace ! Ils m'ont vu, me graissant bêtement d'une main, tenir et retourner de l'autre, avec agitation, une lettre ! Car, je n'avais pas osé tout te dire. J'avais eu la naïveté de leur parler en chemin d'une Italienne très gentille que j'avais rencontrée dans le nord de l'Italie, et qui m'avait dit qu'elle allait à Rome ; et j'avais trouvé en arrivant à l'Académie une lettre, une lettre à cachet, à devise, une lettre sentant la femme : mais le diable, c'est que ce gueux de poulet était en italien, en un polisson d'italien de cuisine qui me faisait venir l'eau à la bouche, et où j'accrochais un mot par-ci par-là sans pouvoir saisir une phrase... Oh! non, moi, en pan de chemise, avec la caricature de mon ombre au mur, piochant ma lettre, en m'approchant toujours plus près de la bougie, et en m'enduisant plus fiévreusement le nez... ça devait être trop drôle!

» Le lendemain, ils n'ont pas manqué de me présenter à la dame de la garde-robe de l'École, comme à la femme de M. Schnetz, et j'ai été très flatté qu'elle me parlât de mon concours!

» Oui, c'est moi, mon cher, qui ai été attrapé comme ça! Ça doit te donner une assez jolie idée de la manière dont on vous met dedans. Vrai, c'est très bien fait, cette scie en crescendo. Ça monte, ça monte; ça vous pince tout à fait à la fin, et ça pince tout le monde. Et puis, tu comprends, on arrive; il y a le voyage qui vous a remué, la fatigue, l'éreintement. On a l'émotion de l'arrivée, de tout ce qu'on va voir, de Rome. On ne sait pas, on se sent loin. Il y a de l'inconnu dans l'air, un tas de choses qui vous font bête. Bref, ça arrive aux plus forts : on est prêt à tout avaler.

» Je te dirai qu'il y a ici un Beau auquel on sent qu'on ne peut atteindre tout de suite et qui vous écrase. C'est l'impression générale, à ce qu'on me dit, ce qui me console un peu. Il me semble que je n'ai pas encore les yeux ouverts. Je suis dans le demi-jour de la première année. Il paraît qu'ici on est illuminé subitement. Un beau jour on voit. Grimel m'a expliqué cela : il arrive un moment où tout d'un coup ce qu'on a partout sous les yeux vous est révélé. À lui, ça est arrivé du balcon de la Loggia. En regardant de là toute la vieille Rome, la colonne Antonine, la colonne Trajane, les murs de Rome, la campagne, les monts de la Sabine, le bord de la mer à l'horizon, il a vu, il a compris, il a senti : tout s'est éclairé pour lui.

» En attendant, je travaille dur.
» Qu'est-ce qu'on devient à Paris ?
» Ton bon camarade,

GARNOTELLE. »

XXII

Des mois, un an se passaient. Anatole continuait cette existence au jour le jour, nourrie des gains du hasard, riche une semaine, sans le sou l'autre, lorsqu'il lui arrivait une fortune. Un éditeur belge qui avait entrepris une contrefaçon des modèles de tête de Julien à l'usage des pensions et des écoles, s'adressait à lui. Le modèle décalqué sur la pierre, la pierre passée au gras, Anatole n'avait guère qu'à repiquer les valeurs qui n'étaient pas venues. Il en expédia près d'une centaine dans son hiver. Chacune de ces reproductions lui étant payée quatre-vingts francs, il se fit ainsi près de huit mille francs. C'était pour lui une somme fabuleuse, l'extravagance de la prospérité : il avait l'impression d'un homme sans souliers qui marcherait dans l'or. Tout coula, tout roula dans le petit atelier qui devint une espèce d'auberge ouverte, de café gratuit, à grands soupers de charcuterie, où les cruchons de bière vidés faisaient à la fin le tour des quatre murs, et sortaient sur le palier.

Puis ce furent des fantaisies. Anatole se livra à des acquisitions de luxe, longtemps rêvées. Il acheta successivement diverses choses étranges.

Il acheta une tête de mort dans le nez de laquelle il piqua, sur un bouchon, un papillon.

Il acheta un *Traité des vertus et des vices*, de l'abbé de Marolles[1], dont il fit le signet avec une chaussette.

Il acheta un cadre pour une étude de Garnotelle, peinte un jour de misère avec l'huile d'une boîte à sardines.

Il acheta un clavecin hors d'usage, où il essaya vainement de s'apprendre à jouer : *J'ai du bon tabac*... Après le clavecin, il acheta un grand morceau de guipure historique; après la guipure un canot qu'on vendait pour rien, sur saisie, un jour de janvier, et qu'il fit enlever, sous la neige, de la cour des Commissaires-priseurs.

Après le canot, il n'acheta plus rien; mais il prit un abonnement à une édition par livraisons des œuvres de Fourier, et se commanda un habit noir doublé en satin blanc, — un habit qui devait, dans l'atelier, remplacer la musique : pour l'empêcher de prendre la poussière, Anatole finit par le serrer dans le clavecin dont il enleva l'intérieur.

XXIII

— Garçon!... des huîtres... des grandes... comme votre berceau! Allez!

C'était Anatole qui lançait sa commande, installé dans la grande salle du restaurant Philippe[1], à une table en face de la porte d'entrée.

Ce jour-là — le jour de la mi-carême, — l'idée d'aller au bal de l'Opéra[2] s'était emparée de lui. Il avait réuni un gilet de flanelle, une paire d'ailes, un maillot, un carquois, et avec cela il s'était déguisé en Amour. Une seule chose l'embarrassait : sa barbe noire. Ne voulant pas la couper, il se résolut à lui donner un accompagnement qui ôtât le manque d'harmonie à son costume : il attacha sur son gilet de flanelle, au creux de l'estomac, un peu de crin qu'il prit dans son matelas. Ainsi habillé, des besicles noires peintes autour des yeux, un ruban bleu de ciel dans les cheveux, des pantoufles de broderie aux pieds, il était parti, allant devant lui, flânant. Malgré la gelée qu'il faisait, il n'avait froid qu'au bout des doigts, et rien ne le gênait que l'ennui de ne pouvoir mettre ses mains dans ses poches absentes. Il s'arrêtait devant les costumiers, regardait les oripeaux de carnaval dans le flamboiement du gaz, marchait tranquillement dans l'escorte d'honneur des gamins : il n'était pas pressé. Au fond, il trouvait le bal de l'Opéra un divertissement d'une distinction un peu bourgeoise, un plaisir d'homme du monde ; et il se demandait s'il ne devait pas aller dans un bal moins bon genre, comme Valentino[1], Montesquieu[2]. Il arriva à l'Opéra. N'étant pas encore bien décidé, il entra dans un petit café du voisinage, et trouva, dans ce qui se passait là, dans le caractère des habitués, dans les allées et venues des dominos qui leur apportaient des sucres de pomme et des oranges, assez d'intérêt pour y rester près d'une heure. Arrivé à l'entrée de l'Opéra, et salué par l'engueulement des cireurs de bottes que les nuits de bal improvisent, il fit l'honneur à deux ou trois de ces peintres en vernis, auxquels il reconnut une jolie *platine*[3], de leur répondre, aux applaudissements des groupes de passage. D'un de ces groupes, il sortit à la fin un monsieur qui avait l'air de le connaître, et qui n'eut aucune peine à l'emmener faire une partie de billard au Grand-Balcon[4]. À peine si le monsieur joua : Anatole avait ce soir-là un jeu étourdissant ; il fit des séries de carambolages interminables, en ne se lassant pas d'admirer combien le costume d'Amour, avec la liberté de ses entournures, était favorable aux effets de recul. Il joua ainsi pendant deux grandes heures, dans le café troublé de voir, à travers son demi-sommeil, les fantastiques académies dessinées par les poses de cet Amour à barbe, que le regard des derniers consommateurs enfilait si étrangement, lors des raccourcis du jeu, depuis le talon jusqu'à la nuque.

Il sortit de là, avec la ferme intention d'aller décidément au bal de l'Opéra ; mais au boulevard, sa curiosité se laissait accrocher, arrêter au spectacle du mouvement entourant le bal, à ces figures qui sortent de ces nuits du plaisir, à toutes ces industries de bricole qui ramassent des gros sous et des bouts de cigare derrière le Carnaval.

Et il était en train de suivre et d'escorter une femme qui portait dans un seau du bouillon à la file des cochers de fiacre, quand il vit au cadran de la station : quatre heures moins cinq... — Tiens ! dit-il, c'est l'heure d'avoir faim, — et renonçant au bal, il s'était dirigé vers Philippe[1].

Les masques arrivaient. Anatole criait :

— Oh ! c'te tête !... Bonjour, Chose !... Et tu fais toujours des affaires avec le clergé ? « À la renommée pour l'encens des rois mages !... » T'es l'épicier du bon Dieu ! Tais-toi donc !... Et tu te costumes en Turc ! c'est indécent !...

. . . .

. . . .

Et à chaque arrivant, il jetait un pareil passeport, un signalement grotesque en pleine figure. La salle jubilait. Les soupeurs se poussaient pour entendre de plus près cette pluie de bêtises, apostrophes cocasses, baptêmes saugrenus, l'Almanach Bottin tombant du Catéchisme poissard ! On faisait cercle, on entourait Anatole. Les tables peu à peu marchaient vers lui, se soudaient l'une à l'autre ; et tous les soupers, en se pressant, ne faisaient plus qu'un souper où les folies, débitées par Anatole, couraient à la ronde avec les bouteilles de champagne passant de main en main comme des seaux d'incendie. On mangeait, on pouffait. Les nappes buvaient de la mousse, des hommes pleuraient de rire, des femmes se tenaient le ventre, des pierrots se tordaient.

Anatole, exalté, jaillit sur la table, et de là, dominant son public, il se mit à danser la danse des œufs entre les plats, essaya des poses d'équilibre sur des goulots de bouteille, toujours parlant, débagoulant[1], levant pour des toasts inouïs un verre vide au pied cassé, piquant un morceau dans une assiette quelconque, chipant sur une épaule de femme un baiser au hasard, criant : — Ah ! ça me donne vingt ans de moins... et trois cheveux de plus !

Le tout petit jour pointait, ce jour qui se lève comme la pâleur d'une orgie sur les nuits blanches de Paris. Le noir s'en allait des carreaux de la salle. Dans la rue s'éveillaient les premiers bruits de la grande ville. Le travail allait à l'ouvrage, les passants commençaient. Anatole sauta de la table, ouvrit la fenêtre : il y avait dessous des ombres de misère et de sommeil, des gens des halles, des ouvriers de cinq heures, des silhouettes sans sexe qui balayaient, tout ce peuple du matin qui passe, au pied du plaisir encore allumé, avec la soif de ce qui se boit, la faim de ce qui se mange, l'envie de ce qui flambe là-haut !

— Une... deux... trois... ouvrez le bec, mes enfants ! — cria Anatole ; et saisissant deux bouteilles de champagne, il les vida sans voir dans des gosiers vagues qui buvaient comme des trous. Chaque table se mit à l'imiter, et des trois fenêtres du restaurant, le champagne ruissela quelque temps sans relâche, ainsi qu'un ruisseau d'orage perdu, à mesure, dans une bouche d'égout. La foule s'amassait, se bousculait, il en sortait des hourras, des cris, des têtes qui se disputaient une gorgée. La rue ivre se ruait à boire ; le jour montait.

— Gare là-dessous ! — fit Anatole ; et tout à coup, lâchant ses bouteilles, il parut avec deux têtes encadrées dans l'anse de ses deux bras : l'une de ces têtes était la tête d'un monsieur en habit noir, l'autre la tête d'une débardeuse ; et, avançant tout le corps sur l'appui de la fenêtre, se penchant en dehors avec les élasticités d'un pitre sur un balcon de parade, il se mit à débiter, de la voix exclamatrice des *boniments* :

— Le Parisien, messieurs ! — et il désignait le monsieur en habit se débattant sous son bras, en étouffant de rire. — Vivant, messieurs ! En personne naturelle !!... Grand comme un homme ! surnommé le *Roi des Français !!!* Cet animal !... vient de province ! son pelage est un habit noir ! Il n'a qu'un œil ! comme vous pouvez voir ! Son autre œil !... est un lorgnon ! Cet animal, messieurs, habite un pays ! borné par l'Académie !... Sauf l'amour ! platonique ! on ne lui connaît pas ! de maladies particulières !... C'est l'animal du monde ! du monde ! le plus facile à nourrir ! Il mange ! et boit de tout ! du lait filtré ! du vin colorié ! du bouillon économique ! du chevreuil de restaurant !!! Il y en a même des espèces ! qui digèrent ! un dîner à quarante sous !!! Cet animal ! messieurs ! est très répandu ! Il s'acclimate partout ! sauf à la campagne ! D'humeur douce ! il est facile à élever. On peut le dresser, quand on le prend jeune, à retenir un air d'orgue et à comprendre un vaudeville !... Inutile, messieurs, de vous citer des traits de son intelligence : il a inventé la *savate* et les faux cols !!! Sa cervelle ! messieurs ! la dissection nous l'a fait connaître ! On y trouve ! on y trouve ! messieurs ! le gaz d'une demi-bouteille de champagne ! un morceau de journal ! le refrain de la *Marseillaise !!!* et la nicotine de trois mille paquets de cigares !!!... Pour les mœurs, il tient du coucou ! il aime à faire ses petits dans le nid des autres !!! Et v'là cet animal !!!... À sa dame, à présent !

Et Anatole montra à la rue la femme qu'il tenait, en la faisant tourner comme une poupée.

— ... La Madame à ce monsieur-là ! saluez !... Une bête ! inconnue ! une bête !!! qui enfonce les naturalistes !... La Parisienne ! mesdames ! sauf le respect que je vous dois !... Des pieds et des mains d'enfant ! des dents de souris ! une patte de velours ! et des ongles de chat !!! Elle a été rapportée du Paradis terrestre ! à ce qu'on dit ! Quoique très délicate ! elle résiste aux plus gros ouvrages ! Elle peut frotter dix heures de suite ! quand c'est pour danser !!!... Cette petite bête ! messieurs ! se nourrit généralement ! de tout ce qui est nuisible à sa santé ! Elle mange de la salade ! et des romans !!!... Sensible aux bons traitements ! messieurs ! et surtout aux mauvais !!! Beaucoup de personnes ! un grand nombre de personnes !!! messieurs ! sont arrivées à la domestiquer ! en lui donnant la nourriture ! le logement ! le chauffage ! l'éclairage ! le blanchissage ! leur confiance ! et quelques diamants !!!... Très facile à apprivoiser ! Généralement caressante ! susceptible de jalousie ! et même de fidélité !... Enfin ! messieurs ! cette charmante petite bête ! qui marche sans se crotter ! est vivipare ! pare !!! pare !!! Et v'la ce que c'est ! Allez ! la musique !!!

XXIV

— Hein ? quoi ? — fit Anatole, le dimanche qui suivit ce jeudi-là, en se sentant rudement secoué dans son lit. Il ouvrit la moitié d'un œil, et aperçut Alexandre, dit Mélas, revenu d'Étampes, où il était allé jouer.

— Tiens ! le général ! c'est toi ? Fait-il jour ?

Et il sortit à demi des couvertures une figure méconnaissable, qui ressemblait à un masque déteint du carnaval. La sueur avait pleuré sur ses grandes lunettes noires, et le blanc de céruse, coulé sur sa peau, lui donnait des luisants de poisson raclé.

— D'abord, lave-toi, — lui dit Alexandre, — ça te débarbouillera les idées. Tu as l'air d'un spectre qui s'est promené sans parapluie... Sais-tu que tu as fait venir des cheveux blancs à ton portier?

— Moi? Eh bien, je les lui repeindrai, voilà tout...

— Figure-toi qu'hier il a fait monter un médecin...

— Tiens!

— Qui ne t'a pas trouvé de fièvre, et qui a dit qu'on te laisse dormir...

— Ah ça! quel jour sommes-nous?

— Dimanche.

— Dimanche? Mais alors... sapristi! C'est bien vendredi matin que j'étais raide...

Et il répéta: Dimanche! en se perdant dans ses réflexions.

— Il y a donc des trous dans l'almanach. L'année a des fuites... Ah! bien, voilà deux jours dans ma vie qu'on m'a joliment volés... Le bon Dieu me les doit, oh! il me les doit...

— Mais qu'est-ce que tu as pu faire?... Car tu n'es rentré que dans la nuit du vendredi, à je ne sais quelle heure... Le portier ne t'a pas vu...

— Je crois bien... moi non plus... Si tu crois que je me voyais!

— Voyons! tu dois te rappeler quelque chose?

— Rien... non, là, vrai, rien... Je me rappelle Philippe, le balcon... des messieurs qui m'ont mené au café... et puis, à partir de là, psitt! plus rien...

— Mais, où as-tu été?

— Pas devant moi, bien sûr. Attends... Il me semble qu'on m'a fait galoper sur un cheval, dans une allée où il y avait de grands arbres... comme une allée de parc. Et puis, voilà... là, là.

Et il voulut se remettre du côté du mur.

— Est-ce que tu vas te rendormir, dis donc?

— Ma foi, oui, pour me rappeler, c'est le seul moyen... Ah! attends, ça me revient... Oui, une chambre... très grande... où il y avait des portraits de famille... des portraits de famille d'un effrayant! Il y en avait en noir... des magistrats, avec des sourcils et des nez!... Et puis, il y avait surtout une dame, toujours avec le même nez, en robe jaune, et les joues d'un rouge!... Et c'était peint, mon cher! Imagine la famille de Barbe-Bleue, sous Louis XV, peinte par un vitrier de village... des Chardin byzantins, vois-tu ça? Ça me faisait peur, d'autant plus que c'était si drôlement éclairé par le feu d'une grande cheminée... Si j'avais des parents comme ça, par exemple, c'est moi qui les enverrais à une loterie de bienfaisance! Et puis je crois que j'ai rêvé que le portrait de la dame en jaune avait la colique, et que ça me la donnait... Et puis, et puis tout à coup j'ai cru qu'on roulait la chambre dans une voiture...

— C'est ça, on t'aura emmené dans quelque château près de Paris. Et puis, tu étais trop saoul, on t'aura couché et on t'aura ramené...

— Possible. Ça ne fait rien, c'est embêtant de ne pas savoir tout de même... Il m'est peut-être arrivé des choses très amusantes!... Il y avait peut-être des grandes dames!... Et puis, dis donc... Ah ça! j'espère que ce n'étaient pas des filous, ces gens-là... Pourvu qu'ils ne m'aient pas fait signer des billets, les imbéciles!... Avec tout ça, je vais avoir l'air d'un mufle : je ne pourrai pas leur envoyer de cartes au jour de l'an... Heureusement qu'il y a le dernier jugement pour se retrouver! Bonsoir! Oh! laisse-moi dormir encore un peu... Je dors en gros, moi... Sais-tu que j'ai passé ces jours-ci, huit jours de suite sans me coucher?

XXV

Dans cette année 1846, au milieu du « coulage » de son existence, Anatole eut une velléité de travail ; l'idée de faire un tableau, d'exposer, lui vint comme il sortait du Louvre, le dernier jour de l'exposition, échauffé et monté par ce qu'il avait vu, la foule, le public, les tableaux, l'admiration et la presse devant deux ou trois toiles de ses camarades d'atelier.

Il lui restait encore quelque argent sur l'affaire des Julien. L'occasion était bonne pour se payer une œuvre. En revenant, il entra chez Desforges, commanda une toile de 100, choisit des brosses, se remonta de couleurs. Puis il dîna vite, et, sa lampe allumée, il mit à chercher son idée dans le tâtonnement et la bavochure d'un trait au fusain. Le lendemain, un peu mordu par la fièvre, du matin, du commencement du jour à sa tombée, il couvrit des feuilles de papier de crayonnages d'esquisse. On frappa à sa porte, il n'ouvrit pas.

Le soir, au lieu d'aller au café, il alla faire une petite promenade sur la place de la Bastille, et, rentré chez lui, il donna vivement quelques indications dernières à un grand dessin choisi parmi les autres, et qu'il avait fixé au mur avec un clou.

Le lendemain, aussitôt qu'il eut sa toile, il reporta dessus sa composition à la craie. Les amis qu'il laissa entrer ce jour-là riaient, assez étonnés de le voir piocher, et l'appelaient « l'homme qui a un chef-d'œuvre dans le ventre ». Anatole les laissa dire avec la majesté de quelqu'un qui se sentait au-dessus des plaisanteries ; et il passa quelques jours à assurer consciencieusement toutes ses places.

Ses places bien assurées, il fuma beaucoup de cigarettes devant sa toile, avec une sorte de recueillement, tourna autour de sa boîte à couleurs, l'ouvrit, la ferma, et à la fin se mit à jeter précipitamment les premiers dessous sur la toile.

— Ça me démange, vois-tu, — dit-il au camarade qui était là, — je reprendrai cela avec le modèle.

Au bout de quatre ou cinq jours, la toile était couverte, et le sujet du tableau d'Anatole apparaissait clairement.

Ce tableau, où l'élève de Langibout avait mis toute son inspiration, n'était pas précisément une peinture : il était avant tout une pensée. Il sortait bien plus des entrailles de l'artiste que de sa main. Ce n'était pas le peintre qui avait voulu s'y affirmer, mais l'homme ; et le dessin y cédait visiblement le pas à l'utopie. Ce tableau était en un mot la lanterne magique des opinions d'Anatole, la traduction figurative et colorée de ses tendances, de ses aspirations, de ses illusions ; le portrait allégorique et la transfiguration de toutes les généreuses bêtises de son cœur. Cette sorte de *veulerie* tendre, qui faisait sa bienveillance universelle, le vague embrassement dont il serrait toute l'humanité dans ses bras, sa mollesse de cervelle à ce qu'il lisait, le socialisme brouillé qu'il avait puisé çà et là dans un Fourier décomplété et dans des lambeaux de papiers déclamatoires, de confuses idées de fraternité mêlées à des effusions d'après-boire, des apitoiements de seconde main sur les peuples, les opprimés, les déshérités, un certain catholicisme libéral et révolutionnaire, le « Rêve de bonheur » de Papety entrevu à travers le Phalanstère[1], voilà ce qui avait fait le tableau d'Anatole, le tableau qui devait s'appeler au Salon prochain de ce grand titre : *le Christ humanitaire*.

Étrange toile qui avait les horizons consolants et nuageux des principes d'Anatole ! Imaginez une Salente[2] du progrès, une Thélème de la solidarité dans une Icarie[3] de feux de Bengale. La composition semblait commencer par l'abbé de Saint-Pierre[1] et finir par Eugène Sue[2]. Tout en haut du tableau, les trois vertus théologales, la Foi, l'Espérance, la Charité, devenaient dans le ciel, où l'écharpe d'Iris se plissait en façon de drapeau tricolore, les trois vertus républicaines : la Liberté, l'Égalité, la Fraternité. De leurs robes elles touchaient une sorte de temple posé sur les nuages et portant au fronton le mot : *Harmonia*, qui abritait les poètes et des écoles mutuelles, la Pensée et l'Éducation. Au-dessous de ce nuage, qui planait à la façon du nuage de la Dispute du Saint-Sacrement[3], on apercevait à gauche un forgeron avec les instruments de la forge passés autour de sa ceinture de cuir, et dans le fond la Maturité, l'Abondance, la Moisson : de ce côté, un soleil se levant derrière une ruche éclairait la silhouette d'une charrue. À droite, une sœur de Bon-Secours était en prières, et derrière elle se voyaient des hospices, des crèches, des enfants, des vieillards. Au bas, sur le premier plan, des hommes arrachaient d'une colonne des mandements d'évêque, un frère ignorantin montrait son dos fuyant ; un cardinal se sauvait, tout courbé, avec une cassette sous le bras ; et d'un tombeau qui portait sur son marbre les armes papales, un grand Christ se dressait, dont la main droite était transpercée d'un triangle de feu où se lisait en lettres d'or : *Pax* !

Ce Christ était naturellement la lumière et la grande figure du tableau. Anatole l'avait fait beau de toute la beauté qu'il imaginait. Il l'avait flatté de toutes ses forces. Il avait essayé d'y incarner son type de Dieu dans une espèce de figure de bel ouvrier et de jeune premier du Golgotha. Il y avait encore mêlé un peu de ressouvenirs de lithographies d'après Raphaël, et un reste de mémoire d'une lorette qu'il avait aimée ; et battant le tout, il avait créé un fils de Dieu ayant comme un air de cabot idéal : son Christ ressemblait à la fois à un Arthur[4] du paradis et à un Mélingue[5] du ciel.

La toile couverte, Anatole flâna quelques jours : il « tenait » son tableau. Puis il arrêta un modèle. Le modèle vint : Anatole travailla mal ; la séance terminée, il ne lui dit pas de revenir.

Anatole n'avait jamais été pris par l'étude d'après nature. Il ne connaissait pas ce ravissement d'attention par la vie qui pose là devant le regard, l'effort presque enivrant de la serrer de près, la lutte acharnée, passionnée, de la main de l'artiste contre la réalité visible. Il ne ressentait point ces satisfactions qui renversent un peu le dessinateur en arrière, et lui font contempler un instant, dans un mouvement de recul, ce qu'il croit avoir senti, rendu, conquis, de son modèle.

D'ailleurs, il n'éprouvait pas le besoin d'interroger, de vérifier la nature : il avait ce déplorable aplomb de la main qui sait de routine la superficie de l'anatomie humaine, la silhouette ordinaire des choses. Et depuis longtemps il avait pris l'habitude de ne plus travailler que de *chic*, de peindre au jugé avec l'acquis des souvenirs d'école, une habitude de certaines couleurs, un flux courant de figures, la tradition de vieux croquis. Malheureusement il était adroit, doué de cette élégance banale qui empêche le progrès, la transformation, et noue l'homme à un semblant de talent, à un à-peu-près de style canaille. Anatole, pas plus qu'un autre, ne devait guérir de cette triste facilité, de cette menteuse et décevante vocation qui met au bout des doigts d'un artiste la production d'une mécanique.

Il remplaçait le modèle par une maquette en terre sur laquelle il ajustait, pour les plis, son mouchoir mouillé, et, se trouvant plus à l'aise d'après cela, il se mettait à économiser les extrémités de ses personnages : il se rappelait le magnifique exemple d'un de ses camarades qui, dans un tableau de la Pentecôte, avait eu le génie de ne faire qu'une paire de mains pour les douze apôtres.

Pourtant sa première fougue était un peu passée, et il commençait à trouver que la tentative était pénible, de vouloir faire tenir le monde de l'avenir et la religion du vingtième siècle dans une toile de 100. Il commença un petit panneau, revint de temps en temps à sa grande toile, y fit toutes sortes de changements au gré de son caprice du moment. Puis il la laissa des jours, des semaines, n'y touchant plus que de loin en loin, et s'en dégoûtant un peu plus à mesure qu'il y travaillait.

L'idée de son « Christ humanitaire » pâlissait d'ailleurs depuis quelque temps dans son imagination et faisait place au souvenir, à l'image présente de Deburau[1] qu'il allait voir presque tous les soirs aux Funambules. Il était poursuivi par la figure de Pierrot. Il revoyait sa spirituelle tête, ses grimaces blanches sous le serre-tête noir, son costume de clair de lune, ses bras flottants dans ses manches; et il songeait qu'il y avait là une mine charmante de dessins. Déjà il avait exécuté sous le titre des « Cinq sens », une série de cinq Pierrots à l'aquarelle, dont la chromolithographie s'était assez bien vendue chez un marchand d'imageries de la rue Saint-Jacques. Le succès l'avait poussé dans cette veine. Il pensait à de nouvelles suites de dessins, à de petits tableaux; et tout au fond de lui il caressait l'idée de se tailler une spécialité, de s'y faire un nom, d'être un jour le Maître aux Pierrots. Et chez lui ce n'était pas seulement le peintre, c'était l'homme aussi qui se sentait entraîné par une pente de sympathie vers le personnage légendaire incarné dans la peau de Deburau : entre Pierrot et lui, il reconnaissait des liens, une parenté, une communauté, une ressemblance de famille. Il l'aimait pour ses tours de force, pour son agilité, pour la façon dont il donnait un soufflet avec son pied. Il l'aimait pour ses vices d'enfant, ses gourmandises de brioches et de femmes, les traverses de sa vie, ses aventures, sa philosophie dans le malheur et ses farces dans veine de richesse s'emplit, tous les jeudis et tous les dimanches, de cette société d'amis et d'inconnus familiers qui se groupent autour du bateau d'un bon enfant et l'enfoncent dans l'eau jusqu'au bordage. Il tombait dedans des passants, des passantes, des camarades des deux sexes, des à-peu-près de peintres, des espèces d'artistes, des femmes vagues dont on ne savait que le petit nom, des jeunes premières de Grenelle[1], des lorettes sans ouvrage, prises de la tentation d'une journée de campagne et du petit *bleu* du cabaret. Cela sautait d'une troisième classe de chemin de fer, surprenait Anatole et son équipe dans leur café d'habitude; et s'ils étaient partis, les ombrelles en s'agitant, arrêtaient du bord le canot en vue. Tout le jour on riait, on chantait, les manches se retroussaient jusqu'aux aisselles, et de jolis bras remuants, maladroits à ce travail d'homme, brillaient de rose entre les éclairs de feu des avirons relevés.

On goûtait la journée, la fatigue, la vitesse, le plein air libre et vibrant, la réverbération de l'eau, le soleil dardant sur la tête, la flamme miroitante de tout ce qui étourdit et éblouit dans ces promenades coulantes, cette ivresse presque animale de vivre que fait un grand fleuve fumant, aveuglé de lumière et de beau temps.

Des paresses, par instants, prenaient le canot qui s'abandonnait au fil du courant. Et lentement, ainsi que ces écrans où tournent les tableaux sous les doigts d'enfants, se déroulaient les deux rives, les verdures trouées d'ombre, les petits bois margés d'une bande d'herbe usée par la marche des dimanches; les barques aux couleurs vives noyées dans l'eau tremblante, les moires remuées par les yoles attachées, les berges étincelantes, les bords animés de bateaux de laveuses, de chargements de sable, de charrettes aux chevaux blancs. Sur les coteaux, le jour splendide laissait tomber des douceurs de bleu velouté dans le creux des ombres et le vert des arbres; une brume de soleil effaçait le Mont-Valérien; un rayonnement de midi semblait mettre un peu de Sorrente au Bas-Meudon. De petites îles aux maisons rouges, à volets verts, allongeaient leurs vergers pleins de linges étincelants. Le blanc des villas brillait sur les hauteurs penchées et le long jardin montant de Bellevue.

Dans les tonnelles des cabarets, sur le chemin de halage, le jour jouait sur les nappes, sur les verres, sur la gaieté des robes d'été. Des poteaux peints, indiquant l'endroit du bain froid, brûlaient de clarté sur de petites langues de sable; et dans l'eau, des gamins d'enfants, de petits corps grêles et gracieux, avançaient, souriants et frissonnants, penchant devant eux un reflet de chair sur les rides du courant.

Souvent aux petites anses herbues, aux places de fraîcheur sous les saules, dans le pré dru d'un bord de l'eau, l'équipage se débandait; la troupe s'éparpillait et laissait passer la lourdeur du chaud dans une de ces siestes débraillées, étendues sur la verdure, allongées sous des ombres de branches, et ne montrant d'une société qu'un morceau de chapeau de paille, un bout de vareuse rouge, un volant de jupon, ce qui flotte et surnage d'un naufrage en Seine. Arrivait le réveil, à l'heure où, dans le ciel pâlissant, le blanc doré et lointain des maisons de Paris faisait monter une lumière d'éclairage. Et puis c'était le dîner, les grands dîners du canot, les barbillons au beurre et les matelotes dans les chambres de pêcheurs et les salles de bal abandonnées, les faims dévorant les pains de huit livres, les soifs des cinq heures de *nage* [1], les desserts débordant de bruit, de tendresses, de cris, des fraternités, des expansions, des chansons et des bonheurs du mauvais vin...

XXVII

— Hé ! là-bas, mon petit ange, toi... — dit un soir, à un de ces dîners, Anatole à une femme, — tu vas bien sur la matelote. Un peu de discrétion, mon enfant... Je te ferai observer que nous sommes encore trois à servir, et qu'il doit venir un quatrième... Hé ! Malambic ?... tu l'as connu, toi, Chassagnol ?

— Parbleu ! Chassagnol... Tu connais ses histoires, dis donc ?

— Du tout. Je l'ai rencontré hier. Il y avait bien trois ans que je ne l'avais vu, on aurait dit qu'il m'avait quitté la veille. Il me demande : Qu'est-ce que tu fais demain ? Je lui dis que nous dînons ici. J'irai vous retrouver ; et il file... Avec Chassagnol, on ne sait jamais... Il ne se lâche pas sur ses affaires de famille, celui-là...

— Eh bien ! il lui en est arrivé, figure-toi ! D'abord un héritage de trente mille francs qui lui est tombé.

— Vrai ? Tiens, il n'avait pas une tête à ça, — fit Anatole, et se tournant vers une voisine : — Julie, vous allez avoir à côté de vous un monsieur qui a trente mille francs... ne le tutoyez pas la première...

— Mais il ne les a plus... Voilà l'histoire, — reprit Malambic. — Il palpe l'argent d'un oncle, un curé, je ne sais plus... Il le met dans sa malle, ce n'est pas une blague, et il part voir du Rembrandt dans le pays, du vrai, du pur, du Rembrandt conservé sur place, du Rembrandt dans des cadres noirs. Il fait la Hollande, il fait l'Allemagne. Il flâne des mois dans des villes à tableaux... Il se paye des rafles de bric-à-brac chez les juifs. Des musées d'Allemagne, il tombe sur les musées d'Italie et là, une flâne, tu penses !... dans les ghettos, les tableaux, la rococoterie, des enthousiasmes ! des enthousiasmes de six heures devant une toile ! Avec ça, tu sais qu'il a l'habitude d'aider ses admirations en se donnant une petite touche d'opium ; il prétend qu'il est comme les gens qui vont entendre des opéras après avoir pris du hachisch : eux, c'est les oreilles ; lui, c'est les yeux qu'il faut qu'il se grise... La fin de tout cela, c'est qu'après s'être flanqué une bosse d'objets d'art, tout battu, les palais, les collections, les chefs-d'œuvre, les villes, les villages, tous les trous de l'Italie, éreinté, rafalé, à sec d'argent, vendant pour vivre, sur la route, ce qu'il traînait après lui, il est allé tomber dans la maison de Rouvillain, Rouvillain de chez nous, tu te rappelles ? qui était là-bas pour une copie du Giotto que sa ville lui avait commandée. C'est lui, Rouvillain, qui m'a raconté ça... Mais c'est la fin qui est superbe, tu vas voir... Voilà donc Chassagnol à Padoue[1]. Un jour, lui, l'homme des musées, qui avait des œillères dans la rue, qui n'aurait pas pu dire si les femmes portaient des chapeaux de paille ou des bonnets de coton... enfin Chassagnol, en traversant le marché, voit une jeune fille qui vendait des volailles, mais une jeune fille... tu ne connais pas ça, toi... la beauté du nord de l'Italie, mignonne, maladive... une vierge de primitif, enfin merveilleuse ! J'ai vu l'esquisse que Rouvillain en a faite, comme cela, avec ces volailles, cet éventaire de crêtes rouges... ça a un caractère ! Chassagnol ne fait ni une ni deux : il offre sa main. La vendeuse de poulets, qui était l'*innamorata*[2] d'un très beau garçon beaucoup mieux que Chassagnol le refuse net. Alors, devine ce que fait Chassagnol ! Il y avait dans la maison une sœur très laide, une vraie caricature de la beauté de l'autre... De désespoir, mon cher, et pour se rattraper à la ressemblance, il l'épouse[3] ! il l'a épousée ! Et, là-dessus, il est revenu sans un sou, avec une paysanne et des chambranles de cheminée en marbre provenant de la démolition d'un palais de Gênes, marié, pas changé, et... par-

Et tout le monde à l'accompagnement!... Le monsieur qui parle, là-bas... de la musique! Voyons! un peu de couteau sur votre verre!

Quand la ronde fut finie : — Tiens! les voilà qui vont être embêtants, à parler de leurs machines, — fit une femme qui se leva, et entraîna les autres femmes au-dehors, à l'air, au crépuscule, sur le chemin barré de bancs, devant le cabaret.

Chassagnol était resté penché sur Anatole avec une phrase commencée, arrêtée sur les lèvres. Il reprit, dans le silence fait par la fuite des femmes et le recueillement des hommes fumant leurs pipes :

— Ah! les primitifs!... Cimabue! Des tableaux comme des prières... La peinture avant la science, avant tout, avant l'art! Ricco de Candie... Les Byzantins... les mains de Vierge comme des eustaches... l'Ingénu barbare...

Il s'arrêta, et revenant à son habitude de parler en manches de chemise, il ôta son habit, et s'asseyant sur la table, ne s'adressant plus trop à Anatole, mais parlant à tous ceux qui étaient là, à un vague public, aux murs, aux têtes coloriées de tirs à macarons accrochés de travers sur la chaux vive de la pièce, il continua : — Oui, la mosaïque byzantine, la cathèdre, la Mère de Dieu en impératrice, le petit Jésus porphyrophore... adorable! Des ciels d'or, des nimbes... *Ave gratia!* une parole d'or qui s'envole d'un tableau de Memmi... des anges d'orfèvrerie, de reliquaire, les ailes arrosées de rubis, Memmi! des rêves... des rêves qu'on dirait faits sous le grand rosier de Damas du couvent florentin de Saint-Marc[1]... Et Gaddi! magnifique... des casques de rois à barbe pointue, où des oiseaux battent des ailes... Gaddi! la terreur du décor de la Bible, l'Orient de la Bible... un dessinateur de Babylone... des femmes aux mentonnières de gaze près de grands fleuves verts, des paysages comme celui du premier meurtre, des firmaments où il y a le sang d'Abel sous le sang du Christ!... Et Gentile de Fabriano! La chevalerie... des lances, des chameaux, des singes, tout le Moyen Âge de Delacroix[1]... Fiesole, la *transfiguration* prêchée par Savonarole, l'ange de la peinture à l'œuf... le miniaturiste du paradis... Des saintes comme des hosties[2]... des hosties, des pains à cacheter célestes, hein, c'est ça?... Botticelli... il vous prend comme Alfred[3] Dürer, celui-là... des plis cassés d'un style! des chairs souffrantes... des lumières boréales... Et Lippi[4], l'amoureux des blondes... Masaccio... un grand bonhomme! le trait d'union entre Giotto et Raphaël... C'est la Foi qui va à l'Académie... l'Art s'incarnant dans l'humanité... *Et homo factus est*... voilà, hein?... Et ses fonds! des rangées de crânes[5] de sénats marchands... des profils vulturins penchés sur la délibération des intérêts... Et une variété dans tous ces gens-là! Il y a les virgiliens... Cosimo Roselli... Des tableaux qui vous font chanter : *En nova progenies*[6] *!*... Baldovinetti... la Fête-Dieu dans une toile... Et puis, des embryons de Michel-Ange, Pollaiolo qui vous casse les reins d'Antée[7] dans le cadre d'une carte de visite... toute la gestation de la Renaissance, ces hommes-là!... Et Ghirlandaio! le saint Jean-Baptiste, le Précurseur... Il renoue les deux Romes, il mène Dieu au Panthéon, il met des frises d'amour dans le gynécée de la Nativité... Il pose le toit de la crèche sur les colonnes d'un temple, il berce le petit Jésus dans le sarcophage d'un augure[8]... Ghirlandaio... positivement, n'est-ce pas, hein?

À ce « hein? » de Chassagnol, la porte s'ouvrit violemment. On entendit les femmes crier : « En barque! en barque! » Et presque aussitôt une irruption folle, prenant les hommes par les bras, les soulevant de leurs tabourets, les traîna, avec Chassagnol, jusqu'au canot.

— La Grande! au gouvernail! — commanda Anatole à une femme; et il passa un aviron à Chassagnol pour qu'il ne parlât plus.

Et le canot partit, fou et bruyant de la gaieté du café et des glorias, dans le tralala d'un refrain déchirant un couplet populaire.

Il était neuf heures, le soir tombait. Le ciel, pâlissant d'un côté, s'éclairait de l'autre du rose du soleil couché. Il ne semblait plus passer que des voix sur les rives ; et sous les arbres du bord murmuraient des causeries basses de gens, de l'amour qu'on ne voyait pas. Tout s'estompait et grandissait dans l'inconnu et le doute de l'ombre. Les gros bateaux amarrés prenaient des profils bizarres, menaçants ; de grands noirs d'huile s'étendaient sur l'eau dormante ; les peupliers se massaient avec l'épaisse densité de cyprès, et soudain à la cime de l'un, la lune apparut, ronde, pareille à une lanterne jaune accrochée tout en haut d'un arbre. Lentement le repos de la nuit descendit en s'épandant sur le sommeil du paysage où les sonorités s'éteignaient. L'haleine des industries haletantes se tut aux fabriques. Le bruit du passant expira sur le chemin de halage. Rien ne s'entendit plus qu'un frissonnement de courant, un tintement, l'heure qui tombe d'un clocher de banlieue, l'agaçante crécelle d'une grenouille, le roulement lointain de tonnerre d'un train de chemin de fer sur un pont. La lune montait, marchait avec le canot, comme si elle le suivait, jouait à cache-cache derrière les arbres, surgissant à leur bord et découpant leurs feuilles, puis passant derrière leur masse, et brillant à travers en perçant leur noir de piqûres d'or. En allant, elle éclaboussait de gouttes d'éclairs et d'argent un jonc, le fer de lance d'une plante d'eau, un petit bras de la rivière, une petite anse merveilleuse, une racine, un tronc mort ; et souvent les rames, en entrant dans l'eau, frappaient dans sa lumière tombée et coupaient sa face en deux. Le ciel était toujours bleu, du bleu d'une robe de bal voilée de dentelle noire ; les étoiles de l'été y faisaient comme un fourmillement de fleurs de feu. La terre et sa rumeur finissante mouraient dans le dernier écho de la retraite de Courbevoie. Le canot glissait, balancé, bercé par le clapotement continu de l'eau et par l'égouttement scandé de chaque coup d'aviron, comme par une mélancolique musique de plainte où tomberaient des larmes une à une. Une fraîcheur se levait dans le soir comme un souffle venant d'un autre monde et caressait les visages chauffés de soleil sous la peau. Des branches pendantes et balayantes de saules mettaient parfois contre les joues des chatouillements de chevelure...

Peu à peu l'obscurité, la vide et muette grandeur dans laquelle les canotiers glissaient, la douceur solennelle de l'heure, la majesté de sommeil de ce beau silence, glaçaient sur les lèvres la chanson, le rire, la parole. La Nuit, au fond de cette barque de Bohème, embrassait au front et dégrisait l'ivresse du vin bleu. Les yeux, involontairement, se levaient vers cette attirante sérénité d'en haut, regardaient au ciel... Et la bêtise même des femmes rêvait.

XXVIII

L'hiver arrivé, les commandes, les portraits manquant, Anatole fut obligé de descendre aux bas métiers qui nourrissent l'homme d'un pain qui fait d'abord rougir l'artiste, et finissent par tuer chez tant de peintres, sous le labeur ouvrier, le premier orgueil et la haute aspiration de leur carrière. Il accepta, chercha, ramassa les affaires d'industrie, les travaux de rebut et d'avilissement : les panneaux, dont on déjeune, les paysages de Suisse qui donnent l'argent d'une paire de souliers. Il fit, dans cette misérable partie, tout ce qui concernait son état : des portraits de morts, d'après des photographies; des dessins décolletés, pour la Russie; des dessus de cartons de modes pour Rio de Janeiro. Il accrocha des entreprises de Chemins-de-Croix au rabais, qu'il peignait à la diable, aidé de deux ou trois camarades de l'atelier, avec le procédé des tableaux de nature morte exposés sur le boulevard : chacun était chargé d'une couleur, préposé au rouge, au bleu ou au vert. La Passion marchait d'un train de poste, et l'on enlevait les *stations* pour la province au milieu de parodies effroyables et de charges du crucifiement qui mettaient dans la bouche de l'agonie du Sauveur la pratique de Polichinelle!

Pourtant, malgré tout, souvent la pièce de cent sous manquait. Mais il finissait toujours par venir un hasard, une chance, quelque occasion; et, dans les moments les plus désespérés, un petit manteau-bleu[1] apparaissait dans l'atelier, un homme providentiel, singulièrement informé des *noces* et des *dèches* d'artistes, surgissant le matin devant le lit où ils dormaient encore, et pour le moins d'argent possible, leur achetant deux ou trois esquisses qu'il marquait par-derrière d'une pointe à son nom. L'homme *à la fabrique*, c'est ainsi qu'on l'appelait, était un petit homme, habillé de couleurs sobres, portant des guêtres blanches, les souliers vernis d'un faiseur d'affaires qui a toujours une voiture pour ses courses. Il avait du militaire en bourgeois, un ton net, un air coupant, le teint bilieux, les yeux bridés, le nez d'un garçon de place napolitain, une bouche sans dessin dans une barbe noire. Il faisait son principal commerce de l'exportation des tableaux pour les pays du nouveau monde qui boivent du champagne confectionné à Montmorency. Ses plus gros prix étaient soixante francs; mais il ne les donnait qu'aux talents qui lui étaient sympathiques et aux peintres de style; et de soixante francs il descendait à quatre francs juste pour les petites compositions. Pour peu qu'il crût à l'avenir d'un artiste, il lui faisait faire toutes sortes de choses ; il apportait des esquisses pour qu'on les lui finît, qu'on y mît du piquant, qu'on les amenât au joli : il payait cela cinq francs. Il faisait peindre des gravures d'Overbeck[1] sur des toiles de six. Il venait encore souvent avec des panneaux sur lesquels étaient lithographiés des sujets de bergerie, des Boucher de paravent, qu'on n'avait plus que la peine de couvrir. Il traitait vite, ne riait jamais, avait des opinions, s'asseyait devant une copie, critiquait, disait des mots d'art : « C'est creux... ça fait lanterne... », demandait plus de plis aux robes de vierges, des lumières dans les yeux, du modelé partout, un tas de petites touches « tic, comme ça » au bout des doigts et de la conscience, et de l'outremer dans les ciels.

Bref, il demandait tant de choses pour si peu d'argent, qu'Anatole, à la fin, préféra travailler pour M. Bernardin.

XXIX

M. Bernardin, un embaumeur, le rival de Gannal[2], se trouvait occupé à faire des préparations anatomiques pour le musée Orfila[3]. C'était un préparateur d'un grand mérite, auquel n'avait guère manqué jusque-là, pour devenir célèbre, que la chance d'embaumer des hommes connus. Il était parvenu à conserver le poids et le volume de la nature à ses préparations ; seulement il ne pouvait les empêcher de prendre, avec le temps, une couleur de momification qui détruisait toute illusion. Il proposa à Anatole de les peindre d'après les modèles qu'il lui fournirait. Et ce fut alors qu'Anatole alla tous les jours à une belle et grande maison dans la rue du

Faubourg-du-Temple. Il montait au cinquième, à une petite chambre de domestique, trouvait là le membre préparé, et, à côté, le membre, écorché frais par Bernardin, et qui devait lui servir de modèle pour les tons.

Quelquefois, en travaillant, il hasardait un regard dans la cour; et il n'était pas trop rassuré en voyant toutes les têtes des locataires et l'horreur de tous les étages tournées vers sa mansarde.

Un jour, s'étant mis un peu de sang aux doigts en changeant de place son modèle, il voulut se laver dans une grande terrine, dont il n'avait pas vu dans l'ombre la teinte sanguinolente. Comme il retirait ses mains, il lui vint aux doigts quelque chose comme une peau qui ne finissait pas.

— Ah! celle-là, c'est d'une jeune fille... — dit négligemment M. Bernardin, en train de préparer de l'ouvrage pour le lendemain. — Oui, c'est le moment... après le carnaval... le passage des femmes dans les hôpitaux...

Il prit un tel frisson à Anatole, qu'il ne revint plus. Cela étonna M. Bernardin qui le payait bien.

À quelques semaines de là, il n'était bruit à Paris que d'un meurtre mystérieux, d'une femme coupée en morceaux, dont on avait trouvé la tête dans la fontaine du quai aux Fleurs. On frappa chez Anatole : c'était M. Bernardin. Il avait été chargé d'embaumer cette femme, que la police voulait faire exposer et reconnaître. Mais comme elle avait séjourné sous l'eau et qu'elle avait des taches, M. Bernardin, qui voulait faire un chef-d'œuvre, frapper un coup de maître, avait pensé à faire *raccorder* la malheureuse; il venait demander à Anatole de passer des glacis dessus.

— Mon cher, c'est mon avenir, — dit-il à Anatole. Et il lui offrit un gros prix.

Anatole, que la Morgue avait toujours attiré, et qui était naturellement curieux des grands crimes, se laissa décider. Et une demi-heure après, derrière le rideau tiré de la salle, il travaillait à couvrir, en couleur chair, les taches de la morte, à laquelle le coiffeur de la rue de la Barillerie, plus blanc qu'un linge, faisait la raie, tandis que M. Bernardin, retirant l'un après l'autre de la tête ses yeux en émail, essuyait dessus, soigneusement, la buée avec son foulard !

XXX

Au bout de tous ces travaux de raccroc tombait dans l'atelier la misère que l'artiste appelle de son petit nom la *panne*.

L'hiver revint cette année-là au commencement du printemps. Tous les fournisseurs du quartier étaient usés, « brûlés ». Anatole condamna au feu un vieux fauteuil qui boitait. Du fauteuil, il passa aux tiroirs du chiffonnier, et arriva à ne laisser de ses meubles que les deux côtés qui ne touchaient pas au mur. Les amis avaient fui devant le froid et l'absence de tabac. Alexandre était parti pour Lille, où l'appelait un engagement. Et il ne restait plus à Anatole qu'un camarade, qui avait pris dans son existence la place d'Alexandre.

Il est en Russie un plat national et religieux, l'*Agneau de beurre*, un agneau à la toison faite avec du beurre pressé dans un torchon, aux yeux piqués de petits points de truffe, à la bouche portant un rameau vert. Les Russes attachent une grande importance à la confection artistique de cet agneau qu'on sert dans la nuit de Pâques. Un cuisinier français, maître de cuisine chez le prince Pojarski, pendant un séjour du prince à Paris, s'était mis à étudier chez un sculpteur d'animaux pour se faire un talent de modeleur de pareilles pièces en beurre et en suif. Au milieu de ses études, saisi par l'amour de l'art, il avait donné sa démission de cuisinier pour se faire artiste. Et ses économies mangées, par ce hasard des rencontres qui accroche les malheureux, par cet instinct du ménage à deux qui associe presque toujours par paires les pauvres diables pour faire front aux duretés de la vie, il était devenu le compagnon de lit d'Anatole.

La panne continuait pendant l'été et l'automne. Tout manquait, jusqu'à l'homme à la fabrique. Bardoulat — c'était le nom du camarade d'Anatole — commençait à donner des signes de démoralisation.

— C'est drôle ! décidément, c'est drôle ! — répétait-il — nous voilà à ramasser des bouts de cigarettes pour fumer, à présent. Ah ! c'est drôle, l'art ! très drôle ! maintenant, quand je sors dehors, je marche au milieu de la rue : tu comprends, si j'avais le malheur de casser un carreau !... Oh ! très drôle, tout ça ! très drôle, très drôle !

— Mon cher — lui disait Anatole pour le remonter — tu cultives un genre qui a eu du succès à Jérusalem, mais qui est mort avec Jérémie... Que diable ! nous n'en sommes pas encore à la misère de Ducharmel... Ducharmel, tu sais bien ? auquel on a fait, depuis qu'il est mort, un si beau tombeau par souscription... Lui, la Providence l'avait affligé d'un enfant... Sais-tu ce qu'un jour, que son moutard avait faim, il a trouvé à lui donner à manger ?... Une boîte de pains à cacheter blancs !

XXXI

Le soir, ils s'en allaient tous les deux à la barrière, au *Désespoir*, chez Tisserand le Danseur, où l'on dînait pour neuf sous. Et l'estomac à demi rempli, sans un liard pour une consommation, regardant à travers les rideaux les gens assis dans les cafés, ils s'en revenaient tristement.

Alors commençait la veillée, la causerie, et presque toujours l'ironie d'une conversation succulente. Curieux de tout ce qui avait un caractère étranger, enclin d'ailleurs à cette gourmandise d'imagination qui lui faisait demander sur les cartes des restaurants les mets inconnus et de noms chatouillants[1], Anatole mettait l'ancien chef du prince Pojarski sur son passé ; et le cuisinier, s'animant au souvenir du feu de ses fourneaux, et comme repris par sa première profession, lui parlait cuisine, et cuisine russe. Les yeux brillants, il énumérait les cailles des gouvernements de Toul et de Koursk, les gelinottes de Wologda, Arkhangel, Kazan ; les coqs de bruyère, les bécasses de bois, les sangliers des gouvernements de Grodno et de Minsk ; les jambons, les pattes d'ours, tout le gibier conservé gelé toute l'année dans les glacières de Pétersbourg. Il dissertait sur la délicatesse des poissons vivant dans ces fleuves de glace : les sterlets du Volga, l'esturgeon du lac Ladoga, les saumons de la Neva, les lavarets, le soudac, dont le meilleur apprêt est celui dit du *Cabaret rouge* ; et les truites de Gatschina, les *carassins* des environs de Saint-Pétersbourg, les éperlans de Ladoga, les goujons perchés, les goujons délicieux de Moscou, les riapouschka, les chabots de Pskoff, dont on se sert dans le carême pour le *stschi* maigre, et dans la semaine du carnaval pour les *blinis*. Et de l'énumération, Bardoulat passait impitoyablement aux détails de son ancien art, avec des termes techniques, des explications, des gestes qui semblaient remuer les choses dans la casserole, des mots qui sentaient bon et qui fumaient. C'était le potage Rossolnick, le potage aux concombres liés, au moment de servir, avec de la crème double et des jaunes d'œuf, dans lequel on met les membres de deux jeunes poulets cuits dans le velouté du potage.

— Le velouté du potage ! — répétait Anatole, comme pour se faire passer sur la langue la friandise de l'expression.

Mais Bardoulat ne l'écoutait pas : il était lancé dans l'extravagance des soupes : le potage de sterlet aux foies de lotte, mouillé de vin de Champagne, les bortsch, les stschi à la paresseuse, le bouillon de gribouis, fait de ces exquis champignons qui ne viennent que sous les sapins, les potages au gruau de sarrazin, au cochon de lait, aux morilles, aux orties, et les potages à la purée de fraises, pour les grandes chaleurs...

Anatole écoutait tout cela, aspirant l'exquisité des plats que l'autre évoquait toujours, les petits pâtés de vesiga, les coulibiac de feuilletage aux choux, les varenikis lituaniens, les vatrouschkis au fromage blanc, les sausselis farcis des pellmènes sibériens, les ciernikis et nalesnikis polonais : il lui semblait être au soupirail d'une cuisine où Carême[1] travaillerait pour Attila, et il lui entrait des rêves dans l'estomac.

— Mais vois-tu ce qu'il faut manger, — lui dit une fois l'ancien chef, — au premier argent que nous aurons, j'en fais un, tu verras ! Un faisan à la Géorgienne !... C'est qu'il faut du raisin.

— Oh ! — dit négligemment Anatole, — j'en ai vu chez Chevet... vingt francs la boîte, mon Dieu...

— Écoute ! — fit le chef, et se mettant à parler comme un livre de cuisine, — tu vides, tu flambes, tu trousses ton faisan... tu le bardes, tu le mets dans une casserole... ovale, la casserole... tu enlèves avec précaution les pellicules d'une trentaine de noix fraîches, et tu les mets dans la casserole.

— Bon !

— Tu écrases dans un tamis deux livres de raisin et la chair de quatre oranges... tu verses cela sur ton faisan, tu ajoutes un verre de Malvoisie, autant d'infusion de thé vert... Tout cela sur le feu, une heure avant de servir, et lorsque c'est cuit... tu as ajouté, bien entendu, gros comme un œuf de beurre fin... Tu passes les trois quarts de la cuisson à la serviette pour la réduire avec une bonne espagnole... Tu sers... Et ce que c'est bon! Ah! mon ami!

— Assez! — dit d'un ton impératif Anatole.

— Oui, assez, — dit mélancoliquement l'ancien chef de cuisine du prince Pojarski.

Tous deux commençaient à trop souffrir de ce supplice abominablement irritant, torture de tentation pareille à celle qu'auraient des naufragés si, dans le ciel au-dessus d'eux, le *Parfait Cuisinier* s'ouvrait avec des recettes écrites en lettres de feu.

XXXII

Par une journée de froid noir, en décembre, où ils étaient restés au lit, couchés avec leurs vareuses, à jouer au piquet, il leur prit l'idée d'aller se chauffer gratis dans un endroit public.

Ils étaient sur le boulevard, ne sachant trop où ils entreraient, hésitant entre le Louvre et un bureau d'omnibus, lorsque Anatole dit :

— Tiens! si nous allions aux commissaires-priseurs? Il y a longtemps que j'ai envie d'acheter un mobilier en bois de rose...

Bardoulat ne fit pas d'objection. Ils arrivèrent au long corridor de la rue des Jeûneurs, entrèrent dans une première salle et s'assirent sur deux chaises, les pieds posés sur la bouche d'un calorifère, le corps ramassé dans la chaleur qu'il faisait. Au bout de quelques instants seulement ils regardèrent.

— Ah! — fit Anatole, — une esquisse de Lestonat...

Tiens!... une autre... C'est encore de lui, ça... Et ça aussi... Une crânement bonne chose, cette esquisse-là... Langibout, je me rappelle, quand il la lui a montrée, était joliment content... Que c'est drôle, qu'il *lave*[1] tout ça!... Il est donc connu à présent, qu'il se paye une vente... Ah! voilà Grandvoinet... là-bas, dans le coin, ce grand... C'était son intime... Il va nous dire... Eh! Grandvoinet...

Grandvoinet arriva à Anatole.

— Tiens! c'est toi? Bonjour...

— Ça se vend-il?

Grandvoinet ne répondit que par un signe de tête triste.

— Ah ça! pourquoi vend-il?

— Pourquoi?... Tu n'as donc pas lu l'affiche?

— Non.

— Eh bien! il est mort... simplement...

— Mort! bah?... Comment, lui!... Sapristi! Lestonat... un garçon auquel, à l'atelier, le père Langibout et tout le monde croyaient tant d'avenir...

— Tiens! le voilà, à présent, son avenir!

Et Grandvoinet montra de l'œil à Anatole, au bas du bureau du commissaire-priseur, une pauvre maigre jeune femme, vêtue du deuil propre et pauvre de la misère, en chapeau, les épaules serrées dans un châle reteint. Elle était là, droite, ne bougeant pas, les mains dans le creux de sa jupe, avec une figure d'une pâleur jaune, et son chagrin à peine séché dans les yeux. À côté d'elle, et de fatigue se penchant par moments contre son bras, un enfant de deux ou trois ans, juché sur la chaise trop haute pour lui, laissait pendre ses deux jambes qu'il remuait, et dont les pieds, en se tortillant, se tournaient l'un sur l'autre; et puis il regardait vaguement, d'un air étonné et distrait, de l'air des enfants trop petits pour voir la mort, et qui sont amusés d'être en noir.

— De quoi est-il mort ? — demanda Anatole.

— De quoi ?... De la peinture, mon cher... de ce joli métier de galère là ! — fit Grandvoinet d'un ton d'amertume sourde. — Les bourgeois croient que c'est tout rose, notre vie, et qu'on ne crève pas à ce chien de travail là ! Tu la connais, toi : l'atelier, depuis le matin six heures jusqu'à midi ; à déjeuner, deux sous de pain et deux sous de pommes de terre frites ; après ça, le Louvre, où l'on peint toute la journée... Et puis, le soir, encore l'école, le modèle de six à huit heures, et ce qu'on fait en rentrant chez soi... Trouvez le temps de dîner seulement là-dedans ! Ah ! elle est jolie, l'hygiène, avec la gargote, les embêtements, les échignements pour les concours, les éreintements d'estomac, de tête, de piochade, de volonté et de tout... Va, il faut en avoir une santé et un coffre pour y résister !... Soixante-quinze francs ! Mais c'est son plafond pour la Tanucci, l'esquisse, qu'on vend... Quatre-vingts ! Est-ce fin de ton, hein ?... Quatre-vingt-cinq ! Je suis capable de ne rien avoir... Enfin, j'ai tout de même eu une bonne idée de mettre au clou[1] ma montre et ma chaîne... Si je n'avais pas poussé, ce gueux de Lapaque aurait tout eu pour rien... Quatre-vingt-quinze !... On n'a pas idée de ça : il n'y a que lui de marchand ici...

La vente se traînait péniblement avec l'horrible ennui d'une vacation qui ne va pas. Les enchères misérables languissaient. Rien n'avait amené le public à cette dernière exposition d'un peintre à peu près inconnu des amateurs, qui n'avait de talent que pour ses camarades, et dont les autres peintres achetaient les esquisses pour « se monter le coup ». D'ailleurs, la mode n'existait pas encore des ventes d'artistes ; et il pesait sur le marché de l'art les préoccupations politiques de la fin de cette année 1847.

Des gens qui étaient là, des vingt personnes espacées autour des tables, la moitié était venue, comme Anatole et son ami, pour se chauffer. À peine si trois ou quatre faisaient un petit mouvement d'avance, quand une toile passait devant eux; et, dans un coin, un homme au chapeau roux dormait tout haut. De temps en temps, un passant regardait, de la porte de la salle, les cadres, les panneaux, le chevalet Bonhomme, les cartons, le mannequin; et voyant si peu de monde, il n'avait pas le courage d'entrer. Le gros commissaire-priseur, renversé sur son fauteuil et se grattant le dessous du menton avec son marteau d'ivoire, se laissait aller à bâiller; le crieur ne donnait plus que la moitié de sa voix; et jusqu'au dos des lourds Auvergnats emportant les numéros adjugés, tout et tous semblaient mépriser cette peinture qui se vendait si mal, ce talent que la réclame de la mort n'avait pas fait monter.

Enfin, on arrivait à la fin de la vente.

La pauvre femme était toujours là, plus douloureuse, plus humiliée à chaque nouvelle adjudication, comme si, devant les morceaux de la vie de son mari vendus si bon marché, pleurait et saignait l'orgueil qu'elle avait placé sur son talent. Le commissaire-priseur se ranimait; et, paraissant sourire à l'idée de son dîner et de son plaisir du soir, il regardait en dessous cette douleur de jeune veuve avec de gros yeux sensuels de célibataire sceptique. Il criait, pressait les enchères, disait :

— Messieurs, il y a un cadre! — ou bien : — Une belle femme nue, messieurs!... Pas d'erreur?... Vu?... On y renonce? — Il jetait sur les toiles, à mesure qu'elles passaient, ces lourdes et cyniques plaisanteries de son métier, qui enterrent l'œuvre d'un mort dans une profanation de risée.

— Le misérable! — fit Grandvoinet indigné, — il *égaye* la vente!... Ah! si sa femme, avec les frais, a seulement de quoi payer les dettes!

Anatole et Bardoulat restèrent sous l'impression de cette triste scène. Dans la rue :

— Merci ! — dit Bardoulat, — ayez donc du talent !

Le soir après dîner, comme Anatole croyait que Bardoulat, sa vareuse ôtée, allait se coucher, il le vit prendre la redingote commune.

— Tu prends notre redingote ? — lui dit-il.

— Oui, je sors un moment...

— À cette heure-ci ?... Coquin !

Dans la nuit, tout en dormant, il sembla à Anatole que le thermomètre baissait : le lendemain, il fut étonné de se trouver seul dans son lit. La journée se passa sans nouvelles de Bardoulat. Le soir, il ne revint pas. Le matin qui suivit, Anatole inquiet commençait à se demander s'il ne ferait pas bien d'aller voir à la Morgue, quand il reçut un petit billet de Bardoulat. Bardoulat s'avouait dégoûté de l'art, et il demandait pardon à Anatole de l'avoir quitté si brusquement, mais il n'osait plus le revoir ; il n'en était plus digne : il s'était replacé comme cuisinier chez un Russe qui le faisait partir en courrier pour la Russie.

— Cet animal-là ! — fit Anatole, — il aurait bien dû mettre la redingote dans sa lettre, d'autant plus qu'il est parti avec les derniers quarante sous de la maison !... Enfin, tant mieux qu'il soit parti : avec ses histoires de cuisine, c'était le *supplice de Cancale*[1] *!...*

XXXIII

Cependant arrivait cette année dure à l'art : 1848, la Révolution, la crise de l'argent.

Anatole n'en souffrait pas trop d'abord. Il trouvait à s'employer dans une série de portraits des députés de la Constituante. Mais après cela, des semaines, des mois se passaient sans qu'il trouvât autre chose à faire que l'en-tête d'une romance légitimiste : *Où est-il ?* qu'il exécuta en faisant violence à ses opinions républicaines. Puis, la gêne des temps croissant, il arriva à se laisser embaucher par un individu qui avait eu l'idée de placer en province des livres invendables, des *rossignols* de librairie, avec la prime d'une pendule ou d'un portrait au choix. Chaque portrait, y compris les mains, devait être payé 20 francs à Anatole, et l'on commençait la tournée par Poissy. Anatole et son meneur se glissaient dans les maisons, furtivement, sans rien dire du pourquoi de leur visite, qui les eût fait jeter à la porte; et tout à coup, Anatole ouvrant une boîte qui contenait son portrait, se mettait à côté dans la pose, tandis que son compagnon, levant un mouchoir démasquait la pendule de la prime. Cette pantomime n'eut aucun succès auprès des bouchers de l'endroit. Elle ne réussit guère mieux dans les autres villes du département. Et, peu de jours avant les journées de Juin, Anatole retomba sur le pavé de Paris, aussi pauvre qu'avant de partir. Les journées de Juin lui donnaient l'idée de faire d'imagination un faux croquis d'après nature de l'épisode de la barrière de Fontainebleau : l'assassinat du général Bréa[1]. Un journal illustré lui payait assez bien ce dessin d'actualité. Anatole en tirait une seconde mouture en lithographiant un portrait du général, dont il vendait pour une trentaine de francs.

Mais c'était son dernier gain, toute affaire s'arrêtait. Il eut beau chercher, courir, solliciter : un moment, il n'y eut plus que la faim à l'horizon désespéré de son lendemain.

Il regarda autour de lui. Ses effets, sa chambre elle-même avait presque toute déménagé au Mont-de-Piété. Il fouilla machinalement la poche de son gilet : le poisson d'or de Coriolis; qui lui avait si souvent avancé un peu d'argent, était parti pour la dernière fois, et n'était pas revenu. Il chercha dans la pauvreté de ses nippes et le vide de ses meubles : rien, il ne restait plus rien dont le *clou* eût voulu.

Alors il eut une idée : ses matelas avaient encore le luxe de leurs toiles ; il se mit à les découdre, trouva dessous la laine assez tassée en galette pour y pouvoir coucher, et courant les engager au premier bureau de commissionnaire, il en tira quelques sous. Et il se mit à manger un pain de seigle pour son déjeuner, un autre pour son dîner. En se rationnant ainsi, il calculait qu'il avait de quoi vivre une huitaine de jours. Et il dormit sans mauvais rêve sur la laine de ses matelas.

Il ne trouvait pas qu'il était temps de s'inquiéter. C'était simplement une situation tendue, une faillite momentanée de chance. Puis, il y avait, dans ce qui lui arrivait, une sorte de caractère, un côté pittoresque, comme une nouveauté d'aventure, qui amusait son imagination. Cette misère absolue lui paraissait une extrémité extravagante, presque drôle. D'ailleurs, il avait toujours adoré le pain de seigle : quand il en achetait un au Jardin des plantes pour le donner aux animaux, il le mangeait.

Aussi n'eut-il point de tristesse. Le second jour, il fut tout heureux d'avoir failli dîner avec un camarade enlevé par « une ancienne » après l'absinthe, et presque sur le pas de la gargote où ils allaient entrer. Les lendemains se succédèrent pareils, nourris des mêmes deux pains de seigle, également déçus par des rencontres d'amis qui le menaient jusqu'au bord d'un dîner. Anatole supporta cet allongement de déveine et cette conjuration de contretemps sans se laisser abattre. Il se roidissait dans sa philosophie, se disait que rien n'est éternel, trouvait en lui de quoi se plaisanter lui-même, et n'avait pas même la pensée d'injurier le ciel ou d'en vouloir aux hommes. Il espérait toujours avec une confiance vague, avec un ressouvenir instinctif du système des compensations d'Azaïs[1] qu'il avait autrefois feuilleté à un étalage sur le quai. Deux ou trois fois il trouva en rentrant, sur sa porte, écrit avec le morceau de craie posé à côté dans une petite poche de cuir, le nom d'amis aisés venus pour le voir : il n'alla point chez eux, par une pudeur de timidité, et aussi de belle dignité, qui l'avait toujours empêché d'emprunter.

Comme à la longue il se sentait une espèce d'ennui dans les entrailles, il songea à aller chez sa mère, avec laquelle il était complètement brouillé, et qu'il ne voyait plus que le premier jour de l'an. Mais pensant au sermon que lui coûterait là une pièce de cent sous, il prit le parti de patienter encore. Il attrapa ainsi la fin de ses pains de seigle; mais, à la dernière digestion, des crampes si atroces le prirent qu'il fut forcé de se coucher.

La nuit commençait à tomber; et avec la nuit, la douleur ne s'apaisant pas, ses réflexions s'assombrissaient un peu, quand la clef tourna dans la porte. Il entendit un frou-frou de soie et de femme : c'était une vieille connaissance de ses parties de canot, qui venait lui demander dix sous pour aller manger une portion à un bouillon. Mais quand elle eut vu l'atelier, elle s'arrêta comme honteuse de demander à plus pauvre qu'elle, le regarda, le vit jaune d'une jaunisse, lui dit de se faire de la limonade, et s'en alla.

Anatole resta seul, souffrant toujours, et laissant aller ses idées à des lâchetés, à des tentations de s'adresser à sa mère.

Sur les dix heures, la femme d'avant le dîner rentra, ôta ses gants, fouilla dans ses poches, et en retira ce qu'elle avait rapporté du restaurant où quelqu'un l'avait emmenée : le citron des huîtres et le sucre du café. La limonade faite, elle voulut la faire chauffer, demanda où était le bois : Anatole se mit à rire. Elle réfléchit un instant, puis tout à coup sortit, et reparut l'air triomphant avec tous les paillassons de la maison qu'elle était allée ramasser sur les paliers. Elle alluma cela, mit la limonade sur le feu, en apporta un verre à Anatole, lui dit : — *Il* m'attend en bas, — et se sauva.

Le lendemain, la crise qui jette la bile dans le sang était passée. Anatole se sentait soulagé, et il se laissait aller à la somnolence de bien-être qui suit les grandes souffrances, quand Chassagnol entra chez lui.

— Tiens ! tu es malade ?

— Oui, j'ai la jaunisse.

— Ah ! la jaunisse, — reprit Chassagnol en répétant machinalement le mot d'Anatole, sans paraître y attacher la moindre idée d'importance ou d'intérêt.

C'était assez son habitude d'être ainsi indifférent et sourd au-dedans à ce que ses amis lui apprenaient d'eux, de leurs ennuis, de leurs affaires, de leurs maux. Généralement, il paraissait ne pas écouter, être loin de ce qu'on lui disait, et pressé de changer de sujet, non qu'il eût mauvais cœur, mais il était de ces individus qui ont tous leurs sentiments dans la tête. L'ami, dans ce grand affolé d'art, était toujours parti, envolé, perdu dans les espaces et les rêves de l'esthétique, planant dans des tableaux. Cet homme se promenait dans la vie comme dans une rue grise qui mène à un musée, et où l'on rencontre des gens auxquels on donne, avant d'entrer, de distraites poignées de main. D'ailleurs la réalité des choses passait à côté de lui sans le pénétrer ni l'atteindre. Il n'y avait pas de misère au monde capable de le toucher autant qu'une *Famille malheureuse* bien peinte.

— La jaunisse, ce n'est rien, — reprit-il tranquillement. — Seulement, il ne faut pas te faire d'embêtement... Je voulais toujours venir te voir... mais j'ai été pris tous ces temps-ci par Gillain qui est devenu *salonnier*[1] dans un journal sérieux... Et comme il ne sait pas un mot de peinture... Si on publiait dans le *Charivari*[2] un Albert Dürer, sans prévenir, il croirait que c'est de

Daumier... Enfin, il fait un salon, le voilà maintenant critique artistique... C'est absolument comme un homme qui ne saurait pas lire qui se ferait critique littéraire... Alors il prend séance avec moi... Il me fait causer, il m'extirpe mes bonnes expressions, il me suce tout mon technique... C'est si drôle, un homme d'esprit! c'est si bête en art!... Enfin, je lui ai enfoncé un tas de mots : frottis, glacis, clair-obscur... Il commence à s'en servir pas trop mal... Il est capable de finir par les comprendre!... Eh bien, vrai, c'est amusant! Par exemple, je l'ai seriné à la sévérité, raide...... Ça sera une cascade d'éreintements... Je lui ai dit qu'il s'agissait de nettoyer le Temple, de tomber sur le dos aux fausses vocations, à ces milliers de tableaux qui ne disent rien et qui encombrent... Oh! la fausse peinture!... Du talent ou la mort! il n'y a que cela... Il faut décourager trois mille peintres par an... sans cela, dans dix ans, tout le monde sera peintre, et il n'y aura plus de peinture... Dans toute ville un peu propre, et qui tient à son hygiène, il devrait y avoir un barathre[1], où l'on jetterait toute les croûtes mal venues, pas viables, pour l'exemple!... Mais, nom d'un chien! l'art, ça doit être comme le saut périlleux : quand on le rate, c'est bien le moins qu'on se casse les reins!... On me dira : Ils mourront de faim... Ils ne meurent pas assez de faim! Comment! vous avez tous les encouragements, toutes les récompenses, tous les secours... j'en ai lu l'autre jour la statistique, c'est effrayant... les croix, les commandes, les copies, les portraits officiels, les achats de l'État, des ministères, du souverain quand il y en a un, des villes, des *Sociétés des amis des arts*[2]... plus d'un million au budget!... Et vous vous plaignez! Tenez! vous êtes des enfants gâtés... Ni tutelle, ni protection, ni encouragements, ni secours... voilà le vrai régime de l'art... On ne cultive pas plus les talents que les truffes... L'art n'est pas un bureau de bienfaisance... Pas de sensiblerie là-dessus : les meurt-de-faim en art, ça ne me touche pas... Tous ces gens qui font un tas de saloperies, de bêtises, de platitudes, et qui viennent dire au public : Il faut bien que je vive... Je suis comme d'Argenson, moi, je n'en vois pas la nécessité ! Pas de larmes pour les martyrs ridicules et les vaincus imbéciles ! Qu'est-ce qui resterait aux autres, alors ? Et puis, est-ce que l'art est chargé de vous faire manger ? Est-ce que vous avez pris ça pour un état ? Je vous demande un peu les secours qu'on donne à un épicier lorsqu'il a fait faillite !... Mourez de faim, sapristi ! c'est le seul bon exemple que vous ayez à donner... Ça servira au moins d'avertissement aux autres !... Comment ! vous ne vous êtes pas affirmé, vous êtes anonyme, vous le serez toujours !... Vous n'avez rien trouvé, rien inventé, rien créé... et parce que vous êtes un artiste, tout le monde s'intéressera à vous, et la société sera déshonorée si elle ne vous met, tous les matins, un pain de quatre livres chez votre concierge ! Non, c'est trop fort !...

Ces sévères paroles, cruelles sans le vouloir, sans le savoir, tombaient une à une comme des coups de poing sur la tête d'Anatole. Il lui semblait entendre le jugement de sa vie. Cette condamnation, que Chassagnol jetait en l'air sur d'autres vaguement, c'était la sienne. Pour la première fois, il se sentit l'amertume des misères méritées ; il vit le rien qu'il était dans l'art ; sa conscience lui montra tout à coup, pendant un instant, son parasitisme sur la terre.

— Si tu me laissais un peu dormir, hein ? — fit-il en coupant brusquement la tirade de Chassagnol.

— Ah ! — fit Chassagnol qui prit son chapeau, en poursuivant son idée et en monologuant avec lui-même.

À quelques jours de là, Anatole était sur pied. Il devait la vie à sa jeunesse et à une vieille bonne de la maison, sa voisine sur le carré, brave femme, adorant les deux petits enfants de maître qu'elle élevait, et dont Anatole avait pris les têtes pour les mettre dans des tableaux de sainteté. La brave femme avait cru voir ses deux petits chéris dans le ciel ; et elle fut trop heureuse d'apporter au malade ses soins et le bouillon qui lui rendirent les forces.

Comme il était convalescent, une rentrée inespérée, le paiement d'un transparent qu'il avait fait pour un bal Willis des environs de Paris, quatre-vingts francs arriérés le sortaient de la faim.

XXXIV

Un matin, Anatole fut fort étonné de voir entrer la petite bonne de sa mère lui apportant une lettre. Sa mère le priait de venir passer la soirée chez elle avec un de ses oncles, un frère de son père, qu'il n'avait jamais vu, et qui désirait le connaître.

Le soir, Anatole trouva chez sa mère un baba, du thé, les deux lampes Carcel[1] allumées, et un monsieur à collier de barbe noire qui l'invita à déjeuner avec lui le lendemain.

Le lendemain, sur les deux heures, dans un cabinet du Petit-Véfour, au Palais-Royal, les deux coudes sur une table où trois bouteilles de Pomard étaient vides, l'oncle, le gilet déboutonné, contait, avec l'expansion du Bourgogne, ses affaires à son neveu, la part qu'il avait à Marseille dans une fabrique de produits chimiques pour la savonnerie, ses déplacements pour la commission, le charmant voyage fait par lui, l'année précédente, en Espagne, moitié pour sa maison, moitié pour son plaisir. Et disant cela, il laissait tomber sur ses souvenirs, qu'il semblait revoir, de gros sourires scélérats.

Maintenant, il avait envie d'aller à Constantinople. Il aimait le mouvement, et cela lui ferait voir du pays. Puis un homme comme lui devait toujours trouver à brasser quelque chose là-bas. D'ailleurs, comme actionnaire des paquebots, il comptait bien avoir le passage gratuit pour lui, et peut-être pour un compagnon, s'il en trouvait un.

Ce dernier mot, jeté en l'air, tombait dans une demi-ivresse d'Anatole, soudainement réconcilié avec les idées de famille, et qui sentait toutes sortes de tendresses fumeuses aller à son oncle. Il fit : — À Constantinople ! — Et il regarda devant lui, fasciné.

Il avait toujours eu un désir flottant, une sourde démangeaison, une espèce d'envie de bureaucrate d'aller à du merveilleux lointain. Il caressait depuis longtemps la pensée vague, confuse, la tentation instinctive de faire quelque grand voyage, de partir flâner quelque part, dans des endroits bizarres, dans des lieux à caractère, à travers des paysages dont il avait respiré l'étrangeté dans des récits et des dessins de voyageurs. Ce qui aspirait en lui à l'exotique, à ces horizons attirants déroulés dans les descriptions qu'il avait lues, c'était le Parisien musard et curieux, le badaud avec ses imaginations d'enfant bercées par *Robinson* et les *Mille et Une Nuits*. Constantinople ! ce seul mot éveillait en lui des rêves de poésie et de parfumerie où se mêlaient, avec les lettres de Coriolis, toutes ses idées d'Eau des Sultanes[1], de pastilles du sérail, et de soleil dans le dos des Turcs.

— Eh bien ! si tu m'emmenais, moi ? — fit-il à brûle-pourpoint.

L'oncle et le neveu se tutoyaient depuis le café.

— Mon Dieu, tout de même, — répondit l'oncle en homme désarçonné par la brusquerie de la demande. — Mais tu ne seras jamais prêt, — reprit-il.

— Quand pars-tu ?
— Mais... demain, à cinq heures.
— Oh ! j'ai un jour de trop.

Anatole fut exact au chemin de fer. Il avait arraché trois cents francs à sa mère, dont la vanité de bourgeoise était humiliée des costumes dans lesquels on rencontrait son fils à Paris. Il se paya sa place, et partit avec son oncle pour Marseille.

À Lyon, la glace était tout à fait rompue entre les deux voyageurs : l'oncle et le neveu s'étaient confié réciproquement les malheurs de leurs bonnes fortunes.

Arrivés à Marseille, à cinq heures, ils descendirent à l'hôtel des Ambassadeurs. On dîna à table d'hôte. Anatole but un peu trop de vin de Lamalgue, un vin généralement fatal aux nouveaux venus, et monta se coucher. Il dormait, lorsqu'une voix de stentor l'éveilla : Anatole ! Anatole ! — lui criait son oncle de la rue — nous sommes chez Conception ! le pisteur de l'hôtel t'y mènera...

Anatole sauta en bas de son lit, s'habilla ; et le pisteur le mena au troisième étage d'une maison de la rue de Suffren, où se trouvaient, autour d'un bol de punch, son oncle, quatre amis de son oncle et la maîtresse de son oncle, mademoiselle Conception, une petite Maltaise, brune de naissance, et danseuse de profession au Grand-Théâtre.

Les trois ou quatre jours qui suivirent parurent délicieux à Anatole. Des promenades sur le Prado, aux Peupliers, des déjeuners à la Réserve, des dîners avec Conception et les amis de son oncle, des soirées au spectacle, au café de l'Univers, c'était sa vie. Son oncle se montrait charmant pour lui ; seulement, Anatole trouvait assez singulier qu'il ne parût point s'occuper du tout de la façon dont il allait vivre : il ne parlait pas de l'aider, et n'ouvrait plus la bouche sur le voyage de Constantinople.

Au bout d'une semaine, Anatole commençait à s'inquiéter assez sérieusement, lorsque le maître de l'hôtel vint lui dire qu'une dame, qui venait de descendre chez lui, demandait un peintre. Cette brave dame avait pour fils un maire d'un village des environs qui, dans un accès de fièvre chaude, s'était tailladé à coups de rasoir la gorge et le ventre. La gangrène étant venue, les médecins désespérant du malade, elle avait fait un vœu à Notre-Dame de la Garde, et son fils ayant été sauvé, elle venait à Marseille faire faire l'*ex-voto*. Anatole se hâta de brosser l'apparition de la bonne Notre-Dame à la mère près de son fils couché. Il eut pour cela une centaine de francs.

Cet *ex-voto* lui amena la commande d'un épisode d'émeute dans les rues de Marseille, commande faite par un monsieur qui s'y fit représenter en Horatius Coclès[1] de la propriété, pour obtenir la croix. Ce tableau, où il fallut inventer une insurrection, lui fut très bien payé. Un portrait qu'il fit d'un agent maritime lui amena toute la série des agents maritimes. Des figures d'odalisques avec des sequins, qu'il exposa à la devanture de Réveste, et qu'on acheta, le firent connaître. L'ouvrage lui vint de tous les côtés. Il gagna de l'argent, mena large et joyeuse vie pendant plusieurs mois.

Il voyait toujours son oncle, il allait souvent chez Conception. Mais l'oncle paraissait fort refroidi à son égard. Il était intérieurement offusqué des succès de son neveu, de la façon dont, avec sa gaieté, son esprit, sa familiarité, Anatole avait réussi dans sa société, au cercle, au café, partout où il l'avait présenté. Il se sentait éclipsé, relégué, au second plan, par cette place faite au Parisien, à l'artiste; les histoires marseillaises qu'il essayait de raconter, après les histoires d'Anatole, ne faisaient plus rire : il ne brillait plus. Outre cela, il était blessé d'une certaine légèreté de ton que son neveu prenait avec lui, le traitant par-dessous la jambe avec des plaisanteries d'égalité et de camaraderie inconvenantes, l'appelant, à cause d'un vert caisse d'oranger usuel dans son commerce, « mon oncle *Schwanfurt* ». Il trouvait enfin que mademoiselle Conception s'amusait trop avec « ce crapaud-là », qu'elle riait trop quand il venait, et qu'elle avait l'air de le regarder comme le plaisir de la maison. Tout cela fit qu'il commença par ne plus inviter Anatole, et qu'il finit par lui remettre un beau jour la note de tous les dîners qu'il lui avait payés, en lui faisant remarquer qu'il avait la discrétion de ne les lui compter que trois francs pièce. Cette réclamation arrivait au moment où la vogue de l'artiste de Paris commençait à baisser. Tous les agents maritimes s'étaient fait peindre; et tous les Marseillais qui désiraient une odalisque en avaient acheté une chez Réveste. La gêne venait. Et c'était alors que se déclarait à Marseille le choléra qui faisait fuir à Lyon la moitié des habitants, et l'oncle d'Anatole un des premiers.

Anatole, lui, était forcé de rester : il n'avait pas de quoi se sauver. Il se trouva heureusement avoir affaire à un hôtelier qui avait encore plus peur que lui. Cet homme avait voulu lui donner son compte quelques jours avant le choléra : Anatole le vit venir à lui avec une contrition piteuse, le soir du jour où l'on avait enterré le pisteur de l'hôtel. Il y avait déjà plusieurs mois que, forcé de faire des économies, Anatole allait dîner à l'hôtel de la Poste, pour vingt-cinq sous, avec l'état-major des paquebots. Son hôtelier venait le supplier de dîner chez lui, avec lui, au même prix; il lui offrait même de payer ce qu'il devait à la Poste. Anatole accepta, et pour ses vingt-cinq sous, il eut un dîner à trois services, dans la grande salle à manger de cent couverts, désolée et désertée, au bout de la grande table, où ne s'asseyaient plus que cinq convives, son maître d'hôtel, lui, et trois autres personnes dans sa situation : le pâtre calculateur Mondeux, dont les représentations étaient arrêtées net, et qui ne faisait plus d'argent, même dans les séminaires; le démonstrateur du pâtre, un nommé Regnault, et madame Regnault.

On se serrait pour s'empêcher de trembler, on se ramassait les uns les autres : tout ce petit monde était fort épouvanté, à l'exception du petit pâtre, qui n'avait pas l'idée du choléra et qui planait dans le septième ciel des nombres. Chaque nuit, un des quatre appelait les autres.

Le thé, le rhum, à toute heure, couraient l'escalier : l'hôte était si bouleversé qu'il n'y regardait plus. À la fin, Anatole eut un héroïsme à la Gribouille : pour échapper à ces terreurs, il résolut de plonger dedans à fond; et il alla tout droit se faire inscrire au bureau des cholériques, pour visiter les malades et porter des secours.

Il passa alors des jours, des nuits, à aller où on l'appelait, chez des pauvres diables, enragés de quitter leur vie de misère, chez des poissonniers et des poissonnières qui s'éteignaient le visage éclairé par les bougies d'une petite chapelle, au-dessus de leur lit, enguirlandée de chapelets de coquillages. Il les touchait, les frictionnait, leur parlait, les plaisantait, quelquefois les sauvait : souvent il fit rire la Mort, et lui reprit les gens. Peu à peu, s'aguerrissant dans ce métier où il usait ses peurs, il finit par lui trouver comme un sinistre côté comique; et avec sa nature comédienne, sa pente à l'imitation, son sens de la charge, il faisait, aussitôt qu'il lui revenait un moment de courage, des simulations caricaturales et terribles de ce qu'il avait vu, des convulsions qu'il avait soignées, des morts auxquels il avait fermé les yeux : cela ressemblait à l'agonie se regardant dans une cuiller à potage, et au choléra se tirant la langue dans une glace!

L'épidémie finie, Anatole revint au rêve de Constantinople, qui ne l'avait jamais quitté. Il avait dîné une fois chez son oncle avec un écuyer de Paris, le fameux

Lalanne, qui dirigeait un cirque à Marseille. Toutes les affinités de sa nature de clown l'avaient aussitôt porté vers l'écuyer et le personnel de sa troupe : le petit Bach, l'inventeur du célèbre exercice de la boule; Émilie Bach, qui faisait valser son cheval, en le forçant à poser de deux tours en deux tours les pieds de devant sur la barrière des premières; Solié, qui courait debout, dans l'hippodrome de Marseille, la poste à trente-deux chevaux. Toute cette troupe était engagée pour aller donner des représentations à Constantinople, dans le cirque où madame Bach avait gagné presque une fortune, en laissant le prix d'entrée à la générosité des Turcs, et en faisant la recette à la porte dans un turban.

Anatole vit là une providence : il n'avait qu'à monter en croupe derrière le cirque pour aller là-bas. L'affaire s'arrangeait : il était convenu qu'on le prenait pour contrôleur; mais le contrôleur dans la troupe devait, en cas de besoin, figurer dans le quadrille, et même, s'il le fallait, doubler un écuyer. Anatole n'était pas homme à reculer pour si peu. D'ailleurs, ce qu'on lui demandait rentrait dans sa vocation. Il était naturellement un peu acrobate. Chez Langibout, il aimait à se pendre par les pieds à la barre du modèle. Dans tous les jeux, il était d'une élasticité, d'une souplesse merveilleuse. Il faisait très bien le saut périlleux du haut de son poêle d'atelier. Il avait à la fois le tempérament et l'enthousiasme des tours de force. Avec ces dispositions, il parvint en quelques semaines à faire le manège debout et à se tenir sur un pied : il aurait bien voulu aller plus loin, quitter le cheval des deux pieds, sauter les banderoles; mais au bout de six mois, il n'en avait pas encore trouvé le courage, lorsqu'on apprit la mort de madame Bach. Constantinople lui échappait encore une fois!

Accablé de la nouvelle, il arpentait tristement le quai du port, — quand tout à coup un homme lui tomba dans les bras en même temps qu'un singe sur la tête.

L'homme était Coriolis.

XXXV

C'était un atelier de neuf mètres de long sur sept de large.

Ses quatre murs ressemblaient à un musée et à un pandémonium. L'étalage et le fouillis d'un luxe baroque, un entassement d'objets bizarres, exotiques, hétéroclites, des souvenirs, des morceaux d'art, l'amas et le contraste de choses de tous les temps, de tous les styles, de toutes les couleurs, le pêle-mêle de ce que ramasse un artiste, un voyageur, un collectionneur, y mettaient le désordre et le sabbat du bric-à-brac. Partout d'étonnants voisinages, la promiscuité confuse des curiosités et des reliques : un éventail chinois sortait de la terre cuite d'une lampe de Pompéi; entre une épée à trois trèfles qui portait sur la lame : *Penetrabit*, et un bouclier d'hippopotame pour la chasse au tigre, on pouvait voir un chapeau de cardinal à la pourpre historique tout usée; et un personnage d'ombre chinoise de Java découpé dans du cuir était accroché auprès d'un vieux gril en fer forgé pour la cuisson des hosties.

Sur l'un des panneaux de la porte, encadrée dans des arabesques d'Alhambra, une tête de mort couronnait une panoplie qui dessinait vaguement, dessous, l'ostéologie d'un corps. Des sabres à pommeaux, arrangés en fémurs, des lames à manches d'ivoire et d'acier niellé, des poignards courbes ébauchant des côtes, des yatagans[1], des khandjars albanais, des flissats kabyles, des cimeterres japonais, des cama circassiens, des khoussar indous, des kris malais, se levait une espèce de squelette sinistre de la guerre, le spectre de l'arme blanche.

Au-dessus de la porte, deux bottes marocaines en cuir rouge pendaient, comme à califourchon, des deux côtés d'un grand masque de sarcophage, la face noire et les yeux blancs : posés sur le front du large et effrayant visage, des gants persans en laine frisée lui faisaient une sorte d'étrange perruque de cheveux blancs.

À côté de la porte, auprès d'une horloge Louis XIII à cadran de cuivre et à poids, une crédence Moyen Âge portait un moulage d'Hygie[1] : devant elle, un ânon de plâtre semblait boire dans un gobelet de fer-blanc plein de vermillon. Entre les jambes d'un écorché, on apercevait comme un coin du Cirque : un petit modèle d'éléphant et un lutteur antique lancé en avant. La Léda de Feuchères[2], les jambes furieusement croisées autour du cygne, ses genoux lui relevant les ailes, était devant le Mercure de Pigalle[3], dont l'épaule coupait la gorge d'une nymphe de Clodion[4]. Au-dessus de la crédence, une pochette en ébène enrichie d'incrustations de nacre, représentant des fleurs de lys et des dauphins, masquait à demi un albâtre de Lagny, du XVIe siècle, ou était figuré le songe de Jacob.

De l'autre côté de la porte, contre une autre crédence, des toiles sur châssis empilées et retournées portaient en lettres noires : 1, *rue Childebert, Paris, Hardy Alan, fabricant de couleurs fines*.

Le milieu du panneau de gauche était décoré d'un faisceau d'oriflammes et de drapeaux d'or, rouges et bleus, ayant servi à quelque représentation de théâtre, et qui, avec la fulgurance de leurs plis, avec leurs éclairs de lame de cuivre, avaient des lueurs de voûte des Invalides et de coupole de Saint-Marc. Ce faisceau, splendide et triomphal, sortait de casques, de masses d'armes, de boucliers, de rondaches. Là-dessus, une tête de lion empaillée, la gueule ouverte, les crocs blancs, sortait du mur. Elle dominait et semblait garder un fauve chef-d'œuvre, une petite copie du temps du

Martyre de saint Marc, de Tintoret, dont le riche cadre doré se détachait d'une boiserie noire reliée à un coffre en bois de chêne sculpté, orné de petites armoiries peintes et dorées. Sur un coin du coffre qui portait cela, une boîte à couleurs ouverte faisait briller, du brillant perlé de l'ablette, de petits tubes de fer-blanc, tachés et baveux de couleur, au milieu desquels de vieux tubes vides et dégorgés avaient le chiffonnage d'un papier d'argent. Il y avait encore sur le coffre, un grand plat hispano-arabe, à reflets mordorés, où s'éparpillaient un paquet de gravures, un serre-papier fait d'un pied momifié couleur de bronze florentin, des petites fioles, une cruche à huile en grès à dessins bleus, et une grande statue en bois de sainte Barbe, à la main de laquelle était suspendu, par un cordonnet, un petit médaillon en cire, le portrait d'une vieille parente de Coriolis, guillotinée en 93.

Le reste du mur, de chaque côté, était couvert de plâtres peints, de grands écussons bariolés et coloriés. Un profil de Diane de Poitiers, la chair rosée, les cheveux blondissants, sous un clocheton gothique et flamboyant, à choux frisés, la Poésie légère de Pradier[1] sur un socle à pivot, des pipes accrochées et serrées à la gorge par deux clous, un fragment du Parthénon, un relief du vase Borghèse[2], un sceptre de la Mère folle de Dijon en bois sculpté et peint, garni de grelots[3]; une étagère chargée de bouteilles turques zébrées d'or et d'azur, un houka, enlacé du serpent poussiéreux de son tuyau, un tas de petits bouts d'ambre, une planche de coquilles, mettaient là une polychromie étourdissante, traversée d'éclairs d'irisations.

Par-dessus une haie de tableaux commencés, posés les uns devant les autres, le premier sur un chevalet Bonhomme, le second sur la peluche rouge de deux chaises, le dernier appuyé contre le mur, l'œil allait, sur le panneau de droite, à un masque de Géricault[4], sur lequel était jeté de travers un feutre de pitre à plumes de coq. Après le masque, c'était une petite Vierge de retable qui avait, passée derrière le dos, une branche de buis bénit tout jauni, apportée à l'atelier par un modèle de femme, un dimanche des Rameaux. À côté de la Vierge, une mince colonnette, à enroulements or, argent, bleu et rouge, semée de croissants de lune argentés et de fleurs de lis d'or, portait en haut une boule couverte de dessins astrologiques.

Après la colonnette, s'étalait une grande toile orientale abandonnée, sur le bas de laquelle étaient écrits, à la craie, des adresses d'amis, des noms de modèles, des dates de rendez-vous, des mémentos de la vie parisienne, qui entraient dans des jupes d'almées. Au-dessus de la toile était pendue l'ossature d'une tête de chameau, avec tout son harnachement de brides mosaïquées de pierres bleues, tout un entourage de sellerie orientale, d'étriers de mameluk, au milieu desquels tombait un manteau de peau d'un grand chef des *Pieds noirs*, troué d'un trou de balle, et qui avait été échangé, dans le pays, contre vingt-deux poneys.

En bas, une petite armoire vitrée laissait voir, pressées et mêlées, des étoffes d'où s'échappaient des fils d'or, des soieries à couleurs de fleurs, des vestes turques dont chaque bouton d'or enserrait une perle fine. Un peu plus loin, par terre, les cassures métalliques d'un monceau de charbon de terre étincelaient contre le poêle qui allait enfoncer le coude de son tuyau dans le mur, au-dessus d'un bas-relief de saint Michel terrassant le diable, à côté de l'inscription philosophique, gravée en creux dans la pierre par un prédécesseur de Coriolis :

Quare
Nec time
Hic aut illic mors
Veniet[1].

Puis, entre le moulage de la tête d'un chauffeur d'Orgères[1] et un médaillon bronzé d'une tournure furieuse à la Préault, pendaient une paire de castagnettes et deux souliers de danseuse espagnole, qui avaient comme une ombre de chair au talon. La décoration continuait par un bas-relief de camarade, un sujet de prix de Rome, portant le cachet en creux, au haut, à gauche : *École royale des Beaux-Arts*. Et le mur finissait par un moulage de la Vénus de Milo.

Un mannequin, couvert d'un sale costume d'arlequin loué, était debout devant la déesse, et il en écornait un grand morceau avec sa pose de bois qui faisait la cour à Colombine.

Le fond de l'atelier était entièrement rempli par un grand divan-lit qui ne laissait de place, dans un coin, qu'à une psyché en acajou, à pieds à griffes. Sous le jour de la baie, une sorte d'alcôve s'enfonçait là entre deux grandes cantonnières de tapisserie à verdure, sous un large *tendo* de toile grise, qui rappelait le ton et le grand pli lâche d'une voile sur une dunette de navire. Ce *tendo* pendait à des cordes que paraissaient tenir, de chaque côté de la baie, deux grands anges de style byzantin, peints et nimbés d'or. Le divan était recouvert de peaux de panthères et de tigres, aux têtes desséchées. Aux deux encoignures du fond, deux moulages de femme de grandeur naturelle, les deux moulages admirables du corps de Julie Geoffroy et de ses deux faces, par Rivière et Vittoz, se dressaient en espèces de cariatides. C'était la vie, c'était la présence réelle de la chair, que ces empreintes, celle surtout qu'éclairait à gauche une filtrée de jour, ce dos que fouettait, sur tous ses reliefs et sur le plein de ses orbes, une lumière chatouillante allant se perdre le long de la jambe sur le bout du talon. Une ombre flottante dormait tout le jour dans ce réduit de mystère et de paresse, dans ce petit sanctuaire de l'atelier, qui, avec ses odeurs de dépouilles sauvages et sa couleur de désert, semblait abriter le recueillement et la rêverie de la tente.

Là-dedans, dans cet atelier, il y avait le grand Coriolis qui peignait debout; — Anatole, qui faisait sur un album, en fumant une cigarette, un croquis d'après un corps dormant et perdu dans l'ombre du divan; — et le singe[1] de Coriolis, grimpé et juché sur le dossier de la chaise d'Anatole, fort occupé à faire comme lui, se dépêchant de regarder quand il regardait, crayonnant quand il crayonnait, appuyant avec rage son porte-crayon sur la page blanche d'un petit carnet. À tout moment, il avait des étonnements, des désespoirs; il jetait de petits cris de colère, il tapait sur le papier : son crayon était rentré et ne marquait plus. Il voulait le faire ressortir, s'acharnait, flairait le porte-crayon avec précaution, comme un instrument de magie, et finissait par le tendre à Anatole.

Le jour insensiblement baissait. Le bleuâtre du soir commençait à se mêler à la fumée des cigarettes. Une vapeur vague où les objets se perdaient et se noyaient tout doucement, se répandait peu à peu. Sur les murs salis de traînée de fumée, culottés d'un ton d'estaminet, dans les angles, aux quatre coins, il s'amassait un voile de brouillard. La gaieté de la lumière mourante allait en s'éteignant. De l'ombre tombait avec du silence : on eût dit qu'un recueillement venait aux choses.

Coriolis s'assit sur un tabouret devant sa toile, et se perdit dans les rêveries que l'heure douteuse fait passer dans les yeux d'un peintre devant son œuvre. Anatole alla s'étendre à la place que les pieds du dormeur laissaient libre sur le divan. Le singe disparut quelque part.

Les tableaux semblaient défaillir; ils étaient pris de ce sommeil du crépuscule qui paraît faire descendre dans les ciels peints le ciel du dehors, et retirer lentement des couleurs le soleil qui s'en va de la journée. La mélancolique métamorphose se faisait, changeant sur les toiles l'azur matinal des paysages en pâleurs émeraudées du soir; la nuit s'abaissait visiblement dans les cadres. Bientôt les tableaux, vus sur le côté, firent les taches brouillées, mêlées, d'un cachemire ou d'un tapis de Smyrne. La tournure d'un rêve vint aux silhouettes des compositions qui prirent, dans la masse de leurs ombres un caractère confus, étrange, presque fantastique. Les petites colonnes encastrées dans le mur, les consoles et les portoirs des statuettes, arrêtaient encore un peu de jour qui se rétrécissait en une filée toujours plus mince sur leurs nervures. Au-dessus de la copie du saint Marc, du noir était entré dans la gueule ouverte du lion qui paraissait bâiller à la nuit.

Un nuage d'effacement se nouait du plancher au plafond. Les plâtres devenaient frustes à l'œil, et des apparences de formes à demi perdues ne laissaient plus voir que des mouvements de corps lignés par un dernier trait de clarté. Le parquet perdait le reflet des châssis de bois blancs qui se miraient dans son luisant. Il continuait à pleuvoir ce gris de la nuit qui ressemble à une poussière. La fin de la lumière agonisait dans les tableaux : ils s'évanouissaient sur place, décroissaient sans bouger, mystérieusement, dans la lenteur d'un travail de mort, et dans l'espèce de solennité d'une silencieuse décomposition du jour. Comme lassée et retombant sur l'épaule, la tête de mort sembla se pencher davantage et se baisser sur un manche de yatagan.

Puis ce fut ce moment entre le jour et la nuit où ne se voit plus que ce qui est de l'or : l'ombre avait mangé tout le bas de l'atelier. Il n'y restait plus de lumière qu'aux deux godets de la palette de Coriolis, posée sur une chaise. Les choses étaient incertaines et ne se laissaient plus retrouver qu'à tâtons par la mémoire des yeux. Puis des taches noires couvrirent les tableaux. L'ombre s'accrocha de tous les côtés aux murs. Une paillette, sur le côté des cadres, monta, se rapetissa, disparut à l'angle d'en haut ; et il ne resta plus dans l'atelier qu'une lueur d'un blanc vague sur un œuf d'autruche pendu au plafond, et dont on ne voyait déjà plus ni la corde ni la houppe de soie rouge.

À ce moment, le domestique apporta la lampe.

Le dormeur du divan, réveillé par la lumière, s'étira, se leva : c'était Chassagnol.

Quelque temps, il se promena dans l'atelier avec les mouvements, l'espèce de frisson d'un homme agitant et secouant la dernière lâcheté de sa somnolence. Et tout à coup : Ingres ! Delacroix ! — il jeta ces deux grands noms comme s'il revenait d'un rêve à l'écho de la causerie sur laquelle il s'était endormi.

— Ingres ! Ah ! oui, Ingres ! Le dessin d'Ingres ! Allons donc ! Ingres !... Il y a trois dessins : d'abord l'absolu du beau : le Phidias ; puis le dessin italien de la Renaissance : les Raphaël, les Léonard de Vinci ; puis le dessin *rengaine*... encore beau, mais avec des indications, des appuiements, des soulignements de choses qui doivent être perdues dans la ligne, fondues dans la coulée, le jet de tout le dessin... Tenez ! par exemple, un modèle, mettez-le là : Léonard de Vinci le dessinera avec ingénuité... tout auprès... poil par poil, comme un enfant... Raphaël y mettra, dans l'après-nature de son dessin, le ressouvenir de formes, l'instinct d'un noble à lui... Eh bien ! dans le Vinci comme dans le Raphaël, dans celui qui n'a fait que copier comme dans celui qui a interprété, il y aura plus que le modèle, quelque chose qu'ils seront seuls à y voir... Tenez ! voilà une tête de cheval de Phidias... Eh bien ! ça a l'air de n'être que la nature : moulez une tête de cheval et voyez-la à côté !... C'est le mystère de toutes les belles choses de l'antiquité : elles ont l'air moulées ; cela semble le vrai et la réalité même, mais c'est de la réalité vue par de la personnalité de génie... Chez Ingres ? Rien de cela... Ce qu'il est, je vais vous le dire : l'inventeur au dix-neuvième siècle de la photographie en couleur pour la reproduction des Pérugin et des Raphaël[1], voilà tout!... Delacroix, lui, c'est l'autre pôle... Un autre homme!... L'image de la décadence de ce temps-ci, le gâchis, la confusion, la littérature dans la peinture, la peinture dans la littérature, la prose dans les vers, les vers dans la prose, les passions, les nerfs, les faiblesses de notre temps, le tourment moderne... Des éclairs de sublime dans tout cela... Au fond, le plus grand des ratés... Un homme de génie venu avant terme... Il a tout promis, tout annoncé... L'ébauche d'un maître... Ses tableaux? des fœtus de chefs-d'œuvre[2]!... l'homme qui, après tout, fera le plus de passionnés comme tout grand incomplet... Du mouvement, une vie de fièvre dans ce qu'il fait, une agitation de tumulte, mais un dessin fou, en avance sur le mouvement, débordant sur le muscle, se perdant à chercher la boulette du sculpteur, le modelage de triangles et de losanges, qui n'est plus le contour de la ligne d'un corps, mais l'expression, l'épaisseur du relief de sa forme... Le coloriste? Un harmoniste désaccordé... pas de généralité d'harmonie... des colorations dures, impitoyables, cruelles à l'œil, qui ont besoin de s'enlever sur des tonalités tragiques, des fonds tempétueux de crucifiement, des vapeurs d'enfer comme dans son Dante[3]... Une bonne toile, ça!... Pas de chaleur, avec toute cette violence de tons, cette rage de palette... Il n'a pas le soleil... La chair, il n'exprime pas la chair... Point de transparence... des crépis rosâtres, des rouges d'onglée, il fait de cela la vie, l'animation de la peau... Toujours vineux... des demi-teintes boueuses... Jamais la belle pâte coulante, la grande traînée délavée des maîtres de la chair... Avec cela un insupportable procédé d'éclairage des corps et des objets, des lumières faites avec des hachures[4] ou des traînées de pur blanc, des lumières qui ne sont jamais prises dans le ton lumineux de la chose peinte, et qui détonnent comme des repeints...

tenant une quinzaine de mille livres de rentes. Il comptait prendre un grand atelier. Anatole logerait avec lui ; et il resterait tant qu'il voudrait, tant qu'il se trouverait bien, jusqu'à ce qu'il y eût dans sa vie une chance, une embellie. La chaleur des offres de Coriolis, leur simple et rude amitié avaient triomphé des scrupules d'Anatole qui, se laissant faire, était devenu l'hôte de Coriolis, dans son grand atelier de la rue de Vaugirard.

Sans être tendre, Coriolis était de ces hommes qui ne se suffisent pas et qui ont besoin de la présence, de l'habitude de quelqu'un à côté d'eux. Il avait peine à passer une heure dans une chambre où n'était pas un être humain. Il était presque effrayé à l'idée de retrouver la vie enfermée de l'Occident dans un grand appartement où il serait tout seul, seul à vivre, seul à travailler, seul à dîner, toujours en tête-à-tête avec lui-même. Il se rappelait sa jeunesse, où pour échapper à la solitude, il avait toujours mis une femme dans son intérieur et fini ses liaisons en acoquinements. Dans le compagnonnage d'Anatole, il voyait une gaie et amusante société de tous les instants, qui le sauverait de l'enlacement d'une maîtresse, et aussi de la tentation d'une fin qu'il s'était défendue : le mariage.

Coriolis s'était promis de ne pas se marier, non qu'il eût de la répugnance contre le mariage ; mais le mariage lui semblait un bonheur refusé à l'artiste. Le travail de l'art, la poursuite de l'invention, l'incubation silencieuse de l'œuvre, la concentration de l'effort lui paraissaient impossibles avec la vie conjugale, aux côtés d'une jeune femme caressante et distrayante, ayant contre l'art la jalousie d'une chose plus aimée qu'elle, faisant autour du travailleur le bruit d'un enfant, brisant ses idées, lui prenant son temps, le rappelant au *fonctionnarisme* du mariage, à ses devoirs, à ses plaisirs, à la famille, au monde, essayant de reprendre à tout moment l'époux et l'homme dans cette espèce de sauvage et de monstre social qu'est un vrai artiste.

Selon lui, le célibat était le seul état qui laissât à l'artiste sa liberté, ses forces, son cerveau, sa conscience. Il avait encore sur la femme, l'épouse, l'idée que c'était par elle que se glissaient, chez tant d'artistes, les faiblesses, les complaisances pour la mode, les accommodements avec le gain et le commerce, les reniements d'aspirations, le triste courage de déserter, le désintéressement de leur vocation pour descendre à la production industrielle hâtée et bâclée, à l'argent que tant de mères de famille font gagner à la honte et à la sueur d'un talent. Et au bout du mariage, il y avait encore la paternité qui, pour lui, nuisait à l'artiste, le détournait de la production spirituelle, l'attachait à une création d'ordre inférieur, l'abaissait à l'orgueil bourgeois d'une propriété charnelle. Enfin, il voyait toutes sortes de servitudes, d'abdications et de ramollissements pour l'artiste, dans cette félicité bonasse du ménage, cet état doux, lénitif, cette atmosphère émolliente où se détend la fibre nerveuse et où s'éteint la fièvre qui fait créer. Au mariage, il eût presque préféré, pour un tempérament d'artiste, une de ces passions violentes, tourmentées, qui fouettent le talent et lui font quelquefois saigner des chefs-d'œuvre.

En somme, il estimait que la sagesse et la raison étaient de ne demander que des satisfactions sensuelles à la femme, dans des liaisons sans attachement, à part du sérieux de la vie, des affections et des pensées profondes, pour garder, réserver, et donner tout le dévouement intime de sa tête, toute l'immatérialité de son cœur, le fond d'idéal de tout son être, à l'Art, à l'Art seul.

XXXVII

Assis le derrière par terre, sur le parquet, Anatole passait des journées à observer le singe qu'on appelait Vermillon, à cause du goût qu'il avait pour les vessies de *minium*. Le singe s'épouillait attentivement, allongeant une de ses jambes, tenant dans une de ses mains son pied tordu comme une racine ; ayant fini de se gratter, il se recueillait sur son séant, dans des immobilités de vieux bonze : le nez dans le mur, il semblait méditer une philosophie religieuse, rêver du Nirvâna des macaques[1]. Puis c'était une pensée infiniment sérieuse et soucieuse, une préoccupation d'affaire couvée, creusée, comme un plan de filou, qui lui plissait le front, lui joignait les mains, le pouce de l'une sur le pouce de l'autre. Anatole suivait tous ces jeux de sa physionomie, les impressions fugaces et multiples traversant ces petits animaux, l'air inquiétant de pensée qu'ils ont, ce ténébreux travail de malice qu'ils semblent faire, leurs gestes, leurs airs volés à l'ombre de l'homme, leur manière grave de regarder avec une main posée sur la tête, tout l'indéchiffrable des choses prêtes à parler qui passent dans leur grimace et leur mâchonnement continuel. Ces petites volontés courtes et frénétiques des petits singes, ces envies coléreuses d'un objet qu'ils abandonnent, aussitôt qu'ils le tiennent, pour se gratter le dos, ces tremblements tout palpitants de désir et d'avidité empoignante, ces appétences d'une petite langue qui bat ; puis tout à coup ces oublis, ces bouderies en poses ennuyées, de côté, les yeux dans le vide, les mains entre les deux cuisses ; le caprice des sensations, la mobilité de l'humeur, les prurigos subits, les passages de la gravité à la folie, les variations, les sautes d'idées qui, dans ces bêtes, semblent mettre en une heure le caractère de tous les âges, mêler des dégoûts de vieillard à des envies d'enfant, la convoitise enragée à la suprême indifférence, — tout cela faisait la joie, l'amusement, l'étude et l'occupation d'Anatole.

Bientôt avec son goût et son talent d'imitation, il arriva à singer le singe, à lui prendre toutes ses grimaces, son claquement de lèvres, ses petits cris, sa façon de cligner des yeux et de battre des paupières. Il s'épouillait comme lui, avec des grattements sur les pectoraux ou sous le jarret d'une jambe levée en l'air. Le singe, d'abord étonné, avait fini par voir un camarade dans Anatole. Et ils faisaient tous deux des parties de jeu de gamins. Tout à coup, dans l'atelier, des bonds, des élancements, une espèce de course volante entre l'homme et la bête, un bousculement, un culbutis, un tapage, des cris, des rires, des sauts, une lutte furieuse d'agilité et d'escalade, mettaient dans l'atelier le bruit, le vertige, le vent, l'étourdissement, le tourbillon de deux singes qui se donnent la chasse. Les meubles, les plâtres, les murs en tremblaient. Et tous deux, au bout de la course, se trouvant nez à nez, il arrivait presque toujours ceci : excité par le plaisir nerveux de l'exercice, l'irritation du jeu, l'enivrement du mouvement, Vermillon, piété sur ses quatre pattes, la queue roide, sa raie de vieille femme dessinée sur son front qui se fronçait, les oreilles aplaties, le museau tendu et plissé, ouvrait sa gueule avec la lenteur d'un ressort à crans, et montrait des crocs prêts à mordre. Mais à ce moment, il trouvait en face de lui une tête qui ressemblait tellement à la sienne, une répétition si parfaite de sa colère de singe, que tout décontenancé, comme s'il se voyait dans une glace, il sautait après sa corde et s'en allait réfléchir tout en haut de l'atelier à ce singulier animal qui lui ressemblait tant.

C'était une vraie paire d'amis. Ils ne pouvaient se passer l'un de l'autre. Quand par hasard Anatole n'était pas là, Vermillon restait à bouder solitairement dans un coin, refusait de jouer avec des mouvements grognons qui tournaient le dos aux personnes; et si les personnes insistaient, il leur imprimait la marque de ses dents sur la peau, sans mordre tout à fait, avec une douceur d'avertissement. Quoiqu'il eût la longue mémoire rancunière de sa race, des patiences de vengeance qui attendaient des mois, il pardonnait à Anatole ses mauvaises farces, ses cadeaux de noisettes creuses. Quand il voulait quelque chose, c'était à lui qu'il faisait son petit cri de demande. C'était à lui qu'il se plaignait quand il était un peu malade, auprès de lui qu'il se réfugiait pour demander une intercession, quand il avait fait quelque mauvais coup et qu'il sentait une correction dans l'air. Quelquefois, au soleil couchant, il lui venait de petits gestes de câlinerie qui demandaient pour s'endormir les bras d'Anatole. Et il adorait lui éplucher la tête.

Il semblait que le singe se sentait comme rapproché par un voisinage de nature de ce garçon si souple, si élastique, à la physionomie si mobile; il retrouvait en lui un peu de sa race : c'était bien un homme, mais presque un homme de sa famille; et rien n'était plus curieux que de le voir, souvent, quand Anatole lui parlait, essayer avec ses petites mains de lui toucher la langue, comme s'il avait eu l'idée de chercher à se rendre compte de ce mécanisme étonnant que ce grand singe avait, et que lui n'avait pas.

À la longue, les deux amis avaient déteint l'un sur l'autre. Si Vermillon avait donné du singe à Anatole, Anatole avait donné de l'artiste à Vermillon. Vermillon avait contracté, à côté de lui, le goût de la peinture, un goût qui l'avait d'abord mené à manger des vessies de couleur; puis saisi par une rage de gribouiller du papier, il s'était mis à arracher des plumes aux malheureuses poules du portier, à les tremper dans le ruisseau, et à les promener sur ce qu'il trouvait d'à peu près blanc. Malgré tout ce qu'Anatole avait fait pour encourager ces évidentes dispositions à l'art, Vermillon s'était arrêté à peu près là. Il n'avait pu encore tracer, en dessinant d'après nature, que des ronds, toujours des ronds, et il était à craindre que ce genre de dessin monotone ne fût le dernier mot de son talent.

XXXVIII

Tel était l'heureux ménage d'artistes vivant dans cet atelier de la rue de Vaugirard, excellent ménage de deux hommes et d'un singe, de ces trois inséparables : Vermillon, Anatole, Coriolis, — les trois êtres que voici.

Vermillon était un macaque *Rhésus*, le macaque appelé *Memnon* par Buffon. Sur sa fourrure brune, aux épaules, à la poitrine, il avait des bleuissements de poils rappelant des bleus d'aponévroses. Une tache blanche lui faisait une marque sous le menton. Il portait sur la tête des espèces de cheveux plantés très bas avec une raie qui s'allongeait sur le front. Dans ses grands yeux bruns, à prunelles noires, brillait une transparence d'un ton marron doré. La pinçure de son petit nez aplati montrait comme l'indication d'un trait d'ébauchoir dans une cire. Son museau était piqué du grenu d'un poulet plumé. Des tons fins de teint de vieillard jouaient sur le rose jaunâtre et bleuâtre de sa peau de visage. À travers ses oreilles tendres, chiffonnées, des oreilles de papier, traversées de fibrilles, le jour en passant devenait orange. Ses miniatures de mains, du violet d'une figue du Midi, avaient des bijoux d'ongles. Et quand il voulait parler, il poussait de petits cris d'oiseau ou de petites plaintes d'enfant.

Anatole avait une tête de gamin dans laquelle la misère, les privations, les excès, commençaient à dessiner le masque et la calvitie d'une tête de philosophe cynique.

Coriolis était un grand garçon très grand et très maigre, la tête petite, les jointures noueuses, les mains longues, un garçon se cognant aux linteaux des portes basses, au plafond des coupés, aux lustres des appartements de Paris ; un garçon embarrassé de ses jambes, qui ne pouvaient tenir dans aucune stalle d'orchestre, et que, dans ses siestes d'homme du Midi, il jetait plus haut que sa tête sur les tablettes des cheminées et les rebords des poêles, à moins qu'il ne les nouât, en sarments de vigne, l'une autour de l'autre : alors on lui voyait sous son pantalon remonté, un tout petit pied de femme, au cou-de-pied busqué d'Espagnole. Cette grandeur, cette maigreur flottant dans des vêtements amples, donnaient à sa personne, à sa tournure, un dégingandement qui n'était pas sans grâce, une sorte de dandinement souple et fatigué, qui ressemblait à une distinction de nonchalance. Des cheveux bruns, de petits yeux noirs brillants, pétillants, qui éclairaient à la moindre impression ; un grand nez, le signe de race de sa famille et de son nom patronymique, Naz, *naso* ; une moustache dure, des lèvres pleines, un peu saillantes, et rouges dans la pâleur légèrement boucanée de son visage, mettaient dans sa figure une chaleur, une vivacité, une énergie sympathiques, une espèce de tendre et mâle séduction, la douceur amoureuse qu'on sent dans quelques portraits italiens du seizième siècle. À ce charme, Coriolis mêlait le caressant de ce joli accent mouillé de son pays, qui lui revenait quand il parlait à une femme.

Dans ce grand corps, il y avait un fond de tempérament féminin, une nature de paresse, de volupté, portée à une vie sans travail et de jouissances sensuelles, une vocation de goûts qui, si elle n'eût pas été contrariée par une grande aptitude picturale, se fût laissée couler à une de ces carrières d'observation, de mondanité, de plaisir, à un de ces postes de salon et de diplomatie parisienne que les ministres savaient créer, sous Louis-Philippe, pour tel séduisant créole. Même à l'heure présente, engagé comme il l'était dans la lutte de ses ambitions, dans le travail de cet art qui remplissait sa vie, tout soutenu qu'il se sentait par la conscience d'un vrai talent, il lui fallait de grands efforts pour toujours vouloir. La continuité lui manquait dans le courage et le labeur de la production. Il éprouvait à tout moment des défaillances, des fatigues, des découragements. Des journées venaient où l'homme des colonies reparaissait dans le piocheur parisien, des journées qu'il usait, étourdissait, perdait à faire de la fumée et à boire des douzaines de tasses de café. Dans la dure et longue violence qu'il venait d'imposer à ses goûts en Orient, il avait eu, pour se soutenir, l'enchantement du pays, le bonheur enivrant du climat, et aussi le farniente bienheureux d'une contemplation plus occupée encore à regarder des visions qu'à peindre des tableaux. Travailleur, son tempérament faisait de lui un travailleur sans suite, par boutades, par fougues, ayant besoin de se monter, de s'entraîner, de se lier au travail par la force maîtresse d'une habitude; perdu, sans cela, tombant, de l'œuvre désertée, dans des inactions désespérées d'un mois.

XXXIX

Coriolis était revenu d'Asie Mineure avec un talent dont l'originalité, alors toute neuve, faisait sensation parmi le petit cercle d'amis qui fréquentaient l'atelier de la rue de Vaugirard.

Il rapportait un Orient tout différent de celui que Decamps avait montré aux yeux de Paris, un Orient de lumière aux ombres blondes, tout pétillant de couleurs tendres. Aux objections de première surprise et d'étonnement, il se contentait de répondre : — Si, c'est bien cela ; et souriait des yeux à ce que sa toile lui faisait revoir. Il n'ajoutait rien de plus. Parfois pourtant, quand on le poussait : — Voyez-vous — se mettait-il à dire — cela, je le sais... et je suis sûr que je le sais... Je suis une mémoire... Je ne suis peut-être pas autre chose, mais j'ai cela du peintre : la mémoire... Je puis poser sur la toile le ton juste, rigoureux, qu'a tel mur là-bas dans telle saison... Tenez ! ce blanc qui est là dans ce coin de l'atelier, eh bien ! je vais vous étonner : c'est précisément la valeur du ton de l'ombre à Magnésie, au mois de juillet... C'est mathématique, voyez-vous... absolu comme deux et deux font quatre... — Une seule fois, un jour où la discussion s'était animée, et où, dans l'entraînement des paroles, l'éloge du talent de Decamps avait fini par être, dans la bouche de Chassagnol, la condamnation de l'Orient de Coriolis, Coriolis assis à la turque sur le divan, le doigt dans un quartier de sa pantoufle qu'il tourmentait, laissa tomber une à une ses idées sur un grand rival, ainsi :

— Decamps !... Decamps n'est pas un naïf... Il n'est pas arrivé tout neuf devant la lumière orientale... Il n'a pas appris le soleil, là... Il n'est pas tombé en Orient avec son éducation de peintre à faire, avec des yeux tout à fait à lui... Il était formé, il savait... Il a vu avec un parti pris. Il a emporté avec lui des souvenirs, des habitudes, des procédés... Il s'était trop rendu compte comment les anciens peintres font la lumière dans les tableaux... Il avait trop vécu avec les Vénitiens, l'école anglaise, Rembrandt... Il a toujours voulu faire le coup de soleil du Rembrandt du Salon carré[1]... Enfin, pour moi, quand il a été là, il ne s'est pas assez livré, oublié, abandonné... Il n'a pas assez voulu voir comment la lumière qu'il avait devant les yeux se faisait, et alors, pour avoir sa lumière plus vive, il a forcé, exagéré ses ombres... Des coups de pistolet, ses tableaux... Pas de sincérité : il n'a pas eu l'émotion de la nature... Toujours trop de lui dans ce qu'il faisait... Il n'a jamais su, tenez, comme Rousseau, être un refléteur en restant personnel... Puis, Decamps, il a fait très peu de chose en pleine lumière... Dans ses tableaux, il n'y a jamais de lumière diffuse... Il ne connaît pas ça, les bains de jour, les pleins soleils aveuglant, mangeant tout... Ce qu'il fait toujours, ce sont des rues, des culs-de-sac, des compartiments de lumière dans des corridors d'ombre... Decamps ? Jamais une finesse de ton[1]... Des gris ? cherchez ses gris !... Ses rouges ? c'est toujours un rouge de cire à cacheter... Coloriste ? non, il n'est pas coloriste... Criez tant que vous voudrez, non, pas coloriste... On est coloriste, n'est-ce pas, avec du noir et du blanc ?... Gavarni est un coloriste dans une lithographie... Partons de là... Qu'est-ce qui fait maintenant qu'une chose peinte avec des couleurs est d'un coloriste, paraît d'un coloriste dans une reproduction gravée ou lithographiée ? Qu'est-ce qui fait ça ? Une seule chose, absolument, la même chose que pour le noir et le blanc : le rapport des valeurs... Par exemple, voici un Vélasquez...

Et Coriolis prit un morceau de fusain, dont il sabra une feuille d'album.

— Il combinera d'abord ses valeurs d'ombre et de lumière, de noir et de blanc... Il les combinera dans une tête, un pourpoint, une écharpe, une culotte, un cheval, — et le fusain marchait avec sa parole. — Puis, de quelque couleur qu'il peigne ces différentes choses, orangé, ou jaune, ou rose, ou gris, vous pouvez être sûrs qu'il s'arrangera toujours pour garder les valeurs d'ombre et de lumière de son noir et de son blanc... Decamps ne s'est jamais douté de ça... Ce qui l'a sauvé, c'est que presque tous ses tableaux sont des monochromies bitumineuses avec des réveillons, des espèces de crayons noirs relevés de touches de pastel... Ça peut rendre l'Orient de l'Afrique, l'Orient de l'Égypte, je ne sais pas, je n'ai pas étudié ce pays-là ; mais pour l'Asie Mineure... l'Asie Mineure ! Si vous voyiez ce que c'est ! Un pays de montagnes et de plaines inondées une partie de l'année... C'est une vaporisation continuelle... Tenez ! une évaporation d'eau de perles... tout brille et tout est doux... la lumière, c'est un brouillard opalisé... avec des couleurs... comme un scintillement de morceaux de verre coloré...

XL

Lors de son retour en France, vers la fin de l'année 1850, Coriolis s'était trouvé à court de temps pour exposer au Salon qui ouvrait, cette année-là, le 30 décembre. Anatole avait vainement essayé de le décider à envoyer au Palais-National[1] quelques-unes de ses belles esquisses. Coriolis sentait qu'à son âge, n'ayant jamais étalé, il lui fallait un début qui fût un coup d'éclat. Il ne voulait arriver devant le public qu'avec des morceaux faits, où il aurait mis tout son effort, l'achèvement du temps.

L'année 1851 n'ayant pas d'Exposition, il eut tout le loisir de travailler à trois toiles. Il les remania, les caressa, les retoucha, les retournant pour les laisser dormir, y revenant avec des yeux plus froids et détachés de la griserie du ton tout frais, y mettant à tous les coins cette conscience de l'artiste qui veut se satisfaire lui-même.

Le premier de ces trois tableaux, peints d'après ses souvenirs et ses croquis, était le campement de Bohémiens dont il avait envoyé à Anatole l'ébauche écrite. Une lumière pareille à la horde qu'elle éclairait, errante et folle, des rayons perdus, l'éparpillement du soleil dans les bois, des zigzags de ruisseau, des oripeaux de sorcière et de fée, un mélange de basse-cour, de dortoir et de forge, des berceaux multicolores, comme de petits lits d'Arlequin accrochés aux arbres, un troupeau d'enfants, de vieilles, de jeunes filles, le camp de misère et d'aventure, sous son dôme de feuilles, avec son tapage et son fouillis, revivait dans la peinture claire, cristallisée, pétillante de Coriolis, pleine de retroussis de pinceau, d'accentuations qui, dans les masses, relevaient un détail, jetaient de l'esprit sur une figure, sur une silhouette.

Sa seconde toile faisait voir une vue d'Adramiti. D'une touche fraîche et légère, avec des tons de fleurs, la palette d'un vrai bouquet, Coriolis avait jeté sur la toile le riant éblouissement de ce morceau de ciel tout bleu, de ces baroques maisons blanches, de ces galeries vertes, rouges, de ces costumes éclatants, de ces flaques d'eau où semble croupir de l'azur noyé. Il y avait là un rayonnement d'un bout à l'autre, sans ombre, sans noir, un décor de chaleur, de soleil, de vapeur, l'Orient fin, tendre, brillant, mouillé de poussière d'eau de pierres précieuses, l'Orient de l'Asie Mineure, comme l'avait vu et comme l'aimait Coriolis.

Le troisième de ses tableaux représentait une caravane sur la route de Troie. C'était l'heure frémissante et douce où le soleil va se lever; les premiers feux, blancs et roses, répandant le matin dans le ciel, semblaient jeter les changeantes couleurs tendres de la nacre sur le lever du jour vers lequel, le cou tendu, les chameaux respiraient.

La veille de son envoi, Coriolis donnait encore ce dernier coup de pinceau que les peintres donnent à leurs tableaux dans leur cadre de l'Exposition.

XLI

Le jury du Salon fonctionnait depuis quelque temps, quand Coriolis se sentit inquiet, pris de l'impatience de savoir son sort. L'absence de toute lettre de refus, les promesses de réception faites à ses tableaux par ceux qui les avaient vus, ne le rassuraient pas. Anatole avait vaguement entendu dire dans une brasserie que son ami était refusé, au moins pour une de ses toiles. La tête de Coriolis se mit à travailler là-dessus. Il était embarrassé pour sortir de cette incertitude qui lui taquinait l'imagination et les nerfs. Anatole lui conseilla d'aller voir leur ancien camarade Garnotelle, qu'il n'avait pas revu depuis son retour de Rome, et qui était devenu un artiste posé, lancé, « pourri de relations ». Coriolis se décidait à aller voir Garnotelle.

Il arrivait à la cité Frochot, à ce joli phalanstère de peinture posé sur les hauteurs du quartier Saint-Georges[1] ; gaie villa d'ateliers riches, de l'art heureux, du succès, dont le petit trottoir montant n'est guère foulé que par des artistes décorés. Vers le milieu de la cité, à une porte en treillage, garnie de lierre, il sonna. Un domestique à l'accent italien prit sa carte et l'introduisit dans un atelier à la claire peinture lilas.

Sur les murs se détachaient des cadres dorés, des gravures de Marc-Antoine[2], des dessins à la mine de plomb grise, portant sur leur bordure le nom de M. Ingres. Les meubles étaient couverts d'un reps gris qui s'harmonisait doucement et discrètement avec la peinture de l'atelier. Deux vases de pharmacie italienne, à anses de serpents tordus, posaient sur un grand meuble à glaces de vitrine, laissant voir la collection, reliée en volumes dorés sur tranche, des études et des croquis de Garnotelle. Dans un coin, un *ficus* montrait ses grandes feuilles vernies; dans l'autre, un bananier se levait d'une espèce de grand coquetier de cuivre, à côté d'un piano droit ouvert. Tout était net, rangé, essuyé, jusqu'aux plantes qui paraissaient brossées. Rien ne traînait, ni une esquisse, ni un plâtre, ni une copie, ni une brosse. C'était le cabinet d'art élégant, froid, sérieux, aimablement classique et artistiquement bourgeois d'un prix de Rome, qui se consacre spécialement aux portraits de dames du monde.

Au milieu de l'atelier, au plus beau jour, sur un chevalet d'acajou à col de cygne, reposait un portrait de femme entièrement terminé et verni. Devant ce portrait était un tapis, et devant le tapis, trois fauteuils en place, fatigués d'un passage de personnes, formaient un hémicycle. Ces fauteuils, le tapis, le chevalet, mettaient là un air d'exhibition religieuse, et comme un petit coin de chapelle. Coriolis reconnut le portrait : c'était le portrait de la femme d'un riche financier, un portrait que les journaux avaient annoncé comme devant être le seul envoi de Garnotelle au Salon.

Garnotelle, en vareuse de velours noir, entra.

— Comment! c'est toi?. — dit-il en laissant voir le malaise d'équilibre d'un homme qui retrouve un ami oublié. — Tu as été longtemps là-bas, sais-tu? Je suis enchanté... Ah! tu regardes mon exposition...

— Comment, ton exposition?

— Ah! c'est vrai... tu reviens de si loin! tu as l'innocence de ces choses-là... Eh bien! j'ai tout bonnement écrit à la Direction que j'avais besoin d'un délai pour finir... et voilà... Je n'envoie pas comme les autres... et je fais ici ma petite exposition particulière, comme tu vois... Votre tableau ne passe pas comme cela avec le commun des martyrs... Vous êtes distingué par l'administration... cela fait très bien... Je l'enverrai au dernier jour, et tu verras, il ne sera pas le plus mal placé... Ah ça ! et toi ? Est-ce qu'on ne m'a pas dit que tu avais quelque chose ?

— Oui, trois tableaux de là-bas, et c'est justement pour ça... Je ne sais pas si je suis refusé... Et je voudrais être fixé, savoir décidément...

— Oh ! très bien... C'est très facile... Je te saurai cela ce soir... Où demeures-tu ?

— Rue de Vaugirard, 23.

— Comment habites-tu là ? C'est loin de tout. Pour peu qu'on aille un peu dans le monde... les ponts à traverser... Et ça te va-t-il, mon portrait ?

— Très bien... très bien... Le collier de perles... Oh ! Il est étonnant... — dit Coriolis sans enthousiasme.

— Mon Dieu ! c'est un portrait sérieux, sans tapage... Si j'avais voulu, ces temps-ci... La Tanucci m'a fait demander... Il était deux, trois heures, enfin une heure honnête pour se présenter chez une femme qui ne l'est pas... Elle était au lit... Une chambre de satin, feu et or... éblouissante... Elle s'amusait à faire ruisseler dans une grande cassette Louis XIII, tu sais, avec du cuivre aux angles, des bijoux, des diamants, de l'or... Elle était à demi sortie du lit, les épaules nues, des cheveux superbes, une chemise... tu sais de ces chemises qu'elles ont !... elle m'a demandé son portrait comme une chatte... J'ai été héroïque, j'ai refusé... Vois-tu, mon cher, au fond, ces portraits-là, quand on voit du monde, quand on connaît des femmes bien, c'est toujours une mauvaise affaire... ça jette de la déconsidération sur un talent... Il faut laisser cela aux autres... Tu dis... ton adresse ?

— 23, rue de Vaugirard.

— Je t'écris, vois-tu, pour plus de sûreté... parce que j'ai tant de choses... Et puis, je veux aller te voir... Tu me montreras tout ce que tu as rapporté... Je serais très curieux... Veux-tu que nous descendions ensemble jusqu'aux boulevards ? Je suis invité à déjeuner ce matin...

Il sonna son domestique, passa un habit, et quand ils furent dehors : — Pourquoi, — dit-il à Coriolis, — n'habites-tu pas par ici ?

— Pourquoi ? — répondit Coriolis. — Tiens, regarde... — et il désigna une croisée. — Vois-tu ces bougies roses à cette toilette, des bougies couleur de chair qui font penser à la jambe d'une danseuse dans un bas de soie ? Vois-tu cette bonne sur le trottoir qui promène ce petit chien de la Havane ? La bonne a du blanc, et le petit chien a du rouge... Sens-tu cette odeur de poudre de riz qui descend les escaliers et sort par la porte comme l'haleine de la maison ?... Eh bien ! mon cher, voilà ce qui me fait sauver... J'en ai peur... Il flotte trop de plaisir pour moi par ici... La femme est dans l'air... on ne respire que cela ! Je me connais, il me faut ma rue de Vaugirard, mon quartier, un quartier d'étudiants qui ressemble à l'hôtel Cicéron de la vache enragée... Ici, je redeviendrais un créole... et je veux faire quelque chose...

— Ah ! moi pour travailler, il n'y a que Rome... ma belle Rome ! Quand avec l'école nous allions acheter, je me rappelle, aux *Quattro Fontane*, des oranges et des pommes de pin pour les manger dans les thermes de Caracalla...

Et disant cela, Garnotelle quitta Coriolis avec une poignée de main, sur la porte du café Anglais.

Le lendemain matin, Coriolis reçut une carte de Garnotelle, qui portait écrit au crayon : « Les trois *reçus*. »

XLII

Un grand jour que le jour d'ouverture d'un Salon !

Trois mille peintres, sculpteurs, graveurs, architectes l'ont attendu sans dormir, dans l'anxiété de savoir où l'on a placé leurs œuvres, et l'impatience d'écouter ce que ce public de première représentation va en dire. Médailles, décorations, succès, commandes, achats du gouvernement, gloire bruyante du feuilleton, leur avenir, tout est là, derrière ces portes encore fermées de l'Exposition. Et les portes à peine ouvertes, tous se précipitent.

C'est une foule, une mêlée. Ce sont des artistes en bande, en famille, en tribu ; des artistes gradés donnant le bras à des épouses qui ont des cheveux en coques [1], des artistes avec des maîtresses à mitaines noires ; des chevelus arriérés, des élèves de Nature coiffés d'un feutre pointu ; puis des hommes du monde qui veulent « se tenir au courant » ; des femmes de la société frottées à des connaissances artistiques, et qui ont un peu dans leur vie effleuré le pastel ou l'aquarelle ; des bourgeois venant se voir dans leurs portraits et recueillir ce que les passants jettent à leur figure ; de vieux messieurs qui regardent les nudités avec une lorgnette de spectacle en ivoire ; des vieilles faiseuses de copies, à la robe tragique, et qu'on dirait taillée dans la mise-bas [2] de Mlle Duchesnois [3], s'arrêtant, le pince-nez au nez, à passer la revue des torses d'hommes qu'elles critiquent avec des mots d'anatomie. Du monde de tous les mondes : des mères d'artistes, attendries devant le tableau filial avec des larmoiements de portières ; des actrices fringantes, curieuses de voir des marquises en peintures ; des refusés hérissés, allumés, sabrant tout ce qu'ils voient avec le verbe bref et des jugements féroces ; des frères de la Doctrine chrétienne[1], venus pour admirer les paysages d'un gamin auquel ils ont appris à lire ; et çà et là, au milieu de tous, coupant le flot, la marche familière et l'air d'être chez elles, des modèles allant aux tableaux, aux statues où elles retrouvent leur corps, et disant tout haut : « Tiens ! me voilà ! » à l'oreille d'une amie, pour que tout le monde entende... On ne voit que des nez en l'air, des gens qui regardent avec toutes les façons ordinaires et extraordinaires de regarder l'art. Il y a des admirations stupéfiées, religieuses, et qui semblent prêtes à se signer. Il y a des coups d'œil de joie que jette un concurrent à un tableau raté de camarade. Il y a des attentions qui ont les mains sur le ventre, d'autres qui restent en arrêt, les bras croisés et le livret sous un bras, serré sous l'aisselle. Il y a des bouches béantes, ouvertes en *o*, devant la dorure des cadres ; il y a sur des figures l'hébétement désolé, et le navrement éreinté qui vient aux visages des malheureux obligés par les convenances sociales d'avoir vu toutes ces couleurs. Il y a les silencieux qui se promènent avec les mains à la Napoléon derrière le dos ; il y a les professants qui pérorent, les noteurs qui écrivent au crayon sur les marges du livret, les toucheurs qui expliquent un tableau en passant leur gant sale sur le vernis à peine séché, les agités qui dessinent dans le vide toutes les lignes d'un paysage, et reculent du doigt un horizon. Il y a des dilettantes qui parlent tout seuls et se murmurent à eux-mêmes des mots comme *smorfia*[2]. Il y a des hommes qui traînent des troupeaux de femmes aux sujets historiques. Il y a des ateliers en peloton, compacts et paraissant se tenir par le pan de leurs doctrines. Il y a de grands diables à cravates de foulard, les longs cheveux rejetés derrière les oreilles, qui serpentent à travers les foules et crachent, en courant, à chaque toile, un lazzi qui la baptise. Il y a, devant d'affreux vilains tableaux convaincus et de grandes choses insolemment mal peintes, comme de petites églises de pénétrés, des groupes de catéchumènes en redingotes, chacun le bras sur l'épaule d'un frère, immobiles ; changeant seulement de pied de cinq en cinq minutes, le geste dévotieux, la parole basse, et tout perdus dans l'extatisme d'une vision d'apôtres crétins...

Spectacle varié, brouillé, sur lequel planent les passions, les émotions, les espérances volantes, tourbillonnantes, tout le long de ces murs qui portent le travail, l'effort et la fortune d'une année !

Coriolis voulut ce jour-là faire « l'homme fort ». Il n'avança pas l'heure du déjeuner, par une espèce de déférence pour la blague d'Anatole. Mais au dessert l'impatience commença à le prendre. Il trouvait qu'Anatole mettait des éternités à prendre son café. Et le voyant siroter son gloria en disant tranquillement : — Nous avons bien le temps ! — il l'enleva brusquement de table, l'emporta dans un coupé et se jeta avec lui dans les salles. Anatole voulait s'arrêter à des tableaux, l'appelait, le retenait : Coriolis s'échappait, allait devant lui ; il voulait se voir.

Il arriva à ses tableaux. Sa première toile lui donna dans la poitrine ce coup de poing que vous envoie votre œuvre exposée, accrochée, publique. Tout disparut ; il eut ce premier grand éblouissement de sa chose où chacun voit en grosses lettres : MOI !

Puis il regarda : il était bien placé. Cependant, au bout d'un moment, il trouva que sa place, si bonne qu'elle fût, avait des inconvénients, des voisinages qui lui nuisaient. La lumière ne donnait pas juste sur la *Halte de Bohémiens* ; le jour l'éclairait un peu à faux. Sa *Vue d'Adramiti* avait l'honneur du grand Salon ; mais le portrait gris[1] et terriblement sobre de Garnotelle, placé à côté, le faisait paraître un peu trop « bouchon de carafe ». Du reste, ses trois tableaux étaient sur la cimaise. Sans doute, ce n'était pas tout ce qu'il aurait voulu : Coriolis était peintre, et, comme tout peintre, il ne se serait estimé tout à fait bien placé que s'il avait été exposé absolument seul dans le Salon d'honneur. Mais enfin c'était satisfaisant, il n'avait pas à se plaindre ; et tout heureux d'être débarrassé d'Anatole accroché par d'anciens amis d'atelier, il se mit à se promener dans le voisinage de ses tableaux en faisant semblant de regarder ceux qui étaient à côté, l'oreille aux aguets, essayant d'attraper des mots de ce qu'on disait de lui, et laissant tomber des regards d'affection sur les gens qui stationnaient devant sa signature.

Bientôt lui arriva une joie que donne le succès direct, tout vif et présent, la joie chaude de l'homme qui se voit et se sent applaudi par un public qu'il touche des yeux et du coude. Il lui passa un chatouillement d'orgueil au bruit de son nom qui marchait dans la foule. Il était remué par des bouts de phrases, des exclamations, des chaleurs de sympathie, des riens, des gestes, des approbations de tête, qui saluaient et félicitaient ses toiles. Une bande de rapins en passant lança des hourras. Un critique s'arrêta devant, et demeura le temps de penser un feuilleton sans idées. Peu à peu, l'heure s'avançant, les passants s'amassèrent ; aux regardeurs isolés, aux petits groupes succéda un rassemblement grossissant, trois rangées de spectateurs tassés, serrés, emboîtés l'un dans l'autre, montrant trois lignes de dos, froissant entre leurs épaules deux ou trois robes de femmes, et renversant une soixantaine de fonds ronds de chapeaux noirs où le jour tombé d'en haut lustrait la soie.

Coriolis serait resté là toujours si Anatole n'était venu le prendre par le bras en lui disant :

— Est-ce que tu ne consommerais pas quelque chose ?

Et il l'emmena dans un café des boulevards où Coriolis, en fumant son cigare et en regardant devant lui, revoyait tous ces dos devant ses tableaux.

XLIII

À ce triomphe du premier jour succéda bien vite une réaction.

On ne trouble point impunément les habitudes du public, ses idées reçues, les préjugés avec lesquels il juge les choses de l'art. On ne contrarie pas sans le blesser le rêve que ses yeux se sont faits d'une forme, d'une couleur, d'un pays. Le public avait accepté et adopté l'Orient brutal, fauve et recuit de Decamps. L'Orient fin, nuancé, vaporeux, volatilisé, subtil de Coriolis le déroutait, le déconcertait. Cette interprétation imprévue dérangeait la manière de voir de tout le monde, elle embarrassait la critique, gênait ses tirades toutes faites de couleur orientale.

Puis cette peinture avait contre elle le nom de son auteur, ce qu'un nom noble ou d'apparence nobiliaire inspire contre une œuvre de préventions trop souvent justifiées. La signature *Naz de Coriolis*, mise au bas de ces tableaux, faisait imaginer un gentilhomme, un homme du monde et de salon, occupant ses loisirs et ses lendemains de bal avec le passe-temps d'un art. À beaucoup de juges de goût peu fixé, allant pour rencontrer sûrement le talent là où ils croient être assurés de rencontrer le travail, l'application, la peine de tout un homme et l'ambition de toute une carrière d'artiste, ce nom donnait toute sortes d'idées de méfiance, une prédisposition instinctive à ne voir là qu'une œuvre d'amateur, d'homme riche qui fait cela pour s'amuser.

Toutes ces mauvaises dispositions, la petite presse, qui a ses embranchements sur les brasseries de la peinture, les ramassa et les envenima. Elle fut impitoyable, féroce pour Coriolis, pour cet homme ayant des rentes, qu'on ne voyait point boire de chopes, et qui, inconnu hier, accaparait, à la première tentative, l'intérêt d'une exposition. Le petit peuple du bas des arts ne pouvait pardonner à une pareille chance. Aussi pendant deux mois Coriolis eut-il les attaques de tous ces arrière-fonds de café, où se baptisent les gloires embryonnaires et les grands hommes sans nom, où chauffent ces succès de la bohème, auxquels chacun apporte l'abnégation de son dévouement, comme s'il se couronnait lui-même en couronnant quelqu'un de la bande. On le déchira spécialement à l'estaminet du *Vert-de-gris*, le rendez-vous des *amers*. Les *amers*, les amers spéciaux que fait la peinture, ceux-là qu'enrage et qu'exaspère cette carrière qui n'a que ces deux extrêmes : la misère anonyme, le néant de celui qui n'arrive pas, ou une fortune soudaine, énorme, tous les bonheurs de gloire de celui qui arrive, les amers, tout ce monde d'avenirs aigris, de jeunes talents grisés de compliments d'amis et ne gagnant pas un sou, furieux contre le monde, exaspéré contre la société, la veine et le succès des autres, haineux, ulcérés, misanthropes qui s'humaniseront à leur première paire de gants gris perle, — les amers se mirent à *exécuter* tous les soirs la personne et le talent de Coriolis jusqu'à l'entière extinction du gaz, soufflant la technique de l'éreintement à deux ou trois criticules qui venaient prendre là le mauvais air de l'art.

Coriolis trouvait enfin une dernière opposition dans la réaction commençant à se faire contre l'Orient, dans le retour des amateurs sévères, posés, au style du grand paysage encanaillé à leurs yeux par un trop long carnaval de turquerie.

En face de cette hostilité presque universelle, Coriolis était à peu près désarmé. Il lui manquait les amitiés, les camaraderies, ce qu'une chaîne de relations organise pour la défense d'un talent discuté. Les huit ans passés par lui en Orient, la sauvagerie paresseuse qu'il en avait rapportée, son enfoncement dans le travail avaient fait l'isolement autour de lui. Cependant, comme il arrive presque toujours, des sympathies sortirent des haines. Ce qui se lève sous le contrecoup de l'injustice et de l'unanimité des hostilités, le sens de combativité et de générosité qui se révolte dans un public, mettaient la dispute et la violence d'une bataille dans la discussion du nouvel Orient de Coriolis. Devant la partialité de la négation, les éloges s'emportaient jusqu'à l'hyperbole; et Coriolis sortait des jalousies, des passions et de la critique, maltraité et connu, avec un nom lapidé et une notoriété arrachée à une sorte de scandale.

Au milieu de toutes ces sévérités, des attaques des journaux, de la dureté des feuilletons, Coriolis tombait presque journellement sur l'éloge de Garnotelle. Il y avait pour son ancien camarade un concert de louanges, un effort d'admiration, une conspiration de bienveillance, d'aménités, de phrases agréables, de douces épithètes, de restrictions respectueuses, d'observations enveloppées. Presque toute la critique, avec un ensemble qui étonnait Coriolis, célébrait ce talent honnête de Garnotelle. On le louait avec des mots qui rendent justice à un caractère. On semblait vouloir reconnaître dans sa façon de peindre la beauté de son âme. Le blanc d'argent et le bitume dont il se servait étaient le blanc d'argent et le bitume d'un noble cœur. On inventait la flatterie des épithètes morales pour sa peinture : on disait qu'elle était « loyale et véridique », qu'elle avait la « sérénité des intentions et du faire ». Son gris devenait la sobriété. La misère de coloris du pénible peintre, du pauvre prix de Rome, faisait trouver et imprimer qu'il avait des « couleurs gravement chastes ». On rappelait, à propos de cette belle sagesse, l'austérité du pinceau bolonais; un critique même, entraîné par l'enthousiasme, alla, à propos de lui, jusqu'à traiter la couleur de basse, matérielle et vicieuse satisfaction du regard; et faisant allusion aux toiles de Coriolis qu'il désignait comme attirant la foule par le sensualisme, il déclarait ne plus voir de salut pour l'Art contemporain que dans le dessin de Garnotelle, le seul artiste de l'Exposition digne de s'adresser, capable de parler « aux esprits et aux intelligences d'élite ».

XLIV

L'étonnement de Coriolis était naïf. Cette vive et presque unanime sympathie de la critique pour Garnotelle s'expliquait naturellement.

Garnotelle était l'homme derrière le talent duquel la critique de ces critiques qui ne sont que des littérateurs pouvait satisfaire sa haine d'instinct contre le *morceau peint*, contre le bout de toile ou le panneau de couleur éclatante, contre la page de soleil et de vie rappelant quelque grand coloriste ancien, sans avoir l'excuse de la signature de son grand nom. Il était soutenu, poussé, acclamé par tout ce qu'il y a d'imperception et d'hostilité inavouée, dans les purs phraseurs d'esthétique, pour l'harmonie de pourpre du Titien, le courant de pâte d'un Rubens, le gâchis d'un Rembrandt, la touche carrée d'un Vélasquez, le tripotage de génie de la couleur, le travail de la main des chefs-d'œuvre. Le peintre satisfaisait le goût de ces doctrines, aimées de la France, sympathiques à son tempérament, qui mènent l'admiration de l'estime publique et des gens distingués à une certaine manière de peindre unie, sage, lisse, blaireautée, sans pâte, sans touche, à une peinture impersonnelle et inanimée, terne et polie, reflétant la vie dans un miroir dont le tain serait malade, fixant et desséchant le trait qui joue et trempe dans la lumière de la nature, arrêtant le visage humain avec des lignes graphiques rigides comme le tracé d'une épure, réduisant le coloris de la chair aux teintes mortes d'un vieux daguerréotype colorié, dans le temps, pour dix francs.

Garnotelle servait de drapeau et de ralliement à la critique purement lettrée, et au public qui juge un peintre avec des théories, des idées, des systèmes, un certain idéal fait de lectures et de mauvais souvenirs de quelques lignes anciennes, l'estime d'une certaine propreté délicate, une compétence bornée à un mépris acquis et convenu pour les tons roses de Dubuffe. L'école sérieuse, puissante et considérée, descendue des professeurs et des hommes d'État critiques d'art, l'école doctrinaire et philosophique du Beau, l'armée d'écrivains penseurs qui n'ont jamais vu un tableau même en le regardant, qui n'ont jamais goûté devant un ton cette jouissance poignante, cette sensation absolue que Chevreul[1] dit aussi forte pour l'œil que les sensations des saveurs agréables pour le palais; ces juges d'art qui n'apprécient jamais l'art par cette impression spontanée, la sensation, mais par la réflexion, par une opération de cerveau, par une application et un jugement d'idées; tous ces théoriciens ennemis de la couleur par rancune, affectant pour elle le mépris, répétant que cela, cette chose divine que rien n'apprend, la couleur, peut s'apprendre en huit jours, que la peinture doit être simplement un dessin lavé à l'huile; que la pensée, l'élévation de l'Idée doivent faire et réaliser cette chose plastique et d'une chimie si matérielle : la Peinture, — tels étaient les gens, les théories, les sympathies, les courants d'opinion qui constituaient le grand parti de Garnotelle.

De là le succès des portraits de Garnotelle. Leur absence de vie, leur décoration passaient pour du style; leur platitude était saluée comme une idéalisation. On voulait trouver dans leur air de papier peint je ne sais quoi d'humble, de modeste, de religieux, l'agenouillement d'une peinture, pâle d'émotion, aux pieds de Raphaël. Il y avait une entente pour ne pas voir toute la misère de ce dessin mesquin, tiraillé entre la nature et l'exemple, timide et appliqué, cherchant aux personnages de basses enjolivures bêtes; car Garnotelle ne savait pas même tirer de ses modèles la forte matérialité trapue, l'épaisse grandeur de la Bourgeoisie[1] : il arrangeait les bourgeois qu'il peignait en portiers songeurs, travaillait à les poétiser, tâchait de mettre une lueur de rêverie dans un ancien député du juste-milieu et d'alanguir un ventru avec de l'élégance. Il maniérait le commun, et jetait ainsi sur la grosse race positive, dont il était le peintre presque mystique, le plus divertissant des ridicules.

Mais les portraits les plus applaudis de Garnotelle étaient ses portraits de femmes : minutieuses et laborieuses copies de traits et de plis de robes, images patientes de dames sérieuses et roides, dans des intérieurs maigres. Réunis, ils auraient fait douter de la grâce, de l'animation, de l'esprit qu'a toute la personne de la Parisienne du XIXe siècle. C'étaient des mains étalées gauchement sur les genoux avec les doigts forcés comme des pincettes, des physionomies ayant un air de calme dormant et de placidité figée, auquel s'ajoutait une sorte de mortification morne, provenant des longues et nombreuses séances exigées par le consciencieux portraitiste. Il semblait y avoir un travail pénible, très mal éclairé, un travail de prison, dans ce douloureux dessin, dans ces ostéologies s'enlevant sur des fonds olive, dans ces femmes décolletées qu'on eût dit posées par le peintre sous un jour de souffrance. Vaguement, devant ces portraits, l'idée vous venait de bourgeoises en pénitence dans les Limbes[2]. Ce que Garnotelle leur mettait pour pensée et pour ombre sur le front avait l'air d'une préoccupation de ménage, d'un souci d'addition, ou plutôt de ces réflexions de femme qui marchande une chose trop chère. Malgré tout, c'étaient les portraits à la mode. Les femmes, en dépit de toute la coquetterie qu'elles ont d'elles-mêmes et de cette immortalité de leur beauté, les femmes s'étaient laissé persuader que cette façon rigoureuse de les peindre avait de la sévérité et de la noblesse. Ce qu'elles perdaient avec Garnotelle en jeunesse et en piquant, elles pensaient qu'il le leur rendait en autorité de grâce et en transfiguration sérieuse. Et parmi les plus élégantes, les plus riches et les plus jolies, les portraits de ce peintre, à propos duquel elles avaient entendu nommer si souvent Raphaël, devenaient un objet de jalousie, d'envie, une exigence imposée à la bourse du mari.

XLV

Il y avait encore, pour le succès de Garnotelle, d'autres raisons.

Garnotelle n'était plus l'espèce de sauvage timide, marchant dans les pas d'Anatole, attaché et collé à lui, vivant de sa société et à son ombre. Il n'était plus ce pauvre garçon, ce rustre gêné, malappris, honteux de lui-même, qui demandé, par hasard, dans un château pour une décoration, avait passé quinze jours sans se laisser arracher une parole, avec des larmes d'embarras lui venant presque aux yeux, quand l'attention des femmes s'occupait de lui, et qu'il avait peur comme un petit paysan que veut embrasser une belle dame. L'École de Rome a un mérite qu'il faut reconnaître : si elle ne fait rien pour le talent des gens, elle fait beaucoup pour leur éducation; si elle n'inspire pas le peintre, elle forme et dégrossit l'homme. Par la vie en commun, l'espèce de frottement d'un club académique, le façonnement des natures abruptes au contact des natures civilisées, ce que les gens bien nés enseignent et font gagner aux autres, ce que les lettrés donnent et communiquent d'instruction aux illettrés, par son salon, ses réceptions, la Villa Médicis fabrique, dans des tempéraments de peuple, des espèces de gens du monde que cinq ans élèvent, en apparence de manières, en superficie de savoir, en politesse acquise, au niveau du commun des martyrs et des exigences de la société actuelle. Là avait commencé la métamorphose de Garnotelle, encouragée par la bienveillance de deux ou trois salons français et étrangers, où les gâteries des femmes l'enhardissaient à prendre peu à peu l'aplomb du monde. Sa tête lui servait et aidait à ses succès : il plaisait par une beauté brune, un peu commune et marquée, mais de ce genre qu'aiment les femmes, une beauté vulgairement souffrante, où de la pâleur, presque de la maladie, un reste de vieux malheurs de sang, devenu une espèce de teint fatal, mettaient ce caractère, qui l'avait fait surnommer par ses camarades « l'ouvrier malsain ». Dans ce physique, le monde ne voulait voir que le tourment de la pensée, les stigmates du travail, l'émaciement de la spiritualité. Et pour les yeux des femmes, Garnotelle était la figure rêvée, une poétique incarnation du pittoresque et romanesque personnage qui peint avec son cœur et sa santé, il était ce malheureux céleste : — l'*Artiste !*

À Paris, par des liaisons nouées à Rome dans une famille française, il était entré dans un monde de femmes du haut commerce et de la haute banque, un monde orléaniste de femmes sérieuses, intelligentes, cultivées, mêlées aux lettres, à l'art, tenant le haut bout de l'opinion publique par leurs salons et leurs amis du journalisme. Il trouva là de puissantes protectrices, supérieures à la banalité, ardentes et remuantes dans l'amitié, mettant leur activité et leur dévouement d'esprit au service des intimes habitués de leur maison, faisant d'eux, de leur nom, de leur célébrité, de leur carrière, l'intérêt, l'occupation, l'orgueil de leur vie de femme et la petite gloire de leur cercle. Il eut toutes les bonnes fortunes et tout le profit de ces liaisons pures, de ces attachements, de ces adoptions qui finissent par laisser tomber sur la tête d'un peintre le sentimentalisme ému d'une bourgeoisie éclairée, passionnent ses démarches, ses prières, ses intrigues, tout ce que peut une femme à l'époque du Salon pour le lancement d'un succès.

En dehors de ce monde, Garnotelle allait encore dans quelques salons de la haute aristocratie étrangère, où il rencontrait de grands noms avec lesquels il pouvait peser sur le ministère, des femmes au désir despotique, habituées à tout vouloir dans leur pays, et qui n'avaient perdu qu'un peu de cette habitude en France[1]. C'était pour Garnotelle une récréation et un délassement, que ce monde aimant le plaisir, la liberté, les artistes. Il s'y sentait entouré de la naïve admiration des étrangers pour un talent de Paris : il était le peintre, le Français, l'homme célèbre que les femmes, les jeunes filles courtisaient avec la vivacité de l'ingénuité ravissante des coquetteries russes. On le choyait, on l'enguirlandait. Il était le cornac des plaisirs, la fête des soirées, l'invité annoncé et promis. Les sociétés se le disputaient, se l'arrachaient, avec des jalousies féminines et des querelles gracieuses qui chatouillaient et réjouissaient sa vanité jusqu'au fond. Il était là comme dans une délicieuse atmosphère d'enchantement amoureux. On ne le voyait dans ces salons que masqué par une jupe, la tête à demi levée derrière un fauteuil de femme, mêlé aux robes, toujours dans une intimité d'aparté, dans une pose d'enfant gâté, discret, étouffant de petits rires, des demi-paroles, des chuchotements, ce qui bruit tout bas autour d'un secret, d'une confidence, avec de petites mines, des silences, des contemplations, des yeux d'admiration, tout un jeu d'adoration d'une épaule, d'un bras, d'un pied, qui touchait les femmes comme le platonisme et le soupir d'un amour qui leur aurait fait la cour à toutes. Aux hommes aussi il trouvait moyen de plaire et de paraître amusant avec un rien de cet esprit que tout peintre ramasse dans la vie d'atelier. Et s'agissait-il de l'achat d'un de ses tableaux par quelque gros banquier ? Une conspiration de sympathies s'organisait dans l'ombre, et il avait non seulement la femme, mais les experts, les familiers, le médecin même pour lui, travaillant à forcer la main au Million.

Appuyé sur ces relations et ces protections, persuadé que tout ce qu'il pouvait avoir à demander au gouvernement serait emporté par des exigences de jolies femmes, ou des transactions de femmes influentes, Garnotelle qui, sous sa peau de mondain, avait gardé de la finesse et de la malice du paysan, estimait qu'il était inutile, presque dangereux, de passer pour un ami du gouvernement. Il ne se montrait pas aux soirées officielles, boudait les avances, jouant la réserve et la froideur d'un homme appartenant à l'Institut et attaché à ses doctrines.

Près du maître des maîtres [1], il avait une humilité parfaite. Avec son nom et sa position, il sollicitait de l'aider dans ses travaux ; il s'offrait à lui peindre des fonds, des *à-plats*, à lui couvrir des ciels, des terrains, à lui poncer des draperies « pour se dévouer et apprendre », disait-il. Il s'informait, comme d'une cérémonie sacrée, du jour où il y avait exposition chez lui. Et devant le tableau, dont il semblait ne pas oser s'approcher de trop près, il restait à distance respectueuse, plongé dans une muette contemplation. Dans ce genre d'admiration accablée, écrasée, la seule à laquelle pût encore se prendre la vanité du maître blasé sur la pantomime enthousiaste, les spasmes, les lèvements d'yeux extatiques, les monosyllabes entrecoupés, il avait imaginé une invention sublime, et qui avait attaché à son avenir la protection du grand homme. À une exposition intime, il avait gardé devant « l'œuvre » un silence morne ; puis, rentré chez lui, il avait écrit au maître une lettre où il laissait naïvement échapper son découragement, se disait désespéré par cette perfection, cette grandeur, cette pureté, qui lui ôtaient l'espérance de jamais rien faire, presque la force de travailler encore ; et faisant répandre par ses amis le bruit de son découragement, il avait attendu, cloîtré dans son atelier, jusqu'à ce qu'une lettre du maître relevât son courage avec des éloges, l'encourageât à vivre et à peindre.

De plus, Garnotelle était un des habitués les plus assidus de cette société de l'*Oignon*[1], réunissant et reliant les anciens prix de Rome avec deux grands dîners annuels et quelques petits dîners subsidiaires, dans cette espèce de franc-maçonnerie de la courte échelle, où l'on se passait les travaux, les commandes, les voix à l'Institut, entre la poire et le fromage, entre les pièces de vers en l'honneur des gloires académiques et des satires contre les autres gloires.

Avec la presse, il était froidement poli. Il ne gâtait pas les critiques de lettres ni d'esquisses, ne les recherchait pas et tenait à distance ceux qu'il rencontrait dans les salons avec une poignée de main qui leur tendait seulement le bout d'un doigt ou de deux. Cette attitude de réserve lui avait valu le respect avec lequel la plupart des feuilletons parlaient de son talent.

Ainsi adulé, respecté, protégé, appuyé, renté par l'argent de ses portraits, renté par l'argent de son atelier, un atelier aristocratique de jeunes et riches étrangers payant cent francs par mois, et s'engageant pour six mois ; riche et parvenu à tous les bonheurs, comblé dans ses désirs et ses ambitions, le Garnotelle du succès, le Garnotelle des chemises brodées et des parfums à base de musc, n'ayant plus rien de son passé que ses longs cheveux, qu'il gardait comme une auréole d'artiste, Garnotelle se montrait parfois enveloppé d'une vague tristesse. Il paraissait avoir le noble et solennel fond de souffrance d'un homme éloigné « de l'objet de son culte ». Il se plaignait à demi-mot de n'être plus là où étaient ses regrets et son amour; et de temps en temps, il laissait échapper, avec une voix attendrie et un regard d'aspiration religieuse, une : — « Chère Rome, où es-tu ? » — qui apitoyait autour de lui un public d'imbéciles sur cette pauvre âme sombre d'exilé.

XLVI

Le talent, l'ambition, l'énergie de Coriolis sortaient de ces contradictions, de la contestation, fouettés et aiguillonnés. La bataille autour de ses tableaux, de son nom, de son Orient, ce soulèvement de colères soudaines et d'ennemis inconnus lui donnaient la surexcitation de la lutte, le poussaient à la volonté d'une grande chose, d'une de ces œuvres qui arrachent au public la pleine reconnaissance d'un homme.

On ne le connaissait que par les côtés de coloriste pittoresque. Il voulait se révéler avec les puissantes qualités du peintre; montrer la force et la science du dessinateur, amassées en lui par des études patientes et acharnées de nature, qui mettaient à ses moindres croquis l'accent et la signature de sa personnalité.

Abandonnant le tableau de chevalet; il attaquait le nu dans un cadre où il pouvait faire mouvoir la grandeur du corps humain. Le décor de sa scène était un *Bain turc*[1]. Sur la pierre moite de l'étuve, sur le granit suant, il plia une femme, sortant comme de l'arrosement d'un nuage, de la mousse de savon blanc jetée sur elle par une négresse presque nue, les reins sanglés d'une *foutah*[2] à couleurs vives. La baigneuse, sur son séant, se présentait de face. Elle était gracieusement ramassée et rondissante dans la ligne d'un disque : on l'eût dite assise dans le C d'un croissant de lune. Ses deux mains se croisaient dans ses cheveux, au bout de ses bras relevés qui dessinaient une anse et une couronne. Sa tête, penchée, se baissait mollement, avec un chatouillement d'ombre, sur sa gorge remontée. Son torse avait les deux contours charmants et contraires de cette attitude penchée : pressé d'un côté, serré entre le sein et la hanche, il se tendait de l'autre, déroulait le dessin de son élégance; et jusqu'au bout des deux jambes de la baigneuse, l'une un peu repliée, l'autre longuement allongée, l'opposition des lignes se continuait dans l'ondulation d'un balancement. Derrière ce corps ébauché, sorti de la toile avec du pastel, Coriolis avait massé au fond des groupes de femmes qu'on entrevoyait dans une buée de vapeur, dans une aérienne perspective d'étuve rayée de traits de soleil qui faisaient des barres.

Au commencement de l'hiver, Coriolis avait fini ce tableau. Anatole, qui n'était pas complimenteur et qui n'avait guère de sympathie pour les sujets orientaux, ne put retenir, devant la toile achevée :

— Très bien, ton corps de femme... c'est ça!

Coriolis avait l'horreur de certains peintres pour le compliment qui porte à faux, qui loue une qualité qu'ils n'ont pas, ou un coin d'une œuvre qu'ils sentent n'être pas le bon de cette œuvre. Un éloge à côté avait beau être sincère et de bonne foi : il jetait Coriolis dans des colères d'enfant.

— « C'est ça! » dit-il en se retournant avec un geste

violent. — Ah! tu trouves que c'est ça, toi?... Ça! mais c'est d'un commun!... ce n'est plus le corps que je veux... Voilà six semaines que je m'échine dessus... Tu as bien fait de me dire que c'était bien... Allons! je te dis, c'est bête... bête comme une académie de parisienne... et tortillé... Tiens! Il traîne sur les quais une Vénus de Goltzius... qui a des perles aux oreilles, avec des colombes qui volent autour... voilà!... Je sentais bien que c'était mauvais. Mais, attends!

Et Coriolis commença à effacer sa figure, Anatole essaya de l'arrêter, l'injuria, l'appela « imbécile et chercheur de petite bête ». Coriolis continuait à démolir sa baigneuse en disant :

— Après cela, c'est le diable, un torse qui vous donne la note... C'est dégoûtant maintenant... Il n'y a plus un corps à Paris... Voyons! voilà six mois que nous n'avons pu avoir un modèle propre... Une femme qui ait pour un liard de race, de distinction, un ensemble pas trop canaille... où ça se trouve-t-il? sais-tu, toi? Oh! les modèles? une espèce finie... Rachel[1] a commencé à les perdre avec le Conservatoire... Il n'y a plus de modèles! Ça vous donne deux séances... et puis, à la troisième, vous rencontrez votre étude, dans un petit coupé, coiffée en chien, qui vous dit : « Bonjour!... » Une femme lancée, plus de pose! Et celles qu'on a encore la chance d'attraper, sont-ce des modèles? Ça ne tient pas la pose... ça n'a pas de tendons... ça ne *crispe* pas!... ça ne *crispe* pas!...

XLVII

L'hiver de Paris a des jours gris, d'un gris morne, infini, désespéré. Le gris remplit le ciel, bas et plat, sans une lueur, sans une trouée de bleu. Une tristesse grise flotte dans l'air. Ce qu'il y a de jour est comme le cadavre du jour. Une froide lumière, qu'on dirait filtrée à travers de vieux rideaux de tulle, met sa clarté jaune et sale sur les choses et les formes indécises. Les couleurs s'endorment comme dans l'ombre du passé et le voile du fané. Dans l'atelier, un mélancolique effacement ôte le rayon à la toile, promène entre les grands murs une sorte d'ennui glacé, polaire, glisse du plâtre qui perd ses lignes à la palette qui perd ses tons, et finit par remplacer, dans la main du peintre, les pinceaux par la pipe.

Ces jours-là, on voyait à Vermillon des attitudes paresseuses, engourdies, inquiètes et souffrantes. Travaillé par le malaise de ce vilain temps, ayant comme le froid de la neige au fond de lui, il se postait près du poêle, et passait des demi-heures, immobile, en équilibre sur son derrière, et se chauffant ses deux pattes dans ses deux mains. Toute son attention paraissait concentrée sur le rouge du poêle; la demi-heure passée, il tournait sa tête sur son épaule, regardait de côté, avec méfiance, cette plaque de faux jour blanchissant dans le cadre de la baie, se grattait le dessous d'une cuisse, poussait un petit cri, regardait encore un peu le ciel, et ne le reconnaissant pas, il paraissait y chercher une seconde le souvenir de quelque chose de disparu. Puis il revenait à la chaleur du poêle, et s'enfonçait dans une espèce de nostalgie profonde et de méditation concentrée, avec un air confondu, cette espèce de peur de voir le soleil mort, qu'ont observée les naturalistes chez les singes en hiver.

Tout à côté, Anatole faisait comme le singe, se chauffait les pieds, en se pelotonnant près du poêle, se regardait fumer, entre deux cigarettes essayait de taquiner la plante du pied de Vermillon. Mais Vermillon, grave et préoccupé, repoussait ses agaceries.

Pour Coriolis, après quelques essais de travail lâche,

quelques coups de brosse, il prenait dans une crédence une poignée d'albums aux couvertures bariolées, gaufrées, pointillées ou piquées d'or, brochées d'un fil de soie, et jetant cela par terre, s'étendant dessus, couché sur le ventre, dressé sur les deux coudes, les deux mains dans les cheveux, il regardait, en feuilletant, ces pages pareilles à des palettes d'ivoire chargées des couleurs de l'Orient, tachées et diaprées, étincelantes de pourpre, d'outremer, de vert d'émeraude. Et un jour de pays féerique, un jour sans ombre et qui n'était que lumière, se levait pour lui de ces albums de dessins japonais[1]. Son regard entrait dans la profondeur de ces firmaments paille, baignant d'un fluide d'or la silhouette des êtres et des campagnes ; il se perdait dans cet azur où se noyaient les floraisons roses des arbres, dans cet émail bleu sertissant les fleurs de neige des pêchers et des amandiers, dans ces grands couchers de soleil cramoisis et d'où partent les rayons d'une roue de sang, dans la splendeur de ces astres écornés par le vol des grues voyageuses. L'hiver, le gris du jour, le pauvre ciel frissonnant de Paris, il les fuyait et les oubliait au bord de ces mers limpides comme le ciel, balançant des danses sur des radeaux de buveurs de thé ; il les oubliait dans ces champs aux rochers de lapis, dans ce verdoiement de plantes aux pieds mouillés, près de ces bambous, de ces haies efflorescentes qui font un mur avec de grands bouquets. Devant lui, se déroulait ce pays des maisons rouges, aux murs de paravent, aux chambres peintes, à l'art de nature si naïf et si vif, aux intérieurs miroitants, éclaboussés, amusés de tous les reflets que font les vernis des bois, l'émail des porcelaines, les ors des laques, le fauve luisant des bronzes tonkin. Et tout à coup, dans ce qu'il regardait, une page fleurissante semblait un herbier du mois de mai, une poignée du printemps, toute fraîche arrachée, aquarellée dans le bourgeonnement et la jeune tendresse de sa couleur. C'étaient des zigzags de branches, ou bien des gouttes de couleur pleurant en larmes sur le papier, ou des pluies de caractères jouant et descendant comme des essaims d'insectes dans l'arc-en-ciel du dessin nué. Çà et là, des rivages montraient des plages éblouissantes de blancheur et fourmillantes de crabes ; une porte jaune, un treillage de bambou, des palissades de clochettes bleues laissaient deviner le jardin d'une maison de thé ; des caprices de paysages jetaient des temples dans le ciel, au bout du piton d'un volcan sacré ; toutes les fantaisies de la terre, de la végétation, de l'architecture, de la roche déchiraient l'horizon de leur pittoresque. Du fond des bonzeries partaient et s'évasaient des rayons, des éclairs, des gloires jaunes palpitantes de vols d'abeilles. Et des divinités apparaissaient, la tête nimbée de la branche d'un saule, et le corps évanoui dans la tombée des rameaux.

Coriolis feuilletait toujours : et devant lui passaient des femmes, les unes dévidant de la soie cerise, les autres peignant des éventails ; des femmes buvant à petites gorgées dans des tasses de laque rouge ; des femmes interrogeant des baquets magiques ; des femmes glissant en barque sur des fleuves, nonchalamment penchées sur la poésie et la fugitivité de l'eau. Elles avaient des robes éblouissantes et douces, dont les couleurs semblaient mourir en bas, des robes glauques à écailles, où flottait comme l'ombre d'un monstre noyé, des robes brodées de pivoines et de griffons, des robes de plumes, de soie, de fleurs et d'oiseaux, des robes étranges, qui s'ouvraient et s'étalaient au dos, en ailes de papillon, tournoyaient en remous de vague autour des pieds, plaquaient au corps, ou bien s'en envolaient en l'habillant de la chimérique fantaisie d'un dessin héraldique. Des antennes d'écaille piquées dans les cheveux, ces femmes montraient leur visage pâle aux paupières fardées, leurs yeux relevés au coin

étais arrivé à suivre mécaniquement, sur les volets des boutiques fermées, l'ombre des gens de l'omnibus qui recommence éternellement... une série de silhouettes... Pas un bonhomme curieux... tous, des têtes de gens qui vont en omnibus... Des femmes... des femmes sans sexe, des femmes à paquet... Zing! le cadran du conducteur, un voyageur! Il n'y avait plus qu'une place au fond... Zing! une voyageuse... complet! J'avais en face de moi un monsieur avec des lunettes qui s'obstinait à vouloir lire un journal... Il y avait toujours des reflets dans ses lunettes... Ça me fit tourner les yeux sur la femme qui venait de monter... Elle regardait les chevaux par-dessous la lanterne, le front presque contre la glace de la voiture... une pose de petite fille... l'air d'une femme un peu gênée dans un endroit rempli d'hommes... Voilà tout... Je regardai autre chose... As-tu remarqué, toi, comme les femmes paraissent mystérieusement jolies en voiture, le soir?... De l'ombre, du fantôme, du domino, je ne sais pas quoi, elles ont de tout cela... un air voilé, un empaquetage voluptueux, des choses d'elles qu'on devine et qu'on ne voit pas, un teint vague, un sourire de nuit, avec ces lumières qui leur battent sur les traits, tous ces demi-reflets qui leur flottent sous le chapeau, ces grandes touches de noir qu'elles ont dans les yeux, leur jupe même remuante d'ombres... — La Madeleine! le boulevard! la Bastille! Pas de correspondance!... — Tiens! elle était comme ça... tournée, regardant, un peu baissée... La lueur de la lanterne lui donnait sur le front... c'était comme un brillant d'ivoire... et mettait une vraie poussière de lumière à la racine de ses cheveux, des cheveux floches[1] comme dans du soleil... trois touches de clarté sur la ligne du nez, sur un bout de la pommette, sur la pointe du menton, et tout le reste, de l'ombre... Tu vois cela?... Très charmante cette femme... et c'est drôle, pas Parisienne... Des manches courtes, pas de gants, pas de manchettes, la peau des bras... une toilette, on n'y voyait rien dans sa toilette... et je m'y connais... une tenue de grisette et de bourgeoise, avec quelque chose dans toute la personne de déroutant, qui n'était pas de l'une et qui n'était pas de l'autre... — Auteuil ! Bercy ! Charenton ! le Trône ! Palais-Royal ! Vaugirard ! n° 17 ! n° 18 ! n° 19 !... — Ici, une éclipse... elle a tourné le dos à la lanterne... sa figure en face de moi est une ombre toute noire, un vrai morceau d'obscurité... plus rien, qu'un coup de lumière sur un coin de sa tempe et sur un bout de son oreille où pend un petit bouton de diamant qui jette un feu de diable... L'omnibus va toujours son train... Le Carrousel, le quai, la Seine, un pont où il y a sur le parapet des plâtres de savoyard... puis des rues noires où l'on aperçoit des blanchisseuses qui repassent à la chandelle... Je ne la vois plus que par éclairs... toujours sa pose... son oreille et le petit diamant... Et puis tout à coup, au bout de cette vilaine rue du Vieux-Colombier, elle a fait signe au conducteur... Mon cher, elle a passé devant moi avec une marche, des gestes de statue, paroles d'honneur... Et ce n'est pas facile d'avoir du style, une femme, en omnibus... Je ne l'ai un peu vue qu'à ce moment-là... elle m'a paru avoir un type, un type... Elle est entrée dans un sale magasin où il y a en montre des lorgnettes en ivoire et du plaqué.

— Des lorgnettes ? Au 27 ou au 29 alors ?

— Ah ! le numéro, je n'en sais rien.

— Un magasin de vieux neuf, enfin !... Brune et des yeux bleus bizarres, ta femme, n'est-ce pas ?...

— Je crois...

— Oh ! elle est bonne ! C'est la Salomon...

— Salomon ? Mais il y avait une vieille femme, il me semble, je me souviens, dans le temps, qui nous apportait de la parfumerie...

— Ça, c'est la mère... qui a fait des enfants, des bottes... tous qui posent... la mère au magasin, à la brocante... Elle, c'est la fille, c'est sa dernière... une dix-huitaine d'années... Ton affaire, au fait... Serin que je suis! je n'y avais pas pensé... Manette... Manette Salomon...

— Si tu lui écrivais de ma part, de venir, hein? de venir lundi, tiens... Je verrai si elle me va...

— Parfaitement... Ah! plus de papier... Voilà la lettre de mort de Paillardin... Je prends la page blanche... Oui c'est au 27 ou au 29... La mère lui remettra... Je crois qu'elle ne demeure plus avec elle...

XLIX

Le lundi, Manette Salomon ne vint pas, Coriolis l'attendit le lendemain et les autres jours de la semaine : elle ne parut pas, n'écrivit pas, ne fit rien dire. Coriolis se décida à chercher un autre modèle.

Il passa en revue les corps connus. Il fit poser tout ce qui se présentait à son atelier, les poseuses d'occasion et de misère, jusqu'à une pauvre femme qui monta sur la table en costume d'Ève, avec son chapeau, son voile et un oiseau de paradis sur la tête. Aucun de ces galbes de femme n'avait le caractère de lignes qu'il cherchait; et, découragé, s'en remettant au temps, à quelque heureuse rencontre pour trouver l'inspiration de nature qu'il voulait, il lâcha sa figure principale et se mit à retravailler le reste de son tableau.

Un soir qu'Anatole et lui battaient les boulevards, avec une soirée vide devant eux, Anatole tomba en arrêt devant l'affiche d'un grand bal à la salle Barthélemy[1].

— Tiens! — dit-il, — c'est le Carnaval des juifs... si nous y allions?

Ils entrèrent rue du Château-d'Eau dans la salle où la

fête de la *Pourime*[1], — le vieil anniversaire de la chute d'Aman et de la délivrance des Juifs par Esther, — était célébrée par un bal public.

Quelques pauvres costumes, les oripeaux du « décrochez-moi-ça », de vieilles vestes de débardeur couleur de raisin de Corinthe usé, sautaient au milieu des paletots et des redingotes. La famille et l'honnêteté apparaissaient çà et là par places, sur les côtés de la danse, dans des coins où s'élevaient comme un mâchonnement de mauvais allemand, un patois demi-français sonnant de consonnes tudesques, dans les files de vieilles femmes branlant de la tête à la mesure de la musique, les mains posées à plat sur les genoux avec la rigidité de statues d'Égypte, dans des groupes d'enfants parsemés sur le gradin de la banquette, souriant et dansant des yeux, en remuant à demi les bras. C'était un bal qui ressemblait, au premier aspect, à tous les autres bals parisiens, où le cancan fait le plaisir. Cependant, au bout de deux ou trois tours, Coriolis commença à y démêler un caractère. Cette foule, pareille de surface et d'ensemble à toutes les foules, ces hommes, ces femmes sans particularité frappante, habillés des costumes, des airs de Paris, et tout Parisiens d'apparence, laissèrent voir bientôt à son œil de peintre et d'ethnographe le type effacé, mais encore visible, les traits d'origine, la fatalité de signes où survit la race. Il remarqua des visages brouillés, sur lesquels se mêlait la coupe fière de profil des peuples de désert à des humilités louches de commerces douteux de grande ville, des teints plombés tout à la fois par un ancien soleil et par une réverbération de vieil argent, des jeunes gens aux cheveux laineux, à la tête de bélier, des figures à cheveux papillotés, à gros diamant faux sur la chemise, étalant ce luxe de velours gras qu'aiment les marchands de choses suspectes, les petits yeux allumés de la fièvre du lucre, et des sourires d'Arabes dans des barbes de crin. Il reconnut, sous les capuchons et les palatines, ces femmes qu'il avait vues au plein air du Temple et dans les boutiques de la rue Dupetit-Thouars. C'étaient des blondes d'Alsace, à la blondeur dorée du blé mur, des chevelures noires et crêpées, des nez busqués, des ovales fuyant dans des pâleurs ambrées de joue et de cou où se détachait la coquille rose de l'oreille, des coins de lèvres ombrées de poil follet, des bouches poussées en avant comme par un souffle : des épaules décolletées avaient une ombre de duvet dans le creux du dos. À toutes, il voyait ces yeux tout rapprochés du nez et tout cernés de bistre, ces yeux allumés comme de femmes poudrées, ces yeux vifs de bête aux cils sans douceur laissaient à nu le noir d'un regard étonné, parfois vague.

— Tiens ! la Manette... — fit tout à coup Anatole, et il montra à Coriolis une femme qui regardait de la galerie d'en haut danser dans la salle. Coriolis aperçut un bras enveloppé dans un châle dénoué, un coude appuyé sur la balustrade, une main soutenant une tête, un bout de profil, un ruban feu nouant des cheveux pris dans une résille à perles d'acier. Immobile, Manette laissait le bal venir à ses yeux, avec un air de contentement paresseux et de distraction indifférente.

— Eh bien ! — dit Coriolis à Anatole — monte lui demander pourquoi elle n'est pas venue.

Anatole redescendit de la galerie au bout de quelques instants.

— Mon cher, elle est furieuse... Il paraît que notre lettre n'était pas signée... Elle m'a dit qu'il n'y a qu'aux chiens qu'on écrit sans mettre son nom... Et puis, elle s'est encore vexée que nous ne lui ayons pas fait l'honneur d'une feuille de papier à lettre toute neuve... Je lui ai tout dit pour la radoucir... Enfin, si tu y tiens, montons là-haut... Tu n'as qu'à lui faire des excuses... Mets ça sur moi, dis que c'est moi, appelle-moi pignouf...

tout ce que tu voudras!... Au fond, je crois qu'elle a envie de venir... Il n'y a que sa dignité... tu comprends? La dignité de mademoiselle!... À la fin, elle m'a demandé si c'était bien de toi que les journaux avaient parlé... — Et comme ils montaient le petit escalier qui allait à la galerie : — Ah! tu vas en voir, par exemple, deux sibylles avec elle... de vrais enfants de Moïse et de Polichinelle!

Manette était assise à une table où posaient trois verres de bière à moitié vidés, à côté de deux vieilles femmes. L'une, les yeux troubles et louches, le visage rempli et gêné par un nez énorme et crochu, avait l'air d'une terrible caricature encadrée dans la ruche noire d'un immense bonnet noué sous son menton de galoche; un fichu de soie, aux ramages de madras, d'un jaune d'œillet d'Inde, croisait sur son cou décharné. Les yeux, la bouche, les narines remplis du noir qu'ont les têtes desséchées, la figure charbonnée comme par le poilu horrible d'une singesse, l'autre portait, rejeté en arrière sur des cheveux de négresse, un chapeau blanc de marchande à la toilette, orné d'une rose blanche; et des effilés de poils de chèvre pendaient des épaulettes de sa robe.

Anatole fit la présentation, et s'attabla avec son ami à la table des trois femmes qui se serrèrent pour leur faire place. Coriolis parla à Manette, s'excusa. Manette le laissa parler sans l'interrompre, sans paraître l'entendre; puis quand il eut fini, tournant vers lui un de ces regards « grande dame » qu'ont tous les yeux de femme quand ils le veulent, elle le toisa du bout des bottes jusqu'à la racine des cheveux, détourna la tête, et, après un silence, elle se décida à lui dire qu'elle voulait bien, et qu'elle viendrait « prendre la pose » le lundi suivant. Et presque aussitôt, tirant de sa ceinture sa petite montre pendue à la chaîne d'or qui battait sur sa robe de soie noire, elle se leva, salua Coriolis, et disparut suivie de ses deux monstres gardiens.

L

Le lundi, Manette fut exacte. Après quelques mots, elle commença à se déshabiller lentement, rangeant avec ordre sur le divan les vêtements qu'elle quittait. Puis elle monta sur la table à modèle avec sa chemise remontée contre sa poitrine, et dont elle tenait entre ses dents le festonnage d'en haut, dans le mouvement ramassé, pudique, d'une femme honnête qui change de linge.

Car, malgré leur métier et leur habitude, ces femmes ont de ces hontes. La créature bientôt publique qui va se livrer toute aux regards des hommes, a les rougeurs de l'instinct, tant que son talon ne mord pas le piédestal de bois qui fait de la femme, dès qu'elle s'y dresse, une statue de nature, immobile et froide, dont le sexe n'est plus rien qu'une forme. Jusque-là, jusqu'à ce moment où la chemise tombée fait lever de la nudité absolue de la femme la pureté rigide d'un marbre, il reste toujours un peu de pudicité dans le modèle. Le déshabillé, le glissement de ses vêtements sur elle, l'idée des morceaux de sa peau devenant nus un à un, la curiosité de ces yeux d'hommes qui l'attendent, l'atelier où n'est pas encore descendue la sévérité de l'étude, tout donne à la poseuse une vague et involontaire timidité féminine qui la fait se voiler dans ses gestes et s'envelopper dans ses poses. Puis, la séance finie, la femme revient encore, et se retrouve à mesure qu'elle se rhabille. On dirait qu'elle remet sa pudeur en remettant sa chemise. Et celle-là qui donnait à tous, il n'y a qu'un instant, toute la vue de sa jambe, se retournera pour qu'on ne la voie pas attacher sa jarretière.

C'est dans la pose seulement que la femme n'est plus femme, et que pour elle les hommes ne sont plus des hommes. La représentation de sa personne la laisse sans gêne et sans honte. Elle se voit regardée par des yeux d'artistes; elle se voit nue devant le crayon, la palette, l'ébauchoir, nue pour l'art de cette nudité presque sacrée, qui fait taire les sens. Ce qui erre sur elle et sur les plus intimes secrets de sa chair c'est la contemplation sereine et désintéressée, c'est l'attention passionnée et absorbée du peintre, du dessinateur, du sculpteur, devant ce morceau du Vrai qu'est son corps : elle se sent être pour eux ce qu'ils cherchent et ce qu'ils travaillent en elle, la vie de la ligne qui fait rêver le dessin.

De là aussi, chez les modèles, ces répugnances, cette défense contre la curiosité des amis, des connaissances venant visiter un peintre, ces peurs, ces alarmes devant tous les gens qui ne sont pas du métier, ce trouble sous ces regards embarrassants d'intrus qui regardent pour regarder, et qui font que tout à coup, au milieu d'une séance, un corps de femme s'aperçoit qu'il est nu et se trouve tout déshabillé. — Un jour, dans l'atelier de M. Ingres, une femme posait devant trente élèves, trente paires d'yeux; tout à coup, on la vit se précipiter de la table à modèle, effarée, frissonnante, honteuse de toute la peau, et courant à ses vêtements se couvrir bien vite tant bien que mal du premier qu'elle trouva : qu'avait-elle vu ? Un couvreur[1] qui la regardait d'un toit voisin, par la baie au-dessus de sa tête.

Cette honte de femme dura une seconde chez Manette. Soudain, elle laissa tomber de ses dents desserrées la fine toile qui glissa le long de son corps, fila de ses reins, s'affaissa d'un seul coup au bas d'elle, tomba sur ses pieds comme une écume. Elle repoussa cela d'un petit coup de pied, le chassa par-derrière ainsi qu'une queue de robe; puis, après avoir abaissé sur elle-même un regard d'un moment, un regard où il y avait de l'amour, de la caresse, de la victoire, nouant ses deux bras au-dessus de sa tête, portant son corps sur une hanche, elle apparut à Coriolis dans la pose de ce marbre du Louvre qu'on appelle le *Génie du repos éternel*.

La Nature est une grande artiste inégale. Il y a des milliers, des millions de corps qu'elle semble à peine dégrossir, qu'elle jette à la vie à demi façonnés, et qui paraissent porter la marque de la vulgarité, de la hâte, de la négligence d'une création productive et d'une fabrication banale. De la pâte humaine, on dirait qu'elle tire, comme un ouvrier écrasé de travail, des peuples de laideur, des multitudes de vivants ébauchés, manqués, des espèces d'images à la grosse de l'homme et de la femme. Puis de temps en temps, au milieu de toute cette pacotille d'humanité, elle choisit un être au hasard, comme pour empêcher de mourir l'exemple du Beau. Elle prend un corps qu'elle polit et finit avec amour, avec orgueil. Et c'est alors un véritable et divin être d'art qui sort des mains artistes de la Nature.

Le corps de Manette était un de ces corps-là : dans l'atelier, sa nudité avait mis tout à coup le rayonnement d'un chef-d'œuvre.

Sa main droite, posée sur sa tête à demi tournée et un peu penchée, retombait en grappe sur ses cheveux; sa main gauche, repliée sur son bras droit, un peu au-dessus du poignet, laissait glisser contre lui trois de ses doigts fléchis. Une de ses jambes, croisée par-devant, ne posait que sur le bout d'un pied à demi levé, le talon en l'air; l'autre jambe, droite, et le pied à plat, portait l'équilibre de toute l'attitude. Ainsi dressée et appuyée sur elle-même, elle montrait ces belles lignes étirées et remontantes de la femme qui se couronne de ses bras. Et l'on eût cru voir de la lumière la caresser de la tête aux pieds : l'invisible vibration de la vie des contours semblait faire frémir tout le dessin de la femme, répandre, tout autour d'elle, un peu du bord et du jour de son corps.

Coriolis n'avait pas encore vu des formes si jeunes et si pleines, une pareille élégance élancée et serpentine, une si fine délicatesse de race gardant aux attaches de la femme, à ses poignets, à ses chevilles, la fragilité et la minceur des attaches de l'enfant. Un moment, il s'oublia à s'éblouir de cette femme, de cette chair, une chair de brune, mate et absorbant la clarté, blanche de cette chaude blancheur du Midi qui efface les blancheurs nacrées de l'Occident, une de ces chairs de soleil, dont la lumière meurt dans des demi-teintes de rose thé et des ombres d'ambre.

Ses yeux se perdaient sur cette coloration si riche et si fine, ces passages de ton si doux, si variés, si nuancés, que tant de peintres expriment et croient idéaliser avec un rose banal et plat; ils embrassaient ces fugitives transparences, ces tendresses et ces tiédeurs de couleurs qui ne sont plus qu'à peine des couleurs, ces imperceptibles apparences d'un bleu, d'un vert presque insensible, ombrant d'une adorable pâleur les diaphanéités laiteuses de la chair, tout ce délicieux je-ne-sais-quoi de l'épiderme de la femme, qu'on dirait fait avec le dessous de l'aile des colombes, l'intérieur des roses blanches, la glauque transparence de l'eau baignant un corps. Lentement, l'artiste étudiait ces bras ronds, aux coudes rougissants, qui, levés, blanchissaient sur ces cheveux bruns, ces bras au bas desquels la lumière, entrant dans l'ombre de l'aisselle, montrait des fils d'or frisant dans du jour; puis le plan ferme de la poitrine blanche et azurée de veinules; puis cette gorge plus rosée que la gorge des blondes, et où le bout du sein était de la nuance naissante de l'hortensia.

Il suivait l'indication presque tremblée des côtes, la ligne à peine éclose d'un torse de jeune fille, encore contenu et comprimé dans sa grâce, à demi mûr, serré dans sa jeunesse comme dans l'enveloppe d'un bouton. Une taille à demi épanouie, libre, roulante, heureuse, comme la taille des femmes qui n'ont jamais porté de corset, lui montrait cette jolie indication molle et sans coupure, la ceinture naturelle marquée d'un sinus d'amour dans le bronze et le marbre des statues antiques. De cette taille, son regard allait au douillet modelage, aux inflexions, aux méplats, à la rondeur enveloppée, à la douce et voluptueuse ondulation d'un ventre de vierge, d'un ventre innocent, presque enfantin, sculpté dans sa mollesse et délicatement dessiné dans le *flou* de sa chair : une petite lumière, à demi coulée au bord du nombril, semblait une goutte de rosée glissant dans l'ombre et le cœur d'une fleur. Il allait à ce bas du ventre, où il y avait de la convexité d'une coquille et du rentrant d'une vague, à l'arc des hanches, à ces cuisses charnues, caressées, sur le doux grain de leur peau, de blancheurs tranquilles et de lueurs dormantes, à ces genoux moelleux, délicats et noyés, cachant si coquettement sous leurs demi-fossettes l'agrafe des muscles et le nœud des os, à ces jambes polies et lustrées, qui semblaient garder chez Manette, comme chez certaines femmes, le luisant d'un bas de soie, à ce fuseau de la cheville, à ces malléoles de petite fille, où s'attachait un tout petit pied, maigre et long, l'orteil en avant, les doigts un peu rosés au bout...

Sous cette attention qui semblait ne pas travailler, Manette à la fin éprouva une sorte d'embarras. Laissant retomber ses bras et décroisant ses jambes, elle parut demander à Coriolis de lui indiquer la pose.

— Nom d'un petit bonhomme ! — s'écria Anatole dans un élan d'admiration, et mettant sur ses genoux un carton, il commença à tailler un fusain.

— Tu vas faire une étude, *toi ?* — lui dit Coriolis avec un « toi » assez durement accentué.

— Un peu... Je ne t'ai pas dit... un fabricant de papier à cigarettes... Il m'a demandé une Renommée grandeur nature... Quatre cents balles ! s'il vous plaît.

Coriolis, sans répondre, alla à Manette, la mit dans la pose de sa baigneuse, revint à sa place et se mit à travailler. De temps en temps, il s'arrêtait, tirait et froissait sa moustache, regardait de côté Anatole, auquel il finit par dire :

— Tu es assommant avec ton tic !... Tu ne sais pas comme c'est nerveux...

Anatole avait pris la bizarre habitude, toutes les fois qu'il peignait ou dessinait, de se mordiller perpétuellement un bout de la langue qu'il avançait à un coin de la bouche, comme la langue d'un chien de chasse.

— Je vais te tourner le dos, voilà tout...

— Non, tiens, laisse-moi... va-t'en, veux-tu ? Aujourd'hui... je ne sais ce que j'ai... j'ai besoin d'être seul pour faire quelque chose...

Le lendemain et pendant tout le mois, Anatole alla se promener pendant la séance de Manette : il avait pris son parti de faire sa Renommée « de chic ».

LI

— Qu'est-ce que tu as fait hier ? — disait un matin à la fin du déjeuner Coriolis à Anatole.

— Hier, j'ai été au Père-Lachaise.

— Et aujourd'hui ?

— Ma foi, je pourrais bien y retourner... je trouve ça très amusant comme promenade...

— Ça ne te fait pas penser à la mort ?

— Oh ! à celle des autres... pas à la mienne... — fit Anatole avec un mot dans lequel il était tout entier.

Il y eut un silence. Les idées de Coriolis semblèrent se perdre dans la fumée de sa pipe; puis il lui échappa, comme s'il pensait tout haut :

— Un drôle d'être! En voilà pas mal que je vois... Je n'en ai pas encore vu une comme ça...

Et se tournant vers Anatole :

— Figure-toi une femme qui travaille avec vous jusqu'à ce qu'elle soit tombée dans votre pose... Et une fois qu'elle y est, c'est superbe!... on bûcherait deux heures, qu'elle ne bougerait pas... C'est qu'elle a l'air de porter un intérêt à ce que vous faites... Oh! mon cher, c'est étonnant... Tu sais, ça se voit quand ça ne va pas... Il y a des riens... un mouvement de lèvres, un geste... On est nerveux... il vous passe des inquiétudes dans le corps... Enfin, ça se voit... Eh bien! cette mâtine-là, quand elle voyait que ça ne marchait pas, elle avait l'air aussi ennuyé que ma peinture... Et puis quand j'ai commencé à m'échauffer, quand ça s'est mis à venir, voilà qu'elle a eu un air content! Il me semblait qu'elle s'épanouissait... Tiens! je vais te dire quelque chose de stupide : on aurait dit que sa peau était heureuse!... Vrai! je voyais le reflet de ma toile sur son corps, et il me semblait qu'elle était chatouillée là où je donnais un coup de pinceau... Une bêtise, je te dis... quelque chose de bizarre comme le magnétisme, le courant de caresse d'un portrait à une figure... Et puis, à chaque repos, si tu avais vu sa comédie!... Tiens, comme ça... son jupon à demi passé, la chemise serrée à deux mains sur sa poitrine, en tas, comme un mouchoir de poche... elle venait regarder avec une petite moue, en se penchant... Elle ne disait rien... elle se regardait... une femme qui se voit dans une glace, absolument... Et quand c'était fini, elle s'en allait avec un mouvement d'épaules content... Elle venait toujours les pieds dans ses petits souliers, sans mettre les quartiers... C'est très gentil les femmes qui boitent, qui clochent comme ça... Une drôle de femme tout de même!... Quand je la fais déjeuner, elle me parle tout le temps des tableaux où elle est, de ce qu'elle a posé... Oh! d'abord, elle n'aurait donné qu'une séance, il y aurait eu dix autres femmes après elle, ça ne fait rien, c'est elle, et pas les autres... Là-dessus, il ne faut pas la contrarier : elle vous grifferait! Elle est d'une jalousie sur ces questions-là... et éreinteuse! Je t'assure que c'est amusant de l'entendre abîmer ses petites camarades... Elle en fait des portraits! Jusqu'à des noms de muscles qu'elle a retenus pour les échiner!... c'est très malin ça... Oh! une vraie vanité... C'en est comique... D'abord, c'est toujours elle qui a trouvé le mouvement... Elle est persuadée que c'est son corps qui fait les tableaux... Il y a des femmes qui se voient une immortalité n'importe où, dans le ciel, dans le paradis, dans des enfants, dans le souvenir de quelqu'un... elle, c'est sur la toile! pas d'autre idée que ça. L'autre jour, sais-tu ce qu'elle m'a fait? Il me fallait un dessin de draperie... Je l'arrange sur elle... je la vois qui fait une tête... une tête! Figure-toi une reine qu'on insulte!... Moi, je ne comprenais pas d'abord... Et puis c'est devenu si visible! Elle avait si bien l'air de me dire : Pour qui me prenez-vous? Est-ce que je suis un mannequin, moi? Vous n'avez droit qu'à ma nudité pour vos cinq francs... Et avec cela elle posait si mal, et une figure si maussade... j'ai été obligé d'y renoncer... Il faudra que j'en prenne une autre pour les draperies... Depuis, elle m'a dit qu'elle ne posait jamais pour ça, qu'elle n'avait pas osé me le dire... Et si tu savais de quel ton elle m'a dit : *pour ça!...* Elle trouvait que je lui avais manqué, positivement... J'étais pour elle un homme qui ferait un portemanteau de la Vénus de Milo!

LII

Ce jour-là, Coriolis avait dit à Anatole de ne pas l'attendre. Il devait dîner dehors et ne rentrer que fort tard, s'il rentrait.

Anatole, se trouvant seul, alla passer sa soirée au café de Fleurus.

Le café de Fleurus, dans la rue de ce nom, au coin du jardin du Luxembourg, était alors une espèce de cercle artistique fondé par Français, Achard, Nazon, Schutzenberger, Lambert, et quelques autres paysagistes, auxquels s'étaient joints des peintres de genre et d'histoire, Toulmouche, Hamon, Gérôme. Dans la salle, décorée de peintures par les habitués et ornée d'une figure de la grande Victoire entourée de l'allégorie de ses amours, un dîner des vendredis s'était organisé sous le nom de *Dîner des grands hommes*. Le dîner, restreint d'abord à un petit nombre de peintres, puis ouvert à des médecins, à des internes d'hôpitaux, avait bientôt été égayé par la surprise d'une loterie, tirée à chaque dessert, et imposant au gagnant l'obligation de fournir un lot pour le dîner suivant. De là, une succession de lots d'artistes, d'objets d'art, de meubles ridicules, de dessins et de pots de chambre à œil, de bronzes et de clysopompes, de tableaux et de bonnets grecs, une tombola de souvenirs et mystifications qui faisaient éclater chaque fois de gros rires. Peu à peu la table s'agrandissait : elle arrivait à compter une cinquantaine de convives, lors du retour de la colonie pompéienne[1], après la fermeture de la *Boîte à thé*, cet essai de phalanstère d'art, sur les terrains de la rue Notre-Dame-des-Champs, licencié, dispersé par le mariage, l'envolée des uns et des autres. Ce dîner, l'habitude de chaque soir, avait fait du café une sorte de club gai, spirituel, où la cordialité se respirait dans une réunion de camarades et de gens de talent. Anatole y venait souvent; Coriolis y apparaissait quelquefois.

— Imaginez-vous — disait un des habitués — imaginez-vous!... il m'est tombé une fois un bourgeois qui m'a dit : « Monsieur, je voudrais être peint sous l'inspiration du Dieu... — Comment, sous l'inspiration du Dieu? — Oui... après avoir entendu Rubini[1]... J'aime beaucoup la musique... Pourriez-vous rendre cela?... » Vous croyez que c'est tout? Quand je l'ai eu peint, sous l'inspiration du Dieu, il m'a amené son tailleur... Oui, il m'a amené Staub[2], pour vérifier sur son portrait la piqûre de son gilet!... Non, on ne saura jamais combien ils sont bêtes les bourgeois!

Après cette histoire, ce fut une autre. Chacun jetait son anecdote, son mot, son trait; et chaque nouveau récit était salué par des hourras, des risées, des grognements, des rires enragés, une sauvagerie de joie qui avait l'air de vouloir manger de la Bourgeoisie. On eût cru entendre toutes les haines instinctives de l'art, tous les mépris, toutes les rancunes, toutes les révoltes de sang et de race du peuple des ateliers, toutes ses antipathies foncières et nationales se lever dans un *tolle* furieux contre ce monstre comique, le bourgeois, tombé dans cette Fosse aux artistes qui se déchiraient ses ridicules! — Et toujours revenait le refrain : — Non, non, ils sont trop bêtes, les bourgeois!

— Tiens! — fit Anatole en voyant entrer Coriolis qui laissait voir un air mal dissimulé de mauvaise humeur.

— C'est toi? — lui dit-il. — Qu'est-ce que tu prends?

— Rien...

Et Coriolis resta muet, battant, avec les ongles, une mesure de colère sur le marbre de la table, à côté d'Anatole.

— Qu'est-ce que tu as? — lui demanda Anatole au bout de quelques instants.

— Ce que j'ai?... J'étais avec une femme à la porte Saint-Martin... Elle m'a quitté à dix heures... pour être rentrée à dix heures et demie... parce qu'elle tient à la considération de son portier! Comprends-tu? Voilà!

— Elle est drôle!... Qui ça donc? — fit Anatole.

Coriolis ne répondit pas, et se lançant dans une discussion engagée à la table à côté, il étonna le café par une défense passionnée de la *momie*, des éclats de voix terribles, une argumentation agressive et violente, un accent de contradiction vibrant, agaçant, blessant. Il abîma le *bitume* comme un ennemi personnel, comme quelqu'un sur lequel il aurait voulu se venger; et il laissa son défenseur, l'inoffensif et placide Buchelet, étourdi, aplati, ne sachant ce qui avait pris à Coriolis, d'où venait cette subite animosité, cassante et fiévreuse, montée tout à coup dans la parole de son contradicteur.

LIII

Quelques semaines après cette scène, Coriolis et Anatole, revenant de chez le marchand de couleurs Desforges, et surpris, dans le Palais-Royal, par une ondée de printemps, se promenaient sous les galeries, en attendant la fin de l'averse. Ils firent un tour, deux tours; puis Coriolis, s'appuyant contre une grille du jardin, se mit à regarder devant lui, d'un air distrait et absorbé.

La pluie tombait toujours, une pluie douce, tendre, pénétrante, fécondante. L'air, rayé d'eau, avait une lavure de ce bleu-violet avec lequel la peinture imite la transparence du gros verre. Dans ce jour de neutre alteinte liquide, le jet d'eau semblait un bouquet de lumière blanche, et le blanc qui habillait des enfants avait la douceur diffuse d'un rayonnement. La soie des parapluies tournant dans les mains jetait çà et là un éclair. Le premier sourire vif du vert commençait sur les branches noires des arbres, où l'on croyait voir comme des coups de pinceau, des touches printanières semant des frottis légers de cendre verte. Et dans le fond, le jardin, les passants, le bronze rouillé de la Chasseresse, la pierre et les sculptures du palais, apparaissaient, s'estompant dans un lointain mouillé, trempant dans un brouillard de cristal, avec des apparences molles d'images noyées.

Anatole, qui commençait à s'ennuyer de voir son compagnon planté là et ne bougeant pas, essaya de jeter quelques mots dans sa contemplation : Coriolis ne parut pas l'entendre. Anatole, à la fin, le prenant par le bras, l'entraîna vers une voiture d'où descendait du monde, à un passage de la rue de Valois. Coriolis monta machinalement, et laissa encore tomber dans le silence les paroles d'Anatole.

— Ah ça ! mon cher, — lui dit au bout de quelque temps Anatole impatienté, — sais-tu que tu me fais l'effet d'un homme qu'on met dedans ?

— Moi ? — dit Coriolis.

— Toi-même... avec cette petite... Mais Buchelet lui a plu à la quatrième séance ! Buchelet ! juge !

— Il n'y a pas que Buchelet, — fit Coriolis.

— Ah ! — fit Anatole en le regardant. Alors quoi ?

— Alors... alors... — dit Coriolis d'un ton sourd, et s'arrêtant avec l'effort d'un homme habitué à garder ses pensées, à refouler ses émotions, à se renfoncer le cœur dans la poitrine, — alors... tiens, laisse-moi tranquille, hein, veux-tu ? et parlons d'autre chose.

Ainsi qu'il venait de le dire à Anatole, Coriolis avait été aussi vite et aussi facilement heureux que le petit Buchelet. Mais ce caprice, qu'il croyait user en le satisfaisant, s'était enflammé, une fois satisfait. Il s'était changé en une sorte d'appétit ardent, irrité, passionné, de cette femme; et dès le lendemain, Coriolis se sentait devenir jaloux de ce modèle, du passé et du présent de ce corps public qui s'offrait à l'art, et sur lequel il voyait en ne voulant pas les voir, les yeux des autres. Des colères, auxquelles ses amis ne comprenaient rien, l'animaient contre ceux qui avaient fait poser cette femme avant lui. Il niait leur talent, les discutait, parlait d'eux avec une injustice rancunière, comme des gens qui, en lui prenant d'avance pour leurs figures un peu de la beauté de cette femme, l'avaient trompé dans leurs tableaux.

Pour l'enlever aux autres, il avait pensé à la prendre tous les jours, à la tenir dans son atelier, sans en avoir besoin, et, en travaillant à peine d'après elle : il lui payait des séances où il ne donnait que quelques coups de crayon ou de pinceau. Mais Manette s'était vite aperçue de ce jeu où elle trouvait une sorte d'humiliation; elle avait inventé des prétextes, manqué des rendez-vous de Coriolis, pour aller chez d'autres artistes qu'elle voyait travailler vraiment et s'inspirer d'après elle. Et c'est alors qu'avait commencé pour Coriolis ce supplice dont le monde des ateliers a plus d'une fois pu étudier le tourment, ce supplice d'un homme tenant à une femme possédée par les regards du premier venu.

— Oui, voilà, — fit Coriolis, quand il fut arrivé, dans le roulement de la voiture, au bout de toutes ses pensées, et comme s'il les avait confiées à Anatole, — voilà... — et il se retourna nerveusement vers lui sur le coussin du fiacre. — Un mari qui voudrait empêcher sa femme de se décolleter pour aller dans le monde, eh bien! ça lui serait encore plus facile qu'à moi d'empêcher Manette d'ôter sa chemise pour se faire voir...

LIV

Coriolis aurait voulu avoir Manette toute à lui, la faire habiter avec lui. Elle avait résisté à ses prières, à ses promesses. Devant les propositions qu'il lui avait faites, le bonheur de femme qu'il lui avait offert, un large entretien, une vie choyée, la haute main sur l'intérieur, le gouvernement de son ménage de garçon, il avait été étonné de la trouver si peu tentée. Elle resterait sa maîtresse tant qu'il voudrait; mais elle tenait à ne pas quitter son « petit chez-elle », le petit chez-elle qu'elle s'était arrangé avec l'argent de son travail. En tout, elle avait l'idée de s'appartenir, de garder son coin de liberté. Elle ne comprenait la vie qu'avec l'indépendance, le droit de pouvoir faire tout ce qui plaît, la permission même des choses dont on n'a pas envie. C'était une de ces petites natures ombrageuses qui gardent un caractère de jolie sauvagerie têtue, et ne veulent point de main qui se pose sur elles : il semblait à Coriolis la voir reculer devant ses offres, ainsi qu'un fin et nerveux animal, d'instincts libres et courants, qui ne voudrait pas entrer dans une belle cage.

Cette volonté qu'avait Manette de garder sa liberté, Coriolis ne voyait aucun moyen de la vaincre. Il se trouvait n'avoir aucune prise sur ce singulier caractère de femme. Elle ne semblait pas avide. Pour la lier à lui, il n'avait pas la ressource dont use à Paris l'amant riche auprès de la fille, la ressource de la griser de luxe, de plaisir, et de tout ce qui asservit à un homme les coquetteries et les sensualités d'une maîtresse. Manette n'avait point les petits sens friands de la femme. De sa race, de cette race sans ivrognes, elle montrait la sobriété, une espèce d'indifférence pour le boire et le manger. De coquetterie, elle ne connaissait que la coquetterie de son corps. L'autre lui manquait absolument. Par une étrange exception, elle était insensible aux bijoux, à la soie, au velours, à ce qui met du luxe sur la femme. Maîtresse de Coriolis, elle avait gardé sa mise modeste de petite ouvrière honnête, de grisette. Elle portait des robes de laine, de petits châles malheureux en imitation de cachemire, une de ces toilettes proprettes aux couleurs sombres et de coupe pauvre qui enveloppent d'ordinaire la maigreur des trotteuses de magasin. La toilette d'ailleurs lui allait mal : la mode faisait sur son admirable corps de faux plis comme sur un marbre. Parfois Coriolis lui achetait à un étalage, en passant, une robe de soie : Manette le remerciait, emportait la robe chez elle, et la serrait en pièce dans une armoire.

Presque tous les goûts de la femme lui faisaient pareillement défaut. Elle était paresseuse à désirer les distractions. Elle n'aimait ni le plaisir, ni le spectacle, ni le bal. L'étourdissement, le mouvement, la vie fouettée dont a besoin la nervosité de la Parisienne lui paraissaient une fatigue. Il fallait qu'une autre volonté que la sienne l'entraînât à s'amuser; et s'agissait-il d'une partie, elle était toujours prête à dire : « Au fait, si nous n'y allions pas? » Sa nature apathique et sans fantaisie se contentait de goûter une espèce de tranquille bonheur stagnant. Il semblait qu'il y eût en elle un peu de l'humeur casanière et ruminante de ces femmes du Midi qui se nourrissent et se bercent avec un ciel, un climat de paresse. Vivre sur place, sans remuer, dans une sérénité de bien-être physique, dans l'harmonieux équilibre d'une pose à demi sommeillante, avec du linge fin et blanc sur la peau, c'était toute sa félicité, — une félicité qu'elle pouvait se payer avec l'argent de sa pose, et sans avoir besoin de Coriolis.

LV

Créole, Coriolis avait le cœur et les sens du créole.

Dans ces hommes des colonies, de nature subtile, délicate, raffinée, mettant dans les soins de leur corps, leurs parfums, l'huile de leurs cheveux, leur toilette, une recherche qui dépasse les coquetteries viriles et les sort presque de leur sexe, dans ces hommes aux appétits de caprice et d'épices, n'aimant pas la viande, se nourrissant d'excitants et de choses sucrées, il y a, en dehors des mâles énergies et des colères un peu sauvages, une si grande analogie avec la femme, de si intimes affinités avec le tempérament féminin, que l'amour chez eux ressemble presque à de l'amour de femme. Ces hommes aiment, plus que les autres hommes, avec des instincts d'attachement et d'habitude tendre, avec le goût de s'abandonner et de se sentir possédés, une espèce de besoin d'être caressés, enveloppés continûment par l'amour, de s'enrouler autour de lui, de se tremper dans ses lâches douceurs, de s'y perdre, de s'y fondre dans une sorte de paresse d'adoration et de molle servitude heureuse.

De là les prédispositions naturelles, fatales, du créole à la vie qui mêle l'amant à la maîtresse, à la vie du concubinage. Coriolis n'y avait pas échappé. Presque toutes les liaisons de sa jeunesse étaient devenues des chaînes. Et il retrouvait ses anciennes faiblesses devant cette vulgaire et facile aventure, cette femme d'une espèce qu'il connaissait tant : un modèle !

Et cette fois, il était lié par une attache toute nouvelle, et qu'il n'avait point connue avec ses autres maîtresses. À son amour se mêlait l'amour de sa vie, l'amour de son art. L'artiste aimait avec l'homme. Il aimait cette femme pour son corps, pour des lignes qu'elle faisait, pour un ton qu'elle avait à une place de la peau. Il aimait comme s'il entrevoyait en elle une de ces divines maîtresses du dessin et de la couleur d'un peintre dont la rencontre providentielle met dans les tableaux des maîtres un type nouveau de l'*éternel féminin*. Il l'aimait pour sentir devant elle une inspiration et une révélation de son talent. Il l'aimait pour lui mettre sous les yeux cet Idéal de nature, cette manière à chefs-d'œuvre, cette présence réelle et toute vive du Beau que lui montrait sa beauté.

LVI

À force d'obstination, de prières, d'ardente insistance, Coriolis finissait par obtenir de Manette qu'elle vînt habiter avec lui. Il fut heureux de cette victoire comme d'une conquête de sa maîtresse. Il tenait maintenant sa vie. Tout ce qu'elle ferait serait sous sa main, sous ses yeux. Elle lui appartiendrait mieux et de plus près à toute heure. Elle serait la femme à demeure, qui partage avec le domicile l'existence de son amant.

Cependant, Manette, tout en venant et en s'installant chez lui, ne voulut pas donner congé de son petit logement de la rue du Figuier-Saint-Paul. Coriolis voyait là, de sa part, une idée de méfiance, une réserve de sa liberté, la garde d'un pied-à-terre, la menace de ne pas rester toujours. Puis ce logement lui déplaisait encore pour être la cause des absences de Manette : sous le prétexte de le nettoyer et d'y être le jour du blanchisseur, elle allait y passer une journée chaque semaine. Mais quoi qu'il fît, il ne put la décider à l'abandon de ce caprice.

Elle était donc à peu près tout à fait à lui. Il l'avait

détachée de ses habitudes, de son intérieur. Il l'avait rapprochée de lui par une intime communauté de vie; mais toujours quelque chose de cette femme qu'il serrait contre lui lui semblait appartenir aux autres : elle posait. Son corps était prêt pour le tableau d'un grand nom de l'art. Quand il avait essayé d'obtenir d'elle le sacrifice de ne plus se montrer, le renoncement à l'orgueil d'être nue et belle devant des hommes qui peignent, elle lui avait simplement dit que cela était impossible; et son regard, en disant cela, lui avait lancé un peu du dédain d'un artiste à qui l'on proposerait de se faire épicier. Il avait voulu exiger, menacer : elle s'était redressée comme une femme prête à un coup de tête; et devant le mouvement de révolte qu'elle avait fait, en ébouriffant méchamment ses cheveux sur ses tempes avec une passe rapide des mains, Coriolis avait reculé. Alors l'hypocrisie de sa jalousie s'était rejetée sur de misérables petits moyens de mauvaise foi, des exclusions de tel ou tel peintre, des camarades qu'il connaissait et chez lesquels il ne voulait pas que Manette allât. Et de défenses en défenses, d'exclusions en exclusions, il arrivait au ridicule de ne plus lui permettre que quelques vieillards de l'Institut. Puis, las de ces ruses indignes de lui, il éclatait, s'ouvrait à Manette, lui avouait ses fausses hontes, ses tortures, les mensonges sous lesquels son cœur saignait; et l'enveloppant de supplications, de paroles brûlantes, de baisers où passait la rage de ses colères et de ses souffrances, il lui demandait que ce fût fini.

Manette, à la longue, avait l'air de le prendre en pitié. Tout en continuant obstinément à poser, et à poser où il lui plaisait, elle montrait une espèce d'apparente condescendance pour ses exigences, paraissait leur céder, lui faisant des promesses, comme à ce que demande un enfant gâté qui pleure. Mais cette compassion exaspérait les jalousies de Coriolis au lieu de les apaiser.

Quand Manette était sortie, une inquiétude qui devenait une obsession le prenait tout à coup. Il arrivait tout courant dans l'atelier d'une connaissance où il supposait qu'elle était, et refermant sur son dos la porte comme un agent de police venant saisir la cagnotte d'une lorette, il passait l'inspection de tous les recoins de l'atelier, furetait, cherchait, et quand il avait tout vu sans rien trouver, il se sauvait, pour aller faire sa visite chez un autre peintre. Sa manie était connue, et l'on n'en riait même plus. De basses envies de savoir le prenaient : il pensait à des hommes de la rue de Jérusalem[1], dont on lui avait parlé, qui suivent une femme pour cinq francs donnés par un mari qui soupçonne. Dans des ateliers de camarades, il s'arrêtait à des dessins, à des esquisses qui lui mettaient brusquement le froncement d'un pli au milieu du front, et devant lesquels il restait dans une absorption rageuse. L'un d'eux avait eu la délicate pitié de le comprendre; et il avait retiré une étude que Coriolis, chaque fois qu'il venait, regardait douloureusement, avec des yeux amers. Mais il y avait à d'autres murs d'autres études que cette étude, pour tourmenter le regard de Coriolis et lui jeter à la face la publicité de sa maîtresse. Il la retrouvait partout, toujours, et même où elle n'était pas; car peu à peu c'était devenu chez lui une idée fixe, une folie, une hallucination, de vouloir la voir dans des toiles, dans des lignes, pour lesquelles elle n'avait pas posé : tous les corps, d'après les autres modèles, finissaient par ne lui montrer que ce corps, et toutes les nudités peintes des autres femmes le blessaient, comme si elles étaient la nudité de cette seule femme.

Son sang se retournait à la pensée qu'elle posait toujours. Il ne l'avait pas surprise, personne ne le lui avait dit. Tous ses amis, autour de lui, gardaient le secret de a maîtresse. Mais quand il lui disait à elle : « Tu as ›osé chez un tel ? » elle lui disait un « Non », qui lui- lonnait envie de la tuer, — et qu'il aimait encore mieux qu'un oui.

LVII

Ils dînaient. Il sembla à Coriolis que Manette se pressait de dîner. Aussitôt le dessert servi, elle se leva de table, alla dans sa chambre, revint avec son châle et son chapeau. Coriolis crut voir je ne sais quelle recherche dans sa toilette. Il remarqua que son chapeau était neuf.

Il eut envie de lui demander où elle allait ; puis il se dit : « Elle va me le dire. »

Manette, à la glace, arrangeait les brides de son chapeau, chiffonnait son nœud de rubans, lissait d'un coup de doigt ses cheveux sur une tempe, faisait ce joli mouvement de corps des femmes qui regardent, en se retournant, si leur châle, dont elles rebroussent la pointe du talon de leurs bottines, tombe bien.

Coriolis la regardait, interrogeait son dos, son châle, et toutes sortes de pensées lui traversaient la cervelle.

Il avait dans la tête comme le bourdonnement de cette idée : « Où va-t-elle ? »

Il attendait que Manette eût fini. — Où vas-tu ? — il avait sa phrase toute prête sur les lèvres.

Manette donna un petit coup sur un pli de sa robe :
— Je sors, — fit-elle simplement.

Coriolis n'eut pas le courage de lui dire un mot. Il l'écouta faire dans l'antichambre le bruit de la femme qui s'en va, parler aux domestiques, tourner une dernière fois, fermer la porte... Elle était partie.

Il posa sa pipe sur la table, devant Anatole qui le regardait étonné, la reprit, tira deux bouffées, la reposa sur une assiette, et brusquement saisissant un chapeau, il se jeta dans l'escalier.

Manette était à une quinzaine de pas de la maison. Elle marchait d'un petit pas pressé, d'un air à la fois distrait et recueilli, ne regardant rien. Elle prit la rue Hautefeuille : elle n'allait pas chez sa mère. Elle passa devant une station de voitures sur la place Saint-André-des-Arts : elle ne s'arrêta pas. Elle prit le pont Saint-Michel, le pont au Change. Coriolis la suivait toujours. Elle ne se retournait pas, ne semblait pas voir. Il y eut un moment un homme qui se mit à marcher derrière elle en lui parlant dans le cou : elle n'eut pas l'air de l'entendre. Coriolis aurait voulu qu'elle parût se sentir plus insultée. Au coin de la rue Rambuteau, elle acheta un bouquet de violettes. Coriolis eut l'idée qu'elle portait cela à un amant ; il vit le bouquet chez un homme, sur une cheminée, dans un verre d'eau. Manette prit la rue Saint-Martin, la rue des Gravilliers, la rue Vaucanson, la rue Volta. Des figures d'hommes et de femmes passaient que Coriolis reconnut pour des juifs, et auxquels Manette faisait en passant un petit salut. Tout à coup, passé la rue du Vertbois, elle tourna une grande rue en pressant le pas. Dans une porte, au-dessus de laquelle il y avait un drapeau tricolore, que Coriolis ne vit pas, elle disparut. Coriolis se lança derrière elle, et, au bout de quelques pas, il se trouva dans un petit préau bizarre, un *patio* de maison d'Orient, une espèce de cloître alhambresque : Manette n'était plus là.

Il eut le sentiment d'un cauchemar, d'une hallucination en plein Paris, à quelques pas du boulevard. Il lui sembla apercevoir une porte avec des points de lumière dans un fond. Il alla à cette porte, entra : dans une salle d'ombre, il aperçut un grand chandelier autour duquel des têtes d'hommes en toques noires, en rabats de dentelle, psalmodiaient sur de grands livres, avec des voix de nuit, des chants de ténèbres.

Il était dans la synagogue de la rue Notre-Dame de Nazareth.

Une lueur éclairait une tribune ouverte : la première femme qu'il aperçut là fut Manette.

Il respira, et tout plein de la joie de ne plus soupçonner, le cœur léger dans la poitrine, soudainement heureux du bonheur d'un homme dont une mauvaise pensée s'envole, il laissa tout ce qu'il y avait de détendu et de délivré en lui s'enfoncer mollement dans cette demi-nuit, ce bourdonnement murmurant d'un peuple qui prie, le mystère voltigeant et caressant de ces demi-bruits et de ces demi-lumières qui, s'accordant, se mariant, se pénétrant, semblaient chanter à voix basse dans la synagogue comme une soupirante et religieuse mélodie de clair-obscur.

Ses yeux s'abandonnaient à cette obscurité crépusculaire venant d'en haut, et teinte du bleu des vitraux que le soir traversait ; ils allaient devant eux aux lueurs de la mourante polychromie effacée des murs assombris et noyés, aux reflets rose de feu des bobèches de bougies scintillant çà et là dans le roux des ténèbres, aux petites touches de blanc, qui éclataient, de banc en banc, sur la laine d'un *taleth*[1]. Et son regard s'oubliait dans quelque chose de pareil à la vision d'un tableau de Rembrandt qui se mettrait à vivre, et dont la fauve nuit dorée s'animerait. Il revenait à la tribune, aux figures de femmes, à ces têtes qui, sous les grands noirs que leur jetait l'ombre, n'avaient plus l'air de têtes de Parisiennes, et paraissaient reculer dans l'Ancien Testament. Et par instants, dans le marmottement des prières, il entendait se lever des roulements de syllabes gutturales qui lui rapportaient à l'oreille des sons de pays lointains...

Puis, peu à peu, parmi les sensations éveillées en lui par ce culte, cette langue, qui n'étaient ni son culte ni sa langue, ces prières, ces chants, ces visages, ce milieu d'un peuple étranger et si loin de Paris dans Paris même, il se glissa dans Coriolis le sentiment, d'abord indéterminé et confus, d'une chose sur laquelle sa réflexion ne s'était jamais arrêtée, d'une chose qui avait toujours été jusque-là pour lui comme si elle n'était pas, et comme s'il ignorait qu'elle fût. C'était la première fois que cette perception lui venait de voir une juive dans Manette, qu'il avait sue pourtant être juive dès le premier jour. Et avec cette pensée, il remontait à des souvenirs dont il n'avait pas conscience, à des petits riens de Manette qui ne l'avaient pas frappé dans le moment, et qui lui revenaient maintenant. Il se rappelait un petit pain sans levain apporté un jour par elle à l'atelier; puis un soir, où en remontant avec elle, tout à coup, au beau milieu de l'escalier, elle avait posé le bougeoir sur une marche, sans vouloir, jusqu'au coucher du soleil du lendemain, toucher à rien qui fût du feu.

Et à mesure qu'il revoyait, retrouvait en elle de la juive, il se dégageait en lui, du fond de l'homme et du catholique, des instincts du créole, de ce sang orgueilleux que font les colonies, une impression indéfinissable.

LVIII

— Ah! Garnotelle est venu aujourd'hui, — dit Anatole à Coriolis. — Je crois qu'il avait à te parler... Il devient puant, sais-tu? Garnotelle... Nous avons eu un petit empoignement... oh! à la douceur... c'est que c'est si bête qu'il fasse son monsieur avec moi!... Quand on a été comme nous... Tu te rappelles, à l'atelier?... C'est trop fort!... Il me dit, en s'asseyant, d'un air... tu sais, d'un air perdu dans des chefs-d'œuvre, avec sa voix languissante : Est-ce que tu fais toujours de la peinture? Moi je lui dis : Et toi?... Et puis, je l'attrape, dame! Tu vas toujours dans le monde?... le Raphaël de la cravate blanche!... Ah! j'ai vu de toi un portrait de femme... Eh bien! vrai, ça y était... une portière séraphique tirant le cordon du Paradis!... — Tu seras donc toujours blagueur? — Que veux-tu? je n'ai pas de génie, moi... il faut bien que je me console... — Et les travaux, mon pauvre Bazoche? — *Son pauvre!...* Ah! les travaux... — je lui dis — par-dessus la tête, mon cher! Je vais prendre des ouvriers... J'ai tous les portraits du Tribunal de Commerce à faire... des belles têtes!.. Et puis, j'ai une idée de tableau... Si je ne sors pas avec ce tableau-là! si je ne tape pas en plein dans le public, dans le vrai, dans le tien!... On est spiritualiste, n'est-ce pas? ou on ne l'est pas... Eh bien! voilà mon tableau : c'est un enfant, un enfant qu'on a laissé seul, et qui va se brûler avec des allumettes chimiques... Il y a son ange gardien qui est là, qui lui prend les allumettes chimiques et qui lui donne des allumettes amorphes... Sauvé, mon Dieu!... Et je peindrai ça avec le cœur, comme ce que tu peins... — Ah! je l'ai un peu abîmé, ce poulet sacré de l'Institut! Il était vert... ce qui ne l'a pas empêché de me dire en s'en allant qu'il était content de me trouver toujours le même, aussi jeune, le Bazoche du bon temps...

— Oh! tu sais, moi, Garnotelle... je n'ai jamais eu une sympathie bien vive... C'était plutôt à cause de toi, qui étais lié avec lui... Après ça, il a été très gentil pour moi, à l'Exposition... et je ne voudrais pas me fâcher...

— N'aie pas peur... tu es un homme bien, toi, tu as une position... Garnotelle ne se fâchera jamais avec toi...

Et Anatole reprit l'exercice qu'avait interrompu la rentrée de Coriolis : il se remit à lancer avec une sarbacane des pois secs à Vermillon, qui, tout en haut de l'atelier, boudait sur une poutre et se refusait à descendre. Anatole s'entêtait, envoyait pois sur pois, comme un homme qui se vengerait d'une humiliation sur un ami intime. Le singe grimaçait, menaçait, se secouait sous les cinglements ainsi qu'une bête mouillée, poussait de petits cris agacés en montrant les dents, — et sa colère finissait par avoir la colique.

Là-dessus, on apporta une lettre à Coriolis.

— Attention, Manette! Je parie que c'est d'une femme, — dit Anatole à Manette qui, pour réponse, fit un petit haussement d'épaules.

— Tiens, c'est de lui... — fit Coriolis — de Garnotelle... Il m'invite à venir voir sa chapelle à l'Église Saint-Mathurin[1], qu'on découvre demain...

— Tu iras?

— Oui... sa lettre est très chaude... Je ne peux pas ne pas y aller... Ça aurait l'air...

— Très malin, sa chapelle... Il a senti, à son dernier envoi de Rome, qu'il n'avait pas assez de reins pour la grande peinture... celle qu'on risque en pleine exposition à côté des petits camarades... Comme ça, il a son petit salon... Et puis, c'est commode... on dit que le jour est mauvais, que la disposition architectonique vous a empêché d'être sublime, qu'on a fait plat pour l'édification des fidèles, et gris pour ne pas faire de tapage dans le monument. Et puis, pas de public... des amis, rien que des invités, c'est superbe!... Très malin, Garnotelle!

À une heure, le lendemain, Coriolis arrivait à la porte de la petite église, dans le vieux quartier pauvre étonné, ébranlé par les voitures bourgeoises et les fiacres versant près de la grille, au bas des marches, des hommes bien mis et des femmes en toilette. Dans l'église, sur un des bas-côtés, la petite chapelle était encombrée de monde. On y voyait des marguilliers, des ecclésiastiques, des personnages de la Fabrique, des vieillards en cravate blanche, leurs lorgnettes en arrêt sur les pendentifs, des femmes académiques à cheveux gris, à physique professoral, et des femmes littéraires, maigres, blondes et plates, qui semblaient n'être qu'une âme et des cheveux.

Garnotelle, qui était en habit, alla au-devant de Coriolis, lui prit le bras, lui fit voir tous les compartiments de sa composition, lui demanda son avis, sollicita sa sévérité sur tout ce qu'il sentait lui-même d'incomplet dans son œuvre. Coriolis lui fit deux ou trois critiques : Garnotelle les accepta. Des dames arrivaient, il pria Coriolis de l'attendre, cicérona les dames, revint à Coriolis. Ils sortirent ensemble. Et, en marchant, Garnotelle devint cordial, presque affectueux. Il se plaignit de l'éloignement que fait la vie, du refroidissement de leur vieille amitié d'atelier, de la rareté de leurs rencontres. Il fit à Coriolis de ces compliments bon enfant, un peu brutaux, et comme involontaires, qui entrent au cœur d'un talent. Il lui indiqua un article élogieux que Coriolis n'avait pas lu. Il joua l'homme simple, ouvert, abandonné, alla jusqu'à féliciter Coriolis d'avoir à demeure, auprès de lui, la gaieté de ce brave garçon d'Anatole, rappela les légendes de chez Langibout, les farces, les rires, les souvenirs. Et, en se refaisant l'ancien Garnotelle qu'il avait été, il le redevint tout à coup.

Coriolis venait de prendre des londrès chez un marchand de tabac, et allait les payer. Garnotelle en saisit un dans la boîte en lui disant :

— Tu sais, moi, je suis un cochon.

Coriolis ne put s'empêcher de sourire. Il retrouvait l'homme qui avait l'habitude de sauver ses petites avarices en les tournant en plaisanterie, de devancer et de parer par une blague la blague des autres, de sauver sa ladrerie avec du cynisme ; le Garnotelle qui, devenu riche et gagneur d'argent, disait toujours : « Moi, tu sais, je suis un cochon », — et continuait, en se proclamant un pingre, à faire bravement dans la vie toutes les petites économies de la pingrerie.

LIX

Manette ressemblait aux juives de Paris. Chez elle, la juive était presque effacée; elle s'était à peu près oubliée, perdue, usée au frottement de la vie d'Occident, des milieux européens, au contact de tout ce qui fusionne une race dépaysée dans un peuple absorbant, avant de toucher aux traits et d'altérer tout à fait le type de cette race.

Par-dessus l'Orientale, il y avait, dans sa personne, une Parisienne. De ses langueurs indolentes, elle se réveillait quelquefois avec des gamineries. Sa belle tête brune, par instants, s'animait de l'ironie d'un enfant du faubourg; et dans le mépris, la colère, la raillerie, il passait tout à coup, sur la pure et tranquille sculpture de sa figure, des airs de crânerie et de petite résolution rageuse, le mauvais sourire des méchantes petites têtes dans les quartiers pauvres : ont eût dit, à de certaines minutes, que la rue montait et menaçait dans son visage.

C'est avec cette expression qu'elle était peinte dans un portrait qu'elle avait voulu apporter chez Coriolis; singulier portrait, où, dans un caprice d'artiste, son premier amant l'avait représentée en gamin, une petite casquette sur la tête, le bourgeron aux épaules, le doigt sur la gâchette d'un fusil de chasse, regardant par-dessus une barricade, avec un regard effronté et homicide, le regard d'un moutard de quinze ans, enragé et froid, qui cherche un officier pour le *descendre*. La peinture était saisissante : on gardait dans les yeux, dans la tête, cette femme en blouse, jetée sur les pavés, et qui semblait le Génie de l'émeute en Titi.

Coriolis détestait ce portrait. Il n'y trouvait pas seulement le souvenir blessant d'un autre ; il y reconnaissait encore malgré lui, et tout en voulant se le nier, une ressemblance mauvaise, une expression de quelque chose qu'il n'aimait pas à voir, et qui semblait se mettre entre lui et Manette, quand il regardait Manette après avoir regardé la toile. Il avait essayé vainement de décider Manette à s'en séparer, à le renvoyer chez sa mère. Manette disait y tenir. Alors il avait tenté de faire un portrait d'elle pour oublier celui-là ; mais toujours s'arrêtant tout à coup, il avait laissé les toiles ébauchées. Il lui arrivait de temps en temps encore de les reprendre. Il s'arrêtait dans l'entrain et la chaleur d'un travail, allait à une des ébauches, la posait sur la traverse du chevalet et la palette à la main, la tête un peu penchée de côté sur son appuie-main, il regardait Manette.

Des cheveux châtains voltigeaient en boucles sur le front de Manette, un petit front qui fuyait un peu en haut. Sous des sourcils très arqués, dessinés avec la netteté d'un trait et d'un coup de pinceau, elle avait les yeux fendus et allongés de côté, des yeux dans le coin desquels coulait le regard, des yeux bleus mystérieux qui, dans la fixité, dardaient, de leur pupille contractée et rapetissée comme la tête d'une épingle noire, on ne savait quoi de profond, de transperçant, de clair et d'aigu. Sous la pâleur chaude de son teint, transparaissait ce rose du sang qui paraît fleurir et pasteller de carmin la joue des juives, cette lueur de rouge en haut des pommettes pareil au reste essuyé de fard qu'une actrice s'est posé sous l'œil. Tout ce visage, le front creusant à la racine du nez, le nez délicatement busqué, les narines découpées et un peu remontantes, montrait un modelage ciselé de traits. La bouche, froncée et chiffonnée, légèrement retombante aux coins et dédaigneuse, à demi détendue, rappelait la bouche respirante, rêveuse, presque douloureuse, des jeunes garçons dans les beaux portraits italiens.

Coriolis voulait peindre cette tête, cette physionomie, avec ce qu'il y voyait d'un autre pays, d'une autre nature, le charme paresseux, bizarre et fascinant, de cette sensualité animale que le baptême semble tuer chez la femme. Il voulait peindre Manette dans une de ces attitudes à elle, lorsque, le menton appuyé au revers de sa main posée sur le dos d'une chaise, le cou allongé et tout tendu, le regard vague devant elle, elle montrait des coquetteries de chèvre et de serpent, comme les autres femmes montrent des coquetteries de chatte et de colombe.

— Ah ! toi, — finissait-il par lui dire en reposant sa palette, — tu es comme la fleur que les faiseurs d'aquarelles appellent le « désespoir des peintres ! »

Et il souriait. Mais son sourire était ennuyé.

LX

Rentrant un soir, Coriolis trouva Manette couchée. Elle ne dormait pas encore, mais elle était dans ce premier engourdissement où la pensée commence à rêver. Les yeux encore un peu ouverts et immobiles, elle le regarda, sans bouger, sans parler. Coriolis ne lui dit pas un mot ; et lui tournant le dos, il se mit au coin de la cheminée à fumer avec cet air qu'a par-derrière la mauvaise humeur d'un homme en colère contre une femme.

Puis tout à coup, d'un mouvement brusque, jetant son cigare au feu, il se leva, s'approcha du lit, empoigna le bâton d'une petite chaise dorée sur laquelle avaient coulé la robe et les jupons de Manette. Manette ne remua pas. Elle avait toujours ce même regard qui regardait et rêvait, ces yeux tranquilles et fixes, nageant à demi dans le bonheur et la paix du sommeil. Sa tête, un peu renversée sur l'oreiller, montrait la ligne de son visage fuyant. La lueur d'une lampe à abat-jour posée sur la cheminée se mourait sur la douceur de son profil perdu ; ses traits expiraient sous une caresse d'ombre où rien ne se dessinait que deux petites touches de lumière pareilles à la trace humide d'un baiser : le dessous de la paupière se reflétant dans le haut de la prunelle, le dessous rose de la lèvre d'en haut mouillant les dents d'un reflet de perles ; et sous les draps, son corps se devinait, obscur et charmant ainsi que son visage, rond, voilé et doux, tout ramassé et pelotonné dans sa grâce de nuit, comme s'il posait encore pour dormir...

Devant ce lit, cette femme, Coriolis resta sans parole ; puis sa main lâcha la chaise, et le bâton qu'il avait tenu tomba cassé sur le tapis.

Le lendemain, en dérangeant les habits de Coriolis qui n'était pas encore levé, Manette y trouva une photographie de femme nue[1] — qui était elle, — une carte qu'elle avait laissé faire, croyant que Coriolis n'en saurait jamais rien. Elle comprit la rage de son amant, remit la carte, et attendit, préparée à tout. Elle commença, pour être toute prête à partir, à ranger en cachette son linge, ses affaires.

Mais Coriolis paraissait avoir oublié qu'elle était là, et ne plus la voir. Au déjeuner, il ne lui adressa pas la parole. Au dîner, il mit le journal devant son verre et lut en mangeant. Manette attendait, muette, impatiente, froissée et humiliée de ce silence, avec des mordillements de lèvres, avec ce regard qui chez elle, à la moindre contrariété, se chargeait d'implacabilité, avec tout ce mauvais d'une femme dont elle savait s'envelopper et qu'elle dégageait autour d'elle pour faire jaillir le choc et l'étincelle d'une explication.

— Qu'est-ce qui t'a donné cela ? — lui dit tout à coup

Coriolis : il rentrait de sa chambre où il avait été chercher quelque chose, et il lui montrait une petite pièce d'or qu'il avait ramassée dans le désordre de ses affaires tirées hors des tiroirs.

— Je ne sais plus... — répondit Manette. — J'étais toute petite... Maman me menait dans les ateliers pour poser les Enfants Jésus... J'étais blonde, à ce qu'il paraît, dans ce temps-là... Ah! oui... j'ai accroché la chaîne d'un monsieur, sa chaîne de montre... Alors...

— C'était moi, ce monsieur-là, — dit Coriolis.

— Toi? vrai, toi?

Et les yeux de Manette retombèrent à terre. Elle resta un instant sérieuse, sans un mot. Des pensées lui passaient. On eût dit qu'elle voyait, avec ses idées d'Orientale, comme la volonté divine d'une fatalité dans ce lien de leur passé et ces fiançailles si lointaines de leur liaison.

Elle se répéta à elle-même : Lui... Et ses yeux allaient presque religieusement de la pièce d'or à Coriolis, et de Coriolis à la pièce d'or, grands ouverts, étonnés et vaincus.

Puis elle se leva lentement, gravement; et marchant avec une espèce de solennité vers Coriolis, elle lui passa par-derrière les deux bras autour du cou, et lui soulevant un peu la tête, tout doucement, elle lui mit le baiser de soie de ses lèvres contre l'oreille pour lui dire :

— Plus jamais!... C'est promis... plus jamais! pour personne.

LXI

Le tableau du *Bain turc* était complètement terminé. Les amis, les connaissances, des critiques vinrent le voir, et tous admiraient, s'exclamaient. La toile arrachait des cris aux uns, des lambeaux de feuilleton aux autres. — « C'était réussi, c'était superbe!... Il faisait chaud dans le tableau... De la vraie chair... admirable! C'était dessiné avec du jour... Le fameux coloriste un tel était enfoncé... » — on n'entendait que cela. Quelques-uns regardaient pendant un quart d'heure, et allaient serrer les mains à Coriolis avec une force enragée qui lui faisait mal aux os des doigts.

À tous les compliments, Coriolis répondait : — Vous trouvez ? — et ne disait que cela.

Quand il était dehors, s'asseyant dans des endroits de soleil, il restait pendant des quarts d'heure les yeux sur un morceau de cou, un bout de bras de Manette, une place de sa chair où tombait un rayon. Il étudiait de la peau, — les mailles du tissu réticulaire, ce feu vivant et miroitant sur l'épiderme, cet éclaboussement splendide de la lumière, cette joie qui court sur tout le corps qui la boit, cette flamme de blancheur, cette merveilleuse couleur de vie, auprès de laquelle pâlit ce triomphe de chair, l'*Antiope*[1] du Corrège elle-même.

— Dis donc, Chassagnol, — dit-il un jour en se tournant vers le divan où le noctambule Chassagnol se livrait, quand il venait, à de petites siestes, — qu'est-ce que tu penses, toi, du jour du Nord pour la peinture ?

— Hein ? hé ! quoi ?... jour du Nord[2] !... peinture... hein ? — grogna en se réveillant Chassagnol... Tu dis !... Qu'est-ce que tu demandes ?... Le jour du Nord, qu'est-ce que je pense ? Rien... Ah ! le jour du Nord ?... Eh bien, le jour du Nord... Tous les ateliers, jour du Nord ! Tous les artistes, jour du Nord ! Tous les tableaux, jour du Nord !... Mes opinions ? Mes opinions ! quand je les criais sur les toits... Eh bien, après ? Les idées reçues, mon cher, les idées reçues ! Comment ! vous voilà peintres... c'est-à-dire un tas de pauvres malheureux, d'infirmes, qui avez toutes les peines du monde à attraper la nature dans sa puissance éclairante... Il n'y a pas à dire, vous êtes toujours au-dessous du ton... Eh bien, quand vous avez si besoin de vous monter le coup... Comment ! pour faire de la couleur, pour éclairer de la peau, des étoffes, n'importe quoi, pour y voir, enfin, pour peindre... pour peindre !... vous allez prendre une lumière... ce cadavre de lumière-là !... Un jour purifié, clarifié, distillé, où il ne reste plus rien, rien de l'orangé de la lumière du soleil, rien de son or... quelque chose de filtré... C'est pâle, c'est gris, c'est froid, c'est mort !... Et par là-dessus le jour du nord de Paris, le jour de Paris ! un crépuscule, une lueur d'éclipse, une réverbération de murs sales... De la lumière, ça ? Oui, comme de l'abondance est du vin... Allons donc ! les théories, les rengaines, la nécessité d'un jour neutre, d'un jour « abstrait... » Un jour abstrait ! Et puis le soleil décompose le dessin... chimiquement, c'est prouvé... Et puis... et puis... Ils disent encore que ça laisse la liberté aux coloristes, qu'un coloriste est toujours coloriste, qu'on peint ce qu'on a vu, et non ce qu'on voit ; que la couleur est une impression retrouvée... est-ce que je sais ! un tas de raisons... Parbleu ! il est clair qu'un monsieur qui n'a pas ça dans le sang, vous lui mettrez devant le nez le Régent dans un feu de Bengale, ça ne lui fera pas trouver des éclairs sur sa palette... Mais je réponds qu'un grand peintre qui peindra avec un jour vivant, un peintre qui peindra dans du vrai soleil, dans un jour coloré par du soleil, dans la lumière normale enfin, verra et peindra autre chose que s'il peignait dans ce joli petit froid de lumière là, ce nuançage mixte et terne... C'est peut-être ce qui fait la supériorité des paysagistes... Eux ils peignent, ou du moins ils esquissent au plein jour de la nature... Ah ! mon cher, peut-être, si on avait la disposition des ateliers du temps de la Renaissance !... Tiens, les artistes italiens... Malheureusement, il n'y a pas un document là-dessus... Voyons, t'imagines-tu... prenons les grands bonshommes...

Véronèse, si tu veux, et le Titien... qu'ils peignissent dans des conditions de gris bête comme ça, et si contre nature?... Sais-tu une chose, toi? une chose que j'ai découverte... Un autre aurait mis ça dans un livre et serait entré à l'Institut!... C'est que Rembrandt... mon maître et le bon dieu de la couleur, — fit Chassagnol en saluant, — c'est que Rembrandt, eh bien, il avait un atelier en plein midi... Ça, c'est comme si je l'avais vu... et avec des jeux de rideaux, il faisait la lumière qu'il voulait... Mais regarde tous ses tableaux... Il faisait poser le Soleil, cet homme-là, c'est évident!

— Est-ce que l'atelier de Delacroix[1], rue Furstemberg, n'est pas au midi?

Chassagnol fit un léger mouvement qui semblait indiquer le peu d'importance qu'il attachait à ce détail.

Le lendemain, Coriolis mettait les maçons dans une grande chambre au midi qu'il avait au haut de la maison. Les maçons changeaient la fenêtre en une baie d'atelier.

Et là, quelques jours après, il reprenait le corps de sa baigneuse, d'après le corps de Manette, dans le jour du soleil.

LXII

Fidèle à la promesse qu'elle avait faite à Coriolis, Manette ne posait plus pour d'autres.

Quand Coriolis sortait, et qu'elle le savait parti pour plusieurs heures, elle restait immobile à regarder la pendule, attendant pendant un certain temps qu'elle comptait. Puis, se levant, elle allait à la porte de l'atelier dont elle ôtait la clef, retirait d'un coffre des petits fagots de bois de genévrier, qu'elle jetait sur le feu du poêle, en regardant autour d'elle comme une petite fille qui est seule et qui fait une chose défendue.

Elle commençait à se déchausser, mais tout doucement, peu à peu, avec une lenteur où elle mettait comme une paresseuse et longue coquetterie, écoutant complaisamment le cri de soie de son bas, qu'elle arrachait mollement de sa jambe. Ses bas ôtés, elle prenait tour à tour dans ses mains chacun de ses pieds, des pieds d'Orientale, qui semblaient d'autres mains entre ses mains ; puis les reposant à terre, elle les enfonçait, en se dressant, sur le tapis de Smyrne : le bout de ses ongles rougis blanchissait, et un peu de chair rebroussait par-dessus. Relevant alors sa jupe des deux mains, Manette se penchait, et restait quelque temps à regarder au bas d'elle ses pieds nus, et son long pouce, écarté comme le pouce d'un pied de marbre.

Puis elle marchait vers le divan. Elle soulevait son peigne, qui laissait à demi descendre sur son cou le flot de ses cheveux. Elle défaisait son peignoir, elle laissait tomber sa chemise de fine batiste : ce luxe sur la peau, la batiste de sa chemise et la soie de ses bas, était son seul et nouveau luxe.

Elle était nue, n'était plus qu'elle.

Elle allait se glisser sur les peaux fauves garnissant le divan, s'étendait en se frottant sur leur rudesse un peu râpeuse, et là couchée, elle se caressait d'un regard jusqu'à l'extrémité des pieds, et se poursuivait encore au-delà, dans la psyché au bout du divan, qui lui renvoyait en plein la répétition de son allongement radieux. Et quand sur ses doigts, ses yeux rencontraient ses bagues, elle les ôtait d'une main avec le geste de se déganter, et les semait, sans regarder, sur le tapis.

Alors elle commençait à chercher les beautés, les voluptés, la grâce nue de la femme. C'était, sur les zébrures des peaux, un remuement presque invisible, un travail sur place et qui semblait immobile, des avancements et des retraites de muscles à peine perceptibles, d'insensibles inflexions de contours, de lents déroulements, des coulées de membres, des glissements serpentins, des mouvements qu'on eût dit arrondis par du sommeil. Et à la fin, comme sous un long modelage d'une volonté artiste, se levait de la forme ondulante et assouplie, une admirable statue d'un moment...

Une minute, Manette se contemplait et se possédait dans cette victoire de sa pose : elle s'aimait. La tête un peu penchée en avant, la poitrine à peine soulevée par sa respiration, elle restait dans une immobilité d'extase qui semblait avoir peur de déranger quelque chose de divin. Et sur le bord de ses lèvres, des mots de triomphe, les compliments qu'une femme murmure tout bas à sa beauté, paraissaient monter et mourir, expirer sans voix dans le dessin parlant de sa bouche.

Puis brusquement, elle rompait cela avec le caprice d'un enfant qui déchire une image.

Et se laissant retomber sur le divan, elle reprenait son amoureux travail. L'odeur doucement entêtante du bois de genévrier qui brûlait montait dans la chaleur de l'atelier : Manette recommençait cette patiente création d'une attitude, cette lente et graduelle réalisation des lignes qu'elle ébauchait, remaniait, corrigeait, conquérait avec le tâtonnement d'un peintre qui cherche l'ensemble, l'accord et l'eurythmie d'une figure. L'heure qui passait, le feu qui tombait, rien ne pouvait l'arracher à cet enchantement de faire des transformations de son corps comme un Musée de sa nudité ; rien ne pouvait l'arracher à l'adoration de ce spectacle d'elle-même, auquel allaient toujours plus fixement ses deux pupilles pareilles à deux petits points noirs dans le bleu aigu de ses yeux.

Quelquefois, Coriolis rentrant brusquement avec sa clef, la surprenait. Il ne disait rien. Mais Manette se dépêchait de lui dire :

— Bête ! puisqu'il n'y a que la glace qui me voit !

LXIII

Arrivait l'Exposition de cette année 1853. Le *Bain turc* de Coriolis y obtenait un grand et franc succès.

Ceux qui n'avaient voulu voir en lui qu'un joli « faiseur de taches » étaient forcés de reconnaître le peintre, le dessinateur, le coloriste puissant, s'affirmant dans une toile dont les dimensions n'avaient guère été abordées, pour de pareils sujets, que par Delacroix et Chassériau. Tout le public était frappé de l'ensoleillement de ce corps de femme, d'un certain lumineux que Coriolis avait tiré de son dernier travail dans l'éclat du jour. Les premiers admirateurs du peintre, tout fiers de l'avoir pressenti et prophétisé, se répandaient en enthousiasme. Et la persistance de quelques injustices rancunières passionnait les éloges.

Il fut le nom nouveau, le *lion* du Salon. Le gouvernement lui acheta son tableau pour le Musée du Luxembourg[1], et les journaux donnèrent la nouvelle presque officielle de sa décoration.

LXIV

Ce succès de Coriolis fit un grand changement dans les idées et les sentiments de Manette.

Elle avait accepté Coriolis pour amant sans l'aimer. Elle l'avait rencontré dans un moment où elle n'avait personne. Abandonnée par Buchelet, elle l'avait pris comme une femme qui a l'habitude de l'homme prend celui que l'occasion lui offre et que son goût ne repousse pas. Coriolis ne lui avait ni plu ni déplu : elle n'avait vu en lui qu'une chose, c'est qu'il était artiste, c'est-à-dire un homme de son monde, et qu'il était naturel de connaître. Elle pensait là-dessus ainsi que beaucoup de femmes de sa profession, qui se regardent comme exclusivement vouées à la corporation, et qui n'imaginent pas l'amour hors de l'atelier. À ses yeux, l'univers se divisait en deux classes d'hommes : les artistes, — et les autres. Et les autres, à quelque classe qu'ils appartinssent, qu'ils fussent n'importe quoi de grand et d'officiel dans la société, ministre, ambassadeur, maréchal de France, n'étaient rien pour elle : ils n'existaient pas. La femme chez elle n'était sensible qu'à un nom d'art, à un talent, à une réputation d'artiste.

Élevée à Paris, dans un milieu où les leçons d'innocence lui avaient un peu manqué, elle n'avait eu ni l'idée de la vertu ni l'instinct de ses remords ; la conscience qu'il y eût le moindre mal à faire ce qu'elle faisait lui manquait absolument. Avoir un amant, pourvu qu'il fût peintre ou sculpteur, lui semblait aussi convenable et aussi honnête que d'être mariée. Et pour elle, il faut le dire, la liaison était une sorte d'engagement et de contrat. Manette était de l'espèce de ces maîtresses qui mettent l'honnêteté du mariage dans le concubinage. Elle était de ces femmes qui se font un honneur d'être fidèles jusqu'au jour où elles en aiment un autre. Ce jour-là, elles ne trompent point l'homme avec lequel elles vivent : elles le quittent et s'en vont avec leur nouvel amour. Cette loyauté était un principe chez elle.

Elle avait encore d'autres côtés d'honnêteté relative, de certaines élévations d'âme. Elle se donnait sans calcul, sans arrière-pensée. Elle ne regardait point à l'argent chez un homme.

Les douceurs, les gâteries de Coriolis l'avaient laissée assez froide. Le bonheur qu'il lui voulait, les caresses qu'il mettait dans sa vie de tous les jours, l'agrément des choses autour d'elle ne l'avaient point touchée d'attendrissement et de reconnaissance. Elle se sentait bien lui venir avec l'habitude de l'amitié pour Coriolis, mais rien que de l'amitié. Elle s'y attachait comme à un bon garçon, à un camarade, à quelqu'un de très gentil. Ce qui lui manquait pour l'aimer, c'était d'y croire, d'avoir foi en lui. Habituée jusqu'alors à vivre avec des hommes brusques, des messieurs assez peu commodes, presque brutaux, elle voyait à Coriolis des habitudes, un ton, des paroles d'homme du monde : elle se demandait s'il était de la même race, et elle se laissait aller à croire qu'il était trop bien élevé pour devenir jamais célèbre comme les gens célèbres qu'elle avait connus. Le succès de Coriolis tomba sur elle comme un coup de lumière.

Lorsqu'elle vit cette unanimité d'éloges, des journaux, des feuilletons, lorsqu'elle toucha cette gloire, grisée du présent, de l'avenir, de ce bruit de popularité qui commençait, l'orgueil d'être la maîtresse d'un artiste connu fit tout à coup lever de son cœur une chaleur, une flamme, presque de l'amour.

LXV

Sans éducation, Manette avait la pure ignorance de l'enfant, de la femme de la rue et du peuple. Mais cette ignorance originelle et vierge d'une maîtresse, si blessante d'ordinaire pour l'amour-propre d'un homme, ne froissait pas Coriolis. À peine si elle l'atteignait : elle glissait et passait sur lui sans lui donner un mouvement d'impatience, sans lui inspirer un de ces retours, un de ces regrets où l'amour humilié se sent rougir de ce qu'il aime.

Coriolis était un artiste, et les hommes comme lui, les artisans d'idéal, les ouvriers d'imagination et d'invention, les enfanteurs de livres, de tableaux, de statues, sont faciles et indulgents à de pareilles créatures. Il ne leur déplaît pas de vivre avec des intelligences de femme incapables d'atteindre à ce qu'ils cherchent, à ce qu'ils tentent. Leur pensée peut vivre seule et se tenir compagnie. Une maîtresse qui ne répond à rien de ce qu'ils ont dans la tête, une maîtresse qui est uniquement une société pour les repos de la journée et les trêves de l'esprit, une maîtresse qui met, autour de ce qu'ils font et de ce qu'ils rêvent, une espèce d'incompréhension soumise et instinctivement respectueuse, cette maîtresse leur suffit. La femme, en général, ne leur paraît pas être au niveau de leur cervelle. Il leur semble qu'elle peut être l'égale, la pareille, et selon le mot expressif et vulgaire, la *moitié* d'un bourgeois : mais ils jugent que, pour eux, il n'y a pas de compagne qui puisse les soutenir, les aider, les relever dans l'effort et le mal de créer ; et aux maladresses dont ne manquerait pas de les blesser une femme élevée, ils préfèrent le silence de bêtise d'une femme inculte. Presque tous n'en sont venus là, il est vrai, qu'après des illusions mondaines, des essais de passion spirituelle ; ils ont rêvé la femme associée à leur carrière, mêlée à leurs chefs-d'œuvre, à leur avenir, une espèce de Béatrice ou bien seulement une Mme d'Albany[1]. Et tombés meurtris, blessés, de quelque haute déception, ils sont devenus comme cette actrice encore belle, encore jeune, à laquelle on demandait pourquoi on ne lui voyait que les plus bas amants au théâtre : « Parce qu'ils sont mes inférieurs », — répondit-elle d'un mot profond.

L'amour avec une inférieure, c'est-à-dire l'amour où

l'homme met un peu de l'autorité du supérieur, et trouve dans la femme la légère et agréable odeur de servitude d'une espèce de bonne qu'il ferait asseoir à sa table, l'amour qui permet le sans-gêne de la tenue et de la parole, qui dispense des exigences et des dérangements du monde, et ne touche ni au temps, ni aux aises du travailleur, l'amour commode, familier, domestique et sous la main, — c'est l'explication, le secret de ces liaisons d'abaissement. De là, dans l'art, ces ménages de tant d'hommes distingués avec des femmes si fort au-dessous d'eux, mais qui ont pour eux ce charme de ne pas les déranger du perchoir de leur idéal, de les laisser tranquilles et solitaires dans le panier des Nuées où l'Art plane sur le Pot-au-feu.

Coriolis était de ces hommes. Il n'eût pas donné vingt francs pour faire apprendre l'orthographe à Manette. Il prenait sa maîtresse comme elle était, et pour ce qu'elle était, une bête charmante, dont le parlage ne le choquait pas plus que les notes d'un oiseau qu'on n'a pas seriné. Même cette jolie petite nature, sans aucune éducation, lui plaisait par certains côtés de spontanéité drôle et de naïveté personnelle : il trouvait dans sa fraîche niaiserie une originalité d'enfance, une jeune grâce. Et souvent le soir, en s'endormant, il se prenait à rire tout haut, dans son lit, d'un mot bien amusant que Manette avait laissé tomber dans la journée, et qu'il se rappelait.

Manette, d'ailleurs, rachetait auprès de lui son insuffisance spirituelle par une qualité qui, aux yeux de Coriolis, excusait tout chez une femme, et sans laquelle il n'eût pas pu vivre trois jours avec une maîtresse. Elle offrait une séduction qui, après sa beauté, avait attaché Coriolis et le tenait lié à elle. Elle possédait ce qui sauve les créatures d'en bas du commun et du canaille : elle était née avec ce signe de race, le caractère de rareté et d'élégance, la marque d'élection qui met souvent, contre les hasards du rang et de la destinée des fortunes, la première des aristocraties de la femme, l'aristocratie de nature, dans la première venue du peuple : — la distinction.

LXVI

Le nouvel attachement de Manette pour Coriolis eut bientôt l'occasion de se montrer et de se consacrer, comme les passions de femmes, dans le dévouement.

La fatigue surmontée et vaincue par Coriolis pendant son dernier mois de travail, son effort énorme et inquiet pour arriver à temps, avaient amené chez lui un abattement, un vague malaise. Un refroidissement qu'il prenait le rendait tout à fait malade.

Coriolis avait toujours eu de bizarres façons d'être souffrant. Il se couchait, ne parlait plus, regardait les gens sans leur répondre, et quand les gens restaient là, il tournait le dos et se collait le nez dans la ruelle. C'était sa manière de se soigner; et après deux, trois, quatre, quelquefois cinq jours passés ainsi, sans une parole ni un verre de tisane, il se levait comme à l'ordinaire et se remettait à travailler sans parler de rien, ni vouloir qu'on lui parlât de rien.

Mais cette fois il ne put se soigner à sa guise. Au second jour, Anatole le vit si malade qu'il alla chercher un médecin, le médecin ordinaire du monde de l'art, et que la moitié des hommes de lettres et des artistes traitaient en camarade. Singulier homme, avec sa tête méchante et souriante de bossu, son œil clignotant, ses paupières plissées de lézard : quand il était là, assis au pied du lit d'un malade, il prenait un inquiétant aspect de vieux juge qui regarderait souffrir. Il avait l'air d'être content de tenir un homme de talent, un homme connu, de l'avoir à sa discrétion, de pouvoir lui ausculter le moral, tâter ses peurs, ses lâchetés devant le mal; et sur sa mine paterne et mielleuse passaient de petits éclairs froids où s'apercevaient ensemble la rancune implacable d'une carrière manquée, d'une vie déçue, blessée à la fortune des autres, et la curiosité d'une étude impie et féroce aux prises avec l'instinct de guérir d'une grande science médicale.

— Ah! sapristi, mon pauvre enfant, — dit-il à Coriolis, — pas de chance! Dire que ta réputation allait si bien!... Tu marchais, tu marchais... Tu commençais à embêter pas mal de gens... Ah! tu étais lancé...

Il suivait ses paroles sur le visage de Coriolis.

— Je suis fichu, hein? n'est-ce pas? — dit Coriolis en relevant sur lui des yeux braves.

Le médecin ne répondit pas tout de suite. Il paraissait tout occupé à écouter le pouls de Coriolis, à en compter les battements. Et tous deux se regardant face à face, il y eut un instant de silence et de lutte au bout duquel le médecin sentit faiblir son regard sous le regard appuyé sur le sien.

— Qu'est-ce qui te parle de ça? — reprit-il d'un air bonhomme. — Mais il était temps, là, vrai... Tu as ce qu'on fait de mieux en fait de fausse fluxion de poitrine.

Et il se mit à écrire une terrible ordonnance.

Comme Manette le reconduisait, muette, sans oser lui dire : Eh bien? — Ah! le gaillard! — fit-il en prenant sur un tabouret son chapeau de philanthrope à larges bords, et jetant un regard sur les murs de l'atelier garnis d'esquisses : — On ferait une jolie vente ici... oui... oui...

Et sur ce mot il salua Manette avec une ironie habituée à laisser tomber dans les désespoirs de la femme les cupidités de la maîtresse.

Sous l'impression de cette visite, sous les souffrances aiguës de la maladie et l'affaiblissement des saignées,

Coriolis se crut perdu. Il se prépara à mourir, et il trouva, pour quitter la vie, des adieux d'une douceur étrange.

Venu tout enfant en France, Coriolis avait toujours eu le sentiment, la passion de l'exotique, la nostalgie, le mal du pays des pays chauds. Il s'était toujours senti l'envie et comme le regret d'un autre ciel, d'une autre terre, d'autres arbres. Sa bouche aimait à mordre à des fruits étrangers; ses mains allaient aux objets peints et teints par le Midi, ses yeux se plaisaient à des feuilles d'Asie. L'Orient l'avait toujours appelé, tenté. Il aimait à le respirer dans les choses venues d'outre-mer, qui en rapportent la couleur, l'odeur, le souffle. Son rêve, son bonheur, l'illumination et la vocation de son talent, la naturalisation de ses goûts, sa patrie de peintre, il avait trouvé tout cela là-bas. Mourant, il voulut charmer son agonie avec ce qui avait charmé son existence, et il n'eut plus que cette pensée d'aspiration suprême : l'Orient! On eût dit que, comme dans les religions de ses peuples de lumière, il tournait sa mort vers le soleil.

Il voulait avoir sur le pied de son lit des morceaux de tissus qu'il avait rapportés, des étoffes lamées d'argent, des soieries safranées où couraient des fils d'or; et, la tête un peu affaissée dans les oreillers, avec les regards longs des mourants, il regardait ces choses aimées. De temps en temps il fermait un instant les yeux pour jouir en lui-même comme un buveur qui savoure les délices d'un vin; puis il les rouvrait, et ne pouvant les rassasier, il suivait ainsi jusqu'au jour baissant les pas du jour sur la splendeur des soies. Et ce qu'il voyait, ces étoffes, ces ors, ces rayons, peu à peu l'enveloppant, l'enlevaient à l'heure, à la chambre, au lit où il était. Sa vie, il ne la sentait plus battre qu'au cœur de ses souvenirs. Les couleurs qu'il avait devant lui devenaient ses idées, et l'emportaient à leur pays. Il était là-bas : il revoyait ce ciel, ces paysages, ces villes, ces bazars, ces caravanes, ces fleurs, ces oiseaux roses, ces ruines blanches ; et des caquetages de femmes assises dans un caïack qu'il avait entendus à Tichim-Brahé, lui revenaient dans un bourdonnement de faiblesse.

Dans ses mains il se faisait mettre des amulettes, des petits flacons d'essence, des bourses, des bijoux, des grains de collier ; et de ses doigts détendus, errant dessus et qui avaient peine à prendre, il les palpait, les retournait, les touchait pendant des heures, lentement, avec des attouchements, amoureux et dévots qui semblaient égrener un chapelet et caresser des reliques. Ses yeux se fermaient presque ; les lèvres chatouillées d'un demi-sourire heureux, il tâtonnait toujours vaguement. Et quand Manette voulait pour qu'il dormît les lui reprendre, il les serrait de ses faibles mains avec une force d'enfant.

Quelquefois encore il approchait de ses narines le parfum évaporé qui reste à ces objets, et en les sentant, il les effleurait de ses lèvres pâlies comme pour mettre dans une dernière communion le baiser de son agonie sur l'adoration de sa vie !

Cinq jours se passèrent ainsi. Manette ne le quittait plus, ne se couchait pas. Elle le soignait comme une femme qui ne veut pas qu'on meure. Anatole l'aidait admirablement et de tout cœur : il avait, lui aussi, des soins de femme, les merveilleux talents de garde-malade d'un homme à tout faire.

Coriolis fut sauvé.

LXVII

Un soir, Coriolis, qui n'était pas encore recouché, lisait, allongé sur le divan. Manette allant et venant, rangeait dans l'atelier, repliait dans la petite armoire les étoffes turques éparpillées sur des meubles ; et de temps en temps, se mettant devant la psyché qu'éclairaient deux bougies, elle essayait sur elle, en se souriant, des morceaux de costume d'Orient, — quand Anatole rentra suivi de quelque chose de blanc à quatre pattes, qui avait le collier de faveur rose d'un mouton de bergerie.

— Ah ça ! qu'est-ce que vous nous amenez ? — fit Manette en poussant un petit cri de peur.

— Oh ! mon Dieu ! — dit Anatole, — rien... un cochon...

Le goret trottinait déjà dans l'atelier, furetant, le nez en terre, avec de petits grognements, faisant la reconnaissance de tous les recoins et de tous les dessous de meubles de la grande pièce.

— Tu es fou ! — fit Coriolis.

— Parce que je rapporte un cochon, un amour de cochon, un cochon qui a des rubans comme une boîte de baptême ?... Tu ne méritais pas de le gagner, par exemple... Merci, le gros lot, plains-toi !... Oui, mon cher... On a été si content au café de Fleurus de te savoir remonté sur ta bête, qu'on t'a conservé ton assiette au dîner et qu'on a tiré pour toi à la loterie... Tu as eu la chance... et tu as la bête... C'est doux, c'est gentil, ça aime l'homme... et ça sauve de la tentation : vois saint Antoine[1] !... Et puis ce sera une société pour Vermillon... Il faut que je le lui présente... Hop ! Vermillon !

Sur cet appel d'Anatole, Vermillon, qui avait hasardé un bout de son museau hors de sa cage à l'entrée du goret dans l'atelier, le rentra en se renfonçant précipitamment.

— Vermillon ! — cria impérieusement Anatole.

Vermillon se pencha, se gratta la tête, se lança après la corde, descendit vite jusqu'au milieu, et s'arrêta là, en liant, comme un clown, son jarret autour du chanvre. Anatole secoua la corde : le singe lui tomba sur l'épaule, et de là, sautant à terre, il se mit de loin, baissé et appuyé sur le dos de ses deux mains, à regarder cette bête imprévue qui ne le regardait pas. Il en fit le tour : le cochon se mit à marcher, le singe le suivit avec de petits sauts, se penchant de temps en temps, le regardant en dessous, le considérant avec une attention profonde, méditative, presque scientifique.

— Nous étions une flotte, — reprit Anatole, — au grand complet... Je t'ai excusé... J'ai dit que tu étais encore un peu patraque... Oh ! ça été d'un chaud ! On a crié à faire venir les sergents de ville !

Le singe peu à peu, suivant le cochon pas à pas, se familiarisait avec lui. Il le flaira, le toucha un peu, aventura sa patte dessus, et goûta le doigt avec lequel il l'avait touché. Puis, tournant derrière lui, il lui prit délicatement la queue, la releva, regarda, et, comme si son instinct de la ligne droite était blessé par cette queue en vrille, il la tira pour la redresser, la lâcha pour voir s'il avait réussi ; et voyant qu'elle restait tire-bouchonnée, la retira encore. Le cochon restait immobile, cloué sur ses quatre pattes, effrayé de l'opération, plein d'une sorte de terreur paralysée, ne donnant d'autre signe d'impatience qu'un émoustillement d'oreille.

— Vermillon ! à ta niche ! — cria Coriolis ; et se retournant vers Anatole : — Dis donc, qu'est-ce qu'il faut que je leur donne la prochaine fois... quel lot ? Je voudrais faire les choses bien, tu comprends, tout à fait bien... Ça serait bête de leur donner quelque chose de moi...

— Tiens ! si tu leur donnais ton vilain singe ? — lança Manette.

— Mon fils adoptif ! — dit Anatole. — Ah ! bien !...

— Un bronze de Barbedienne ?... — reprit Coriolis, — ce n'est pas bien neuf, un bronze de Barbedienne... Ma foi ! si je leur rendais, comme lot, un dîner à tous ici... pour la fin de ma convalescence ?

— Hum ! un dîner... — fit Anatole, — ça sent la fête

de famille, un dîner... Donne donc plutôt un souper.. c'est toujours plus drôle.

— Oh! mon Dieu, un souper, si tu veux... Mais qu'est-ce qu'on fera avant souper?

— Tout ce qu'on voudra... de la musique religieuse... Une idée!... si on se livrait à un petit tremblement de jambes?

— Moi, d'abord, je mets ça, si on danse... — dit Manette qui venait de passer sur elle une magnifique robe de Smyrniote.

— Mais, ma chère, tu n'y penses pas... ce n'est plus l'époque des bals masqués...

— Bah! si ça l'amuse? — fit Anatole. — Donne-lui cette petite fête-là... Elle ne l'a pas volée... Elle n'a pas eu trop d'agréments ces temps-ci... Garnotelle connaît le préfet de police, il vient de faire son portrait... Il nous aura une permission... Nous aurons un municipal à la porte... C'est ça qui aura de l'œil!... Enfoncés les bourgeois!

Manette, sans rien dire, s'était posée toute costumée devant Coriolis.

— Accordé! — dit Coriolis, — bal et souper! Voilà le programme... Par exemple, c'est toi que ça regarde Anatole... tu te charges de tout... Ah! canaille de Vermillon!

Et tous les trois partirent d'un grand éclat de rire.

Après s'être acharné à vouloir redresser la queue du cochon, après avoir essayé inutilement de grimper sur son dos, Vermillon avait paru lâcher sa victime. Grimpé sur un coffre, et là se tenant bien tranquille en ayant l'air de ne penser à rien, il avait attendu que le goret rassuré passât dans sa promenade quêtante juste au-dessous de lui. Il avait saisi le moment, calculé son saut, bondi juste sur le pauvre animal qui, de terreur, faisait en cercles éperdus, comme dans le manège d'un cirque, une course qu'aiguillonnaient les ongles de Vermillon cramponné, par la peur de tomber, à la peau du coureur. Le petit cochon, les oreilles rabattues sur les yeux, lancé et détalant comme s'il avait un diablotin en croupe, le petit singe avec ses inquiétudes nerveuses, avec sa mine de voleur, aplati, rasé, collé sur le dos de cette bête de graisse, se rattrapant et se raccrochant dans des pertes d'équilibre continuelles, — c'était un spectacle du plus prodigieux comique, où un philosophe aurait peut-être vu l'Esprit monté sur la Chair et emporté par elle.

LXVIII

À minuit, le 20 juin, commençait dans l'atelier de Coriolis ce bal[1] qui devait devenir historique et laisser dans les légendes de l'art une mémoire encore vivante.

Entre les quatre murs rayonnant de lumière, on eût cru voir se presser un peu de toutes les nations et de tous les siècles. L'histoire et l'espace semblaient ramassés là. L'univers s'y coudoyait. C'était comme une évocation où le peuple d'un Musée, descendu de ses cadres, se cognait au Carnaval. Les étoffes, les modes, les dessins, les lignes, les souvenirs, les pays, tout se mêlait dans le tohu-bohu étourdissant des couleurs. Il y avait des échantillons de toutes les civilisations, des morceaux de toute la terre, et des robes volées à des statues. Les costumes allaient d'un pôle à l'autre, et de Jupiter à un garde national de la banlieue. Ceux-ci venaient du Niger; ceux-là avaient été détachés d'une page de Cesare Vecellio[2]. Il passait des cardinaux et des Mohicans. Des couples se parlaient comme de la distance d'une forêt vierge à Trianon. Un portrait historique, un personnage drapé dans un chef-d'œuvre, prenait la taille de la dernière des débardeuses. Des bouts de chlamyde flottaient sur des pointes de mules. Yeddo[1] était dans cette jupe, un barbare de la colonne Trajane dans cette braie. La fustanelle plissait à côté de la jupe écossaise. La toge, comme la porte la statue de Tibère, voisinait avec la *tébula* d'Océanie. Une déesse de la Raison, une Diane de Poitiers et une belle écaillère[2] faisaient un groupe des trois Grâces. Un paysagiste figurait une statue antique avec un masque de plâtre et du madapolam amidonné. On voyait un galérien en vareuse rouge, en bonnet vert, avec la chaîne et un boulet fait d'un ballon d'enfant peint en noir. Un fou de Vélasquez[3] serrait la main à un Jean-Jean[4] de l'Empire. Deux Égyptiens, du temps de Rhamsès II, détachés d'une graphie égyptienne, fraternisaient avec un Mezzetin[5]. De la toile à matelas par instants cachait de la pourpre. La tête d'un lion, qui coiffait un Hercule, était coupée par le plumet d'un Chicard[6]. Un premier communiant à barbe, dans un habit et un pantalon de collégien trop courts, avec le brassard blanc, donnait le bras à un page mi-parti qui s'était peint les jambes à la colle, en noir et bleu. Une femme, en Moluquoise, avait un chapeau de six pieds de large, tout garni de nacre et de coquillages. Une autre était la sainte Cécile[7], en rouge, du Dominiquin.

Et à tous ces costumes, hommes et femmes avaient ajouté, avec la conscience d'artistes qui se déguisent, la tournure, l'air, le teint, la physionomie, la couleur locale du maquillage, la grimace même de chaque latitude. Toute une bande d'atelier, costumée en Peaux-Rouges, avait passé la journée à se peindre religieusement, d'après les planches de Catlin[8], tous les tatouages rouges, verts et jaunes des Indiens : on les aurait reçus à la danse du buffle. Et une femme qui était en Chinoise s'était donné la migraine en se faisant tirer les cheveux aux tempes pour se remonter le coin des yeux.

Dans ce brouhaha de pittoresque se détachait un coin d'Olympe : la beauté d'un modèle de femme en Amphitrite, vêtue d'une écume de mousseline à travers laquelle paraissaient, à ses chevilles, des *péricelidès*[1] d'or copiés sur la *Venus physica* du Musée de Naples; la beauté d'un homme dont les muscles jouaient dans un maillot; la beauté de Massicot, le sculpteur, dans le costume des fromagiers de Parmesan, la chemise bouillonnée, coupée sur le biceps, le petit tablier bleu sur le ventre, le caleçon arrêté au genou, les jambes nues, basanées, nerveuses et parfaites, dignes de son costume et de ce type de race qui montre le Bacchus indien dans les fermes milanaises.

Puis çà et là, c'étaient des apparitions, des fantaisies de Mardi gras, comme en trouve l'atelier, des caricatures taillées de main d'artiste, des parodies cocasses, un Moyen Âge à la Courtille[2], des défroques de la chevalerie du sire de Franboisy, des valets héraldiques de jeux de cartes, des ombres grotesques de l'Iliade, des héros qui avaient ramassé un casque dans un Daumier, des vengeances de pensum sur le dos d'Achille, une cour de Cucurbitus Ier[3], des imaginations de travestissements volés dans la cuisine de Grandville, des gens qui avaient l'air d'être tombés dans un pot-au-feu, la tête la première, et d'en avoir été retirés avec une couronne de lauriers et de carottes.

Coriolis avait la grande robe de brocard à pèlerine, à ramages jaunes et verts, du seigneur qui lève une coupe dans les *Noces de Cana*[4].

Manette portait un des costumes rapportés d'Orient par Coriolis : les jambes dans un large pantalon de soie flottant, de la délicieuse nuance fausse du rose turc, elle avait la taille dessinée par une petite veste de soie marron soutachée d'or, d'où sortaient ses bras nus, battus par les grandes manches d'une chemise de tulle sans agrafes qui laissait voir en jouant la moitié de sa gorge. Sur sa tête, elle avait le charmant *tatikos*[5] de Smyrne, le tarbouch rouge aplati, tout couvert d'agréments et de broderies, dans lesquels elle avait passé, noué, enroulé les tresses de ses cheveux avec l'art et la coquetterie d'une femme de là-bas. Et ravissante ainsi, elle semblait la vraie femme d'Ionie, — la femme de la séduction.

Garnotelle, tout en gardant ses cheveux longs, s'était très bien arrangé dans le pourpoint de brocard noir, aux manches violettes, du beau portrait de Calcar du Louvre.

Chassagnol était superbe dans son costume de comique florentin, en Stenterello[1] du théâtre Borgognisanti, avec sa perruque rousse, sa petite queue remontante, ses coups de noir à travers la figure, ses sourcils terribles, sa veste courte à carreaux.

Pour Anatole, il s'était déguisé en saltimbanque, en saltimbanque classique de baraque. Il avait des chaussettes de laine noire, sur lesquelles il avait fait coudre un lacet d'or en triangle et de la fourrure, un maillot blanc, un caleçon de cachemire rouge bordé de velours noir, des bracelets en velours noir et or, une collerette en velours noir et or, un diadème en or sur une grande perruque, et une trompette dans le dos.

LXIX

Ce costume de saltimbanque était le vrai costume de la danse d'Anatole, une danse folle, éblouissante, étourdissante, où le danseur, avec une fièvre de vif-argent et des élasticités de clown, bondissait, tombait, se ramassait, faisait un nimbe à sa danseuse avec le rond d'un coup de pied, s'aplatissait dans un grand écart au solo de la pastourelle, se relevait sur un saut périlleux. On riait, on applaudissait. La danse autour de lui s'arrêtait pour le voir. Son agilité, sa mobilité, le diable au corps qui faisait partir tous ses membres, mettait comme une joie de vertige dans le bal.

Tout à coup, au milieu de son triomphe, des groupes qui se bousculaient et se marchaient sur les pieds, Anatole disparut. On le cherchait, on se demandait ce qu'il était devenu : il reparut en cravate blanche, en habit noir, avec la figure enfarinée d'un Pierrot, et gravement, il recommença à danser.

Ce n'était plus sa danse de tout à l'heure, une danse de tours de force et de gymnastique : c'était maintenant une danse qui ressemblait à la pantomime sérieuse et sinistre de sa blague, — une danse qui blaguait ! — Mouvements, physionomie, les jambes, les bras, la tête, tout son être, le danseur l'agitait dans le jeu d'une indicible gouaillerie cynique. On ne savait quoi de sardonique lui courait le long de l'échine. De toute sa personne, jaillissaient des charges cruelles d'infirmités : il se donnait des tics nerveux qui lui détraquaient la figure, imitait en clopinant le bancal ou la jambe de bois, simulait, au milieu d'un pas, le gigotement de pied d'un vieillard frappé d'apoplexie sur un trottoir. Il avait des gestes qui parlaient, qui murmuraient : « *Mon ange !* » qui disaient : « *Et ta sœur !* » qui semblaient secouer de l'ordure, de l'argot et des dégoûts ! Il tombait dans des béatitudes hébétées, des extases idiotes, des ahurissements abrutis, coupés de subites démangeaisons bestiales qui lui faisaient se battre le haut de la poitrine avec des airs d'un naturel de la Terre-de-Feu. Il levait les yeux au plafond comme s'il crachait au ciel. Il avait des regards qui semblaient tomber du paradis à la brasserie ; il avait, sur le front de sa danseuse, des bénédictions de mains à la Robert Macaire. Il embrassait la place des pas de la femme qui lui faisait vis-à-vis, il se gracieusait, se déformait, faisait le geste de cueillir de l'idéal au vol, piétinait comme sur une illusion flétrie, rentrait sa poitrine, se bossuait les épaules, jouait don Juan, puis Tortillard[1]. Il imprimait un mouvement de rotation mécanique à une de ses mains, et tournant dans le vide, il paraissait moudre un air qui semblait le chant de l'alouette de Juliette sur l'orgue de Fualdès[1]. Il parodiait la femme, il parodiait l'amour. Les poses, les balancements de couples amoureux, consacrés par les chefs-d'œuvre, les statues et les tableaux, les lignes immortelles et divines de caresse qui vont d'un sexe à l'autre, qui saluent la femme et la désirent, l'enlacement qui lui prend la taille et se noue à son cœur, la prière, l'agenouillement, le baiser, — le baiser! — il caricaturait tout cela dans des charges d'artiste, dans des poses de dessus de pendule et de troubadourisme, dans des attitudes dérisoires d'imploration, de pudeur et de respect, moquant, avec un doigt de Cupidon sur la bouche, toute la tendre sentimentalité de l'homme... Danse impie, où l'on aurait cru voir Satan-Chicard[2] et Méphistophélès-Arsouille[3]! C'était le cancan[4] infernal de Paris, non le cancan de 1830, naïf, brutal, sensuel, mais le cancan corrompu, le cancan ricaneur et ironique, le cancan épileptique qui crache comme le blasphème du plaisir et de la danse dans tous les blasphèmes du temps!

À la fin, tout le bal se groupait autour du quadrille où il dansait; et les femmes qui avaient le bonheur d'être costumées en Turcs et de porter des pantalons, montées sur des épaules de doges, de cardinaux, de sénateurs romains, regardaient de là-haut, criant à force de rire.

LXX

Coriolis avait été assez rudement secoué par sa maladie. Il ne reprenait ses forces que lentement, travaillant mal, manquant de l'entrain de la santé, souffrant de la chaleur de l'été, intolérable cette année-là.

— C'est une drôle de chose, — dit-il un jour à Anatole, — quand on a dix-huit ans on ne s'aperçoit pas du mois de juillet à Paris... On ne sent pas qu'on étouffe et que les ruisseaux puent; du diable si l'on a l'idée de penser à des endroits où il y a de l'air et de l'ombre d'arbres...

— Ah çà!... — fit Anatole, — est-ce que tu aurais le projet d'acheter une maison de campagne avec un jet d'eau?

— Non, — répondit Coriolis, — ça ne va pas jusque-là... mais, mon Dieu, si ça vous convenait à Manette et à toi...

— Quoi? — fit Manette.

— D'aller à la campagne, tout bêtement, comme des boutiquiers de passage, respirer...

— À la campagne? Oh! oui... — dit nonchalamment Manette, à laquelle ce mot faisait voir quelque chose au-delà de Saint-Cloud, de vert, d'inconnu, d'attirant, avec de l'herbe où l'on peut s'asseoir.

Elle reprit aussitôt:

— Où ça?

— Ma foi, — reprit Coriolis, — je ne connais pas Fontainebleau... Il paraît, à ce qu'ils disent tous, que c'est une vraie forêt... Nous irions dans un trou... à Barbizon, à l'auberge... Une installation, ce serait le diable... nous laisserons nos domestiques ici.

— Oh! c'est ça, en garçons! — fit Manette, à laquelle l'idée d'aller à l'auberge plaisait comme sourit à un enfant l'idée de dîner au restaurant.

Pour Anatole, il faisait de joie la roue d'un bout de l'atelier à l'autre. Tout à coup, il s'arrêta court:

— Et Vermillon.

— Tu vas vouloir qu'on l'emmène, je parie? Tiens, au fait, — dit Coriolis, — on ne le voit plus.

— Mon Cher, ce que je vais te dire est tout à fait confidentiel... Il y a l'honneur d'une femme, et tu comprends... Vermillon a une passion, parole d'honneur! malheureuse, je l'espère... Il brûle pour la forte épouse de notre concierge. Oui, il a été séduit par sa grosseur... Il passe maintenant tout son temps à lui savonner son linge dans le ruisseau pour lui prouver son dévouement... C'est touchant!... Et il lui fait une cour dans sa loge, des yeux au ciel, des airs d'adoration... un homme ne serait pas plus bête, quoi!

— Très bien... Tu le laisseras en pension chez son adorée.

— C'est peut-être très grave... Je te dirai que je crois qu'ils sont jaloux l'un de l'autre : le mari et lui... Le mari est sombre, de plus, il est tailleur, et les hommes qui travaillent toute la journée les jambes croisées sur une table sont rangés par les criminalistes dans la classe des gens concentrés, dangereux, capables de perpétrations...

— Imbécile!

— Aux paquets! — cria Anatole.

LXXI

Le lendemain, la calèche de louage que Coriolis avait prise à Fontainebleau débouchait, au bout d'une heure et demie de voyage à travers la forêt, d'une route de sable sur le pavé.

Des vergers touchaient le bois, le village naissait à sa lisière. De petites maisons aux volets gris, aux toits de tuile, élevées d'un étage, avec l'avance d'un auvent sous lequel causaient à l'ombre des femmes sur des sièges rustiques, des murs au chaperon de bruyères sèches, d'où sortaient et se penchaient des verdures de jardin, des façades de fermes avec leurs grandes portes charretières, commençaient la longue rue. Tout à l'entrée, un tout jeune enfant, de l'âge des enfants qui dessinent des maisons de travers avec un tire-bouchon de fumée, assis par terre et la curiosité de deux petites filles dans le dos, crayonnait on ne savait quoi d'après nature. Les maisons garnies de vignes, prudemment montées et plaquées hors de la portée de la main, les murailles de moellon des granges continuaient. Çà et là, une grille en bois cachait mal des fleurs ; un store chinois apparaissait à un rez-de-chaussée ; des fenêtres à moulure étaient encastrées dans une construction paysanne. Une baie, à demi barrée d'une serge verte, laissait voir les poutres d'un atelier. Par une porte ouverte, un chevalet s'apercevait avec une étude sur un buffet. Coriolis reconnaissait des toits de bois sur des portes, des cours, des ruelles de masures donnant sur la campagne, que des eaux fortes lui avaient déjà montrés. La voiture s'arrêta devant une longue bâtisse où la vigne repoussait les volets verts : on était arrivé, c'était l'auberge[1].

Le maître de l'auberge, coiffé d'un feutre d'artiste, mena les voyageurs à un petit pavillon où ils trouvèrent trois chambres assez proprettes, dont l'une ouvrait sur un petit atelier au nord, meublé d'un canapé en noyer, recouvert de velours d'Utrecht rouge, dont les accotoirs avaient des sphinx à mamelles du Directoire et les pieds des griffes en terre cuite.

Coriolis trouva le soir les draps un peu gros, mais pénétrés de la bonne odeur du linge qui a séché sur des haies et sur des arbres à fruit ; et il s'endormit au bruit d'un égouttement d'eau qui ressemblait à un chant de caille.

Pittoresque et riante auberge que cette auberge de Barbizon, vrai vide-bouteille de l'Art ! une maison dans un treillage mangé de lierre, de jasmin, de chèvrefeuille, de plantes qui grimpent avec de grandes feuilles vertes ! Des bouts de tuyau de poêle fument dans des touffes de roses, des hirondelles nichent sous la gouttière et frappent aux carreaux; dans le rentrant des fenêtres, des torchis de pinceaux font des palettes folles. La verdure de la maison saute par-dessus les tonnelles, monte les escaliers aux petits toits de bois, garnit les petits ponts tremblants, s'élance aux baies des petits ateliers. Des vignes collées au mur balancent et secouent leurs brindilles et leurs vrilles sur le trou noir de la cuisine et les bras bruns d'une laveuse. Une découpure de treille encadre dans des feuilles, une tête de cerf aux os blancs.

Et ce sont, dans le plein air, des tables où traînent des verres tachés de vin et de vieux livres usés où se déchire le papier qui fait un manche au gigot, des buffets, des fontaines, des garde-manger remplis de viandes saignantes sous l'abri d'une feuille de zinc; des *moss* [1], des canettes, des verres vides, encombrant le dessus de la cave ouverte et pleine. La poulie, la corde et le grincement d'un puits se perdent dans les branches d'un abricotier. Des poules montent aux échelles pour aller pondre au grenier sans fenêtre; des corbeaux familiers volent çà et là; de tout petits chats jouent entre des barreaux de tabouret; sur la traverse d'un chevalet cassé, un coq jette son cri.

Il y a dans le fumier des canetons en tas, des chiens qui dorment, des poussins qui courent. Il y a des tonneaux coulés dans des mares; et çà et là des chaudrons noirs de suie, des seaux de fer-blanc, des terrines, des cages à poulet, des arrosoirs, des écuelles et de petits sacs de graines renflés; des palissades où sont fichés, dans chaque pieu, des goulots de bouteille; une herse démanchée à côté d'un débris de berceau en osier; un moulin à café, dans un bourdonnement d'abeilles, encore odorant de ce qu'il a brûlé; des claies de fromages séchant à côté de brosses à peindre et de torchons bis sur des bourrées sèches; des cordes de balançoire pourries pendant d'un sureau; des piles de bois, des amoncellements de solives, des appentis, des toits de branchages, des poulaillers rapiécés, des lapinières improvisées, des hangars où s'enfonce l'établi avec du soleil sur les outils; des portes battantes, dont le poids est une pierre dans un morceau de mouchoir bleu; des sentiers où traînent des morceaux et des restes de tout; des resserres encombrées de vieilles choses hors de service... Bric-à-brac hybride de café et de ferme, de capharnaüm et de basse-cour, de marchand de vin et d'atelier, qui, avec son fouillis fourmillant, animé, battu, remué par l'air ventilant du pays, fait penser à la cour d'une hôtellerie bâtie par les pinceaux d'Isabey.

LXXII

Les premières journées passées à Barbizon parurent à Coriolis douces et reposantes. Il avait quitté Paris encore convalescent, dans un état de fatigue de corps et de tête, à une de ces heures de la vie qui poussent le travailleur à aller se détendre et se retremper dans l'air sain et calmant de la vie végétative. La bête, chez lui, avait besoin de se mettre au vert. Aussi eut-il plaisir à se sentir dans cet endroit si bien mort à tous les bruits d'une capitale, et où la publicité n'était que le *Moniteur des communes*. Sa vue était heureuse de cette grande rue avec des poules sur le pavé, et de ces dernières diligences dételées sur le bord de la chaussée. Il goûtait des jouissances d'oubli à voir le peu qui passe là, le lent travail des bêtes et des gens, cet apaisement particulier que les grandes forêts font auprès de leur lisière, comme les grandes cathédrales répandent l'ombre sur les maisons et les existences de leurs places. Il aimait ces jours qui se succèdent, sans être plutôt un jour qu'un autre, ce temps du village auquel on se laisse aller, ces heures inoccupées qui le menaient au soir, un soir sans gaz où ne restait de lumière, dans le noir de la rue, que le quinquet du billard. La nuit même, dans le demi-sommeil du matin, il éprouvait une certaine satisfaction, lorsque le conducteur de la voiture de Melun criait à l'aubergiste : — Rien de nouveau ? — et que l'aubergiste répondait : — Rien — ce *rien* qui disait que rien là n'arrivait.

Pour Manette, la campagne était comme le déballage de la première boîte de joujoux d'où sortent des moutons, une maison qui serait une ferme, et des arbres frisés. Elle avait des curiosités puériles, des questions d'une raison de quatre ans, des : qu'est-ce que c'est que ça ? de petite fille au spectacle. Du ciel plein les yeux, de la terre, des arbres partout; un jardin qui n'en finissait pas, des oiseaux, des champs remplis de choses qui poussent, c'était pour elle comme un monde nouveau d'étonnements et d'amusements.

Elle avait la virginité bête et heureuse d'impressions, l'allégresse un peu oisonne de la Parisienne à la campagne. Il lui paraissait charmant de manger à genoux des fraises dans le plant. À tout moment elle se penchait dans le mouvement de cueillir. Elle prenait des bêtes à bon Dieu, les embrassait sur le dos, les mettait un instant dans son cou. Elle attrapait une branche sur un chemin en passant, volait ce qui pendait, ramassait la Nature dans un fruit comme un enfant la mer dans un coquillage.

On eût dit que la terre avec sa vitalité la sortait de son apathie, de sa nonchalance sérieuse. Elle devenait, dans cet air, d'humeur alerte, dansante, sautante, presque grimpante. Il lui passait des envies de monter à des cerisiers. Avec les femmes de la maison, elle s'en alla faner, et revint radieuse, enchantée, la peau heureuse de soleil, les reins chatouillés de fatigue. Elle allait dans la chambre à four regarder couler la lessive dans le grand cuveau. Elle portait de l'herbe à la vache : elle voulut la traire, essaya ; ses mains eurent peur, elle n'osa pas.

Mais le plus souverainement heureux des trois était Anatole. Il éclatait en gestes, en bouts de chansons, en paroles folles, en apostrophes qui ressemblaient à de la griserie, à cette ivresse que verse à certains hommes de bureau et de théâtre l'air de la campagne. Il passait des demi-journées en tête-à-tête avec les bêtes de la basse-cour, les étudiant, notant leurs cris, se mettant leurs voix dans la bouche, faisant l'écho au chant du fumier, et laissant les chiens lui débarbouiller, comme à un ami, la moitié d'une joue d'un coup de langue.

Dans les champs, dans la forêt, on le voyait étendu, étalé, aplati tout de son long, les yeux demi-clos sous son chapeau de paille qui lui rabattait de l'ombre sur la figure, la tête sur ses bras en manches de chemise. Il restait là, bien heureusement immobile, le bouton de sa ceinture lâché, avec de petits tressaillements d'aise qui lui couraient tout le corps. Et tout enfoncé dans ce lazzaronisme en plein air, à demi extasié dans l'épanouissement d'une jubilation infinie, il cuvait le paysage. Il « vachait », — comme il disait avec l'expression crapuleuse qui peint ces félicités retournant à la brute.

Ils passèrent ainsi plusieurs semaines, pendant lesquelles Coriolis ne se serait pas aperçu des dimanches, sans les boules étamées qu'exposait, ce jour-là, dans un jardin, un employé qui les apportait le samedi soir et les remportait le lundi matin.

LXXIII

Le dîner était la grande récréation de la journée. Ce qui le sonnait, c'était le coucher du soleil, faisant apparaître tout noir, sur son rayonnement de feu rouge, le genévrier mort servant d'enseigne à l'auberge.

Un à un, les peintres rentraient dans cet éblouissement qui pavait de lumière la rue du village. Les premiers arrivés se mettaient à l'ombre sur le banc de pierre en face, à côté d'une charrette, et se tenaient dans des poses lassées, avec des silences affamés, battant de leurs bâtons leurs semelles pleines de sable. La fille de la maison, sortant sur le pavé, la main devant les yeux, regardait au loin, et, sitôt qu'elle voyait arriver les derniers attendus, avec le bout de leurs parasols dépassant leur sac, elle allait tremper la soupe et l'apportait fumante dans la salle à manger.

À peine si l'on se donnait le temps de laver les brosses. On jetait ses chapeaux, on démêlait, au petit bonheur, les grandes serviettes jaunes de toile de ménage, on attachait avec des ficelles les chiens aux pieds des chaises; et un formidable bruit de cuillers sonnait dans les assiettes creuses. Le grand pain posé sur le dessus du piano passait, et chacun s'y coupait un michon. Le petit vin moussait dans les verres, les fourchettes piquaient les plats, les assiettes couraient à la ronde, les couteaux frappant sur la table demandaient des suppléments, la porte battait sans cesse, le tablier de la fille qui servait volait sur les convives, les bouteilles vides faisaient la chaîne avec les bouteilles pleines, les serviettes fouettaient les chiens qui mettaient effrontément la tête dans la sauce de leurs maîtres. Des rires tombaient dans les plats. Une grosse joie de jeunesse, une joie de réfectoire de grands enfants, partait de tous ces appétits d'hommes avivés par l'air creusant de toute une journée en forêt. Et le tapage ne se recueillait qu'à la solennelle confection de la salade à la moutarde, pour laquelle, à la fin, la table suppliante obtenait un jaune d'œuf cru.

Et autour de la table égayée, tout riait : le grand buffet avec ses soupières à coq et sa grande tête de dix-cors; la salle à manger avec toutes ses peintures dans des baguettes de bois blanc, où semble encadré l'album de l'École de Fontainebleau[1]. Le jour mourait sur tout ce petit musée, barbouillé par tous les hôtes de Barbizon, et qui met à ces murs, derrière les chaises de ceux qui dînent, l'ombre ou le souvenir, le nom de ceux qui ont dîné là, écrit d'un bout de pinceau, un jour de pluie, avec un reste d'étude et la verve de leur premier talent, dans tous ces tableaux qui se cognent, paysages, moutons, dessous de bois, parapluies gris dans la forêt, chevaux, chenils, chasses en habits rouges, natures mortes, crépuscules mythologiques, soleils sur le Rialto[2], partie de canotage sur la Seine, amours boiteux frappant à la porte de Mercure. Et de derniers rayons allaient à ces panneaux de buffet qui montrent la pochade d'un marché aux chevaux à côté d'une cueillette de pommes sur des échelles; ils allaient à ces guirlandes où le pinceau de Brendel a noué aux pipes du Rhin les verres de Bohême; ils quittaient, comme à regret, des esquisses de Rousseau jetées sur le bois d'une boîte à cigares, et ces panneaux de lumière et de caprice, ces bouquets de fleurs et de femmes écloses sous la brosse de Nanteuil et la baguette magique de Diaz, ces grappes de fées montrant leurs bas de femmes sur des balançoires de roses...

Les bougies apportées dans des chandeliers de cuivre jaune, le fromage de gruyère dévoré, le café versé dans les demi-tasses opaques, les pipes s'allumaient. Des apartés se faisaient dans des coins où des camarades se parlaient à mi-voix, tandis que des farceurs écrivaient des vers faux sur le livre de souvenir de la maison. La nuit endormait la rue, les charrettes, le village; les paroles devenaient plus rares; le sommeil de la campagne tombait peu à peu dans la pièce. Les paysagistes, dans leurs yeux à demi fermés, sentaient revenir leur étude, leur motif, leur journée, et souriaient vaguement à leurs couleurs du lendemain, avec les rêves de leurs chiens grognant entre leurs jambes. La fatigue se berçait dans une vision de travail. Un coude faisait un accord sur le piano ouvert... Et tous allaient se coucher, dormir un de ces bons sommeils dans lesquels tombait le son lointain de la trompe du *corneur* de Macherin, et qu'éveillait, avec ses bruits du matin, le réveil de la basse-cour.

LXXIV

Coriolis passait ses journées dans la forêt, sans peindre, sans dessiner, laissant se faire en lui ces croquis inconscients, ces espèces d'esquisses flottantes que fixent plus tard la mémoire et la palette du peintre.

Une émotion, une émotion presque religieuse le prenait chaque fois, quand, au bout d'un quart d'heure, il arrivait à l'avenue du Bas-Bréau[1] : il se sentait devant une des grandes majestés de la Nature. Et il demeurait toujours quelques minutes dans une sorte de ravissement respectueux et de silence ému de l'âme, en face de cette entrée d'allée, de cette porte triomphale, où les arbres portaient sur l'arc de leurs colonnes superbes l'immense verdure pleine de la joie du jour. Du bout de l'allée tournante, il regardait ces chênes magnifiques et sévères, ayant un âge de dieux, et une solennité de monuments, beaux de la beauté sacrée des siècles, sortant, comme d'une herbe naine, des forêts de fougère écrasées de leur hauteur : le matin jouait sur leur rude écorce, leur peau centenaire, et passait sur leurs veines de bois les blancheurs polies de la pierre. Coriolis se mettait à marcher sous ces voûtes qui éclataient au-dessus de lui, à des élévations de cent pieds, en fusées de branches, en cimes foudroyées, en furies échevelées et tordues, ayant l'air de couronnes de colère sur des têtes de géant. Il marchait sur les ombres couchées barrant le chemin, qui tombaient du fût énorme des troncs; et en haut, le ciel ne lui apparaissait plus que par des piqûres du bleu d'une fleur et de la grandeur d'une étoile, par de petits morceaux de beau temps que la verdeur de la feuillée faisait fuir et presque pâlir dans un infini d'altitude. Des deux côtés du chemin, il avait des dessous de bois, des fonds de ce vert doux et tendre qu'a l'ombre des forêts dans la transparence pénétrante du midi, et que déchire çà et là un zigzag de soleil, un rayon courant, frémissant jusqu'au bout d'une branche, voletant sur les feuilles, en ayant l'air d'y allumer une rampe de feu d'émeraude. Plus près de lui, des petits genévriers en pyramide étincelaient de luisants de givre; et les houx rampants remuaient sur le vernis de leurs feuilles une lumière métallique et liquide, l'éblouissement blanc d'un diamant dans une goutte d'eau.

Le radieux spectacle, le bonheur de la lumière sur les feuilles, cette gloire de l'été dans les arbres, cet air vif qui passe sur les tempes, les senteurs cordiales, l'odeur de santé et la fraîche haleine des bois, ce qui passe de grave et de doux dans la caresse de la solitude, enveloppaient Coriolis qui sentait revenir à son corps l'allégresse d'être jeune. Il passait le long de tous ces arbres aux membres d'athlètes, au dessin héroïque, ceux-ci qui s'inclinaient avec les lignes penchées des grands pins italiens dans les villas, ceux-là qui montaient droits dans un jet de rigide élancement. Il y en avait de solitaires comme des rois; et d'autres qui, réunis, assemblés, mêlant et nouant leurs bras en dôme de verdure, semblaient dessiner un rond de danse pour des hamadryades. Le sable, derrière Coriolis, enterrait son pas; et il avançait dans ce silence de la forêt muette et murmurante, où tombe des arbres comme une pluie de petits bruits secs, où bourdonnent incessamment, pour le bercement de la rêverie, tous les infiniment petits de la vie, le battement du rien qui vole, le bruissement du rien qui marche. Et quand il s'étendait sur un tertre de mousse, le coude sur la terre, les yeux à l'éternel balancement des branches auprès du ciel, de petits souffles accouraient à lui, sur l'herbe et les feuilles tombées, avec le pas d'une bête.

L'allée[1] qu'il reprenait avait au bout, sous la flamme du jour, la jeune clarté d'un bourgeonnement de printemps. Aux grands chênes succédaient les futaies, aux futaies les petits bois, où tout à coup, en passant, il faisait sauter, au milieu d'un arbre, un écureuil qui le regardait de là; ou bien, c'était un grand bruit qu'il faisait lever, un grand remuement de branches d'où s'échappait au galop comme un grand cheval rouge, qui était un cerf.

Puis la forêt s'ouvrait : un âpre plein midi brûlait, devant lui, dans le paysage découvert, les gorges sauvages d'Apremont[2], les rochers qui, sous le bleu africain du ciel et l'implacable intensité de la lumière, se dressaient en masses violettes, avec des cernées sèches. Alors, quittant le grand chemin, il grimpait à l'aventure au hasard de la route serpentante. Il se glissait entre les pierres d'où se dressait l'arbre sans terre et sans ombre, le grêle bouleau. Il s'enfonçait dans les fougères, presque aussi hautes que lui, faisait craquer sous son pied la mousse grillée et grésillante, se glissait entre des écartements de roc, marchait sous des tortils d'arbres étouffés, étranglés entre deux blocs et poussant de côté une branche sans feuilles qui courait en l'air comme une mèche de fouet. Il sondait et battait de son bâton, au passage, l'inconnu de ces arbustes pareils à des nœuds de serpents lapidés, et dont la végétation se tord avec des airs d'animalité blessée, ces genévriers aux brindilles mortes, aux cassures de branchettes semblables à des fœtus de chanvre tillé, à l'emmêlement de chevelure noueuse et fileuse, aux rameaux serrés, excoriés, à travers lesquels se convulsionne le tronc vert-de-grisé avec ces arrachis d'où l'on dirait qu'il s'égoutte du sang.

Il allait par des sables, par de hautes herbes ondulantes de glissements furtifs et de rampements suspects, par des sentiers de chèvre, par des lits de torrents séchés, par des montées où les marches étaient faites de réseaux de racines pareilles à des squelettes de lézards, par des escaliers où de grandes dalles figuraient des affleurements de fossiles mal enterrés; et l'instinct de ses pas le portait presque toujours, au bout de ses courses errantes, dans la vallée étroite et creuse qui va à Franchart. Il prenait le petit chemin d'un blanc de chaux calciné, tout miroitant de micas, dont l'éclatante blancheur n'était rompue, çà et là, que par un morceau de mousse d'un vert humide et une tache de terre de bruyère qui avait le noir de la traînée d'un charroi de charbon. Et alors, à sa gauche et à sa droite ce n'était plus que des roches. De la crête des deux collines, découpant sur le ciel la déchiqueture de leurs arêtes, jusqu'au bas de la pente, il croyait voir l'éboulement, l'avalanche, la cascade de morceaux de montagnes lâchés par une défaite de Titans. Un pan du Chaos[1] semblait avoir croulé et s'être arrêté là; il y avait dans le tumulte immobile du paysage comme une grande tempête de la nature soudainement pétrifiée. Toutes les formes, tous les aspects, toutes les formidables fantaisies et toutes les terribles apparences du rocher, étaient rassemblés dans ce cirque où les grès énormes prenaient des profils d'animaux de rêves, des silhouettes de lions assyriens, des allongements de lamantins sur un promontoire. Ici, les pierres entassées figuraient un soulèvement, un écrasement de tortues monstrueuses, de carapaces essayant de se chevaucher; là deux sphinx camus serraient la route et barraient presque le passage. Les vastes galets d'une première mer du monde, des crânes de mammouths troués de leurs orbites immenses, le souvenir et le dessin des grands os du passé se levaient sur ce chemin bordé de roches creusées par des remous de siècles, fouillées et battues peut-être par une vague antédiluvienne.

Au haut de la montée, Coriolis s'arrêtait à cette grotte de Franchart, qui a, à son seuil, le désordre et le bousculement de sièges de granit renversés par un festin de Lapithes. Il épelait ces pierres qui ont le fruste de murs anciennement écrits, ces pierres millénaires griffonnées par le temps d'indéchiffrables graphies, et où l'eau de l'éternité a creusé l'apparence de sculpture d'une cave d'Elephanta[1]. Il restait devant ces grottes béantes où le Désert semble rentrer chez lui, devant ces antres de bêtes féroces auxquels on s'étonne de voir aller, au lieu de pas de lion, des traces de breaks...

De rares oiseaux traversaient l'air, et Coriolis songeait involontairement à des oiseaux qui porteraient à manger à un Saint dans une grotte de la Thébaïde.

Puis, il longeait la petite mare à côté, enfermant une eau fauve dans sa cuvette de pierre blanche, à la marge mamelonnée, ondulante et rongée. Il s'asseyait quelques minutes au petit café de Franchart, repartait, retrouvait les arbres, retraversait encore une fois le Bas-Bréau.

Il se faisait, à cette heure, une magie dans la forêt. Des brumes de verdure se levaient doucement des massifs où s'éteignait la molle clarté des écorces, où les formes à demi flottantes des arbres paraissaient se déraidir et se pencher avec les paresses nocturnes de la végétation. Dans le haut des cimes, entre les interstices des feuilles, le couchant de soleil en fusion remuait et faisait scintiller les feux de pierreries d'un lustre de cristal de roche. Le bleuissement, l'estompage vaporeux du soir montait insensiblement : des lueurs d'eau mouillaient les fonds ; des rais de lumière d'une pâleur électrique et d'une légèreté de rayons de lune, jouaient entre les fourrés. Des allées, du sable envolé sous les voitures, il se levait peu à peu un petit brouillard aérien, une fumée de rêve suspendue dans l'air, et que perçait le soleil rond, tout blanc de chaleur, dardant sur les arbres toutes les flammes d'un écrin céleste... La fenêtre de Rembrandt, où il y a un prisme, et où jouerait la Titania de Shakespeare[1] dans une toile d'araignée d'argent, — c'était ce paysage du soir.

LXXV

Depuis quelques années, les hôtelleries campagnardes de l'art ont changé d'aspect, de physionomie, de caractère. Elles ne sont plus hantées seulement par le peintre ; elles sont visitées et habitées par le bourgeois, le demi-homme du monde, les affamés de villégiature à bon marché, les curieux désireux d'approcher cette bête curieuse : l'artiste, de le voir prendre sa nourriture, de surprendre sur place ses mœurs, ses habitudes, son débraillé intime et familier, ses charges, un peu de cette vie de déclassés amusants, que les légendes entourent d'une auréole de licence, de gaieté et d'immoralité. Peu à peu, on a vu venir loger dans ces chambrettes, manger à cette gamelle de la jeunesse, de la bonne enfance et de l'étude d'après nature, toutes sortes d'intrus, des professeurs, des officiers en congé, des magistrats, des mères de famille, des touristes, de vieilles demoiselles, des passants, le monde composite d'une table d'hôte.

Ce mélange existait dans l'auberge de Barbizon. Autour de la table, à côté de sept ou huit jeunes gens, travaillant et prenant là leurs quartiers d'été et d'automne, à côté de deux paysagistes américains, amenés à Barbizon[1] par la réputation de cette forêt de Fontainebleau populaire jusque dans la patrie des forêts vierges, il venait s'asseoir une vieille demoiselle tenant toujours en laisse un écureuil, et qu'on ne connaissait que sous le nom de « la demoiselle de Versailles » ; un professeur de septième d'un collège de Paris, flanqué de son épouse et de deux grandes asperges de fils ; un vieillard maniaque passant sa vie à rectifier les cartes de Dennecourt[2] ; un jeune sourd, à sourde vocation de peinture, sorti de la grande école des Batignolles.

Cette immixtion de gens avait éteint, effarouché l'entrain de la société : devant l'inconnu des convives, l'imposante présence de la famille et de la virginité bourgeoise, les jeunes peintres avec la timidité de gens sans éducation, craignant de laisser échapper une inconvenance, et se mettant à viser à une sorte de comme il faut, s'étaient congelés dans une de ces tenues de froideur et de bon ton qui glacent dans l'artiste *poseur* le rire naturel de l'art. Ils respectaient le comique du professeur, une espèce de M. Pet-de-Loup[3], homme sévère, mais juste, qui passait la moitié de son temps à morigéner ses deux fils, et l'autre à sculpter des têtes de cannes. Ils n'abusaient pas de la crédulité sans fond de la demoiselle de Versailles. Ils étaient à peu près polis avec l'infirmité du jeune sourd qui les *sciait* avec ces petits gloussements qu'ont les sourds-muets dans les cours, essayant d'attirer l'attention sur l'écriteau de leur infirmité pendu sur leur poitrine.

Avec Anatole, tout changea. Il déchaîna les charges. Il criait dans l'oreille du sourd des choses qui le faisaient rougir. Il rendait à tout moment des visites au vieux monsieur si peureux de l'invasion de quelqu'un dans sa chambre, d'un dérangement de ses papiers, de ses notes, de ses cartes, qu'il faisait lui-même son lit. Il abondait avec des intonations de Prudhomme dans les anathèmes du professeur contre les débordements de la jeunesse actuelle; et il prenait ses fils à part pour leur inculquer les plus sataniques principes d'insoumission. Quant à la vieille fille de Versailles, il en fit sa victime d'adoption. Il commença par lui persuader très sérieusement, avec des textes de livres de médecine à l'appui, que la cohabitation avec un écureuil donnait à la longue la danse de Saint-Guy. Il lui fit mettre des bottes d'hommes contre la morsure des vipères pour aller se promener dans la forêt. Il lui fit croire qu'un des deux Américains de la table était un sauvage défroqué qui avait été élevé à manger de la chair humaine. — N'est-ce pas? — disait-il; et l'Américain, dressé à la charge, répondait, avec des sourires voraces et inquiétants, que c'était bon, que cela avait un goût entre le bœuf et le turbot. Un soir, après une répétition secrète dans la journée, Anatole fit danser au Yankee une danse effroyable d'anthropophagie : les gros yeux bleus écarquillés du danseur, son nez crochu, ses cheveux et ses moustaches jaunes, son air de Polichinelle vampire, la « figure » où il faisait sauter comme un morceau délicat l'œil de sa victime, mirent l'horreur de leur cauchemar dans les nuits de la pauvre demoiselle. Mais la plus belle charge que lui monta Anatole fut la charge de la lionne, qui l'enferma quinze jours chez elle dans sa chambre. Elle avait lu dans un journal qu'une lionne s'était échappée d'une ménagerie de Melun : on lui dit que la lionne s'était sauvée dans la forêt, qu'elle avait mis bas onze lionceaux déjà très gros; et pour la bien convaincre du péril, Anatole, tous les soirs, faisait son entrée dans la salle à manger avec le fusil de l'aubergiste, comme s'il n'osait s'aventurer dehors qu'avec une arme.

LXXVI

Manette se trouvait parfaitement heureuse entre ces deux vieilles femmes, au milieu de cette réunion d'hommes. Les attentions, les prévenances, les égards, allaient à sa jeunesse, à sa beauté. Elle se sentait trôner à cette table : elle y était comme une petite reine.

Elle trouvait encore dans cette société une satisfaction nouvelle pour elle, et qui la flattait dans la fausse position où elle était. L'épouse du professeur, bonne créature ingénue, s'était laissé prendre à son excellente tenue, au nom dont on l'appelait, à des « Madame Coriolis » qu'elle avait entendus dans l'escalier. Elle croyait que le couple était un ménage, que Manette était la femme du peintre. Aussi avait-elle répondu à ses amabilités.

Dans ses rapports avec elle, ses bonjours, les rapprochements du voisinage, les menues relations de la communauté des repas, elle avait mis ce liant qui établit comme une politesse de plain-pied entre femmes du même monde et de pareille situation sociale. De temps en temps, sur le banc de pierre où l'on attendait le dîner, elle honorait Manette de petits bouts de conversation familière.

Manette était excessivement touchée d'être ainsi traitée ; et elle s'appliquait à se maintenir dans cette estime, en continuant à la tromper, en jouant avec un art admirable cette comédie de la femme honnête qu'aime tant à jouer la femme qui ne l'est pas, et d'où monte souvent à la tête d'une maîtresse la tentation de devenir ce qu'elle essaie de paraître.

Chaque matin, elle avait un petit moment d'anxiété, de peur d'une découverte, d'une indiscrétion, en interrogeant la figure de l'épouse légitime. Elle se surveillait elle-même dans ses gestes, ses paroles, ses expressions, s'enveloppait de robes simples, de petits fichus modestes, faisait des raccommodages de ménage, travaillait, avec tous les airs de sa personne, au mensonge qui devait entretenir l'illusion et continuer la méprise de la respectable femme du professeur. Et une joie intérieure la remplissait, qui se gonflait et se pavanait en une espèce de petit orgueil exubérant. Cette considération de l'honnêteté qu'elle rencontrait pour la première fois lui procurait l'enivrement, l'étourdissement qu'elle donne aux créatures qui n'y sont pas nées, et qui n'ont pas toujours respiré, naturellement, comme l'air autour d'elles, l'atmosphère de l'estime.

Aussi adorait-elle Barbizon, et elle ne tarissait pas de rires et de plaisanteries pour moquer, comme elle disait, ce « *geignard* » de Coriolis qui commençait à se plaindre du séjour.

LXXVII

L'homme du monde, le Parisien gâté par son intérieur, s'était réveillé chez Coriolis. Il était blessé physiquement de riens qui ne semblaient atteindre personne autour de lui, ni Anatole ni même Manette. La rusticité de l'auberge lui devenait dure, presque attristante. Il souffrait du bon fauteuil qui lui manquait, de toutes les petites insuffisances de l'installation, de cette misère d'eau et de linge faite à sa toilette, des serviettes de huit jours, de l'égueulement du pot à eau, de la cuvette de faïence si vilainement rosée sur le bord.

La nourriture l'ennuyait par la monotonie des omelettes, les taches de la nappe, la fourchette d'étain qui salit les doigts, les assiettes de Creil avec les mêmes rébus. Le petit *jinglet* du cru lui irritait l'estomac. Il se faisait un peu lui-même l'effet d'un homme ruiné, tombé à la table d'hôte d'une ferme. En vivant dans sa chambre, il y avait découvert tous les dessous de la chambre garnie des champs : le fané des sièges, la pauvreté sale du papier, le rapiéçage du couvre-pied, la couleur mangée des rideaux, la corde de la descente de lit, le déplaquage de la commode d'occasion. Et il lui venait là les instinctives inquiétudes qui prennent les délicats et les souffreteux, jetés hors de chez eux dans ces logis de hasard et de pauvreté, entre ces quatre murs où gondolent de mauvaises lithographies dans des cadres de bois noir.

Il avait usé ce premier moment de contentement qu'a le Parisien à sortir de chez lui, à changer ses aises contre l'imprévu et les privations de l'auberge. Il ne se trouvait plus d'indulgence pour un manque de tous les bien-être qu'il eût bien encore supportés en Orient, mais qu'il trouvait dur et exorbitant de subir à dix lieues de Paris : sa patience d'un mauvais lit, d'un dîner sans lampe, du carreau sans tapis, avait fini avec sa distraction, avec le plaisir de la nouveauté. Il ne pouvait s'empêcher, par instants, de s'indigner intérieurement de l'*arriéré* du pays, de ce reste de sauvagerie entêtée et de paysannerie inculte qui reste aux bords des forêts, s'y défend si longtemps contre la civilisation et le confortable moderne, et garde toujours un peu de cette France d'il y a cent ans, voisine des bois, qui couchait les caravanes d'artistes sur des oreillers de coquilles d'œufs.

Puis il avait une habitude d'être servi qui était comme toute dépaysée par le service de l'endroit, une sorte de service bénévole dont on semblait faire la gracieuseté aux gens, et où se trahissait l'indépendance du forestier, mêlée à la supériorité du paysan qui a du bien. On sentait une auberge habituée à des gens de vie presque ouvrière, au ménage à peine soigné par une femme de ménage, tout prêts, au besoin, à remplir l'ordre qu'ils donnaient, à aller chercher une assiette au buffet et l'eau de leur pot à eau au puits. Les hôtes, hébergés par la maison, y semblaient reçus comme des amis avec lesquels on ne se gêne pas ; et l'aubergiste, qui leur donnait la main, paraissait les traiter, quoiqu'ils payassent, uniquement pour les obliger, et continuer à mériter le surnom de « *Bienfaiteur des artistes* », inscrit en grandes lettres sur la tombe de son prédécesseur.

LXXVIII

Coriolis en était à ce moment de désenchantement, quand un soir, à l'heure du dîner, il aperçut au bout de la rue de Barbizon une silhouette de sa connaissance, la silhouette de Chassagnol ayant pour tout bagage une canne qu'il avait coupée en chemin dans la forêt.

— Bah ! c'est toi ?... Ah ! c'est gentil...

— Oui, j'éprouvais le besoin de repasser mon Primatice... voilà. Je suis parti pour Fontainebleau... deux jours que j'y suis... On m'a dit que vous étiez ici... Et je viens casser une croûte...

— Oh ! tu resteras bien quelques jours avec nous... Nous te ferons voir la forêt.

— Moi... Oh ! tu sais la forêt... j'ai horreur de ça, moi... À Fontainebleau, tout le temps que je ne pouvais pas étudier mon bonhomme... j'ai été dans un cabinet de lecture pas mal monté pour la province... Ils ont une collection de romantiques de 1830... C'est bête, mais ça exalte... Je n'ai pas même été voir les carpes... Tu sais, moi, je suis un vrai pourri... je n'aime que ce qu'a fait l'homme... Il n'y a que cela qui m'intéresse... les villes, les bibliothèques, les musées... et puis après, le reste... cette grande étendue jaune et verte, cette machine qu'on est convenu d'appeler la nature, c'est un grand rien du tout pour moi... du vide mal colorié qui me rend les yeux tristes... Sais-tu le grand charme de Venise? C'est que c'est le coin du monde où il y a le moins de terre végétale... Ah çà! Manette va bien? Et Anatole?

— Oui, oui, tu vas la voir... Anatole est encore en forêt, il va revenir.

Après le dîner, quand les dîneurs eurent quitté la table, ceux-ci pour aller faire un piquet chez des amis, ceux-là pour se promener, d'autres pour se coucher:

— Mais il me semble que vous n'êtes pas mal ici, — fit Chassagnol qui venait de dire, sans se déranger: C'est bon! à l'aubergiste qui voulait lui montrer sa chambre.

— Pas mal!... Heu! heu!

Et Coriolis raconta à Chassagnol tous ses petits déboires de confortable.

— Ah! ah! — jeta tout à coup au milieu de ces doléances Chassagnol, avec l'explosion de son éloquence du soir allumée par l'imprudence des confidences de Coriolis. — Ah! ah!... bien fait!... Grand seigneur! toi, grand seigneur! gentilhomme!... toi seul, par exemple! Et tu viens ici pour être bien? Dans un endroit où il vient des peintres! Les peintres! un tas de rats, vivant mal... Tous des pingres!... Tous, laisse donc!

— Allons, mon cher, — essaya de dire Coriolis, — parce qu'il y a quelques crasseux parmi nous, ce n'est pas une raison pour envelopper toute notre classe...

— Moi, les peintres, je les adore... j'ai passé toute ma vie avec eux... Mais, précisément parce que je les adore, je les vois et je les juge... tous des pingres... sauf toi, avec une douzaine d'autres... — reprit Chassagnol se lançant à fond dans son paradoxe. — Oh! les préjugés! les préjugés du bourgeois! Penses-tu à cela? Tous ces braves gens de bourgeois qui ont, sous la calotte du crâne, l'idée, l'idée enfoncée, solide, indéracinable, chevillée, qu'un artiste est un homme rempli de vices coûteux, un mangeur, un dépensier, un luxueux!... un bourreau d'argent qui le jette comme il le gagne, qui se paye tout ce qu'il y a de meilleur et de plus cher à boire, à manger, à aimer! Mais ils sont ordonnés, rangés, serrés... ce sont des papiers de musique, que les artistes!... Ah! la calomnie, mon ami, la calomnie!... Ils dépensent... ils dépensent quand ils sont jeunes pour faire comme les camarades; ils gaspillent un peu d'argent envoyé par la famille, carotté aux parents, prêté par leur bottier, de l'argent aux autres... Mais quand c'est de l'argent à eux, quand c'est cet argent sacré et solennel, de l'argent gagné, de l'argent de leur talent et de leur travail; quand il leur descend dans la case du cerveau où se font les comptes que des pièces mises sur des pièces ça fait des piles, et que des piles qu'on pose sur des piles, ça fait ces choses vénérées et considérables : des rentes, des maisons, des propriétés, des propriétés!... Oh! alors, il entre dans l'artiste une économie... mais une économie!... la magnifique avarice bourgeoise de l'art!... Enfin, dans toutes les autres professions, il y a, n'est-ce pas? un certain degré de fortune, de bénéfices, d'enrichissement, qui pousse l'homme à la largeur, le parvenu à la dépense, le joueur heureux à la profusion... Un boursier, je prends un boursier, un boursier qui fait un coup de bourse, est capable d'envoyer deux douzaines de chemises garnies de Malines à sa maîtresse... Mais dans l'art? Cherche!

On dirait une industrie de luxe où les riches restent pauvres diables... L'argent qui leur pleut dessus avec le succès, ça garde dans leurs mains la vilenie et la crasse de ces argents de peine qu'on gagne avec de la sueur... Il y en a beaucoup qui font des années de chirurgiens, des recettes de cent mille francs ; il y a donc dans ce monde-là des signatures de cinquante mille francs le mètre carré... Eh bien ! sois tranquille, jamais ça ne leur donnera la folie de la dépense, et le mépris d'un homme né riche pour une pièce de cent sous... Une race plate... avec des goûts plats, des sens plats, des appétits plats... Oui, des gens capables de faire des fortunes de ténors, sans avoir un certain jour l'idée de fumer un cigare de trente sous ou de boire une bouteille de bordeaux de dix-huit francs... Au fond, des natures *peuple*, presque tous... Une pauvreté de goûts d'origine, de première éducation qui va très bien avec leur vie, qui simplifie tout dans leurs arrangements d'existence, l'amour, le ménage, la famille, l'intérieur. Des garçons nés avec le peu de raffinement qui permet le bon marché des deux choses les plus chères de la vie : le Plaisir et le Bonheur... La femme, je prends la femme, parce que c'est l'étiage de la distinction, du luxe et de la dépense de l'homme, est-ce qu'elle est, dans ce monde-là, la grande dépense qu'elle est ailleurs dans d'autres couches sociales ? Un peintre, quand il gagne quarante, cinquante mille francs par an, se donne-t-il cet animal de luxe et de paresse, broutant des billets de banque, qui passe chez un jeune homme de vingt-cinq mille livres de rente ? Pour l'artiste, la maîtresse, presque toujours, qu'est-ce que c'est ? Hein ? qu'est-ce que c'est ? Une utilité, une raccommodeuse, une personne de compagnie, une femme entre la gouvernante et la femme de ménage, bonne fille qui porte des bijoux d'argent doré, et qu'on entretient, en se rattrapant sur ses vertus domestiques... de domestique, son ordre, sa couture, son économie... La femme légitime? mon Dieu, c'est ça... avec un vernis... Le ménage? un ménage d'ouvrier... Des enfants habillés de mises bas, qu'on endimanche aux fêtes... morveux, avec des chandelles sous le nez... voilà! Connais-tu un peintre qui ait eu seulement voiture, toi?... Pas un, n'est-ce pas?... Enfin, dans tous les états, dans tous les métiers, dans les corporations de tanneurs comme dans les confréries d'huissiers, jusque dans le monde des lettres où l'on gagne moins d'argent qu'à élever des couchers de soleil, et où l'on paye trois sous, une fois payée, une idée dont un peintre se ferait trois mille francs tous les ans... dans les lettres même, on entend dire quelquefois à des gens : J'ai dîné hier chez Chose... Et il y a eu chez Chose un dîner qui avait tout ce qui constitue un dîner... Chez les peintres, jamais! Je demande quelqu'un qui ait fait un vrai dîner chez un peintre... Qu'il le dise et qu'il le prouve! Mais non, la cuisinière d'un peintre, c'est mythique, c'est une abstraction... Depuis le commencement du monde, on n'a jamais parlé de la cuisinière d'un peintre!... Les peintres, on sait comment ça reçoit : ça vous invite à des soirées où, comme rafraîchissements, c'est Gozlan[1] qui a dénoncé celle-là, on passe des eaux-fortes et des dessins!... Et quand il y a des circonstances impossibles qui les forcent à vous offrir le pot-au-feu, je les connais, leurs phrases sur le « pas de cérémonie », la table avec une toile cirée, le bon petit fricot de portier, et le bon petit vin du pays, si bon pour la santé! le petit vin simple et naturel, qui se boit dans de petits verres ordinaires, sans prétention!... Je les connais, leurs pipes en terre! Je les connais, leurs collections de deux sous, leur bric-à-brac de faïence de Rouen! Je les connais, leurs habitudes, les bouchons rustiques, les gargots pittoresques, les cuisines d'empoisonnement où ils vous mènent dans les campagnes, et dont vous sortez avec l'idée qu'ils ne se sont jamais assis dans un restaurant, avec des glaces dans le dos et des trois francs devant les plats de la carte ! Les peintres ?... Les peintres ! Ah ! oui, les peintres !... Mais si Solimène... Oui, si Solimène revenait...

Et s'interrompant brusquement, en voyant la tête de Coriolis qui s'inclinait :

— Tu dors ?

— Pardon, mon cher... il est deux heures du matin... Et ici, on prend un peu les habitudes des poules... À neuf heures, tout le monde est *en paille* comme on dit dans le pays...

— Deux heures ?... — répéta tranquillement Chassagnol, — deux heures... La voiture part à six heures... Ça ne vaut guère la peine de se coucher... Je vais un peu flâner dehors jusque-là... Tiens ! au fait, si je réveillais Anatole ? Oui, c'est ça, je vais réveiller Anatole... Nous ferons un tour ensemble.

LXXIX

Anatole, las de flâner et tourmenté du remords de son art, avait commencé une étude dans la forêt. Il était parti dans une de ces grandes tenues d'artiste qui donnent aux peintres, sous la feuillée, l'air terrible de bandits du paysage, avec une vareuse bleue, un chapeau de chauffeur[1], une ceinture rouge, des braies de toile, des jambards de cuir, son parapluie gris en sautoir sur son sac. Et il avait été ainsi bravement *piger le motif*[2].

Cependant, au bout de deux jours, il commença à trouver que ce qu'il faisait ne marchait pas, que la nature l'enfonçait, et que le bon Dieu était décidément plus fort que la peinture. Il se coucha sur un rocher, regarda le ciel, les lointains, les cimes ondulantes des arbres, les huit lieues de la forêt jusqu'à l'horizon; puis son regard tomba et s'arrêta sur le rocher. Il en étudia les petites mousses vert-de-grisées, le tigré noir de gouttes de pluie, les suintements luisants, les éclaboussures de blanc, les petits creux mouillés où pourrit le roux tombé des pins. Puis il crut voir remuer, épia, chercha de tous ses yeux une vipère, et finit par s'endormir avec du soleil sous les paupières.

Les autres jours, il recommença. Il appelait cela « dormir d'après nature ».

Puis il s'en allait faire quelque protestation en faveur du pittoresque à l'instar du paysagiste Nazon : il s'armait de gros souliers contre les plantations déshonorant la forêt, et piétinait pendant deux heures les petites pousses des pins en ligne. Il passait des journées avec l'homme des vipères, le vieux aux deux bâtons et aux deux boîtes de reptiles. Il allait causer avec le vendeur d'orangine de la Cave aux Brigands. Il était familier dans les huttes de gardeurs de biches. Il jouait aux boules à l'entrée de la forêt avec des gens quelconques qui connaissaient des peintres; il sonnait du cor avec des messieurs qui mettaient le soir au bout de Barbizon l'écho des entresols de marchands de vin au Mardi gras.

La nuit, il se glissait, vêtu de sombre, au bout des futaies, et restait sans bouger, sans fumer, sans souffler, attendant un bramement, espérant voir un de ces fantastiques combats de cerfs qui sont la légende du pays.

Jamais il ne s'était trouvé une si douce et si pleine existence. La forêt le nourrissait de spectacles, d'émotions, de distractions. Il se fit un grand plaisir de chercher tout ce qu'on trouve là, ce que la main ramasse par terre, sous le bois, avec une joie étonnée. De la chasse aux vipères, il passa à la récolte des champignons.

Une nuit de pluie en faisait l'herbe pleine, en gonflait d'énormes aux pieds des chênes : Anatole ne revenait plus qu'avec sa vareuse nouée aux quatre coins, toute pesante et bourrée de ces *giroles* d'or que le pas écrase, tant elles se pressent. Il les accommodait lui-même, à l'huile, à la provençale : car il était assez cuisinier de goût et de vocation, et il n'y avait pas besoin que la table le priât beaucoup pour qu'il se fît un tablier d'une serviette et remuât dans une casserole son fameux gigot à la juive.

Le temps remis au sec, les champignons finis, Anatole revint à son étude, travailla encore un jour ou deux. Puis tout à coup, en plein Bas-Bréau, les chênes qui le regardaient virent l'incorrigible maître aux Pierrots accrocher à l'arbre qu'il avait peint un Pierrot pendu.

Anatole donna cette toile à son nouvel ami, l'aubergiste. Et ce cadeau resserra l'intimité qui le mêlait à toute la famille; car il était pour la maison un camarade. Il vivait un peu à la cuisine; il prenait part, le dimanche, aux soirées du ménage et des connaissances en blouse de la ferme, aux parties de cartes à la chandelle des petites bonnes en madras, avec des cartes grasses et des châtaignes sèches pour enjeu.

Quand l'aubergiste allait faire son marché de la semaine, le samedi, à Melun, il emmenait Anatole dans sa carriole, et lui faisait manger dans un cabinet cet extra qui est un rêve pour un estomac de Barbizon : un homard. Et tous deux ne revenaient qu'à la nuit, un peu gais, fraternellement liés par le bras de l'un passé sur l'épaule de l'autre.

LXXX

— Dis donc, — fit un matin Anatole, en frappant à la porte de Coriolis, — tu ne viens pas à Marlotte?... une partie que nous venons d'arrêter devant le beau temps qu'il fait... On va à pied, nous allons nous payer la *Mare aux Fées*, le *Long Rocher*, les *Ventes à la Reine* [1], l'affaire de deux jours : viens donc, hein?

— Non... Ce serait trop dur pour Manette... Mais vois un peu ça, si l'on est mieux là-bas qu'ici.

. . . .

Anatole revenu :

— Eh bien? — lui dit Coriolis.

— Ah! mon cher, superbe! Le Long Rocher... nous avons été voir ça la nuit, une lune magnifique! Ah! voilà un décor pour la Porte-Saint-Martin, avec un beau crime là-dedans...

— Et les auberges?

— Les auberges, délicieux! un monde!... Pas des bonnets de nuit comme ici... d'un jeune!... et un train! Ah! des vrais, ceux-là... On les entend à une demi-lieue sur la route, jusqu'à deux heures du matin.

— Et la nourriture?

— Oh! la nourriture... Je leur ai pêché un fameux plat de grenouilles, va!... La nourriture? Tu sais, moi, je n'ai pas trop fait attention... Par exemple, le vin est meilleur qu'ici... Un vrai père Lajoie, mon cher, l'aubergiste là-bas... pas de façons... les pieds nus dans ses chaussons... Oh! une bonne tête!... Très animé, le pays... il tombe des convois du quartier Latin, des baladeuses qui vous arrivent en cheveux, en pantoufles et avec une chemise au dos pour la semaine. Ça met des courants d'air de *Closerie des lilas* [2] dans la forêt... Enfin je te dis, c'est tout ce qu'il y a de plus gai.

— Bon, je suis fixé, — dit Coriolis.

— Pas moyen de s'embêter une minute — continua sans l'entendre Anatole, — des histoires de femmes toute la journée; la maîtresse de Chose qui a accusé la maîtresse de Machin de lui avoir démarqué ses bas... ça a fait une scène à table!... Les lits? je n'y ai rien senti... Ma foi! nous n'y serions pas mal, — dit en finissant

Anatole tourmenté du besoin de mouvement qu'ont les enfants, et toujours prêt à changer de place.

— Merci, — fit Coriolis, — que j'emmène Manette là ?

— Ah ! c'est vrai, oui, Manette... Je n'y pensais pas, — fit Anatole en homme subitement éclairé par Coriolis, et n'ayant guère des convenances de la vie une perception nette, immédiate et personnelle.

LXXXI

Manette, la vieille demoiselle, le vieux monsieur, le professeur et sa famille s'étaient retirés de la salle à manger. Et Anatole déployait ses talents de brûleur d'eau-de-vie, en promenant la poche de Ruolz[1] pleine de sucre sur la flamme d'un bol de punch parié et perdu par Coriolis.

Les récits, les souvenirs, ce qui dans une société d'hommes, dans l'effusion bavarde de la digestion, se lève de la mémoire de chacun et s'en répand, après la première pipe, des histoires de tous les pays et de toutes les couleurs, se croisaient autour du bol de punch.

Un des Américains, dans un français impossible, racontait que par amour pour une gitana, il s'était engagé dans une troupe de bohémiens courant l'Amérique. Et il entrait dans les plus curieux détails sur cette vie de trois mois, mélangée de vol, d'aventures et de bonne aventure, interrompue par un singulier incident. La femme du chef vint à mourir : la religion de la bande exigeait qu'elle fût enterrée dans du sable, et il n'y avait de sable qu'à quinze jours de marche de là, au Potomac : dans le voyage, son amour pour la gitana diminuant à mesure que l'odeur de la morte augmentait, il avait fini par se sauver à mi-chemin des bohémiens et de son amante.

Un cosmopolite, un observateur spirituel et charmant, un garçon connaissant les coins et recoins des capitales de l'Europe, parlait de deux assassins de grand chemin qu'il avait vu pendre à Florence. Ces industriels assassinaient, sans se salir ni se compromettre. Ils avaient chacun une espèce de fourreau de parapluie qu'ils remplissaient de terre tassée, et avec lequel ils frappaient à très petits coups, tout doucement, sur l'épigastre de leur victime, de manière à ne jamais déterminer d'ecchymose ni d'extravasement de sang. Vingt minutes, en moyenne, suffisaient à leur petite opération. Après quoi, ils rentraient chez eux, comme d'honnêtes paysans, avec leurs gaines de parapluie vides. Puis venaient des descriptions d'autres pendaisons, merveilleusement observées, contées avec tout le détail impressionnant et scientifique de la chose vue, finissant par un tableau sinistre d'un lancement dans l'éternité à Londres, avec le bourreau splénétique, le paletot de caoutchouc sur le condamné, et l'éternelle petite pluie désolée des exécutions de là-bas.

Un autre exposait les origines de Barbizon[1], remontait au plus lointain des légendes du pays, attribuait l'immigration des peintres à une espèce de précurseur mythique, un peintre d'histoire inconnu du temps de l'empire, un élève de David sans nom, qui vint habiter le pays, dans des époques antéhistoriques, et demanda un sabre à un certain père Ordet pour aller dans la forêt. Il avait, d'après la tradition, un petit domestique qu'il faisait poser nu dans les bois et les rochers ; et c'était tout ce qu'on savait de son histoire. Ses successeurs avaient été Jacob Petit, le porcelainier, puis un M. Ledieu, puis un M. Dauvin. Puis venaient Rousseau, Brascassat, Corot, Diaz[2], arrivant vers 1832, deux ans après que l'auberge, fondée en 1823, avait exhaussé son rez-de-chaussée d'une chambre à trois lits, où l'on montait par une échelle, et où l'on accrochait le soir son étude du jour au-dessus de son lit. C'est à cette époque, ajoutait l'historiographe, qu'on peut fixer le commencement de sûreté du pays pour les artistes, non à cause des brigands, mais à cause des gendarmes qui, jusque-là, arrêtaient pour trop de pittoresque « les hommes à pique », que le père de l'aubergiste actuel était obligé de réclamer.

Anatole avait rempli les verres.

— Tiens ! sourd, voilà le tien, — dit-il au Batignollais.

— Mais dis donc, farceur ! tu as reçu une lettre chargée ce matin... Tu vas payer quelque chose... Viens un peu par ici que nous reprenions notre conversation...

Le sourd des Batignolles avait une corde comique, l'avarice, une avarice qu'on eût dite amassée par plusieurs générations paysannes de la banlieue de Paris. Il avait une défiance terrible de ce monde où il s'était aventuré, et qu'une tante, dont il rabâchait en neveu respectueux et en héritier affectionné, lui avait peint sans doute comme une caverne. Rien n'était plus amusant que sa grossière peur d'être carotté, et la continuelle préoccupation avec laquelle il se défendait d'avoir de l'argent dans sa poche. Il parlait toujours de sa misère, des sept cents pauvres malheureux francs de la pension de sa tante, de ses créanciers des Batignolles. Il montrait, comme des contraintes, des en-têtes de contributions, grommelait, mâchonnait des chiffres, des comptes de pauvre, demandait le prix de tout. Quand on voulait le faire jouer, il demandait à ne jouer que des centimes ; et quand il avait perdu cinq sous, il disait qu'il allait mettre en gage sa redingote de velours.

La plaisanterie habituelle d'Anatole consistait à lui persuader qu'il voulait épouser sa tante, une charge qui, malgré sa monstruosité, ne laissait pas que d'inquiéter vaguement, par son retour quotidien et l'air sérieux d'Anatole, les espérances du neveu.

Quand le sourd fut assis à côté de lui, Anatole lui empoignant le cou à lui dévisser la tête, approcha sa bouche de la meilleure de ses deux oreilles, et lui cria dedans de toute sa force :

— Quel âge m'as-tu déjà dit qu'avait ta tante ?...

— Trente-cinq.

— Mettons quarante... Est-elle ragoûtante ?

— Qui ça ?

— Ta tante.

— Ma tante ?... Elle est belle femme.

— Aurait-elle des enfants, si je l'épousais ?

— Hein ?

— Je te demande : aurait-elle des enfants si je l'épousais ? Parce que moi, je ne veux me marier qu'avec la certitude d'avoir des enfants...

— Ah ! dame... je ne sais pas, moi...

— Ça me suffit... tu es mon ami... il faut que tu me fasses épouser ta tante...

Le sourd remua la tête balourdement, et balança un :

— Non, — à demi formulé dans un sourire d'idiot.

Anatole lui ressaisit la tête :

— Tu ne me trouves pas bien ?

Le sourd le regarda, et continua à rire d'un rire indéfinissable.

— Où demeures-tu ?

— Rue Cardinet... 14.

— Il y a des omnibus ?

— Oui.

— J'irai te voir.

Le sourd riait toujours.

Anatole reprit :

— Nous irons tous te voir... Ça fera plaisir à ta tante, à ta brave femme de tante... un cœur d'or... je la vois d'ici... Elle nous fera un petit dîner...

— Plus la cuisine est grasse, plus le testament est maigre... — murmura le sourd avec une espèce de finesse malicieuse.

— Ah ! très fort ! Est-il roublard ! Un proverbe !... La sagesse des nations !... Amour de sourd, va !... Quelle canaille, hein ! — ajouta Anatole en se tournant vers les autres qui, arrivant l'un après l'autre, prenaient la tête du Batignollais, et lui criaient dans sa bonne oreille.

— Nous irons tous chez votre bonne tante, tous !

— Tenez, — dit quelqu'un, — voulez-vous que je vous dise ? Il n'est pas sourd du tout. Il nous fait poser... C'est un truc que lui a montré sa tante pour qu'on ne lui emprunte pas cent sous.

Anatole l'avait repris par le cou et lui jetait dans le tympan avec une voix caverneuse, fatale et méphistophélique :

— Tu m'as dit que tu voudrais être un homme de génie... Si, tu me l'as dit... C'est une ambition honnête... Il n'y a qu'un moyen... c'est de commencer par manger ta fortune.

— Toucher à mon *tapital !* — s'écria, dans un premier soubresaut d'effroi, le sourd avec une inarticulation d'enfant. Puis, se remettant et reprenant sa sérénité à la fois bête et sournoise, il se mit à dire, comme s'il parlait avec lui-même à ses idées : — Moi... je ne veux pas me marier... J'aime les gens connus, moi... Je les inviterai... un jour... Et puis, je voudrais fonder quelque chose après ma mort[1]...

— C'est cela ! — lui beugla Anatole, — une fondation, bravo ! Tiens ! la fondation d'un punch perpétuel à Barbizon ! Trois cent soixante-cinq bols par an !... Superbe idée ! Tu seras la flamme de ton siècle ! Dans nos bras !

Et tous, imitant Anatole, se jetèrent dans les bras du sourd, ahuri et se débattant.

LXXXII

Voyant son monde heureux, Coriolis s'était résigné à patienter. Le trio restait à l'auberge, continuant sa vie de promenade et de paresse, jouissant de l'air, de la forêt, de la campagne, quand un soir il apparut à la table deux nouveaux visages : un gros gaillard épanoui, de large encolure, les mains énormes; et une petite femme, sa femme, une petite brune, toute sèche et nerveuse, aux grands yeux noirs, aux traits fins, découpés, presque pointus, à l'amabilité aigrelette, à l'œil dédaigneux, à la parole coupante, à l'élégance correcte et pincée du haut commerce parisien; un type de cette femme légitime de l'artiste chez laquelle une sorte de puritanisme grinchu, une dignité hérissée, une susceptibilité agressive, toujours en garde contre un manque de respect, une honnêteté nette, aiguë, rêche, presque amère, dessinent dans la petite bourgeoise une petite Mme Roland manquée.

Du premier coup, elle vit ce qu'était Manette; et, pendant le dîner, elle laissa tomber sur elle deux ou trois de ces regards avec lesquels les femmes honnêtes savent jeter leur mépris et leur haine à la figure des autres.

En sortant de table, Manette demanda à la femme de l'aubergiste ce que c'était que ces gens-là, et s'ils resteraient longtemps. Elle apprit qu'ils s'appelaient M. et Mme Riberolles; qu'ils venaient passer tous les ans une partie de la saison. Le mari, le gros homme, par un contraste fréquent dans tous les arts entre la tournure de l'individu et le genre de son talent, avait la spécialité de peindre des branches de groseillier et de cerisier sur de petits panneaux, dont il laissait le fond et les veines de bois. Sa femme passait toute la journée avec lui, ne le quittait pas : elle en était très jalouse.

Le lendemain, à déjeuner, Manette retrouva le dédain de Mme Riberolles se reculant de son voisinage, se garant d'elle, affectant de ne pas la voir, de ne pas l'entendre ; et elle remarqua la gêne, l'embarras, l'espèce de honte troublée qu'avait vis-à-vis d'elle la femme du professeur, évitant son regard et se levant la première au dessert, pour ne pas la rencontrer.

À partir de ce jour, Coriolis fut tout étonné de trouver chez Manette un écho, une voix qui se mêla peu à peu à ses plaintes. Les choses en étaient là, quand un soir, un des Américains se mit à dire que dans son pays, le métier de modèle était considéré comme honteux ; et, comme exemple du préjugé, il conta qu'un jour où il avait dessiné un modèle de femme dans une académie de New York, pas une jeune personne, à un petit bal où il était allé le soir, n'avait voulu danser avec lui. L'honnête Américain avait raconté cela fort innocemment, et en toute ignorance du passé de Manette. Son histoire, malgré tout, blessa Manette à fond : elle y trouva un outrage direct ; elle voulut absolument y voir une intention d'allusion et d'offense. En dépit de tout ce que Coriolis put lui dire, elle resta attachée à cette idée, avec l'entêtement bête et enragé, enfoncé pour toujours dans la cervelle d'une femme du peuple, et que rien n'en arrache, ni le raisonnement, ni l'évidence. Elle déclara à Coriolis qu'elle ne reparaîtrait plus à une table où on l'outrageait.

Anatole ne disait rien. Au fond, il n'eût pas été trop fâché qu'on quittât l'auberge : l'endroit lui reprochait un crime. En grisant d'eau-de-vie le corbeau favori de la maison, il l'avait foudroyé. Le croyant échappé, on le cherchait partout.

Coriolis promit à Manette qu'elle ne dînerait plus à la table des peintres. Ils se feraient servir à part, tous les trois. Il n'était guère plus content qu'elle de l'auberge mais, quoi qu'il fût tout prêt à s'en aller, il lui demandait de rester encore quelques jours. On lui avait parlé de Chailly : il irait voir par là s'ils ne pourraient pas s'établir un peu mieux.

Et l'on s'était arrêté à cet arrangement, lorsqu'à la suite d'un panneautage pour la destruction des grands animaux dont se plaignaient les paysans, un peintre de l'endroit, une des popularités du pays, le fameux paysagiste Crescent[1], ayant reçu un chevreuil du garde général, invita à venir le manger chez lui tous les artistes faisant séjour à Barbizon, Coriolis, « sa dame » et Anatole.

LXXXIII

Crescent était un des grands représentants du paysage moderne.

Dans le grand mouvement du retour de l'art et de l'homme du XIXe siècle à la nature *naturelle*, dans cette étude sympathique des choses à laquelle vont pour se retremper et se rafraîchir les civilisations vieilles, dans cette poursuite passionnée des beautés simples, humbles, ingénues de la terre, qui restera le charme et la gloire de notre école présente, Crescent s'était fait un nom et une place à part. Un des premiers il avait bravement rompu avec le paysage historique[2], le site composé et traditionnel, le persil héroïque du feuillage, l'arbre monumental, cèdre ou hêtre, trois fois séculaire abritant inévitablement un crime ou un amour mythologique. Il avait été au premier champ, à la première herbe, à la première eau ; et là, toute la nature lui était apparue et lui avait parlé. En regardant naïvement et religieusement en l'air et à ses pieds, à quelques pas d'un faubourg et d'une barrière, il avait trouvé sa vocation et son talent. Dans la campagne commune, vulgaire, méprisée du rayon de la grande ville, il avait découvert la campagne. Le verger mêlé aux champs, les assemblages de toits de chaume dans un bouquet de sureaux, les maigres coteaux de vigne, les ondulations de collines basses, les légers rideaux de peupliers, les minces bois clairs de la grande banlieue lui avaient suffi pour trouver ces chefs-d'œuvre « qu'on peut faire, — disait un de ses grands camarades, — sans quitter les environs de Paris ».

Pour lui, la terre n'avait point de lieux communs : le plus petit coin, le moindre sujet lui donnait l'inspiration. Une ferme, un clos, un ruisseau sous bois clapotant sous le sabot d'un cheval de charrette, une tranche de blé vert plein de coquelicots et de bleuets froissée par l'âne d'une paysanne, une lisière de pommiers en fleur blancs et roses comme des arbres de paradis : c'étaient ses tableaux. Une ligne d'horizon, une mare, une silhouette de femme perdue, il ne lui fallait que cela pour faire voir et toucher à l'œil la plaine de Barbizon.

Sa peinture faisait respirer le bois, l'herbe mouillée, la terre des champs crevassée à grosses mottes, la chaleur et, comme dit le paysan, le *touffo* d'une belle journée, la fraîcheur d'une rivière, l'ombre d'un chemin creux : elle avait des parfums, des *fragrances*, des haleines. De l'été, de l'automne, du matin, du midi, du soir, Crescent donnait le sentiment, presque l'émotion, en peintre admirable de la sensation. Ce qu'il cherchait, ce qu'il rendait avant tout, c'était l'impression, vive et profonde du lieu, du moment, de la saison, de l'heure. D'un paysage il exprimait la vie latente, l'effet pénétrant, la gaieté, le recueillement, le mystère, l'allégresse ou le soupir. Et de ses souvenirs, de ses études, il semblait emporter dans ses toiles l'espèce d'âme variable, circulant autour de la sèche immobilité du motif, animant l'arbre et le terrain, — l'atmosphère.

L'atmosphère, la possession, le remaniement continu, l'embrassement universel, la pénétration des choses par le ciel, avaient été la grande étude de ces yeux et de cet esprit, toujours occupés à contempler et à saisir les féeries du soleil, de la pluie, du brouillard, de la brume, les métamorphoses et l'infinie variété des tonalités célestes, les vaporisations changeantes, le flottement des rayons, les décompositions des nuages, l'admirable richesse et le divin caprice des colorations prismatiques de nos ciels du Nord. Aussi, le ciel pour lui n'était-il jamais *un fait isolé*, le dessus et le plafond d'un tableau, il était l'enveloppement du paysage, donnant à l'ensemble et aux détails tous les rapports de ton, le bain où tout trempait, de la feuille à l'insecte, le milieu ambiant et diffus d'où se levaient tous les mirages de la nature et toutes les transfigurations de la terre.

Et tantôt, dans ses toiles, qui étaient le poème rustique des Heures retrouvé au bout de la brosse, il répandait le matin, l'aube poudroyante, les dernières balayures de la nuit, le jour timide dans un brouillard de rosée, la lumière argentée, virginale, comme tramée de fils de la Vierge, sous laquelle la verdure frissonne, l'eau fume, le village s'éveille : on eût dit que sa palette était la palette de l'*Angelus*[1]. Tantôt il peignait le midi ardent et poussiéreux, gris de chaleur orageuse, avec ses tons neutres et brûlants, ses soleils sourds faisant peser la fadeur écœurante de l'été sur la sieste des moissonneurs. Et toute une série admirable de ses tableaux déroulait le soir, ses incendies, ses roulées de nuages de rubis sur un horizon d'or, les lentes défaillances, les pâlissements de jour, la descente de la mélancolie sereine des heures noires dans la campagne éteinte et presque effacée.

Là-dedans, souvent Crescent jetait une scène, quelque scène champêtre, les semailles, la moisson, la récolte, — un de ces travaux nourriciers de l'homme dont il essayait d'indiquer la grandeur et l'antique sainteté avec l'austère simplicité des poses, avec la rondeur d'une ligne rudimentaire, l'espèce de style fruste d'une humanité primitive, faisant de la paysanne, de la femme de labour, courbée sur la glèbe, de ce corps où le labeur du champ a tué la femme, la silhouette plate et rigide habillée comme de la déteinte des deux éléments où elle vit : — du brun de la terre, du bleu du ciel.

LXXXIV

Le dîner donné par Crescent eut lieu à une heure, l'heure du dîner de la campagne, sous une tente faite avec des draps, dressée dans le jardin.

On mangea gaiement le chevreuil servi à toutes les sauces. Et bientôt, dans l'expansion de ce repas en plein air, Crescent et Coriolis, qui avaient d'avance, sans se connaître, une mutuelle estime de leurs talents, devinrent presque des amis, se parlant dans l'intimité de l'aparté, et l'isolement de la causerie à deux.

Avec son rire, sa gaieté gamine, ce mélange de familiarité bouffonne et de galanterie attentionnée, qui était son charme auprès des femmes, Anatole avait fait tout de suite la conquête de Mme Crescent.

Seule, Manette, un peu dépaysée dans ce dîner d'hommes, où il n'y avait d'autre femme avec elle que Mme Crescent, laissait voir une espèce de gêne.

La femme du paysagiste s'en aperçut; et à peine le dessert fut-il sur la table qu'elle lui dit : — Ma belle, venez voir ma poulaille... ça vous amusera plus que de rester avec toutes ces horreurs d'hommes... Et vous ? — fit-elle en se tournant vers Anatole, vous, le *bélier*...

Mme Crescent avait pour la volaille, le goût, la passion, répandus et vulgarisés dans tout Barbizon par la *poulomanie* de Jacque, le peintre graveur. Au bout du jardin, dans le champ, elle avait créé un petit parc divisé en quatre compartiments, et dont un émondage de peupliers relié par des perchettes nouées avec de l'osier faisait le palis garni en bas de paille de seigle. Elle mena là Manette et Anatole, tira le gros loquet de la porte, et leur fit voir les poulaillers aux murs de pierrailles, traversés de lattes, couverts de chaume ; les petits hangars reliés aux poulaillers par une rallonge de refuge contre la pluie ; les juchoirs mobiles, les pondoirs en osier attachés au mur par une tringle de bois, les boîtes à élevage. Elle leur expliquait ceci et cela, leur disait qu'il fallait un terrain ne prenant pas l'eau, ne *gâchant* pas, que les poulaillers étaient exposés au levant, parce que l'exposition au midi faisait de la vermine ; que l'hiver, il fallait mettre une bonne couche de fumier sous les hangars, pour empêcher les poules d'avoir froid. Elle les arrêtait à la petite place, au milieu du gazon, où elle déposait du sable fin qui servait aux poules à se poudrer. Elle leur faisait remarquer une augette recouverte qu'elle avait inventée pour mettre le grain à l'abri de la pluie et des piétinements.

Et toute contente des petits étonnements de Manette, enchantée d'Anatole, de son air et de ses assentiments de connaisseur, des cris imitatifs dont il inquiétait la basse-cour, des *cocoricos* avec lesquels il faisait se piéter et se crêter batailleusement les coqs, elle montrait et remontrait ses Houdan, ses Crèvecœur, ses Cochinchine, ses Brahma, ses Bentham, ses espèces indigènes, exotiques, ses petites poules naines : des boules de soie.

Elle appelait toutes ces bêtes, les petites, les grandes, leur parlait, les caressait avec une sorte d'attendrissement grisé mêlé à un sentiment de famille.

LXXXV

Mme Crescent[1] était une petite femme grasse et courte, avec une tournure boulotte où il y avait quelque chose de falot, de cocasse, de comique. Deux *couettes* de cheveux en désordre, couleur de chanvre, s'échappaient sur son front de la ruche de son bonnet. Ses yeux bleus tout clairs montraient un grand blanc quand elle les levait. Elle avait un petit nez étonné, un teint tout frais avec des pommettes du rose d'une pomme d'api. Il restait de l'enfant dans ce visage d'une femme de quarante ans, où l'on croyait voir par moments comme la figure et la peau d'une petite fille sous un bonnet de grand-mère.

Paysanne, elle était restée paysanne en tout, de corps, d'habitude, de langue et d'âme. Ses robes, faites à Paris, rappelaient, sur son dos, les paquets et les plis du village. Elle portait des souliers qui faisaient le bruit d'un pas d'homme. Elle racontait que son premier chapeau l'avait rendue sourde, et qu'elle avait manqué deux fois d'être écrasée dans la journée. Ses idées étaient les idées têtues de l'ignorance du peuple ; elle en avait d'excentriques sur la médecine, de républicaines sur le gouvernement, sur une façon de gouverner à elle, de françaises contre les étrangers, d'économiques pour empêcher les Anglais d'acheter ce qu'on mange en France. Contre les Anglais particulièrement, elle nourrissait toutes sortes de préjugés : elle était persuadée qu'on faisait de Paris une pension de cent mille francs à la fille de la reine d'Angleterre. Tout cela jaillissait d'elle pêle-mêle, avec des observations fines de paysan, en saillies drolatiques, dans une langue colorée des mots de son pays et des expressions faubouriennes de Paris, une langue moitié entendue, moitié créée, moitié inventée, moitié estropiée, une langue de raccroc et de chance brouillée avec la grammaire, et qui avait un fond d'arrière-goût des champs, l'originalité native et brute de cette nature restée champêtre.

Elle riait toujours et bougonnait toujours. C'était un mélange de bonne humeur et d'impatience, de grogneries sans amertume lui montant de la vivacité de son sang, et d'accès d'hilarité pouffante, de vraies cascades de rire, qui faisaient dans son gosier un bruit d'écroulement de piles de cent sous, et l'étranglaient presque.

Mais le plus curieux de cette créature, c'est qu'elle ne pouvait rien retenir de sa pensée. Elle ne pouvait la garder, intime, secrète, enfermée, cachée, comme tout le monde. Une sensation, une impression, était immédiatement chez elle sur ses lèvres. Son cerveau pensait tout haut avec des paroles. Tout ce qui le traversait, les idées les plus baroques, les plus saugrenues, les plus « endiablées », comme elle disait, lui venaient au même moment au bout de la langue. Les mots de choses qui lui passaient dans la tête s'échappaient d'elle par un phénomène étrange, dans l'espèce de bouillonnement d'un pot sans couvercle. Et cela était chez elle aussi involontaire qu'instantané. Souvent, aussitôt après un mauvais compliment lâché à la première vue de quelqu'un, elle devenait rouge comme une cerise, et malheureuse comme les pierres.

Cette singulière organisation faisait qu'elle parlait du matin jusqu'au soir, et qu'elle parlait à tout, aux murs, à la pièce où elle se trouvait. Dans un éternel monologue de confession, elle disait innocemment toute seule ce qu'elle faisait, ce qu'elle allait faire, ce qui l'occupait, ce qu'elle regardait, tous les riens de son imagination, l'annonce de ses moindres intentions. En travaillant, en faisant la cuisine, elle causait avec son travail ; elle dialoguait avec tout ce que touchaient ses mains : elle prévenait une pomme de terre qu'elle allait la faire cuire. Elle interpellait le charbon, la cheminée, les casseroles, grondait toutes sortes d'objets qui la mettaient en colère, et qu'elle appelait sérieusement « *horreurs* », un mot universel qu'elle appliquait à tout.

Un amour, une passion remplissait la vie de Mme Crescent : l'adoration des animaux. Les bêtes faisaient son bonheur et comme ses enfants. Il semblait qu'il y eût de la maternité dans sa charité et sa tendresse pour eux.

Elle avait été nourrie par une chèvre, qui ne la quittait pas, qu'elle menait avec elle aux champs, dans les bois. À douze ans, elle avait vu tuer et manger sa nourrice par ses parents. Depuis ce temps, la révolte, l'horreur de son estomac pour la viande avait été telle qu'elle avait passé toute sa jeunesse sans pouvoir toucher à un *creton* de lard; et encore maintenant, elle ne mangeait pas volontiers de ce qui était de la chair, refusant de goûter au gibier, à ce qui lui rappelait un oiseau, vivant de légumes et de verdure, comme de la seule nourriture innocente et sans crime. Son instinct avait naturellement de la religieuse répugnance du brahme pour la bête qui a vécu et qu'on a tuée : pour elle, la boucherie ressemblait à de l'anthropophagie.

Les animaux lui tenaient comme physiquement au cœur. Il y avait d'elle à eux des liens secrets, une espèce de chaîne, des rapports comme d'une autre vie commune. Son allaitement par une chèvre, ce premier sang que fait une nourrice animale, ses mystérieuses attaches naturelles qu'elle met dans un être humain, lui avaient presque donné une solidarité de parenté, une communion de souffrances avec les bêtes. Leurs maux, leurs joies lui remuaient un peu les entrailles. Elle sentait vivre de sa vie en elles. Quand elle en voyait maltraiter une, il se levait de son petit corps, de sa timidité, des audaces, des colères, des apostrophes en pleine rue à se faire assommer. Contre les bouchers menant leurs bestiaux à l'abattoir, contre les charretiers abîmant de coups leurs attelages, elle entrait dans des fureurs qui la faisaient revenir au logis tout en feu, son bonnet de travers, avec des indignations terribles. Elle rêvait la nuit de tous les chevaux battus qu'elle avait vus dans la journée.

Elle ne pensait guère qu'à cela : les animaux. Sa grande joie était de voir un chien, un chat, n'importe quoi de vivant, de volant, de jouant, d'heureux d'un bonheur de bête sur la terre ou dans le ciel. Les oiseaux surtout lui prenaient ses pensées. Elle avait peur pour eux du froid, de l'hiver, de la neige, de la faim, de l'orage qui les éparpille piaillants.

Un oiseau qui chantait sur un toit lui faisait passer une heure, à demi cachée derrière une persienne, distraite, intéressée, absorbée, sans bouger, perdue dans une attention amoureuse, charmée, avec une immobilité de ravissement dans les plis de sa robe. Et quand, par un joli soleil de printemps, gaie de tout le corps, elle trottinait allégrement, il lui sortait, avec une voix qui avait l'air de remercier le beau temps et les premières pousses de verdure comme la charité du bon Dieu pour ces petits pauvres : « Les oiseaux sont riches cette année, il y a du mouron ; ils vont se faire de bonnes petites panses. »

LXXXVI

— Ah ! on est dans la *boutique*, — dit Mme Crescent en se servant du mot dont son mari appelait son atelier, et elle rentra du jardin avec Manette et Anatole.

Ils trouvèrent dans l'atelier Coriolis et Crescent qui causaient familièrement : Coriolis enchanté de trouver enfin un peintre qui parlât un peu de son art ; Crescent, le sauvage, vivant à l'écart des habitants du pays, tout heureux de rencontrer un causeur intelligent qui l'entretenait de sa peinture, lui rappelait des tableaux vus à des vitrines de marchands, les analysait en homme qui les avait étudiés, flairés, sentis. De la peinture, la conversation alla au pays, au manque de confortable des auberges, singulier auprès d'une si belle forêt, à côté d'un si grand rendez-vous de promeneurs et de curieux. Coriolis expliqua à Crescent ses regrets d'avoir fait sa connaissance juste au moment de s'en aller, de retourner à Paris. Le pays lui plaisait ; il aurait voulu y passer encore un mois ou deux, mais il s'y trouvait matériellement trop mal, et ne voyait pas un moyen d'y être mieux.

— Un moyen ? — dit vivement Mme Crescent qui trouvait Manette charmante. — Mais il y en a un... Il faut devenir nos voisins, voilà tout... Si au lieu de rester à l'auberge... La maison, tu sais Crescent, qui est là, de l'autre côté de notre mur ?

— Tiens, c'est vrai, — dit Crescent. — Ils m'ont écrit... la famille anglaise qui l'habite tous les ans. Ils ne viennent pas cette année... Je suis chargé de la louer... Ainsi, si ça vous va... Il y a un petit atelier où le mari faisait de l'aquarelle d'amateur[1]... Mais venez la voir, ce sera plus simple.

Et, se levant, il alla leur montrer la maison voisine, une petite maison gaie, construite avec de la pierraille encastrée dans du ciment rouge, aux volets, aux persiennes, peints en acajou, au toit de tuile caché dans l'ombre de deux grands bouleaux, plaisante d'aspect par la confortable rusticité d'une installation anglaise.

— Signons le papier, — dit Coriolis au bout de la visite.

Et, dès le lendemain, il s'établissait dans la maison, où la cuisinière, rappelée de Paris, faisait le dîner.

LXXXVII

Le voisinage porte à porte, les instructions que Mme Crescent était obligée de donner pour l'approvisionnement fait à Barbizon par des fournisseurs en voiture, les visites à toute minute pour se demander, s'emprunter, se rendre quelque chose, mettaient au bout de quelques jours la plus grande intimité entre les deux femmes.

Manette était enchantée de la connaissance. Au fond, elle éprouvait un certain soulagement à n'avoir plus besoin de « se tenir » comme avec la femme du professeur, à se sentir affranchie de la réserve, de la surveillance sur elle-même, de toute cette manière d'être cérémonieuse qu'elle avait eu tant de peine à soutenir. Elle se trouvait à l'aise avec cette femme toute ronde, ses manières à la bonne franquette, sa langue de peuple. Cette rude, grossière et cordiale compagnie de la campagnarde la remettait dans son milieu, en lui laissant sa supériorité de jeunesse, de beauté, de distinction parisienne.

Puis Manette était encore flattée de trouver dans cette relation l'espèce de chaperonnage d'une femme mariée, d'une femme honnête, estimée, aimée par tout le pays. Car Mme Crescent était sans préjugés : elle avait cette singulière indulgence de la femme pour la maîtresse, assez ordinaire dans le monde des arts, et qu'apprend peut-être là aux femmes légitimes l'exemple de toutes les maîtresses qui finissent par y être épousées.

De son côté, la brave femme trouvait un vif agrément dans la société de Manette, dans une espèce d'autorité d'expérience et d'âge sur cette jeune et jolie femme qui aurait pu être sa fille. Son cœur chaud et aimant de paysanne sans enfant allait, de lui-même, à cette compagne sympathique qui lui faisait une société, un auditoire, prêtait ses deux oreilles au bavardage que n'entendait même pas Crescent.

Aussi avait-elle à la voir un épanouissement. Quand Manette arrivait dans l'après-midi, une sorte de gros bonheur fou la prenait, la mettait sens dessus dessous, lui faisait bousculer tout, et crier comme la plus belle surprise : — Ma belle, nous allons nous faire une bonne salade à la crème !

Et puis, au jardin, au milieu des fleurs, dans l'ombre chaude, les yeux heureux de regarder Manette, de sa voix criarde qui se faisait toute douce, elle laissait échapper cette phrase comme une musique.

— Est-on bien ici !... c'est comme si l'on était sur de la mousse en paradis...

LXXXVIII

Coriolis passait des heures dans l'atelier de Crescent. Il ne pouvait s'empêcher d'envier cette facilité, le don de cet homme né peintre, et qui semblait mis au monde uniquement pour faire cela : de la peinture. Il admirait ce tempérament d'artiste plongé si profondément dans son art, toujours heureux, et réjoui en lui-même chaque jour de poser des tons fins sur la toile, sans que jamais il se glissât dans le bonheur et l'application de son opération matérielle, une idée de réputation, de gloire, d'argent, une préoccupation du public, du succès, de l'opinion. Qu'il y eût toujours des motifs, des effets de soir et de matin dans la campagne et des couleurs chez Desforges, c'était tout ce que Crescent demandait. À le voir travailler sans inquiétude, sans tâtonnement, sans fatigue, sans effort de volonté, on eût dit que le tableau lui coulait de la main. Sa production avait l'abondance et la régularité d'une fonction. Sa fécondité ressemblait au courant d'un travail ouvrier.

Et véritablement, de la vie ouvrière, de l'ouvrier, l'homme et l'atelier à première vue montraient le caractère.

L'atelier était une grange avec une planche portant à sept ou huit pieds de haut des toiles retournées, trois chevalets en bois blanc, et quelques faïences de village écornées.

L'homme était un homme trapu, à la forte tête encadrée dans une barbe rousse, avec de gros yeux bleus, des yeux *voraces*, comme les avait appelés un de ses amis. Il portait le pantalon de toile et les sabots du paysan.

LXXXIX

Cependant, à bien regarder Crescent, on apercevait dans l'homme inculte et rustique comme un Jean Journet[1] des bois et des champs. Il y avait encore en lui de la figure de ce Martin[2], le visionnaire laboureur de la Restauration, qui avait entendu des voix et Dieu lui parler dans un pré. Sa tenue, son air, ses lourds gestes, l'espèce de bouillonnement de son front, ses silences, les sourires passant sur ses grosses lèvres, ses regards, dégageaient le vague, le pénétrant, le troublant qu'on sentirait auprès d'un paysan apôtre.

Sans instruction, sans éducation, ne lisant rien, pas même un journal, ignorant de tout et du gouvernement qu'il faisait, replié sur lui, ne se mêlant point aux autres, ne voyant personne, se dérobant aux visites, retiré, muré dans sa « barbizonnière », étranger au monde, n'ayant pas mis le pied depuis une douzaine d'années au Luxembourg, ni dans les Expositions, sourd au bruit de sa femme, Crescent était arrivé, par l'excès de la solitude et de la contemplation, à l'espèce de mysticisme auquel l'art agreste élève les âmes simples.

Une griserie d'un panthéisme inconscient lui était venue de ces études errantes qu'il faisait hors de son atelier, sans peindre, sans dessiner, plongé dans l'infini des ciels et des horizons, enfoncé du matin au soir dans l'herbe et dans le jour, s'éblouissant de la lumière, buvant des yeux l'aurore, le coucher de soleil, le crépuscule, aspirant les chaudes odeurs du blé mûr, l'âcre volupté des senteurs de forêt, les grands souffles qui ébranlent la tête, le Vent, la Tempête, l'Orage.

Cette absorption, cette communion, cet embrassement des visions, des couleurs, des fantasmagories de la campagne, avaient à la longue développé dans Crescent l'espèce d'illumination d'un voyant de la nature, la religiosité inspirée d'un prêtre de la terre en sabots. Le ruminement des songeries d'un berger, l'exaltation des perceptions d'un artiste, la ténacité paysanne de la méditation, le travail surexcitant de l'isolement, l'immense enivrement sacré de la création, tout cela, mêlé en lui, lui donnait un peu de l'extatisme des anciens Solitaires. Comme chez quelques grands paysagistes à existence sauvage, à idées congestionnées, on eût dit que la sève des choses lui était montée au cerveau.

XC

Les Coriolis et les Crescent prenaient l'habitude de se réunir le soir, en passant alternativement la soirée les uns chez les autres. Les hommes causaient, fumaient; les deux femmes jouaient aux cartes. Au jeu, Mme Crescent apportait ses vivacités, la passion la plus comique, montrant des désespoirs d'enfant quand elle perdait, prenant les cartes à partie, les injuriant, leur donnant des coups de poing sur la figure en disant : — A-t-on idée de ces pierrots-là, de ces Macchabées! Voyez-vous ça! une giboulée de piques, le roi de pique! C'est ce monstre-là qui m'a fait perdre! Ah! par exemple, la première fois que j'attraperai un *moricaud*... Eh bien! oui, un chat noir... ça porte chance...

Les hommes riaient, et dans l'hilarité le gros rire de Crescent éclatait, sonore et large, pareil à ce rire de Luther qu'on entend dans les *Propos de table*[1].

— Voyons, madame Crescent, calmez-vous, — disait Anatole, — nous allons faire une partie ensemble, vous serez plus heureuse.

— Ne jouez pas avec ma femme, — criait Crescent en continuant à rire, — elle triche!

— Je triche. Ah! bon sang! — s'exclamait là-dessus Mme Crescent avec l'exclamation barbizonnaise dont elle usait à tout propos : — Si l'on peut dire! — Elle étouffait d'indignation et de colère. — Je triche, moi? Dis donc encore un peu que je triche? Mais tu sais, toi, un jour je te lâcherai de la ficelle, et tu courras après la pelote, tu verras!

Elle remuait, se levait, allait, revenait, s'agitait, ne pouvait se taire ni rester en place. Des trépidations de nerfs la traversaient; elle était tourmentée par des influences atmosphériques, prise et secouée d'inquiétudes animales qui la faisaient se jeter à la fenêtre et regarder avec peur.

— Tenez, voyez-vous, là dans le coin, ce qui est jaune dans le ciel, je suis sûre, vous allez voir, il va encore y en avoir un... Ah! oui, riez! il va en faire un, je vous dis... Oh! bon Dieu, que je suis malheureuse! Vous ne me croyez pas, monsieur Anatole? venez donc voir.

— Mais non, madame Crescent, ce n'est rien, il n'y aura pas d'orage... Tenez! la revanche...

— Voyez-vous, je l'ai dans le corps, voilà le chiendent... je suis comme un damné, ça me soulève sous la plante des pieds... et puis dans les bras... J'ai, vous savez... j'ai comme des fourmis dans les ongles... Ah! tant pis! le roi, je le marque.

Elle oubliait l'orage, revenait à sa préoccupation, à la monomanie de ses tendresses. — Figurez-vous, commençait-elle à dire, — les gens d'ici, c'est si canaille, c'est si... je ne sais pas quoi, oh! les rendoublés[1]! s'ils avaient les moyens, ils feraient un carnage de toutes les pauvres bêtes de la forêt. Tenez! il y a Boichu... Il sort tous les soirs à la tombée de la nuit, je ne sais pas ce qu'il va faire, mais Dieu de Dieu, si j'étais le garde! C'est mon choléra, cet homme-là... avec ça qu'il est laid comme la bête. Moi, d'abord, tous les gens qui font du mal aux animaux, je les sens... Dans le temps, à Paris, dans une maison où nous habitions, j'ai dit un jour en rentrant à mon mari : Il y a un garçon boucher emménagé ici... Mais non... Mais si... Et c'était vrai : je le savais bien, je l'avais senti dans l'escalier! Moi! un homme que je saurais faire souffrir une bête, je ne suis pas traître, n'est-ce pas?... eh bien! je lui ferais rouler la tête avec mon pied! Ça ne me ferait pas plus que ça!... Et ici, c'est un malheur. Les enfants, des tout petits qu'on les moucherait, il leur sortirait du lait, ils ne savent que manigancer pour faire du mal : c'est toujours après les fusils, les pistolets... de la mauvaise herbe de braconnier. Et les petites filles, donc ! C'est encore plus enragé que les garçons... il y a des chasses... ça les rend mauvaises... Voilà-t-il pas qu'aujourd'hui la petite à Prudent, cette moucheronne, elle était en train de tirer avec du sable dans son petit fusil sur la biche que nous avons ! Vous ne l'avez pas vue, ma biche, quand elle me suit si gentiment derrière la carriole ? Ah ! je lui ai flanqué une *touille*[1], à cette petite coquine-là... qu'elle n'aura pas *bouffeté* de la journée, je vous en réponds ! Monstres d'enfants ! vouloir abîmer des bêtes !...

Crescent essayait de l'interrompre. — Allons, laisse-nous un peu Anatole, tu es à l'ennuyer depuis une heure...

— Ah ! monsieur Anatole, dites donc, — faisait encore Mme Crescent en le retenant par le bras, — je suis sûre que pour cela vous serez de mon avis... Vous savez, cet orgue dans la journée qui est venu jouer devant chez nous ?... Ça vous a-t-il rendu tout crin comme moi ?... Eh bien ! n'est-ce pas que le gouvernement devrait défendre les orgues ?... parce que, voyez-vous, on le voit bien par soi, ça doit avoir une influence sur les chiens enragés, hein, n'est-ce pas ?

XCI

— Oh ! madame ! madame ! des peintres avec un groom ! — criait à Mme Crescent la petite bonne qui l'aidait dans son ménage.

— Un groom, pour *groomer* quoi ? — dit Mme Crescent, et elle passa par la fenêtre une tête tout ébouriffée : elle vit devant la porte des Coriolis un break attelé en poste.

C'était Garnotelle qui, emmené par quelques-uns de ses jeunes élèves aux courses de Fontainebleau, et sachant que Coriolis était à Barbizon, venait lui dire un petit bonjour.

— Je tombe chez toi pour une heure, — lui dit-il.

Et comme Coriolis voulait qu'ils revinssent dîner, lui et son monde : — Impossible, nous dînons à... — Et Garnotelle jeta le nom d'un des grands châteaux des environs. — Ah çà ! fais-tu quelque chose ici ?

— Rien du tout... Je pense à faire quelque chose... Et toi ?

— Moi, je travaille tout bonnement à m'arranger un petit séjour à Rome pour la fin de l'automne, parce que Rome, vois-tu... c'est le seul endroit au monde pour vous donner le dégoût des choses trop vivantes... du succès facile, du coin de bouche retroussé... Ici on y va, on y glisse, on a beau se roidir... tandis que là-bas, le style, le style... ça vous entre, ça vous pénètre... c'est l'air !... Rien que cette grande ligne horizontale... — et de la main il dessina la sévérité d'une campagne plane. — La grande ligne horizontale !... Et puis ces fonds d'art, le dessin haut et concis de Michel-Ange !... Raphaël !... Mais, dis donc, ces messieurs et moi, nous serions curieux de voir les peintures de l'auberge d'ici...

— Nous allons vous y mener avec Anatole...

On partit. En chemin, Anatole s'empara des élèves de Garnotelle, qui étaient des Russes de grande famille s'amusant à apprendre l'art ; et arrivé dans la grande pièce de l'auberge, il commença :

— Il n'y a pas de catalogue, messieurs... je vais vous en servir... Je vous dirai qu'ici c'est un vrai petit musée du Luxembourg... tous les noms, toutes les tendances, l'école moderne au complet... tous les genres... Ça, la mort d'un hanneton sous Périclès... le néo-grec... Un pifferare[1] italien... la queue de Léopold Robert ! une femme Louis XV... chic Schlesinger[2] et compagnie ! le

Breton qui fume sa pipe... la Bretagne à Leleux !... un café dans la Forêt Noire... école de la bière de Strasbourg !... la Vérité sortant d'un moss... le grand mouvement des brasseries !.. Le temple du Réalisme, au fond du jardin, avec une porte où il y a : « *C'est ici...* » l'école de l'allégorie !... Et des noms ! Tenez ! cette vue de Venise, peinte au *jaune de soleil*... Bonington. Ces moutons... Brascassat. Un Tatar dans la neige... Horace Vernet *fecit en diligence !* Cette danse de nymphe au clair de la lune... Gleyre ! Ce duel au Moyen Âge... Delacroix ! Vous voyez qu'il se servait du *vert cadavre* pour les sujets dramatiques... Ces deux gendarmes... Meissonier ! Ce sabot et cette lanterne d'écurie... là... un Decamps !... un pur Decamps !... Ce qu'il y a de plus curieux, c'est que tous ces farceurs-là ont signé avec des pseudonymes...

Il montra une tête à grand chapeau fusinée sur le mur :

— Le portrait de notre hôte, par Flandrin, *ipse* Flandrin !

Les charges d'Anatole aux inconnus, aux étrangers, causaient presque toujours un insupportable agacement de nerfs à Coriolis. Il trouvait cela, selon une expression à lui, horriblement « perruquier », et s'il ne s'était retenu, il aurait cédé à une envie de le battre. Entraînant Garnotelle dans la chambre à côté, il essaya d'appeler son attention sur un panneau encadré dans le mur.

Anatole continuait : — Ça ?

Et il montrait devant la cheminée un paravent représentant la fin d'un dîner à Barbizon, où l'on voyait des femmes fumant des cigarettes, des baisers de maîtresse, des artistes pâles et rêveurs, et des buveurs sanguins, aux bras nus, au madras rouge.

— C'est de M. Ingres !... Il a fait ça, quand il est venu, huit jours ici, pour sa lune de miel, lorsqu'il a épousé sa seconde femme, l'Idéal... pour remplacer sa première, la Ligne, qui était morte... Une débauche dans son œuvre... très curieux... Un monsieur en a déjà offert vingt-cinq mille francs et une pipe en écume qui lui venait de sa mère...

En revenant chez Coriolis, Garnotelle prit à part Anatole, et lui dit : — Mon cher... que tu me fasses des charges à moi, c'est très bien... mais que tu fasses poser ces messieurs, je trouve ça bête...

— Tiens, Garnotelle, tu me fais de la peine... les gens du monde t'ont perdu... tu désertes les grands principes de 89... l'Égalité devant la Blague !

XCII

Des causeries de leur art, des confessions de leur métier, Crescent et Coriolis étaient arrivés à se parler de leur vie, à se raconter leur passé l'un à l'autre.

— Moi, — disait Crescent, — je suis un paysan, fils de paysan. Quand je suis arrivé dans le pays, un jour, dans un champ, des faucheurs se fichaient de moi : ils m'appelaient « le Parisien ». J'ai été à un de ceux qui m'appelaient comme ça, je lui ai pris sa faux des mains, en faisant la bête, en lui demandant si c'était bien difficile, si ça coupait... Et puis, v'lan ! j'ai donné un coup de faux à la volée... Ah ! il a vu que je connaissais son métier mieux que lui, et que je n'avais pas du poil aux mains pour cet ouvrage-là !... Depuis ça, ils me tirent tous des coups de chapeau...

Une histoire simple que la sienne. Il était tombé à la conscription. Enfant, en revenant de la ville, il crayonnait dans son village les images qu'il avait vues aux boutiques de Nancy. Au régiment, il avait continué à dessinailler, et faisant un assez mauvais soldat, il avait eu la chance de tomber sur un capitaine qui se pâmait à ses charges. Presque tous les jours, c'était la même scène : — Eh bien ! n... de D... f... ! disait le capitaine, qui l'avait fait appeler, — qu'est-ce que c'est, Crescent ? Encore un manque de service... Je devrais vous faire fusiller, s... n... de D... ! Est-ce que vous vous f... de moi ! f... ! Tenez ! fichez-vous là, et faites-moi la charge de la femme de l'adjudant... — La charge faite : — Étonnant, ce b... -là ! C'est n... de D... n... de D... bien l'adjudante... — Et par la fenêtre : — Lieutenant ! venez voir la charge de ce b... de Crescent !

En sortant du régiment, Crescent avait épousé sa femme, une *payse*, pauvre comme lui, qu'il avait retrouvée sur le pavé de Paris. Avec l'admirable instinct d'un dévouement de femme du peuple, elle lui avait laissé faire « ses petites machines » auxquelles elle ne comprenait rien, en apportant au ménage tous ses pauvres gains d'ouvrière.

— De la rude misère ! — disait Crescent, en parlant de ce temps-là, — et des bricoles !... il n'y avait pas à dire... Ah ! je faisais de tout, des petites femmes nues dans le genre Diaz qui me font sauter à présent quand je les revois... une honte[1] ! — Et sa voix avait l'indignation d'un rigorisme sincère, le remords d'une nature d'artiste austère et sévère. — De tout ! — reprenait-il. — Et puis de la gravure à l'eau-forte d'ornements... A-t-elle trotté, ma pauvre bonne femme, par tous les temps, la pluie, la neige, à courir les étalagistes, les marchands sous les portes cochères, trempée, crottée, avec un petit carton et son bonnet de linge, pour attraper quelques sous par-ci, par-là !... Non, ma femme, voyez-vous, il n'y a que moi qui sache ce qu'elle vaut !... Enfin, un peu d'argent nous tomba... Il me vint l'idée de devenir propriétaire... oui, propriétaire...

Et il partit d'un de ces gros éclats de rire qui faisaient trembler la baie vitrée de son atelier.

des femmes en camisole lilas, coiffées de chapeaux de paille. L'eau lourde et sale, trouble et sans reflet, coulait entre de hautes masures d'industrie, des tanneries aux tons de vieux plâtre, replâtrées de chaux vive criarde; les fenêtres sans persiennes étaient percées comme des trous; les couronnements surhaussés de séchoirs découpaient en l'air, au-dessous du toit et des lucarnes, des silhouettes de tonnelles; des peaux blanches pendaient recroquevillées tout en haut à de grandes perches; et l'eau allait se perdant dans un fond coupé de barrières de vieux bois noir, dans un encombrement de constructions rapiécées, d'architectures grises, de cheminées droites et noires d'usine, de grandes cages à jours barrant, dans le ciel, le dôme du Val-de-Grâce.

De là, les études de Crescent avaient remonté la Bièvre. Elles avaient été par les boues où marchent les petits garçons pieds nus et les petites filles dans les grandes savates de leur mère, par tout ce quartier Mouffetard, par ces rues où ne s'aperçoivent, à travers la baie des portes, que des montagnes de tan et des étages de maisons blafardes à toits de tuile; et elles avaient trouvé cette espèce de malheureuse nature, la nature de Paris[1], la nature qui vient après les rues baptisées *Campagne-Première*. Les esquisses de Crescent rendaient le style de misère, la pauvreté, le rachitisme mélancolique de ces prés râpés et jaunis par places, serrés dans de grands murs, arrosés par la Bièvre étroite, sèchement ombragée de peupliers et de petits bouquets de saules. Elles mettaient devant les yeux ces chemins noirs de houille qui vont le long de ces carrés marécageux où pâturent des rosses; ces lignes d'horizon et de collines bossues où éclate un blanc brutal de maison neuve, ces sentiers à côté de champs de blé blanchissant au soleil, où finissent les réverbères à poteaux verts; ces bouts de paysage plâtreux où le rouge d'une cerise sur un cerisier étonne comme un fruit de corail inattendu ; ces endroits vagues, verts d'orties, où le bleu d'un bourgeron qui dort, un dos d'homme tapi montre une sieste suspecte de pochard ou d'assassin.

Au-dessus des ciels de banlieue d'un jour aigu, des nuages aux rondeurs solides et concrétionnées, des ciels bas, pesant sur les coteaux, étaient coupés par des bâtons de blanchisserie. Puis on retrouvait encore la Bièvre charriant des morceaux de mousse pareils à des champignons pourris, la Bièvre roulant, comme un ruisseau de mégisserie, une eau ouvrière et la salissure d'une rivière qui travaille. Dans ces peintures de Crescent, elle serpentait et courait, encaissée, sous les saules à demi morts, les sureaux aux bouquets de fleurs frissonnants, entre les usines, les blanchisseries, les cahutes à contreforts semblables à des bâtiments brûlés, dont la flamme aurait noirci la porte et la fenêtre ; contre les tonneaux à laveuses, les grandes pierres plates à battre le linge, le bas des auvents à grands toits moussus et moisis, sous lesquels deux mains d'ouvriers laminent des peaux sur des morceaux de bois rond.

De cette pauvre rivière opprimée, de ce ruisseau infect, de cette nature maigre, malsaine, Crescent avait su dégager l'expression, le sentiment, presque la souffrance.

XCIV

Avec la prompte adaptation de sa nature aux lieux où il se trouvait, sa facilité à entrer dans le moule de la vie environnante et des habitudes d'une localité, Anatole, un peu fatigué de la forêt, était en train de devenir un vrai Barbizonnais, et ses journées s'écoulaient dans des passe-temps de petit bourgeois de village.

Après déjeuner, passant en se baissant sous la porte basse dont l'avarice du paysan avait économisé la hauteur, il entrait chez la rustique débitante de tabac de l'endroit et y achetait régulièrement ses cinq sous de tabac; puis, se juchant en face de la débitante sur la cheminée peinte en bois noir, il se donnait le plaisir, en fumant des cigarettes, de voir les consommateurs qui venaient, causait champs, céréales, mercuriales de Melun, attrapait au passage les nouvelles du pays, apprenait par cœur l'ameublement de la pièce blanchie à la chaux, le comptoir, l'almanach, le tableau du prix de la vente des tabacs, la balance, les deux pots blancs à bordure bleue, portant : *Tabac*, les verres où était coulée la tête de Louis-Napoléon, président de la République, et d'où sortaient des pipes de terre, l'horloge dans sa gaine de noyer, avec son heure arrêtée et son cadran immobile orné du cuivre estampé de Jésus et de la Samaritaine. Et son regard trouvait toujours le même amusement sur le mur du fond, à contempler l'image coloriée de la rue Zacharie, représentant le *Catafalque de l'empereur Napoléon aux Invalides*, un catafalque jaune à guirlandes vertes, à renommées roses, éclairé par quatre brûle-parfum, avec, au premier plan, une femme en chapeau vert pois, un boa au cou, un châle bleu de ciel à franges orange sur une robe vermillon, donnant la main à un jeune enfant en pantalon collant et en bottes à la hussarde.

De temps en temps, il disait des paroles à la débitante, et la vieille femme au madras, sortant alors d'entre ses épaules sa tête enfoncée, lentement et de côté, avec le mouvement pénible et soupçonneux d'une tortue, lui répondait : — S'il vous plaît ?

Après une heure ou deux usées ainsi, quand il avait assez du bureau et de la marchande, il raccrochait un indigène ou un artiste, et l'emmenait près de l'auberge à un petit billard où les coqs sautaient de la cour dans la salle, et où le garçon était un petit paysan en chaussons.

Pour ses soirées, il avait trouvé une distraction. Il existait dans l'endroit un charcutier retiré qui, pour se créer des relations, une popularité, attirer chez lui le monde de Barbizon et s'ouvrir, disait-on, le chemin de la mairie, s'était avisé de donner des séances de lanterne magique. Anatole devint naturellement le démonstrateur des verres du charcutier, un démonstrateur étonnant, le délirant cicérone de lanterne magique, qu'il était fait pour être.

XCV

La grande amitié de Mme Crescent pour la maîtresse de Coriolis recevait un coup soudain et mortel d'une révélation du hasard : Mme Crescent apprenait que Manette était juive.

Il y avait dans la brave femme toutes les superstitions du peuple, et d'un peuple de vieille province.

Au fond d'elle dormaient et revivaient sourdement les crédulités du passé contre les juifs, la tradition de leur hostilité contre les chrétiens, les fables populaires absurdement dérivées de l'article du Talmud qui permet qu'on vole les biens des étrangers, qu'on les regarde comme des brutes, qu'on les tue[1]. Elle avait dans l'imagination le vague flottement des sacrifices d'enfants, des blessures saignantes aux hosties, des cruautés impies, des histoires de Croquemitaine enfoncées dans le *credo* de barbarie et d'ignorance des légendes de village.

De son pays, il lui était resté les préjugés envenimés, la suspicion, la haine, le mépris contre cette race d'ensorceleurs parasites ne produisant rien, n'ensemençant pas, ne cultivant pas, et surgissant toujours, sortant toujours du sillon, partout où il y a une vache à vendre, la part d'un marché à prendre. De son enfance, il lui revenait ce qui l'avait bercée, les malédictions de la France de l'Est, des paysans de l'Alsace et de la Lorraine, les deux pays de sa mère et de son père, les deux provinces où l'usure a livré une partie du sol aux juifs. Et de ces souvenirs, de ces impressions, de ces instincts, il avait fini par se lever en elle l'idée obstinée, irréfléchie, que tout ce qui était juif, homme ou femme, était mauvais et marqué du signe de nuire, apportait aux autres de la fatalité et faisait inévitablement le malheur et la ruine de tous ceux qui s'en laissaient approcher.

Tout en ne voyant rien dans Manette qui pût justifier ses préventions, tout en cherchant à se raisonner, à revenir de son injustice, à se faire entrer dans la tête, en se répétant qu'il y a de bonnes gens partout, Mme Crescent ne pouvait vaincre ses leçons d'enfance, les antipathies de son vieux sang de Lorraine. Et son observation s'éveillant, dans un sentiment soupçonneux, avec ce sens pénétrant de jugement que donne aux natures de bonnes bêtes la simple comparaison d'elles-mêmes avec les autres, elle commença à découvrir chez Manette une espèce d'arrière-âme cachée, enveloppée, profonde, suspecte, presque menaçante, pour l'avenir de Coriolis.

Mme Crescent avait une nature trop en dehors, elle était trop peu maîtresse de ses impressions et de sa physionomie pour rester la même personne avec Manette. Manette s'aperçut immédiatement du changement. Sa réserve amenait la contrainte chez Mme Crescent; et, en quelques jours, il se faisait un grand refroidissement instinctif entre les deux femmes.

XCVI

Septembre amenait les derniers beaux jours. La forêt, sous les chaleurs de l'été, avait pris des rayonnements plus doux. Des touches de jaune et de roux couraient sur le bout des feuillages, rompant les crudités du vert. Le ciel faisait de grands trous dans les masses plus légères. Autour des branches dégagées et d'un dessin plus net, les feuilles plus rares ne mettaient plus que des nuances. Au-dessus des houx métalliques, des genévriers à verdure dense, tout se fondait en montant dans des harmonies suprêmes et pâlissantes qui mêlaient les teintes du Midi aux brumes du Nord. On eût cru voir les adieux de la forêt. L'arcade de ses grands chemins baignait dans une tendresse verte et rose; elle trempait dans des effacements de pastel et des limpidités de brouillard éclairé. Un instant, cela tremblait comme un décor qui va s'éteindre; et les chênes avec leurs grands bras, la route avec son mystère, le bois avec sa mourante lumière, sa transparence d'enchantement, semblaient montrer aux pensées de Coriolis le chemin d'un conte de fées, l'avenue d'une Belle au bois dormant. Par moments, à ces heures, la forêt n'avait pour lui presque plus rien de réel; elle enlevait son imagination de terre : un chevalier noir de roman, un paladin de la Table ronde eût débouché à un détour du Bas-Bréau qu'il n'en aurait pas été trop surpris.

Cependant, peu à peu, avec l'automne, la mélancolie qui tombe des grands bois pénétrait Coriolis : il était atteint par cette lente et sourde tristesse qui enlace les habitués, les amoureux de Fontainebleau, et profile des dos d'artistes si désolés dans les allées sans fin.

Il commençait à trouver à la forêt le recueillement, la

grandeur muette, l'aridité taciturne, l'espèce de sommeil maudit d'une forêt sans eau et sans oiseaux, sans joie qui coule, sans joie qui chante ; d'une forêt n'ayant que la pluie dans la boue de ses mares, et le croassement du corbeau dans le ciel amoureux. Sous l'arbre sans bonheur et sans cris, la terre lui semblait sans écho ; et son pas s'ennuyait de ce sol de sable qui efface le bruit avec la trace du promeneur, et où toutes les sonorités de la vie des bois viennent goutte à goutte tomber, s'enfoncer et se perdre.

Les paysages de rochers lui apparaissaient maintenant avec leur dureté rude et leur rigueur nue. Même les magnificences de la végétation, les arbres énormes, les chênes superbes ne lui donnaient point cette heureuse impression du bonheur des choses qu'on ressent devant l'épanouissement facile et béni de ce qui jaillit sans effort, et de ce qui monte au ciel sans souffrir. À voir la torsion de leurs branches noires sur le ciel, la convulsion de leurs forces, le désespoir de leurs bras, le tourment qui les sillonne de haut en bas, l'air de colère titanesque qui a fait donner à l'un de ces géants furieux du bois le nom qu'ils méritent tous : le *Rageur*, Coriolis éprouvait comme un peu de la fatigue et de l'effort qui avait arraché à la cendre ou à la maigre terre toutes ces douloureuses grandeurs d'arbres. Et bientôt tout, jusqu'au bruit de l'homme, lui devenait poignant dans cette forêt qui parlait tout bas à ses idées solitaires. Si, à quelque horizon, à quelque coin de bois du côté de Belle-Croix ou de la Reine-Blanche, il entendait un coup de pic régulier et résigné sur la pierre, il pensait malgré lui à la courte vie que fait aux carriers cette mortelle poussière de grès filtrant dans les ressorts de leurs montres, filtrant dans leurs poumons.

Arrivaient les jours gris, les temps de pluie, les grands vents frissonnants jetant leurs gémissements qui se lamentent dans le haut des arbres. Sur la lisière du Bornage, déjà les petits peupliers faisaient trembler au bout de leurs branches de petits paquets de feuilles d'un or maladif. Dans le bois, les feuilles tombaient en tournoyant lentement, et voletaient un instant, balayées, ainsi que des papillons desséchés ; toutes rouillées, elles laissaient à peine paraître le velours de la mousse au pied des arbres, et, dans les clairières au loin, amassées en tas, elles faisaient en jaunissant des apparences de grève, pendant que le vent à l'horizon soulevait, dans le creux de la forêt, le mugissement de la mer. Des branches se plaignaient et poussaient, sous des rafales, le cri d'un mât qui fatigue sous la tempête.

Partout c'était le dépouillement et l'ensevelissement de l'automne, le commencement de la saison sombre et du soir de l'année. Il ne faisait plus qu'un jour éteint, comme tamisé par un crêpe, qui dès midi semblait vouloir finir et menaçait de tomber. Une espèce de crépuscule enveloppait toute cette verdure d'une lumière voilée, assoupie et sans flamme. Au lieu d'une porte de soleil, les avenues n'avaient plus à leur bout qu'une éclaircie où défaillait le vert; et les grandes futaies hautes, maintenant abandonnées de tous les rayons qui les éclaboussaient, de tous les feux qu'elles faisaient ricocher à perte de vue, les grandes futaies, endormies avec l'infinie monotonie de leurs grands arbres inexorablement droits, n'ouvraient plus que des profondeurs d'arbre bâtonnées éternellement par des lignes de troncs noirs. Un vague petit brouillard poussiéreux, couleur de toile d'araignée, s'apercevait sous les bois de sapins qui, avec leurs troncs moisis et suintants, leurs dessous de détritus pourris, leurs jaunissements d'immortelles, mettaient des deux côtés du chemin l'apparence de jardins mortuaires abandonnés.

Aux gorges d'Apremont, dans les landes de bruyères aux fleurs en poussière, dans les champs de fougères brûlées et roussies, les routes serpentant à travers les rochers, tout à l'heure étincelantes du blanc du sable, mouillées à présent, avaient les tons de la cendre. Au-dessus pesait le ciel d'un froid ardoisé, pendaient des nuages arrêtés, plombés et lourds d'avance des neiges de l'hiver; et sur les rochers, répétant avec leur solidité de pierre le gris cendreux du chemin, le gris ardoisé du ciel, çà et là, le feuillage grêle et décoloré d'un bouleau frissonnait avec la maigreur d'un arbre en cheveux. Morne paysage de froideur sauvage, où l'âpre intensité d'une désolation[1] monochrome montrait tous les deuils de nature du Nord!

Mais la plus grande mort de tout était le silence, un de ces silences que la terre fait pour dormir, un silence plat qui avait enterré tous les bruits des silences de l'été. Il n'y avait plus le bourdonnement, le voltigement, le sifflement, le stridulant murmure d'atomes ailés, la vie invisible et présente qui fait vivre la touffe d'herbe, la feuille, le grain de sable : le froid et l'eau avaient tué l'insecte. Le cœur de la forêt avait cessé de battre; et le vide et la peur d'un désert, d'un sol inanimé et sourd, se levaient de cette grande paix d'anéantissement.

De bonne heure le jour s'en allait; l'ombre déjà guettait et rampait, tapie au bord des chemins, sous les arbres. Le soir s'amassait lentement dans le lointain effacé des fonds. Et puis un moment, comme un agonisant sourire, une dernière lueur de la maussade journée passait dans le bas du ciel et semblait y mettre la nacre d'une perle noire. Une faible sérénité d'argent se levait, dans une bande longue, sur l'horizon : alors une fausse clarté de lune passait sur la route, un poteau détachait sa tache de blancheur du sombre d'une allée, un éclair mordoré courait sur le fouillis rouillé des fougères, un oiseau perdu jetait son bonsoir dans un petit cri frileux au ciel déjà refermé. Et presque aussitôt, derrière les gros chênes, les rochers gris avaient l'air de se répandre et de couler dans un brouillard bleuâtre. Puis les ornières devant Coriolis se brouillaient et s'emmêlaient en s'éloignant.

À la pleine nuit, toutes ces sévérités de l'automne se perdant dans la grandeur du noir, devenaient redoutables et d'un mystère sinistre. Quand il avait marché sous ces voûtes, où rien ne guide que la petite fissure du ciel entre les têtes des arbres, quand il avait descendu l'*Allée aux Vaches*, en enfonçant dans le sable, dans le vague et l'inconnu du terrain mou, entre ces murs d'obscurité, à travers ce sommeil de l'avenue, réveillé seulement par le rire du hibou, Coriolis revenait avec un peu de cette nuit de la forêt dans la tête, rêvant, avec une certaine sensation troublée, à cette solennité terrible de l'immense silence et de la vaste immobilité.

XCVII

Au milieu des journées que Coriolis passait à paresser dans l'atelier du paysagiste, regardant par-dessus l'épaule du travailleur absorbé ce qui naissait magiquement sur sa toile, — c'était souvent un effet qu'ils avaient vu ensemble la veille, — Crescent, de temps en temps, appuyant sa palette sur sa cuisse, se retournait vers le regardeur, et, lentement, avec l'accent traînant du paysan, il disait : « J'ai toujours les brosses et la palette du tableau que je peins... Changer de palette et de brosses c'est changer d'harmonie... Ma palette, vous le voyez, c'est comme une montagne... J'ai de la peine à la porter... La brosse sèche mord comme un burin, cela devient un outil résistant. »

Il se taisait, revenait au mutisme du travail; puis, au bout d'une heure, il laissait tomber, mot par mot, comme du fond de lui-même et du creux de ses réflexions : « Il faut poser le ton sans le remuer, arriver à modeler sans remuer la couleur... chercher à avoir les veines de la palette. » Il s'arrêtait, repeignait ; et après d'autres heures, l'échauffement lui venant de son travail, une espèce de luisant blanc montant à son front, il recommençait à parler comme s'il se parlait à lui-même. Il disait alors : « La palette est la décomposition à l'infini du rayon solaire, l'art est sa recomposition. »

Des secrets de la pratique, des recettes raffinées de l'exécution, des superstitions du procédé, il passait avec un ton de révélation à des axiomes qui lui tombaient des lèvres, heurtés, saccadés, scandés comme des versets d'un évangile à lui. Il répétait : « Il faut faire rentrer la variété dans l'infini. »

De loin en loin, il jetait dans le silence des phrases énigmatiques, enveloppées, mystérieuses, sur le *summum* et la conscience de l'art. Des fragments de théories lui échappaient, qui montaient à une certaine philosophie de la peinture, allaient à l'*au-delà* du tableau, au but moral de la conception, à la spiritualité supérieure dominant l'habileté, le talent de la main. Il parlait des vertus de caractère de la peinture, de la sincérité qu'il disait la vraie vocation pour peindre. À des bribes d'esthétique, à un fond de Montaigne[1], le bréviaire du paysagiste et sa seule lecture, il mêlait toutes sortes de convictions ardemment personnelles, de croyances couvées, fermentées dans le recueillement de son travail et le croupissement de sa vie. Peu à peu, s'entraînant, s'exaltant, mais parlant toujours avec de grands arrêts, de longues suspensions, des phrases coupées, des espèces de longs ruminements muets, il dogmatisait sans suite, s'élevait par de courts jaillissements de paroles à une suspecte et nuageuse formulation d'idéalité d'art ; et ce qu'il disait finissait par devenir insaisissable et inquiétant, comme le commencement de l'entraînement et de l'envolée d'une cervelle vers l'absurde, l'irrationnel, le fou.

Coriolis, qui avait l'esprit carré, droit et solide, qui aimait en toutes choses la simplicité, la clarté et la logique, éprouvait une sorte de malaise à côté de ces idées, de ces paroles, de cette esthétique. Les fièvres d'imagination, les griseries de cervelle, les théories qui perdent terre lui avaient toujours inspiré une répulsion native et insurmontable, presque un premier mouvement physique d'horreur et de recul.

Il avait peur instinctivement de leur contact comme d'une approche dangereuse, de quelque chose de malsain et de contagieux qu'il craignait de laisser toucher à la santé de sa tête, à l'équilibre de sa pensée. Et il arrivait qu'au même moment où Mme Crescent se refroidissait pour Manette, Coriolis sentait pour la société du paysagiste, tout en restant l'ami de l'homme et de son talent, une espèce d'involontaire éloignement.

XCVIII

Au milieu d'octobre, Coriolis rentrait d'une longue promenade par une de ces nuits humides qui font apparaître dans un brouillard la lampe des petites salles à manger du village. En l'apercevant, Manette lui cria du coin du feu auprès duquel elle causait avec Anatole.

— Arrive donc; si tu savais les bêtises qu'il me dit! Crois-tu qu'il a l'idée de passer l'hiver ici?

— Bah! L'hiver, comment ça? Veux-tu m'expliquer un peu?

— Parfaitement, — dit Anatole surmontant l'espèce de petite honte d'un enfant surpris dans ces tentations chimériques auxquelles la lecture des voyages entraîne les premières imaginations de l'homme. Et il se mit à raconter d'un ton moitié sérieux, moitié plaisant, comme s'il se moquait de lui-même, un de ces projets qui passaient de temps en temps dans sa cervelle d'oiseau, et lui donnaient deux ou trois bonnes soirées de rêvasserie dans son lit avant de s'endormir. — Tu connais bien la cave des Barbissonnières? Elle a une cheminée naturelle... Il n'y a qu'à boucher quelques petites fissures, l'affaire d'une poignée de bruyère... Avec ça une porte d'occasion... je serai chez moi... Il y a bien un Américain qui y a déjà demeuré... Je ferai ma cuisine... Qu'est-ce que ça me coûtera? Pas de bois à acheter, tu comprends... L'hiver, on dit que c'est si beau... Il paraît qu'il y a des jours de givre[1] dans la forêt... un vrai décor en cristal! Et puis, après l'hiver, j'attrape le printemps... et c'est là que moi, malin, je me livre à ma petite industrie... Ici, ils n'ont pas d'idées, ils ne ramassent pas les champignons, ils les laissent perdre... J'aurai une petite voiture à bras... Eh bien! quoi? Qu'est-ce qu'il y a de drôle à ça?... C'est que je connais les espèces à présent... et bien... Ce n'est pas à moi qu'on repasserait une fausse oronge... Tu vois l'affaire, une affaire énorme!... Je me mettrai en rapport avec un grand marchand de la halle... je lui fournirai des *ceps*, des *têtes de nègre*, des *ombelles*... je ne te parle pas des girolles... Un vrai commerce!... Car enfin à Paris, un petit panier de morilles comme la main, ça vaut deux francs... et c'en est plein ici... Calcule... La forêt... ah! on ne sait pas tout ce qu'elle peut rapporter!...

Et se mettant à faire peu à peu la caricature de ses projets comme pour n'en pas laisser la moquerie aux autres :

— Non, on ne le sait pas... La forêt de Fontainebleau! Mais je parie qu'on peut s'en faire, comme des lapins, cinq mille livres de rente, et plus!... Tiens! une idée... une idée magnifique qui me vient à l'instant... Tu sais bien? ces familles d'étrangers qui ont de petits bras et qui se collent huit contre l'écorce pour mesurer le tour d'un arbre... Eh bien, mon cher, voilà un revenu... Je mets sur un morceau de papier : le *Chêne de l'empereur... Élévation : tant... Circonférence à hauteur d'homme : tant...* Tous les chênes célèbres comme ça... Je fais imprimer à Melun... format d'une carte de visite... et un sou ! je leur vends un sou, pas plus... Des gens qui sont avec des femmes, ils n'y regardent pas... ils m'achètent... Il y a des milliards d'étrangers dans le monde... Ce sont les patards qui font les millions... Je gagne un argent à devenir fou... et je fais bâtir un château où je t'inviterai à passer quinze jours : on dînera en habit !

— C'est à ce moment-là que tu feras ton grand tableau pour l'exposition, n'est-ce pas ? Tu seras donc toujours aussi bête, vieil imbécile ?... Eh bien ! est-ce qu'on va dîner ?... Moi, c'est bizarre, je ne suis pas comme Anatole : à mesure que je me promène dans la forêt, je trouve que ça manque de gaieté...

— As-tu vu ce temps d'aujourd'hui ? — dit Manette.

— C'est affreux d'humidité... Et puis, ces maisons en grès, c'est comme une cave...

— Allons ! — fit Coriolis, — il me semble que voilà un bien joli moment pour revenir à Paris ?... Le temps d'installer Anatole dans son terrier... — et Coriolis se tourna vers lui en riant, — et nous partons, n'est-ce pas, Manette ?

— Ah ! flûte ! — dit Anatole dégrisé de ses projets en les parlant et tourné tout à coup au vent de Paris, — les champignons n'auraient qu'à avoir la maladie l'année prochaine !... Et puis, mon avenir !... La Postérité remarquerait mon absence... Rentrons dans l'Art !

— Alors, le départ pour après-demain, par la voiture de Melun, à deux heures ? Nous serons pour dîner à Paris[1]...

XCIX

Revenu à Paris, le trio eut le plaisir du retour, la joie de retrouver les meubles, les objets de souvenir, les choses qui paraissent nouvelles quand on revient.

En arrivant, Coriolis se mit à retourner, à regarder de vieilles esquisses. Anatole alla à Vermillon qui ne venait pas à lui, et qui, sommeillant dans un coin de l'atelier, sous une couverture, s'était contenté, à l'entrée de son ami, d'ouvrir ses deux grands yeux et de les fixer avec un regard de reconnaissance.

— Eh bien! Vermillon, qu'est-ce que c'est? — fit Anatole. — Voilà tout? Pas plus de fête que ça? Voyons, voyons...

Et il se pencha sur la bête couchée.

Vermillon grimpa après lui avec des gestes engourdis et pénibles, et lui passant les bras autour du cou, il laissa paresseusement aller sa tête sur son épaule, dans un mouvement incliné qui semblait chercher à y dormir.

— Eh bien! quoi? mon pauvre bibi? ça ne va pas?... des chagrins? C'est vrai qu'il y a longtemps que tu n'as eu un camarade... je t'ai joliment manqué, hein? mais attends...

Et, se mettant devant Vermillon qu'il reposa sur sa couverture, Anatole commença à lui faire ses anciennes grimaces. Tout à coup le singe se mit à tousser, et une quinte, coupée de petits cris d'impatience et de colère, secoua d'un tremblement convulsif tout son corps jusqu'au bout de sa queue.

— Ta rosse de portier! — lança Anatole à Coriolis. — Je te l'avais bien dit, avant de partir... Il l'aura laissé avoir froid... Pauvre chou! n'est-ce pas que tu as eu froid?

Et prenant le malheureux animal qui s'était pelotonné et ramassé sur sa souffrance, l'emmaillotant doucement dans la couverture, il l'apporta devant la chaleur du poêle. Le singe était entre ses jambes : Anatole le câlinait, lui adressait des mots, des douceurs de nourrice, et, de temps en temps, lui donnait à boire une cuillerée de l'eau sucrée qu'il avait mise tiédir sur la plaque.

Les jours suivants, Vermillon fut à peu près de même. Il eut des hauts, des bas, de bons moments, suivis de mauvais, des réveils de vie, des heures de gaieté, puis des tousseries, des quintes déchirées et entêtées lui laissant des abattements qu'Anatole essayait vainement de distraire et d'égayer.

Anatole l'avait monté dans sa chambre et lui avait fait un petit lit par terre à côté du sien. Quand il l'entendait tousser la nuit, il sautait pieds nus par terre, et lui donnait du lait qu'il tenait chaud sur une veilleuse.

Le matin, lorsqu'il se levait, l'œil doux et clair de l'animal suivait le moindre de ses mouvements. Sa tête se soulevait peu à peu, et montait tout doucement pour voir. Au moment où Anatole allait sortir, le singe était presque sur son séant, tout le corps tendu, les yeux attachés sur le dos d'Anatole, sur la porte qu'il fermait, avec l'expression des yeux d'une personne qui regarde, la tristesse de voir s'en aller quelqu'un et venir la solitude. Un jour, Anatole eut la curiosité de rouvrir la porte quelques minutes après l'avoir fermée : Vermillon était toujours dans la même position, le regard d'une pensée fixe tournée vers la porte, tétant mélancoliquement un doigt de sa petite main entré dans sa bouche : on eût cru voir un enfant malheureux qu'on a laissé le matin en pénitence.

Anatole trouva horrible de laisser s'ennuyer ainsi cette pauvre bête. Il descendit à l'atelier, établit un petit plancher sur le poêle de fonte, organisa une espèce de matelas avec des couvertures, remonta :

— Viens, Vermillon, — fit-il.

Vermillon le regarda.

— Saute donc, vieux ! — lui dit-il en baissant sa poitrine vers lui.

Le pauvre animal s'élança des deux bras, mais ce fut tout ce qu'il put faire : le bas de son corps ne se souleva pas. Quelque chose semblait le clouer par les pattes au lit. Il resta, jeté en avant, poussant des petits cris, essayant vainement de bondir.

— Ah ! nom d'un chien ! — dit Anatole en le découvrant, — il a le train de derrière paralysé !

C

Coriolis sortait avec Chassagnol d'une exposition de tableaux et de dessins modernes qui avait attiré aux Commissaires-priseurs, dans une des grandes salles de l'hôtel Drouot, tout le Paris faisant de l'art sa vie, son commerce, son goût ou son genre.

Ils marchaient sur le trottoir à côté l'un de l'autre, Chassagnol absorbé, avec l'air mal éveillé ; Coriolis silencieux et laissant échapper des gestes.

Tout à coup Coriolis s'arrêta :

— Oui, une feuille, une tuile sur un toit... deux choses comme ça dans le ciel... — et il dessina du doigt l'accolade d'un vol d'oiseau dans l'air, — c'est signé, c'est de lui.... Une personnalité du diable ce mâtin-là !

Et il se remit à marcher auprès de Chassagnol, qui paraissait ne pas l'avoir entendu.

Au bout de vingt pas, il s'arrêta une seconde fois tout net, et faisant faire halte à Chassagnol :

— As-tu remarqué, mon cher, comme tout fiche le camp à côté de lui ? Tous les autres, ça paraît ce que c'est : des modernes... Lui, ses tableaux... ça recule, ça s'enfonce, ça se dore, ça se culotte en chef-d'œuvre...

— Ah çà ! de qui parles-tu ?

— De Decamps, parbleu ! — fit sourdement Coriolis.

Chassagnol le regarda, étonné d'entendre sortir de sa bouche ce nom que Coriolis n'aimait pas dans la bouche des autres.

— Eh bien, oui, de lui, — reprit Coriolis. — Je l'ai assez discuté et chicané pour lui rendre justice.

Et son admiration jaillissant de sa rivalité, de sa jalousie vaincue, il se mit à vanter ce grand talent avec cette langue qu'ont les peintres, ces mots qui redoublent l'expression, ces paroles qui ressemblent à une succession de touches, à de petits coups de pinceau avec lesquels ils semblent vouloir se montrer à eux-mêmes les choses dont ils parlent.

Il parlait du tempérament, de l'originalité, de la puissance pittoresque de ce dessinateur s'avouant incapable de « flanquer sur ses pattes » une figure de prix de Rome, et mettant pourtant, à tout ce qu'il touche, cette griffe, cette marque, ce DC qui, sur sa peinture, ses toiles, ses dessins, ses fusains, font l'effet des lettres du maître imprimées aux flancs brûlés d'une meute. Il parlait du coloriste, qu'il avait nié lui-même autrefois, du coloriste écrasant, tuant tout autour de lui. Il trouvait dans sa peinture la vie, la vie intime et pénétrante des choses, une intensité de vitalité, une étonnante âpreté de sentiment.

— Des ficelles ! allons donc ! — s'écriait-il. Est-ce qu'on est Decamps avec des ficelles ? Qu'est-ce que ça fait le procédé ? Pourquoi alors ne reproche-t-on pas à Delacroix ses pinceaux à l'aquarelle, pour avoir les pleins et les déliés qu'il n'attrape pas à la brosse, et la manière dont il a préparé son char du Soleil dans la galerie d'Apollon[1] ? Et puis on vous dit : Verdier ! qu'il a volé, Verdier ! un faux Lebrun !... Ils me font mal !

Et il remettait sous les yeux de Chassagnol ce paysage vu à la vente, les gardes-chasse, ruisselants d'eau, tout le désolé de la pluie[1], une trombe dans le buisson de Ruysdael[2], la crevée de l'ondée au bout d'un champ, et sur le fond qu'il indiquait devant lui d'un mouvement de main, sur le liséré de blanc blafard, ce tape-cul fantastique, d'un bourgeois presque effrayant, ayant l'air de mener le diable chez un notaire de campagne.

Il disait le paysagiste saisissant qu'est Decamps, comme il fait frissonner la nature, comme il dramatise le bois et l'horizon, quel grand décor mystérieux et sourd il bâtit avec les bois de cyprès autour des lacs, quels arbres sacrés il tire de terre pour y accrocher le carquois de Diane, quels ciels il construit, terribles, puissants, cyclopéens, roulant des colonnades, des architectures, des bases de temple, pareils à des assises, à de grands escaliers, à des gradins de Cirque autour d'une arène d'Histoire, tassés, plissés souvent sur l'horizon comme le bas de la robe des tempêtes, rayés parfois de barres d'or, de sang et de feu comme une échelle de Jacob.

Il disait cette grande et sauvage poésie qu'exhalent ces sentiers perdus, ces routes abandonnées, suspectes, aventureuses, où le peintre de la mélancolie du grand chemin jette ses silhouettes bohémiennes : le Pâtre, le Mendiant, le Braconnier, les derniers nomades et les derniers sauvages, vus plus grands que nature, élevés par le caractère, l'aspect, la sculpture du haillon à une espèce de style héroïque moderne.

Le style, c'était là la grande supériorité, le signe de force suprême que Coriolis reconnaissait à Decamps. Et toutes les pages de style de Decamps lui repassant dans la tête, il citait, en s'animant, en devenant éloquent sous une espèce d'amertume, ces batailles bitumineuses, fumantes de massacres, ces mêlées furieuses, ces chocs barbares où de petits chevaux blancs galopent entre des peuples qui se broient. Il citait les dessins du Samson ; il les proclamait bibliques avec quelque chose de fauve dans l'épique, il criait : « C'est de l'homérique juif ! »

En revenant au souvenir de ce Café turc[1] dont il s'était empli les yeux à l'exposition pendant une demi-heure, il rappela à Chassagnol cette bande de ciel ouaté de blanc, martelé d'azur, sur lequel semblait trembler un tulle rose ; ces petits arbres buissonneux, pareils à des massifs de rosiers sauvages, le cône des ifs, des cyprès noirs percés de jours, cette rondeur d'une coupole, la ligne des terrasses, ce rayon vibrant sur des plâtres tachés du velours des mousses, ces murs ayant des tons de peau de serpent séchée et comme des écailles de reptile, ce craquelé de la muraille chatoyant sous les traînées du pinceau, l'égrenage du ton, l'émail de la pâte, les gouttelettes de couleur huileuse, les tons coulant en larmes de bougie, jusqu'à ce petit réduit de fraîcheur, où le coup de soleil pailletait d'or les nattes, allumait le fourneau vermillonné d'une pipe, le blanc ou le rouge d'un turban, une veste couleur d'or vert, une fleur au fond dans un jardin de fleurs. Il évoquait, ressuscitait, semblait repeindre tout le tableau, sa lumière, son ombre, la grande ombre chaude, vaporisée de chaleur, et au bas des colonnes porphyrisées et marbrées de bleu d'étain, la mare sourde et fumante aux eaux de sombre transparence, piquées çà et là d'un feu d'escarboucle, d'un reflet de ces palets de pierre précieuse avec lesquels jouent les gamins des *Mille et Une Nuits*. Au bout de cela, Coriolis dit rêveusement :

— Ah ! mon cher, l'Orient... l'Orient !... Moi je n'ai fait que de la cochonnerie...

— Laisse donc, — fit Chassagnol, — tu as tes qualités à toi... de très grandes...

— De la cochonnerie, je te dis !... Une turquerie intelligente, spirituelle, coloriée, avec des qualités comme tu dis... oh! beaucoup de qualités! Mais jamais la note extrême... Et sans cette note-là, vois-tu en art... Ce qu'il fait, lui, ce n'est peut-être pas si vrai que moi... Mais c'est mieux, c'est... tiens, je ne sais pas quelque chose au-dessus... Vois-tu, c'est un Orient... un Orient...

— L'Orient de la poésie de *Child-Harold*[1] et de *Don Juan*, dans du soleil à Rembrandt, c'est ça, hein?... Du Child-Harold rembranisé... — répéta deux ou trois fois Chassagnol.

Coriolis ne répondit pas, prit le bras de Chassagnol et l'emmena, sans lui parler, dîner chez lui.

CI

— Eh bien! comment est-il aujourd'hui? — demanda Coriolis à Anatole qui apportait Vermillon pour l'installer sur le poêle.

Anatole, pour toute réponse remua tristement la tête. Et il se mit à arranger la couverture, la bourrant en traversin sous la tête du singe.

— Oh! qu'il pue! — dit Manette en regardant Vermillon par-dessus l'épaule de Coriolis qui était venu le caresser, et elle alla se rasseoir, à distance, au fond de l'atelier.

Le triste abattement de la mobilité, de la souplesse, de l'élasticité animale, faisait peine à voir chez Vermillon. La paresse dolente, la peine de ses mouvements, la paralysie de ses gamineries et de sa diablerie, ce qu'il y avait de la douleur d'un visage sur sa mine, en faisaient comme un petit malade approché tout près de l'homme et de sa pitié par cet air de souffrance humaine qu'a la souffrance des animaux. À tout moment, le pauvre petit malheureux soulevait sa tête, se retournait, changeait de pose et de place, donnant le déchirant spectacle de l'agitation continue dans l'incessant malaise et l'angoisse de toujours souffrir. Il se lamentait, se plaignait, poussait en grognant de petits : *hun, hun*. Une respiration visible et pénible courait sous la maigreur de ses côtes. Des frémissements nerveux lui fronçaient le front, relevant au-dessus de ses sourcils sa houppe de poils et des crispations plissaient la chair de poule de son petit mufle aux coins de la bouche. Au haut de leurs orbites caves, ses yeux fermés laissaient voir une tache rouge, une meurtrissure de sang extravasé, qui faisait paraître plus bleu le bleuissement de ses paupières. Il restait longtemps avec un seul œil ouvert et veillant; puis, il s'enfonçait dans ce sommeil des malades, accablé, assommé, qui ne dort pas; il rouvrait soudain ses paupières, jetait de côté ses yeux agrandis de souffrance, où passait du désespoir et de la prière de bête. D'autres fois, il avait des regards circulaires qui faisaient le tour de la pièce, et s'arrêtaient avant de finir sur Anatole, des regards pleins de toutes sortes d'expressions, où se voyait comme la stupéfaction de sa souffrance, de son immobilité, de la corde qui pendait du plafond sans qu'il s'y balançât. On eût cru que par moments, dans la lente douceur de ses yeux orange, aux grandes pupilles noires, il y avait l'étonnement de voir le soleil jouer sans lui à la fenêtre.

De petites secousses de douleur faisaient donner à ses mains des coups nerveux dans l'air. Des frissons lui passaient qui remuaient ses poils et en ouvraient les épis comme un souffle. Ses jambes avaient des allongements de cuisse de lièvre blessé à mort. Sa tête se mettait à branler d'un horrible tremblement, au milieu d'efforts pour se dresser et se soutenir sur son séant à l'aide de ses petites mains faibles qui se soulevaient de temps en temps et mettaient leurs deux petits poings crispés contre ses tempes, — un mouvement que les deux amis avaient vu dire, dans des agonies d'hommes : *Mon Dieu ! que je souffre !*

Coriolis qui regardait cela, sa palette à la main, s'en retourna à son chevalet. Anatole resta près de Vermillon, lui relevant de son mieux la tête sous des bourrelets de couverture, le retenant doucement des deux mains dans les crises convulsives qui l'agitaient. Vermillon se jetait en avant comme s'il voulait se précipiter en bas du poêle. Puis, il restait agenouillé et aplati dans la pose d'un animal qui boit, avec son petit bras pendant ; ou bien encore, il se tenait, de grands moments, appuyé sur le dos de ses mains rebroussées et montrant leur paume jaunâtre, les coudes élevés de chaque côté de son dos comme les pattes d'une sauterelle prête à sauter, la tête toute en dehors de la plaque du poêle, immobile, en arrêt sur une feuille de parquet.

La vie, comme il arrive chez ces petits êtres délicats, vivaces et nerveux, se débattait cruellement dans ce malheureux petit corps. C'étaient des secousses, des tressautements, des étirements, des tortillements inapaisables, des élancements, tout pareils à ces dernières révoltes qui jettent de travers, brusquement, les membres d'un malade, les pieds hors du lit, la tête dans le mur. Il essayait de s'arc-bouter, de se cramponner tout autour de lui ; et sa main, sortie de sa couverture, se nouait à l'anse d'un gobelet de fer-blanc avec l'étreinte d'une griffe d'oiseau serrant une branche.

Avec les heures, presque avec les minutes, une sorte de vieillesse descendait dans le creux de l'amaigrissement de ses petits traits. Des tons malsains de corruption se mêlaient peu à peu sur sa face à un jaunissement de vieille cire. Son petit nez froncé prenait un brun de nèfle. Un peu de mousse bavait à son mufle. Des commencements d'immobilité et de refroidissement faisaient déjà monter de la mort dans le petit corps où la vie n'était plus guère que le mouvement du globe de l'œil sous les paupières toutes bleues, le battement et la fièvre d'un regard fermé. Tout à coup, il roula sur le côté; sa tête eut un renversement suprême : elle bascula toute en arrière, avec un subit renfoncement dans les épaules, en découvrant le dessous blanc de son menton. Au bout de ses deux bras, allongés et roidis, ses deux mains serrèrent leur pouce sous leurs doigts; des ondulations affreuses coururent, en serpentant, tout le bas de son corps. Un mouvement furieux, semblable à la détente d'un ressort qui casse, agita une de ses jambes qui battit désespérément dans le vide... Puis ce fut une immobilité où rien ne bougea plus qu'un petit tremblement de la plante des pieds.

— Tiens! il pleure!... Anatole qui pleure vraiment! — fit Manette.

Une larme venait de tomber de la joue d'Anatole sur le cadavre du singe, et le jour la faisait briller au bout d'un poil.

— Moi, je pleure?... — dit Anatole honteux, et se dépêchant de sécher sa larme avec du cynisme : — Ah! sacristie, j'ai oublié de lui demander s'il voulait un prêtre...

— Allons, c'est fini, dit Coriolis, en voyant le regard d'Anatole revenir au singe; et il jeta la couverture sur le singe.

— Alors je vais sonner pour qu'on nous débarrasse de ça? — fit Manette.

— Pas la peine, ma petite, — lui dit Anatole en lui arrêtant le bras d'un geste dramatique. — C'est papa que ça regarde!

CII

Anatole attrapa une serge verte[1] jetée sur un plâtre dans un coin de l'atelier. Il coucha dedans, avec des mains presque pieuses, le cadavre de Vermillon, ramena la serge, la noua aux quatre coins, passa un paletot sur sa vareuse, mit son chapeau.

— Où vas-tu ? — lui demanda Coriolis.

— Loin. Je vais où les concessions à perpétuité ne coûtent rien.

Quand il fut dans la rue de Rivoli, il monta sur l'impériale d'un de ces grands omnibus qui jettent les Parisiens dans la campagne. Il tenait son paquet sur ses genoux, et regardait dedans, de temps en temps, en écartant un petit peu de la toile.

À la porte Maillot, il descendit, entra dans le bois de Boulogne, prit une allée à droite, marcha, cherchant une place, un petit morceau de solitude où l'on pût faire une fosse en creusant un trou. Il y avait du monde partout, et pas un bout de désert.

Ce n'était pas l'heure. Il sortit du bois, s'en alla dans l'avenue de Neuilly, s'attabla dans un cabaret, et se mit à attendre l'heure du dîner en se faisant verser une absinthe.

Après le premier verre, il en redemanda un; après le second, un autre. Il suffisait d'un chagrin tombant dans un verre de n'importe quoi pour griser Anatole : au troisième verre d'absinthe, il était « raide comme la justice ».

Il mit sa tête contre le mur du cabaret, creusé, dans le plâtre, de trous de queues de billard qui y avaient fouillé du blanc. Il regarda le paquet de serge verte posé sur la paille d'un tabouret à côté de lui, et l'attendrissement de ses pensées lui échappant dans un monologue de pochard : — Mort ! toi, mort ! Pauvre bibi ! hein, c'est vilain ?... Penser que tu es là ! ratatiné, tout froid... C'est ça, toi ? ça !... plus que ça, rien que ça... On me prend, vois-tu, pour un garçon bottier qui reporte de l'ouvrage en ville... Des imbéciles, laisse donc... Qu'est-ce que ça me fait ? Pauvre vieux, te voilà donc lancé dans l'éternité, dans cette grande canaille d'éternité !... Te laisser ramasser par un chiffonnier, par exemple... comme elle voulait, elle... pour que je te trouve empaillé sur le boulevard Montmartre, chez le naturaliste, dans une scène à personnages !... Ah ! bien oui, plus souvent !... C'est moi qui vais te mettre à l'ombre quelque part où tu ne seras pas embêté... dans un joli endroit où tu n'auras pas des bottes de sergent de ville sur la tête... As pas peur !... Petit gredin ! tu m'as pourtant mordu une fois... C'est vrai que tu m'as mordu, te rappelles-tu ?

Des maçons mangeaient un morceau à une table à côté de la sienne. Il demanda à manger à la fille qui servait. Mais quand il eut devant lui le *rata* du jour, il ne put y goûter. Il avait comme un malheur qui lui barrait l'estomac et lui bouchait l'appétit : il souffrait d'une impression d'avoir perdu quelqu'un, qu'il n'avait jamais eue.

Il demanda un litre, après le litre de l'eau-de-vie, et en buvant : — Hein ? Vermillon, — fit-il en se penchant, — plus de petits verres, c'est fini... Nous ne mettrons plus notre petite langue rose là-dedans...

Et il se leva, dit à ce qui était dans le paquet : — Viens ! — et alla payer au comptoir.

Dehors, c'était la nuit. Sur le ciel violet et froid, roulait et moutonnait le caprice d'un grand nuage blanc, une immense nuée flottante et transparente, traversée, pénétrée, rayonnante de la lumière diffuse de la lune qu'elle voilait.

Anatole se trouvait au milieu de l'avenue de l'Impératrice, quand un morceau de la lune jaillit du nuage déchiré.

— Bravo l'effet! fit Anatole. — Le tableau de Girodet... l'enterrement d'Atala[1] gravé par monsieur... monsieur... Tiens, voilà que je ne sais plus le nom de la gravure d'Atala... Mais, regarde donc, Vermillon, vois-tu? Le soleil avec un crêpe... un enterrement nature, et soigné! Tu as le ciel à ton convoi... la lune, rien que ça! Première classe, franges d'argent, tenture et tout, les nuages dans des voitures...

La lune pleine, rayonnante, victorieuse, s'était tout à fait levée dans le ciel irradié d'une lumière de nacre et de neige, inondé d'une sérénité argentée, irisé, plein de nuages d'écume qui faisaient comme une mer profonde et claire d'eau de perles; et sur cette splendeur laiteuse, suspendue partout, les mille aiguilles des arbres dépouillés mettaient comme des arborisations d'agate sur un fond d'opale.

Les massifs serrés et maigres du bois commençaient à s'étendre. Le ruban blanchissant des allées s'enfonçait très loin dans des taches de noir. Une voiture qui riait passa; puis un pas.

Anatole prit à gauche, entra dans un fourré, marcha cinq minutes, s'arrêta comme un homme qui a trouvé, il était dans une petite clairière. L'éclaircie était mélancolique, douce, hospitalière. La lune y tombait en plein. Il y avait dans ce coin le jour caressant, enseveli, presque angélique de la nuit. Des écorces de bouleaux pâlissaient çà et là, des clartés molles coulaient par terre; des cimes, des couronnes de ramures fines et poussiéreuses, paraissaient des bouquets de marabouts. Une légèreté vaporeuse[2], le sommeil sacré de la paix nocturne des arbres, ce qui dort de blanc, ce qui semble passer de la robe d'une ombre sous la lune, entre les branches, un peu de cette âme antique qu'a un bois de Corot, faisaient songer devant cela à des Champs-Élysées d'âmes d'enfants.

Rien ne déchirait le silence qu'un appel de canards, de loin en loin, et le bruissement de la nappe d'eau du lac, frissonnante, à l'horizon.

Une rochée de trois bouleaux se levait sur un côté de la clairière, se détachant du massif; la lune écaillait un peu le bas de leur écorce. Anatole défit, tout auprès, le nœud de son paquet : les paupières entrouvertes de Vermillon laissaient voir ses yeux, ces yeux horriblement doux de singe mort qui avaient encore un regard; ses dents blanches, serrées, avançaient un peu sur son museau contracté et retiré.

Anatole s'agenouilla, tira son couteau et se mit à creuser. Et tandis qu'il travaillait, un chantonnement nègre lui vint aux lèvres, une espèce de bercement funèbre, comme si, avec le gazouillis des chansons que Saïd chantait à l'atelier, il espérait s'approcher de l'oreille de Vermillon.

Il marmottait : — Dansez, Canada ! fougoum, fougoum ! Vermillon mouru, moi lui faire petit trou, petit nid, petit, petit... bien gentil ! Paradis là-dessous... Bienheureux, Vermillon... paradis ! Dansez, Canada ! Plus souffrir, Vermillon ! bon petit singe s'en aller, s'envoler... dans le bleu ! Asie, Afrique, Amérique, à lui ! Dansez, Canada ! dansez, Cocoli, Bengali, Colibri ! Des Mississipi, des forêts vierges à Vermillon... boire aux rivières, boire au soleil, boire aux fruits des arbres ! des noix de coco, tout plein ! Dansez, Canada ! Pays où il n'y a pas d'hommes... Le bon Dieu pour les singes, tous les jours, toute la vie... Vermillon courir, Vermillon avoir bien chaud dans le dos... Vermillon retrouver ses amis... Vermillon là-haut ! Vermillon, amour ! oiseau ! étoile !... petite fleur bleue ! pervenche ! Psitt !... plus rien ! Dansez, Canada !

Le trou était creusé : posant au fond le dos de sa main, Anatole tâta :

— Ah ! mon pauvre frileux, — dit-il sérieusement et

tristement, avec un son de voix dégrisé, tu vas trouver la terre bien froide...

Et le prenant dans ses bras, il lui ferma les paupières comme à une personne. Il lui déroidit les membres, plia sa queue sous lui, le mit dans la petite fosse, ramena avec les mains la terre sur le trou. Et, quand il eut marché et piétiné dessus, il se mit, assis à la turque, à fumer une longue cigarette silencieuse.

Il était plein d'idées qui ne pensaient à rien. Cependant quelque chose de lui lui paraissait mort et fini : il y avait de sa gaminerie sous terre.

Il se leva. Il était ému et barbouillé. Il avait le cœur ivre, étourdi et remué. Il tomba sur le premier banc dans une grande allée, s'allongea tout de son long, un bras, une jambe pendants, et là s'endormit.

Au bout de quelques heures, il se réveilla. Il n'y avait plus de lune, et il pleuvait. Il se tâta : il était trempé.

Il sauta sur ses jambes, courut devant lui, jusqu'à une porte du bois, vit de la lumière à un poste de douaniers, entra là, demanda à se chauffer, envoya chercher une bouteille d'eau-de-vie, but cette bouteille-là et une autre avec les douaniers; et quand il rentra le matin, Coriolis lui demandant ce qu'il était devenu, ne put rien tirer de ses souvenirs abrutis que cette phrase : — Les gabelous, très gentils!... très gentils, les gabelous...

CIII[1]

Les amis de Coriolis s'étaient étonnés de ne pas le voir commencer quelque grand morceau, une œuvre importante à son retour de Fontainebleau, après un si long repos. Des mois se passaient : Coriolis continuait à ne rien jeter sur la toile. Il sortait toute la journée, et s'en allait errer dans Paris.

Il battait les quartiers les plus éloignés et les plus opposés; il coudoyait les populations les plus diverses. Il allait, marchant devant lui, fouillant d'un œil chercheur, dans les multitudes grises, dans les mêlées des foules effacées; tout à coup, s'arrêtant et comme frappé d'immobilité devant un aspect, une attitude, un geste, l'apparition d'un dessin sortant d'un groupe. Puis, accroché par un individu bizarre, il se mettait à suivre, pendant des heures, l'originalité d'une silhouette excentrique. Les passants se troublaient, s'inquiétaient presque de l'inquisition ardente, de la fixité pénétrante de ce regard qui les gênait, se promenait sur eux, leur faisait l'effet de les creuser et de les pénétrer à fond.

Quelquefois, tirant de sa poche un petit carnet grand comme la moitié de la main, il jetait dessus deux ou trois de ces coups de crayon qui attrapent l'instantanéité d'un mouvement. Il fixait d'un trait l'effort d'une attelée de maçons, la paresse d'un accoudement sur un banc de jardin public, l'accablement d'un sommeil dans des démolitions, le hanchement d'une blanchisseuse au panier lourd, le renversement d'un enfant qui boit au mufle de bronze d'une fontaine, la caresse enveloppante avec laquelle un ouvrier herculéen porte son enfant dans des bras de nourrice, ce qu'il y a des cariatides du Puget dans un fort de la Halle, un morceau quelconque du sculptural naturel, superbe, ému, qu'indique et montre le spectacle de la rue. Journées de fatigue, souvent stériles, mais qui souvent aussi donnaient à l'artiste, en quelque coin obscur, sous quelque porte cochère, une de ces rencontres soudaines de la réalité pareilles à une illumination de son art.

Une fois, par exemple, il avait passé des heures à se graver dans la mémoire une tête de mendiante aveugle, le plus beau des visages douloureux que la peinture ait jamais rêvés: un profil de vieille femme octogénaire, dans la ligne rigide du dessin de Guido Reni du Louvre, une tête décharnée, fondue, ciselée par la maigreur, sculptée par toutes les misères, les joues remuées et tremblantes du souffle d'une petite toux, le masque de marbre de la Vie sans yeux et sans pain, avec, sur la peau d'un blanc de vélin, des polissures comme d'une chose usée ; une tête de Niobé aux Petits-Ménages et de Reine en madras, dont les cheveux gris, le cou tendu et plein de cordes, la majesté du désespoir, la paralysie de statue, faisaient retourner jusqu'à l'étonnement des gens du peuple qui passaient.

D'un bout à l'autre de Paris, il vaguait, étudiant les types saillants, essayant de saisir au passage, dans ce monde d'allants et de venants, la physionomie moderne, observant ce signe nouveau de la beauté d'un temps, d'une époque, d'une humanité : — le caractère, qui passe comme un coup de pouce artiste sur ces figures fiévreuses, agitées ; le caractère qui marque et désigne pour l'art la face des pensées, des passions, des intérêts, des vices, des maladies, des énergies d'une capitale. Sa curiosité scrutait ces visages de civilisés, qui reportent le regard si loin du vague sourire dormant des Éginètes[1] et de la divine placidité grecque ; ces visages travaillés d'idées, de sensations, de toutes les acquisitions d'activité morale de l'homme, éreintés par la complexité des préoccupations, tourmentés par la dureté de la carrière, le labeur enragé, la peine de vivre. Il interrogeait ces faces de gens qui courent dans les rues, comme la fourmi dans la fourmilière, avec un paquet sous le bras, ou une affaire dans la poche, les hommes de misère qui traînent leur faim devant les changeurs, ces physiques de voyou, cachant la méchanceté des instincts sous la féminité d'une tête de Faustine[2], ces tournures d'inventeurs, portés par leurs jambes qui vont, monologuant sur le trottoir, avec de grands gestes d'acteur.

Il étudiait cette beauté singulière, spirituelle, l'indéfinissable beauté de la femme de Paris. Il suivait ces apparitions imprévues, ces mines chiffonnées et rayonnantes; ces petites personnes étranges, fleuries entre deux pavés, ce qui s'enfonce à Paris, comme la lumière d'une grisette et l'aube d'une courtisane, dans le noir d'un escalier à rampe de bois. Il essayait d'analyser le charme de ces jeunes filles maigres ayant aux tempes le reflet des lampes de l'atelier, pâles de veilles, et comme vaguement torturées d'une nostalgie de paresse et de luxe. Parfois, sous un mauvais bonnet, il apercevait une exquisité de grâce, une rareté d'expression, un air de cette suavité souffrante, de cette mélancolie virginale que la vie des grands centres, le raffinement des civilisations, la fin des sangs pauvres, semblent faire tomber sur le visage des petites ouvrières. Un jour, il emporta dans son souvenir, pour une étude qu'il commença le lendemain, le visage de la fille d'une portière, une pauvre petite lymphatique, si douce, si souffreteuse, si blanche, les yeux si pleins de ciel dans leur grande ombre, qu'elle faisait rêver à un ange malade.

Au fond de lui, dans cette agitation de ses promenades, il y avait un grand malaise, l'inquiétude qui prend un homme quitté par une religion de jeunesse. Il était à ce moment critique, à cette heure de la vie d'un artiste où l'artiste sent mourir en lui comme la première conscience de son art : instant de doute, de tiraillement, d'anxiété où, tâtonnant de son avenir, tiraillé entre les habitudes de son talent et la vocation de sa personnalité, il sent tressaillir et s'agiter en lui le pressentiment d'autres formes, d'autres visions, le commencement de nouvelles façons de voir, de sentir, de vouloir la peinture.

CIV

— Vrai, la terre tourne :

Manette posait pour une répétition du *Bain turc*, commandée par un banquier de Rotterdam à Coriolis qui faisait effort dans ce travail pour se rattacher à sa peinture passée.

Un hasard de parole l'avait amené à dire à sa maîtresse que la terre tournait.

— La terre tourne ? Ça sur quoi je suis ? — reprit Manette en regardant en bas : elle avait l'air d'avoir peur de tomber. — Ça tourne ?

Elle releva les yeux sur Coriolis comme pour lui demander s'il ne se moquait pas d'elle.

Coriolis se mit à vouloir lui expliquer ce qu'elle ne savait pas, et comme il le lui expliquait aussi mal qu'il le savait :

— Ne continue pas, — lui dit-elle tout à coup, — il me semble que j'ai mal au cœur, avec tout ce que tu me dis qui tourne...

Coriolis se tut, et se remit à peindre Manette... Mais il n'était pas en train. Il grondait, tout en brossant, contre la hâte singulière que Manette avait de le voir finir cette toile.

— Ton corps, — finit-il par lui dire, — eh ? mon Dieu, ton corps, il ne va pas changer d'ici à huit jours...

— Tu crois ? — fit Manette. Et elle laissa tomber de la pointe rose de sa gorge jusqu'au bout de ses pieds, sur la virginité de ses formes, le dessin de sa jeunesse, la pureté de son ventre, un regard où semblait se mêler l'amour d'une femme qui se regrette à la douleur d'une statue qui se pleure.

— Ah ! — fit Coriolis.

Il avait compris.

— Oui... — dit Manette en baissant la tête, avec le ton d'une femme qui va pleurer.

Coriolis se sentit une secousse au cœur. Mais aussitôt, honteux de cette émotion, l'artiste fit taire l'homme avec une ironie :

— Eh bien! ma pauvre Manette, qu'est-ce que tu veux? nous sommes dans des siècles chipies et prudhommesques... Autrefois, dans un pays d'antiques, un pays dont tu as vu les statues au Musée, il y avait un modèle, un modèle comme toi, aussi bien, à ce que je me suis laissé dire... On l'appelait Laïs[1]... Il lui arriva... ce qui t'arrive... Cela fit une révolution dans le pays... L'Institut de l'endroit où il y avait des peintres aussi coloristes que M. Picot, et des marbriers un peu plus forts que M. Duret, l'Institut de l'endroit poussa des cris de désolation... Les dessinateurs en masse déclarèrent qu'ils ne trouveraient jamais la correction de M. Ingres, si on laissait la nature abîmer leur modèle... Il y eut des rassemblements, des articles de petits journaux, des commissions, des sous-commissions, tout ce qui constitue un mouvement national... Et l'on finit par mener Laïs à Cos, chez un fameux médecin que tu as peut-être vu dans une gravure, le nommé Hippocrate...

Et comme il allait continuer, Coriolis s'arrêta dans sa plaisanterie, devant l'expression de Manette, la fixité de la pensée de ses yeux.

Allant à elle, il lui prit la tête, la lui renversa sur ses genoux, et appuyant sur elle le sérieux de son regard, il fouilla jusqu'au fond de sa tentation.

Manette se cacha dans son cou, pour qu'il ne la vit pas rougir.

CV

L'intérieur de Coriolis était toujours heureux. Anatole continuait à y jeter sa gaieté, ses folies gamines. Manette y mettait l'enchantement de sa personne.

Quand elle était là, dans l'atelier, vêtue d'une robe blanche, sur laquelle tranchait un petit châle d'enfant d'un rouge sang de bœuf, la taille dénouée et tout alanguie des paresses de la femme grosse, belle d'une beauté nonchalante, épanouie, rayonnante, — Coriolis oubliait tout.

Une tendresse reconnaissante s'était peu à peu glissée dans son amour pour cette femme qui remplissait et animait sa maison, lui faisait la vie coulante et facile, lui épargnait les tracas du ménage, mettait chez lui un de ces gouvernements légers qu'on ne voit pas et qu'on ne sent pas.

Entre Manette et lui, il y avait tous les rapprochements qui font du modèle la maîtresse naturelle de l'artiste. Au milieu de cette ignorance de peuple qui ne lui déplaisait pas, Coriolis lui trouvait le charme de ces connaissances qu'ont les femmes grandies dans les ateliers. Manette avait vu peindre et savait comment se fait de la peinture. Les choses du métier de l'art lui étaient familières : elle en connaissait le nom et l'usage. Elle ne disait pas de bêtises bourgeoises devant une toile. Elle respectait le silence d'un homme à son chevalet. Elle s'entendait à laver des brosses, et elle reconnaissait vaguement des tons distingués dans une toile. En un mot, elle était « *du bâtiment* ».

Coriolis lui savait encore gré d'autres agréments. Elle lui plaisait en se suffisant à elle-même, en se tenant compagnie, en se passant des sociétés de femmes, en ne voyant point d'amies. Elle lui plaisait par sa froideur au plaisir, sa paresseuse sérénité, son air content dans cette existence paisible et monotone. Elle avait un ensemble de qualités soumises, une docilité gracieuse à ce qu'il disait, à ce qu'il voulait, une obéissance à ses idées, une sorte d'aimable effacement de caractère : elle ne laissait guère échapper que de petites susceptibilités sur des mots, des phrases qu'elle ne comprenait pas et qui, tout à coup lui mettant un coup de rouge aux pommettes, la rendaient un moment boudeuse ou coléreuse avec de petits gestes de sauvagerie méchante.

Aussi un attachement de gratitude et de confiance venait-il à Coriolis pour cette maîtresse si peu absorbante, d'apparence si détachée de tout désir de domination, et qu'il voyait, repliée sur elle-même, ennuyée d'en sortir, fatiguée d'allonger sa pensée aux choses à côté d'elle. Elle était pour lui dans sa vie du calme et du repos, une compagnie bonne pour ses nerfs d'artiste. Dans sa société tranquille, sa douce présence, les demi-paroles de sa bouche, les demi-caresses de ses mains, il y avait comme un mol apaisement qui berçait les fatigues du peintre, endormait ses contrariétés, ses prévisions mauvaises, ses tourments d'imagination...

Et il lui semblait que cette jolie créature apathique dégageait autour d'elle la paix, la santé, la matérialité d'un bonheur hygiénique.

CVI

Coriolis devenait casanier, presque sauvage. Il avait l'horreur de s'habiller, refusait les invitations, n'allait plus nulle part. L'homme de travail, d'incubation, ne se plaisait plus que dans le recueillement de l'intérieur, la tranquillité du coin du feu, le négligé de la vareuse et des pantoufles.

Le soir, après dîner, dans son atelier, il fumait de longues pipes méditatives ; puis, au milieu de la causerie de deux ou trois amis qui étaient venus manger sa soupe, il se mettait à dessiner et crayonnait jusqu'à minuit.

Un soir qu'il dessinait ainsi, seul avec Chassagnol et Anatole :

— Eh bien ! — lui dit Chassagnol, en regardant ce qu'il jetait sur le papier, un souvenir de la rue, — toi qui me blaguais quand je te disais qu'il y avait quelque chose là... Il me semble que tu y viens...

— Eh bien ! oui, j'y viens... Je me débattais contre moi-même en te combattant... Je me gendarmais, je ne voulais pas... J'étais dans une autre chose... C'est le diable... On ne veut pas reconnaître qu'on se blouse... Tiens ! ç'a été fini à ma dernière maladie... La turquerie, bonsoir ! Je lui ai fait mes adieux en croyant mourir... Maintenant, c'est mort... Et tu me vois depuis ce temps-là... désorienté... Tiens ! c'est le mot... un homme qui cherche... qui essaye de se raccrocher... Enfin, ce qu'il y a de sûr, c'est que je vais passer à d'autres exercices... Tu verras ce que je veux faire...

— Bravo ! Le moderne... vois-tu, le moderne, il n'y a que cela... Une bonne idée que tu as là... Eh bien ! vrai, ça me fait plaisir, beaucoup de plaisir... parce que... écoute... Je me disais : Coriolis qui a ça, un tempérament, qui est doué, lui qui est quelqu'un, un nerveux, un sensitif... une machine à sensations... lui qui a des yeux... comment ! il a son temps devant lui, et il ne le voit pas ! Non, il ne le voit pas, cet animal-là... Non, non, non... — répéta Chassagnol avec un rire bête et fou qui ricanait. — Mais, est-ce que tous les peintres, les grands peintres de tous les temps, ce n'est pas de leur temps qu'ils ont dégagé le Beau ? Est-ce que tu crois que ça n'est donné qu'à une époque, qu'à un peuple, le Beau ? Mais tous les temps portent en eux un Beau, un Beau quelconque, plus ou moins à fleur de terre, saisissable et exploitable... C'est une question de creusage, ça... Il se peut que le Beau d'aujourd'hui soit enveloppé, enterré, concentré... Il faut peut-être, pour le trouver, de l'analyse, une loupe, des yeux de myope, des procédés de physiologie nouveaux... Voyons, tiens, Balzac ? Est-ce que Balzac n'a pas trouvé des grandeurs dans l'argent, le ménage, la saleté des choses modernes ? dans un tas de choses où les siècles passés n'avaient pas vu pour deux liards d'art ? Et il n'y aurait plus rien pour l'artiste dans l'ordre des choses plastiques, plus d'inspiration d'art dans le contemporain !... Je sais bien, le costume, l'habit noir... On vous jette toujours ça au nez, l'habit noir ! Mais s'il y avait un Bronzino dans notre école, je réponds qu'il trouverait un fier style dans un Elbeuf[1]. Et si Rembrandt revenait... crois-tu qu'un habit noir peint par lui ne serait pas une belle chose ?... Il y a eu des peintres de brocard, de soie, de velours, d'étoffes de luxe, d'habits de nuage... Eh bien ! il faut maintenant un peintre du drap : il viendra... et il fera des choses superbes, toutes neuves, tu verras, avec ce noir d'affaires de notre vie sociale... Ah ! cette question-là, la question du moderne[2], on la croit vidée, parce qu'il y a eu cette caricature du Vrai de notre temps, un épatement de bourgeois : le *réalisme !*... parce qu'un monsieur[3] a fait une religion en chambre avec du laid bête, du vulgaire mal ramassé et sans choix, du moderne... bas, ça me serait égal, mais commun, sans caractère, sans expression, sans ce qui est la beauté et la vie du Laid dans la nature et dans l'art : le *style !* dont tu faisais si justement l'autre jour le génie, la griffe du lion, chez un peintre... Et puis quoi, le Laid ? ce n'est qu'une ombre de ce monde-ci, si vilain qu'il soit. À côté de la rue, il y a le salon... à côté de l'homme, il y a la femme... la femme moderne... Je te demande si une Parisienne, en toilette de bal, n'est pas aussi belle pour les pinceaux que la femme de n'importe quelle civilisation ? Un chef-d'œuvre de Paris, la robe, l'allure, le caprice, le chiffonnement de tout, de la jupe, et de la mine !... et dire que cette femme-là, la femme du dix-neuvième siècle, la poupée sublime, tu ne l'as pas encore vue dans un tableau d'une valeur de deux sous... Pourquoi ? On n'a jamais pu savoir... Ah ! les lisières, les exemples, les traditions, les anciens, la pierre du passé sur l'estomac !... Sais-tu sur quoi me semblent donner les ateliers d'à présent ? tiens ! sur le cimetière de l'Idéal... Mais vois donc David, David qui a jeté pour trente ans d'Hersilie[1] dans les boîtes à couleurs, David n'a fait qu'un morceau de passion, qu'un tableau qui vit : son Marat[2] !... Le moderne, tout est là. La sensation, l'intuition du contemporain, du spectacle qui vous coudoie, du présent dans lequel vous sentez frémir vos passions et quelque chose de vous... tout est là pour l'artiste, depuis l'âge d'Égine jusqu'à l'âge de l'Institut... Ah ! je sais, il y a des articles de rêveurs, des enfileurs de phrases à sang blanc pour vous dire qu'il faut s'abstraire de son époque, remonter au répertoire du *canon* ancien des sujets et de l'intérêt ! L'hiératisme alors ? Des farces enfoncées par la vapeur et 1789 !... ça rentre dans les individus métempsycosistes et transposés qui ont besoin que les choses ou les gens aient cinq cents ans sur le dos pour leur trouver de la noblesse, de l'actualité ou du génie... Le dix-neuvième siècle ne pas faire un peintre ! mais c'est inconcevable... Je n'y crois pas... Un siècle qui a tant souffert, le grand siècle de l'inquiétude des sciences et de l'anxiété du vrai... Un Prométhée raté, mais un Prométhée... un Titan, si tu veux, avec une maladie de foie... un siècle comme cela, ardent, tourmenté, saignant, avec sa beauté de malade, ses visages de fièvre, comment veux-tu qu'il ne trouve pas une forme pour s'exprimer, qu'il ne jaillisse pas dans un art, dans un génie à trouver, et qui se trouvera.... Après ce grand grisailleur douloureux, Géricault, il y a eu un homme, tiens! Delacroix... c'était peut-être l'homme à cela... un tempérament tout nerfs, un malade, un agité, le passionné des passionnés[1]... Mais il n'a rien vu qu'à travers le romantisme, une bêtise, un idéalisme de pittoresque... Et pourtant, que de choses dans ce sacré dix-neuvième siècle!... C'est que, sacristie! il y en a pour tous les goûts... Si c'est trop petit pour vous, les mœurs du temps, les scènes, la rue qui passe, vous avez aussi du grand, du gigantesque, de l'épique dans ce temps-ci... Vous pouvez être un peintre d'histoire du dix-neuvième siècle... et un fier! toucher à des émotions humaines qui seront un jour aussi classiques, aussi consacrées que les plus vieilles! L'Empire, tenez! il y a de quoi se promener, même après Gros... Homère, toujours Homère! Et l'Homère de l'Institut! Mais nous avons eu, depuis Achille, un monsieur qui faisait des épopées à la journée, un certain Napoléon qui ramassait tous les jours de la gloire à peindre... L'incendie de Moscou, voyons, ça peut bien tenir à côté de l'embrasement de Troie... et la retraite des Dix Mille a peut-être un peu pâli depuis la retraite de Russie... Voilà des cadres! voilà des pages!... Il y a tous les soleils là-dedans, et de l'homérique tant qu'on en veut! Des grands tableaux, des tableaux d'histoire, mais le moderne en a donné des programmes aussi magnifiques que les plus beaux du monde... Depuis 1789, il en pleut des scènes dans les révolutions de France, qui sont grandes... comme nous!... La Terreur, ce sont nos Atrides!... Tiens! prends la Vendée, et dans la Vendée le passage de la Loire à Saint-Florent-le-Vieux[2]... Figure-toi l'*Iliade* et le *Dernier des Mohicans!*... le demi-cercle de la colline... la vaste plage... quatre-vingt mille personnes entassées... l'eau où l'on entre... les chevaux qu'on pousse... l'incendie, la fumée, les *bleus* par-derrière... La Loire jaune, plate et large avec une île au milieu comme un radeau... et le bord, là-bas, noir de gens passés et plein de leur murmure... Une vingtaine de mauvaises barques pour passer tout cela... les barques de Michel-Ange dans le *Jugement dernier!*... Devant, pêle-mêle, les prisonniers républicains, les chapeaux avec des sacrés-cœurs, Bonchamps[1] qui agonise, Lescure[2] mourant sur un matelas porté par deux piques, les pieds dans des serviettes... et des femmes, des enfants, des vieillards, des blessés, un peuple, la migration d'une guerre civile en déroute!... Et là-dedans des déguisements, comme ces cavaliers avec de vieux jupons, ces officiers avec des turbans pris au théâtre de la Flèche, la défroque du *Roman comique*[3] tombée sur l'épaule d'une légion thébaine... Quel tableau! hein! quel tableau!... C'est grand comme le Passage du Nil!

— Oui, dit Coriolis profondément absorbé, et ne paraissant pas entendre. — Oui, rendre cela avec un dessin qui ne serait ni antique ni renaissance...

— Ça ne te satisfait pas, la main de Michel-Ange? — dit Anatole en levant le nez, dans le fond de l'atelier, d'un volume de l'*Illustration*[4].

— La main de Michel-Ange[5], qui n'en est pas d'abord, de Michel-Ange... Et puis, non, ce n'est pas ça... Il faudrait une ligne à trouver qui donnerait juste la vie, serrerait de tout près l'individu, la particularité, une ligne vivante, humaine, intime, où il y aurait quelque chose d'un modelage de Houdon, d'une préparation de La Tour, d'un trait de Gavarni... Un dessin qui n'aurait pas appris à dessiner, qui serait devant la nature comme un enfant, un dessin... Je sais bien, c'est bête ce que je dis... plus vrai que tous les dessins que j'ai vus, un dessin... oui, plus humain, ça me rend mon idée.

CVII

Lentement Manette avait pris sa place dans l'intérieur. Elle s'y était peu à peu et de jour en jour installée, établie. De cette pose dans la maison qu'a la maîtresse, dont le paquet d'affaires est tout fait dans la commode, de la pose sur la branche où la femme, mal à l'aise avec les gens, effarouchée de ce qui entre, humble, inquiète, furtive, tremble au vent comme une chose aux ordres d'un caprice, toute prête au balayage du lendemain, elle s'était élevée à l'aisance, à l'équilibre, à cet air de maîtresse de maison qui laisse voir dans toute une femme, dans son geste, son ton, sa voix, dans l'épanouissement de sa robe sur un divan, qu'elle est chez elle chez son amant. Elle avait passé le temps où les domestiques s'adressent à l'homme, et consultent du regard Monsieur avant de faire ce que dit Madame : ses ordres commençaient à être pour le service la volonté de Coriolis. Les camarades qui venaient à l'atelier ne la traitaient plus avec leur premier sans-façon : il y avait chez eux comme un accord tacite pour reconnaître en elle la maîtresse officielle, la femme à demeure, ancrée dans le domicile, dans la vie de leur ami, montée à l'espèce de dignité d'une liaison quasi conjugale. Devant elle, la conversation devenait moins libre, prenait un ton qui la respectait à peu près comme une personne mariée ; et un jour qu'Anatole avait lancé un mot un peu vif, Coriolis lui dit un : « Où te crois-tu ? » si sérieusement, que Manette elle-même ne put s'empêcher d'en rire.

Manette avait eu à peine besoin de travailler à ce changement. Il s'était fait presque tout seul, par le courant naturel des choses, par la lente et progressive infiltration de l'influence féminine, par l'habitude, par l'oreiller, par la succession de ces accroissements, pareils aux alluvions du concubinage, grandissant la position, le pouvoir, l'initiative de la maîtresse avec tout ce qui se détache à la longue, dans l'amollissement du ménage, de la force de l'homme pour aller à la faiblesse de la femme.

Et maintenant Manette n'était plus seulement la maîtresse : elle était une mère.

CVIII

En devenant mère, Manette était devenue une autre femme. Le modèle avait été tué soudainement, il était mort en elle. La maternité, en touchant son corps, en avait enlevé l'orgueil. Et en même temps une grande révolution intérieure s'était faite secrètement au fond d'elle. Elle s'était renouvelée et avait changé de nature, comme dans un dédoublement de son existence qui aurait porté en avant d'elle et de son présent tout son cœur et toutes ses pensées. Elle avait fini d'être la créature paresseuse d'esprit et de corps, d'instinct bohème, satisfaite d'une inertie de bien-être et d'un bonheur d'Orientale. Des entrailles de la mère, la juive avait jailli. Et la persévérance froide, l'entêtement résolu, la rapacité originelle de sa race, s'étaient levés des semences de son sang, dans de sourdes cupidités passionnées de femme rêvant de l'argent sur la tête de son enfant[1].

Pourtant ce fond de son amour de mère restait enfoncé et caché chez Manette. Elle ne montrait rien de ces avidités ambitieuses qui s'agitaient en elle. Elle n'avait point demandé au père de reconnaître son fils.

Même à ces moments d'effusion qui suivent les couches, dans ces heures où la femme est comme une malade douce et sacrée, elle n'avait pas laissé échapper un mot, une allusion au sort de ce fils. Jamais il ne lui était échappé une de ces paroles qui cherchent et tâtent, dans la charité ou la générosité d'un homme, le père d'un enfant naturel. Elle avait paru vouloir toujours, au contraire, écarter de Coriolis toute idée d'avenir, toute préoccupation d'engagement et de lien. Ce qui couvait en elle, les nouvelles et hardies convoitises éveillées par ses sentiments maternels, ne se trahissaient au-dehors que par de longues absorptions dans lesquelles brillait son regard clair.

Elle attendait : elle n'avait ni hâte, ni précipitation. Le temps était pour elle, le temps qu'elle voyait tous les jours, autour d'elle, apporter à ses semblables, à d'anciennes camarades, la fortune de leurs rêves, faire monter des modèles à la société, au mariage, à la richesse, donner à celle-ci le nom et l'argent d'un marchand de châles, à celle-là, un château et une couronne de comtesse : elle le laissait agir, patiente et ferme dans l'assurance de ses espérances. Elle se confiait aux circonstances, aux hasards favorables, à la Providence de l'imprévu, à ces pouvoirs mystérieux qui semblent encore, aux héritiers du peuple d'Israël, chargés de mener à bien leurs affaires; elle se confiait à l'avenir que fait aux Juifs le Dieu des Juifs. Comme toutes ses pareilles, elle avait ce restant de croyances, la foi insolente dans sa chance, la certitude religieuse de son bonheur, de l'arrivée de tout ce qu'elle désirait. « Moi, d'abord, — disait-elle tranquillement, — je suis d'une religion, où tout réussit. »

CIX

À peu près vers le temps où Chassagnol avait fait dans l'atelier sa grande tirade sur le moderne, Coriolis s'était mis à attaquer deux grandes toiles. Il y travaillait quinze mois, soutenu dans la fatigue, le courage d'un si long effort, par la perspective de l'Exposition universelle de 1855, qui, en rassemblant l'Art de tous les peuples, allait donner le monde pour public à sa grande et hardie tentative.

À l'Exposition du 15 mai, ces deux toiles montraient en même temps que le dégagement complet du coloriste annoncé par le *Bain turc*, un renouvellement du peintre, de ses procédés, de ses aspirations, de son genre. Dans ces deux compositions, intitulées, l'une : *Un conseil de révision* et l'autre : *Un mariage à l'église*, Coriolis apportait une pâte de couleur se rapprochant de la belle pâte espagnole, de larges harmonies solides et sévères, où ne restait plus rien des tons claquants de sa première manière, une étude rigoureuse de la nature, une accusation caractéristique de la réalité.

Le sujet de la première de ces toiles, la *Révision*, lui avait permis ce mélange de l'habillé et du nu qu'autorisent si rarement les sujets modernes. Des parties de corps superbes, un torse, un bras, une jambe, un fragment d'une forme qui se rhabillait ou se déshabillait, se détachaient çà et là. Au centre de la toile, sur l'estrade, devant les personnages du bureau, les uniformes, les habits noirs officiels, les têtes de fonctionnaires, l'académie d'un jeune homme examiné par le chirurgien dressait la figure admirable du nu martial du dix-neuvième siècle. Et des fonds de foule, dans la grande salle Saint-Jean, s'agitaient avec les turbulences et les émotions des loges du *Cirque* de Goya, dans ses lithographies de Bordeaux[1].

L'autre tableau de Coriolis, *Un mariage à l'église*, représentait une messe de première classe à Saint-Germain-des-Prés. Le moment choisi par Coriolis était celui où le prêtre, faisant face au public, bénissait le poêle levé par deux enfants, deux petites figures éphébiques ressemblant à des génies de l'hyménée en collégiens. Derrière les mariés, se voyaient les deux familles sur les fauteuils rouges de premier rang. Beaucoup de femmes étaient complètement retournées ou de profil, regardant les toilettes avec la vague émotion du mariage et de la messe sur la figure. Des jeunes filles maigres, des virginités séchées, pointaient çà et là. Du milieu de la légèreté des élégances, se levait, dans une couleur puissante et magnifique, un suisse tenant de la main gauche une hallebarde dont le fer de lance laissait pendre un ruban de satin blanc : Coriolis l'avait peint de profil perdu, la bajoue et la barbe grise rebroussées par son col de chemise, sa grosse oreille détachée et coupée par le linge roide, son grand baudrier amarante et or traversant son habit chamarré et lourd, ses basques se perdant sur ses mollets bas et farnésiens, enfermés dans un coton blanc dont ils faisaient crever les mailles. Au-delà de la balustrade, dans les stalles de bois, au-dessous des peintures, se dessinaient deux spirituelles silhouettes de prêtres, en surplis, dont l'un se chatouillait les lèvres avec le pompon de sa barrette; l'autre lisait l'office penché sur un livre dont la tranche dorée avait une lueur de la flamme des cierges. Dans le chœur, comme dans une rose de lumière, se perdaient des enfants de chœur à ceintures bleues, à robes de dentelles, l'officiant en chasuble d'or, l'autel d'or, avec son petit temple, les chandeliers, les candélabres allumés et dont les feux montaient dans le scintillement criard des verrières modernes. Pour repoussoir à toutes ces splendeurs, un coin de bas-côté près du chœur rassemblait, au-dessous d'un tronc d'offrande, une vieille femme à genoux par terre, un bonnet sale et troué laissant voir ses cheveux gris; une espèce de petite brune mystique, en deuil de laine, les yeux au ciel, appuyée sur un parapluie, avec un geste de Sainte d'ancien tableau qui pose ses mains sur un instrument de supplice; une mère du peuple portant un enfant qui dormait tout roide dans ses bras, et un tout jeune ouvrier, en veste et en pantalon de cotonnade bleue, regardant la messe, les deux mains dans ses poches, et une miche de pain sous le bras.

CX

Coriolis éprouvait une grande et cruelle déception devant l'indifférence qui accueillait ses deux toiles à l'Exposition.

Le public, cette année-là, allait aux grands noms d'Ingres, de Delacroix, de Decamps. Sa curiosité s'éparpillait sur les écoles allemande, anglaise, sur l'art étranger d'outre-Rhin, d'outre-mer. Son attention avait trop à embrasser pour reconnaître et saluer les efforts nouveaux de l'art français.

Il eut encore contre ses tableaux l'idée générale, l'opinion faite que la question de la représentation du moderne en peinture, soulevée par les essais, hardis jusqu'au scandale, d'un autre artiste[1], était définitivement jugée. La critique ne voulut pas y revenir; et il se fit entre elle et le public une tacite entente de parti pris pour ne pas tenir compte à Coriolis du réalisme nouveau qu'il apportait, un réalisme cherché en dehors de la bêtise du daguerréotype, de la charlatanerie du laid, et travaillant à tirer de la forme typique, choisie, expressive des images contemporaines, le style contemporain.

Son exposition n'eut aucun retentissement. On ne parla de lui que pour le plaindre de cette singulière idée. Et, au moment de clôturer son salon, dans un méprisant post-scriptum, le patriarche de l'éreintement classique l'accablait sous ce cliché de sa critique :

« ... Qu'il nous soit permis de parler ici, en finissant, de deux toiles sur lesquelles notre critique nous semble appelée à dire un dernier mot. Quoique le public en ait fait justice, il nous semble de notre devoir d'insister sur le caractère de ces deux malheureuses tentatives, osées par un peintre qui avait donné quelques promesses, et autour duquel la camaraderie avait essayé de faire quelque bruit... Quand de tels symptômes se produisent, quand le trouble de l'art se révèle par de tels signes, il faut les enregistrer ; c'est à ce prix seulement qu'on peut suivre les déviations et les défaillances de l'école moderne... Comment l'auteur de ces deux pauvres et regrettables toiles, un *Conseil de révision* et une *Messe de mariage*, n'a-t-il pas compris que la grande peinture était incompatible avec la vulgarité, la réalité commune du moderne ? Comment n'a-t-il pas compris qu'il y avait presque un blasphème[1] à vouloir faire du nu, du nu divin, du nu sacré, avec le nu d'un conscrit ? Comment n'a-t-il pas compris que la toilette a besoin de perdre son actualité et sa frivolité dans ce caractère de noblesse éternelle et permanente que savent seuls lui attribuer les maîtres ?... À Dieu ne plaise que nous voulions décourager les jeunes talents ! Mais il y a là, nous ne pouvons le cacher, quoi qu'il nous coûte, un grand abaissement. Peindre de tels sujets, c'est manquer à la haute et primitive destination de la peinture, c'est descendre l'art à la photographie de l'actualité. À quels abîmes de ce qu'on appelle maintenant « le vrai contemporain » veut-on donc nous entraîner? Supprimera-t-on dans la peinture l'intérêt moral, la perspective du passé, tout ce qui force l'esprit à s'élever au-dessus de l'atmosphère commune? Nous ne pouvons nous défendre d'une pénible impression, en songeant que c'est devant l'étranger, à l'Exposition des grandes œuvres de l'Europe, en face de l'Allemagne, cette terre de la pensée qu'un peintre français a eu le triste courage d'exposer de pareils échantillons de la décadence de notre art... Sans doute, il n'y a pas à craindre que de tels exemples prévalent jamais : la France, si fidèle au sentiment et au bon sens de l'art, se rappellera toujours qu'elle est la noble patrie du Poussin et de Le Sueur. Mais les esprits clairvoyants ne peuvent s'empêcher de voir l'art actuel menacé, comme l'École grecque après la mort d'Alexandre, d'une invasion de ces peintres de mœurs vulgaires qu'on appelait alors des *rhyparographes* [1]... Les barbares sont toujours aux portes de l'art, ne l'oublions pas; et il importe à tous ceux dont c'est la charge, à la critique, dont c'est la mission, au gouvernement, dont c'est le devoir, de redoubler d'encouragements pour les talents purs, honnêtes, se vouant dans l'ombre à la peinture sévère, résistant aux basses sollicitations de la mode, du succès et du public, défendant la tradition, disons-le, la religion de cet art élevé dont l'École de Rome est le sanctuaire, l'asile et le palladium. »

CXI

Depuis quelque temps, Garnotelle venait assez souvent dîner chez Coriolis.

Manette, qui commençait à donner sa petite opinion,

le soutenait dans la maison, disant à Coriolis qu'elle ne comprenait pas comment il vivait entouré de gens qui ne lui étaient bons à rien, et pourquoi il repoussait les avances d'un homme de talent, ayant un nom, une position, de relation honorable, et capable plus tard de lui être utile dans le chemin de son avenir.

Coriolis laissait Garnotelle revenir, non sans prendre un secret plaisir aux chamaillades, aux petites disputes taquines, aux asticotages entre Anatole et Garnotelle, chaque fois qu'ils se rencontraient ensemble. Anatole se trouvait blessé du ton de Garnotelle à son égard, et il était bien rare que sous l'excitation du vin, de la causerie, il n'*attrapât* pas son ancien camarade.

Un soir, il ne lui avait encore rien dit.

— Eh bien! mon vieux, — fit-il après dîner, en allant s'asseoir auprès de lui, et en lui frappant amicalement sur la cuisse, — on dit donc que tu te présentes à l'Institut... Comment! nous allons avoir un ami qui a encore des cheveux avec des palmes vertes?... Merci! de la chance.

— Oh! oh! — dit Garnotelle, — je me présente... mais voilà tout... Je sais que je n'ai aucune chance... que je suis tout à fait indigne... Mon Dieu! ce sont mes camarades... On m'a un peu forcé la main... Oh! je ne serai pas nommé... Mais enfin, je l'avoue, je serais très content, très flatté, si tu veux, que mon nom fût sur la liste des candidats...

— Tu la fais à la modestie? C'est comme tu voudras... Farceur, va! laisse-moi donc tranquille... Tu as des chances, des chances... Tu ne te figures pas toutes tes chances, tiens!

— Eh bien! veux-tu me faire l'amabilité de me les dire? tu m'obligeras...

— Voici... D'abord, mon cher, tu n'es pas savant... Très bon... excellent... L'Institut, ça lui va... Rien à craindre... Pas d'articles dans la *Revue des Deux*

Mondes[1], pas même une brochure de cinquante centimes sur la fabrication des couleurs... Tu sais cela aussi bien que moi : un monsieur qui écrit... l'Institut, jamais ! Et d'une... Comme orateur, tu ne tires pas des feux d'artifice... tu es tempéré comme métaphores... tu causes même mal... Encore très bon, ça ! Tu serais brillant dans les salons, tu ferais de l'effet, de l'esprit, du bruit, des mots, pour défendre l'Institut... Très mauvais ! Tu manquerais à la gravité de sa cause, tu compromettrais la solennité du corps... Du sérieux, du silence, voilà ce qu'il faut... et ce que tu as de naissance... Et de deux ! Tu ne travailles pas dans la solitude... Encore une très bonne note... Ça leur fait toujours peur d'un gaillard bizarre, indépendant, pas soumis... Le monde où tu vas, parfait ! On n'y a jamais dit un mot contre l'Institut, c'est connu... Et puis, encore une bonne chose, ce n'est pas du monde qui tire trop l'œil... Tu l'as très bien choisi... Voilà quelque temps que tu n'as pas trop de Presse ; on ne parle pas trop de toi... une chance de plus... Ah ça ! qu'est-ce qui te manque, je te demande un peu ? Tout, tu as tout !... Voyons, tiens... tu ne montes pas à cheval... Très important... Si l'on te voyait cavalcader, tu comprends... Tu n'es pas d'une élégance exagérée... Enfin, tu n'as pas un chic de gentleman... tu n'es pas même... Je te dis cela entre nous... tu n'es pas même, Dieu merci pour toi, d'une propreté à effrayer, — fit Anatole en lui mettant le doigt sur des taches de son collet d'habit. — Ah ! si tu n'appelles pas tout cela des chances !... Comment ! tu n'as rien qui te fasse remarquer, rien dans toute ta personne qui soit voyant... tu ressembles à tout le monde, des pieds à la tête... tu es arrivé, gros malin ! à n'avoir pas de personnalité du tout... et tu viens nous dire que l'Institut ne voudra pas de toi !... Mais tu es l'idéal de l'Institut : ils te rêvent[2] !

— Tu es très amusant, — dit Garnotelle d'un air piqué.

— Et, quand à tout cela il vient s'ajouter la protection d'un bonhomme de là, qui voit dans le charmant garçon qui se présente le mari futur de mademoiselle sa fille...

— Oh ! il n'y a rien de fait, — dit vivement Garnotelle, tout étonné de ce que savait Anatole, — et je te prierai de ne pas parler d'une personne...

— Charmante !... mais pas jolie, à ce qu'on dit... Oh ! je la laisse ! oh ! je la laisse !... — fit Anatole avec une intonation de Sainville[1] ; et il se versa le second verre d'eau-de-vie qui montait la verve de ses charges, les poussait à une sorte d'insistance et de ténacité acharnée.

— Enfin, mon cher, mes compliments. Ce ne serait que la nièce d'un membre de l'Institut que tu serais encore un veinard, et un joli ! Il y a des camarades... et qui étaient forts... qui n'ont jamais pu arriver à s'approcher de l'Académie autrement que par des femmes qui connaissaient du monde de la boutique, et qui assistaient aux grandes séances... Mais toi...

Garnotelle fit un geste d'impatience.

— Ah çà ! mon cher, est-ce que tu me crois assez bête pour que je ne trouve pas ça tout simple... qu'un beau-père tâche de repasser sa contremarque à son gendre, et de lui avoir un petit fauteuil à côté de lui, sous la coupole ? Mais ça se fait dans les meilleures sociétés... C'est même dans les lois de la nature, tu ne trouves pas ? Autrefois, on avait des idées bêtes dans ce corps de vieux immortels : ils se figuraient qu'un artiste était fait pour vivre pour l'art... Un jeune artiste qui se mariait dans une famille chouette et posée, c'était pour eux un *habile*, un *monsieur*... Mais aujourd'hui...

— Tiens ! moi, je vais te dire ce que tu es, toi... — fit Garnotelle, avec une certaine animation, en lui coupant la parole, — tu es un blagueur ! La blague t'a mangé, mon cher, et tu ne feras jamais que cela, des blagues !

— Vous êtes assommant, Anatole, — dit Manette. — Vous êtes toujours à tourmenter Garnotelle, n'est-ce pas, Coriolis ? Moi, qui déteste qu'on se dispute... C'est si bon d'être un peu tranquille, après son dîner... à causer gentiment...

— Ah ! si l'on ne peut plus rire maintenant ! — fit Anatole. — Eh bien ! quoi, parce qu'on bave un peu sur ses contemporains ?... Et puis ça l'amuse, Garnotelle... N'est-ce pas que ça t'amuse, mon vieux Garnotelle ?

CXII

Lorsque Manette était entrée dans la maison, Anatole s'était effacé devant elle, et il avait mis la plus aimable bonne grâce à lui céder la direction de l'intérieur, cette espèce de rôle de gouvernante que peu à peu il s'était laissé aller à remplir auprès de Coriolis. Manette lui en avait su gré. Puis Anatole s'était encore bien fait venir d'elle par des soins, des attentions, une sorte de petite cour.

Sans être taillé pour la passion, Anatole était un garçon de tempérament amoureux et de nature insinuante. Prompt à s'enflammer en dessous, habile à se glisser sans en avoir l'air, il était un soupirant dans les coins, un patito de complaisance infatigable, un de ces séducteurs à petit bruit, sournois et modestes, qui peuvent un jour devenir dangereux. Il se chauffait aux femmes comme au feu des autres, et il s'acoquinait près des maîtresses de ses amis comme il s'acoquinait dans leur atelier. Cela lui semblait sans déloyauté et tout simple. Dans la vie, il ne s'était guère connu la propriété de rien, il avait toujours un peu vécu d'une existence à côté, et l'amour auquel il assistait, et qui se passait près de lui, lui semblait une chose à partager aussi bien que la soupe qu'on mange avec un camarade.

Aussi fut-il avec Manette ce qu'il avait été avec toutes les femmes rencontrées ainsi par lui en demi-ménage avec un homme : un *désireur*. Et Manette ne manqua pas d'être flattée de cette adoration humble, muette, contemplative, où elle trouvait et goûtait l'aplatissement d'un domestique. Un jour, comme on revenait de la campagne, où l'on avait été en bande, elle s'amusa beaucoup d'une provocation en duel d'Anatole au beau Massicot. Massicot avait coqueté avec elle toute la soirée d'une façon marquée : Anatole s'en était aperçu, puis s'en était indigné au nom de Coriolis qui n'avait rien vu ; et l'ivresse lui enlevant un instant sa peur naturelle et foncière des coups, il était entré dans une frénésie d'homme qui a le vin mauvais, et qui se croit un peu l'amant de la femme d'un ami. Au reste, cet accès de jalousie et de courage dura peu : dégrisé le lendemain, il ne songea pas à se battre. Mais il avait eu un mouvement dont Manette ne put s'empêcher d'être flattée tout bas, en en riant tout haut.

Cependant, comme elle ne voulait point tromper Coriolis, qu'Anatole d'ailleurs était le dernier homme avec lequel elle l'eût trompé, un homme qu'elle mésestimait pour son peu de talent, et surtout pour son peu de notoriété artistique, elle fut vite lassée et ennuyée de ce pauvre et bas adorateur. Aux premiers jours, elle avait eu pour lui des yeux indulgents, des pardons de camarade. Maintenant elle voyait tous ses mauvais côtés. Elle lui trouvait des expressions, des mots, des manières abjectes, populacières, qui la dégoûtaient comme les taches de sa blouse blanche. Avec la superbe aristocratie de la femme de basse classe, ses dédains pour tout ce qui ne joue pas le *distingué*, elle finit par le prendre en grippe et en mépris. Elle ne lui pardonna plus rien, pas même de la faire rire. Toutes ses vanités féminines se soulevèrent contre l'idée qu'un homme d'un si mauvais genre pût aspirer à elle, et elle se trouva, au bout de quelque temps, honteuse au fond, humiliée, enragée de la persistance de cet amoureux patient qui continuait à faire le gentil et l'aimable, avec l'air de ne rien demander et d'attendre.

Mais voyant la vive affection de Coriolis pour Anatole, le besoin qu'il avait de sa bonne humeur, elle dissimulait tous ses méchants sentiments. De temps en temps seulement, tout doucement, avec son tact de femme, et sans que Coriolis pût y trouver une intention, elle remettait et faisait redescendre Anatole à l'humble place qu'il avait dans la maison, à l'infériorité et au parasitisme de sa position.

CXIII[1]

À la fin de l'été, Coriolis partait tout à coup seul pour les bains de mer.

Il y restait un mois et en rapportait l'ébauche très avancée d'un tableau.

C'était la plage de Trouville par un beau jour d'août, vers les six heures du soir, à l'heure où le soleil, s'abaissant sur la mer, fait remonter de chaque vague les feux d'un miroir brisé, et jette dans l'air plein de reflets une réverbération où les couleurs s'allument avec des vivacités de fleurs.

Au premier plan, dans le coin à droite et à l'abri d'ombre de deux cabanes de bain posées à angle droit, un baigneur aux formes athlétiques, en chemise de flanelle rouge violacée par la mer et noircie de mouillure à la ceinture, était debout sur ses larges pieds tannés s'enfonçant dans le sable, auprès de Normandes assises, en jupons noirs et en tricots noirs, le bonnet de coton tout blanc sur leurs figures au teint de pomme, aux yeux d'avoués. De là partait le chemin de planches, menant les pieds nus à la mer, qui faisait voir au bord du tableau comme des corbeilles d'enfants renversées : des grappes, des tas de jolis bébés, à moitié enterrés dans les trous que creusaient leurs petites bêches et leurs grandes cuillers de bois ; un fouillis de chevelures blondes, de chairs roses, d'yeux noirs, de bras ronds, de mollets nus, de jupons aux dents de dentelles, de chapeaux de petit marin, de tabliers pleins de coquillages, de petites mains faisant des gâteaux de sable dans des bols russes, de robes blanches au gros chou de rubans dans le dos, un pêle-mêle d'où se détachaient deux petits garçons voués au Sacré-Cœur, qui, tout en rouge des bottines à la casquette, semblaient montrer là de la pourpre d'église.

Au milieu de ce petit monde éparpillé par terre, se levait un groupe de jeunes gens tout habillés de velours noir, et dont les courtes braies laissaient à découvert des bas à bandes bleues et rouges. Appuyés sur des parasols de soie jaune doublés de vert, ils causaient avec deux jeunes femmes qui laissaient pendre tout épars sur leurs burnous leurs cheveux encore un peu pleurants et moites de la lame du matin ; et l'une des deux, tenant de sa main retournée la corde du mât des bains, faisait sécher dessus et chatouiller de soleil sa blonde chevelure annelée, qu'elle frottait, la tête un peu renversée, en se balançant doucement, contre le chanvre vibrant.

Jeté en avant, ce groupe coupait la longue ligne de chaises adossées contre le front des cabanes de bains, et qui allongeaient presque jusqu'au fond de la toile la perspective des toilettes.

Là, sous le rose tendre et doux des ombrelles voltigeant sur les visages, les poitrines, les épaules, étaient assises les baigneuses de Trouville. Le pinceau du peintre y avait fait éclater, comme avec des touches de joie, la gaieté de ces couleurs voyantes qu'harmonise la mer, la fantaisie et le caprice des élégances nouvelles de ces dernières années, cette Mode, prise à toutes les modes, qui semble mettre au bord de l'infini un air de bal masqué dans un coin de Longchamp. Tout se mêlait, se heurtait, les lainages bariolés des Pyrénées, les saute-en-barque[1] aux caracos, les mantelets de dentelle noire à des vestes de jockey, les transparents de mousseline aux vareuses coquelicot, les jupes de gaze de Chambéry aux paletots de cachemire agrémentés de soies du Tibet. Çà et là, s'apercevait quelque joli détail : un bout de pied sur un barreau de chaise montrait un bas écossais, un chignon s'échappait d'un tricorne de paille, des lueurs d'or pâle jouaient dans un creux de jupe maïs, la plume ocellée d'un paon ou l'aile mordorée d'un faisan courait sur un chapeau, un peigne d'or à lentilles de corail mordait la tête d'une brune, de grands pendants d'or remuaient à un bout d'oreille rouge d'avoir été percée le matin ; et les lourds colliers d'ambre à gros grains, la grosse et riche bijouterie des agrafes normandes, brillaient sur de coquettes roulières rayées.

En avant des chaises s'étendait la plage avec son sable piétiné et plein d'enfoncements de pas, la plage humide, brunissant vers la mer, et coupée de *naus*[2] où se noyaient des morceaux de ciel.

Là allaient et venaient, avec un petit pas rapide qui se réchauffait du frisson du bain, des promeneuses caressées de leur voile, la robe troussée sur la jupe rouge, et découvrant leurs hautes bottines jaunes. D'autres marchaient lentement, s'appuyant d'une main gauche et coquette sur une grande canne, enveloppées les unes et les autres de ce flottement d'étoffes, de ce voltigement de rubans par-derrière que fait la brise de la mer. Et là encore, des fillettes déchaussées, les jambes nues et hâlées sous leur robe, couraient après les chiens errants de la plage. Puis, sur des chaises groupées et semées, de petites sociétés ramassées faisaient ces taches de pourpre et de blanc, ces taches franches, brutales, criardes, qui jettent leur vie et leur fête dans l'aveuglante et métallique clarté de ces paysages, sur le bleu dur du ciel, sur le vert glauque et froid de la Manche. Au loin, un vieux cheval ramenait au galop une cabane à flot; plus loin encore, au-delà de la dernière *nau*, avec cette touche nette et ce piquage de ton que l'horizon de la mer donne aux promeneurs microscopiques qui la côtoyent, se détachait une folle cavalcade d'enfants sur des ânes. Et tout au bout de la plage, au bord de l'écume de la première vague, tout seul, un vieux petit curé s'apercevait tout noir, lisant son bréviaire en longeant l'immensité.

CXIV

Pendant l'absence de Coriolis et son séjour à Trouville, Anatole avait eu l'étonnement de voir changer la manière d'être de Manette avec lui. La femme désagréable, froide et dédaigneuse, le tenant à distance, était peu à peu devenue douce, prévenante, aimable. Coriolis revenu, elle continua à parler à Anatole, à faire attention à lui, à le traiter en ami de la maison. Et il semblait à Anatole que chaque jour la bonne camaraderie de Manette prenait avec lui plus d'abandon et de familiarité. Un rien de coquetterie lui paraissait s'échapper d'elle. Dans ce qu'elle lui disait, dans les gestes dont elle le frôlait, dans les longs silences à l'atelier, dans ces heures où elle l'enveloppait d'elle-même sans lui parler, Anatole sentait quelque chose de cette femme lui sourire, l'irriter, le tenter, l'appeler. Et un reste de ce vieux sentiment qui n'était pas tout à fait mort lui revenait.

Un après-midi, il n'avait pas déjeuné ce jour-là à l'atelier : — Tiens ! Coriolis n'y est pas ? — fit-il en trouvant Manette seule.

— Je ne l'ai pas entendu rentrer, — répondit Manette.

Et comme Anatole décrochait sa vareuse de travail :

— Oh ! vous allez travailler ? Il fait si chaud aujourd'hui... Voyons, faites-moi une cigarette... et mettez-vous là... là...

Et se rangeant un peu sur le divan, où elle était étalée dans une pose dénouée et vaincue par la paresse du Midi, elle ne se retira pas assez pour qu'Anatole n'eût pas contre lui la chaleur de sa jupe vivante. À la fois renversée en arrière et penchée sur elle-même, avec un mouvement qui faisait bâiller un peu son peignoir négligemment déboutonné d'en haut, elle passait, de temps en temps, sur le commencement de rondeur et l'entre-deux moite de ses seins, la caresse distraite du bout de ses doigts.

Elle ne parlait pas à Anatole, elle ne le regardait pas, elle n'avait pas l'air de penser qu'il fût là. Rien d'elle ne s'occupait de lui. Et cependant, il paraissait à Anatole que jamais il n'avait été si près de la minute d'un caprice et de la faiblesse d'une femme. Le son de voix avec lequel Manette lui avait dit de venir s'asseoir auprès d'elle, sa jupe qu'elle laissait contre lui avec un peu de son corps, son abandon de rêve, le joli jeu animé des muscles de ses bras à demi nus, sa main laissant pendre sa cigarette éteinte, le demi-jour amoureux de la tente de l'atelier où elle se tenait à demi couchée, l'ombre tendre allongeant l'ombre de ses paupières sur le bleu adouci de ses yeux, ces passes lentes, errantes, dont elle promenait le chatouillement sur sa gorge, tout apportait peu à peu à Anatole ces séductions de volupté muette avec lesquelles la femme allume et sollicite, sans un mot, sans un sourire, rien qu'avec la tentation de sa mollesse et de son silence, l'audace des sens de l'homme.

Un moment, il voulut s'arracher de là. Mais son regard rencontra le regard de Manette, un de ces regards troublants qui laissent tout lire, une provocation, un défi, une ironie, dans l'énigme d'un éclair...

D'un mouvement fou, Anatole se jeta sur elle et voulut l'enlacer; mais Manette, glissant entre ses bras, l'arrêta net par un éclat de rire, au milieu duquel elle cria deux ou trois fois : — Coriolis!

Et, debout, posée devant Anatole, elle lui jetait au visage l'insulte de ce rire forcé de comédienne qui la secouait toute, et faisait onduler son peignoir autour d'elle.

— Eh bien! quoi? — fit en entrant Coriolis.

Elle le savait rentré, — se dit Anatole.

— Qu'est-ce qu'il y a? — reprit Coriolis intrigué de l'air penaud de son ami, du rire interminable de Manette, et ne sachant trop quelle figure faire entre eux deux.

— Ah! mon cher, — ricana Manette, — tu as un ami qui est galant aujourd'hui... mais galant!...

Elle s'interrompit pour pouffer encore.

— Oh! une plaisanterie... — fit Anatole en cherchant son air le plus naturel; et il rougit.

— Certainement... certainement... une plaisanterie, — et Manette tapota enfantinement les joues de Coriolis.

Elle avait ce qu'elle voulait : une histoire qu'elle pouvait empoisonner, une arme traîtresse en réserve pour combattre et tuer quand elle voudrait l'amitié de cœur de Coriolis pour Anatole.

CXV

Coriolis avait fini son tableau de la plage de Trouville. Le peintre n'avait pas voulu seulement y montrer des costumes : il avait eu l'ambition d'y peindre la femme du monde telle qu'elle s'exhibe au bord de la mer, avec le piquant de sa tournure, la vive expression de sa coquetterie, l'osé de son costume, le négligé de sa robe et de sa grâce, l'espèce de déshabillé de toute sa personne. Il avait voulu fixer là, dans ce cadre d'un pays de la mode, la physionomie de la Parisienne, le type féminin du temps actuel, essayé d'y rassembler les figures évaporées, frêles, légères, presque immatérielles de la vie factice, ces petites créatures mondaines, pâles de nuits blanches, surmenées, surexcitées, à demi mortes des fatigues d'un hiver, enragées à vivre avec un rien de sang dans les veines et un de ces pouls de grande dame qui ne battent plus que par complaisance. Les distinctions, les lassitudes, les élégances, les maigreurs aristocratiques, les raffinements de traits, ce qu'on pourrait appeler l'exquis et le suprême de la femme délicate, il avait tâché de l'exprimer, de le dessiner dans l'attitude, la nerveuse langueur, la minceur charmante, le caprice de gestes, la distraction du sourire, l'errante pensée de plaisir ou d'ennui de toutes ces femmes épanouies à l'air salin, au vent de la côte, paresseuses et revivantes comme des plantes au soleil. De jolies convalescentes au milieu des énergies de la nature, — c'était le contraste qu'il avait cherché en faisant lever sous ses pinceaux, de toutes ces marques de petits talons de Cendrillon semés sur la plage, les figures qu'elles font rêver.

Le public ne vit rien de cette ambition de Coriolis dans son tableau exposé chez un grand marchand de la rue Laffitte.

CXVI

Avec la pudeur qu'il avait de ses découragements et de ses amertumes, l'espèce d'habitude sauvage qui lui faisait dévorer, sans rien dire, le chagrin comme la maladie, Coriolis resta, presque un mois, après l'humiliation de cet insuccès, taciturne, étendu sur son divan, fumant, ne faisant rien.

Au bout d'un mois de ce *farniente* rageur, il empoigna une grande toile, et se mit à la brouiller impétueusement d'un charbonnage rehaussé de coups de craie. Et bientôt de ce travail sabré, sous le tâtonnement et la confusion des lignes, des contours, des accentuations, des repentirs, dans le nuage de crayonnage et le trouble roulant des formes, il commença à sortir comme l'apparence d'une jeune femme et d'un homme, d'un vieillard.

Alors, se chambrant dans son atelier, Coriolis y resta quinze jours, enfermé, seul, n'y voulant personne. Le matin, il allumait lui-même son poêle pour être prêt au travail avec le jour. Il arrivait au dîner, las, épuisé, avec ces affaissements qu'ont les grands corps, ces fatigues éreintées qui les répandent, comme brisés, sur les meubles.

— À demain, — dit-il un soir à Manette et à Anatole en se levant de table pour aller dormir, — vous verrez.

— C'est cela, — leur dit-il brusquement le lendemain devant sa toile; et il se jeta derrière eux, sur le divan, dans l'ombre.

Cela, voici ce que c'était.

Dans un arrangement qui rappelait un peu le *Pâris et l'Hélène* de David[1], se voyait un couple de grandeur nature : une jeune fille nue au bord d'un lit, sur laquelle se penchait, avec des bras de désir, la passion d'un vieillard. D'un côté, une lumière, le matin d'un corps, la première innocence de sa forme, sa première splendeur blanche, une gorge à demi fleurie, des genoux roses comme s'ils venaient de s'agenouiller sur des roses, un éblouissement comme l'aurore d'une vierge, une de ces jeunesses divines de femmes que Dieu semble faire avec toutes les beautés et toutes les puretés comme pour les fiancer à l'amour d'une autre jeunesse ; de l'autre, imaginez la laideur, la laideur morale, la laideur de l'argent, la laideur des cupidités basses et des stigmates ignobles, la laideur froncée, écrasée, déprimée, abjecte, de ce que la Banque met sur la face de la Vieillesse, la voracité de l'Usure dans le Million, ce que la caricature physiologique de notre temps a saisi au vif, élevé à la grandeur, presque à la terreur, par la puissance du dessin.

Le vieillard créé par Coriolis n'avait rien de ce grand désir triste, presque mélancolique, de la vieillesse amoureuse qu'on voit dans l'ombre des vieux tableaux soupirer après la nudité d'une Suzanne[2]. Il était l'amoureux sinistre peint par le mot des femmes : « *un vieux* ». On voyait en lui la paillardise, le libertinage de l'âge, ces derniers appétits presque féroces de la fin des sens, le goût des amours qui tournent en affaires de mœurs et se dénouent à la Correctionnelle. La galvanisation de l'érotisme sénile, la congestion sanguinolente d'yeux sans cils, le hiatus d'une bouche édentée et humide, des morceaux de nudités effrayants et grotesques montraient ce monstre : un minotaure dans un roquentin, — le satyre bourgeois.

Cependant la femme reposait tranquille, attendant,

passive, sans se détourner. Sa peau, sans dégoût, ne reculait pas ; et elle paraissait livrer, avec l'habitude d'un métier, avec une indifférence ingénue, le rayonnement et la pudeur de tout son corps à ces yeux de viol.

Dans ce contraste de la femme et du monstre, du vieillard et de la jeune fille, de la Belle et de la Bête, le peintre avait mis l'espèce d'horreur de l'approche d'une blanche par un gorille. L'opposition était sans pitié, sans miséricorde, et pour ainsi dire inhumaine. On voyait qu'une volonté mauvaise, un caprice féroce d'artiste, s'étaient tendus pour faire la plus épouvantable, la plus révoltante, la plus sacrilège et la plus antinaturelle des antithèses. L'exécution en était presque cruelle. D'un bout à l'autre, la main, emportée par la rage de l'idée, avait voulu frapper, blesser, épouvanter et punir. Des coups de pinceau çà et là ressemblaient à des coups de fouet. Les chairs étaient rayées comme avec des griffes. Il y avait du rouge d'orage et de sang dans les rideaux de feu du lit, dans les flambées de la soie autour du corps de la femme. La lourde atmosphère de volupté d'un Giorgione pesait avec son étouffement dans la chambre. Et des morceaux d'étoffes, rigides, tordus, serpentant, faisaient voir comme les redressements de lanières et les envolées sifflantes de bouts de robes d'Érinyes[1] et de vêtements d'anges vengeurs...

Ce n'était point obscène : c'était douloureux et blasphématoire.

Il est dans la vie de l'artiste des jours qui ont de ces inspirations, des jours où il éprouve le besoin de répandre et de communiquer ce qu'il a de désolé, d'ulcéré au fond du cœur. Comme l'homme qui crie la souffrance de ses membres, de son corps, il faut que ce jour-là l'artiste crie la souffrance de ses impressions, de ses nerfs, de ses idées, de ses révoltes, de ses dégoûts, de tout ce qu'il a senti, souffert, dévoré d'amertume au contact des êtres et des choses. Ce qui l'a atteint, froissé, blessé dans l'humanité, dans son temps, dans la vie, il ne peut plus le garder : il le vomit dans quelque page émue, saignante, horrible. C'est le débridement d'une plaie; c'est comme si dans un talent crevait le fiel, cette poche, chez certains génies, de certains chefs-d'œuvre. Il y a des jours où, sur son instrument, violon, ou tableau, ou livre, dans une création où frémit son âme, tout artiste exquis et vibrant jette une de ces pages palpitantes, coléreuses, enragées, où il y a de l'agonie et du blasphème de crucifié; des jours où il s'enchante dans une œuvre qui lui fait mal, mais qui rendra ce mal qu'il se fait au public, des jours où il cherche, dans son art, l'excès de la sensation pénible, l'émotion de la désespérance, une vengeance de la sensibilité à lui sur la sensibilité des autres... Coriolis était à un de ces jours-là.

Manette et Anatole restèrent quelques minutes silencieux, plantés là devant.

Anatole finit par dire :

— Superbe! Mais, qui diable a pu te pousser à faire cela?

— Ça m'est venu, — dit simplement Coriolis.

Au bout de quelques jours, le bruit de ce tableau de Coriolis était le bruit de Paris. La curiosité des gens d'art et des badauds s'allumait sur cette toile étrange à laquelle les commérages de la presse, les légendes du public, prêtaient le scandale d'un Jules Romain. L'atelier fut assiégé pendant un mois. Le dernier des amateurs fous, un grand marchand de blanc, offrit de la toile l'argent que Coriolis en voudrait.

Coriolis eut d'abord de ce succès une lueur de joie. Il voulut reprendre son esquisse. Il essaya d'y mettre la dernière main; mais sa fièvre était passée : il la laissa, et, au bout de quelques jours, il la retourna dans un coin contre le mur.

CXVII

La vie militante de l'art avait développé à la longue une singulière sensitivité maladive chez Coriolis. Pour souffrir, pour se faire malheureux, pour s'empoisonner les quelques bonnes heures de sa vie, il se découvrait une effrayante richesse d'imaginations anxieuses et de perceptions blessantes. Des sens d'une délicatesse infinie semblaient s'ouvrir chez lui et s'irriter des coups d'épingle de l'existence. Les plus petits contretemps, les riens fâcheux, les ennuis insignifiants prenaient, dans le noir et le mécontentement de ses idées, les proportions démesurées, le grossissement que leur attribuent trop souvent ces natures d'êtres agitées, frêles et violentes, ces âmes inquiètes d'artistes qu'on pourrait appeler des Génies en peine.

Et en même temps, il était traversé d'envies, de caprices. Il avait des désirs d'enfant et de malade. Des velléités soudaines, des appétits lui venaient pour des choses dont la possession lui donnait le dégoût immédiat. Il entraînait Anatole dans un restaurant bizarre pour faire un repas qu'il avait rêvé, et auquel il ne touchait pas. Il l'emmenait dans de petits voyages de banlieue, dont il revenait furieux, exaspéré contre le pays, les hôteliers, le temps.

Il se levait avec des irritabilités sans cause qui ne se dissipaient qu'au milieu de la journée. Presque rien ne l'intéressait plus, en dehors de lui-même. Le cercle de son intérêt se rétrécissait chaque jour. Les autres, peu à peu, semblaient disparaître autour de lui. Il n'avait plus l'air de s'occuper d'eux, de savoir même qu'ils vivaient, qu'ils souffraient, qu'ils travaillaient, qu'ils faisaient quelque chose. Il s'enfonçait, s'enfermait dans l'étroite personnalité de son *moi*, avec cette absorption entière, avec cet égoïsme profond et absolu, carré et résistant, l'égoïsme de bronze du talent. Chez cet homme né sans tendresse, manquant avec les hommes d'expansive affectuosité, et dont la surface d'insensibilité avait été déjà remarquée à l'atelier, chez Langibout, la dureté finissait par se montrer dans une rudesse âpre, presque sauvage.

Et à la dureté de sa nature, le peintre joignait peu à peu l'amertume de sa carrière. Dans le découragement, le mécontentement de ses œuvres, avec un regard aiguisé par le pessimisme, il s'était mis à rendre aux autres les cruelles sévérités qu'il avait pour lui-même. Il était le conseilleur et le jugeur terrible qui, devant un tableau, mettait le doigt sur la plaie, jetait sa critique à l'endroit juste. « Un casseur de bras », disaient de lui les ateliers qui l'avaient baptisé : *Découragateur II*, en lui donnant la seconde place après Chenavard. Aussi, presque peureusement, s'écartait-on de lui comme d'un confrère dangereux, faisant toucher les impossibilités de l'art, glaçant l'illusion et le courage, désespérant la toile commencée, capable de dégoûter de la peinture le peintre le mieux doué.

Coriolis, qui aimait un peu plus tous les jours la solitude et ne voyait avec plaisir que deux ou trois intimes, avait encore provoqué cet éloignement par son acuité d'esprit, la teinte d'ironie mordante particulière aux créoles. Ce que le succès, des satisfactions de travail et d'amour-propre avaient contenu en lui et arrêté sur ses lèvres, maintenant lui échappait. Ses mépris, ses rancunes, ses dégoûts, ses colères d'artiste s'exhalaient en paroles fielleuses, en traits empoisonnés. Sur les camarades qu'il n'aimait pas, les gloires qu'il n'estimait pas, un tableau à la mode, il jetait le baptême d'un ridicule mortel dans des phrases qui mêlaient la couleur de la langue du peintre à la barbarie fine d'une observation de femme, avec des mots qui ne se pardonnaient pas, comme les mots d'Anatole, mais qui restaient plantés au vif des vanités saignantes.

CXVIII

Il n'avait qu'une joie, une joie des yeux : son fils.

Quand son enfant était né, Coriolis n'avait pas senti dans ses entrailles cette révolution qui fait les pères et qui semble ouvrir un nouveau cœur dans le cœur de l'homme. Devant l'enfant qui n'était qu'un « petit », une forme ébauchée, un morceau de chair vagissant et à demi moulé, il n'avait point senti la paternité tressaillir et remuer en lui. Il était resté froid à cette vie qui semble continuer la vie fœtale, à ces mouvements encore embryonnaires, à ce regard à peine né des enfants dans leurs langes, à cette formation obscure et sommeillante des premiers mois qu'épie et surprend la tendresse des mères. Mais quand ce petit corps commença à se modeler comme sous l'ébauchoir de François Flamand, quand ces petits bras, ces petites jambes rappelèrent en s'essayant, le souvenir des lignes rondissantes que Coriolis avait vues à des enfants maures, quand cette figure prit, sous les frissons de ses petits cheveux, l'expression d'un amour de tableau italien, quand la beauté, la beauté du Midi commença à s'y lever, sourieuse et presque déjà grave, la paternité du bourgeois et de l'artiste s'éveilla en même temps chez le père.

Son fils était véritablement un de ces enfants dont une naïve expression populaire dit qu'ils sont beaux comme le jour, un de ces enfants dont le teint, les mouvements, les cheveux, les yeux, la bouche, ont l'air de s'épanouir dans le bonheur et l'innocence d'une lumière. Il avait cette douce petite peau qui rayonne et éclaire, une peau appelant la caresse de la main comme une peau de petite fille. Ses petits cheveux, frisés en toison, des cheveux de soie fine et d'or pâle, avec des clartés de poussière au soleil, se tortillaient sur sa tête en mille boucles dont l'une toujours lui retombait sur le front. Autour de ses yeux, sur ses tempes, jouaient des transparences de nacre. Son grand petit front tout pur, sans nuage et sans pensée, semblait plein du rien auquel rêvent délicieusement les enfants. La tendresse blonde de ses sourcils et de ses cils faisait paraître noirs ses yeux bleus, des yeux d'enfant d'Orient, légèrement bridés dessous et allongés vers les coins, des yeux qui, par instants, lui remplissaient le visage. L'ébauche d'un nez arabe s'apercevait dans son petit nez à peine formé. Sa bouche, un peu en avant, tendait les lèvres d'un petit flûteur de Lucca Della Robia[1]; elle était petite avec un rire large qui inondait l'enfant de rire. Ses petits bras bien faits, ronds et pleins, faisaient de jolis gestes. Il remuait de la grâce dans ses petites mains.

Son père le voulait toujours à demi nu, vêtu seulement d'une chemise et d'un collier de corail; et quand, habillé ainsi, par terre, sur un tapis, le petit garçon se roulait, il était adorable avec ses jeux, ses câlineries, ses paresses, les souplesses qui semblaient lui venir de sa mère, ses jambes, ses épaules, ses bras, ses petits pieds se cherchant pour s'embrasser, sa chair, sa peau ferme et douce sortant de la blancheur écourtée de la toile.

Personne ne lui faisait peur : il allait aux nouveaux venus, confiant, les bras tendus, avec l'avance d'un baiser dans la bouche. Il donnait le plaisir d'un objet d'art. Un baby de Reynolds, un petit saint Jean du Corrège, l'*Enfant à la tortue* de Decamps, il évoquait à la fois tous ces types charmants de l'enfance anglaise, de l'enfance turque, de l'enfance divine.

Le soir, lorsque sa mère l'avait endormi en le berçant une minute sur ses genoux, et que, glissé sur les coussins du divan, il dormait, les cheveux ébouriffés, la mine fleurie et bouffie, dans une de ces poses où ses petits bras lui faisaient un oreiller, il semblait qu'on fût à côté du sommeil d'un petit dieu, auprès de ce petit endormi qui avait la respiration du ciel dans la bouche ouverte et le coup d'aile des songes de Paradis sur ses paupières chatouillées.

CXIX

Le petit intérieur n'était plus gai, riant, vivant, comme autrefois. Le froid de la gêne s'y glissait, le souvenir des jours heureux, fous et jeunes, y semblait mort avec l'écho des bonds de Vermillon, et le passé paraissait s'y effacer ainsi qu'une chose ancienne que la poussière fait peu à peu lentement oublier. On sentait dans l'air de la maison et des gens un commencement de détachement et de séparation. La vie commune du trio avait perdu l'intimité, la confiance; elle souffrait de ce premier éloignement des personnes qui se fait tout doucement, avant qu'elles ne se quittent. Manette avait des mutismes guindés, du sérieux de projets de femme sur la figure. Le bel enfant même était sage, et ne mettait pas dans l'intérieur le tapage de l'enfance. Un malaise pesait sur les réunions; Anatole n'avait plus le courage d'être Anatole. Son esprit était contraint. Le blagueur pesait ses mots, retenait ses gamineries et craignait l'effet d'une parole lâchée. Manette avait changé sa familiarité avec lui en une politesse sèche, coupée d'allusions qui le renfonçaient, sous leur intimidation, dans le faux de sa position. Chacun se tenait sur la réserve, les paroles s'arrêtaient, des silences tombaient, de grands silences froids qui mettaient au-dessus des têtes la menace muette d'un grand changement.

Souvent en eux-mêmes, à ces moments, Anatole et Coriolis repassaient les jours, tout pleins du présent seul, où ils ne croyaient pas se quitter. Ils comprenaient que c'était fini, que leur vie allait se modifier sans qu'ils sussent pourquoi, qu'ils étaient près d'un lendemain qui ne les verrait plus ensemble; et lâches devant cette idée, aucun des deux n'osait la dire à l'autre.

CXX

Et dans cet intérieur attristé grandissait le découragement de Coriolis.

Il arrivait à ce navrement qui semble fatalement couronner dans ce siècle la carrière et la vie des grands peintres de la vie moderne. Il était dévoré de cette fièvre de déception, de cette désolation intérieure que Gros appelait « la rage au cœur[1] ». Il souffrait de la douleur suprême de ces grands blessés de l'art qui marchent la fin de leur chemin en serrant dans leurs entrailles les blessures reçues de leur temps. À côté des autres, au milieu de tant de contemporains qu'il voyait comblés, gâtés par le public, lancés tout jeunes à la renommée, courtisés par l'opinion, adulés par le succès, écrasés sous le viager de la gloire, le laurier de la réclame, le *Divo*[2] qu'on ne donne qu'aux morts, il se sentait né sous une de ces malheureuses étoiles qui prédestinent à la lutte toute l'existence d'un homme, vouent son talent à la contestation, ses œuvres et son nom à la dispute d'une bataille. L'épreuve était faite, l'illusion n'était plus possible : tant qu'il vivrait, il était destiné à n'être pas reconnu; tant qu'il vivrait, il ne toucherait pas à cette célébrité qu'il avait essayé de saisir avec tous ses efforts, toute sa volonté, qu'il avait un instant touchée avec ses espérances.

Alors un infini de tristesse s'ouvrait devant Coriolis, et dans de sombres tête-à-tête avec lui-même qui avaient le découragement des mélancolies suprêmes que roulait à la fin Géricault, il se laissait aller à un sentiment affreux, à une cruelle obsession. Une idée noire, lui montrant l'avenir de ses ambitions et de ses rêves au-delà de sa vie, tenait suspendu l'artiste sur la pensée et presque le souhait de mourir, comme sur la promesse et la tentation des justices de la Mort, des réparations de cette Postérité vengeresse que les vaincus de l'art attendent, qu'ils pressent, qu'ils appellent, — qu'ils hâtent quelquefois.

CXXI[1]

Bientôt le tourment de ces heures, il cherchait à l'enfoncer dans le travail, la lassitude, le brisement d'une espèce d'art mécanique. Il lui venait comme une manie de l'eau-forte qu'il avait apprise en en voyant faire à Crescent. L'eau-forte l'empoignait avec son intérêt, son absorption passionnée, l'oubli qu'elle lui donnait de tout, du repas, du cigare, l'espèce d'effacement du temps qu'elle faisait dans sa vie. Penché sur sa planche, à gratter le cuivre, à découvrir, sous les tailles et les égratignures, l'or rouge du trait dans le vernis noir, il passait des journées. Et c'était comme une suspension momentanée de sa vie, que ce doux hébétement cérébral, cette espèce de congestion qu'amenait en lui la fatigue des yeux, ce vide qu'il se sentait dans le cerveau à la place du chagrin.

Au bout de cela, la morsure, ce travail de l'acide qui, selon le degré, la température, des lois inconnues, une chance, un hasard, va réussir ou manquer la planche, faire ou défaire son caractère, creuser ou émousser son style, la morsure le prenait aux émotions de son mystère et de sa chimie magique. Il était enlevé à lui-même quand, baissé sur les fumées rousses, les bulles d'air crevant à la surface, il suivait dans l'eau mordante les changements du cuivre, ses pâlissements, les bouillonnements verts qui moussaient sur les traits de la pointe. Et aussitôt la planche dévernie, essencée, il avait une hâte à sortir, et d'un pas affairé qui coupait les queues des petites filles à la porte des fritureries, il se dépêchait d'arriver, sa planche sous le bras, tout en haut de la rue Saint-Jacques.

Là, au bout d'un jardinet, dans une pièce pleine d'un jour blanc, dont le plafond laissait pendre sur des ficelles des langes de laine pour l'impression, devant une presse à grandes roues, dans le silence de l'atelier ayant pour tout bruit l'égouttement de l'eau qui mouille le papier, le basculement d'une planche de cuivre, les pulsations d'un coucou, les coups de la presse à satiner qu'on tourne, il avait une véritable anxiété à suivre la main noire du tireur encrant et chargeant sa planche sur la boîte, l'essuyant avec la paume, la tamponnant avec de la gaze, la bordant et la margeant avec du blanc d'Espagne, la passant sous le rouleau, serrant la presse, tournant la roue et la retournant. Il était tout entier à ce qui allait se lever de là, à ce tour de roue, la fortune de son dessin. L'épreuve toute mouillée, il l'arrachait des mains de l'ouvrier.

Et toutes les fois, il sortait de chez l'imprimeur avec une sorte de prostration, un épuisement physique et moral comparable à celui d'un joueur sortant d'une nuit de jeu.

CXXII

Tous les ans, à l'époque où Coriolis avait eu sa fluxion de poitrine, il retoussait un peu; l'été, les chaleurs de juillet emportaient ce rhume. Mais cette année-là, sa toux, irritée peut-être par les émanations de l'eau-forte dans lesquelles il avait vécu plusieurs mois, persista tout l'été, ne disparut pas, et ce qu'il fit, ce qu'il se décida à prendre, sur les instances de Manette, ne l'en débarrassa pas.

Aux premiers froids de la fin de l'automne, sans voir aucun danger dans son état, son médecin, défiant, par expérience, de la délicatesse des poitrines de créole, lui conseilla de ne pas rester dans le froid et l'humidité de Paris, d'aller passer son hiver en Égypte, dans quelque bon pays chaud, d'où il rapporterait, l'autre année, quelque pendant à son *Bain turc*. Coriolis s'emportait à cette idée de voyage, y opposait une résistance presque colère, disait qu'il ne pouvait quitter Paris, que toutes ses études étaient maintenant là, qu'il avait de grandes choses en tête.

Du temps se passait. Il n'éprouvait pas de mieux. Il continuait à souffrir, à ne pas pouvoir travailler. Souvent, il était forcé de passer des journées au lit. Et dans les soins qui penchaient Manette sur son amant couché, dans l'intimité, ce tête-à-tête confidentiel, ce rapprochement de petits secrets que fait la maladie entre le malade et la femme, Anatole sentait s'échanger auprès de ce lit des paroles basses qui l'écartaient, l'éloignaient de son ami, des conversations qui se taisaient à son approche, des espèces de consultations mystérieuses, des signes furtifs de discrétion, des silences qui venaient de parler de lui, et qui s'en cachaient.

CXXIII

Manette s'était levée de table pour aller coucher son enfant. Coriolis touchait à des objets sur la nappe, les reposait comme il les avait pris, sans y penser, regardait de temps en temps Anatole, et ne disait rien.

Anatole attendait. Depuis plusieurs jours, il se sentait mal à l'aise sous ce regard de Coriolis, qui avait l'air de vouloir lui parler et de ne pas oser. Il avait le pressentiment d'une mauvaise nouvelle, dure à dire pour Coriolis, cruelle à entendre pour lui-même.

Tout à coup Coriolis fit un de ces gestes brusques et décidés avec lesquels on ramasse son courage, et d'une voix qui se pressait pour en finir plus tôt :

— Ma foi, mon vieux, voilà huit jours que ça me pèse... Je me lève tous les matins en me disant : Je lui dirai aujourd'hui... Et puis, c'est plus fort que moi... Quand je suis pour te le dire, ça ne passe pas, ça reste là... c'est que ça me coûte, vrai... Enfin, je quitte Paris, voilà...

— Tu quittes Paris, toi ? — fit Anatole tout abasourdi sous le coup.

— Ah ! parbleu, — reprit Coriolis, — si nous n'étions pas tant de monde... l'enfant, deux domestiques... je t'aurais bien emmené, tu comprends...

— Complet !... oui, je comprends... La plaque est relevée comme dans les omnibus... C'est vrai qu'on ne peut pas me prendre sur les genoux, j'ai passé l'âge... — répondit Anatole sur un ton de bouffonnerie presque amère. Puis, s'arrêtant et mettant son amitié dans sa voix : — Est-ce que tu te sens plus souffrant ?

— Oui et non... C'est-à-dire que certainement, depuis

quelque temps, ça ne va pas comme je veux... Mais ce n'est pas ça... Au fond, vois-tu, il y a un grand embêtement dans mon affaire... Je ne sais pas où j'en suis de ma carrière, de mon talent, de ma peinture... Va, ça vaut une maladie, et c'en est une, je t'en réponds : on souffre assez... Je croyais avoir trouvé le *moderne*... À présent, je n'y vois plus ce que j'y voyais... et peut-être que ça n'y est pas... J'ai besoin de repos, de recueillement... Ça me tue, cette maudite température de fièvre de Paris... Je resterai un an... Nous allons à Montpellier... C'est Manette qui a eu cette idée-là... Je t'assure, c'est une bonne idée... La pauvre fille ! c'est du dévouement, car la vie ne sera pas bien amusante pour elle... Si j'étais plus souffrant, il y a là de bons médecins... Et puis, il y a tout près, entre Montpellier et la mer, la Camargue, où je veux faire des études... Oh ! ça me fera beaucoup de bien... je voulais te prévenir plus tôt... Mais Manette n'a pas voulu que je t'en parle avant... parce que si cela ne s'était pas fait, ce n'était pas la peine de te faire cet ennui-là pour rien... Et puis, nous n'avons été tout à fait décidés que ces jours-ci... C'est égal, mon vieux, quand on a vécu ensemble comme nous, on ne se quitte pas comme on plie ça !

Et Coriolis jeta sa serviette sur la table.

— Enfin, je ne pars pas pour la Chine... Et quand je reviendrai, rien ne nous empêchera de recommencer ces si bonnes années-là, n'est-ce pas ?

Et disant cela, il sentait bien que leur vie à deux était à jamais finie, et que c'était un dernier adieu qu'il faisait ce soir-là à la grande amitié de sa vie.

— Mais, — reprit-il, — je ne puis te laisser comme ça sur le pavé... sans un sou...

— Oh ! j'ai ma chambre... j'ai le temps de me retourner...

— C'est que je vais te dire... — fit Coriolis d'un ton

embarrassé, — nous avions, tu sais, encore une année de bail... Eh bien! Manette a trouvé moyen de relouer... Elle a tout arrangé... Il y a un marchand qui doit venir prendre les meubles... Par exemple, tu sais, les tiens... ceux de ta chambre... tu me feras plaisir de les garder... Oui, je me remeublerai... Nous renvoyons aussi les domestiques... Manette a trouvé des parentes qui ne sont pas heureuses, des cousines à elle... Nous serons cent fois mieux servis... Mais voyons, ce n'est pas tout cela, qu'est-ce qu'il te faut?

— Rien, — dit en relevant la tête Anatole, blessé d'être ainsi chassé par la femme à peu près de la même façon que les domestiques étaient renvoyés. — Merci... J'ai encore les cinq cents francs que tu m'as fait gagner, le mois dernier, pour le plafond de cet imbécile...

Le mensonge était héroïque: les cinq cents francs avaient roulé dans ce grand trou de toutes les petites dettes d'Anatole, qui semblait se creuser sous tous les acomptes qu'il y jetait.

— Bien vrai? — fit Coriolis soulagé, débarrassé de l'idée d'une lutte à soutenir avec Manette. — Ah! dis donc, tu sais, si tu avais des moments durs, si tu étais *brûlé* au *Spectre solaire*, tu peux tout prendre chez Desforges sur mon compte, je l'ai prévenu... Voyons, qu'est-ce que tu vas faire?

— Je ne suis pas encore mort de faim... Je vais tâcher que ça continue...

— Tiens, je me fais des reproches de t'avoir laissé paresser... J'aurais dû te faire travailler... Mais tu me faisais tant rire, que je n'ai jamais eu le courage...

— Et quand partez-vous? — demanda Anatole en l'interrompant.

— Samedi... ou lundi... Et où en es-tu avec ta mère?

— Ah! je t'en prie, pas d'attendrissement... Voilà que nous allons nous quitter, ça suffit... parlons d'autre chose.

Et l'un et l'autre se turent. Leur émotion les gênait tous deux. Anatole avait pris au hasard un album sur une table et le feuilletait.

— D'où est-ce, ça, dis donc ? — demanda-t-il à Coriolis pour rompre le silence en lui montrant un croquis.

— Ça ?... Ah ! c'est de mon voyage à Bourbon... quand j'y ai été, tu sais, avant mon retour d'Orient...

Et comme si, à cet instant de séparation et de camaraderie brisée, il voulait ressaisir son cœur dans le passé, Coriolis se mit à raconter à Anatole ce qui lui était arrivé là-bas, aux colonies, avec des paroles qui s'arrêtaient et s'attardaient aux choses, des mots d'où semblait tomber le souvenir un moment suspendu.

Sur le bâtiment de Suez, il avait rencontré une jeune fille. — Figure-toi... elle écrivait un journal sur les bandes de papier de sa broderie... et elle attachait cela à la patte des oiseaux fatigués qui venaient se reposer sur le bateau... C'était si joli, cette idée-là, vois-tu... ces pensées de jeune fille, emportées par une aile d'oiseau, jetées de la mer à la terre, et qui devaient tomber quelque part comme du ciel, comme une lettre d'ange !... Tu sais, on ne sait pas comment on devient amoureux... Je fus très bien reçu dans la famille... Elle avait une grande fortune... Mais il y avait une habitation... Il fallait mettre sa vie là, tout laisser, renoncer à la peinture... et je dis non.

— Et ça finit ainsi ?

— À peu près... Seulement, en me reconduisant au bateau, quand je partis, la nourrice de la jeune personne, qui m'avait pris en adoration, me donna un petit sac de farine de manioc qu'elle savait que j'aimais beaucoup... Tous les passagers à qui j'en offris furent empoisonnés... un peu moins, heureusement, que je ne devais l'être à moi tout seul... C'est égal, — reprit Coriolis d'un ton moitié ironique, moitié sérieux, — il n'y a pas de dévouement de domestique comme ceux-là dans notre Europe...

Et se taisant, il sembla s'enfoncer dans un retour sur lui-même où Anatole crut apercevoir le premier regret de l'amant de Manette.

CXXIV

— Mère Capitaine, auriez-vous un endroit à m'indiquer pour coucher pendant quelques jours ?

Anatole disait cela à la maîtresse d'un petit *bistingo*[1] transféré de la rue du Petit-Musc au quai de la Tournelle, et qu'il avait décoré, dans le temps, de fresques épisodiques de la guerre d'Afrique et d'exploits de zouaves. Depuis ce travail, il ne passait guère devant le cabaret sans y entrer, y prendre une consommation et causer avec la mère Capitaine.

— Ah ! bien, tiens, j'ai justement ton affaire, — fit Mme Capitaine, — y a Champion, un honnête garçon qui vient ici, que tu le connais bien, que tu as bu avec lui, qu'il a une grande chambre, que ça lui ira comme un gant de t'en céder la moitié... C'est son heure, il va venir...

Un sergent de ville parut, et après quelques mots de Mme Capitaine, il alla à Anatole, lui dit que c'était une affaire faite, qu'il pouvait venir le soir même prendre l'air du « bazar », qu'il emménagerait son *biblot*[2] le lendemain. Et s'attablant en face d'Anatole, il se mit à boire avec lui.

C'est ainsi qu'en dix minutes, Anatole se trouva le locataire d'une moitié de chambre inconnue, dans une maison dont il ignorait jusqu'au quartier, et le compagnon de chambrée d'un individu dont il ne s'était même plus rappelé au premier moment l'état de sergent de ville.

À minuit, les deux hommes passèrent les ponts, allèrent vers l'Hôtel de Ville, arrivèrent à une petite rue derrière Saint-Gervais, où, dans le fond d'un marchand de vin, résonnait la musique nasillarde d'une vielle, avec l'accompagnement de la bourrée qu'elle jouait, scandé par des sabots. Là, à une petite allée noire, n'ayant que le filet blafard du gaz sur l'eau du ruisseau qui en sortait, ils entrèrent. Le sergent de ville alluma une allumette contre le mur; et ils se trouvèrent dans l'escalier, un escalier de briques sur champ, aux arêtes de bois.

— Bigre! — fit Anatole, — ce n'est pas l'escalier du Louvre...

Et il monta.

Couché, il dormit avec l'admirable don qu'il avait de dormir partout, et aux côtés de n'importe qui.

— Hein? qu'est-ce qu'il y a? — fit-il à cinq heures du matin, en s'éveillant au bruit de la maison. — Qu'est-ce que c'est? Est-ce qu'il y a des éléphants ici?

— Ça? — fit Champion négligemment. — Ah! j'avais oublié de vous dire... C'est une maison de maçons, ici. Au jour, ils dégringolent... Il y a trois départs tous les matins...

Au bruit des souliers des maçons se mêlait le bruit du bois qu'on sciait, des bûches qui tombaient, du feu qu'on soufflait pour la soupe.

— Oh! on s'y fait, — reprit Champion, — demain vous n'entendrez plus rien. Moi, il faut que je file...

Son camarade parti, le jour venu, Anatole regarda sa chambre, et quelque habitué qu'il fût à tous les logis, le lieu lui fit un petit froid. Du carrelage sur la terre battue, il ne restait plus que trois carreaux. La fenêtre était à guillotine et donnait sur un mur interminable qui montait à dix pieds devant. Au mur, un papier dont il était impossible de discerner la couleur, avait été arraché contre le lit, à cause des punaises, et remplacé par une grande tache blanche faite à la chaux. Là-dedans tombait un jour de cave avec toutes ses tristesses, ce qu'on appelle si bien « un jour de souffrance », une lueur où il n'y avait que la pauvreté du jour.

CXXV

À dix heures, il descendit pour découvrir un gargot[1], et tomba dans la rue, une rue étroite aux petits pavés, où il trouva des bornillons resserrant des entrées d'allées, le ruisseau libre lavant le pied des constructions en surplomb sur des rez-de-chaussée noirs et pleins de trous d'ombre. Il regarda ces maisons de Moyen Âge s'écartant en haut pour voir un peu de ciel, les bâtisses rapiécées par trois ou quatre siècles et laissant, sous leur plâtre d'hier, repercer les saletés de leur vieillesse, des croisillons voilés d'un morceau de calicot, de grandes fenêtres aux petits carreaux verdâtres faisant paraître tout hâves les enfants collés derrière, des appuis de bois où séchaient pendus des pantalons de toile bleue. De temps en temps, de petites filles allaient avec le bruit de sabots de ce quartier sans souliers. La cage d'un perruquier, qui fait tous les dimanches la barbe aux maçons, était accrochée en dehors de la boutique sur le mur, et rappelait, avec ses deux serins, une vieille rue abandonnée de province derrière un évêché. Au fond d'une petite cour, il vit comme un reste des journées de Juin dans un enfant qui faisait l'exercice avec un morceau de ferraille, coiffé d'un shako de militaire ramassé dans du sang.

Ce pittoresque intéressa Anatole, qui aimait le caractère de la misère, les curiosités des recoins pauvres de Paris, et dont la badauderie allait instinctivement aux quartiers, aux habitudes, à la vie du peuple. Il s'amusa à se reconnaître ; il alla le long des rez-de-chaussée où toutes sortes d'industries pour les pauvres étaient cachées et enfouies : il y avait des teintureries pour deuil, des boutiques de modes aux volets desquelles étaient accrochés des gueux en terre, des revendeurs à l'enseigne faite d'un sac d'où s'ébouriffait de la laine à matelas, des étalages de fleurs sous globe, de vieilles cages, de vieux lits de sangle, de vieilles lanternes de voiture, toutes sortes de friperies flétries et pourries coulant au ruisseau comme un fumier de brocantage. C'était des boutiques de taillandiers, à la forge allumée, des fabricants d'auges et d'outils de maçons, des boutiques de confection pour les hommes d'ouvrage, sur lesquelles était écrit en gros caractères : *Blouses, Sarreaux, Habillements de fatigue*. À côté d'un bureau de garçons marchands de vin, Anatole lut une annonce à moitié effacée de « repassage de chapeaux à cinq sous » ; et il s'arrêta au coin de la rue à de vieilles affiches de quête à domicile pour le bureau de bienfaisance de cet arrondissement chargé de dix-huit mille indigents.

Il trouva de grandes distractions dans cette exploration. Ce qui eût rendu triste un autre, l'amusait presque. Il était là en pleine misère, et se sentait à l'aise. Son premier sentiment de découragement, de mélancolie du matin, avait disparu. Il ne se trouvait plus ni dépaysé ni désolé. Plus il allait, plus ce milieu lui paraissait sympathique. Il se voyait, dans cette rue, libre, débarrassé de tout respect humain, mêlé à des travailleurs n'ayant guère plus d'argent devant eux qu'il n'en avait lui-même. Il fit encore deux ou trois tours dans les rues environnantes, et devint décidément enchanté du quartier.

À côté de sa maison était une crémerie qui portait écrit sur des pancartes : *Œufs sur le plat, Bœuf et Bouilli à emporter*. Il entra, se mit à une table sans nappe, arrosa son déjeuner d'un petit « noir » à dix centimes; et quand il eut fini, il laissa aller sa pensée à une suite de réflexions consolantes, d'idées tranquilles, satisfaites, heureuses, au milieu desquelles tombait, sans les troubler, le bruit des morceaux de vitre jetés dans une charrette devant un marchand de verre cassé de la rue Jacques-de-Brosse.

Le jour même, il emménageait son petit mobilier dans la chambre du sergent de ville.

CXXVI

Cette vie qui devait durer dans les idées d'Anatole quinze jours, un mois au plus, se laissait bientôt couler, sans compter le temps, dans cette singulière communauté avec un sergent de ville.

Champion était un ancien gendarme, revenu de Cayenne, jaune comme un coing. Il avait des histoires de patrouilles dans les forêts vierges, de phénomènes météorologiques, de requins, de serpents, de chauves-souris vampires, de curiosités d'histoire naturelle, toutes sortes de récits embellis d'imaginations de chambrée et de légendes de gendarmerie coloniale, qu'il contait le soir de son lit, à Anatole, avec les *rra* et la vibration tambourinante du troupier. À ce fond si intéressant de causerie, le sergent de ville ajoutait et mêlait le narré détaillé des arrestations galantes qu'il opérait chaque soir; car, en attendant son passage à la Surveillance[1], Champion se trouvait être préposé aux mœurs. Une seule chose l'embarrassait : ses rapports. Anatole s'en chargea, les libella, y mit, avec son esprit de farceur, l'orthographe et le style d'un ami de la morale; et les rapports d'Anatole eurent un tel succès à la Préfecture de police que Champion fut sur le point de passer brigadier.

Champion était demeuré, dans l'exercice de ses délicates et sévères fonctions, un vrai militaire français. « L'honneur et les dames », — il pratiquait la devise nationale. Il respectait le sexe dans le malheur. Il avait lu des romans sentimentaux, portait une bague en cheveux. Aussi avait-il, avec ses subordonnées, des formes, des manières, des indulgences même qui lui faisaient parfois fermer l'œil sur une contravention. De là souvent lui venaient des visites de remerciement, la reconnaissance d'une femme qui lui apportait timidement un bouquet et mettait le bruit des volants de sa robe de soie dans la misérable pauvre petite chambre des deux hommes.

Alors, c'était chez Anatole une prodigieuse comédie d'amabilité, de galanterie, d'ironie, une dépense de ses bouffonneries économisées. Il faisait des ronds de bras de maître de danse pour mener la visiteuse au divan — qui était le lit. Il lui mettait, avec le geste de Raleigh[1], un vieux pantalon sous les pieds. Il lui demandait pardon de la recevoir dans ce petit intérieur de garçon : on était en train de le meubler, le tapissier n'en finissait pas de poser ses glaces Louis XV... Il pirouettait, il était Lauzun, Richelieu, talon rouge. Il tirait un papier de sa poche, disait : — Encore une invitation de la duchesse !... Il époussetait ses souliers, criait : — Jean ! je vous chasse !... Madame, il n'y a plus de domestiques... Voilà où mènent les révolutions !... Il madrigalisait avec la femme, l'ahurissait, l'étourdissait, lui faisait passer dans la tête la confuse idée d'avoir affaire à un gentilhomme toqué dans la débine.

Et s'il y avait quelques sous ce jour-là au logis, on terminait la petite fête en faisant monter du vin blanc et des huîtres.

CXXVII

Ce compagnonnage de nuit et de jour avec ce nouvel ami, des repas pris aux gargots où mangeait Champion, les soirées passées dans les cafés où il allait, ne tardaient pas à faire d'Anatole, si prompt à accrocher sa vie à la vie, aux liaisons, aux habitudes des autres, le camarade de tous les camarades du sergent de ville, une connaissance de toutes ses connaissances, des gardes de Paris, des pompiers fréquentant les mêmes endroits que lui. Tout monde nouveau où pouvait s'amuser sa légèreté d'observation était toujours attirant, intéressant pour Anatole. Entré dans celui-là, il le trouva tout à fait cordial et charmant. Il fut séduit par la rondeur, la bonne enfance militaire qu'il y trouvait, la franchise de l'entrain et le gros de ces ridicules épais et martiaux d'où il tira une *militariana* avec laquelle il faisait rire ses victimes jusqu'aux larmes. Car là, dans ce monde fort, il désarmait par sa faiblesse. Ses auditeurs lui pardonnaient tout, et jusqu'aux blagues des récits de bataille, avec une indulgence d'hommes pardonnant à un gamin. Et puis, il les amusait, fouettait leur gaieté avec des charges à leur portée, faisait leurs caricatures, des portraits poétiques et penchés de leurs épouses. Pour les bals de corps donnés à la fête de l'empereur, il fabriquait des transparents gratis. On le connaissait, on l'aimait, on le traitait dans les casernes comme un grand enfant de troupe du régiment : il avait *l'œil*[1] à la cantine.

Mais c'était surtout avec les pompiers qu'il était lié et que ses relations devenaient intimes. Son goût de gymnastique l'avait porté vers eux, il prenait part à leurs exercices, et retrouvant son élasticité, sa souplesse de jeunesse, il luttait avec eux, faisait le *cheval*, les *barres parallèles*, la *poutre*, les *guirlandes*, la *corde à nœuds*, l'*échelle vacillante*. Et il n'était pas le moins agile dans ces courses au *chat coupé* de la caserne des Célestins, ou la partie de jeu des pompiers, s'élançant de la cour, sautant après les murs, bondissant de toit en toit sur les maisons du voisinage, et finissant par mettre le lendemain deux ou trois éclopés à l'infirmerie.

CXXVIII

Anatole présentait le curieux phénomène psychologique d'un homme qui n'a pas la possession de son individualité, d'un homme qui n'éprouve pas le besoin d'une vie à part, de sa vie à lui, d'un homme qui a pour goût et pour instinct d'attacher son existence à l'existence des autres par une sorte de parasitisme naturel. Il allait, par un entraînement de son tempérament, à tous les rassemblements, à toutes les agrégations, à tous les enrégimentements, qui mêlent et fondent dans le tout à tous l'initiative, la liberté, la personne de chacun. Ce qui l'attirait, ce qu'il aimait, c'était le Café, la Caserne, le Phalanstère. Resté bon, offrant l'admirable exemple d'un pauvre diable pur de toute haine et de toute amertume, encore plein d'utopies, quand il bâtissait du bonheur pour toute l'humanité, c'était ce bonheur-là qu'il lui souhaitait, qu'il lui voyait, un bonheur de communauté, la félicité de table d'hôte, le paradis à la gamelle que rêvent, pour eux et les autres, les gens roulés dans la misère d'une grande ville et se sentant à peine, comme dans une foule, une existence, des mouvements, un corps à eux. Aussi, de ce compagnonnage avec les pompiers, de sa vie avec eux, presque liée à leur règle, à leur ordre du jour, amusée de leurs récréations, de leurs plaisirs, buvant à leur table, emboîtant leur pas, il tirait une espèce de satisfaction, de bien-être difficile à exprimer, une sorte d'allégement, de libération de lui-même, comme s'il faisait à moitié partie de la caserne, et comme s'il avait mis un peu de sa personne à la *masse*.

Une autre heureuse disposition d'esprit avait encore contribué à lui faire tolérer cette vie qu'un autre eût été jeter à la Seine coulant si près de là. Il était soutenu par la grâce que la Providence fait aux malheureux : il avait au suprême point le sens de l'*invrai*. Une prodigieuse imagination du faux le sauvait de l'expérience, lui gardait l'aveuglement et l'enfance de l'espérance, des illusions entêtées que rien ne tuait, des crédulités idiotes et qui le berçaient toujours, une confiance enragée qui lui ôtait la prévision de tous les accidents de la vie, et ne faisait tomber sur lui que le coup inattendu des malheurs. Il se fiait à tout et à tous, ne pensait jamais le mal. Les plus horribles figures, avec lesquelles le hasard le faisait rencontrer, lui apparaissaient comme des visages de braves gens. Il voyait une affaire faite dans une parole en l'air. Les chances les plus impossibles, des miracles de salut, il les attendait de pied ferme. Et dans sa tête, où des restes d'ivresse flottaient sur des mirages de commandes, c'étaient des échafaudages de fortune, des emmanchements de hasards, des enfilades de travaux, des connaissances de grands personnages, des rêves à la piste de millionnaires offrant des sommes fabuleuses de son transparent des pompiers, et dont il allait chercher le nom et l'adresse dans des endroits incroyables, chez des *minzingues*[1] de la rue Saint-Hilaire, à la Bourse des marchands d'habits ! Et en tout, il poussait si loin le sens du faux, l'absence du flair des choses et des gens, qu'entre plusieurs travaux qui s'offraient à lui, il choisissait toujours celui dont il ne devait pas être payé. Ce mécompte, du reste, ne le fâchait pas ; il se mettait à la place de l'homme qui lui devait, lui trouvait mille excuses, et en faisait son ami.

Il arrivait que, sauvé du désespoir par toutes ces ressources de caractère, par cette vie où le frottement continuel des autres le soulageait de lui-même, Anatole trouvait dans la misère les coudées franches de sa nature, la libre expansion, l'occasion de développement de goûts inavoués qui portaient ses familiarités et ses amitiés vers les inférieurs. Il y avait pour lui le plaisir d'un épanouissement sans gêne dans les fraternités à brûle-pourpoint, les amitiés improvisées sur le comptoir, les tutoiements au petit verre. Doucement, et sans y résister, dans ces milieux d'abaissement, il s'abandonnait à cette pente de beaucoup d'hommes élevés bourgeoisement, et qui, par leurs préférences de sociétés, leurs relations, leurs lieux de rendez-vous, descendent peu à peu au peuple, se trempent à ses habitudes, s'y oublient et s'y perdent. Lui aussi était de ceux qui semblent tirés en bas par des attaches d'origine, de ceux qui tombent à l'absinthe chez le marchand de vin. Après boire, quand parfois il se voyait riche et faisait des projets, il parlait de festins qu'il donnerait dans de grands salons de Ménilmontant[1] ; et il esquissait la fête avec son gros luxe de femmes à chaînes de montre, ses grands plats de harengs saurs, ses saladiers d'œufs rouges, ses brocs de vin bleu, — une ripaille de barrière, une apothéose du Cabaret, où il semblait savourer un idéal de canaillerie.

À ces aspirations d'Anatole, les hasards de son existence présente, cette maison, cette chambrée, tous ces compagnonnages donnaient une pleine satisfaction. Il roulait de rencontres en rencontres, d'accrochages en accrochages, dans des sociétés de n'importe qui. Il se laissait emmener par des noces qui avaient pour demoiselles d'honneur des femmes faisant tirer des loteries dans des gargots, des noces qui allaient aux *Barreaux verts*[1] en arrêtant les « sapins[2] » et la mariée pour une « tournée » à la porte des marchands de vin; et dans ces grossières parties de joie, pelotonné dans le fond du fiacre, le dos rond, les deux mains nouées autour de ses genoux relevés, la bouche gouailleuse, il prenait des apparences de contentement presque fantastique, l'air d'ironique bonheur de Mayeux[3].

CXXIX[4]

Dans les lâchetés et les dégradations de cette existence, Anatole perdait peu à peu les forces de sa volonté. Il devenait paresseux à chercher du travail. Il n'osait plus, dans sa timidité de pauvre honteux, aller au-devant d'une affaire, voir les gens, emporter une commande.

Il se faisait en lui comme un écroulement de ses dernières énergies et de ses derniers orgueils. Sa vocation mourait. Ce que l'artiste, au plus profond de ses chutes et de ses misères, garde du rêve et des illusions de sa carrière, ce qui le soutient dans la bassesse et le mercantilisme des travaux forcés du gagne-pain, la confiance, la foi et le goût de revenir un jour à l'art, l'orgueil de se sentir toujours un artiste, — cela même l'abandonnait. La misère avait dévoré le peintre; et dans l'ancien élève de Langibout se glissait et commençait à s'établir un nouvel être : le bohème pur, le lazzarone de Paris, l'homme sans autre ambition que la nourriture et la subsistance, l'homme de la vie au jour le jour, mendiante du hasard, à la merci de l'occasion, et dans la main de la faim.

Il vendait petit à petit de ses *frusques*, de ses meubles; puis, talonné par le besoin, il descendait à ramasser les plus bas deniers et la plus vile obole de son état. Il faisait, pour un marchand d'estampes du quai de l'Horloge, des portraits destinés à l'illustration des livres, les uns avec une encre rouillée imitant les vieilles gravures, les autres à l'aquarelle dans le goût de l'imagerie et des couleurs de confiserie, les premiers au prix de soixante-quinze centimes, les autres au prix de deux francs cinquante. Ou bien, c'étaient des dessins qu'il mettait en loterie au café du coin de l'Hôtel de Ville, heureux quand le maître du café arrachait quelques pièces de cinquante centimes à la goguette des gardes nationaux venant là.

Au milieu de cette *dèche*, il fut fort étonné un jour de voir tomber dans sa chambre la visite de sa mère qui n'avait jamais mis les pieds chez lui depuis leur séparation. Elle avait fait des pertes d'argent. La mode et l'industrie qui lui donnaient ses revenus étaient complètement abandonnées, perdues. Il ne lui restait plus qu'un petit capital à peine suffisant pour la faire vivre dans une petite localité des environs de Paris. Elle fit de cette situation un exposé pathétique à Anatole, lui demanda ses conseils, ne les écouta pas, et après l'avoir contredit tout le temps, sortit comme une femme venue pour faire une scène à effet, en se drapant dans du dramatique.

Sur le pas de la porte, se retournant elle dit à son fils :

— Je ne conçois pas comment vous restez dans une maison comme ça... Si du monde venait vous voir...

— Du monde ? ah ! oui... Des pairs de France, n'est-ce pas ?

CXXX

L'été vint, et, avec l'été, les nuits brûlantes, mangées de punaises, lui firent découvrir un nouvel agrément de son quartier, de son logement : le bain *gratis* à deux pas, dans la Seine.

Vers les onze heures, il descendait de chez lui en chemise et en pantalon de toile, emportant sa carafe et son pot à l'eau, allait à l'abreuvoir du quai, et, en quelques brasses, il se trouvait dans la belle eau pleine et profonde, coulant entre l'Hôtel de Ville, l'île Saint-Louis et l'île Notre-Dame.

Les quais étaient noirs et comme morts; quelques fenêtres seulement, ouvertes, respiraient. De loin en loin, une lumière qui se noyait dans la rivière paraissait y faire trembler la lueur d'une fenêtre de bal. Çà et là une lanterne, un réverbère était un point de feu dans le noir de la rivière, sous les grands pâtés des maisons. La lune, au milieu d'un courant ridé, se mirait et rayonnait. Anatole nageait, se perdait dans l'ombre avec cette espèce d'émotion que font chez le nageur l'inconnu et le mystère de l'eau; puis il allait vers la lumière, s'amusait à couper les reflets du gaz, dérangeait de la main le feu blanc de la lune qui s'égouttait de ses doigts. Il faisait de petites brasses, glissait, s'abandonnait à l'eau molle, et, par moments, se laissant couler sur le dos, le front à demi baigné, il regardait en l'air, comme du fond d'un puits, les tours de Notre-Dame, les toits de l'Hôtel de Ville, le ciel, la nuit d'argent. Toutes sortes d'impressions de paresse, de calme, le pénétraient de bien-être. Il écoutait s'éteindre la chanson d'un ivrogne sur un pont, le mélancolique sifflement d'un *écopeur* de bateau, des mots que l'écho de la Seine semblait suspendre en l'air, ce doux petit bruit d'une grande eau qui va dans une grande ville qui dort. Des heures au timbre mourant tombaient dans l'éloignement : minuit, une heure. Il nageait toujours, se disait : — Je vais sortir, — et restait encore, ne pouvant se lasser de boire de tout le corps et de tout l'être ce bonheur des muets enchantements nocturnes de la Seine, et cette délicieuse fraîcheur enveloppante de l'eau, mise là pour lui au milieu de ce Paris aux pierres chaudes étouffé et suant du soleil du jour.

CXXXI

Au fond, Anatole ne se trouvait pas trop malheureux.

Traitant sa misère par l'indifférence, il n'avait guère qu'un ennui, une contrariété qui le taquinait.

Tant que Champion avait été aux mœurs, Anatole n'avait vu dans son compagnon de chambre qu'un soldat civil de l'édilité, une espèce de douanier de la maraude de l'amour. Mais Champion venait de passer à la Surveillance : l'employé du gouvernement se transformait alors aux yeux d'Anatole ; il prenait une couleur politique, il devenait l'homme au tricorne, à l'épée, l'homme qui empoigne, l'homme de police contre lequel se soulevaient toutes les instinctives répugnances du Parisien et du vieux gamin. Anatole se mettait à souffrir dans ses opinions libérales du ménage qu'il faisait avec un pareil homme établi aussi à fond dans son intimité, — et parfois dans ses chemises.

Il lui semblait aussi qu'il était venu à son ami, avec ses nouvelles fonctions, de la roideur, un air autoritaire, un ton caporal qui avait brusquement arrêté ses tentatives de propagande phalanstérienne, et coupé net ses plaisanteries sur le gouvernement. Anatole avait encore contre son compagnon un autre grief, une plus sourde rancune. Champion qui se levait avec le jour, qui souvent passait la nuit en essuyant le plus dur de l'hiver, et méritait rudement son pain à côté de ce monsieur qui se levait à dix heures, flânait toute la journée, faisait semblant de chercher de l'ouvrage, en cherchait pour ne pas en trouver, ne s'occupait, ne s'inquiétait de rien, Champion avait à la longue fini par concevoir pour l'artiste le mépris que tout homme du peuple gagnant sa vie conçoit pour celui qui ne la gagne pas. Ce profond et violent dédain du travailleur pour le *loupeur*, Champion, avec sa grosse et lourde nature, le laissait échapper à toute minute dans des paroles et des airs qui étaient un reproche et une humiliation pour Anatole. Aussi Anatole eut-il la joie d'un grand débarras, quand Champion, craignant peut-être pour son avancement le compagnonnage d'un garçon aux idées dangereuses, vint lui annoncer qu'il le quittait.

Anatole restait seul dans la chambre, avec son mobilier réduit, par les *lavages* successifs, à un lit, à une chaise et à son morceau de guipure historique, seul débris de son opulence, auquel il tenait beaucoup sans savoir pourquoi. Il fut obligé de louer vingt sous par mois une table pour quelques dessins qu'il faisait encore, par hasard, de loin en loin.

CXXXII

Il y a au bout de l'île Saint-Louis, du côté de l'Arsenal, un coin de pittoresque échappé au dessinateur parisien Méryon, à son eau-forte si amoureuse des ponts, des berges, des quais.

Une grande estacade, vieille, à demi pourrie, rapiécée de morceaux de fer, à demi déboulonnée par les voleurs de nuit, dresse là l'architecture à jour de son treillis de poutres. Cette masse de pilotis arc-boutés et s'entremêlant, ce fouillis d'échafaudages, ces énormes madriers goudronnés, noirs et comme calcinés en haut, boueux, glaiseux, tout gris en bas, les mille trous des niches de l'armature, font songer à une jetée de port de mer, à une machine de Marly[1] détraquée, à une forêt dont l'incendie aurait été noyé dans l'eau, à une ruine de la Samaritaine[2] suspecte et hantée par la maraude.

Le soleil, tombant dedans, frappe des coups splendides qui font des barres dans toutes les traverses de l'estacade, entrent dans ses creux, la battent, la pénètrent, y allument le blanc d'une blouse, chauffent de violet les têtes des poutres, dorent en bas leur pourriture de boue, et jettent à l'eau bleuâtre et tendre l'intensité noire et chaude du reflet de la grande charpente.

Anatole devenu, au voisinage de la Seine, un pêcheur à la ligne, allait pêcher là.

Il descendait dans les embrasures des poutres, s'amusant de la gymnastique périlleuse de la descente; et arrivé à son endroit, juché, installé, perché, en équilibre sur une solive, les jambes pendantes, il amorçait, avec une pelote d'asticots dans une boule de glaise, le *gardon*, le *barbillon*, la *brème*, le *chevenne*. Il voisinait avec les autres cases; et dans le ramas bizarre de ces individus que le goût commun de la pêche à la ligne assemble et mêle dans une ville comme Paris, il trouvait les relations imprévues dont la Providence semblait s'amuser à mettre le hasard et l'ironie dans les rencontres de sa vie. Bientôt ses amis furent un facteur de la Halle aux veaux; un grand jeune homme qui refaisait les éducations incomplètes, donnait des leçons discrètes aux personnes surprises par la fortune, aux lorettes d'orthographe insuffisante; un inspecteur de la fourrière, fort

chaise, et en quelques coups de pinceau, il fit un superbe trigonocéphale qu'il avait vu au Jardin des plantes.

Du monde s'était amassé, le pharmacien était venu voir, et trouvait le serpent parlant.

Quand Anatole redescendit, le pharmacien le pria d'entrer et lui montra sa boutique. Il en voulait faire décorer les six panneaux d'allégories représentant les éléments de la chimie; malheureusement, il commençait les affaires, et ne pouvait pas mettre plus de cinquante francs par panneau.

Anatole accepta tout de suite, et le lendemain, il apportait les croquis de l'*Eau*, de la *Terre*, du *Feu*, de l'*Air*, du *Mercure*, du *Soufre*. Le pharmacien était charmé des dessins. On causait, des noms de connaissances communes venaient dans la conversation. Le pharmacien le retenait à dîner, et au dessert, il ne l'appelait plus qu'Anatole : Anatole, lui, l'appelait déjà Purgon.

Le lendemain, Anatole attaquait un panneau avec l'ardeur, la verve, le premier feu qu'il avait toujours au commencement d'un travail. « Messieurs, — criait-il en peignant la première figure qui était l'Eau, — voilà une peinture immortelle : elle ne sera jamais altérée ! » Pendant ses repos, il étudiait la boutique, les livraisons des remèdes, lisait les inscriptions des bocaux, les étiquettes, questionnait le garçon pharmacien, l'étonnait avec la demi-science qu'il possédait de tout. Bientôt, son ardeur à peindre baissant, il trôla dans le magasin, cacheta quelque chose, colla par-ci par-là une étiquette, ficela un paquet, remua un pilon en passant, mit du cérat dans un pot, aida à recevoir les pratiques. Et peu à peu, avec la facilité d'assimilation qui le faisait entrer, glisser dans toutes les professions dont il approchait, à se mêler à tout ce qu'il traversait, il devint là une sorte d'aide amateur du garçon pharmacien. Ce semblant de métier lui allait à merveille : il y avait en lui un fond de boutiquier, une vocation à une carrière de paresse dont la peine est d'ouvrir un tiroir, à une occupation légère, distraite par le dérangement, le mouvement des acheteurs, le bavardage avec les clients. Et du petit commerce de Paris, il avait non seulement le goût, mais encore le génie naturel : il excellait à vendre, à « entortiller » le consommateur.

À ce train, les peintures ne marchaient guère vite. Anatole resta deux mois à les finir. Il ne faisait plus que coucher rue des Barres. Au bout des deux mois, comme l'amitié entre lui et le pharmacien avait pris la force d'habitude « d'un collage », le pharmacien, n'ayant plus rien à faire décorer, lui proposait de lui prêter comme atelier son « petit salon pour les accidents ». Ils mangeraient ensemble, et Anatole n'aurait qu'à répondre à la boutique dans les moments pressés, à donner un coup de main en cas de besoin. L'arrangement enchanta Anatole, qui s'oubliait volontiers partout où il était, et qui se trouvait toujours lâche pour sortir d'une habitude.

Tout d'ailleurs lui plaisait dans la maison. Jamais il n'avait rencontré de meilleur enfant que le pharmacien, un grand, gras et paresseux garçon, avec des lunettes lui coulant le long du nez, et qu'il remontait à tout moment d'un geste gauche des deux doigts : Théodule, c'était son petit nom, passait sa vie à boire de la bière qui lui avait donné, à force de le gonfler et de le souffler, l'apparence comique et inquiétante d'une baudruche. De là une plaisanterie journalière d'Anatole : — Fermez les fenêtres, Théodule va s'envoler ! Et à côté du pharmacien, il y avait le charme de sa maîtresse, installée dans l'arrière-boutique : une petite femme grasse, presque jolie, gracieuse à se cacher pour prendre à la dérobée une prise de tabac, faisant dans une bergère des ronrons de chatte, bonne fille, ayant du bagout, une espèce d'air comme il faut, et suffisamment de coquetterie pour satisfaire au besoin qu'Anatole avait auprès d'une femme d'en être un peu occupé et à demi amoureux.

Anatole goûtait l'embourgeoisement de cet intérieur, le bonheur du pot-au-feu, bien chauffé, bien nourri, bien éclairé, doucement bercé dans la mollesse d'un bon fauteuil et le plaisir d'une agréable digestion. Il s'assoupissait dans un engourdissement de félicité sommeillante, dans la platitude des causeries de ménage et du petit commerce, dans des commérages, des rabâchages, des conversations de vieux parents et des provinciaux de Paris, qui paralysaient ses charges. Sa verve lassée semblait prendre ses Invalides. Et puis, la pharmacie l'amusait : il trouvait un air d'alchimie rembranesque à la distillerie de l'arrière-boutique ; la cuisine des remèdes l'occupait, ses curiosités touche-à-tout s'intéressaient au bouillonnement des bassines, aux filtrages, aux évaporations, aux manipulations. Il aimait à dire des mots de médecine à des gens du peuple, à donner des consultations pour toutes les maladies, à éblouir de vieilles femmes avec des bribes de Codex et du latin de Molière. Les accidents mêmes, les blessés qu'on apportait dans la boutique étaient pour lui une distraction, et jetaient dans ses journées l'aventure du fait divers. Aussi, rien n'était-il plus beau que son zèle à donner des secours : il était un père pour les écrasés ; il leur parlait, les palpait, les hissait en voiture. Mais où il se montrait surtout admirable d'attention, de charité, de sang-froid, c'était dans les crises de nerfs de femmes foudroyées de la nouvelle du mariage d'un amant, à la suite d'un dîner à quarante sous : il n'en perdit aucune, tout le temps qu'il resta à la pharmacie.

Attaché par ces agréments de toutes sortes, Anatole restait là, croyant y rester toujours, lavant de temps à autre quelque aquarelle, genre XVIIIe siècle, dont le pharmacien lui trouvait le placement chez des commerçants de ses amis. Mais, au bout de six mois, un matin qu'il apportait des dessins pour des bouchons de flacon qui devaient gagner à la pharmacie l'estime des gens de goût, le garçon lui apprit que son patron était parti pour le Havre, avec une place de pharmacien de troisième classe, attaché à l'expédition de Cochinchine[1].

Voici ce qui était arrivé. L'ami d'Anatole avait voulu remonter avec de bons produits une pharmacie tombée, il donnait ce qu'on lui demandait, il faisait des préparations scrupuleuses, il livrait du sirop de gomme fait avec de la gomme et non avec du sirop de sucre. Cette conscience l'avait perdu : les recettes baissant toujours il s'était vu obligé de vendre son fonds à vil prix et de s'embarquer.

Anatole remit dans sa poche ses modèles de bouchons, prit la boîte d'aquarelle et le stirator dans le salon aux accidents, serra la main du garçon, et rentra rue des Barres avec le premier grand découragement de sa vie, et cette idée qu'il se dit à lui-même tout haut :

— Il y a un bon Dieu contre moi!

CXXXIV

Anatole passa alors des journées, des journées entières au lit.

Quand il s'éveillait, et qu'en ouvrant à demi les yeux, il apercevait autour de lui ce matin terne, ce jour sans rayon frissonnant à l'étroite fenêtre, ce pan de mur d'en face reflétant la blancheur d'un ciel glacé, l'hiver sans feu dans sa chambre, il n'avait point le courage de se lever. Et se ramassant dans le creux et le chaud de ses draps, pelotonné sous la tiédeur des couvertures et du reste de ses vêtements jeté et bourré par-dessus, il cherchait à perdre la conscience et le sentiment de sa vie, la pensée d'exister réellement et présentement. Il s'abandonnait à l'assoupissement, aux douceurs mortes d'une langueur infinie, au lâche bonheur de s'oublier et de se perdre. Ce qu'il goûtait, ce n'était pas le plein sommeil, c'était une bienheureuse impression de gris, un demi-balancement dans le vague et le vide, l'effacement d'un commencement de somnolence qui fait reculer les ennuis pressants de la vie, quelque chose comme l'attouchement d'une main de plomb comprimant les inquiétudes sous le crâne de la pauvreté.

C'est ainsi qu'il usait les jours de neige, de pluie, les jours mornes, les jours couleur d'ennui où il faut avoir un peu de bonheur pour vivre. Ce qui tombait sur lui des tristesses du ciel, de la rue, de la chambre, le froid des murs qui avait comme un souffle derrière la porte, la vision persécutante des créanciers, il oubliait tout, dans un demi-rêve, les yeux ouverts.

De temps en temps, pendant ces heures mêlées, confuses et pareilles, il sortait un peu le bras de dessous la couverture, prenait une pincée de tabac, une feuille de papier Job, et roulait, sous le drap, une cigarette qui brûlait un instant après à ses lèvres. Alors, il lui semblait que sa pensée montait, s'évaporait, se dissipait avec la fumée, le bleu et les ronds de nuage du tabac. Et il demeurait de longs quarts d'heure, laissant charbonner le papier au bout de sa cigarette, poursuivant à la fois une rêverie et un songe ; et comme délicieusement envolé et se dépouillant de lui-même, il n'avait plus, à la fin, de ses membres et de toute sa personne qu'une sensation de moiteur.

La journée se passait sans qu'il mangeât, sans qu'il prît rien. Ce jeûne, cette débilitation diminuaient encore en lui le sentiment qu'il avait de sa personnalité matérielle, l'allégeaient un peu plus de son corps ; et le vide de son estomac faisant travailler son cerveau, surexcitant chez lui les organes de l'imagination, il arrivait à s'approcher de l'hallucination. Le jour blafard de sa chambre, parfois, lui faisait croire une minute qu'il était noyé dans l'eau jaune de la Seine, une eau qui le roulait, et où il lui semblait qu'on ne souffrait pas du tout.

Quelquefois pourtant, il ne pouvait atteindre à cet état flottant de lui-même, trouver cette songerie et cet assoupissement. La notion de son présent persistait en lui et prenait une fixité insupportable. Alors il tirait de sa ruelle quelqu'une des livraisons à quatre sous fourrées entre la couverture et le froid du mur, et qui bordaient tout son lit du pied à la tête. Plongé dans le papier gras une heure ou deux, il lisait. C'était presque toujours des voyages, des explorations lointaines, des courses au bout du monde, des histoires de naufrages, des aventures terribles, des romans gros de catastrophes, toutes sortes de récits qui emportent le liseur dans le péril, l'horreur, la terreur. Là-dessus, il tâchait de dormir, avec le désir et la volonté de retrouver sa lecture dans le sommeil, et d'échapper tout à fait à ses pensées en grisant jusqu'à ses rêves de l'étourdissante apparition de ses peurs. Même à de certains jours, par raffinement, après ces lectures, et pour s'y mieux enfoncer, il se couchait exprès sur le côté gauche ; et forçant à se mêler ainsi le malaise et le souvenir, le cauchemar de son corps au cauchemar de ses idées, il se donnait des demi-journées anxieuses et troubles, auxquelles il trouvait un charme étrange et une angoisse presque délicieuse : le charme de l'émotion du danger.

Il vécut ainsi un mois, s'escamotant les jours à lui-même, trompant la vie, le temps, ses misères, la faim, avec de la fumée de cigarette, des ébauches de rêves, des bribes de cauchemar, les étourdissements du besoin et les paresses avachissantes du lit.

Il ne se levait guère que lorsque le reflet d'une chandelle allumée quelque part dans la maison lui disait qu'il faisait nuit. Alors il s'habillait, entrait dans l'arrière-boutique de quelque marchand de vin, mangeait un rien de ce qu'il y avait à manger, puis il lui prenait comme une soif de lumière. Il allait où il y avait du gaz. Il se promenait une heure dans quelque rue éclairée, se remplissait les yeux de tout ce feu flambant et vivant, puis, quand il en avait assez de cet éblouissement, il revenait se coucher.

CXXXV

Par un jour de soleil de la fin de février, Anatole était à se promener sur le quai de la Ferraille, longeant le parapet, badaudant, le dos tendu à un de ces charitables rayons de soleil d'hiver qui semblent avoir pitié du froid des pauvres.

Il entendit derrière lui une voix de femme l'interpeller, et, se retournant, il vit Mme Crescent toute chargée de paquets et d'ustensiles de jardinage.

— Ah! mon pauvre enfant! — fit-elle avec un regard qui alla de la tête aux pieds d'Anatole, — tu n'es pas riche...

La toilette d'Anatole était arrivée au dernier délabrement. Elle avait la tristesse honteuse, sordide, la mélancolie sale de la mise désespérée du Parisien; elle montrait les fatigues, les élimages, l'usure ignoble et crasseuse, l'espèce de pourriture hypocrite de ce qui n'est plus sur un homme le vêtement, mais la « pelure ». Il portait un chapeau cabossé avec des cassures d'arêtes, des luisants roux et mordorés où passait le carton; à des places, la soie collée, lissée, avait l'air d'avoir reçu la pluie par seaux d'eau; et de la vieille poussière respectée dormait entre ses bords gondolés. À son cou, une loque sans couleur et cordée laissait voir la cotonnade d'une mauvaise chemise à demi voilée d'un bout de gilet galonné du large galon des gilets remontés au Temple. Son paletot, un paletot marron, était entièrement déteint; une espèce de ton de vieille mousse se glissait dans le brun effacé du drap aux omoplates, et de grandes lignes blanches entouraient le tour des poches. Les lumières du collet de velours semblaient nager dans la graisse; et au-dessous du collet, le gras des cheveux s'était dessiné en rond dans le dos. Des taches immémoriales et des taches d'hier, tous les malheurs et toutes les avaries d'une étoffe, étalaient leurs marques sur le drap flétri, sur ce paletot de chimiste dans la *panne :* les manches cuirassées, encroûtées en dessous de tout ce qu'elles avaient ramassé aux tables saucées ou poisseuses des gargotes et des cafés, paraissaient avoir la solidité et l'épaisseur d'un cuir d'hippopotame. Un geste de pauvreté, l'instinctive pudeur qu'ont les malheureux de leur linge et de leurs dessous, lui faisait croiser avec les deux mains ce paletot à demi boutonné par des capsules de boutons tout effiloqués. Son pantalon chocolat flottant s'en allait en franges sur des souliers avachis, spongieux, le talon usé d'un côté, l'empeigne déformée, la semelle décollée et feuilletée, de ces souliers auxquels les connaisseurs reconnaissent la vraie misère.

Et l'homme avait là-dedans comme le physique de son costume. L'éreintement des traits, des poils blancs dans sa barbe rare et noire, des plaques près des oreilles, sur le cou, rouges et grenées comme du galuchat, un teint briqueté sur ce fond de jaune que met le vide et le creusement de l'heure des repas sous la peau des meurt-de-faim de grande ville, les privations, les stigmates des excès et des jeûnes, je ne sais quoi de brûlé et d'usé donnaient à son visage quelque chose de la flétrissure de ses habits.

— Mais prends-moi donc ça... — reprit vivement Mme Crescent, — au lieu de rester là comme saint Immobile... Débarrasse-moi un peu... Qu'est-ce que tu veux ? Avec un paresseux comme j'en ai un... il faut la croix et la bannière pour le faire sortir de sa *turne*... C'est des affaires pour le faire venir deux ou trois fois dans l'année... Alors, c'est moi le voyageur... Un enfant, tu sais, mon homme... un vrai petit garçon... il lui faudrait un panier avec un pot de confitures !... Hein ! je suis chargée ?... Pas grand-chose de bon, va, dans tout ça... Maintenant les marchands, ce qu'ils vendent ?... de la *masticaille* !... Oh ! les gueux ! si je les tenais ! ces muselés-là !... Ça ne fait rien, mon pauvre garçon... as-tu les joues maigres ! tu pourrais boire dans une ornière sans te crotter !... Tu ne viendrais donc jamais chez nous quand ça ne va pas ? Ce n'est pas si long par le chemin de fer... Tu trouveras toujours ton lit et la soupe... Nous savons ce que c'est, nous... nous avons eu aussi nos jours !

— Mon Dieu, madame Crescent, je vais vous dire... Je vous remercie bien... Mais, vous savez... je suis comme les chiens qui se cachent quand ils sont galeux...

— Galeux ! galeux !... Tiens bon ! — Et Mme Crescent éternua à se faire sauter la tête. — Ah ! que c'est bête d'être enrhumée comme ça... j'ai une visite dans le nez à chaque instant... Dis donc, tu sais, nous allons dîner ensemble...

Anatole fit un geste d'humilité comique en montrant son costume.

— Innocent ! — fit Mme Crescent. — Tiens, prends-moi encore ce paquet-là... Et donne-moi le bras... Nous allons aller comme ça tranquillement sur nos jambes dîner au Palais-Royal, et tu me reconduiras au chemin de fer...

— Et les bêtes, madame Crescent?

— Ah! ne m'en parle pas... Elles remplissent la maison... Ah! j'ai une alouette... C'est-il gentil!... quelque chose de si doux, que ça vous fait dormir de l'entendre chanter...

Arrivés au Palais-Royal, ils entrèrent dans un restaurant à quarante sous : pour Mme Crescent, le dîner à quarante sous était le premier des repas de luxe.

— Eh bien! — dit-elle à Anatole tout en mangeant, — tu es donc si bas que ça, mon pauvre garçon?

— Mon Dieu! une déveine... rien en vue... Qu'est-ce que vous voulez?... Pas moyen de décrocher seulement un portrait de vingt-cinq francs!... une vraie crise cotonnière... Mais j'ai bien assez de m'embêter tout seul... ne parlons pas de ça, hein?... Il y avait quelque chose qui aurait pu me remettre sur pattes... une copie d'un portrait de l'Empereur... ça se donne à tout le monde... Je n'avais pas Coriolis... il n'est pas à Paris... Garnotelle n'aurait eu à dire qu'un mot... Mais c'est un bon petit camarade, Garnotelle!... Il m'a fait dire deux fois qu'il n'y était pas... et la troisième, il m'a reçu comme du haut de la colonne Vendôme!... Je lui ai dit : Fais-toi faire une redingote grise, alors!

— Et ta mère?... Elle a toujours quelque chose, ta mère? fit Mme Crescent, et remettant vite le pain d'Anatole à plat : — Le bourreau aurait le droit de le prendre...

— Ah! ma mère... c'est comme mes affaires... ne touchons pas à cette corde-là, madame Crescent... Tenez! vrai, c'est pas pour moi, c'est pour elle que j'ai été chez Garnotelle... Et ça me coûtait, je vous en réponds!... Oui, pour elle... car je la vois qui aura besoin de manger de mon pain d'ici peu... Mais, je vous dis, ne parlons pas de ça... Il arrivera ce qui arrivera... Nous verrons bien... Qu'est-ce qu'il fait, dans ce moment-ci, M. Crescent?

— Toujours ses *sous-bois*... Nous, ça va... Il gagne gros comme lui, à présent, l'homme... même que c'est joliment payé, je trouve, de la couleur comme ça sur la toile... Mais c'est pas à moi à leur dire, n'est-ce pas ?...

Et appelant le garçon : — Dites donc, garçon !... Votre fromage *camousse*... Qu'est-ce qu'il a donc, ce grand imbécile, avec ses oreilles comme des chaussons de lisière[1] ?... Tout le monde sait ce que ça veut dire, que c'est du fromage qui a de la barbe.

— Je crois que si vous voulez arriver à l'heure pour le chemin de fer... — dit Anatole.

— Non, j'ai changé d'idée... Je ne m'en irai que demain... J'avais oublié... Il faut que j'aille au ministère pour Crescent... C'est moi qui les amuse au ministère !... Il y a un vieux *calibot*[2] qui a l'air d'un Bacchus tout farce... Ah ! c'est que je ne me laisse pas entortiller ! Sa dernière affaire, sans moi... Il n'a pas de caboche, mon homme, vois-tu... Je leur dis un tas de bêtises... Ah ! si tu crois qu'ils me font peur !... J'ai attrapé ce que je voulais, et il faudra bien que ça continue... Nous allons voir demain... Au fait, on est si chose... Les garçons pourraient trouver étonnant de me voir payer... Tiens, paye, toi...

Et elle passa à Anatole sa bourse sous la table.

— Merci ! — lui dit-elle comme ils allaient sortir du restaurant, — tu oubliais un de mes paquets, toi !... Tu vas me mener jusqu'à mon petit hôtel, où je couche quand je couche ici... C'est tout près... rue Saint-Roch... J'ai l'habitude... et puis, je n'y moisis pas... Allons ! rappelle-toi ça, c'est moi qui te dis qu'il y a encore une chance pour les gens qui n'ont jamais fait de tort à personne... Et puis, viens donc un peu là-bas... Nous aurons tant de plaisir... Il y a une bêtise que tu as dite dans le temps à Crescent, je ne sais plus... il en rit encore chaque fois qu'il y pense... Maintenant, tu peux te donner de l'air... Bonsoir, mon garçon...

CXXXVI

À ces hommes de Paris, vivant au petit bonheur des charités du hasard et des aumônes de la chance, sur le pavé de la grande ville où deux cent mille individus se lèvent tous les matins, sans avoir le pain de leur dîner; à ces hommes dont l'existence n'est, selon le grand mot de l'un d'eux, Privat d'Anglemont[1], « qu'une longue suite d'aujourd'hui », il arrive tout à coup, vers l'âge de quarante ans, une sorte d'affaissement moral qui fait baisser l'insolente confiance de leur misère.

La quarantaine est pour eux le passage de la Ligne. De là, ils aperçoivent l'autre moitié sévère de la vie, la perspective des réalités rigoureuses. De l'inconnu auquel ils vont, commence à se lever devant eux la figure redoutable et nouvelle du Lendemain. Ce qui avait été jusque-là leur force, leur patience, leur santé d'esprit et leur philosophie d'âme, l'étourdissement, la verve, l'ironie, la griserie de tête et de mots, tout ce qu'ils avaient reçu, ces hommes, pour se faire de la résignation et du bonheur sans le sou, ils le sentent soudainement défaillir. Ils n'ont plus à toute heure ce ressort, cette élasticité, ce rejaillissement de gaieté, ce premier mouvement d'insouci, ce scepticisme et ce stoïcisme de farceurs qui les faisaient rebondir si lestement et les relançaient à l'illusion. Leur instinct de blagueur s'en va, et ne revient plus que par saccades. Pour être drôles, il faut à présent qu'ils se montent; pour se retrouver, il faut qu'ils s'oublient, et pour s'oublier, qu'ils boivent. Tristesses, amertumes, inquiétudes, menaces d'échéances, vides de la poche et du ventre, hier, il suffisait, pour les empêcher d'en souffrir, d'une bêtise, d'un rire, d'un rien : aujourd'hui, ils ont des moments qui demandent à être noyés dans de l'eau-de-vie !

Tout s'assombrit. Les dettes ne sont plus les dettes d'autrefois. Elles ne paraissent plus avoir l'amusement d'une pantomime où l'on ferait le « combat à l'hache à quatre » avec des bottiers, des tailleurs, et autres monstres en boutique. Le coup de sonnette matinal du créancier, qui faisait dire tranquillement, en se retournant dans le lit : « Mon Dieu ! que ces gens-là se lèvent de bonne heure ! » sonne à présent au creux de l'estomac ; et le billet tourmente : il donne des insomnies de commerçant qui rêve à des protêts. Le corps même n'est plus aussi philosophe. Il perd l'assurance de sa santé. Les excès, les privations, les malaises refoulés, tous les reports des souffrances passées, commencent à y revenir et à y mettre comme une vague menace de l'expiation de la jeunesse. La vie se venge de l'abus et du mépris qu'on a fait d'elle. L'estomac ne s'accommode plus de rester vingt-quatre heures sans manger, avec une tasse de café le matin et deux verres d'absinthe avant de se coucher. L'hiver souffle dans le dos : le paletot manque... Sinistre retour d'âge de la bohème, où l'on croirait voir une jeune Garde partie, misérable et gaie, pour la victoire, et qui maintenant, s'enfonçant dans le froid, commence à sentir les rhumatismes des gîtes et des épreuves de ses premières campagnes !

Alors sur une banquette de café, dans la tristesse de l'heure, quand le jour descend et que la demi-nuit d'une salle encore sans gaz brouille sur le papier l'imprimé des journaux, il y a de lugubres rêveries de ces hommes si vieux après avoir été si jeunes. Ils songent à des amis riches qu'ils ont connus, à des tables toujours mises, à des maisons où il y a un piano, une femme, des enfants, du feu, une lampe. Ils revoient les meubles en acajou, les tapis sous les chaises, le verre d'eau sur la commode, le luxe bourgeois du marchand en gros au

Coriolis eut un premier moment d'embarras, et rougissant un peu, comme un homme brusquement accroché par une rencontre imprévue :

— J'arrive... — répondit-il, — Manette voulait me faire rester jusqu'au mois de juillet, mais j'en avais assez... Et me voilà... oui... tu sais, je ne suis pas écrivassier, moi... Et toi, es-tu heureux ?

— Merci... pas mal... Cette brave femme de Mme Crescent a eu la bonne idée de m'obtenir une copie du portrait de l'Empereur[1]... douze cents francs... Ce qu'il y a de plus gentil, c'est qu'elle a fait cela sans me prévenir... La lettre du ministère m'est tombée comme un aérolithe... Ah çà ? et ta santé ?

— Oh ! maintenant, je vais très bien... je suis seulement frileux comme tout...

Et un silence se fit, amené par le silence de Coriolis et par une froideur particulière de toute sa personne. C'était le froid de glace que les femmes savent si bien mettre dans tout un homme pour un autre homme, l'indifférence antipathique, le détachement dégoûté qu'elles parviennent à obtenir des amitiés d'un amant. On sentait le méchant travail sourd, continu et creusant, d'une hostilité de maîtresse contre un camarade qu'elle n'aime pas, les médisances goutte à goutte, les attaques qui lassent la défense, le lent empoisonnement du souvenir, les coups d'épingle qui tuent l'habitude dans le cœur et la poignée de main de l'ami.

— Si nous buvions quelque chose là pour causer ? — fit Anatole en montrant le café auprès duquel ils s'étaient rencontrés, et qui se dressait, au milieu des grands arbres à l'écorce verdie, entouré de son grillage de bois pourri, avec la tristesse d'hiver des lieux de plaisir d'été. Et prenant le bras de Coriolis, il le fit entrer dans le parterre abandonné, où des volailles becquetaient les piédestaux de quatre petits candélabres à gaz. Devant eux, ils avaient un de ces effets de lumière qui transfigurent souvent à Paris la grise platitude des maisons et la contrefaçon de grandeur des architectures bêtes.

Le ciel était d'un bleu si tendre qu'il paraissait verdir. Pour nuages, il avait comme des déchirures de gazes blanches qui traînaient. Là-dedans montait la coupole du Panthéon, baignée, chaude et violette, au milieu de laquelle une fenêtre renvoyait un feu d'or au soleil couchant. Puis, des fusées de folles branches et de cimes emmêlées, des arbres de pourpre aux premiers bourgeons verdissants, les deux côtés d'une longue et vieille allée du jardin, enfermaient dans leur cadre un grand morceau de jour au loin, un coup de soleil noyant des bâtisses et glissant par places, sur la terre blonde, jusqu'à deux statues de marbre blanc luisantes, au premier plan, des blancheurs tièdes de l'ivoire. On eût cru voir, par cette journée de printemps, le rayon d'un hiver de Rome au Luxembourg.

— Tiens ! — dit Anatole à Coriolis en s'accotant contre le mur du café peint en rose, — nous aurons chaud là comme si nous avions le dos au poêle... Garçon ! deux absinthes... Non ? Veux-tu de la Chartreuse, hein ?... Ah ! mon vieux ! dire que te voilà !... Eh bien ! cré nom, vrai, ça me fait plaisir... Y a-t-il longtemps ! C'est-il vieux ! Comme ça passe ! Avons-nous bêtifié ensemble, hein ? Tiens, ici... voilà un café qui devrait nous connaître... Là, par-derrière, te rappelles-tu ? quand nous avons eu notre rage de billard chez Langibout... que nous faisions des parties de cinq heures !... Et Zaza ?... Zaza, tu sais ? qui était si drôle... qui m'appelait toujours Georges, et qui m'écrivait *Gorge* avec une cédille sous le *g* pour faire Georges !

Et voyant que Coriolis ne riait pas :

— Tu as dû travailler là-bas ? As-tu fini une de tes grandes machines modernes... tu sais... dont tu étais si toqué ?

— Non... non... — répondit Coriolis avec un accent de tristesse. — Oh ! j'en ferai... tu verras... j'en vois... Là-bas, ce que j'ai fait ? Mon Dieu ! j'ai fait une vingtaine de petits tableaux du midi de la France... En y joignant une quarantaine de mes esquisses d'Orient... tout cela, je te dirai, ce n'est pas mon dernier mot... mais enfin ça ferait une vente, tu comprends... il y aurait de quoi faire un jour aux Commissaires-priseurs... C'est la mode à présent, les Commissaires-priseurs... Et je crois que ce serait une bonne chose pour moi... Ça me ferait revenir sur l'eau, et j'en ai besoin... depuis trois ans que je n'ai pas exposé, on a eu le temps de m'oublier... Il y a un catalogue, les journaux parlent de vous, on donne les prix... Je ferai une exposition particulière... Oh ! c'est très bon... Ce qui ne montera pas à des sommes considérables, je le retirerai... Il faut bien faire comme tout le monde... Je n'y aurais pas pensé sans Manette... Elle est très intelligente pour tout ça, Manette... Et puis ça me liquidera... Et maintenant que me voilà ici, avec tous mes matériaux sous la main et ce bon mauvais air de Paris qui vous fait piocher, je te demande un peu, — dit-il en s'animant et comme s'il se roidissait dans une volonté d'avenir, — je te demande un peu, qu'est-ce qui pourra m'empêcher de faire ce que je voulais faire, ce que je me sens dans le ventre... des choses... tu verras !... Mais je t'ai assez embêté de moi... Ah çà ! qu'est-ce qui m'a donc dit que ta mère t'était tombée sur le dos, mon pauvre garçon ?

— Parfaitement... J'ai cette croix-là, la croix de ma mère... Enfin ! on n'a qu'une maman, ce n'est pas pour la laisser sur le pavé... Et puis, je ne peux pas lui en vouloir de m'avoir donné le jour... Elle croyait bien faire, cette femme...

— Mais est-ce qu'elle n'avait pas une certaine aisance, ta mère ?

— Mais si... Il y a eu un temps où il y avait quatre

lampes Carcel à la maison... Mais maman avait une maladie, vois-tu, qui l'a perdue... Il fallait qu'elle donnât à jouer au whist... La rage de recevoir, quoi !... d'inviter des chefs de bureau à dîner... Tout ce qu'elle gagnait y a passé... À la fin de tout, elle avait quelque chose en viager pour ses vieux jours chez une perle de banquier : il a levé le pied, et un beau jour, plus un radis ! voilà l'histoire... Tu comprends que ce n'était pas le moment de lui demander des comptes de la fortune de papa... J'ai pris deux chambres... et, quand elle a l'air trop ennuyé le soir, je lui dis : Maman, si tu veux, je vais dire au portier de monter pour faire ton whist !

— Allons ! ne blague donc pas... il paraît que tu t'es conduit admirablement, et toi qui es si *vache*[1], on m'a dit que tu t'étais remué comme un enragé, que tu avais fait des pieds et des mains pour vous sortir de misère...

— Moi ? laisse donc... — fit modestement Anatole à demi humilié d'être complimenté de son dévouement filial, et revenant à ses idées d'observation comique : — Le plus drôle, mon cher, c'est que ça ne l'a pas changée, c'est toujours la même femme... Voilà donc ses malheurs qui arrivent... plus le sou, plus rien que les meubles de sa chambre... Moi, c'était roide... J'avais six francs, six francs net pour le déménagement... Eh bien ! sais-tu ce qui la préoccupait ? C'était d'envoyer des cartes de visite avec P.P.C. ! pour prendre congé !... Maman, je te dis, — et sa voix prit la solennité caverneuse du Prudhomme de Monnier, — c'est la victime des convenances sociales !

— Tais-toi, imbécile ! — fit Coriolis sans pouvoir s'empêcher de rire.

Et continuant à causer, ils laissaient peu à peu leurs paroles retourner au passé et toucher çà et là à ce qui réchauffe les années mortes. Les regards d'Anatole, chargés d'expansion, enveloppaient Coriolis, et, en parlant, il appuyait ce qu'il disait de pressions, d'attouchements caressants, de gestes posés sur quelque endroit de la personne de son interlocuteur. À ce contact, au frottement de ces mains qui retâtaient une vieille amitié, au souffle des jours passés, sous les mots, les questions, les souvenirs d'effusion qui remuaient une liaison de vingt ans et leurs deux jeunesses, Coriolis sentait mollir et se fondre sa froideur première. Et tu viens dîner à la maison, n'est-ce pas? — dit-il à la fin.

Ils se levèrent, sortirent du Luxembourg et remontèrent la rue Notre-Dame-des-Champs, cette rue d'ateliers et de chapelles, aux grandes maisons conventuelles, aux étroites allées garnies de lierre, aux loges rustiques de portiers, aux affiches de pommade de Sœurs, la grande rue religieuse et provinciale où trébuchent de vieux liseurs de livres à tranches rouges, et qui, avec ses cloches, semble sonner l'heure du travail avec l'heure du couvent.

Anatole débordait de paroles; Coriolis parlait moins et se renfermait en lui-même avec un air de préoccupation, à mesure qu'on approchait de la maison.

— Et elle va bien, Manette? — demanda Anatole, quand ils furent à deux ou trois portes de Coriolis.

— Très bien.

— Et ton moutard?

— Très bien, très bien, merci.

Ils montèrent.

— Tiens! veux-tu attendre un instant dans l'atelier, — dit Coriolis, — je vais prévenir Manette que tu dînes.

Anatole entra dans l'atelier, plein d'une tiède chaleur, où se levait, d'une bouilloire sur le poêle, une forte odeur de goudron. Il était à peine là que, par une petite porte, un enfant se glissa comme un petit chat, et, ayant attrapé le coin du divan, il s'y colla, les mains derrière le dos, appuyées contre le bois, le ventre un peu en avant, avec cet air des enfants que leur mère envoie surveiller au salon un monsieur qu'on ne connaît pas.

— Tu ne me reconnais pas? — dit Anatole en s'avançant vers lui.

— Si... tu es le monsieur qui faisait les bêtes... — répondit sans bouger le bel enfant de Coriolis; et il fit le silence d'un petit bonhomme qui ne veut plus parler. Puis, comme pour se reculer d'Anatole, il se renversa en arrière sur le divan, avec une grâce maussade, et de là, se mit à suivre, sans le quitter de ses deux petits yeux ronds, tous ses mouvements.

Un peu gêné du tête-à-tête avec ce gamin qui le tenait à distance, Anatole se mit à regarder des panneaux posés sur deux chevalets, des paysages aux ciels de lapis, aux verts métalliques d'émail.

Il avait fini son examen, et commençait à trouver le temps long, quand Coriolis reparut avec un air singulier.

— Nous dînerons nous deux, — fit-il, — Manette a la migraine... Elle s'est couchée.

— Tiens!... Ah! tant pis, — dit Anatole. — Moi qui me faisais un plaisir de la voir... Il est très gentil, ton fils... Charmant enfant!

— Ah! tu regardais?... C'est de là-bas, tout ça... Tu sais, nous étions à Montpellier... On n'a qu'à descendre le Lez, une jolie petite rivière avec des iris jaunes, pendant une heure... Et puis, passé les saules d'un petit hameau qu'on appelle *Lattes*, c'est ça, mon cher... Oh! un bien drôle de pays... une vraie Égypte, figure-toi... Tiens! voilà... — Et il touchait dans ses études les effets et les couleurs dont il lui parlait. — Une terre... comme ça... des grandes flaques d'eau... des marais avec de l'herbe... et entre l'herbe, des grandes plaques d'azur, des morceaux de ciel très crus... aussi crus que ça... Et puis à côté, tu vois... des langues de sable avec des touffes de soude... un tas de canaux là-dedans, avec ces bateaux-là, à drague, avec des roues à godets... des petits îlots brûlés... de temps en temps un grand pré vague... voilà... où il n'y a que deux ou trois juments blanches qui filent, ou des troupes de taureaux qui s'effarent quand vous passez... une fermentation du diable dans toutes ces eaux-là... une végétation! des joncs, des tamaris, des ronces, des roseaux!... Et des ciels, mon cher! C'est plus bleu que ça encore... Enfin, tout : des scorpions, du mirage... il y a du mirage... il y a même des flamants... tiens, d'après nature, s'il vous plaît, ces flamants-là... près de Maguelonne... et ils volaient, je te réponds!... Ils avaient l'air heureux, comme moi, de retrouver leur Orient...

— Mais, dis donc, — fit Anatole en regardant les murs du nouvel atelier de Coriolis à peine garnis de quelques plâtres, — qu'est-ce que tu as fait de tes bibelots?

— Oh! tout a été vendu quand nous sommes partis... C'était un nid à poussière... Viens-tu dans la salle à manger?... ça les décidera peut-être à nous servir...

Le dîner, un dîner de restes où rien ne rappelait l'ancienne largeur du ménage de garçon de Coriolis, fut servi par deux filles qui répondaient aigrement aux observations de Coriolis, s'asseyaient sur un coin de chaise, quand les dîneurs s'oubliaient, après un plat, à causer.

— Tiens! — dit Coriolis, quand on fut au café, avec un ton d'impatience qu'Anatole ne comprit pas, — prends ta tasse, le carafon d'eau-de-vie... Nous serons mieux dans l'atelier...

Anatole, en effet, s'y trouva bien. Le plaisir d'être avec Coriolis, quelques petits verres qu'il se versa, le firent bientôt s'épanouir; et ses vieilles gaietés lui revenant, il recommença ses anciennes farces, bondissant, criant : Hou! hou! aboyant comme un gros chien autour de Coriolis, l'étourdissant de tours de force et de menaces de tapes, se jetant sur lui en lui disant : — C'est donc toi! la voilà, la grosse bête! — le chatouillant, le pinçant, et tout à coup s'arrêtant, pour jeter sa joie dans ce mot : — Tiens ! je suis content comme si j'étais décoré !

Tout en jouant, Anatole revenait à l'eau-de-vie. À la fin, il leva le carafon à la lumière de la lampe, et y chercha du regard un dernier verre : le carafon était vide. Coriolis sonna. Une bonne parut.

— De l'eau-de-vie...

— Il n'y en a plus, — dit la bonne avec une voix dont Anatole lui-même perçut l'insolence.

Au bout de quelques instants, il prenait sur un fauteuil le chapeau qu'il y avait posé à plat soigneusement sur les bords : c'était chez lui un principe absolu de poser ses chapeaux ainsi, pour empêcher, disait-il, les bords de tomber, et il partait sans que Coriolis cherchât à le retenir.

Une fois dans la rue, au froid de l'air fouettant sa griserie, le mot de la bonne lui retombant dans la pensée avec le dîner, la journée, la première gêne, les singularités de Coriolis, Anatole marcha en se parlant tout haut à lui-même, se répétant tout le long du chemin : — « Il n'y en a plus ! Il n'y en a plus ! » En voilà une bonne que je retiens ! « Il n'y en a plus ! » Et sa migraine, à madame !... « Il n'y en a plus ! »... Et toute la maison... ioutre ! ioutre ! les domestiques ! ioutre, la femme ! ioutre, le moutard, ioutre, mon ami ! ioutre !... tous, ioutres !... pas moi, ioutre...

CXXXVIII

La maîtresse avait frappé un grand coup en enlevant Coriolis de Paris, en brisant brusquement ses habitudes, en l'arrachant aux milieux de sa vie, en l'isolant et en le tenant près de deux années sous une influence que rien ne combattait, dans des endroits nouveaux qui ne lui parlaient pas de l'indépendance de son passé. Toutes les facilités s'étaient rencontrées là pour l'asservissement d'un homme malade, se croyant plus malade encore qu'il n'était, et disposé à accepter la volonté de l'être qui le soignait, comme on accepte une tasse de tisane, par fatigue, par ennui de lutter, par ce renoncement à vouloir que fait chez les plus forts la pensée de la mort. Son autorité de garde-malade, la maîtresse l'avait peu à peu tout doucement étendue sur l'homme. Elle avait touché à ses sentiments, à ses instincts, à ses pensées. Coriolis s'était laissé lentement enlacer, envelopper, du cœur à la cervelle, saisir tout entier, par ces mains de caresse remontant son drap ou lui croisant son paletot sur la poitrine, l'entourant à toute heure de chaleur, de tendresse, de dorloterie. Les attentions maternelles, si affectueusement grondeuses de Manette, la solitude, le tête-à-tête, l'habitude que chaque jour ramène, ces deux forces lentes et dissolvantes : le temps et la femme, avaient longuement usé les résistances de son caractère, ses instincts de soulèvement, ses efforts de rébellion. Des soumissions que la femme légitime n'impose pas au mari auquel elle est liée pour toujours, la maîtresse les avait imposées à l'amant qu'elle était libre de quitter : elle l'avait plié à une servitude de peur, à des retours craintifs et humiliés devant le moindre symptôme d'irritation, la plus petite menace de fâcherie. Un abandon, une rupture, un départ, c'était ce que Coriolis voyait aussitôt, et, dans une fièvre d'inquiétude, la terreur le prenait de perdre cette femme, la seule dont il pût être aimé et soigné, cette femme nécessaire à sa vie, et sans laquelle il n'imaginait pas l'avenir. Le maîtrisant par là, le tenant lié par cet immense besoin qu'il avait d'elle, et qu'elle surexcitait, en l'inquiétant, avec l'habileté et le génie de tact donnés aux plus médiocres intelligences de son sexe, Manette avait fini par faire pencher Coriolis vers ses manières de voir à elle, ses façons de juger, ses antipathies, ses petitesses. Ce qu'elle avait obtenu de lui, ce n'avait point été une entière et brusque abdication de ses goûts, de ses instincts, de ses attaches de cœur : ce qui s'était fait dans Coriolis était plutôt une diminution dans l'absolue confiance de ses opinions. Entre elle et lui, il s'était produit l'effet de cette loi ironique qui veut que dans la communauté de deux intelligences, l'intelligence inférieure prédomine, marche à la longue fatalement sur l'autre, et donne ce spectacle étrange de tant d'hommes de talent ne voyant rien que par le petit objectif de la femme qui les a.

Il avait bien encore dans la tête, tout en haut de l'esprit et de l'âme, des idées auxquelles il ne laissait pas Manette toucher; mais c'était tout ce que Manette n'avait pas encore atteint, abaissé et plié en lui. À mesure qu'il vivait de la société de cette femme, de sa causerie, de ses paroles, il perdait le mépris carré qui le défendait au premier jour contre l'impression de ce qu'elle lui disait. Il avait commencé par ne pas l'entendre quand elle lui parlait de choses qu'il ne voulait pas entendre; maintenant il l'écoutait, et, malgré lui, il l'entendait.

Cependant, quand il se retrouva à Paris, mieux portant, armé d'un peu plus d'énergie et de santé, renoué à ses connaissances, retrempé dans le courant parisien, fouetté par des plaisanteries d'amis; quand il se vit, dans un quartier qu'il n'aimait pas, avec des domestiques insupportables, tomber à cette vie que lui faisait Manette, une vie antipathique à tous ses goûts, mortelle à ses amitiés, étroite, *retrillonnée* au-dessous de sa fortune, indigne de ses habitudes, Coriolis ne put réprimer un mouvement de révolte. Mais alors, il rencontra dans la volonté de Manette une espèce de force qu'il n'avait pas soupçonnée, une résistance qui paraissait toujours céder et qui ne cédait jamais, un entêtement sans violence, une sorte d'opiniâtreté ingénue, caressante, presque angélique. À tout, elle disait : Oui, et faisait comme si elle avait dit : Non. S'il s'emportait, elle s'excusait : elle avait oublié, elle pensait ne pas le contrarier ; c'était de si peu d'importance. Et pour tout ce qu'elle décidait, ce qu'elle commandait contre les ordres de Coriolis, contre son désir tacite ou formel, c'était le même jeu, la même justification tranquille et de sang-froid. Il y avait dans la forme de sa domination comme une douceur passive, un air d'humilité désarmante, une sorte d'indolence apathique, devant lesquelles les colères de Coriolis étaient forcées de se dévorer.

CXXXIX

La grande distraction de Coriolis avait été jusque-là de réunir deux ou trois amis à sa table. Il aimait ces dîners familiers qu'égayaient des causeries et des visages de vieux camarades ; il avait pris une chère habitude de ces réceptions sans façon, qui étaient pour lui la fête et la récompense de sa journée, la récréation du soir où il oubliait la fatigue quotidienne de son travail, et se retrempait à la verve des autres.

Peu à peu, les dîneurs d'habitude devinrent rares et ne parurent plus que de loin en loin : Coriolis s'en étonna. Qui les éloignait ? Il montrait toujours le même plaisir à les voir. Et il ne pouvait accuser Manette de les renvoyer : elle n'avait pas avec eux la migraine qu'elle avait eue avec Anatole. Elle les recevait aimablement, lui semblait-il, s'occupait d'eux, les servait, n'avait jamais d'aigreur ni de mauvaise humeur. Et cependant presque tous un à un désertaient. Ses plus vieux amis ne revenaient pas. Et quand Coriolis les rencontrait, ils essayaient de se dérober à la chaude insistance de son invitation, en s'excusant sur des prétextes.

Ce qui les chassait, c'était ce qui chasse les amis d'un intérieur, l'absence de cordialité qui se répand et s'étend de la maîtresse de la maison à la maison même, l'accueil maussade et rechigné des murs, une espèce de mauvaise volonté des choses qu'on gêne et qu'on dérange, la sourde hostilité des meubles contre les hôtes, la chaise boiteuse, le feu qui ne prend pas, la lampe qui ne veut pas s'allumer, l'égarement des clefs de ménage qu'on cherche, l'ensemble de petits accidents conjurés pour le malaise de l'invité. Les délicats étaient encore blessés de l'accent d'amabilité de Manette; ils y sentaient un ton d'effort et de commande, la grâce forcée d'une maîtresse obligée de les subir, leur en voulant comme d'une indiscrétion de s'être laissé inviter, et faisant, à travers son sourire, courir sur la table des regards qui semblaient faire des marques aux bouteilles. Ses attentions, l'occupation embarrassante qu'elle prenait d'eux, les plaintes en leur présence sur les plats manqués, les réprimandes sur le service, étaient chez elle autant de façons polies de les prier de ne pas revenir. Et pour les natures moins fines, moins sensibles, que ces façons de Manette ne blessaient point, il y avait autour de la table, pour les renvoyer, l'insolence des deux grandes bonnes, leur air grognon et lassé de la fatigue du dîner, le dédain de leur main à donner une assiette, leur impatience à attendre la fin du dessert, leur mine de domestiques à des gens qui ne viennent que pour manger.

Dans l'espèce de rêve et d'échappement à la réalité où vivent les hommes dont la tête travaille et que remplit une œuvre, Coriolis, planant au-dessus de tous ces détails, ne s'apercevait de rien. Enfin, un jour qu'il invitait Massicot, devenu son voisin et resté l'un de ses derniers fidèles :

— Dîner? — lui répondit Massicot — je veux bien... mais au restaurant.

— Pourquoi?

— Ah! pourquoi?... Eh bien, parce que chez toi... chez toi, il me semble qu'il y a des cents d'épingles anglaises dans le crin de ma chaise, et qu'on me met quelque chose dans ma soupe qui m'empêche de la manger!... Tiens! il y a des gens qui deviennent fous en regardant un anneau de rideau dans une chambre où leurs parents les ont embêtés... Moi, quand je regarde le papier de ta salle à manger, il me prend des envies de casser mon assiette sur le nez de tes bonnes... et de prier ta femme... pas poliment... d'aller se coucher!

CXL

Tout avait changé dans l'intérieur de Coriolis.

Son petit logement n'était plus son grand et large appartement de la rue de Vaugirard. Son atelier, dépouillé de ce clinquant d'art sur lequel l'œil du coloriste aime à se promener, semblait vide et froid, presque pauvre.

Là-dedans, à la place du domestique et de l'ancienne cuisinière, étaient installées les deux cousines de Manette, deux créatures à la désagréable tournure hommasse de bonnes de province, l'une retirée d'un service de ferme des Vosges, l'autre de la maison de Maréville, où elle soignait les fous.

Manette avait encore établi dans la maison sa vieille mère dont la colonne vertébrale était presque entièrement ankylosée, et qui, clouée et roide, restait à l'angle d'une cheminée, à un coin de feu, avec son serre-tête noir de veuve juive, sa figure orange, l'enfoncement sombre de ses yeux, l'automatisme effrayant de ses mouvements, le marmottage grommelant et redoutable de prières incompréhensibles. Dans l'escalier, à la porte, sans cesse, Coriolis rencontrait dans ses grandes jambes un jeune homme aux cheveux laineux, portant toujours un petit paquet enveloppé dans un mouchoir de couleur : c'était un frère de Manette. À de certains jours, il entrevoyait dans le fond de la cuisine des têtes pointues, des yeux louches et brillants, des lippes de ces *nixkandlers*[1], de ces industriels du trottoir et du boulevard sortis du petit village de Bischeim, près de Strasbourg.

Humblement, à pas rampants, la juiverie se glissait, montait à la dérobée dans la maison, l'enveloppait pardessus, y mettait l'air de ses habitudes et la contagion de ses superstitions. Les deux cousines, conservées par la province plus près de leur culte et de leur origine, défaisaient peu à peu, dans Manette, l'indifférence et les oublis de la Parisienne. Elles la renfonçaient aux pratiques et aux idées du judaïsme, fouillant, retrouvant, ranimant dans la juive vieillissante la persistance immortelle de la race, ce qui reste toujours de juif dans le sang qui ne paraît plus du tout l'être.

Depuis le jour de la synagogue, Coriolis n'avait rien vu en elle de sa religion ni de son peuple. Manette avait pourtant toujours gardé de ce côté de secrètes attaches. Il ne s'était guère passé de samedi sans qu'elle menât ce jour-là sa promenade vers une petite place située à l'embranchement de la rue des Rosiers, de la rue des Juifs[2], de la rue Pavée, de la rue du Roi-de-Sicile, dans ce rassemblement au soleil de l'après-midi que font là les juifs. C'était comme un besoin pour elle de passer et de repasser une ou deux fois à travers ces figures de gens qu'elle ne connaissait pas, auxquels elle ne parlait pas, mais dont elle s'approchait, qu'elle touchait, et dont la vue lui donnait pour toute la semaine comme une espèce de communion avec les siens et avec une humanité de sa famille.

On arrivait à ne plus servir sur la table que des viandes tuées selon le rite traditionnel du *schechita* [1] ; on allait chercher de la choucroute rue des Rosiers. Maîtresses de l'intérieur, les femmes de la maison ne se gênaient plus pour soumettre Coriolis à la tyrannie des usages pour lesquels il avait de la répugnance.

Mais ce n'étaient là que de petits despotismes, ne faisant que taquiner, irriter, impatienter Coriolis. De plus graves ennuis, de poignants soucis de cœur lui venaient d'un bien autre envahissement de sa vie : il sentait la domination hostile de ces femmes toucher à l'affection de son enfant, et la détourner de lui. Son fils, à mesure qu'il grandissait, lui semblait aller à ces étrangères, se complaire dans leurs jupes, comme s'il était instinctivement attiré par une sympathie mystérieuse de consanguinité. Pour l'avoir, pour en jouir, il était obligé d'aller le prendre, l'arracher à sa grand-mère qui, de sa vieille mémoire chevrotante, versant à la jeune imagination de l'enfant le merveilleux du *Zeanah Surenah* [2], lui rabâchant des choses de vieux livres écrits en germanico-judaïque, le tenait charmé, ébloui devant les contes de l'Orient talmudique, les repas dont le vin sera celui d'Adam, dont le poisson sera le Léviathan avalant d'un seul coup un poisson de trois cents pieds, dont le rôti sera le taureau Behemot mangeant tous les jours le foin de mille montagnes.

CXLI

Crescent venait à peine trois ou quatre fois par an à Paris pour faire provision de toiles, de couleurs, de brosses, et toucher le prix d'un tableau. À chacun de ces petits voyages, il ne manquait pas d'aller voir Coriolis, passant le plus souvent avec lui toute une demi-journée.

Coriolis avait un grand plaisir à le revoir. Il retrouvait en lui un souvenir du bon temps de Barbizon. Il aimait ce que le rustique artiste lui apportait de l'odeur et de la sérénité des champs. Et il était heureux de voir un brave homme heureux.

À une de ces visites : — Et Anatole ? — se mit à dire Crescent... — J'ai été si habitué à le voir avec vous...

— Oh ! il y a bien longtemps, — fit Coriolis, embarrassé. — Il est venu dîner un soir... Et puis, nous ne l'avons pas revu... je ne sais pas pourquoi...

— Oh ! il a assez mangé ici... — dit Manette.

— Pauvre garçon... — reprit Crescent — on vient de me faire des plaintes sur lui au ministère pour la commande que je lui ai fait avoir... Il paraît qu'il ne finit pas sa copie. On lui a écrit pour l'inspection.

— Je crois bien, — dit Manette, — il est si paresseux !... une vraie couleuvre...

— Après ça, peut-être, qu'il n'y a pas de sa faute... Dans sa position, il faut d'abord manger, il faut gagner son pain de chaque jour... Gueuse de misère tout de même dans nos états, quand on reste en route...

Et changeant de ton : — Ah çà ! toi, — dit-il brusquement à Coriolis, — tu m'as toujours promis un dessin... Ce n'est pas tout ça... il me faut mon dessin... Où est mon dessin ?

— Tiens ! là, au fond de l'atelier... le carton rouge... C'est ça...

Crescent se baissa, ouvrit le carton, commença à feuilleter : c'était un choix des plus beaux dessins de Coriolis. Machinalement, il leva les yeux ; il vit dans la psyché devant lui, Manette vivement rapprochée de Coriolis, lui faisant le signe de colère d'une femme furieuse de voir emporter de la maison un objet de valeur, quelque chose représentant de l'argent. Et presque aussitôt : — Non, pas le rouge, — lui cria Coriolis, — l'autre, à côté... le vert... tiens... là...

Crescent pris le carton vert, l'apporta à Coriolis.

Coriolis, avec un geste de tristesse, y prit un dessin, le mit sur une table, le retravailla, le *recala* longuement, puis le rendit à Crescent.

Quelques minutes après, Crescent lui serrait chaudement la main et sortait sans saluer Manette.

CXLII

Les amis ainsi écartés, l'isolement refait à Paris autour de Coriolis, le travail incessant de la maîtresse continua, poursuivant plus hardiment la diminution, l'annihilation du maître de la maison, avec cette espèce d'écrasant despotisme que la femme du peuple met dans la domination domestique. Manette eut, comme la femme du peuple, ces tyrannies affichées, publiques, montrées devant les domestiques, les fournisseurs, les gens qui passent, et ôtant à un homme la dignité qu'une femme de la société laisse par pudeur à la faiblesse d'un mari. Coriolis perdait le gouvernement et le commandement de son intérieur : on lui retirait des mains la direction de la maison ; on lui ôtait de la bouche les ordres à donner. Il ne comptait plus, il n'entrait plus dans les arrangements qui se faisaient. Il n'était plus consulté pour tout ce que voulait Manette que par un : « N'est-ce pas, chéri ? » qu'elle lui jetait de confiance, sans écouter sa réponse. Il n'eut bientôt plus d'argent : la femme le prit comme dans un ménage d'ouvrier, le serra, le retint, s'habitua à le regarder comme une chose à elle, qu'elle lui donnait, et dont il devait lui dire l'usage. Des privations, des retranchements furent imposés à ses goûts. Coriolis avait un sentiment d'élégance de créole. Il s'était toujours mis de façon distinguée et dépensait largement pour tout ce qu'un homme des colonies appelle « son linge ». On le contraria là-dessus jusqu'à ce qu'il prît un petit tailleur travaillant à bon marché ; et à peu de temps de là commença à se montrer dans sa toilette le coup de ciseau d'ouvrières de la maison.

Toute sa vie fut rabaissée, asservie à des habitudes ménagères, à la façon de vivre de ce trio de femmes qui, tous les jours, le tiraient un peu plus à elles, approchaient de lui leur familiarité, l'entraînaient dans quelque place humble à un spectacle qui l'assommait, ou le poussaient à une soirée ministérielle pour le bien de ses affaires.

Ce fut comme une longue dépossession de lui-même, à la fin de laquelle il ne s'appartint presque plus. De soumission en soumission, Manette l'amenait à être dans la maison un de ces grands enfants qu'on soigne comme un petit enfant, un de ces êtres vaincus, désarmés, absorbés, dociles, qu'une femme mène, manœuvre, tapote, habille, cravate, embrasse, et qui jusqu'au-dehors et dans la rue, emportent la marque de leur humilité et de leur sujétion au logis.

Encore Manette le dédommageait-elle par des caresses, des chatteries, des affectuosités, des douceurs : de temps en temps, il sentait passer dans le toucher de sa main les tendresses dont on flatte, pour le faire obéir, un animal domestique. Mais à côté de

Manette, il y avait les deux cousines, les deux mauvaises figures, qui semblaient mépriser Coriolis en face, et rire ironiquement de sa déchéance. Avec leur air de dédaigner ses ordres, l'aigreur de leurs réponses, leur grossièreté amère, leur entente sournoise pour blesser ses goûts, ses préférences, ses manies, leur espèce de domination en sous-ordre, ces femmes entouraient Coriolis de son humiliation, et la lui rapportaient à toute heure. Ce qu'elles lui faisaient souffrir et dévorer, cette torture qui d'abord l'avait exaspéré, maintenant lui causait comme une peur : il se retournait vers Manette, implorait sa présence contre elles, lui demandait, quand par hasard elle sortait le soir, de revenir de bonne heure, pour ne pas être livré aux bonnes, leur appartenir toute la soirée.

On eût dit que, dans cet avilissement, les forces de résistance de Coriolis, tous les appareils de la volonté, tout ce qui tient debout le caractère d'un homme, cédaient peu à peu ainsi que cède la solidité d'un corps à la dissolution de cette maladie d'Égypte faisant des os quelque chose de mou qu'on peut nouer comme une corde.

CXLIII

Et cette domination domestique, cette volonté substituée à la sienne dans le ménage, Coriolis commençait à les voir se glisser peu à peu jusqu'aux choses de son métier, de son art, essayer doucement de s'attaquer à l'artiste, s'approcher de son chevalet, toucher presque à son inspiration.

Quand Manette, à une ébauche qu'il lui montrait, jetait un glacial encouragement; quand, à côté de lui, elle lui semblait faire la mine à ce qu'il brossait, ou bien seulement quand, avec l'admirable talent des femmes à jouer l'aveugle, elle affectait de ne pas voir ce qu'il peignait, Coriolis était pris dans son travail d'une impatience nerveuse qui lui faisait gâter son esquisse et son tableau. De sa toile, il ne percevait plus que les faiblesses, les difficultés, les côtés décourageants, ce qui arrête la verve en tuant l'illusion ; et il ne tardait pas à abandonner son œuvre commencée.

Coriolis, le Coriolis cabré toute sa vie sous les conseils des autres, avec le juste orgueil de sa valeur ; le Coriolis si dédaigneux de l'intelligence et des goûts d'art de la femme, si jaloux de ses sensations propres, de son optique personnelle, de l'indépendance et de l'ombrageuse originalité de son tempérament, Coriolis acceptait des découragements lui venant de cette femme ! L'habitude de lui obéir, de la consulter, de lui soumettre et de lui confier tout le reste de sa vie, l'avait mené lentement à cet asservissement où les faiblesses de l'homme descendent dans l'artiste, mettent sur sa peinture le nuage du front de sa maîtresse, entament sa foi en lui-même et finissent par lui ôter le caractère jusque dans le talent.

Il n'osait s'avouer à lui-même cette influence de Manette. Il en repoussait l'idée, il n'y voulait pas croire, il se débattait sous elle. Et cependant, malgré lui, aux heures de ses réflexions solitaires, il se rappelait son exposition de 1855, cette tentative dans laquelle il avait entrevu un nouvel horizon d'art. Il fallait bien qu'il en convînt avec lui-même : ce n'étaient point la presse, les criailleries des journaux, la morsure de la critique qui l'avaient fait reculer devant le moderne et abandonner le grand rêve de peindre son temps. C'était elle avec ses « rengaines » de mauvaise humeur, avec tout ce qu'elle lui avait dit ou laissé voir pour le détourner de l'art qui ne se vend pas, et le pousser à des tableaux de vente.

Car Manette, comme une femme et comme une juive, ne jugeait la valeur et le talent d'un homme qu'à cette basse mesure matérielle : l'achalandage et le prix vénal de ses œuvres. Pour elle, l'argent, en art, était tout et prouvait tout. Il était la grande consécration apportée par le public. Aussi travaillait-elle infatigablement à mettre dans la carrière de Coriolis la tentation de l'argent. Elle comptait, faisait sonner à son oreille les gains des autres : elle l'étourdissait, l'humiliait des gros prix de celui-ci, de celui-là, des revenus de chaque année de la peinture de Garnotelle. Elle approchait encore de lui des ambitions mesquines, des aspirations bourgeoises, des velléités de candidature à l'Institut, toutes sortes d'appétits tournés vers le succès.

Vainement Coriolis essayait de ne pas l'entendre et de se fermer à ces excitations incessantes, à ces paroles qui avaient le retour et la patience de la goutte d'eau qui creuse; lui qui s'était jusque-là estimé si heureux d'avoir son pain sur la planche, d'être au-dessus des exigences, des concessions de misère qui déshonorent un talent; lui, plein de dégoût et de mépris pour tout ce qui sentait le commerce chez les autres; lui, l'amoureux et le religieux de son art, qui avait fait de la peinture sa chose sainte et révérée, la religion désintéressée et le vœu sévère de son existence; lui qui, à l'idéal de sa vocation, avait sacrifié des bonheurs de sa vie, du plaisir, un amour, les paresses du créole; lui, l'artiste raffiné, délicat, rare, qui s'était presque fait un point d'honneur de tenir à distance la vogue et la mode; lui, dont la carrière n'avait été que fierté, liberté, pureté, indépendance, — il commençait à éprouver auprès de cette femme comme les premiers symptômes d'un ramollissement de sa conscience d'artiste.

Souvent une honte enragée le prenait, la honte d'une sorte de dégradation morale qui s'accomplissait graduellement en lui, la honte de quelqu'un qui va mettre une mauvaise action, le reniement de toute sa vie dans une vie d'honneur! Il s'en allait, ne revenait pas dîner, par horreur du contact de cette femme; et, seul avec lui-même, dans quelque promenade de solitude, fouillant ses lâchetés, se penchant dessus, en sondant le fond, il se demandait avec angoisse si, à force d'entendre ce mot, cette idée, ce maître et ce dieu de cette femme : l'Argent! revenir toujours dans sa bouche, juger tout, excuser tout, couronner tout pour elle, l'Argent ne lui parlait pas déjà un peu aussi à lui.

CXLIV

Un moment arrivait où le talent de Coriolis paraissait vaincu, dompté par Manette, docile à ce qu'elle voulait de lui. L'artiste semblait se résigner aux exigences de la femme. De l'art, il se laissait glisser au métier. L'avenir qu'il avait rêvé, il l'ajournait. Ses projets, ses ambitions, la haute et vivante peinture qu'il avait eu l'idée de tenter, il les remettait, les repoussait à d'autres temps, quand un hasard vint, qui le rattacha violemment à ses œuvres passées, et, redressant l'homme dans le peintre, faillit lui faire briser d'un coup sa servitude.

Dans le débarras de tout le cher bric-à-brac que Manette avait su obtenir de son découragement, de son affaiblissement maladif, lors de leur départ pour le midi de la France, Manette avait encore voulu qu'il se dessaisît de ces deux toiles, *la Révision* et *le Mariage*, qu'elle disait encombrantes et invendables. Coriolis, auquel ces deux tableaux rappelaient un insuccès et des attaques, ennuyé et souffrant de les voir, n'avait pas fait grande résistance; et les deux toiles avaient été vendues, données à un marchand de tableaux. De là, l'une de ces toiles *La Révision*, passait chez un amateur, homme du monde, élégant brocanteur en chambre, littérateur de revue à ses heures, lequel ramassait depuis dix ans une galerie de modernes avec un sang-froid calculateur, jouant sur les noms nouveaux comme un agioteur joue sur des valeurs d'avenir, et résolu à faire de sa vente un « grand coup ».

Cette vente annoncée, tambourinée fit grand bruit. Un débutant littéraire, brillant et déjà remarqué, voulant faire son trou et du bruit, cherchant une personnalité sur laquelle il pût accrocher des idées neuves et remuantes, crut trouver son homme dans Coriolis. Trois grands articles d'enthousiasme tapageur dans le petit journal le plus lu attirèrent l'attention sur « le maître de *la Révision* ». Accouru à la vente, Paris, qui avait à peine retenu le nom de Coriolis et ne savait plus sur quel tableau le poser, fit la découverte de cette toile balayée par les regards indifférents du public à la grande exposition de 1855. Des polémiques s'enflammèrent, coururent de journaux en journaux. Coriolis prit les proportions d'une curiosité et d'un grand homme méconnu.

L'heure des enchères venue, deux concurrents se trouvèrent en présence : un monsieur possédé de la rage de se faire connaître, du désir furieux d'une publicité quelconque, et un agent de change ayant besoin, pour rasseoir son crédit et écraser des bruits désastreux, de faire une dépense folle bien visible et annoncée dans les journaux. Entre cet intérêt et cette vanité, le tableau monta à une quinzaine de mille francs.

Coriolis avait été se voir vendre. Quand il rentra, Manette aperçut en lui comme un autre homme. Sa physionomie avait une telle expression de dureté reconquise, de dureté résolue, presque méchante, qu'elle n'osa pas lui demander des nouvelles de la vente. Ce fut Coriolis qui, le premier, rompit le silence, en allant à elle.

— Ah ! vous êtes une femme qui entendez les affaires, vous ! — Et il laissa tomber avec un accent de mépris : *les affaires*.

— Ma *Révision* vient de se vendre... savez-vous combien ? Quinze mille francs !... Ah !... est-ce que vous croyez que ça me fait quelque chose ?... Mais quand j'ai fait cela, vous n'étiez rien dans ma vie... rien que la femme qui vous sert de l'amour... comme elle vous cirerait vos bottes !... Eh bien ! alors, j'étais quelqu'un, j'étais un peintre... je trouvais... Ah ! vous avez eu une jolie idée de spéculation !... Savez-vous ce que vous avez fait de moi ? Un homme de métier, un faiseur de peinture au jour le jour, le domestique de la mode, des marchands, du public !... un misérable !... Tenez ! pendant qu'on promenait ma *Révision* sur la table, dans les enchères, je regardais... Il y a des choses là-dedans... l'homme nu, le coup de lumière, le dos en bas dans l'ombre... Je me disais : Mais c'est beau, ça ! Je sens que c'est beau !... On se pressait, on se penchait... et je voyais que c'était beau dans tous les yeux qui regardaient !... À présent ? Mais je ne saurais plus *fiche* une machine comme ça, ma parole d'honneur ! je crois que je ne pourrais plus... Il faut pouvoir vouloir... Et c'est vous ! — dit-il en s'avançant, d'un air menaçant, vers Manette, — vous, à force de tourments, en étant toujours là derrière mon chevalet, avec vos paroles qui me jetaient du froid dans le dos... Ah ! ce que je serais aujourd'hui avec les tableaux que vous m'avez empêché de faire !... et l'argent que vous auriez gagné, vous !... Vous ne savez pas tout l'argent... C'est que maintenant, j'y pense aussi, moi, à ça... Vous m'avez passé de votre sang, tenez ! Dieu me pardonne !... Ah ! vous avez bien vidé l'artiste !... Je vous hais, voyez-vous, je vous hais... Et voulez-vous que je vous dise ! Il y a des jours... — et sa voix lente prit une douceur homicide — des jours... où il me vient l'idée, mais l'idée très sérieuse de commencer par vous, et de finir par moi, pour en finir de cette vie-là !...

Puis, après deux ou trois tours agités dans l'atelier, revenant à Manette, et lui parlant avec le ton d'une prière égarée :

— Mais parle donc !... dis au moins quelque chose !... Parle-moi !... ce que tu voudras !... mais parle-moi !... Tiens ! j'ai peur de moi... Manette ! Manette !

Puis, partant d'une espèce de rire cruel et fou :

— De l'argent ? Ah ! de l'argent !... Vrai, tu l'aimes ? tu l'aimes tant que ça ?... Eh bien, attends.

Il sonna.

Une des bonnes parut à la porte.

— Vous allez me descendre toutes les toiles qui sont dans la chambre en haut...

La bonne ne bougea pas et regarda Manette.

Coriolis fit un pas vers elle, un pas terrible qui lui fit dire : — Oui, monsieur...

Quand toutes les toiles furent descendues, Coriolis s'assit devant le poêle, l'ouvrit, y jeta une toile, la regarda brûler. Il prit une autre toile, l'arracha de son châssis. Manette, qui s'était levée, voulut la lui retirer des mains.

— Allons, mon cher, — lui dit-elle avec son petit ton supérieur, — vous avez assez fait l'enfant... En voilà assez...

Coriolis saisit le poignet de Manette. Elle cria. Coriolis ne la lâcha pas, et la serrant toujours, il la mena jusqu'au divan, et là, de force, il la fit tomber dessus, assise, brusquement.

Puis il revint au poêle, arracha d'autres toiles, les jeta dans le feu. Il regardait le tableau plein d'huile et de couleurs qui se tordait, — puis Manette.

Un moment Manette fit un mouvement pour sortir.

— Restez là ! — lui dit Coriolis, ou je vous attache avec une corde...

Et lentement, avec un visage qui avait l'air de jouir de ce sacrifice et de cette agonie de ses œuvres, il se remit à brûler ses tableaux. Quand le dernier fut consumé, il tracassa lentement ce qui restait du tout, une espèce de morceau de minerai, le résidu du blanc d'argent de toutes les toiles brûlées; puis, prenant cela entre les tiges de la pincette, il alla à Manette et le lui jeta brutalement dans le creux de sa robe.

— Tenez! voilà un lingot de cent mille francs! — lui dit-il.

— Ah! — fit Manette avec un saut de terreur qui fit glisser à terre le lingot au bas de sa robe brûlée, — me brûler!... Il a voulu me brûler!

— Maintenant, — lui dit Coriolis, — vous pouvez vous en aller... Je n'ai plus besoin de vous.

Et il retomba, brisé, sur le divan.

CXLV

De tous les anciens amis de Coriolis, un seul n'avait pas été écarté par Manette : c'était Garnotelle. Elle avait pour lui l'estime, la considération, le respect que lui inspirait le succès d'argent. Elle le recevait avec des attentions complimenteuses, des coquetteries d'infériorité et d'humilité qui blessaient cruellement Coriolis dans l'orgueil de sa valeur méconnue.

Attiré par ses amabilités, n'ayant plus à craindre les hostilités d'Anatole, Garnotelle fréquentait assez assidûment la maison. Il avait toujours eu pour Coriolis une sorte de déférence; et l'homme arrivé semblait encore goûter, avec ses instincts de paysan, de l'honneur à se frotter à l'amitié du gentilhomme.

Puis il s'était passé dans sa vie, depuis un an, des événements qui le portaient à ce rapprochement. Nommé à l'Institut, il avait, avec une admirable adresse, dénoué son mariage avec la fille du membre de l'Institut qui avait mené et emporté son élection. Mais quoiqu'il eût mis dans cette affaire délicate l'apparence des bons procédés de son côté, ce mariage manqué avait fait un assez mauvais effet, d'autant plus que la rupture concordait, par une malheureuse coïncidence, avec un revers de fortune du père. Aussi rencontrait-il dans le corps où il venait d'entrer une froideur, une réserve presque hostile. Il se retournait alors vers le ministère, les liaisons gouvernementales ; et avec les influences qu'il faisait jouer là, la pesée de sa personnalité et de ses recommandations, il essayait, par les récompenses, les commandes, de gagner des reconnaissances, des sympathies, une clientèle avec laquelle il pût faire contrepoids à l'opinion publique et regagner de la considération.

— Allons ! mon cher, — disait-il un soir à Coriolis dans l'atelier à demi sombre et qui attendait la lampe, — permets-moi de te le dire, c'est de l'enfantillage...

Coriolis se promenait à grands pas.

Manette, à côté de Garnotelle, regardait se promener Coriolis ; et elle avait un sourire méprisant, presque cruel.

Il y eut un long silence.

— Tiens ! — fit à la fin Coriolis, — je me sens trop vaniteux pour refuser...

— Ah ! c'est bien heureux, — dit Manette.

— Mon cher, avant huit jours, ta nomination sera au *Moniteur*[1]... Manette peut acheter du ruban rouge... Dès demain on aura ta réponse... J'irai moi-même...

Quand Coriolis fut couché, sa tête se mit à travailler, et dans la petite fièvre qui lui vint, peu à peu ses idées se laissèrent aller à une irritation d'amertume. Il pensait à cette croix que l'opinion publique lui avait donnée à son exposition de 1853, et qu'on pensait lui accorder après tant d'années, seulement maintenant, sur le bruit de cette dernière vente. Il songeait à tous ceux de ses camarades qui l'avaient obtenue à côté de lui, derrière lui ; il se rappelait des nominations qui étaient presque des ironies ; il retrouvait les noms, revoyait les tableaux des individus. Il lui montait au cœur un soulèvement, la révolte légitime d'un homme de talent qui a la conscience d'avoir mérité la croix depuis longtemps, et qui trouve que quand le ruban attend pour lui venir ses cheveux blancs, ce n'est plus qu'une banale récompense à l'ancienneté. Il se demandait alors si ce n'était pas une lâcheté d'avoir accepté, et s'il n'était pas digne de lui de refuser une récompense qui arrivait trop tard et qu'il avait trop gagnée. Et peu à peu son orgueil parlait contre sa vanité : il était tenté par l'éclat de refuser la croix, de se singulariser par le mépris de ce ruban si envié, si quêté, si mendié. Une heure, deux heures, il y eut en lui la lutte de ses répugnances, le débat de sa nature, de l'homme, de l'artiste n'ayant pas la philosophie de Crescent, n'étant pas tout rempli et tout récompensé par l'art seul, très touché par toutes les faiblesses humaines de l'homme de talent, très sensible au désir des marques et des distinctions officielles de la célébrité.

À la fin, ses répugnances l'emportaient. Il lui semblait voir cette chose odieuse, et affreusement humiliante : sa croix au bout de la main de Garnotelle.

Il se jeta au bas de son lit, alluma une bougie et se mit à écrire une lettre où la dignité orgueilleuse de son refus se cachait sous l'humilité d'une exagération de modestie.

Le matin, il relut la lettre, la cacheta et l'envoya sans en dire un mot à Manette.

CXLVI

En apprenant ce refus de la croix, Manette fut prise d'un sentiment singulier. Il lui vint un profond mépris, un mépris de femme d'affaires pour l'homme qui repoussait la chance s'offrant à lui, et qui manquait tout ce que la décoration donne à un artiste : la consécration officielle, la plus-value de la signature, l'achalandage commercial, la part aux commandes ministérielles. Dans ce refus que rien n'expliquait, n'excusait à ses yeux, et dont elle était incapable de comprendre la hauteur et la dignité, elle ne vit qu'une bêtise. Coriolis était désormais pour elle un homme jugé ; il ne lui restait plus rien de ce qu'elle respectait et reconnaissait encore en lui : c'était un pur imbécile.

De ce jour, Manette devint une autre femme. Sa domination n'eut plus de caresse. Elle mit dans ses rapports avec Coriolis une sorte d'autorité, de sécheresse. Elle ne sembla plus lui demander pardon de le faire obéir : ce qu'elle voulait, elle le voulut sans même le prier de le vouloir avec elle. Elle eut avec lui des ordres brefs, sans phrases, sans explication, sans réplique, comme avec quelqu'un qui n'a pas le droit de demander plus. Elle prit, d'un air dégagé, l'assurance et le commandement d'une volonté nette et tranchante ; de sa voix se dégagea un ton impératif froid, posé, coupant. Ce fut si brusque, si décisif, que Coriolis en reçut comme le coup d'une soudaine interdiction : il resta bras cassés, accablé, assommé.

Quelques jours après, un marchand de tableaux belge venait le voir le matin, et séance tenante, en présence de Manette qui débattait toutes les conditions de l'acte, Coriolis signait un traité par lequel il s'engageait à livrer un nombre de tableaux de chevalet par an, moyennant une rente annuelle.

C'était sa vie et son talent que Manette venait de lui faire vendre. Il avait tout accepté sans faire une objection : ses révoltes étaient à bout de forces, son énergie d'homme s'était brisée à jamais dans sa dernière scène avec Manette.

CXLVII

Alors commençait pour tous les deux le supplice du concubinage.

Manette apercevait dans Coriolis comme le fond noir des haines amassées par tout ce qu'elle lui avait fait souffrir, manger de hontes, dévorer d'avilissements, de chagrins, de désespoirs. Elle discernait distinctement ce qui couvait en lui contre elle, toute l'horreur de l'homme pour la femme à laquelle il rapporte toutes les dégradations d'une chaîne indigne. Ce qu'il roulait sans rien dire à côté d'elle, les mauvaises pensées, les ressentiments de son orgueil et de son cœur, les injures qu'il retenait, les révoltes qu'il taisait, elle les sentait sortir de lui, l'atteindre, l'insulter. Des silences de Coriolis lui semblaient la maudire. Il la blessait avec ces regards qui vont de la maîtresse qu'on a au bras à de l'honnêteté de femme, à des ménages qui passent; il la blessait avec ses rêveries qu'elle croyait voir aller vers quelque pur amour, vers un souvenir de jeune fille, vers une idée ancienne de mariage, vers la vision et le regret d'une félicité manquée.

Sous ces reproches muets qui soufflettent une femme plus outrageusement que les brutalités d'un homme, les derniers liens attachant Manette à Coriolis se rompaient. Ce qui reste involontairement d'habitude aimante chez une femme qui n'aime plus un amant, mais qui a été et qui demeure sa maîtresse, qui est la mère de son enfant, qui a encore la chaleur de ses bras autour du cou, se brisa chez elle : son âme se referma, avec l'amertume de la femme ulcérée pour toujours, à ces douceurs qui reviennent de la mémoire des choses partagées, à ces pardons qui montent du côte-à-côte de la vie, à ce qui se laisse attendrir, désarmer par l'existence à deux et le contact du souvenir.

Et alors se fit dans le triste foyer, devant les cendres éteintes de leurs années vécues, l'horrible détachement de mort qui s'établit entre deux êtres vivant, mangeant, dormant ensemble, unis à tous les instants de l'existence, et se sentant séparés à jamais. Ce fut cet abominable éloignement du père et de la mère, que rien ne rapproche plus, pas même les jeux de leur enfant à leurs pieds; ce fut cette vie double, ennemie, tiraillée et contrainte, pareille à la chaîne qui rive la haine de deux forçats, cette vie en commun où chaque frottement est une irritation, où l'instinct même des corps s'évite et se fuit, où l'homme et la femme mettent la séparation d'un vide entre leurs deux sommeils, comme s'ils avaient peur de mêler leurs rêves!

Heure épouvantable de ces amours, qui donne à l'amant la terreur de cette moitié de lui-même, assise dans son intérieur, entrée dans sa maison, et qui est là, contre lui, implacable, concentrée, lui cachant à peine le mal qu'elle lui veut, savourant les ennuis qu'elle lui fait avec les chagrins qu'elle lui souhaite, le défiant de la chasser, et sachant bien qu'il la gardera parce qu'elle le tient par l'habitude, parce qu'elle le connaît lâche et se manquant de parole à lui-même, parce qu'elle sait que son cœur est à l'âge des bassesses de cœur d'homme et qu'il a peur, comme les enfants, d'être tout seul!

Et à mesure que les deux êtres se blessaient davantage à leur accouplement, à l'indissolubilité d'un lien intime intolérable et détesté, il semblait se dégager de Manette contre Coriolis une espèce d'hostilité originelle. L'éloignement de la femme paraissait se compliquer et s'aggraver de la séparation de la juive. Sans qu'elle en eût conscience, sans qu'elle s'en rendît compte, la juive, en revenant aux préjugés des siens, revenait peu à peu aux antipathies obscures et confuses de ses instincts. Une sorte de sentiment nouveau et naissant, impersonnel, irraisonné, lui faisait vaguement apercevoir dans la personne de Coriolis le chrétien contre lequel toujours, dans le creux de toute âme juive, persiste la tradition des haines, l'amertume des siècles d'humiliation, tout ce qu'une race éclaboussée du sang d'un Dieu peut avoir de fiel recuit. Il y avait au fond d'elle, à l'état latent, naturel, presque animal, un peu de ces sentiments échappés à un roi juif de l'Argent, lorsque dans un moment d'expansion, dans une de ces ivresses où l'on s'ouvre, il répondait à des amis qui lui demandaient le plaisir qu'il pouvait avoir à toujours travailler à être riche : « Ah! vous ne savez pas ce que c'est que de sentir sous ses bottes un tas de chrétiens! »

Ce plaisir haineux, cette vengeance réduite à la mesure d'une femme, Manette les goûtait en sentant Coriolis sous le talon de sa bottine.

La juive jouissait, comme d'une revanche, de la servitude de cet homme d'une autre foi, d'un autre baptême, d'un autre Dieu; en sorte qu'on aurait pu voir, — ironie des choses qui finissent — la bizarre survie des vieilles vendettas humaines, des conflits de religions, des rancunes de dix-huit siècles, mettre comme le reste des entre-mangeries de races, de la race indo-germanique et de la race sémitique, là, en plein Paris, dans un atelier de la rue Notre-Dame-des-Champs, tout au fond de ce misérable concubinage d'un peintre et d'un modèle.

CXLVIII

Plus de deux ans s'étaient écoulés depuis le jour où Anatole avait dîné pour la dernière fois chez Coriolis. Il sortait du palais de l'Industrie[1], où il venait de commencer un second portrait de l'Empereur, dont Crescent lui avait fait obtenir la commande, et il parlait à une femme encore jeune qui, marchant à côté de lui, semblait écouter religieusement ses paroles :

— Oui, ma chère dame, — disait sentencieusement Anatole, — voilà la recette pour faire un Empereur dans les prix doux... La première fois, on fait des folies, on se laisse aller, on s'enfonce... Mais la seconde, plus de ça..., on devient sage... Et comme j'ai un véritable intérêt pour vous — son sourire eut une nuance de galanterie, — je vais vous donner mon expérience à *l'œil*... La toile, vous savez, c'est cinquante-huit francs plus le calque, acheté à part cinq francs... Maintenant, attention! *Gnien a* qui, pour le pantalon blanc et le manteau d'hermine, se fendent de huit vessies de blanc d'argent à cinq sous, total quarante sous... Moi, malin, avec quatre vessies de blanc de plomb à quatre sous, quatre fois quatre font seize, je fais mon affaire... J'en suis pour lui mettre un peu de jaune de Naples dans la culotte, et un peu de bitume dans les ombres et dans les demi-teintes de l'hermine, vous comprenez? Pour les ors de l'épaulette, du collier, des parements, de la ceinture, du fauteuil, de la couronne, du sceptre, des crépines, de la table, c'est bien simple : une préparation d'ocre jaune pour les lumières et de bitume pour les ombres... Toutes les ombres de la toile, bien entendu, préparées au brun-rouge... Alors vous repiquez les lumières avec du jaune de chrome foncé et du jaune de Naples, et les brillants cassés avec du jaune de chrome brillant, de bonnes vessies de chrome à quinze et vingt centimes... Il existe des gens sans économie qui fourrent là-dedans du jaune indien, qui coûte des prix fous le tube, vous ne l'ignorez pas : c'est la ruine des familles... Point de siccatif de Harlem, ni de siccatif de Courtray, tout à l'huile grasse ordinaire... Inutile de vous recommander cela... Ah ! j'ai encore trouvé le moyen de remplacer le vert émeraude par du bleu minéral, qui ne coûte qu'un sou de plus que le bleu de Prusse...

En donnant ces conseils à la copiste, Anatole était arrivé dans les Champs-Élysées à la place d'un jeu de boules. Tout à coup, il s'interrompit et s'arrêta, en apercevant, dans le groupe des spectateurs, quelqu'un qui suivait le roulement des boules, la tête en avant et découverte, les reins pliés, son chapeau à la main derrière son dos. Il regarda cette tête où des cheveux presque blancs, coupés ras, contrastaient avec le noir des sourcils, restés durement noirs. Il examina tout cet homme cassé, ravagé, chargé en quelques mois de vingt ans de vieillesse : stupéfait, il reconnut Coriolis.

— Adieu ! dit-il brusquement en quittant la femme étonnée, — à demain...

À quelques pas, il lui jeta : — Mais surtout, ne glacez jamais avec de la capucine rose, de la laque Robert, de la laque de Smyrne !... rien que de la bonne laque fine à neuf sous !...

Et il marcha vers Coriolis.

— Tu n'en as pas un... un cigare ? — Ce fut le premier mot de Coriolis. — Non, c'est vrai, toi tu fumes la cigarette... *Elle* ne me donne que de quoi m'en acheter deux, figure-toi !...

Et saisissant le bras d'Anatole, s'y accrochant, s'attachant, se cramponnant à lui, le touchant de son grand corps penché, avec un air heureux de le tenir et qui ne voulait pas le lâcher, il se mit à lui parler de « cette femme », comme il l'appelait, de cette tyrannie qui ne lui laissait pas un sou, qui ne lui permettait pas de voir ses amis, du malheur de l'avoir rencontrée, de tout ce qu'il souffrait dans cet intérieur, de sa vie, une vie d'aplatissement, de solitude, de lâcheté...

Il disait cela vivement, précipitamment avec des éclats de voix tout à coup réprimés, des gestes violents qui s'arrêtaient comme effrayés.

— Tu ne l'as pas vue... tu ne l'as pas vue avec son visage méchant, le visage qu'elle a pour moi... Ah! ce qui vient dans une figure de juive avec l'âge... la Parque qui se lève dans la femme... ce nez qui devient crochu... et ses yeux aigus... ses yeux! Les as-tu jamais bien regardés?... Ces yeux!... — murmura Coriolis en baissant la voix. — Ah! les femmes!... Tu étais avec une femme tout à l'heure, toi?

— Oui, une pauvre diablesse... Ça a été riche, élevée dans le luxe, au piano... Une canaille de mari qui a tout mangé et l'a plantée là avec deux enfants... Et maintenant, il faut vivre avec un talent d'agrément...

Le triste roman de misère esquissé dans les quelques mots d'Anatole ne parut pas entrer dans l'oreille de Coriolis. Il en était venu à cette monstrueuse surdité des grandes douleurs qui ne laissent plus entendre à un homme la souffrance des autres. Sans dire à Anatole un mot d'intérêt, sans lui parler de lui, de sa mère, sans s'inquiéter de ce qu'il était devenu depuis deux ans, et s'il avait de quoi manger, il se mit à lui repeindre l'enfer de sa vie. Le promenant, le repromenant sous les arbres des Champs-Élysées, gardant son bras, se collant à lui, il lui rabâcha ses plaintes, ses lamentations, ses jérémiades.

Accoutumé à lui voir dévorer ses maladies et ses chagrins, Anatole ne put se défendre d'un triste étonnement, en retrouvant cet homme si fort, si concentré, si maître de lui-même, descendu à cela : à dire peureusement du mal de cette femme, à s'en venger comme un enfant qui *cafarde* derrière le dos de son tyran !

CXLIX

À partir de cette rencontre, presque tous les jours, à sa sortie, Anatole trouva Coriolis l'attendant.

Coriolis était là, un quart d'heure avant, il se promenait de long en large devant la porte, il guettait, et aussitôt qu'Anatole paraissait, il s'emparait de lui, et tout de suite, brusquement, du premier mot, il soulageait sa misérable faiblesse dans le débordement de lamentations où il essayait de vider et de dégorger ses souffrances.

— Une vraie juiverie, la maison, maintenant ! — lui disait-il un jour. — Non, tu n'as pas idée... C'est le sabbat chez moi, le sabbat !... D'abord les deux cousines qui sont à présent plus maîtresses qu'*elle*, et qui la tournent et la retournent comme un gant... Il y a la vieille paralysée qui fait tourner les sauces en marmottant de l'hébreu dessus... Et puis, c'est le scrofuleux de frère... Il vient une parente... qui travaille pour la synagogue, qui est brodeuse en *sepharim*... Je sais de leurs mots, tiens, à présent !... Horrible, celle-là !... Et puis, un tas de revenants de l'Ancien Testament, des parents, des juifs d'Alsace, est-ce que je sais ! des gens qui ont des paletots verts avec des boutons bleus en acier, et des bâtons avec une poignée entourée de laine rouge et de fils de laiton... des coreligionnaires d'on ne sait où, qui viennent manger, « s'asseoir sous la lampe », comme ils disent... Et des têtes !... Ah ! je suis puni d'avoir aimé

Rembrandt ! Il me semble que mon intérieur grouille de ses fonds d'eaux-fortes.... Et les cuisines qu'ils font, si tu savais !... des cuisines à eux, comme en Alsace, pour les noces, des panades où ils mettent des mèches de bonnet de coton... Oui !... Ces jours-là, je me sauve de chez moi... Non, c'est trop fort, que toute cette abomination de marchands de lorgnettes descende chez moi comme à l'auberge !... Tiens ! tu sais, la cousine, la grande, avec ses cheveux comme un incendie, son visage terrible... celle qui ressemble à la prostituée de l'Apocalypse... qui a été chez les fous... Ah ! les pauvres fous, ils ont dû souffrir !... est-ce qu'elle ne connaît pas des infirmiers de Charenton ?... Et elle les amène à dîner !... Ils viennent avec les fous qu'ils sont chargés de promener... Avant-hier, il y en a eu un qui est redevenu fou à la cuisine... Il a fallu aller chercher la garde... C'est amusant... Des fous, conçois-tu ? On m'amène des fous[1] chez moi ! Oui.. et tu veux que je continue à supporter cela ?...

Et voyant qu'Anatole, lassé de l'écouter, essayait de se dégager :

— Tu me quittes déjà ?... Encore un quart d'heure... Tiens ! dix minutes rien que dix minutes...

— Non, je t'assure... je vais te dire... Il y a une heure que je devrais être parti... Tu vas comprendre... figure-toi qu'il y a trois jours que maman a cassé ses lunettes... Voilà trois jours qu'elle ne peut rien faire, ni travailler, ni lire... J'ai eu seulement ce matin de quoi lui en commander... je dois les prendre en route... Elle m'attend comme ses yeux, tu penses...

— Toi ? — dit Coriolis en se décidant à lui lâcher le bras. — Et bien ça ne fait rien..

Il s'arrêta et le regarda.

— Tu es tout de même bien heureux !...

CL

Puis Coriolis disparut. Anatole ne le revit pas. Deux mois se passèrent sans qu'il le trouvât à la porte du palais de l'Industrie. Il ne savait ce qu'il était devenu, lorsque, par un jour d'octobre, il fut étonné d'être accosté par lui, à sa sortie.

— Tiens ! te voilà ? — fit-il. — Y a-t-il longtemps !...

— Oui, il y a longtemps... très longtemps... — dit Coriolis lentement, comme si lui seul, dans sa vie, pouvait mesurer la longueur douloureuse du temps.

En passant sous son bras le bras d'Anatole, en lui retenant amicalement la main dans la sienne :

— Es-tu content ? Ça va-t-il ?

— Oui... Et toi ? — fit Anatole surpris de cette tendresse inaccoutumée de Coriolis.

— Moi ? Ah ! moi... je deviens raisonnable... — dit-il d'une voix sourde. — Tu comprends bien, mon ami, quand il y a un homme d'intelligence, il faut qu'il se trouve une femelle pour lui mettre la patte dessus, le déchirer, lui mordre le cœur, lui tuer ce qu'il y a dedans, et puis encore ce qu'il y a là... et il se toucha le front, — enfin le manger !... — On a toujours vu ça... Ça arrive tous les jours... Et il faut vraiment être bien enfant pour s'en plaindre... c'est ridicule...

Il jeta cela avec une ironie presque sauvage.

— Je sais bien... il y a un moyen de casser ces machines-là...

Ses mains firent devant lui le mouvement nerveux et enragé de serrer, comme des mains qui étranglent.

— Oui, il faudrait des choses... pas bien... Il faudrait... des meurtres... Ah ! dans le temps !...

Ses yeux brillèrent ; une lueur féroce y passa, dans

laquelle Anatole retrouva le feu fauve des colères de jeune homme de son ami. Mais aussitôt cela tomba.

— Maintenant, je suis une...

Et il dit un mot ignoble.

— Ah! si tu veux voir un homme qui ne trouve pas la vie drôle...

Il essaya de faire avec les doigts le geste, le balancement chinois d'un comique en vogue; mais de l'eau monta à ses paupières, et sa blague finit dans l'horrible étouffement brisé d'une voix d'homme qui se mouille de larmes de femme.

Il reprit :

— Ah! oui, un joli instrument pour faire souffrir un homme, cette poupée-là!... Tiens! je ne sais plus si j'ai du talent... Non, vrai, je ne sais plus!... Je n'y vois plus... Je suis comme un homme que j'ai vu une fois, assommé dans une rixe à une barrière, et qui marchait devant lui, dans un sillon... Il ne savait plus, il allait... stupide, comme moi... On entre dans mon atelier, on me trouve à mon chevalet, n'est-ce pas? Si l'on regardait mes brosses et ma palette, on verrait que c'est sec... Je dormais dans quelque coin, j'ai entendu qu'on venait... je me suis levé pour faire croire que je peignais. Je ne peins plus, je fais semblant!... comprends-tu?... Et *elle* est toujours là, dans mon dos... Quand je n'en peux plus, que je me jette sur mon divan, elle vient voir... Elle a fait des trous dans le mur pour me moucharder!... Quand elle sort, j'ai les yeux des cousines sur moi, je les sens... Oh! on me soigne... Pardieu! c'est moi qui fais aller la maison... Je suis le bœuf, moi!... Quand je sors... tiens! aujourd'hui... c'est comme si je leur mangeais une bouchée dans la bouche...

Il s'arrêta un moment; puis :

— Tu sais, mon enfant? mon fils, qui était si beau?... Eh bien, il est affreux... il est devenu affreux! — dit-il avec une espèce de rire amer qui fit mal à Anatole. —

C'est maintenant un vrai mérinos noir... Ah ! je te réponds qu'il n'aura pas besoin d'un professeur d'arithmétique, celui-là !... Mon fils, ça ! mais il n'a rien de moi, rien des miens... rien ! Tiens, il y a des moments où je crois que c'est l'âme de quelque grand-père qui vendait de la ferraille dans un faubourg de Varsovie... Un affreux petit bonhomme, vois-tu !... Et si tu l'entendais me dire ce qu'elles l'ont dressé à me dire toute la journée : *Papa, tu ne fais rien*... si tu l'entendais !

Et passant tout à coup à une autre idée :

— Viens-tu avec moi jusqu'à la rue du Bac ? Je voudrais te faire voir un tableau nouveau que je viens d'exposer...

Arrivé rue du Bac, il poussa Anatole devant la devanture où était son tableau.

Anatole regarda, et après quelques compliments vagues, il se dépêcha de se sauver : il lui semblait qu'il venait de voir la folie d'un talent.

CLI

Un bizarre phénomène avait fini par se produire chez Coriolis. Avec l'énervement de l'homme, une surexcitation était venue à l'organe artiste du peintre. Le sens de la couleur, s'exaltant en lui, avait troublé, déréglé, enfiévré sa vision. Ses yeux étaient devenus presque fous. Peu à peu, il avait été pris comme d'une grande et pénible désillusion devant ses admirations anciennes. Les toiles qui autrefois lui avaient paru les plus splendides et les plus éclairées, ne lui donnaient plus de sensation lumineuse : il les revoyait éteintes, passées.

Au Louvre même, dans le Salon carré, ces quatre murs de chefs-d'œuvre ne lui semblaient plus rayonner.

Le Salon s'assombrissait, et arrivait à ne plus lui montrer qu'une sorte de momification des couleurs sous la patine et le jaunissement du temps. De la lumière, il ne retrouvait plus là que la mémoire pâlie. Il sentait quelque chose manquer dans le rendez-vous de ces tableaux immortels : le soleil. Une monotone impression de noir lui venait devant les plus grands coloristes, et il cherchait vainement le Midi de la Chair et de la Vie dans les plus beaux tableaux.

La lumière, il était arrivé à ne plus la concevoir, la voir, que dans l'intensité, la gloire flamboyante, la diffusion, l'aveuglement de rayonnement, les électricités de l'orage, le flamboiement des apothéoses de théâtre, le feu d'artifice du grésil, le blanc incendie du *magnésium*. Du jour, il n'essayait plus de peindre que l'éblouissement. À l'exemple de certains coloristes qui, la maturité de leur talent franchie, perdent dans l'excès la dominante de leur talent, Coriolis, un moment arrêté à une solide et sobre coloration, était revenu, dans ces derniers temps, à sa première manière, et peu à peu, à force d'en exagérer la vivacité d'éclairage, la transparence, la limpidité, l'ensoleillement féerique, l'allumage enragé, l'étincellement, il se laissait entraîner à une peinture véritablement illuminée ; et dans son regard, il descendait un peu de cette hallucination du grand Turner qui, sur la fin de sa vie, blessé par l'ombre des tableaux, mécontent de la lumière peinte jusqu'à lui, mécontent même du jour de son temps, essayait de s'élever, dans une toile, avec le rêve des couleurs, à un jour vierge et primordial, à la *Lumière avant le déluge* [1].

Il cherchait partout de quoi monter sa palette, chauffer ses tons, les enflammer, les brillanter. Devant les vitrines de minéralogie, essayant de voler la Nature, de ravir et d'emporter les feux multicolores de ces pétrifications et de ces cristallisations d'éclairs, il s'arrêtait à ces bleus d'azurite, d'un bleu d'émail chinois, à ces bleus défaillants des cuivres oxydés, au bleu céleste de la lazulite allant du bleu de roi au bleu de l'eau. Il suivait toute la gamme du rouge, des mercures sulfurés, carmins et saignants, jusqu'au rouge-noir de l'hématite, et rêvait à l'*amatito*, la couleur perdue du XVIe siècle, la couleur cardinale, la vraie pourpre de Rome. Il suivait les ors et les verts queue de paon des poudingues diluviens, les verts de velours, les verts changeants et bleuissant des cuivres arséniatés, le vert de lézard du feldspath ; l'infinie variété des jaunes, du jaune serin au jaune miellé des orpiments cristallisés et des fluorines ; les couleurs embrasées des cuivres pyriteux, les couleurs de pierres roses ou violettes, qui font penser à des fleurs de cristal.

Des minéraux, il passait aux coquilles, aux colorations mères de la tendresse et de l'idéal du ton, à toutes ces variations du rose dans une fonte de porcelaine, depuis la pourpre ténébreuse jusqu'au rose mourant, à la nacre noyant le prisme dans son lait. Il allait à toutes les irisations, aux opalisations d'arc-en-ciel, miroitantes sur le verre antique sorti de terre comme avec du ciel enterré. Il se mettait dans les yeux l'azur du saphir, le sang du rubis, l'orient de la perle, l'eau du diamant. Pour peindre, le peintre croyait avoir maintenant besoin de tout ce qui brille, de tout ce qui brûle dans le Ciel, dans la Terre, dans la Mer.

CLII

— Comment ! c'est vous, madame Crescent ? — fit Anatole qui était couché. La brusque entrée de Mme Crescent venait de le réveiller du délicieux sommeil de dix heures du matin. — Vous, chez moi ? chez un jeune homme !

— Bêta! — dit Mme Crescent, — il est joli, le jeune homme! Avec ça que les hommes m'ont jamais fait peur... Ouf! — fit-elle en soufflant, comme si elle allait étouffer. — Eh bien! ce n'est pas sans peine qu'on te déniche... En voilà une horreur, ta rue!

— La rue du Gindre, madame!... La porte à côté du bureau de Bienfaisance... l'appartement à côté de la pompe... je trouve le matin des têtards dans ma cuvette!... Quand j'éternue, ça fait lever le papier... un détail!... Une boutique de porteur d'eau qu'on ne louait pas... On me l'a laissée à dix francs par mois... les champignons compris... Ça ne fait rien, ma brave madame Crescent, vous voyez quelqu'un de crânement heureux... Ah! j'en ai passé de dures avant ça!... Trois jours, pas ce qui s'appelle ça sous la dent!... Zéro à l'heure des repas... Je me couchais gris... Ah! dame, gris, vous me comprenez... Mais, psitt! un changement à vue, une fortune! De la chance! Moi qui aurais dû crever, finir par la Morgue... Car, voilà!... Eh bien! pas du tout... Concevez-vous? M'amuser, bien dîner, être heureux, me payer des dîners à vingt-cinq sous!... Cinq jours de noce, là, à ne rien faire... Ah! rien... On aurait pu venir m'offrir n'importe quoi pour faire quelque chose... Le premier jour je me suis régalé du Jardin d'acclimatation, et je n'en suis sorti qu'à six heures... Il y a un oiseau, voyez-vous, madame Crescent, un oiseau... je ne vous dis que ça... Par exemple, cette fois-ci, mes créanciers... rien, pas un monaco[1]. Trop bête, de ne pas garder un sou... On ne m'y repincera plus... Quand j'ai reçu mon argent, toc! j'ai acheté un parapluie d'abord... C'est drôle, hein? moi, d'acheter un parapluie? Comme il faut que j'aie mûri! Et puis, trois chemises à quatre francs cinquante... Pas mal, hein? ce petit paletot-là pour dix-huit francs?... le gilet, quatre francs... Et deux paires de bottines... pas une... deux!... Ah! voilà comme je m'y mets, moi, quand je m'y mets... Ah! c'est toi...

Un gamin venait d'entrer, apportant à Anatole une tasse de café au lait.

— Tu reviendras demain... Aujourd'hui congé, pas de leçon... c'est saint Barnabé !

Et, revenant à Mme Crescent, quand l'enfant fut parti : — Je suis très bien ici... La portière me fait mon ménage *à l'œil*, pour des leçons que je donne à son moutard, à ce petit idiot-là... Il n'a pas la moindre disposition... Ça ne fait rien... Cette vieille bête de femme est si enchantée que, dans les premiers temps, elle m'envoyait un verre de vin avec mon café... des attentions à toucher un frotteur ! Ça s'arrange très bien... Pendant qu'elle est là qui brosse mes affaires, qui cire mes souliers, je colle ma leçon au petit... Hein ? de beaux draps ? Je m'en suis aussi payé deux paires avec quatre taies d'oreiller... Oh ! je suis requinqué... Voyez-vous ! maintenant, je mène une vie d'un rangé, je rentre tous les soirs de bonne heure pour me sentir bien chez moi, jouir de tout ça, de mon petit intérieur... je m'amollis dans le bien-être, quoi !... Quand je suis là-dedans, dans mes draps, avec une bougie, je me sens un bonheur !... Dire que j'ai encore soixante francs en or, là-haut, sur ce cadre !... Moi qui depuis des temps ne me suis jamais vu d'avance pour plus de trois jours... Enfin, c'est un secours de deux cents francs qui m'est joliment tombé...

— Ah ! tu es si heureux que ça ? — fit Mme Crescent avec un air embarrassé.

— On dirait que ça vous fait de la peine ?

— Non... mais c'est que...

Elle s'arrêta.

— C'est que... quoi ?

— Je t'apportais quelque chose.

Et elle tira gauchement de sa poche une lettre qui avait l'apparence d'une lettre ministérielle.

— Une commande ? — fit Anatole en la regardant.

— Non, tu n'es pas assez gentil pour ça... Comment, petite saleté, nous te faisons avoir une copie... tu ne viens pas nous voir... On t'en a après ça une seconde : tu ne remues ni pied ni aile pour nous donner de tes nouvelles... Eh bien! moi, je pensais à toi, animal... Je ne sais pas pourquoi... Vois-tu, au fond, il n'y a que nous deux qui aimions vraiment les bêtes...

— Voyons, ma bonne madame Crescent... cette lettre!

— Oh! c'est rien, — dit Mme Crescent, — c'est rien... — Et elle devint rouge. — On croit souvent, comme ça, faire pour le bien... moi, je croyais... et puis, pas du tout... tu es riche... te voilà avec soixante francs... Je pouvais tomber, un jour, n'est-ce pas? où tu n'aurais pas été si fier... Enfin, que veux-tu, une idée... Si ça ne te va pas, il ne faut pas pour ça m'en vouloir... Parce que, vrai, moi, c'était pour toi... — fit la grosse femme avec une adorable humilité honteuse. — Moi, je suis une bête... la langue me brouille... je ne sais pas tourner les choses. Eh bien! voilà comme ça m'est venu... Nous étions donc comme ça à avoir de tes nouvelles, de bric et de broc, par les uns, par les autres... Moi j'ai bien vu qu'au fond, les commandes, tout ça, ça ne te tirait pas de peine... Ça te faisait manger deux ou trois mois, et puis c'était toujours à recommencer.... Eh bien! alors, moi je me suis mise dans mes rêves.... C'est devenu ma colique de te savoir comme ça... je me suis dit : Voilà un homme qui aime les bêtes.... Si on voyait à lui trouver une petite place, où il serait comme qui dirait dans ses amours, avec la maman... Au fait, et la maman?

— Je l'ai emballée pour la province, chez une amie, en attendant une embellie... C'était trop lourd, à la fin le ménage... je me suis chargé de la liquidation... C'est elle qui m'a mis à sec.

— Eh bien! n'est-ce pas, si vous aviez comme ça, tous les deux, le pain et la caboulée[1]... Tu sais, moi, quand j'ai une idée dans la tête... ça me trottait... Voilà la cour qui vient à Fontainebleau... Il nous tombe chez nous quelqu'un de bien... Merci ! ce n'était pas de la chenille... un ministre, s'il vous plaît ! de je ne sais plus quoi... Oh ! un homme avec un front comme une porte de grange... Il voulait absolument avoir une décoration de son salon par Crescent... Tu sais que c'est moi qui fais les affaires... Lui, tu le connais, sorti de sa mécanique de peinture, cet empoté-là ! le sabot d'un cochon serait aussi malin que lui... Si je n'étais pas là, il laisserait tout aller... Alors, quand nous avons été arrangés à peu près sur le prix... Ma foi !... il avait l'air si bon enfant, ce ministre... je lui ai dit que je voulais mes épingles... Il m'a dit : Quoi ?... Eh bien ! que je lui ai fait je voudrais une petite place dans votre Jardin des plantes pour quelqu'un... Il a commencé à me dire que ça ne se donnait pas comme ça... que c'était difficile, qu'il ne savait pas... Un tas de raisons... Monseigneur, que je lui ai dit... Ah ! je n'ai pas bronché, je lui ai dit : Monseigneur... rien de fait, Crescent ne vous fera pas chez vous seulement grand comme la main, sans que j'aie ça pour un pauvre garçon qui a sa mère sur les bras... Et voilà ta lettre... je n'ai pu que ça... Oh ! je me mets bien dans ta peau, va... je comprends... je me rends compte... un artiste, ce n'est pas tout le monde, je sais ce que c'est... on a ses idées, on tient à son état... Quand on a eu le courage jusqu'à quarante ans, qu'on s'est fait toute la vie des imaginations à ça... Après ça, tu pourras te lever plus matin, faire encore quelque chose... Et puis, quelquefois, on peint là-dedans, à ce qu'il paraît... on peint quelque chose... un modèle de poisson... C'est du pain, vois-tu... C'est pour manger tous les jours... Tu n'es pas seul, songe donc ! Et puis les années commencent à te monter sur la tête, sais-tu ?

Et elle avança timidement la lettre sur le pied du lit.

Anatole prit la lettre, la retourna dans ses mains, avec

une expression presque douloureuse, et la reposa sans l'ouvrir. Il lui semblait qu'il y avait là-dedans la mort honteuse du rêve de toute sa vie. Mme Crescent était allée prendre les trois pièces d'or posées sur le rebord du cadre. Elle revint à Anatole en les tenant dans sa main ouverte.

— Sais-tu, — dit-elle doucement à Anatole, — ce que c'est que cet argent-là, mon enfant ? C'est de l'argent qui n'est pas gagné... et de l'argent qui n'est pas gagné, c'est de la charité... une vilaine monnaie, je te dis, dans la main d'un homme qui a ses quatre pattes...

Anatole baissa sur son drap un regard sérieux, reprit la lettre, l'ouvrit, y lut sa nomination d'aide-préparateur au Jardin des plantes. Il la reposa sur son drap, la regarda quelque temps de loin sans rien dire. Puis tout à coup, criant : — Enfoncée la Gloire ! — il se jeta au bas de son lit pour embrasser Mme Crescent, en oubliant qu'il était en chemise.

— Veux-tu te refourrer au lit tout de suite, vilain singe ! — fit Mme Crescent qui reprit bientôt : — Et Coriolis ? C'est bien drôle chez lui, à ce qu'il paraît... Est-ce qu'il y a longtemps que tu ne l'as vu ?

— Des temps infinis.

— Eh bien ! il y a des affaires... mais des affaires !... C'est Garnotelle que j'ai rencontré qui m'a raconté ça... Ah ! mais, il faut te dire d'abord qu'il s'est marié, Garnotelle, tu ne savais pas ?... Oui, marié... Oh ! un beau mariage... Sa femme, c'est une princesse... Attends : Moldave... Oui, c'est bien ça qu'il m'a dit... Le nom, par exemple... tu sais, c'est des noms étrangers... cherche, apporte... Voilà que pour se marier, il va demander à Coriolis pour être son témoin... Un ancien camarade, je trouve que c'était gentil comme idée, moi... Il paraît que Coriolis l'a reçu ! qu'il lui a dit des choses ! qu'il venait pour l'insulter... que c'était lui faire un affront quand il savait que lui allait épouser une... Excusez du mot ! —

dit Mme Crescent en le disant. — Une scène abominable !... Garnotelle a eu peur qu'il ne le battît... Il le croit devenu fou enragé... Après ça, mon Dieu ! ça ne serait pas étonnant avec la femme qu'il a... une croquette comme ça !... Allons ! tu sais qu'il y a encore quelques pièces de cent sous chez nous... Si tu avais des créanciers qui t'ennuient trop... Mais viens donc les chercher... Voilà ce qu'il faut faire... Nous passerons quelques bons jours... Tu verras les poules...

CLIII

— Psitt ! psitt ! Chassagnol !

Ainsi interpellé par Anatole, Chassagnol, qui allait sortir de la mairie du Luxembourg, se retourna. Il avait à côté de lui une bonne portant un petit enfant sous un voile blanc.

— À toi ? — demanda Anatole à Chassagnol en regardant l'enfant.

— Ma septième fille [1]... — dit le père avec un sourire qui laissait échapper le secret si longtemps gardé de sa nombreuse famille. — Ah çà ! comment es-tu ici ?

— Oh ! moi, rien, rien... Une petite histoire de justice de paix, un arrangement à trois mois... le dernier de mes créanciers... C'est que maintenant, tu ne sais pas, j'ai une place...

— Et moi, c'est bien plus fort ! J'ai de l'argent... Figure-toi que Cecchina... ah ! pardon, c'est ma femme... me voyant sans le sou, les enfants avaient faim, elle a eu une idée, ma paysanne de femme... Elle a trouvé je ne sais pas quoi pour nettoyer la paille d'Italie, elle dit que c'est un secret qui lui vient de la Madone... Enfin, les petites ont la becquée tous les jours, il y a toujours quelques sous dans la poche de mon gilet, et je puis flâner tranquillement... Ah çà ! je t'emmène, tu vas dîner chez nous...

Et comme ils causaient ainsi sur le pas de l'entrée de la Justice de Paix : — Vois donc... — dit tout à coup Anatole.

À ce moment, en haut du grand escalier de pierre, qu'on apercevait par le cintre de la porte vitrée du péristyle, sous le rayonnement diffus et blanc d'une large fenêtre, au-dessus de la rampe, une silhouette noire s'était montrée. Cette silhouette s'enfonça du côté du mur, disparut dans le retour de l'escalier que les deux amis ne pouvaient apercevoir. Puis il reparut, contre le carreau de la porte, un chapeau et un profil se détachant sur la carte en couleur du onzième arrondissement peinte au fond dans la cage de l'escalier. La porte battante s'ouvrit, et un homme se mit à descendre les douze grandes marches de l'escalier de la mairie, avec une main qui traînait derrière lui sur la rampe d'acajou, et des pieds de somnambule, distraits, égarés, tâtant le vide. Les deux amis se rejetèrent un peu dans le vestibule noir de la Justice de Paix. L'homme passa sans les voir : c'était Coriolis.

À quelques pas derrière lui venait Manette en grand toilette, suivie d'un groupe de quatre individus, vulgaires, effacés et vagues comme ces comparses des actes de l'État civil, raccolés au plus près dans les fournisseurs du voisinage.

Sorti le la mairie, Coriolis prit machinalement le trottoir, frôla, sans le sentir, des blouses qui lisaient le *Moniteur* affiché au mur, traversa la rue Bonaparte, et, comme s'il cherchait l'ombre, les pierres sans fenêtres et qui ne regardent pas, Anatole et Chassagnol le virent longer le grand mur du séminaire de Saint-Sulpice. Manette s'était arrêtée avec les témoins au coin de la rue de Mézières et semblait les remercier.

Tout à coup, les quittant, elle courut rattraper Coriolis, qu'elle saisit par le bras, et l'on vit les deux dos de la femme et du marié aller jusqu'au bout de la rue Bonaparte. Puis, le couple tourna à droite, disparut.

— Rasé ! — dit Anatole en faisant le geste énergique du gamin qui peint, avec le coupant de la main, une vie d'homme décapitée.

CLIV

— Le Beau, ah ! oui, le Beau !... s'y reconnaître dans le Beau ! Dire c'est cela, le Beau, l'affirmer, le prouver, l'analyser, le définir !... Le pourquoi du Beau ? D'où il vient ? ce qui le fait être ? son essence ? Le Beau ! la splendeur du vrai... Platon, Plotin... la qualité de l'idée se produisant sous une forme symbolique... un produit de la faculté d'*idéer*... la perfection perçue d'une manière confuse... la réunion aristotélique des idées d'ordre et de grandeur... Est-ce que je sais !... Le Beau, est-ce l'Idéal ? Mais l'Idéal, si vous le prenez dans sa racine, *eido*, je *vois*, n'est que le Beau visible... Est-ce la réalité retirée du domaine du particulier et de l'accidentel ? Est-ce la fusion, l'harmonie des deux principes de l'existence, de l'idée et de la forme, de l'essence de la réalité, du visible et de l'invisible ?... Est-il dans le Vrai ?... Mais dans quel Vrai ?... dans l'imitation du beau des êtres, des choses, des corps ? Mais quelle imitation ?... l'imitation par élection ou par élévation ? l'imitation sans particularité, sous l'image iconique de la personnalité, l'homme et pas un homme, l'imitation d'après un modèle collectif de perfections ? Est-il la beauté supérieure à la beauté vraie... « *pulchritudinem quæ est supra veram...* » une seconde nature glorifiée ?

Quoi, le Beau? L'objectivité ou l'infini de la subjectivité? l'*expressif* de Goethe? Le côté individuel, le naturel, le caractéristique de Hirtch et de Lessing? l'homme ajouté à la nature, le mot de Bacon? la nature vue par la personnalité, l'individualité d'une sensation?... Ou le platonicisme de Winckelmann et de saint Augustin?... Est-il un ou un multiple? absolu ou divers?... Oh! le Beau!... le suprême de l'illimité et de l'indéfinissable!... Une goutte de l'océan de Dieu, pour Leibnitz... pour l'école de l'Ironie, une création contre la Création, une reconstruction de l'univers par l'homme, le remplacement de l'œuvre divine par quelque chose de plus humain, de plus conforme au *moi fini*, une bataille contre Dieu!... Le Beau!... Quelqu'un a dit : le Beau est le frère du Bien... le Beau rentrant dans le point de vue de la conformation au Bien, une préparation à la morale, les idées de Fichte : le Beau utile!... Ah! la philosophie du Beau! Et toutes les esthétiques!... Le Beau, tiens! je le baptiserais comme les autres, et aussi bien, si je voulais : le Rêve du Vrai! Et puis après?... Des mots! des mots!... Le Beau! le Beau! Mais d'abord, qui sait s'il existe? Est-il dans les objets ou dans notre esprit? L'idée du Beau, ce n'est peut-être qu'un sentiment immédiat, irraisonné, personnel, qui sait?... Est-ce que tu crois au principe réfléchi du Beau, toi?

C'est ainsi que le soir du mariage de Coriolis, à des heures indues de la nuit, dans une petite chambre, au-dessus de l'atelier où séchaient les chapeaux de paille de sa femme, Chassagnol parlait à Anatole étendu sur la descente de lit, et qui dormait, une cigarette éteinte aux lèvres, avec l'air d'écouter.

CLV

Une fenêtre, dans un de ces jolis bâtiments moitié brique, moitié pierre, à l'air d'étable et de cottage, où s'accrochent les bras grimpants d'une glycine, une fenêtre s'ouvre toujours la première au bout du Jardin des plantes. Elle s'ouvre au soleil, au matin que salue sous elle la volière des vanneaux siffleurs, elle s'ouvre à ce qui revit dans le jour qui ressuscite.

Cette fenêtre est la fenêtre d'Anatole qui, déjà descendu dans le jardin, traîne lentement ses pantoufles paresseuses dans les allées, le long des grilles. Partout c'est un épanouissement d'êtres ; et de jardinet en jardinet, court le frémissement du réveil animal, charmant de souplesse, de légèreté, d'élasticité. La vie saute et bondit de tous côtés. Les mouflons grimpent sur l'échelle de leurs kiosques, de jeunes axis, penchés sur le côté, s'inclinent en patinant sur le sol où ils tournent ; les lamas s'emportent en courses folles ; les jeunes chevreaux, mal d'aplomb sur leurs jambes pattues, trébuchent dans des essais de galop ; des onagres en gaieté, les quatre pattes en l'air, font de grandes roulées par terre. Tout ce qui est là, dans le mouvement, la fièvre, la vitesse, l'étirement, la course, le jeu des nerfs et des muscles, retrouve la jouissance d'être. Et les petits oiseaux, dans leur volière, font trembler, sous leur voletage incessant, l'arbre mort qu'ils fatiguent sans repos du rapide effleurement d'une seconde de pose.

À des places de fraîcheur verte, le blanc des toisons et des plumes montre le blanc de la neige ; le trottinement des chèvres d'Angora balance comme des flocons d'argent mat ; des paons blancs traînent, étalées, les lumières de satin d'une robe de mariée ; et toute la splendide blancheur donnée aux bêtes apparaît là dans une sorte de douceur frissonnante, avec des reflets dormants de nuage et de nacre. Sur les petites pelouses, presque entièrement couvertes de l'ombre allongée des arbres, où l'ombre tremble et s'envole de l'herbe à chaque brise qui secoue en haut les cimes, Anatole s'amuse à voir le passage des animaux au soleil, la promenade de leurs couleurs dans des éclairs, la fuite, l'effacement instantané des petites lignes fines et sèches qui se dessinent en courant derrière les pattes des gazelles. Il regarde les vieux boucs agenouillés, et faisant gratter leur barbe au bois râpeux de leur auge; le zèbre, avec son élégance d'un âne de Phidias, ses formes pleines, pures et souples, ses impatiences de ruade par tout le corps; les bisons, absorbés, endormis dans leur passivité solide, laissant tomber de leur masse le sombre d'un rocher, laissant emporter à l'air des rouleaux de leur toison brûlée. Des biches de l'Algérie, à la démarche lente, élastique et scandée, il va aux grands cerfs, qui se dressent paresseusement sur leurs jarrets de devant, en levant leurs bois comme la majesté d'une couronne. Il va à ces grands bœufs de Hongrie, aux cornes gigantesques, qui semblent la paix dans la force et dans la candeur. Il va au dromadaire, dont le regard s'allonge au bout de son cou de serpent, et dont l'œil nostalgique a l'air de chercher devant lui la liberté, l'horizon, l'infini, le désert. Et sur du gazon, il suit les tortues couleur de bronze, allant, en ramant des pattes, à travers des brindilles qu'elles écrasent, et se traînant, avec leur marche qui tombe, jusqu'à un peu de soleil.

Au bord de la petite rivière, au milieu de l'herbe nouvelle et translucide, sur le décor mouillé des acacias, des peupliers, des saules, les cigognes tout à coup rompant leurs poses et leur immobilité empaillée, les cigognes prennent des essors boiteux; et courant, trébuchant, butant, s'élançant, s'ébattant avec des sauts ridicules et de grotesques velléités de vol, elles illuminent tout ce coin de jardin des couleurs vives qu'elles y jettent, du blanc palpitant de leurs ailes agitées, du rouge de leurs becs et de leurs pattes. À côté des cigognes, voici le petit étang et les oiseaux d'eau ; Anatole s'y attarde comme à une mare du paradis : rien que des frissonnements, des frémissements, des ondulations, des ébats, des demi-plongeons, le lever, le bain de l'oiseau, la toilette coquette à coups de bec sur le dos, sous les ailes, sous le ventre, les contentements gonflés, les renflements en boule, les hérissements, les rengorgements qui soulèvent la ouate floche de tous ces petits corps avec le souffle d'une brise ; et cela, dans du soleil et dans de l'eau, entre deux lumières, avec des vols qui nagent et des brillants de plume qui se noient, avec des reflets qui voguent et des éclaboussements de poussière humide qui semblent briser, tout autour de l'oiseau, en gouttes de cristal, le miroir où il se mire. Une divine joie est là, la joie gracieuse des animaux qui échappent à la terre et ne se traînent pas sur le sol, la joie sans fatigue de toutes ces existences flottantes, balancées, portées sans fatigue par un soupir de l'air ou par une ride du fleuve, promenées sur l'onde au fil du nuage, bercées dans de la transparence et de la limpidité, voyageant dans du ciel qui les mouille.

Un peu plus loin, Anatole fait halte devant l'hippopotame, qui dort à fleur d'eau, pareil, dans sa cuve, à une île de granit à demi submergée, et qui, de temps en temps, remuant un peu sa petite oreille et clignant son œil rond, montre, en ouvrant son immense bouche en serpe, le rose énorme d'une immense fleur de monde inconnu. Le pain de seigle qu'Anatole a l'habitude de grignoter en marchant dans le jardin, fait venir tout de suite à lui l'éléphant qui s'avance au petit trot, avec des éventements d'oreille semblables au jeu puissant d'un *pounka*[1] : Anatole flatte de la main la bête vénérable, aux cils de momie, et il caresse presque pieusement cette peau de pierre qui a la couleur et le grain d'un bloc erratique, éraillé çà et là par le frottement d'un siècle. Et puis, il passe aux petits éléphants qui, se pressant et se nouant par la trompe, se poussent front contre front, et jouent à se faire reculer avec des malices d'enfants de géants qui luttent et de grosses douceurs de frères qui s'amusent.

Le soleil, en montant, resserre à chaque minute l'ombre de tout, et mordant le coin de cage, l'angle de nuit où sont réfugiés les nocturnes perchés, il allume un feu d'ambre dans l'œil du Jean-le-Blanc. L'éblouissement qu'il verse se répand sur tous les animaux. Au milieu des arbres, où l'on vient de les déposer, les perroquets éclatent. Les aras rouges font reluire sur leur rouge l'écarlate d'un piment; les plumages des aras blancs étincellent de la blancheur de stalactites de cire vierge et de larmes de lait. Et tandis que sur le haut d'un petit toit, un morceau de la queue d'un paon fait scintiller un feu d'artifice de pensées et d'émeraudes, l'aigrette de la grue couronnée tremble dans l'herbe comme un bouquet d'épis d'or.

Sur le sol, encore tout ombreux de la grande allée de marronniers, la lumière jette de distance en distance des palets de jour; et sur les troncs ensoleillés, la découpure digitée des feuilles dessine en tremblant des fleurs de lis d'ombre.

Assis sur un banc, sous cette épaisse feuillée où la respiration de l'air fait courir en passant comme des soulèvements d'ailes qui s'envolent et des battements de langues qui boivent, Anatole a devant lui la ménagerie enfermant le soleil et les féroces dans ses cages, la ménagerie où le roux des lions marche dans la flamme de l'heure, où le tigre qui passe et repasse semble emporter chaque fois sur les raies de sa robe les raies de ses barreaux, où de jeunes panthères, couchées sur le dos, s'étirent mollement avec des voluptés renversées de bacchantes. Il est enveloppé du gazouillement des oiseaux attirés par le pain qu'on donne aux animaux et les miettes des grosses bêtes. À l'étourdissant concert des moineaux gorgés, répond, de tous les coins du jardin, le chant de fifre des oiseaux exotiques, sifflante piaillerie, chanterelle infinie qu'écrase ou déchire tout à coup le beuglement sourd d'un grand bœuf, le rugissement d'un lion, le bramement guttural d'un cerf, le barrit strident d'un éléphant, le cor d'airain de l'hippopotame, — bâillements de féroces ennuyés, soupirs de bêtes sauvages, fauves haleines de bruit, sonorités rauques, dont Anatole aime à être traversé, et qui remuent dans sa poitrine l'émotion, le tressaillement d'instruments de bronze et de notes de tonnerre. Puis cela tombe, et bientôt s'éteint dans le cri d'un petit animal, ainsi qu'un grand souffle qui mourrait dans le dernier petit murmure d'une flûte de Pan ; et il se fait un silence où l'on entend goutte à goutte le filet d'eau qui renouvelle le bain de l'ours blanc.

En errant, ses regards rencontrent dans des trouées de verdure des têtes aux yeux mourants, à la langue rose qui passe sur des babines luisantes, des bouches flexibles et ardentes d'hémiones, se tordant et se cherchant, dans un baiser qui mord, à travers les grillages. Il y a dans l'air qu'Anatole respire la senteur des virginias en fleur qui couvrent des allées de leur effeuillement ; il y a des arômes fumants, des émanations musquées et des odeurs farouches mêlées aux doux parfums des roses « cuisse de nymphe » qui embaument de leurs buissons l'entrée du jardin...

Peu à peu, il s'abandonne à toutes ces choses. Il s'oublie, il se perd à voir, à écouter, à aspirer. Ce qui est autour de lui le pénètre par tous les pores, et la Nature l'embrassant par tous les sens, il se laisse couler en elle, et reste à s'y tremper. Une sensation délicieuse lui vient et monte le long de lui comme en ces métamorphoses antiques qui replantaient l'homme dans la Terre, en lui faisant pousser des branches aux jambes. Il glisse dans l'être des êtres qui sont là. Il lui semble qu'il est un peu dans tout ce qui vole, dans tout ce qui croît, dans tout ce qui court. Le jour, le printemps, l'oiseau, ce qui chante, chante en lui. Il croit sentir passer dans ses entrailles l'allégresse de la vie des bêtes; et une espèce de grand bonheur animal le remplit d'une de ces béatitudes matérielles et ruminantes où il semble que la créature commence à se dissoudre dans le Tout vivant de la création.

Et parfois, dans ce jour du commencement de la journée, dans ces heures légères, dans cette lumière qui boit la rosée, dans cette fraîcheur innocente du matin, dans ces jeunes clartés qui semblent rapporter à la terre l'enfance du monde et ses premiers soleils, dans ce bleu du ciel naissant où l'oiseau sort de l'étoile, dans la tendresse verte de mai, dans la solitude des allées sans public, au milieu de ces cabanes de bois qui font songer à la primitive maison de l'humanité, au milieu de cet univers d'animaux familiers et confiants comme sur une terre divine encore, l'ancien bohème revit des joies d'Éden, et il s'élève en lui, presque célestement, comme un peu de la félicité du premier homme en face de la Nature vierge.

Décembre 1864. — Août 1866

DOSSIER

CHRONOLOGIE

1822. *26 mai* : naissance à Nancy d'Edmond de Goncourt, fils de Marc-Pierre Huot de Goncourt et d'Annette-Cécile Guérin. Le patronyme noble « de Goncourt » a pour origine l'achat par Antoine Huot, arrière-grand-père des deux frères, d'une terre seigneuriale dans les Vosges. Le père d'Edmond avait été officier sous l'Empire puis demi-solde. Il vivait du revenu de ses terres. La mère d'Edmond avait des origines nobles par sa mère (elle était apparentée aux comtes de Villedeuil et aux Lebas de Courmont).

1830. *17 décembre* : naissance à Paris de Jules de Goncourt.

1831-1840 : études d'Edmond à la pension Goubaux, puis au collège Henri-IV et au collège Bourbon. Baccalauréat. Le père est mort le 7 janvier 1834.

1841-1848 : études d'Edmond à la faculté de droit. Études secondaires de Jules au collège Bourbon. Il est lauréat au concours général (grec et latin).

1848. *5 septembre* : mort d'Annette-Cécile de Goncourt.

1849. Jules est reçu bachelier. Il déclare qu'il ne veut « rien faire ». Edmond (qui, après un stage chez un avoué, a travaillé en 1847 comme employé à la Caisse du Trésor) refuse comme son frère d'embrasser une carrière bourgeoise : ils veulent consacrer leur vie à l'art et à la littérature.

Juillet-novembre : Jules et Edmond parcourent à pied la Bourgogne, le Dauphiné, la Provence.

Novembre-décembre : leur voyage se poursuit à Alger. Ils tiennent un journal qu'ils illustrent de dessins et de croquis. Les descriptions qu'ils font d'Alger paraîtront dans le journal *L'Éclair* en 1852. C'est au cours de ce voyage que la littérature prend le pas sur leur goût du dessin : ils se découvrent écrivains avant tout.

1850. *Janvier* : ils s'installent au 43 de la rue Saint-Georges, où ils resteront jusqu'en 1868.

Printemps : voyage en Suisse et en Belgique.
Septembre : ils séjournent près du Havre. Jules apprend qu'il a la syphilis.

1851. *5 décembre* : en plein coup d'État, ils publient à compte d'auteur leur premier roman *En 18...* Malgré un article élogieux de Jules Janin le livre passe inaperçu. Les deux frères commencent à tenir leur *Journal*.

1852. *12 janvier* : ils fondent un hebdomadaire, *L'Éclair*, avec leur cousin Pierre-Charles de Villedeuil.
Ils se lancent dans la critique d'art avec leur compte rendu du *Salon de 1852*.
Pendant l'été, ils font un séjour à Marlotte, avec des amis peintres. Ils se souviendront de ce premier contact avec la forêt de Fontainebleau dans *Manette Salomon*
20 octobre : premier numéro du *Paris*, quotidien satirique fondé par leur cousin Villedeuil. C'est grâce à leur collaboration au *Paris* qu'ils rencontreront Gavarni, artiste avec lequel ils se lient d'amitié. Ils font également, par le journal, la connaissance de Henri Murger, Aurélien Scholl, Xavier de Montépin, Théodore de Banville.
15 décembre : ils sont inculpés pour outrage à la morale publique et aux bonnes mœurs à propos d'un article qu'ils ont écrit pour le *Paris*, « Voyage du numéro 43 de la rue Saint-Georges au numéro 1 de la rue Lafitte », article dans lequel ils citaient quelques vers un peu lestes de Tabureau.

1853. *19 février* : ils sont acquittés, mais blâmés, devant la sixième chambre correctionnelle. Cette aventure leur inspirera une crainte durable de la justice, et les éloignera du journalisme.
Avril : ils cessent leur collaboration au *Paris* et à *L'Éclair*.
Juillet : publication d'une plaquette, *La Lorette*, satire des mœurs contemporaines dans le style des « physiologies ».

1854. Ils publient *La Révolution dans les mœurs* et l'*Histoire de la société française pendant la Révolution*, ouvrage qui inaugure une série de travaux historiques sur le XVIIIe siècle. La critique est favorable.

1855. *Mars* : *Histoire de la société française pendant le Directoire*, toujours à compte d'auteur. La critique est plus réservée que pour le précédent ouvrage. Ils publient *La Peinture à l'Exposition universelle de 1855*, où ils louent l'art de Decamps, leur peintre favori (dont ils parlent beaucoup dans *Manette Salomon*).
Novembre : Avec Louis Passy, ami d'enfance de Jules, ils entreprennent un voyage en Italie qui durera jusqu'en mai 1856, et d'où ils rapporteront un carnet de *Notes d'un voyage en Italie*, illustré par Jules (actuellement au Cabinet des Dessins du Louvre).

1857. Publication de *Sophie Arnould* et de la première série des *Portraits intimes du XVIIIe siècle*.

1858. Publication de la deuxième série des *Portraits intimes* et de l'*Histoire de Marie-Antoinette*.

1859. Les Goncourt découvrent l'eau-forte, qui leur inspire une vraie passion (qu'ils prêtent au Coriolis de *Manette Salomon*). Ils publient le premier fascicule de *L'Art au XVIII*[e] *siècle*. Il y en aura onze autres jusqu'en 1875.

1860. *Janvier* : publication des *Hommes de lettres*, roman qu'ils rebaptiseront *Charles Demailly* en 1868. Cette satire des milieux journalistiques attire sur eux les foudres de la presse, qui accuse les deux frères de « trahir leur ordre ».
Avril : publication des *Maîtresses de Louis XV*.
Septembre : voyage en Allemagne avec leur ami, le critique d'art Paul de Saint-Victor (dont la liaison avec l'actrice juive Lia Félix est en partie la source du ménage Coriolis-Manette, dans *Manette Salomon*).

1861. *Juillet* : publication d'un nouveau roman, *Sœur Philomène*, d'abord publié en feuilleton dans *L'Opinion nationale*.

1862. *16 août* : mort de leur servante Rose Malingre. Quelques jours après, ils découvrent avec stupéfaction la double vie qu'elle menait depuis des années à leur insu. Cette découverte qui les bouleverse est le point de départ de leur roman *Germinie Lacerteux*.
Le soir même de la mort de Rose, ils sont introduits par Philippe de Chennevières dans le salon de la princesse Mathilde, rue de Courcelles. De même que Flaubert, Gautier, Saint-Victor, ils deviendront des habitués de ce salon comme de la maison de campagne de la princesse Mathilde à Saint-Gratien.
22 novembre : premier dîner Magny. Ce dîner, imaginé par Gavarni, Sainte-Beuve et les Goncourt, réunira deux fois par mois, chez le restaurateur Magny (rue Contrescarpe-Dauphine, aujourd'hui rue Mazet), tout un groupe d'artistes, d'écrivains et de savants.

1863. *19 octobre* : première visite à Croisset chez Flaubert.
3 décembre : début de la publication de *Renée Mauperin* en feuilleton dans *L'Opinion nationale*.

1864. *Mars* : publication de *Renée Mauperin* chez Charpentier.

1865. *16 janvier* : publication de leur roman *Germinie Lacerteux*, avec une préface qui est un manifeste en faveur du naturalisme. Le roman suscite de très violentes attaques.
5 décembre : échec de leur pièce *Henriette Maréchal* à la Comédie-Française : à la suite d'une cabale, la pièce est interdite après la sixième représentation.

1866. *Février* : ils publient sous le titre d'*Idées et sensations* des extraits de leur *Journal*.
24 novembre : mort de leur ami Gavarni.

1867. *Janvier-mars* : publication de *Manette Salomon* en feuilleton dans *Le Temps*, sous le titre de *L'Atelier Langibout*.
Avril-mai : séjour à Rome, où les Goncourt prennent des notes en vue de leur prochain roman, *Madame Gervaisais*.
Novembre : publication de *Manette Salomon* en volume chez Lacroix-Verboeckhoven. Succès médiocre.

1868. La santé de Jules se détériore.
Septembre : les deux frères, qui ne supportent plus le bruit de Paris, s'installent dans une maison à Auteuil.

1869. *Février* : publication de *Madame Gervaisais*.
Été : cure à Royat. Mais la paralysie générale de Jules s'étend.

1870. *19 janvier* : Jules cesse de tenir le *Journal*.
20 juin : mort de Jules, à l'âge de 39 ans.

1872. Publication de l'étude sur *Gavarni* dans le *Bien public*.

1873. *Mars* : Edmond fait chez Flaubert la connaissance d'Alphonse Daudet : ce dernier sera la grande amitié des vingt dernières années de sa vie.

1874. *14 avril* : premier dîner des cinq (Goncourt, Daudet, Flaubert, Zola, Tourgueniev), qui remplace le dîner Magny.

1877. Publication de *La Fille Élisa*, roman écrit par Edmond d'après des notes prises en commun avec Jules.

1879. Publication du roman *Les Frères Zemganno*, première œuvre entièrement conçue par le seul Edmond.

1880. *8 mai* : mort de Flaubert.

1881. Publication du roman *La Faustin* en feuilleton. Publication de *La Maison d'un artiste* (description de la maison des Goncourt à Auteuil).

1882. Publication de *La Faustin* en volume.
23 juin : dans *Le Bien public*, on apprend le projet d'une académie Goncourt.

1883. Edmond lit certains passages du *Journal* aux Daudet. Il continuera ainsi à en lire certains morceaux lors de ses visites à Champrosay.

1884. Publication de *Chérie* en feuilleton puis en volume.

1885. *Janvier* : début des réunions du dimanche dans le « Grenier » d'Edmond de Goncourt (deux pièces mansardées du deuxième étage de la villa d'Auteuil, auparavant habitées par Jules). Daudet, Zola, Maupassant, France, Bourget, Banville... y participent.

1887. *3 mars* : publication du premier tome du *Journal* (dans une version expurgée par Edmond) chez Charpentier. Neuf volumes paraîtront jusqu'en 1896.

15 avril : *Renée Mauperin* est jouée à l'Odéon (dans une adaptation d'Henry Céard).

1888. *8 décembre* : première de *Germinie Lacerteux* à l'Odéon, avec Réjane (pièce en dix tableaux, publiée en même temps en volume chez Charpentier).

1889. Antoine, le créateur du Théâtre-Libre, qu'Edmond avait rencontré en avril 1888, monte *La Patrie en danger* (pièce sur la Révolution écrite par les Goncourt en 1867 et publiée en 1873).

1890. *Février* : *Les Frères Zemganno* au Théâtre-Libre.
Décembre : *La Fille Élisa* au Théâtre-Libre, d'après la pièce en 3 actes tirée par Jean Ajalbert du roman des Goncourt.

1893. *Janvier* : *À bas le progrès !* au Théâtre-Libre.

1895. *1er mars* : grand banquet de 310 couverts en l'honneur d'Edmond de Goncourt, que Raymond Poincaré décore de la croix d'officier de la Légion d'honneur.

1896. *27 février* : *Manette Salomon* est jouée au Vaudeville (mise en scène par Porel), 27 représentations.
26 mai : publication du neuvième et dernier volume du *Journal*.
15 juillet : mort d'Edmond chez les Daudet à Champrosay. Le testament d'Edmond, par lequel l'aîné des Goncourt institue une société littéraire qui doit décerner chaque année un prix à un jeune auteur, est attaqué par la famille. Poincaré est l'avocat des exécuteurs testamentaires.

1900. *1er avril* : première séance de l'Académie Goncourt. Ses membres sont J.-K. Huysmans, Léon Hennique, Gustave Geffroy, Paul Margueritte, Octave Mirbeau, Rosny jeune et Rosny aîné. Ils cooptent Léon Daudet, Lucien Descaves, Élémir Bourges.

1903. *Janvier* : l'Académie Goncourt est reconnue d'utilité publique.
Décembre : le premier Prix Goncourt est décerné.

RÉCEPTION DE *MANETTE SALOMON*

La publication de *Manette Salomon* en novembre 1867 semble être passée à peu près inaperçue du monde de la presse. L'œuvre ne paraît avoir suscité d'intérêt ni chez les journalistes ni chez des écrivains qui se manifestèrent à l'occasion de la parution d'autres romans des Goncourt (tel Barbey d'Aurevilly, qui écrivit des articles sur *Renée Mauperin, Madame Gervaisais, Les Frères Zemganno*...).

Il y eut, toutefois, quelques réactions. Citons d'abord le long article du tout-puissant critique du *Figaro*, Albert Wolff. Cet article, paru dans *Le Figaro* du 26 novembre 1867, tout en concédant — avec réticence — quelques qualités d'écrivains aux frères Goncourt, portait un jugement sévère sur leur nouveau roman. Le texte entier — au demeurant partial et peu nuancé — ne présentant pas un grand intérêt, nous nous bornerons à résumer les observations formulées par Wolff à propos de *Manette Salomon*. Après avoir fait l'éloge du tempérament travailleur et consciencieux des deux frères, le critique entame sa litanie de reproches en remarquant que les sujets qu'ils choisissent pour leurs romans sont ténus. Leurs personnages sont falots, copiés sur la réalité. Les Goncourt se donnent du mal pour une matière romanesque qui ne le mérite pas. Pour compenser la médiocrité du sujet, ils livrent au lecteur un luxe de descriptions et de détails dont il se passerait. Wolff reproche également aux Goncourt leur manque de nouveauté dans la peinture du monde des arts (« Au fond, ils n'ont fait que renouveler les vieilles charges d'atelier, qu'on n'oserait même plus raconter à la campagne quand, après une journée de chasse, on se réunit autour de la cheminée et que les convives rient volontiers d'une plaisanterie faisandée »), et termine en leur contestant leur réputation d'hommes d'esprit (leur esprit étant, à ses yeux, lourd, voulu, travaillé) et d'artistes : tout au plus méritent-ils selon lui le titre de « piocheurs », et même, ajoute-t-il dans un accès de magnanimité, de « piocheurs estimables ».

Laissons là cet article manifestement injuste et par endroits venimeux — au point qu'il suscita une contre-attaque courtoise, mais ferme, de la part d'un certain Alphonse Duchesne, dans *Le Figaro* du 30 novembre 1867. Après avoir fait un certain nombre de concessions aux critiques d'Albert Wolff, Duchesne poursuit :

Je n'éprouve donc aucune difficulté à reconnaître avec vous que MM. de Goncourt sont des travailleurs patients, acharnés, amoureux de leur œuvre.

Mais par cela même, je m'étonne grandement de l'hésitation que vous mettez à saluer en eux des artistes.

Artistes ils le sont jusqu'au bout de l'ongle.

*Si, dans une Académie libre de l'Art littéraire, dont il serait devenu le président, deux fauteuils — Louis XV — étaient vacants, Cassagnol [*sic*] lui-même, le farouche et intraitable Cassagnol, y pousserait MM. de Goncourt avec un brutal empressement. Et si, le jour de leur réception dans cette compagnie peu nombreuse, il était chargé de leur souhaiter la bienvenue, ce serait surtout, j'imagine, à leurs éminentes qualités d'artistes qu'il rendrait un éclatant hommage.*

« Messieurs, leur dirait-il, [...] La religion de la forme n'a d'adeptes ni plus fervents ni mieux partagés que vous.

» Vous n'écrivez pas. Écrire ! À quoi bon ? Vous faites mieux. Vous peignez. Au lieu d'employer des syllabes, vous posez des tons. Votre livre n'est pas une série de chapitres, mais bien une galerie de tableaux. Telle de vos pages est un Delacroix, telle autre un Decamps. Vous avez des Géricault et vous avez des Meissonier.

» Vous possédez ce qui est plus fort que le style. Je veux dire le pittoresque. Vous y êtes passés maîtres. Vous y excellez et les âcretés de la jalousie vont safraniser le teint de Gautier, de Banville et de Saint-Victor, ces grands coloristes.

» Vos périodes à trames constellées, vos tirades grenues où l'esprit étincelle comme les paillettes de mica dans le granit rose, vos énumérations si puissamment soutenues sans monotonie, vos vues d'ensemble, si complètes, si rapides et si saisissantes en leur poétique réalité, ce n'est pas du fond d'une écritoire que vous les tirez. La palette, non la plume, emprunte au soleil de si chauds rayons et produit de ces éblouissements.

» Soyez donc les bienvenus, Messieurs, dans l'Elseneur des peintres en prose, des dessinateurs en vers et des littérateurs à l'eau-forte : Ut pictura poesis. »

[...] *MM. de Goncourt méritent une place distinguée dans le petit groupe des écrivains de race, et deux qualités suffiraient à la leur assigner : leur connaissance parfaite de la langue et le talent avec lequel ils usent de toutes ses ressources. Il y a des parties de leur dernier livre qui sont, il me semble, des tronçons d'un pur chef-d'œuvre : par exemple, les lettres de Coriolis à son ami ; le dénombrement des modèles de Paris, hommes et femmes, une merveille de style descriptif ; l'ouverture du Salon, qui est un excellent tableau de genre ; une scène enfin, celle de la première pose de*

Manette, dans laquelle la précision du mot et la plastique de l'épithète arrivent à rendre cette création d'un cerveau humain aussi visible, aussi palpable, aussi réelle que la vie elle-même. Littérature de tour de force, dit-on. Mais, ma foi! n'en fait pas qui veut.

[...] *Je ne chercherai pas [...] à pénétrer violemment dans la secrète pensée des auteurs, à mettre des noms au bas de leurs portraits, à soulever les masques qui, dit-on, déguisent des personnages connus. Faut-il traduire l'atelier Langibout par l'atelier Drolling, Coriolis par Fromentin, Garnotelle par Flandrin, Crescent par Millet, Chassagnol par Chenavard, etc. ? Je l'ignore et n'en veux rien savoir.*

[...] *Coriolis, Manette ont-ils vécu ? Je ne saurais le dire. Mais l'histoire de la lutte sourde, obstinée, mortelle, livrée par les instincts bas de cette femelle aux aspirations nobles de cet homme de talent ; l'horrible triomphe de la bêtise et de la cupidité parvenues à étouffer une belle intelligence, voilà un drame plein de passion, de réalité poignante, de déchirements et de hautes leçons. Que faut-il de plus ?*

Quant aux théories de MM. de Goncourt, ce n'est pas le lieu de les discuter. Mais encore est-il juste de les féliciter de la chaleur avec laquelle ils protestent contre tout ce qui, dans notre organisation sociale actuelle, tend fatalement à abaisser les caractères et les talents.

Après avoir reproché aux Goncourt de laisser à l'esprit une trop grande place dans leur livre, Alphonse Duchesne termine son article en répondant à la critique d'Albert Wolff concernant les « vieilles charges d'atelier » et les « mœurs des rapins de 1840 », en en démontrant l'absurdité.

Il y eut quelques autres manifestations d'intérêt en faveur des Goncourt, concernant d'ailleurs plus souvent les deux frères eux-mêmes que leur œuvre. Mentionnons les articles de Jules Vallès et d'Émile Zola. L'article de Jules Vallès, paru dans *La Situation* du 10 novembre 1867 et intitulé « Chronique parisienne », tient, comme son nom l'indique, beaucoup plus de la chronique que de la critique littéraire. Vallès y dépeint avec sympathie les deux frères et raconte leurs débuts littéraires. Il n'évoque *Manette Salomon* qu'à la fin de son article : pour décrire l'agonie du singe Vermillon, écrit-il, les Goncourt sont allés étudier l'agonie d'un singe du Jardin des plantes. Quant à l'article de Zola, publié dans *Le Gaulois* du 22 septembre 1868, et intitulé « Médailles. MM. Edmond et Jules de Goncourt », il consiste essentiellement en un portrait des deux frères et en une analyse de leur style à travers leur personnalité. *Manette Salomon* y fait l'objet des deux observations suivantes :

MM. de Goncourt ont une façon de peindre qui leur appartient. Ils voient par masses largement et ils procèdent par taches éclatantes; on aura une connaissance complète de leur manière en lisant une description de Paris qui se trouve au début de Manette Salomon. *Leurs meilleurs tableaux sont des esquisses jetées lestement, toutes grouillantes de notes aiguës, faites en quelques coups de pinceau, sans trop de dessin, mais vivantes et empoignantes par leur tapage de couleurs.* [...]

» Manette Salomon, *leur dernière œuvre, les montre tels que j'ai essayé de les représenter, hardis et raffinés, peignant du bout de leur plume de petits chapitres qui sont autant de tableaux, vrais jusqu'à la crudité, exquis jusqu'à la mièvrerie.*

Signalons enfin le long article de Georges Rodenbach intitulé « À propos de *Manette Salomon*. L'œuvre des Goncourt ». Il parut dans la *Revue de Paris* le 15 mars 1896, et a pour point de départ la représentation au théâtre du Vaudeville, le 27 février 1896, de la pièce tirée du roman des Goncourt. (Edmond de Goncourt s'est d'ailleurs beaucoup plus largement exprimé sur *Manette Salomon* au moment de la rédaction de la pièce, dès avril 1893, voir le *Journal*, le 22 avril 1893, qu'au moment de la publication de l'ouvrage en 1867.)

Quoique portant davantage sur l'ensemble de l'œuvre des Goncourt, cet article n'en est pas moins remarquablement intéressant. Nous en extrayons quelques passages :

(À propos des personnages créés par les Goncourt :)

Tous ces personnages sont des nerveux; ils sentent s'étirer en eux le terrible écheveau, et sont frères en Notre Mère la Névrose qui est la Madone de ce siècle. Des malades, dira-t-on! Mais ils sont les malades d'un trop subtil idéal, d'une délicatesse trop docile aux raffinements de l'art, de la musique, de l'amour, du clair de lune, des fards et des piments. Les nerveux? Ils sont malades d'être trop exquis. Ils souffrent de s'être sensibilisés jusqu'aux nuances. Ils expient pour avoir voulu se hausser aussi loin de l'homme primaire que celui-ci est loin des animaux. [...]

Dans Manette Salomon, *il ne s'agit pas seulement d'une étude du monde des peintres, ni même de la thèse que la femme nuit à l'art, détourne à son profit les sources vives de l'inspiration, les tarit contre son sein incertain comme le sable. Les Goncourt dressent bien au-dessus du sujet le thème du Nu, extasiement des yeux de peintres, caresse et lumières, brûlure aussi, idole de chair qui demande des cœurs saignants en ex-voto et des colliers de larmes.* [...]

Dans leur style encore, se reconnaît bien la marque du moderne. Est-ce qu'il ne fallait pas, pour une humanité nouvelle, une nouvelle langue? La leur est adéquate; elle est bariolée, capiteuse, aiguë, retorse, une langue avec des chiffons, du nu, des bijoux; une langue comme une foule; une langue truffée d'argot, de termes d'ateliers et de coulisses, de termes techniques (leur nature de collectionneurs devait les mener à collectionner aussi des mots). Littérature de luxe, fardée et maquillée, pourrait-on dire, dont le style est bien le visage de la vie moderne, ajoutant du rouge, du noir, du bleu, des poudres et toute une chimie de couleurs pour exaspérer son charme de décadence, sa pâleur de nerveuse qui exigea trop de la vie et d'elle-même. [...]

Qui prétendra la forêt plus belle au printemps, quand toutes les feuilles sont d'un vert unifié et, partant, monotone? Or, la langue est une forêt, disait déjà Horace. Notre littérature, aujourd'hui, touche à son automne; et n'en est-elle pas autrement somptueuse, avec ses millions de feuilles multicolores, qui sont du bronze, du sang, de la chair d'enfant, de la lie, de l'or, du fard, — palette prodigieuse avec laquelle il nous faut exprimer la fin de siècle où nous vivons.

Il faut mentionner la réaction de Flaubert. Dans une lettre à Jules Duplan, datée du 18 décembre 1867, faisant allusion au silence qui a entouré l'apparition du roman, il écrit : « La *Manette Salomon* des bichons me paraît avoir remporté une veste d'une telle longueur qu'elle peut passer pour un linceul; c'est à lire néanmoins. »

Une lettre antérieure, datée du 13 novembre 1867 et adressée aux Goncourt eux-mêmes, se montre plus prodigue d'éloges. Nous la donnons intégralement :

J'ai reçu les deux volumes ce matin à 11 heures et je viens de les finir. C'est vous dire, mes bons, que Manette Salomon *m'a occupé toute la journée. J'en suis ahuri, ébloui, bourré. Les yeux me piquent. Donc, je vous expectore mon sentiment, sans la moindre préparation.*

Quant à du talent, ça en regorge. Quelle abondance, nom de Dieu! Jamais de la vie vous n'avez été plus vous, *ce qui est le principal.*

Voici, en fermant les paupières, ce que je revois : primo et avant tout *le caractère de Garnotelle. Ce bonhomme-là est réussi d'un bout à l'autre et enfonce Pierre Grassou de cent coudées; 2° toutes les* poses *de Manette. Vous avec là des pages à apprendre par cœur, des* morceaux *qui sont exquis, parfaits; 3° un clair de lune finissant par « et la bêtise même des femmes rêvait »; n'est-ce pas là la phrase?*

Il n'y a pas une seule des tirades de Chassagnol qui ne me plaise! Mais (il faut bien critiquer), je vous demande, en toute humilité, si elles ne sont pas toutes un peu pareilles comme valeur et comme tournure?

Je me suis moins amusé au commencement du second volume. Fontainebleau m'a semblé un peu long. Pourquoi?

Ah, sacré nom de Dieu! j'oubliais une chose superbe *: la baignade d'Anatole, dans la Seine, la nuit. Il est* excellent, *le bohème, excellent d'un bout à l'autre.*

Id. *des embêtements causés à Coriolis par la Juiverie. Il y a, vers la fin du second volume, une foule de choses exquises. L'enfoncement de l'artiste par la femme, les doutes qu'il a de lui-même, toute cette fin m'a navré. C'est neuf, vrai et fort. Je connaissais le Jardin des plantes et le tableau du satyre-bourgeois. Mais j'ignorais celui de Trouville, qui le vaut.*

Comment avez-vous pu faire des descriptions d'Asie Mineure si vraies, et dans la mesure *exacte? ce qui n'était pas facile.*

Deux chicanes idiotes : 1° Vous écrivez tatikos, *il me semble. C'est* tacti-kos; *2° « aux miss », le pluriel de* miss *est* misses.

Le père Langibout m'a été au cœur, en souvenir de M. Langlois[1] *qui était, lui aussi, un élève de David.*

J'ai reconnu beaucoup de masques et retrouvé beaucoup de choses.

L'enterrement du singe au clair de lune me reste dans la tête comme si je l'avais vu, ou plutôt éprouvé. Pauvre singe! On l'aime!

P.S. — *Envoyez-moi un exemplaire sur papier ordinaire, car je ne veux pas prêter mon exemplaire, et comme il va rester sur ma table, les personnes de ma famille me le prendraient.*

Je n'y vois plus, excusez la bêtise de ma lettre. J'ai voulu seulement vous envoyer un bravo, mes chers bons. J'ai bien raison de vous aimer et je vous embrasse plus fort que jamais. À vous, ex imo. *(Flaubert,* Correspondance, *Pléiade, t. 3, 1991, p. 702-703.)*

Mentionnons pour finir la querelle qui divisa Edmond de Goncourt et Zola au moment de la parution de *L'Œuvre. Le Figaro* du 25 juillet 1885 publia une lettre de Zola dans laquelle l'auteur des *Rougon-Macquart* démarquait nettement le roman auquel il était en train de travailler, *L'Œuvre*, de la *Manette Salomon* des Goncourt. Zola répondait en fait à des propos prêtés à tort à Edmond de Goncourt. Dans une interview imaginaire, Goncourt aurait exprimé la crainte de voir son roman plagié par Zola. Piqué au vif, celui-ci protesta non sans ironie dans *Le Figaro* du 25 juillet :

L'Œuvre *ne sera pas du tout ce qu'on a annoncé. Il ne s'agit nullement d'une suite de tableaux sur le monde des peintres, d'une collection d'eaux-fortes et d'aquarelles accrochées à la suite les unes des autres. Il s'agit simplement d'une étude de psychologie très fouillée et de profonde passion.*

À quoi, dans le secret de son *Journal*, Goncourt répliquait :

À propos d'une conversation que Le Figaro *m'a fait tenir sur son nouveau roman et que je n'ai pas tenue, il a, sans s'adresser à moi avant, il a écrit au journal une lettre déclarant que son livre « ne serait pas une suite* d'aquarelles et d'eaux-fortes » — *c'est* Manette Salomon *qu'il sous-entend — mais bien une « psychologie très fouillée » et encore quelque chose de sublime que j'oublie. On laisse écrire ces choses aux éditeurs à la quatrième page, mais on ne les écrit pas soi-même, à moins d'avoir perdu toute pudeur. Va, va, mon gigantesque Zola, fais simplement une psychologie comme celle du ménage de Coriolis et de Manette!* (2 août 1885.)

1. Il s'agit du père d'un ami d'enfance de Flaubert.

Alphonse Daudet ayant écrit à Zola pour essayer d'arranger les choses, Zola lui répondit par une lettre dans laquelle il se défend de l'accusation de plagiat que Goncourt, à ses yeux, porte trop souvent contre lui :

Du reste, j'avoue que Goncourt commence à m'énerver, avec sa manie maladive de crier au voleur. Depuis longtemps, il va répétant partout que je lui prends ses idées. L'Assommoir, *c'est* Germinie Lacerteux. *J'ai volé* La Faute de l'abbé Mouret *dans* Madame Gervaisais. *Dernièrement encore — et vous avez été mêlé à l'aventure —, n'avait-il pas prétendu que j'avais écrit tout un passage de* La Joie de vivre *après avoir entendu la lecture d'un chapitre de* Chérie *? Même, cette fois-là, j'ai dû me mettre en travers, il a fini par confesser qu'il ne m'avait jamais lu le chapitre en question. Et maintenant, avant que* L'Œuvre *paraisse, voici les plaisanteries qui recommencent ! Non, non ! mon bon ami, je suis un brave homme, mais il y en a assez !* (25 juillet 1885.)

Les choses semblent se tasser pour un temps. Au moment de la parution de *L'Œuvre* dans le *Gil Blas* (du 23 décembre 1885 au 27 mars 1886), les critiques de Goncourt se multiplient dans son *Journal*. On relèvera ces lignes du 23 février 1886 :

Je lis en chemin de fer un feuilleton de L'Œuvre *de Zola : le peintre faisant poser sa femme et* gueulant *sur la déformation de son ventre par la maternité (un sujet déjà traité, mais autrement, dans* Manette Salomon*). On sort de ce feuilleton fait à coups de* Nom de Dieu ! *avec l'espèce de triste écœurement qu'on rapporte de sa présence par hasard à une scène de basses et crapuleuses gens. C'est particulier chez Zola, comme le dialogue est toujours d'un manœuvre, jamais d'un artiste. La langue d'un artiste peut être émaillée de jurements, peut être canaille mais elle a sous les jurements, sous la canaillerie de l'expression, quelque chose qui la distingue, qui la sépare, qui la relève de la langue des charpentiers, et ce sont toujours des charpentiers qui parlent dans* L'Œuvre.

Le 5 avril 1886, Goncourt se livre à un éreintement en règle de *L'Œuvre* :

Aujourd'hui, article de Gille, qui déclare dans le Figaro L'Œuvre *de Zola le chef-d'œuvre des chefs-d'œuvre. Moi, quand j'ai publié* Manette Salomon, *qui a, je le crois, quelque parenté avec le livre de Zola, dans un article d'en-tête du* Figaro *comme celui consacré à l'heureux auteur de* L'Œuvre, *Wolff a déclaré qu'il n'y avait pas le moindre talent dans mon livre. Vraiment il y a dans ce monde de trop grandes injustices.*

Voilà ma critique à vol d'oiseau sur L'Œuvre. [...] *Mais des artistes, est-ce qu'il en a mis dans son livre? Ce sont des charpentiers, des zingueurs, des égoutiers...* [...] *Et que diable! j'ai connu Manet qui n'avait pas la plus petite ressemblance avec ce manœuvre en peinture qui s'appelle Claude.*

Quant aux idées révolutionnaires en art de Zola, c'est partout un rabâchage patent des tirades et des morceaux de bravoure *de Chassagnol et des autres. Et partout, et plus qu'ailleurs, partout des* démarquages. *Je ne veux en citer qu'un seul. À la fin de* Manette Salomon, *Coriolis est pris d'une folie de l'œil, il ne veut plus en ses toiles et en ses tableaux que la lumière de pierre précieuse. Eh bien, le Claude de Zola, avant de se tuer, est pris de la même folie. Mais sacredieu! c'est un roublard que mon Zola, et il en sait un peu tirer parti, de la folie de l'œil qu'il m'a chipée! Il fait peindre à son artiste des rubis dans le nombril et les parties génitales de son modèle; et cette folie empruntée aux dernières années de Turner, cette folie tout bonnement esthétique, cette folie désintéressée et improductive chez moi, par la note cochonne, obscène qu'il y ajoute, à lui, ça lui vaudra la vente de quelques milliers d'exemplaires de plus.* [...]

Au fond, Zola n'est qu'un ressemeleur en littérature, et maintenant qu'il a fini de rééditer Manette Salomon, *il s'apprête à recommencer* Les Paysans *de Balzac.*

Voici d'autre part comment, le 17 avril 1886, Goncourt s'explique l'échec de *Manette Salomon* :

Drumont dit quelque part que, lorsque nous avons publié Manette Salomon, *le mot d'ordre avait été donné dans la presse juive de garder à tout jamais le silence sur nos livres et que ce silence avait retardé notre succès. Cette assertion, qu'elle soit fausse ou imparfaitement vraie, me fait toutefois réfléchir et, aujourd'hui, cet éreintement impitoyable de* Manette Salomon *de Wolff — que je croyais seulement littéraire et auquel je n'avais point un moment associé le judaïsme de l'auteur —, je suis obligé d'y voir un peu de* youtrerie.

Ce même 17 avril 1886, un article de Vincent, dans *Le XIXe siècle*, esquissait une brève comparaison du roman des Goncourt et de celui de Zola — largement au profit du dernier :

Ce serait une curieuse et piquante étude de comparer L'Œuvre *à* Manette Salomon, *une étude qui permettrait de mettre facilement en lumière (puisque l'objet semble le même dans les deux livres) les différences profondes qui existent entre les Goncourt, ces artistes, et Zola, ce poète.*

Tandis que les Goncourt, voulant peindre le monde des arts, sont restés dans le cadre qu'ils s'étaient eux-mêmes tracé, Zola, brusquement, a élargi les choses et nous a mis en face de deux passions : la passion d'un artiste pour son art, la passion d'une femme pour l'homme qui la dédaigne et qui lui préfère son œuvre.

BIBLIOGRAPHIE

TEXTES ET ÉDITIONS

Manette Salomon est publié en 2 volumes par la Librairie internationale Lacroix-Verboeckhoven en 1867 et encore en 1868. Puis du vivant d'Edmond, le roman est réédité par Charpentier à quatre reprises, en 1876, 1877, 1881 et 1889. Il ne semble pas que les deux frères puis Edmond seul aient entrepris une révision quelconque du texte; les menues variations que l'on peut relever d'une édition à l'autre, à partir de l'édition originelle de 1867 dont nous sommes partis, n'indiquent pas un véritable projet de relecture et de correction. On y perçoit davantage une succession d'erreurs de typographie : il en disparaît, il en apparaît... L'ultime mise au point est l'édition de 1925, chez Flammarion et Fasquelle, « sous la direction de l'Académie Goncourt », avec une postface de Lucien Descaves. Après quoi le roman disparaît jusqu'à l'édition de 1979, UGE, 10/18, coll. « Fins-de-siècles ».

Journal, texte intégral, établi et annoté par Robert Ricatte, Flammarion-Fasquelle, 1956, 4 volumes, repris dans la collection « Bouquins », Robert Laffont, 1989, en trois volumes avec préface et chronologie de Robert Kopp. C'est cette édition qui est utilisée sauf indication contraire.

CRITIQUE

Nous n'avons retenu ici que les ouvrages et articles qui portent sur l'œuvre des Goncourt en général et ceux qui sont directement utiles pour la critique de *Manette Salomon*.

Robert Baldick, *The Goncourts*, Londres, Bowes, 1970.

André Billy, *Les Frères Goncourt. La vie littéraire à Paris pendant la seconde moitié du XIXe siècle*, Paris, Flammarion, 1954.
— *Vie des Frères Goncourt*, Monaco, Imprimerie nationale, 3 vol., 1956.
Jean Borie, *Le Tyran timide. Le naturalisme de la Femme au XIXe siècle*, Paris, Klincksieck, 1973.
— *Le Célibataire français*, Paris, Sagittaire, 1976.
— *Un siècle démodé. Prophètes et réfractaires au XIXe siècle*, Paris, Payot, 1989.
Jean-Paul Bouillon, éd. *La critique d'art en France, 1850-1900*, Actes du Colloque de Clermont-Ferrand, 1987, Saint-Étienne, CIERC, 1989.
Paul Bourget, *Essais de psychologie contemporaine*, éd. établie et préfacée par André Guyaux, Gallimard, 1993 (première édition, 1883).
Jean-Louis Cabanès, *Le corps et la maladie dans les récits réalistes (1856-1893)*, Paris, Klincksieck, 1991, 2 vol.
Michel Caffier, *Les Frères Goncourt*, Presses Universitaires de Nancy, 1994.
Enzo Caramaschi, *Études de littérature française*, Bari-Paris, Adriatica-Nizet, 1967 (un chapitre sur « Flaubert vu par les Goncourt »).
— *Réalisme et Impressionnisme dans l'œuvre des frères Goncourt*, Pise-Paris, Libreria Goliardica-Nizet, 1971.
— *Le Réalisme romanesque des frères Goncourt*, Pise, 1964.
— *Réalisme et impressionnisme dans l'œuvre des frères Goncourt*, Pise-Paris, Libreria Goliardica-Nizet, 1971.
— *Arts visuels et littérature. De Stendhal à l'impressionnisme*, Fasano-Paris, Schena-Nizet, 1985.
« Actualité des Goncourt ? », Présentation des Actes du Colloque de la Sorbonne de 1989 sur les Goncourt, parus dans *Francofonia*, 1990-1991, Numéros 19, 20 et 21. Communications de Enzo Caramaschi, Colette Becker, Roger Bellet, Anne Belgrand, Marianne Bury, Yves Chevrel, Loïc Chotard, Michel Grouzet, Patrick O'Donnovan, Gabrielle Houbre, Élisabeth Launay, Francine-D. Liechtenhan, Ségolène Le Men, Axel Preiss, Annie Ubersfeld.
Albert Cassagne, *La théorie de l'art pour l'art en France chez les derniers romantiques et les premiers réalistes*, Paris, Lucien Dorbon, 1959 (première édition, Hachette, 1906).
Stéphanie Champeau, *La Notion d'artiste chez les Goncourt et dans leur milieu* (1852-1870), thèse d'État, Univ. Paris-Sorbonne, 1994.
Anne-Marie Christin, « Matière et idéal dans *Manette Salomon* », *Revue d'histoire littéraire de la France*, 1980, n° 6.
Alidor Delzant, *Les Goncourt*, Paris, Charpentier, 1889.
Jacques Dubois, *Romanciers français de l'instantané au XIXe siècle*, Bruxelles, Palais des Académies, 1963.
Malcolm Easton, *Artists and Writers in Paris. The Bohemian Idea, 1803-1867*, Londres, Edward Arnold, 1964.
François Fosca, *Edmond et Jules de Goncourt*, Paris, Albin Michel, 1941.

— *De Diderot à Valéry. Les Écrivains et l'art visuel*, Paris, Albin Michel, 1960.

Jean-Pierre Leduc-Adine, « Le vocabulaire de la critique d'art en 1866 ou les cuisines de Beaux-Arts », *Cahiers naturalistes*, 1986.

Christine Peltre, *L'Atelier du voyage*, Le Promeneur, Gallimard, 1995.

Robert Ricatte, *La Création romanesque chez les Goncourt (1851-1870)*, Paris, A. Colin, 1953.

Jean-Pierre Richard, *Littérature et sensation*, Paris, Seuil, 1954 (une étude porte sur les Goncourt).

Léon Rosenthal, *Du romantisme au réalisme. Essai sur l'évolution de la peinture en France de 1839 à 1848* (1914), Macula, 1987.

Éléonore Roy-Reverzy, *Le Romanesque de la mésalliance (1850-1900)*, thèse d'État, Univ. Paris-Sorbonne, 1994, ex. dactyl. À paraître.

Pierre Sabatier, *L'Esthétique des Goncourt*, Paris, Hachette, 1920.

Guy Sagnes, *L'Ennui dans la littérature française de Flaubert à Laforgue* (1848-1884), Paris, Armand Colin, 1969.

Marcel Sauvage, *Jules et Edmond de Goncourt précurseurs*, Paris, Mercure de France, 1970.

Jerrold Seigel, *Paris-bohème 1830-1930*, Paris, Gallimard, 1991.

Jean Starobinski, *Portrait de l'artiste en saltimbanque*, Genève-Paris, Skira-Flammarion, 1970.

Sylvie Thorel-Cailleteau, *La Tentation du livre sur rien, Naturalisme et décadence*, Mont-de-Marsan, Éd. Interuniversitaires, 1994.

Émile Zola, *Du Roman. Sur Stendhal, Flaubert et les Goncourt*, Bruxelles, Éd. Complexe, 1989.

INDEX DES TERMES TECHNIQUES

Académie : Exercice de dessin ou de peinture où l'on travaille d'après le modèle nu.

À-plats : Un aplat est une teinte plate appliquée de façon uniforme.

Bavochure : *Bavocher* signifie imprimer d'une façon peu nette, maculer le contour des lettres ou du dessin et, en peinture, produire des contours indécis et sans fermeté. Une *bavochure* est donc un défaut de précision, un manque de netteté dans les contours d'une peinture.

Bitume : « Corps riche en carbone, de consistance variable, que l'on mélange à chaud avec de l'huile de lin et de la cire vierge, pour obtenir une couleur brune très brillante dont les peintres tirent des effets de transparence. Le bitume fut surtout employé au XIXe siècle dans la peinture à l'huile, mais son manque de siccativité a provoqué des altérations graves et irréparables (craquelures, coulées noirâtres). Certains tableaux de Prud'hon, de Géricault, de Delacroix ont été endommagés par un abus de bitume » (*Dictionnaire des termes techniques*, Larousse, 1990).

Blaireauté : Le blaireau est un pinceau en poils de blaireau, dont on se sert souvent pour l'aquarelle. C'est aussi une sorte de brosse employée par les doreurs, pour épousseter les pièces dorées. *Blaireauter* signifie abuser du blaireau, peindre, polir, frotter, avec un soin minutieux, et *blaireautée*, en parlant d'une peinture, signifie qu'elle est très léchée, polie, minutieusement finie au blaireau.

Blanc d'argent : Oxyde d'argent qui sert pour la peinture blanche (différent de la céruse, qui est de l'oxyde de plomb).

Bosse : Terme de sculpture et d'orfèvrerie, qui désigne tout travail en relief. En sculpture, on distingue la *ronde-bosse*, ouvrage de plein relief, de la *demi-bosse*, ouvrage en demi-relief, saillant en partie. Dessiner *d'après la bosse*, c'est dessiner d'après une statue ou un bas-relief.

Chevalet Bonhomme : S'agirait-il d'un chevalet inventé par le peintre Ignace François Bonhommé (1809-1881), élève de Delaroche et d'H. Vernet ?

Cimaise : Moulure en doucine qui termine la corniche d'un bâtiment. Son profil se compose de deux arcs de cercle présentant la figure de la lettre S. Les menuisiers appellent ainsi une moulure qui sert de couronnement aux lambris d'appui. Dans les salons, les artistes souhaitent tous avoir leur œuvre exposée sur la cimaise, car c'est une place de choix, qui met bien en valeur le tableau.

Clair-obscur : On a appelé ainsi longtemps, en peinture, l'emploi, comme seul moyen d'effet, du clair et de l'ombre. Aujourd'hui on entend plus spécialement par *clair-obscur* les parties d'un tableau ou d'une gravure enveloppées d'une ombre telle qu'on puisse quand même apercevoir derrière elle la forme et la couleur des objets. C'est en ce sens qu'on dit que Rembrandt est le maître du clair-obscur.

Épure : Dessin qui représente sur un ou plusieurs plans les projections de diverses parties d'une figure à trois dimensions. Dessin achevé (par opposition à *croquis*).

Estompe : Petit rouleau de peau ou de papier cotonneux, terminé en pointe flexible, servant à étendre le crayon, le fusain, le pastel sur un dessin.

Frottis : Fine couche de couleur, à travers laquelle se voit le grain de la toile.

Glacis : Fine couche de couleur, transparente comme une glace, qu'on étend sur les couleurs déjà sèches pour leur donner plus d'éclat et pour harmoniser les teintes.

Lavis : Dessin recouvert de légers aplats d'encre de Chine, de sépia ou d'aquarelle.

Massier : Personne chargée, dans un atelier d'artistes, de collecter les cotisations constituant la « masse » (la caisse commune) destinée aux dépenses du groupe.

Minium : Oxyde de plomb, poudre de couleur rouge.

Momie : Couleur brune extraite des bitumes dont sont enduites les momies égyptiennes.

Point visuel : Se dit, en Perspective, du point que le peintre ou le dessinateur choisit pour mettre les objets en perspective.

Poncif : Papier dans lequel un dessin est piqué ou découpé, de façon qu'on puisse le reproduire en le plaçant sur une toile ou sur une autre feuille de papier, et en ponçant par-dessus avec une poudre colorante. Au sens figuré, se dit en littérature ou dans les beaux-arts d'un travail banal, sans originalité, reproduisant les formes convenues, les formules apprises.

Repeints : Parties d'un tableau qui ont été repeintes soit par l'auteur, soit par des restaurateurs.

Réveillon : Artifice de pinceau qui a pour but de rompre la monotonie du coloris et des dégradations du clair-obscur par la scintillation de quelque point brillant de lumière ou de couleur.

Stirator : Châssis sur lequel les dessinateurs peuvent tendre leur papier sans être obligés de le coller. Employé par les dessinateurs ou les peintres à l'aquarelle, il est formé d'un châssis de bois, sur lequel est tendu un morceau de parchemin, et d'un second châssis mobile, plus grand que le premier, qui s'y adapte.

Tortillon : Petit fuseau de papier enroulé en spirale, qui sert à estomper.

INDEX DES ARTISTES CITÉS DANS *MANETTE SALOMON*

Achard (Jean-Alexis, 1807-1884) : Peintre et graveur français, découvert lors du Salon de 1839 où figurait sa *Vue prise au Caire*. Ami de Corot et de Français, ce paysagiste exposa au Salon de 1861 *Une chaumière*, l'une de ses toiles les plus connues, aujourd'hui au musée de Grenoble. (P. 278.)

Baldovinetti : (Alessio, 1425-1499) : Peintre et mosaïste florentin. Héritier de Piero della Francesca. Par son maître Domenico Veneziano, il est lié aux grands peintres toscans de la Première Renaissance. (P. 188.)

Barbedienne (Ferdinand, 1810-1892) : Ce fondeur français fit reproduire en bronze la plupart des statues des musées d'Europe. Les Goncourt dissimulent mal une certaine ironie : « Et nous voilà (...) dans un salon tout rempli d'objets d'art, qui ont l'air d'avoir été gagnés dans la tombola d'une grande vente de charité, des Vénus de Milo de Barbedienne (...) » (*Journal*, 12 juillet 1884). (P. 316.)

Blondel (Merry-Joseph, 1781-1853) : Peintre français. Il fut l'élève du baron Regnault et se vit décerner le premier grand prix de Rome en 1803. En France, de nombreux monuments portent son empreinte (Bourse, Louvre, palais de Versailles, palais de Fontainebleau...) (P. 143.)

Boissard de Boisdenier (Joseph-Ferdinand, 1813-1866) : Voir n. 1, p. 116.

Bonington (Richard-Parkes, 1801-1827) : Peintre anglais. Élève de Gros, il voyagea en Normandie, en Angleterre avec son ami Delacroix et en Italie, en 1826, d'où il rapporta, en particulier, ses vues de Venise. Ses paysages, à l'huile et à l'aquarelle, ses scènes historiques font de cet artiste, mort plus jeune encore que Géricault, une grande figure exemplaire de la première génération romantique. (P. 378.)

Botticelli (Sandro, 1445-1510) : Peintre italien. Élève de Filippo Lippi, il travailla toute sa vie à Florence, à l'exception d'un séjour à Rome où il peignit notamment les *Histoires de Moïse* à la chapelle Sixtine. (P. 188.)

Boucher (François, 1703-1770) : Dans *Manette Salomon*, les Goncourt évoquent fugitivement les copies « roses et nues » des tableaux de Boucher, mais de nombreux passages du *Journal* et de *L'Art du* *XVIIIe siècle* sont consacrés à ce peintre. (P. 128, 192.)

Brascassat (Jacques-Raymond, 1804-1867) : Peintre français. Il représenta surtout des animaux et des scènes champêtres. Il est le précurseur de Troyon et de Rosa Bonheur. (P. 354, 378.)

Brendel (Albert Heinrich, v. 1830-1895) : Peintre allemand. Élève de Couture à Paris, on lui doit de nombreux paysages et scènes champêtres (*Bergerie à Barbizon, Pâturage*, etc.). (P. 332.)

Bronzino (Angelo ou Agnolo di Cosimo Allori, dit *il*, v. 1503-1572) : Peintre italien. L'un des principaux représentants du maniérisme florentin. Il fit des décors au Palais-Vieux, et peignit beaucoup de portraits d'apparat, ainsi que des portraits d'enfants et d'artistes. (P. 419.)

Cabat (Louis, 1812-1893) : Peintre français et directeur de la Villa Médicis de 1877 à 1885, a laissé des paysages, remplis de sérénité (*Vue de la Gorge aux Loups; Soir d'automne; Lac en Italie*). (P. 93.)

Calcar (Jan Stephan van, 1499-1546) : Peintre hollandais, auteur d'une *Mater dolorosa*, d'une *Adoration des bergers*, d'un *Portrait d'un jeune homme* qui se trouve au Louvre. (P. 321.)

Cavelier (Pierre-Jules, 1814-1894) : Statuaire français. Élève de David d'Angers, Grand Prix de Rome en 1842. (P. 132.)

Chardin (Jean-Baptiste, 1699-1779) : Voir *L'Art du XVIIIe siècle* et le *Journal*. (P. 175.)

Charlet (Nicolas-Toussaint, 1792-1845) : Peintre, dessinateur et lithographe français. Après avoir étudié auprès de Gros, il se consacra à la peinture historique et contribua au développement de la légende napoléonienne dont il se fit, avec Raffet, l'illustrateur par excellence. (P. 109, 119.)

Chassériau (Théodore, 1819-1856) : Peintre français d'origine créole. Élève d'Ingres, il a subi l'influence de son maître (construction des figures, sinuosité des lignes), tout en faisant preuve de personnalité par son goût des couleurs vives, du mouvement, par son attention à la lumière. Son voyage en Algérie, en 1846, sa découverte de l'Orient et de ses couleurs furent déterminants. Il subit aussi l'influence de Delacroix, notamment dans *Cavaliers arabes emportant leurs morts* (1850). Chassériau est une des sources essentielles du personnage du peintre Coriolis et son ménage avec Alice Ozy a en partie inspiré le ménage Coriolis-Manette. (P. 92, 306.)

Chenavard (Paul, 1807-1895) : Modèle du personnage de Chassagnol, ce peintre français, qui étudia successivement dans l'atelier d'Ingres et dans celui de Delacroix, fut chargé, en 1848, de représenter l'Histoire du monde, pour décorer le Panthéon. L'œuvre resta inachevée. (P. 448.)

CIMABUE (Cenni di Pepi, dit, v. 1240-1302) : Avec lui, selon Vasari, commence l'histoire de la peinture italienne (abandon de la manière byzantine). Il inspira, avec quelque naïveté, un grand tableau à l'ingriste Franz Adolf von Stürler (1802-1881), *La Madone de Cimabue conduite à Sainte-Marie-Nouvelle*, peint avant 1839, Salon de 1859, Montauban, musée Ingres. (P. 187.)

CLODION (Claude Michel dit, 1738-1814) : Sculpteur français. Il représenta surtout des sujets mythologiques. Ses statuettes en terre cuite connurent un grand succès. (P. 217.)

CORNÉLIUS (Pierre de, 1783-1867) : Peintre, graveur et dessinateur allemand. Il se passionna pour la gravure allemande des XVe et XVIe siècles, notamment pour Dürer. À partir de 1811, il s'intégra à Rome au groupe des nazaréens, et participa à la décoration de la villa Bartholdy. (P. 89.)

COROT (Jean-Baptiste Camille, 1796-1875) : Peintre français. Un des maîtres du XIXe siècle, tant pour ses paysages (*Souvenir de Mortefontaine*, 1864, Louvre) que pour ses figures (*La Toilette*, 1859 ; la *Dame en bleu*, 1874, Louvre ; *Femme à la perle*, v. 1869, Louvre). (P. 354.)

CORRÈGE (Antonio Allegri, dit *Le*, v. 1489-1534) : Il décora des églises, représenta des scènes mythologiques. Son œuvre se caractérise par sa subtilité chromatique et sa sensualité. (P. 94, 301, 450.)

COUTURE (Thomas, 1815-1879) : Peintre français, dont l'éclectisme est caractéristique de l'art du Second Empire. Il peignit des scènes d'histoire. Couture n'est pas encore, à cette date, l'auteur du célèbre tableau *Les Romains de la décadence* (Salon de 1847, Musée d'Orsay). Élève de Gros en 1830, puis de Delaroche, il s'était distingué au Salon de 1838 avec *Jeune Vénitien après une orgie*. Son *Enfant prodigue* (1841) est au musée du Havre. (P. 94.)

DAUMIER (Honoré, 1808-1879) : Peintre de mœurs, lithographe et sculpteur français, mal compris du public durant sa vie, mais loué par Delacroix, Millet et la critique (Baudelaire, Banville...). De nombreux passages du *Journal* des Goncourt font allusion aux caricatures de l'artiste. (P. 207, 320.)

DAVID (Jacques-Louis, 1748-1825) : Peintre et dessinateur français, prix de Rome en 1774. Son style est marqué par sa passion pour l'art antique, pour la perfection du dessin. Une œuvre comme *Le Serment des Horaces* (1784) est très représentative de l'art davidien : choix d'un sujet « noble », emprunté à l'Antiquité, exactitude scrupuleuse du dessin, rigueur de la composition, sobriété de la couleur et pathétique de l'expression. David eut une influence considérable ; si ses principes contribuèrent fortement à développer le courant académique, son œuvre anticipe à la fois le romantisme par ses qualités expressives et dramatiques et le réalisme par la vérité et l'acuité de l'observation. (P. 97, 111, 119, 136, 444.)

DAVID (Pierre-Jean, dit *David d'Angers*, 1788-1856) : Ce sculpteur, considéré comme l'un des maîtres de l'École française, avait été nommé en 1826 — donc peu de temps avant le déroulement des faits de *Manette Salomon* — membre de l'Académie et professeur à l'École des beaux-arts. Il s'est illustré par les nombreux médaillons qu'il consacra à ses contemporains. (P. 106.)

DECAMPS (Alexandre, Gabriel, 1803-1860) : Peintre français. Du voyage en Turquie qu'il fit en 1828 (il vécut près de Smyrne pendant un an), il rapporta un monceau de souvenirs qui constituèrent une source d'inspiration pour toute sa vie. Également peintre animalier et peintre de genre, Decamps, après son triomphe au Salon de 1855, s'établit dans la forêt de Fontainebleau où il peignit des paysages dans le style de ceux de l'école de Barbizon. Les Goncourt, qui admiraient beaucoup Decamps, se sont en partie inspirés de lui pour leur peintre Coriolis. (P. 94, 116, 124, 143, 234, 235, 246, 378, 399, 400, 428, 450.)

DELACROIX (Eugène, 1799-1863) : Peintre français. Il fut considéré comme le chef de l'école romantique dès 1824, année où il exposa au Salon les *Massacres de Scio* (Louvre). Parmi de multiples chefs-d'œuvre, citons également la *Mort de Sardanapale* (1827, Louvre), la *Liberté guidant le peuple* (1831, Louvre), *Femmes d'Alger* (1834, Louvre), l'*Entrée des croisés à Constantinople* (1841, Louvre). Delacroix exécuta aussi de grandes peintures murales, notamment le plafond de la galerie d'Apollon au Louvre et la chapelle des Saints-Anges de l'église Saint-Sulpice à Paris. Avec les peintres Chassériau et Decamps, Delacroix a sans doute partiellement inspiré le personnage de Coriolis. (P. 95, 143, 188, 223, 224, 225, 303, 306, 378, 399, 421, 428.)

DELAROCHE (Paul, 1789-1863) : Peintre français, dont l'œuvre historiciste et sentimentale était du goût de la bourgeoisie. Son œuvre la plus intéressante est le *Supplice de Jane Grey* (1834, Londres). (P. 93, 111, 132, 143.)

DELLA ROBBIA (Luca, 1400-1482) : Sculpteur et céramiste florentin. C'est à lui qu'on doit la création de la sculpture en terre cuite polychrome émaillée. Il représenta entre autres des madones, de petits joueurs de flûte. L'Opera del Duomo, à Florence, conserve de lui de remarquables bas-reliefs destinés à orner une tribune de musiciens de la cathédrale, et représentant des *putti* chantant, jouant de la musique et dansant. (P. 450.)

DEVÉRIA (Eugène, 1805-1865) : Peintre français, élève de Girodet, il subit aussi l'influence de son frère Achille et du peintre Louis Boulanger. Il exposa au Salon de 1827 son chef-d'œuvre, la *Naissance d'Henri IV*, dont la fougue, la passion frappèrent le public. Devéria peignit aussi d'intéressants portraits (*Marie Devéria en amazone*, 1856). (P. 90, 143.)

DIAZ DE LA PEÑA (Narcisse, 1807-1876) : Peintre français d'origine espagnole. Diaz, souvent comparé à Corrège pour la légèreté de sa touche et ses sujets galants (*Vénus et Adonis*, 1848, musée de Caen), avait peint aussi, dans la lignée de Delacroix, de nombreux sujets orientaux. Sa rencontre avec Rousseau date de 1837. Dans une seconde partie de sa carrière, rallié au groupe de Barbizon, il se consacra au paysage. Ce n'est donc pas uniquement la similitude onomastique qui est susceptible de le rapprocher du personnage de Naz de Coriolis. (P. 94, 332, 354, 380.)

DOMINIQUIN (Le, 1581-1641) : Peintre italien, disciple des Carrache. Son œuvre la plus célèbre est la décoration à fresques de l'église Saint-Louis-des-Français à Rome. Il exécuta aussi beaucoup de paysages et des fresques mythologiques. (P. 140, 319.)

DROLLING (Martin, 1752-1817) : Il se spécialisa dans la représentation des scènes de la vie quotidienne. Son fils Michel Drolling fut un peintre d'histoire et obtint le prix de Rome. Il peignit notamment un plafond du Louvre et une chapelle de l'église Saint-Sulpice à Paris. (Voir n. 3, p. 98, 136, 143.)

DUBUFE (Claude, 1789-1864) : Peintre français. Cet élève de David pei gnit des scènes mythologiques (*Apollon et Cyparisse*), des portraits des tableaux religieux. Son fils Louis-Édouard (1820-1883) exécuta des portraits dont celui de l'actrice Rachel. (P. 250.)

DUPRÉ (Jules, 1811-1889) : Paysagiste du groupe de Barbizon. Ami de Théodore Rousseau, s'inspirant de la peinture hollandaise et anglaise, il exécuta des œuvres de plein-air. Il s'installa à L'Isle-Adam, dans la vallée de l'Oise, non loin de Daubigny et de Daumier. (P. 93).

DÜRER (Albrecht, 1471-1528) : Peintre et graveur allemand, maître de l'école allemande. Son génie s'exprima tant dans la peinture à l'huile (autoportraits et portraits, peinture religieuse) que dans l'aquarelle (paysages), la gravure sur bois et sur cuivre (la *Grande Passion*, la *Mélancolie*, le *Chevalier, la Mort et le Diable*, l'*Apocalypse*...). Un de ses ouvrages majeurs est la *Fête du Rosaire*, qu'il exécuta en 1506 pour l'église de la colonie allemande de Venise. (P. 188, 206.)

DURET (Francisque-Joseph, 1804-1865) : Sculpteur français. Il collabora à différents édifices parisiens. (P. 415.)

FEUCHÈRES (1807-1852) : Statuaire français, auteur d'un bas-relief de l'Arc de l'Étoile : *Passage du pont d'Arcole*, du *Bossuet* de la fontaine Saint-Sulpice, de la *Sainte Thérèse* du péristyle de la Madeleine, d'un *Satan*. (P. 90.)

FIESOLE (Fra Angelico da, v. 1400-1455) : Peintre italien. Un des maîtres de l'école florentine et un des plus grands créateurs de l'iconographie chrétienne. Outre les fresques qu'il exécuta pour le couvent de Saint-Marc à Florence (où il était moine), un de ses chefs-d'œuvre est le *Couronnement de la Vierge*, exécuté pour l'église San Domenico de Fiesole (Louvre). (P. 188.)

FLAMAND (François, 1597-1643) : Sculpteur flamand du XVIIe siècle. Il a exécuté en particulier deux statues monumentales de saint André et de sainte Sabine à Rome, et de charmantes *Têtes d'enfants*. (P. 449.)

FLANDRIN (Hippolyte, 1809-1864) : Peintre français, né à Lyon. Élève d'Ingres, influencé par le groupe des nazaréens. Prix de Rome en 1832, il peignit de grandes peintures murales dans des églises. Il est, par le choix de ses sujets, par son style solennel, moralisant et idéaliste, le représentant de l'académisme. Il fut le portraitiste attitré de Napoléon III. Flandrin constitue une des sources du personnage de Garnotelle dans le roman. (P. 146, 378.)

FRANÇAIS (François-Louis, 1814-1897) : Peintre français qui exposa à presque tous les salons de 1837 à 1865. Il peignit de nombreux paysages (*Bois sacré*). Son œuvre la plus célèbre est *Orphée* (1863). (P. 278, voir aussi n. 2, p. 96.)

GADDI : Famille de peintres florentins. Ici, il s'agit sans doute de Taddeo, le plus célèbre de tous, né vers 1300 et mort vers 1366. Filleul et élève de Giotto, il fut le représentant le plus pur du giottisme. (P. 187.)

GAVARNI (Paul, 1804-1866) : Lithographe français. Il exécuta plus de huit mille œuvres, pour des revues comme *La Mode*, *Le Charivari*, *La Caricature*. Il écrivait lui-même les légendes de ses œuvres. Toutes les catégories de la société passèrent au crible de son humour teinté d'une certaine amertume, et d'une raillerie souvent féroce, depuis *Les Étudiants* (1838-1840) jusqu'aux *Actrices* et aux *Lorettes* (1841) en passant par *Les Hommes et les Femmes de plume*. Les Goncourt, qui avaient rencontré Gavarni grâce à sa collaboration au *Paris*, le journal de leur cousin Villedeuil, éprouvaient pour lui une grande amitié et une admiration inconditionnelle : ils en faisaient l'égal en son genre de Balzac, autre objet de leur culte. Ils lui consacrèrent de très nombreux passages du *Journal* (voir l'index établi par Robert Ricatte à la fin du *Journal*) et un ouvrage tout entier (*Gavarni, l'Homme et l'Œuvre*, paru dans *Le Bien public* en 1872-1873, puis en volume chez Plon en 1873). (P. 235, 422.)

GENTILE DA FABRIANO (v. 1370-1427) : Peintre italien. Maître de l'art gothique, au style précieux, auteur de la célèbre *Adoration des mages* (1423, Offices). Il fut le maître de Giovanni Bellini. (P. 188.)

GÉRICAULT (Théodore, 1791-1824) : Peintre français mort très jeune des suites d'une chute de cheval, fut un précurseur du romantisme. Il mourut l'année même du Salon décisif pour le romantisme. En 1812, son tableau d'un *Officier de chasseurs à cheval chargeant* avait fait sensation au Salon. L'accueil fut moins enthousiaste pour son célèbre *Radeau de la Méduse* qui, au Salon de 1819, heurta le public par son réalisme. De ce réalisme terrible témoignent aussi les études de malades mentaux faites plus tard à la demande du docteur Georget. Également peintre animalier, lithographe, Géricault influença son ami Delacroix (couleurs chaleureuses, goût du mouvement, fougue du trait...), Daumier et Courbet (passion de la vie moderne). (P. 94, 141, 143, 218, 421, 453.)

GÉRÔME (Léon, 1824-1904) : Peintre français, auteur de tableaux inspirés par l'Orient, et de scènes historiques (*Louis XIV et Molière*, 1863; *Réception des ambassadeurs siamois à Fontainebleau*, 1865; *Mort du maréchal Ney*, 1868). (P. 278 et n. 1 de la même page.)

GHIRLANDAIO (1449-1494) : Peintre italien, auteur d'un grand nombre de fresques, notamment des *Scènes de la vie de saint François* (chapelle Sassetti de l'église de S. Trinita de Florence, 1483-1485) et des *Scènes de la vie de la Vierge* (chœur de l'église Santa-Maria-Novella de Florence, 1486-1490). Son art se caractérise par la minutie de l'observation, l'art de la composition, la perfection du dessin et la luminosité des tons. (P. 188.)

GIGOUX (Jean, 1806-1894) : Peintre français. On lui doit la *Mort de Léonard de Vinci* (Salon de 1835), *Antoine et Cléopâtre essayant des poisons* (Salon de 1838). Il effectua d'importantes peintures décoratives dans certaines églises de Paris. (P. 132.)

GIORGIONE (1477-1510) : Peintre vénitien, élève de Bellini. Malgré la brièveté de sa carrière, il apporta un changement important dans la peinture (luminisme, peinture tonale...). (La *Tempête*) (p. 445.)

GIOTTO (di Bondone, 1266-1337) : Peintre, mosaïste et architecte italien. Il est notamment l'auteur de trois grands cycles de fresques : *Scènes de la vie de saint François*, à Assise et à S. Croce de Florence et *Scènes de la vie du Christ* à l'Arena de Padoue. Selon Vasari, il rompit définitivement avec la tradition byzantine et, par ses recherches sur le volume et l'espace, par l'enrichissement qu'il apporta à la couleur, par l'orientation réaliste qu'il donna à la peinture, il peut être considéré comme l'un des créateurs de la peinture moderne. (P. 185, 188.)

GIRODET-TRIOSON (Anne-Louis, 1767-1824) : Peintre français. Il obtint le prix de Rome en 1789, et passa cinq ans en Italie. Il présenta *Le Sommeil d'Endymion* au Salon de 1792. Son œuvre la plus célèbre est inspirée par Chateaubriand (dont il fit d'ailleurs le portrait, musée de Saint-Malo) : c'est l'*Atala au tombeau* (1808, Louvre). (P. 408.)

GLEYRE (Marc-Gabriel-Charles, 1808-1874) : Peintre suisse. Il s'établit à Paris en 1838, et fut professeur à l'École nationale supérieure des beaux-arts pendant vingt-cinq ans. Renoir, Monet, Sisley, Bazille, Whistler passèrent dans son atelier. (P. 87, 378.)

GOLTZIUS (Henri, 1558-1617) : Peintre, graveur et dessinateur qui fut l'un des fondateurs de l'école hollandaise. Il est l'auteur de portraits, de paysages, de scènes mythologiques et de tableaux religieux. Goltzius « pratique un maniérisme apaisé, se combinant avec un savant éclectisme aux tendances classicisantes » (*Dictionnaire des grands peintres*, Larousse, 1976). Son chef-d'œuvre est *Le Porte-Étendard*. (P. 259.)

GRANDVILLE (1803-1847) : Dessinateur et caricaturiste français. Cet artiste, que les surréalistes considérèrent comme un de leurs précurseurs, eut un goût prononcé pour la veine baroque, fantastique. Il aima par exemple représenter ses contemporains sous la forme d'animaux (*Les Métamorphoses du jour*), donner une apparence humaine à des objets (*Les Cannes, Les Parapluies, Les Pipes*...) ou à des animaux. Il illustra les *Fables* de La Fontaine, *Robinson Crusoé, Don Quichotte, Les Voyages de Gulliver*, les *Fables* de Florian, les *Chansons* de Béranger, et d'autres livres encore. (P. 320.)

GRANET (François-Marius, 1775-1849) : Peintre français. Élève de Louis David et ami d'Ingres, il peignit des vues intérieures d'églises et de monastères, ainsi que des paysages à l'aquarelle. (P. 143.)

GROS (Antoine-Jean, 1771-1835) : Peintre français. Il participa à la Campagne d'Italie, au cours de laquelle il continua à peindre. En 1799, il peignit son célèbre tableau représentant *Bonaparte franchissant le pont d'Arcole*. Il peignit ensuite de vastes compositions dans lesquelles, transformant l'enseignement davidien, il préfigure le romantisme (*Les Pestiférés de Jaffa*, 1804, Louvre). Citons encore de lui la *Bataille d'Aboukir* (1806, Versailles), la *Bataille d'Eylau* (1807, Louvre), *Alexandre domptant Bucéphale* (Paris). Malgré la reconnaissance officielle dont il fit l'objet, Gros, désespéré de sentir sa veine se tarir et d'être dépassé par la jeune école issue de lui, se noya dans la Seine le 26 juin 1835. (P. 421, 452.)

GROSCLAUDE (Louis, 1786-1869) : Peintre français, d'origine suisse, qui s'est intéressé à différents genres (petites scènes pittoresques, tableaux religieux historiques, etc.). (P. 101.)

HAMON (Jean-Louis, 1821-1874) : Peintre français. Il travailla dans l'atelier de Paul Delaroche, puis de Gleyre. Il fit partie du cénacle des néo-Grecs, et représenta des scènes de l'Antiquité avec délicatesse et raffinement. (P. 278.)

HESSE (Auguste, 1795-1869) : Prix de Rome en 1818, il succéda à Delacroix à l'Académie des beaux-arts en 1863. Il peignit des tableaux d'histoire dans le style de David, et participa à la décoration de plusieurs églises de Paris. Il pourrait aussi s'agir ici de Jean-Baptiste Hesse (1806-1879), neveu du précédent, qui décora entre autres des chapelles parisiennes. (P. 143.)

HILLEMACHER (Eugène-Ernest, 1818-1887) : Peintre français, qui exécuta surtout des peintures de genre. Ses œuvres furent souvent popularisées par la gravure. (P. 150.)

HOGARTH (William, 1697-1764) : Peintre, graveur et écrivain anglais. Il exécuta de nombreux portraits, ainsi que des caricatures des mœurs de son temps. (P. 112.)

HOUDON (Jean Antoine, 1741-1828) : Sculpteur français. Élève de Pigalle, il obtint le Prix de Rome en 1761. Son œuvre témoigne d'une vraie passion de l'anatomie, ainsi que d'un goût prononcé de la mythologie. Ses œuvres les plus remarquables sont sans doute ses portraits d'enfants, les bustes et les statues qu'il fit des célébrités de son temps. *Le Baiser donné* (1778). (P. 90, 422.)

HUET (Paul, 1803-1869) : Peintre français. D'abord inspiré par des poèmes de Hugo (*Soleil se couchant derrière une abbaye*, 1831), cet artiste qui fut l'ami de Delacroix s'attacha à peindre les paysages de l'Île-de-France. Attiré par le côté inquiétant, mystérieux, de la nature, il choisit volontiers des tons sombres, et montre un goût pour les contrastes accusés. À côté des grandes toiles qu'il envoya au Salon, il peignit aussi de délicates aquarelles, d'un art plus léger et plus vaporeux. (P. 93.)

INGRES (Jean Auguste Dominique, 1780-1867) : Dans *Manette Salomon*, ce peintre apparaît, auprès de Delacroix, comme une figure dominante, une référence que l'on rejette ou que l'on admire. (P. 90, 95, 111, 223, 238, 378, 428.)

ISABEY (Eugène, 1804-1886) : Peintre et lithographe. Il exécuta beaucoup de paysages, de scènes champêtres, de tableaux de genre, et de marines. (P. 328.)

JACQUE (Charles, 1813-1894) : Peintre et graveur français. Il grava sur bois, en taille-douce et à l'eau-forte. Il fit aussi beaucoup de peintures de genre, aimant à représenter des scènes agrestes et familières, des troupeaux, des animaux domestiques... (*Basse-Cour*, 1861 ; *Sortie du troupeau*, 1861 ; *Un clos à Barbizon*, 1863 ; *Le Clair de lune*, 1888.) Il fut, avec Millet et Théodore Rousseau, un des modèles du Crescent de *Manette Salomon*. (P. 364.)

JOHANNOT (Tony, 1803-1852) : Lithographe et illustrateur. Il fut, avec Nanteuil, le plus célèbre des illustrateurs romantiques. Il inaugura le principe des illustrations dans le texte, en se servant de la gravure sur bois (cette technique était alors assez délaissée). Il illustra entre autres *Le Diable boiteux, Don Quichotte*.

JORDAËNS (Jacob, 1593-1678) : Peintre flamand, qui représenta des scènes familières pleines de verve et d'entrain (le *Concert* ; *Le roi boit* ; *Portrait d'homme armé accompagné de ses pages*, Louvre). Ami de Rubens, il collabora à certains de ses travaux, et décora plusieurs églises d'Anvers. Il fut le représentant le plus populaire du naturalisme flamand. (P. 140.)

JULIEN (Pierre, 1731-1804) : Sculpteur français, ayant obtenu le prix de Rome en 1765. Le *Gladiateur mourant* (1778) lui valut le titre d'académicien. (P. 167.)

LAMBERT (Louis-Eugène, 1825-1900) : Peintre français. Élève de Delacroix puis de Delaroche, il se consacra ensuite à la peinture de chats et illustra *Chiens et Chats* de Gaspard de Cherville (1889). (P. 278.)

LA TOUR (Maurice Quentin de, 1704-1788) : Pastelliste français. Peintre du roi en 1750, il peignit beaucoup la cour, le monde des arts, des lettres, du théâtre. Doué d'un grand talent d'observation, il sait remarquablement animer les physionomies. Les Goncourt évoquent très souvent dans leur *Journal* cet artiste qu'ils admirent : « Notre impression, en entrant dans le musée de Saint-Quentin : les La Tour, ce n'est plus de l'art, c'est de la vie. Ces têtes vous sautent aux yeux, paraissent se tourner pour vous voir, tous ces yeux vous regardent, et il vous semble que vous venez de déranger, dans cette grande salle, où toutes les bouches viennent de se taire, le XVIIIe siècle qui causait. Devant cela, on comprend que le beau, c'est la réalité, la vérité, la vie, quand l'art et le génie d'un homme sont assez forts pour la voir et pour la rendre » (*Journal*, t. II, p. 42, 12 octobre 1866). (P. 422.)

LEBRUN OU LE BRUN (Charles, 1619-1690) : Peintre français. Protégé de Colbert et Louis XIV, il créa un style inspiré de Poussin et du baroque italien. (Voir à son sujet la n. 7, p. 85.) (P. 399.)

LELEUX (Adolphe, 1812-1891) : Il exécuta des gravures et des lithographies. Il vécut plusieurs années en Bretagne, et se passionna pour les costumes, les mœurs, les coutumes de la région. Il représenta aussi des paysages et des scènes des Pyrénées, de l'Algérie, et de la Révolution de Février, d'un réalisme saisissant. Son frère Armand (1818-1885) représenta aussi la Bretagne, ainsi que l'Espagne, et parfois la Suisse et l'Allemagne. (P. 378.)

LE SUEUR (Eustache, 1616-1655) : Peintre français, qui travailla dans l'atelier de Simon Vouet. Il exécuta des œuvres religieuses, dont une suite de vingt-deux tableaux sur la *Vie de saint Bruno* (Louvre). Il peignit des toiles pour des églises, pour des hôtels particuliers (il effectua la décoration du cabinet des Muses à l'hôtel Lambert). (P. 430.)

LIPPI (Filippo, 1406-1469) : Peintre italien. Il fut le maître de Botticelli. Il peignit notamment le *Couronnement de la Vierge* (1441, Offices) et deux *Annonciations*. Son fils, Filippino Lippi, fut élève de Botticelli. (P. 188.)

MARILHAT (Prosper, 1811-1847) : Peintre français qui rapporta de ses voyages en Syrie, en Palestine et surtout en Égypte, un grand nombre d'études. (P. 94, 116.)

MASACCIO (Tommaso, 1401-1428) : Peintre italien. C'est un des plus grands peintres du Quattrocento. Il travailla avec Masolino à la chapelle Brancacci de l'église S. Maria del Carmine à Florence (*Vie de saint Pierre*) et peignit sur un des pilastres placés à l'entrée de la chapelle le célèbre *Adam et Ève chassés du paradis*, œuvre puissamment expressive. (P. 188.)

MEISSONIER (Ernest, 1815-1891) : Peintre français. Il peignit des scènes de genre, inspirées des intimistes hollandais du XVIIe siècle, qui eurent beaucoup de succès (Les *Joueurs d'échecs* ; le *Joueur de flûte* ; le *Liseur*, les *Trois Fumeurs* ; les *Amateurs de peinture*, etc.) puis exécuta une suite de tableaux à la gloire de Napoléon. Si Meissonier suscita un engouement très vif de son vivant, son œuvre tomba par la suite dans une excessive défaveur. Elle est toutefois aujourd'hui l'objet d'un regain d'intérêt. (P. 89, 378.)

MEMMI (Lippo) : Peintre siennois, connu de 1317 à 1347. Il fut le beau-frère et le collaborateur de Simone Martini, avec lequel il fut parfois confondu. On lui doit notamment une *Vierge de merci* (cathédrale d'Orvieto), la *Madone du Peuple* de l'église des Servites à Sienne, *La Vierge et l'Enfant* (Altenburg), la *Maestà* de San Gimignano, deux *Madones* du musée de Berlin. (P. 187.)

MÉRYON (Charles, 1821-1868) : Cet ancien officier de marine s'adonna à partir de 1849 à la gravure. Entre 1850 et 1854, il exécuta une série d'eaux-fortes sur Paris, qui, par la précision et le caractère incisif du trait, par leur romantisme et par leur puissance visionnaire, attirèrent l'attention de Baudelaire qui parle à diverses reprises de l'artiste, en particulier dans le *Salon de 1859* et dans les deux études sur l'eau-forte qu'il publia en 1862. Que les Goncourt mentionnent Méryon (lequel demeura à peu près inconnu de son vivant, vécut dans la misère et finit interné à Charenton) montre à quel point ils portent un regard attentif et personnel sur l'art de leur époque. Plus tard Méryon sera une révélation pour les surréalistes, qui le considéreront comme un de leurs précurseurs. (P. 474.)

MICHEL-ANGE (Michelangelo Buonarroti, 1475-1564) : Peintre, sculpteur, architecte et poète italien. (P. 111, 161, 163, 164, 188, 377, 422.)

MONNIER (Henry, 1799-1877) : Écrivain et caricaturiste français. Il débuta par un emploi de fonctionnaire, ce qui lui donna plus tard l'occasion de railler la vie de rond-de-cuir dans *Les Mœurs administratives* (1828). Il illustra des chansons de Béranger, composa des *Scènes populaires dessinées à la plume* (1830). C'est dans ces scènes qu'il créa Joseph Prudhomme, archétype du bourgeois borné et pontifiant. On le retrouve dans la comédie *Grandeur et décadence de M. Joseph Prudhomme* (1853) et dans les *Mémoires de Joseph Prudhomme* (1857). Monnier interprétait lui-même ses pièces. (P. 89, 104.)

NANTEUIL (Célestin, 1813-1873) : Fut peintre, dessinateur et lithographe. Il fut avec Tony Johannot le plus célèbre illustrateur romantique. Il illustra Hugo, Dumas, Gautier, Petrus Borel. (P. 332.)

NAZON (François, Henri, 1821-1902) : Peintre français, élève de Gleyre, qui débuta au Salon de 1848 avec *Le Printemps* et *L'Automne*. Il peignit essentiellement des paysages. (P. 278, 350.)

OVERBECK (Friedrich, 1789-1869) : Ce peintre allemand fut, avec Cornélius, la personnalité la plus riche des nazaréens. (P. 192.)

PAPETY (Dominique, 1815-1849) : Peintre français. Il exécuta un *Rêve de bonheur* (1843, Hôtel de ville de Compiègne). Passionné d'archéologie, il voyagea en Grèce, en Orient. Il laissa des dessins et des aquarelles d'un grand intérêt. (P. 177.)

PÉRUGIN (v. 1448-1523) : Peintre italien. Il fut élève de Verrocchio et l'un des maîtres de Raphaël. Il exécuta essentiellement des compositions religieuses, qui se caractérisent par l'attention portée à l'équilibre de la scène et au rythme, par l'intérêt pour la lumière, par l'élégance des figures et la suavité des couleurs. (P. 140, 224.)

PEYRON (Jean-François-Pierre, 1744-1814) : Ce peintre français reçut le grand prix de peinture en 1773, devant David, pour sa *Mort de Sénèque*. (P. 97.)

PHIDIAS : Sculpteur grec du Ve siècle avant J.-C. Il est considéré comme le plus grand sculpteur grec de l'Antiquité. Il présida, sous l'administration de Périclès, à l'ensemble de la décoration sculptée du Parthénon, et il fit le *Zeus* d'Olympie. (P. 107, 223, 543.)

PICOT (François Édouard, 1766-1868) : Peintre français, élève de David. D'abord néo-classique, il peignit des toiles à sujet mythologique comme *L'Amour et Psyché* (1819). Il collabora ensuite à la galerie des Batailles à Versailles, et participa à la décoration de plusieurs églises de Paris (Sainte-Clotilde, Notre-Dame de Lorette...). Il entra à l'Académie des beaux-arts en 1836. (P. 137, 143, 415.)

PIGALLE (Jean-Baptiste, 1714-1785) : Sculpteur français. Il exécuta un *Mercure* exposé au Salon de 1742, une *Vénus*, un *Milon de Crotone dévoré par un lion*, des bustes. Son chef-d'œuvre est le *Mausolée du maréchal de Saxe* (Strasbourg, Temple protestant de Saint-Thomas). L'art de Pigalle se caractérise par l'équilibre que l'artiste a su trouver entre la tradition classique et le baroquisme. (P. 217.)

POLLAIOLO (Antonio del, 1431-1498) : Orfèvre, graveur, sculpteur et peintre italien. Il fut passionné par la représentation du corps humain en mouvement (voir ses *Travaux d'Hercule*, sa statuette *Hercule et Antée*, son *Martyre de saint Sébastien*, les tombeaux de Sixte IV et d'Innocent VIII). (P. 188.)

POUSSIN (Nicolas, 1594-1665) : Peintre français. Il fut un maître de la peinture classique. Élève des Anciens, admirateur de Raphaël et de Jules Romain, il inventa un style fait de beauté simple, de grâce dans les contours, de force et d'expressivité. (P. 100, 121, 430.)

PRADIER (James, 1792-1852) : Artiste français qui fut avec David d'Angers le sculpteur le plus apprécié sous la monarchie de Juillet. Son style, où se lit l'influence de Canova, est classique et sobre pour ses grandes sculptures, et plein d'une grâce toute XVIIIe siècle pour ses statuettes. (P. 218.)

PRÉAULT (Antoine-Auguste, 1809-1879) : Sculpteur français. Son œuvre, à l'opposé de celle de Pradier, est marquée par son tempérament passionné, ses préoccupations humanitaires, son inspiration socialiste. Elle est douée d'une grande force d'expression et souvent d'une certaine violence. (P. 220.)

PRIMATICE (Le, 1504-1570) : Peintre, sculpteur et architecte italien. En 1531, François Ier l'appela en France pour la décoration du château de Fontainebleau. Il y fit de grands travaux, comme des plafonds et des encadrements de stuc, des peintures allégoriques. Ses compositions pour la salle de bal (la galerie Henri II) ont été très altérées par les restaurations. (P. 112, 344.)

PUGET (Pierre, 1620-1694) : Sculpteur, peintre et architecte français :

Assez peu apprécié de son vivant (son art baroque et réaliste entrait en contradiction avec les principes de l'art officiel de son temps), il fut admiré par les romantiques dont il est, à certains égards, le précurseur. Il est notamment l'auteur des *Atlantes* de l'ancien hôtel de ville de Toulon. (P. 110, 411.)

PUJOL (Denis Abel de, 1785-1861) : Peintre français, grand prix de Rome en 1811, élu à l'Académie des beaux-arts en 1835, décora la salle égyptienne au Louvre. L'influence de David est tout à fait perceptible dans ses œuvres. (P. 143.)

RAPHAËL (Raffaello Santi ou Sanzio, 1483-1520) : Peintre italien. On lui doit *La Sainte Famille*, *La Belle Jardinière*, *Saint Michel terrassant le démon*, *Saint Georges*, les fresques des Chambres et les loges du Vatican (*Chambre de la Signature*, 1508-1511 ; *Chambre d'Héliodore*, 1511-1514 ; *Chambre de l'Incendie du bourg*, 1514-1517). (P. 95, 101, 121, 137, 143, 163, 178, 188, 223, 224, 251, 252, 293, 377.)

REMBRANDT (1606-1669) : Peintre et graveur hollandais. C'est un des artistes les plus fréquemment cités par les Goncourt, qui admiraient le non-conformisme du peintre, la magie de son art, sa puissance d'expression et de transfiguration (voir à la fin du *Journal* l'index établi par Robert Ricatte. (P. 140, 142, 143, 184, 234, 249, 291, 303, 402, 419, 427.)

RENI (Guido, 1575-1642) : Peintre italien, dit le Guide. Il exécuta des peintures religieuses (la *Crucifixion de saint Pierre*, 1603 ; le *Martyre de saint André*, 1608 ; les *Scènes de la vie de la Vierge*, 1611 ; le *Samson victorieux* et le *Massacre des Innocents*, 1611, œuvres capitales du classicisme européen) et des compositions mythologiques. Son œuvre dénote l'influence du Caravage, et le goût du nu étudié d'après les marbres antiques. (P. 411.)

REYNOLDS (Joshua, 1723-1792) : Peintre anglais. Principal peintre ordinaire du roi, il exécuta des portraits et des paysages. (P. 450.)

RICCO DE CANDIE : On connaît, parmi les « primitifs », Bernardino Ricca, dit Ricco, né vers 1450 à Crémone et Ricco di Lapo, gendre de Giotto, né vers 1320. Mais l'indication de Candie, possession crétoise de Venise, tendrait plutôt à identifier celui que les Goncourt nomment Ricco de Candie avec Andreas Rico ou Ricco, originaire de Crète, principal représentant de l'École crétoise, qui travailla à Venise au XVIe siècle. Une de ses madones avait été vendue à Paris en 1842 à la vente Revil. (P. 187.)

ROBERT (Léopold, 1794-1835) : Peintre et graveur suisse. Il apprit la gravure dans l'atelier de Girodet, puis travailla dans l'atelier de David. Il revint en Suisse, et voyagea en Italie. Il se suicida en 1835, miné par l'amour sans espoir qu'il éprouvait pour la princesse Charlotte Bonaparte. Il a laissé surtout des paysages de la campagne italienne (*Paysanne assise sur les rochers de Capri* ; *Funérailles dans la campagne romaine*...) et des portraits. Son style se caractérise par une grande rigueur, une extrême minutie. (P. 143, 377.)

ROMAIN (Jules, 1492-1546) : Peintre et architecte italien. Élève et collaborateur de Raphaël, il effectua des travaux de fortification et d'endiguement à Mantoue. Son œuvre la plus importante fut la construction et la décoration du palais du Te à Mantoue. Dans *Manette Salomon*, les Goncourt font allusion à une affaire qui causa du tort à l'artiste : ayant exécuté des dessins libertins pour le graveur Marc-Antoine, il dut quitter Rome, et trouva asile à Mantoue auprès de Frédéric de Gonzague. (P. 446.)

ROSA (Salvator, 1615-1673) : Peintre, dessinateur, graveur, poète et musicien italien. Il eut une prédilection pour la représentation de scènes sur des fonds de paysages sombres, inquiétants, mystérieux. Il est considéré comme un des précurseurs des paysagistes romantiques. (P. 113.)

ROSELLI (Cosimo, 1439-1507) : Peintre florentin, il travailla aux décorations de la chapelle Sixtine. Il est surtout connu pour sa fresque du *Miracle du Saint Sacrement* (église Saint-Ambroise à Florence), qui contient un très grand nombre de personnages (dont des portraits de Marsile Ficin et de Pic de la Mirandole). Le Louvre a de lui une *Vierge présentant son Fils*. (P. 188.)

ROUSSEAU (Théodore, 1812-1867) : Il reçut une triple formation : à côté de l'enseignement académique, il apprit beaucoup par ses fréquentes visites au Louvre ainsi que par les études qu'il fit de la nature autour de Paris. Il voyagea en Auvergne, en Normandie (avec Huet), dans le Jura, le Berry, les Landes (avec Dupré). Ce n'est qu'à partir de la Seconde République qu'il fut vraiment reconnu : au Salon de 1850, il présenta la *Sortie de forêt à Fontainebleau*, œuvre commandée par le gouvernement en 1848. Chez ce maître à penser des peintres de Barbizon, trois traits sont particulièrement importants : un lyrisme hérité du romantisme, une conception panthéiste de la nature, une observation naturaliste du paysage. Ce peintre est, avec Millet et Jacque, l'un des modèles du Crescent de *Manette Salomon*. (P. 94, 235, 332, 354.)

RUBENS (Pierre-Paul, 1577-1640) : Peintre flamand. Cet artiste qui a marqué de sa personnalité toute la peinture flamande du XVIIe siècle, a eu une production considérable. Il travailla pour les Gonzague, pour Marie de Médicis (galerie du Luxembourg, transférée au Louvre), Charles Ier d'Angleterre et Philippe IV d'Espagne. Il a peint tout autant des scènes religieuses que des scènes profanes, des paysages et des compositions mythologiques. Rubens est un des plus grands peintres baroques ; il a apporté au baroque nordique une vitalité, une ampleur, une richesse nouvelles. (P. 112, 140, 143, 225, 249.)

RUDE (François, 1784-1855) : Sculpteur français, tout à la fois attaché à la tradition académique et de tempérament romantique. Son œuvre la plus célèbre est *Le Départ des volontaires de 1792* ou *La Marseillaise* (1835-1836). (P. 87.)

RUYSDAEL OU RUISDAEL (Salomon, 1600-1670) : Peintre hollandais. Ses paysages — bois, plaines, dunes — frappent par leur mélancolie, leur grandeur. Ruysdael fascina Fromentin et les peintres de Barbizon. Il exécuta aussi de remarquables dessins et eaux-fortes. (P. 400.)

SCHEFFER (Ary, 1795-1858) : Peintre d'origine hollandaise. Il fut considéré par ses contemporains comme l'un des trois grands acteurs de la révolution romantique, avec Delacroix et Delaroche. Les caractéristiques majeures de son œuvre sont le choix de sujets modernes, le rejet de l'idée de « beau idéal » et de la représentation du nu, une conception moralisante de l'art qui ne tarda pas à affadir son style, après les premières années, où il s'inspira beaucoup de Delacroix. (P. 92, 143.)

SCHLESINGER (Jean, 1760-1840) : Peintre allemand qui se consacra à la représentation des fleurs. Jacques Schlesinger (1791-1855), parent du précédent, exécuta surtout des imitations des chefs-d'œuvre des grands peintres italiens et allemands du Moyen Age. (P. 377.)

SCHUTZENBERGER (Louis-Frédéric, 1825-1903) : Peintre français. Élève de Delaroche et de Gleyre, il peignit des tableaux à sujets religieux et historiques, des scènes de genre, et s'attacha à reproduire les mœurs et les costumes de l'Alsace. (P. 278.)

SOLIMÈNE (Francesco, 1657-1747) : Peintre italien. C'est un des maîtres du baroque napolitain. Il a peint des toiles religieuses, des fresques (*Héliodore chassé du Temple*, 1725, au-dessus du portail de l'église du Gesù Nuovo à Naples), des portraits (*Autoportrait, Portrait d'un chevalier de l'ordre de Saint-Janvier, Portrait de la princesse impériale de Lusciano*). (P. 349.)

SOUFFLOT (Germain, 1713-1780) : Architecte français. Il travailla à Lyon (théâtre, hôtel-Dieu) et c'est à lui que fut confiée la construction du Panthéon à Paris. Il mourut avant la fin des travaux. (P. 85.)

TÉNIERS (David dit « Le jeune », 1610-1690) : Peintre, dessinateur et graveur flamand. Il aima représenter des scènes populaires, scènes de cabaret, de kermesse, etc. Il fut le plus célèbre des peintres de genre du XVIIe siècle flamand. (P. 113.)

TINTORET (Iacopo Robusti, dit le, 1518-1594) : (P. 218).

TITIEN (Tiziano Vecellio, dit, v. 1490-1576) : (P. 128, 249, 303).

TOULMOUCHE (Auguste, 1829-1890) : Peintre français. Élève de Gleyre, il peignit des tableaux de genre (*Un mariage de raison*, 1866 ; *Toilette du matin*, 1869) ainsi que des portraits (*Mlle Réjane* ; *Mlle Rose Caron* ; *Mlle Devoyod*...). (P. 278.)

VECELLIO (Cesare, 1521-1601) : Peintre et graveur italien, cousin du Titien. (P. 318).

VÉLASQUEZ (Diego, 1599-1660) : Peintre espagnol. (P. 101, 142, 235, 249, 319.)

VERDIER (Marcel, 1817-1856) : Peintre français. Il exécuta des scènes religieuses et historiques, des portraits, et fut plusieurs fois médaillé aux Salons. (P. 399.)

Vernet (Horace, 1789-1863) : Peintre français. Il eut une brillante carrière, favorisée par le pouvoir. À côté de grandes toiles historiques représentant les batailles du Ier Empire, il peignit des paysages, des compositions de genre. (P. 151, 378.)

Vinci (Léonard de, 1452-1519) : Peintre, sculpteur, ingénieur, architecte et savant italien. (P. 140, 223.)

NOTES

Page 79.

1. Dusautoy : « Tailleur de Sa Majesté l'Empereur, fournisseur de sa maison et des résidences impériales, fournisseur breveté de la cour de Russie et de Sa Majesté le roi des Pays-Bas, boulevard des Italiens, 14 » (Annuaire Didot Bottin de 1867).

2. Heiduque : fantassin hongrois ou valet vêtu à la hongroise, l'épée au côté.

Page 80.

1. Je ne compte que les heures sereines.

Page 82.

1. Le Génie de la Bastille, œuvre du sculpteur Augustin-Alexandre Dumont (1801-1884), fut mis en place en 1835.

Page 83.

1. Bernard de Jussieu (1699-1777) : au cours d'un voyage en Angleterre, il s'était vu offrir par le directeur du jardin botanique de Kew deux petits cèdres plantés dans des pots de terre. Arrivé à Paris, il se rendit à pied au Jardin des plantes portant à la main les deux pots. L'un d'eux tomba et se cassa : Jussieu mit alors le cèdre dans son chapeau avec sa motte de terre, et l'apporta ainsi au Jardin des plantes. Cet incident donna naissance à une légende selon laquelle Jussieu aurait rapporté le cèdre de Syrie en France dans son chapeau, et, en traversant le désert se serait privé d'eau pour arroser son arbre. Arrivé au Muséum, le célèbre botaniste planta les deux jeunes arbres, l'un dans l'école de botanique, l'autre à la base de la colline du labyrinthe. Ce dernier prospéra, et devint le plus gros cèdre du Liban existant à l'époque en Europe. « Rapporté d'un chœur d'*Athalie* » : voir la prophétie de Joad (et non un chœur), *Athalie*, III, 7, v. 1152).

Page 84.

1. La colonne de Juillet : monument en bronze édifié au milieu de la place de la Bastille à Paris, pour perpétuer les « Glorieuses » — les trois journées de juillet 1830. Commencée en 1833, la colonne fut achevée en 1840.

2. Louis-Philippe, roi citoyen mais descendant de Henri IV, était souvent représenté dans les estampes populaires avec un parapluie à la main comme un bon bourgeois.

3. La tour du télégraphe : un télégraphe optique était effectivement installé sur la colline de Montmartre.

4. *Mons martyrum* : l'étymologie de Montmartre est discutée : pour certains, le mot viendrait de Mons Mercurii (Mont de Mercure), pour d'autres de Mons Martis (Mont de Mars) ; l'étymologie « Mont des martyrs » évoque le martyre (légendaire) de saint Denis et de ses compagnons à mi-hauteur de la butte.

5. Tour de Nesle : une des quatre grandes tours destinées par Philippe Auguste à défendre Paris en cas d'attaque. Elle fut rasée en 1660 quand fut décidée la construction à son emplacement du Collège des Quatre Nations, siège actuel de l'Institut.

Page 85.

1. Germain Soufflot (1717-1780) édifia l'église Sainte-Geneviève (1756-1780) devenue le Panthéon. (On trouve dans *L'Œuvre* de Zola la même plaisanterie : le monument-moule à gâteaux.)

2. Marat : assassiné le 13 juillet 1793, Marat avait été enterré au couvent des Cordeliers. Le 21 septembre 1794, au cours d'une cérémonie grandiose, ses cendres furent transférées au Panthéon. Elles en furent retirées au moment de la réaction thermidorienne.

3. L'arbre des Sourds-et-Muets : il s'agissait d'un arbre spectaculaire — un orme de 50 m de haut, planté dans la vaste cour de l'institut des Sourds-Muets, rue Saint-Jacques à Paris. On l'appelait l'arbre de l'abbé Sicard, du nom d'un des principaux disciples de l'abbé de L'Épée.

4. La question d'Orient prit à partir de 1830 une nouvelle tournure : profitant de l'affaiblissement où se trouvait l'empire turc, et de l'embarras du sultan menacé par la révolte de Méhémet-Ali, la Russie se pose en protectrice de la Turquie au traité d'Unkiar-Skelessi (1833), qui ouvre les Détroits aux vaisseaux de guerre russes. Méhémet-Ali, vice-roi d'Égypte, aurait voulu constituer l'Égypte en principauté autonome, et lui donner son débouché naturel sur l'Asie Mineure, la Syrie. Mais le gouvernement de Thiers, qui avait soutenu cette politique, est contrecarré par Palmerston, désireux de maintenir le *statu quo*. Le traité de Londres de 1840, qui consacre l'échec de la politique de Thiers, assure cependant pour un temps la paix en Orient. Cette paix sera rompue, en 1853, par la guerre de Crimée.

5. Sainte-Pélagie : ancienne prison de Paris. Ce fut d'abord une maison fondée pour les « filles repenties » (1662), établie rue du Puits-de-l'Ermite (5e arrondissement), puis une maison d'arrêt en 1790; elle devint une prison départementale en 1811, et fut démolie en 1895.

6. M. de Jouy (1764-1846) : littérateur et auteur dramatique, célèbre sous l'Empire et sous la Restauration. Il est l'auteur de *La Vestale*, de *Sylla*, de *L'Hermite de la Chaussée d'Antin ou Observations sur les mœurs et les usages parisiens au commencement du XIXe siècle* (1813-1814) et de *L'Hermite de la Guiane ou Observations sur les mœurs et les usages français au commencement du XIXe siècle* (1816-1817). Collaborateur des journaux de l'opposition, (notamment *La Minerve*, *Le Miroir*), il fut condamné à trois mois de prison en 1823 pour l'un de ses articles. Il écrivit en collaboration avec Antoine Jay *Les Hermites en prison* (1823) et *Les Hermites en liberté* (1826). Il succéda à Parny comme membre de l'Académie française.

7. Charles Le Brun (1619-1690) a multiplié dans ses toiles à sujets antiques (la série des *Batailles d'Alexandre* du Louvre en particulier) les représentations de casques et d'armes antiques.

8. Le baron Larrey : célèbre chirurgien (1766-1842), dont David fit la statue au Val-de-Grâce.

9. Savoyards : est-ce une allusion au fait que le célèbre astronome Jean-Dominique Cassini (1625-1712), qui fut directeur de l'Observatoire de Paris à partir de 1669, était né dans le comté de Nice, qui appartenait alors à la maison de Savoie (depuis 1388) ? Le fils, le petit-fils, et l'arrière-petit-fils de Cassini furent à leur tour directeurs de l'Observatoire.

10. Laensberg : ce chanoine de Liège, qui s'occupait d'astrologie judiciaire, passe pour l'auteur de *L'Almanach de Liège*, dont la plus vieille édition connue est de 1635, et qui donne des prédictions sur le temps, prophétise les événements et fournit des recettes médicinales.

11. La Salpêtrière : cet hôpital parisien (fondé sur l'emplacement d'une fabrique de poudre, d'où son nom) devint en 1656 « hôpital général des pauvres de Paris ». En 1694, il fut augmenté d'une maison de force pour femmes (prostituées et condamnées). En 1796, la Salpêtrière fut affectée au traitement des maladies nerveuses et mentales puis devint en 1823 un « hospice pour la vieillesse » augmenté d'un hôpital chirurgical. Elle fut par la suite rattachée à la Pitié.

Page 86.

1. La portière de Boissard : à l'hôtel de Pimodan dont il sera question plus loin (voir n. 2, p. 89).

Page 87.

1. *L'œil* : on connaît l'expression populaire « à l'œil » : à crédit, sur simple vue, sur la bonne mine du client. Ici « il avait *l'œil* » signifie donc qu'il mangeait à crédit, qu'on ne le faisait pas payer.

2. Rue d'Enfer : rue Denfert-Rochereau depuis 1879.

Page 88.

1. Chevet : célèbre épicerie fine qui se trouvait galerie de Chartres au Palais-Royal. Chevet fut absorbé par Potel et Chabot à la fin du XIXe siècle.

Page 89.

1. Les Allemands : allusion aux peintres nazaréens, peintres allemands qui s'établirent à Rome au début du XIXe siècle et prônèrent le retour à la simplicité et à la pureté des œuvres des peintres primitifs. Ils sont en cela les précurseurs des préraphaélites anglais. Leurs principes esthétiques s'unissaient à un idéal de vie monastique. Les plus connus d'entre eux sont, outre Pierre de Cornélius, Frédéric Overbeck et Franz Pforr.

2. Hôtel Pimodan : il s'agit de l'hôtel de Lauzun, situé quai d'Anjou. Cet hôtel, construit de 1656 à 1657, acheté en 1682 par le comte de Lauzun, passa en diverses mains avant de devenir la propriété du marquis de Pimodan en 1779. L'hôtel Pimodan fut acheté en 1842 par le baron Pichon, bibliophile et collectionneur, qui eut comme locataires notamment Baudelaire, Roger de Beauvoir, le peintre Boissard et Théophile Gautier. On notera que les Goncourt ne mentionnent pas Baudelaire, qui résida pourtant deux ans à l'hôtel Pimodan, d'octobre 1843 à septembre 1845, mais qu'ils n'appréciaient guère. (Voir par exemple *Journal*, t. 1, p. 301, octobre 1857, p. 809, avril 1862, t. 2, p. 187, 15 décembre 1868.)

3. Ruolz : métal argenté par le procédé du chimiste français Ruolz.

Page 90.

1. Albert Magimel (1799-1877) : élève d'Ingres qui réalisa des peintures pour l'église Saint-Eustache, ne semble pas être connu pour ses lithographies. Peut-être est-ce une manière de se moquer du côté « imagerie » de ses compositions.

2. « Ils se demandent de leurs nouvelles... » : par opposition aux cruautés et mots d'ateliers en usage partout ailleurs. Cette phrase se retrouve telle quelle dans *L'Atelier d'Ingres* d'Amaury-Duval (1878). Selon Daniel Ternois, auteur de la réédition critique du livre de souvenirs du plus zélé des élèves d'Ingres (Arthena, 1993, p. 82 et n. 8), les Goncourt ont dû bénéficier des récits faits de vive voix par Amaury-Duval pour *Manette Salomon*. Il lui semble en effet improbable que, sur des questions qu'il était le seul à connaître, ce soit Amaury-Duval qui, malgré la date tardive de ses souvenirs, postérieure à la publication de *Manette Salomon*, ait repris les Goncourt. On retrouve plus loin l'anecdote du modèle et du couvreur qui vient également d'Amaury-Duval (p. 271).

3. *Le Premier Baiser de Chloé* : le sujet est la synthèse de deux œuvres

du Baron Gérad, *Daphnis et Chloé* (Salon de 1824, Louvre) et le célèbre *Psyché recevant le premier baiser de l'Amour* (1798, Louvre). Le sujet et ce que dit ensuite Chassagnol de son traitement signalent que l'artiste est passé de mode. Les Goncourt peuvent aussi avoir à l'esprit le *Daphnis et Chloé* ou *Le Nid* (Salon de 1865, daté de 1867, Saint-Étienne, musée d'art moderne) d'Amaury-Duval, de facture très classique, caractéristique de cet élève d'Ingres que les deux frères connaissaient.

4. Durand-Ruel : famille de marchands de tableaux, qui joua un rôle essentiel dans l'histoire de l'impressionnisme en achetant de nombreuses toiles aux peintres et en leur prêtant un appui moral autant que financier.

5. Il s'agit sans doute du *Baiser donné* d'Houdon (1778, New York).

Page 91.

1. *La Naissance d'Henri IV* d'Eugène Devéria avait été l'événement du Salon qui, en 1827, marqua le triomphe de la génération romantique. Delacroix y exposait *La Mort de Sardanapale*. La suite de la carrière de Devéria (décoration de Notre-Dame des Doms en Avignon notamment) ne tint pas les promesses du brillant novateur qu'il semblait être à vingt-deux ans. (Voir aussi l'index à ce nom.)

Page 92.

1. *La Barque de Dante* de Delacroix, l'un des premiers chefs-d'œuvre du romantisme (Salon de 1822) avait contribué à faire de Dante l'une des sources d'inspiration privilégiée du mouvement.

2. On appelle *Nuit de Walpurgis* en Allemagne la nuit qui précède la fête de sainte Walburge (*Walpurgis* en allemand) : d'après la légende, des sorciers et des sorcières se retrouvent cette nuit-là sur le mont Blocksberg et y mènent le sabbat (voir l'intermède du *Faust* de Goethe).

3. Les toiles d'Ary Scheffer évoquées ici semblent être les suivantes : « Les âmes blanches et lumineuses créées par les poèmes » : *Les Ombres de Francesca da Rimini et de Paolo Malatesta apparaissent à Dante et à Virgile* (1835, Londres, Wallace Collection, répétition de 1855 au Louvre); les deux personnages volent en effet, vêtus de blanc. « Le souffle de Goethe » : *Faust et Marguerite* (1831). On doit aussi à Ary Scheffer un portrait de Goethe (Goethes Museum). « La prière de saint Augustin » : *Saint Augustin et sainte Monique* (1846), « Le cantique des souffrances morales » : bon nombre de petits tableaux d'A. Scheffer peuvent correspondre à cette formule (*La Veuve du soldat, La Famille du marin, La Sœur de charité, Les Orphelins au cimetière*...). Il s'était fait une spécialité du genre « romance » qui lui procurait de grands succès. « Le larmoyeur des tendresses de la femme » : *Eberhard le larmoyeur* (1834), *Les Femmes souliotes* (1827)...

Page 93.

1. Paul Delaroche : son œuvre la plus connue, *Les Enfants d'Édouard* (Salon de 1831, Louvre), a pour objet un épisode de l'histoire anglaise tirée du *Richard III* de Shakespeare. C'est le tableau qui inspira en 1833, le drame du même titre, œuvre de Casimir Delavigne, dédié à Delaroche, vite retiré de la scène car cette histoire du triomphe d'un souverain usurpateur sur l'héritier légitime pouvait déplaire à Louis-Philippe. Delaroche traita beaucoup de sujets anglais : *La Mort d'Élisabeth d'Angleterre* (Salon de 1827, Louvre), *Cromwell et Charles I*[er] (Salon de 1831, Musée de Nîmes). Sa peinture, vignettes historiques popularisées par l'estampe, typique du goût du « juste milieu » et d'un romantisme sage, était également méprisée par Ingres et par Delacroix. (Voir aussi l'index à ce nom.)

2. Casimir Delavigne : poète et auteur dramatique français (1793-1843). Il choisit souvent des sujets historiques pour ses pièces (*Les Vêpres siciliennes, Marino Faliero...*) mais sa psychologie est des plus classiques (*L'École des vieillards*).

3. Le paysage : la peinture de paysage a joué un rôle de premier plan dans l'évolution de la peinture au XIXe siècle. Mais l'école de Barbizon, sur laquelle Corot eut une influence prépondérante, demeura à peu près méconnue du public jusqu'en 1848 : *La Descente des vaches dans le Jura*, de Théodore Rousseau, refusée par le jury du Salon en 1835, avait été ridiculisée par la critique, au point que Rousseau cessa d'exposer, pour travailler dans la solitude et la pauvreté. (Voir aussi, p. 301-303, à propos de la lumière.) Sur la sévérité du jury envers les peintres de paysage, voir Léon Rosenthal *Du romantisme au réalisme, la peinture en France de 1830 à 1840*, introduction par Michael Marrinan, Histoire de l'art, Macula, 1987, chapitre VII, « Le paysage ».

Page 94.

1. Decamps et Marilhat : les deux plus grands noms de l'école orientaliste, qui sembla un temps, dans la grisaille des Salons, porteuse du renouveau de l'École française. Ce fut du moins l'opinion de Théophile Gautier qui couvre d'éloges Marilhat dans ses textes critiques, de Balzac, qui mentionne Decamps dans *Pierre Grassou*. Decamps plaît au public car il choisit des scènes spectaculaires (*Le Supplice des crochets*, 1837, Londres, Wallace Collection) et ses imitateurs sont légion. Marilhat, usé par sa vie nomade à travers le Liban ou la Syrie, mourut fou, donnant à l'orientalisme un héros à l'aura romantique.

2. La contemporanéité : Géricault avec *Le Four à plâtre* (Louvre) ou le *Marché aux bœufs* (1817-1818, Cambridge, Fogg Art Museum) avait peint la réalité quotidienne. Ses portraits de fous (*Le Monomane du vol*, v. 1822, Gand, musée des beaux-arts), ses lithographies, en font un précurseur du réalisme, décidé à « s'attaquer à la vie moderne ».

Page 95.

1. Les toiles de Delacroix citées ici par les Goncourt sont célèbres :
— *Cléopâtre et le Paysan* (Salon de 1839, Chapel Hill, North Carolina, William Hayes Ackland Memorial Art Center);
— *Hamlet et les Deux Fossoyeurs* (Salon de 1839, Louvre);
— *La Justice de Trajan* (Salon de 1840, Rouen, musée des beaux-arts);
— *L'Entrée des croisés à Constantinople*, dite aussi *La Prise de Constantinople par les croisés* (Salon de 1840, commandé par Louis-Philippe pour Versailles, Louvre);
— *Un naufrage* — le naufrage de don Juan — (Salon de 1840, Louvre);
— *Noce juive dans le Maroc* (Salon de 1840, Louvre).

2. « Ingres et Delacroix » : leur opposition, mise en scène en 1855 lors de l'Exposition universelle, où leurs deux rétrospectives s'opposaient officiellement, marque aux yeux de tous l'histoire de la peinture française du XIXe siècle. Face à Delacroix qui se réclame de Rubens et de la couleur vénitienne, Ingres, qui tient pour Raphaël et la pureté du trait, qui défend le primat du dessin, apparaît comme un classique, continuateur de la tradition héritée de David à laquelle, dans sa jeunesse, il s'était pourtant opposé. À son retour de Rome (où il avait séjourné de 1835 à 1841 et dirigé la Villa Médicis), Ingres fut accueilli triomphalement à Paris.

Page 96.

1. « Dix mille francs par an » : les Goncourt ont peut-être à l'esprit la mère de Corot, modiste rue du Bac.

2. Libraire-éditeur qui fonda une importante maison et fit appel aux meilleurs dessinateurs et graveurs de son temps (Johannot, Français, Meissonier, notamment travaillèrent pour lui) pour illustrer des œuvres littéraires. Il publia également de nombreux ouvrages d'art. Les Goncourt, amateurs d'estampes, connaissent les illustrations qu'il donna avec François-Louis Français et divers autres graveurs sur bois pour illustrer *Paul et Virginie* suivi de *La Chaumière indienne* de Bernardin de Saint-Pierre, publié chez Curmer en 1838.

Page 98.

1. L'atelier de M. Peyron . Balzac a également décrit ces ateliers de femmes, très fréquentés sous la Restauration et la monarchie de Juillet, notamment dans *La Vendetta*. Le seul Peyron qui fut célèbre en l'an IX est Jean-François Peyron (1744-1814), élève de Lagrenée aîné et d'Arnulf. Il exposa au Salon jusqu'en 1812 mais ne fut jamais élève de David; au contraire, c'est Peyron qui eut sur le jeune David une certaine influence.

2. « Modèle vivant » : le cursus classique d'un élève qui entre dans un

atelier, tel que l'a bien décrit Delécluze dans *David, son École et son temps* (1855), consistait en effet à le former d'après des moulages (la « bosse ») avant de l'autoriser à travailler d'après des modèles nus.

3. L'atelier de Langibout : Robert Ricatte a montré combien le personnage de Langibout emprunte de traits au peintre Drolling, « dont il a l'académisme proverbial et l'indépendance absolue » (Voir Robert Ricatte, *op. cit.*, p. 344 sq).

4. Delécluze dans *David, son École et son temps*, que les Goncourt ont utilisé, décrit l'atelier du maître dans cette couleur « gris-olive », et évoque ainsi l'atelier des élèves : « Du reste, nul ornement, à moins que l'on ne veuille donner ce nom à de grandes taches de couleurs (...) et à une foule caricatures, dont quelques-unes assez anciennes couvraient les murailles » (rééd. Macula, 1983, p. 46). Si l'atelier de Langibout ressemble à celui de David, n'est-ce pas parce qu'il joue, dans le roman, le rôle du « dernier des Romains » (p. 119).

Page 99.

1. *Semper viret* : il est toujours vert.

2. Le Discobole : sculpture du Grec Myron (ve siècle av. J.-C.), représentant un athlète lançant le disque (Rome, musée des Thermes).

3. Table à modèle : en peinture, on aime représenter les ateliers d'artistes. Depuis *L'Atelier de David* au Collège des Quatre Nations, peint par Cochereau (1814) et qui ressemble fort à celui décrit ici, jusqu'à la célèbre « allégorie réelle » de Courbet (*L'Atelier*, 1855). En littérature, grâce à Balzac, la description de l'atelier du peintre a également acquis ses lettres de noblesse : outre le mythique atelier de Frenhoher dans *Le Chef-d'œuvre inconnu*, on comparera la description faite ici par les Goncourt à l'atelier de Servin dans *La Vendetta*, à celui de Schinner dans *La Bourse*, à l'atelier décrit dans *Pierre Grassou*. Le roman des Goncourt, avec la propreté bourgeoise de l'atelier de Garnotelle, le bric-à-brac « artiste » de celui de Coriolis, le classicisme de celui de Langibout, permet de reconstituer une typologie de ces lieux très parisiens.

4. Patito : sigisbée, complaisant d'une dame (mot italien dérivé du latin *pati* : souffrir).

Page 100.

1. « Le petit Deloche » : comme Anatole, est un personnage proche de Mistigris, le rapin décrit par Balzac dans *Un début dans la vie*, qui devient, dans le reste de *La Comédie humaine*, le célèbre peintre Léon de Lora.

Page 101.

1. Jean Belin : on désigne ainsi couramment au XIXe siècle, Giovanni Bellini. Mais c'est son frère Gentile qui a peint le portrait de Mehmet II (Londres, National Gallery).

2. Antinoüs : l'*Antinoüs* du Vatican, parangon de la beauté selon les normes néoclassiques, alors que le Méphistophélès emprunté à *Faust* rattache le personnage à l'imagerie nouvelle, celle du romantisme.

Page 102.

1. M. de Clarac : le comte de Clarac (1777-1847) fut « antiquaire » puis devint en 1818 conservateur du musée des antiques du Louvre. Il écrivit un certain nombre d'ouvrages sur l'art et sur le Louvre, et rendit de grands services à l'art et aux artistes.

Page 103.

1. Un chocolatier de passage : qui a ouvert boutique dans un passage couvert.

Page 104.

1. Marie-Amélie (1782-1866) : fille de Ferdinand IV, roi des Deux-Siciles, et de Marie-Caroline, elle épousa en 1809 le duc d'Orléans, le futur Louis-Philippe.

2. Les fils de Louis-Philippe suivaient les cours du collège Henri-IV avec les autres jeunes gens de leur âge.

Page 105.

1. Numa : Marc Beschefer, dit Numa, acteur français (1802-1869). Il abandonna la médecine pour le théâtre, et entra en 1823 au Gymnase où ses grands dons de comique lui valurent rapidement la célébrité.

2. Cachucha : danse andalouse d'un mouvement fougueux et animé.

3. Serpent : instrument à vent dont on se servait surtout pour accompagner les chants d'église. Il fut remplacé par l'ophicléide.

4. Jules Gérard : officier français (1817-1864), dit le Tueur de lions. Engagé volontaire dans le corps des spahis, il fit preuve d'une énergie et d'une audace sans pareilles. Il fit la chasse aux lions qui dévastaient la colonie algérienne et en tua un grand nombre. Son nom devint très vite populaire. Il est l'auteur de *La Chasse au lion* (1855) et de *Le Tueur de lions* (1858). Son nom est cité par Alphonse Daudet dans *Tartarin de Tarascon* (1872).

Page 107.

1. Quatremère de Quincy : « antiquaire » et homme politique français (1755-1849). Intendant des Arts et Monuments publics sous la Restauration, il rédigea un *Dictionnaire de l'architecture*, un *Essai sur l'Idéal*. Ami de Canova, il est le théoricien français du néoclassicisme.

2. *Schahabaham II* : opéra bouffe en un acte, paroles de M. de Leuven et de Michel Carré, musique d'Eugène Gautier, représenté au Théâtre-Lyrique le 31 octobre 1854.

3. Antoine Mandelard, dit Bobèche : pitre des théâtres de la Foire, célèbre sous l'Empire et la Restauration.

4. Torquemada : dominicain espagnol (1420-1498), nommé inquisiteur général pour l'Espagne en 1483, véritable organisateur du Saint-Office. Il est devenu le symbole du fanatisme. En 1882, Hugo écrira son *Torquemada*, drame en vers en quatre actes précédé d'un prologue.

5. Funambules : théâtre situé sur l'ancien boulevard du Temple. Il fut créé par Bertrand en 1816 mais ne devint célèbre qu'après 1830 avec Jean-Baptiste Gaspard Deburau (voir n. 1, p. 180). On y jouait des pantomimes, de petits vaudevilles, des pantomimes féeriques comme *L'Œuf rouge et l'Œuf blanc, Les Joujoux de bric-à-brac*.

6. *Le Tintamarre* : journal humoristique, hebdomadaire du dimanche, consacré à la littérature, au théâtre, aux modes et à l'industrie. Le premier numéro parut le 19 mars 1843.

Page 108.

1. Pyrrhonisme : doctrine de Pyrrhon (philosophe sceptique grec vers les IVe-IIIe siècles av. J.-C.) ; scepticisme philosophique, à l'opposé du dogmatisme.

2. Courtille : une courtille est un enclos, un petit jardin. La courtille la plus célèbre était celle du Temple, sur le territoire de Belleville. Connue dès le XIIe siècle, elle devint très populaire à partir du XVIIIe siècle : de nombreuses guinguettes y furent créées, au point qu'à la fin du XVIIIe siècle, celles-ci prenaient plus de place que les jardins. La vogue de la Courtille baissa sous la Révolution pour reprendre sous la Restauration. Ses cabarets Denoyez et Ramponneau étaient célèbres. On appelait « descente de la Courtille » le pittoresque spectacle que constituait le défilé des voitures de masques (qui étaient allés faire le carnaval à la Courtille) à travers le faubourg du Temple, aux premières heures du mercredi des Cendres.

3. Gémonies : escalier de Rome où l'on exposait les cadavres des condamnés à mort après leur strangulation, avant de les jeter dans le Tibre. D'où l'expression « vouer quelqu'un aux gémonies », c'est-à-dire l'accabler publiquement de mépris.

4. Stellion : jeune garçon de la mythologie, transformé en lézard par Cérès pour avoir éclaté de rire en voyant l'avidité avec laquelle la déesse buvait une boisson d'orge et de miel offerte par une vieille femme.

5. Cabrion, Pipelet : personnages des *Mystères de Paris* d'Eugène Sue (1842-1843). Cabrion est un jeune rapin à l'esprit facétieux qui aime à faire enrager M. et Mme Pipelet, ses concierges ; ces derniers sont le type des portiers bavards et cancaniers.

6. Jean Hiroux : type populaire de l'assassin bestial et cynique. À l'origine, il constitue la caricature du héros du *Dernier Jour d'un condamné* de Victor Hugo, livre qui parut en 1829 et qui fit grand bruit. La charge du héros de Hugo apparut d'abord dans les *Œuvres complètes* du vaudevilliste Vanderburch, mais c'est Henry Monnier (voir l'index) qui la rendit populaire.

Page 109.

1. *Nil admirari* : ne s'étonner de rien. Expression d'Horace (*Épîtres*, I, 61), maxime stoïcienne qui constitue selon lui le principe du bonheur.

2. Bouginier : personnage mystérieux et légendaire qui figurait avec un nez immense dans d'innombrables graffiti sur les murs parisiens dans les premières années de la monarchie de Juillet. On le trouve mentionné chez Balzac, Gautier, Hugo (*Les Misérables*).

3. Prudhomme : personnage créé par Henry Monnier, type du bourgeois borné, conformiste et sentencieux (voir l'index à Monnier).

4. Robert Macaire : personnage de *L'Auberge des Adrets* (1823) et de *Robert Macaire* (1834). Ce brigand de mélodrame obtint un franc succès grâce à l'interprétation qu'en donna le comédien Frédérick Lemaître. Daumier reprit ensuite le personnage, dont il fit une série de lithographies dans ses *Caricaturana* (1836-1838) : Robert Macaire y devient le type du forban qui, dans le monde moderne, se dissimule sous les traits d'un banquier, d'un notaire, d'un avocat, etc.

5. *La Méduse* : allusion à un tragique accident survenu à la *Méduse* — un des quatre bâtiments partis en juin 1816 pour le Sénégal (que les traités de 1815 avaient rendu à la France) : il fit naufrage le 2 juillet 1816, à 160 km de la côte d'Afrique. 149 passagers prirent place sur un radeau de 20 m sur 7 ; au bout de douze jours, quinze d'entre eux seulement furent retrouvés par le brick *L'Argus* : les autres avaient été jetés à la mer ou même dévorés. Géricault en fit un tableau qu'il présenta au Salon de 1819, et qui eut un retentissement considérable.

Page 110.

1. Le « torse » était une épreuve classique à l'École des beaux-arts. Cet exercice obligé auquel on préparait les élèves dans les ateliers a permis à Ingres de faire l'un de ses premiers chefs-d'œuvre (*Torse d'homme*, 1800, Paris, École nationale des beaux-arts) qui lui valut un premier prix de torse en 1801.

Page 111.

1. Crotoniate : Crotone, une des villes les plus importantes de la Grande-Grèce, située en Calabre, fut la patrie de l'athlète Milon.

2. « Le nègre Joseph » : un des modèles parisiens les plus connus du XIXe siècle. D'abord acrobate dans la troupe de Mme Saki, il a posé pour Géricault dans le *Radeau de la Méduse* et pour Chassériau.

3. « De sa poche » : Champfleury a raconté l'histoire d'un de ces modèles qui, galant sous Louis XVI, néoclassique dans la force de l'âge, romantique ensuite, connaît une vieillesse « réaliste » et incarne ainsi près d'un siècle d'histoire de l'art, dans une nouvelle des *Excentriques* (1857) intitulée « Cadamour » (qui s'inspire d'un modèle lui aussi très connu dans les ateliers).

4. *L'Hémicycle* de l'École des beaux-arts, Paris, peint de 1837 à 1841 (décorations murales).

5. *Le Martyre de saint Symphorien* : tableau d'Ingres qui fit grand bruit au Salon de 1834. La toile avait été commandée par l'évêque d'Autun, la même année. Devant l'hostilité de la critique, Ingres refusa désormais d'exposer dans les Salons et accepta de diriger l'Académie de France à Rome.

Page 113.

1. Téniers : la description du festin est faite grâce à l'évocation du maître hollandais des scènes de genre et la référence à ce type de nature morte qui connut son âge d'or au XVIIe siècle et que des artistes comme Théodule Ribot ressuscitèrent au XIXe siècle : la peinture de vanité.

Page 115.

1. Chassériau qui prête à Coriolis bon nombre de ses traits, est né à Saint-Domingue. Il entra en 1833 à l'École des beaux-arts où il fut élève d'Ingres. Le jugement de Langibout sur la couleur de Coriolis reprend exactement ce qu'Ingres ne comprenait pas chez celui qui était l'un des plus doués de ses élèves. Langibout, outre les points communs qu'il peut avoir avec Drolling ou tel élève de David, incarne dans le roman, de manière plus large, la tradition de l'enseignement néoclassique dont Ingres, pour la génération suivante, assuma l'héritage.

2. Le tableau d'Horace Vernet représentant son *Atelier* (Salon de 1822, collection particulière) montre un de ces duels pour rire entre artistes, dans un atelier encombré de visiteurs, de modèles, d'accessoires...

Page 116.

1. Boissard de Boisdenier, musicien, linguiste, poète et peintre, régnait sur les réunions de l'hôtel Pimodan. Gautier lui rend hommage dans sa préface aux œuvres complètes de Baudelaire, Delacroix dans son journal. (Voir aussi le *Journal* des Goncourt, année 1853, Bouquins, p. 83-84.) Voir aussi notre index.

Page 120.

1. La suppression des jurys et des concours sous la Révolution avait eu pour conséquence une nette augmentation de « l'offre » artistique — sans que la demande ait augmenté en proportion. L'artiste misérable mais libre, figure romantique, était né.

2. *Regard* : sorte de puits ménagé au-dessus d'une conduite d'eau, soit pour faciliter la surveillance des conduits, soit pour établir des robinets de distribution.

Page 121.

1. Les *Loges* de Raphaël au Vatican et les *Sacrements* de Poussin comptent parmi les cycles de peintures les plus admirés par les classiques, susceptibles de servir de répertoires de modèles dans les ateliers. Les recueils de gravures d'après ces œuvres sont donc des cadeaux particulièrement utiles.

2. *Modius* : mesure de capacité utilisée chez les Romains pour les matières sèches et valant un tiers d'amphore ou 8,80 litres.

3. *Strophium* : sorte de ruban dont les Grecs se ceignaient la tête.

Page 122.

1. Voir au sujet de cet épisode, le *Journal*, t. 1, 20 mai 1865, et la préface de Michel Crouzet.

Page 124.

1. La *Patrouille turque* : tableau par lequel Decamps, au Salon de 1831, s'était affirmé (Londres, Wallace Collection).

Page 125.

1. Decamps a peint de nombreux enfants parmi ses sujets orientaux (*Enfants turcs près d'une fontaine*, 1846, Chantilly).

Page 126.

1. *A gigorno* : jeu de mots sur l'expression *a giorno*, c'est-à-dire éclairé par la lumière du jour.

Page 128.

1. Alecto : une des trois Érinyes (déesses de la Vengeance, chez les Grecs) ou Furies (pour les Romains).

2. *La Mise au tombeau* de Titien compte parmi les tableaux les plus copiés du Louvre du XIXe siècle (voir le catalogue de l'exposition « Copier-Créer », Louvre, RMN, 1993). Champfleury décrit dans une nouvelle des *Excentriques*, « Canonnier », ce monde des copistes du Louvre vers 1830 : « Tel portrait de Van-Dick *(sic)* crut avoir devant soi son modèle plutôt que son copiste. »

Page 129.

1. Suif : l'expression argotique « chercher du suif à quelqu'un » signifie lui chercher querelle.

Page 130.

1. Lazzarone : homme du bas peuple de Naples, qui vit dans la paresse et la misère.

Page 133.

1. Jocrisse : personnage traditionnel de la farce, niais et crédule (voir *Le Désespoir de Jocrisse* de Dorvigny, auteur du XVIIIe siècle).

2. Charles-Hubert Millevoye : poète français (1782-1816), auteur notamment d'un recueil d'*Élégies* (1811), dont certaines pièces comme *La Chute des feuilles*, *Le Poète mourant*, annoncent le lyrisme romantique. On va lire ici les deux premiers vers de *La Chute des feuilles*, suivis de la parodie des deux vers suivants : « Le bocage était sans mystère / Le rossignol était sans voix. »

Page 136.

1. Paul Bitaubé (1732-1808) : il donna une traduction de l'*Iliade* en 1780, de l'*Odyssée* en 1785, ainsi que quelques autres ouvrages.

Page 140.

1. Ingres qui dirigea l'Académie de France à Rome avait été décrit par Théophile Silvestre en 1855 comme « un peintre chinois égaré en plein dix-neuvième siècle dans les ruines d'Athènes ». C'est contre cette piété envers les maîtres, inculquée aux élèves d'Ingres qui vénéraient Raphaël, contre la formation académique traditionnelle qu'est clairement dirigée cette tirade.

Page 142.

1. Pincio : colline de Rome où se trouve la Villa Médicis. L'Académie de France à Rome, fondée par Louis XIV en 1606, y fut transférée en 1801 par Bonaparte, qui acheta la Villa aux Médicis. Le décret du 1er juillet 1793 prévoyait un séjour de cinq ans à Rome pour les artistes remportant le grand Prix.

Page 146.

1. Garnotelle, dans l'ensemble du roman, ressemble en effet beaucoup à Hippolyte Flandrin. D'une famille très modeste qui exerçait le commerce du drap à Lyon à la fin du XVIIIe siècle, Flandrin n'arriva à Paris qu'à vingt ans, avec son frère Paul, et devint le disciple et l'ami d'Ingres. Ses attaches locales demeurèrent très vives.

Page 147.

1. *Selectae* : le *Selectae e profanis scriptoribus historiae* (Choix d'histoires tirées des écrivains profanes) de Jean Heuzet (1660-1728, auteur connu aussi pour d'autres ouvrages pédagogiques) avait été adopté par le conseil de l'Université, et était en usage dans les classes de 6e et de 5e : cet ouvrage en cinq livres composé en 1726 présentait le texte simplifié et arrangé des récits et anecdotes les plus connus de l'Antiquité.

2. Archéologue, écrivain et graveur, le comte de Caylus (1692-1765) est surtout connu pour son *Recueil d'antiquités égyptiennes, étrusques, grecques, romaines et gauloises* (1752-1757). Il légua sa collection d'antiques au Cabinet du roi (Louvre).

3. Michel-François Dandré-Bardon, écrivain et peintre français (1700-1783). Reçu à l'Académie en 1735, nommé peintre des galères du roi à Marseille en 1745, il fonda en cette ville une académie dont il fut le directeur. Son œuvre la plus connue est son *Christ* (Marseille) ; il laissa plusieurs ouvrages sur la peinture, le dessin et la sculpture.

4. Brennus : chef gaulois qui s'empara de Rome en 390 avant J.-C. Il se retira en échange d'un énorme tribut.

Page 149.

1. Le mot « bizet » (écrit aussi « biset ») désigne un garde national qui faisait son service sans porter l'uniforme.

Page 151.

1. Les artistes n'étaient pas soumis au service militaire. La recommandation de Vernet, le grand peintre militaire du siècle, était donc tout indiquée.

2. Un crayon lithographique : la lithographie, nouvelle technique de l'estampe inventée par Aloys Senefelder entre 1796 et 1799, connut un remarquable succès à Paris sous la Restauration et la monarchie de Juillet. À la différence des techniques traditionnelles, la lithographie n'exigeait pas une formation bien longue — comme c'était le cas pour les graveurs — pour savoir dessiner avec « un crayon lithographique » sur la pierre enduite d'un corps gras qui retient l'encre. Tout dessinateur pouvait devenir lithographe presque instantanément.

Page 153.

1. Garnisaire : agent qu'on établit chez les contribuables en retard, pour les obliger à payer.

Page 154.

1. *Caporal* : tabac grossier, du genre tabac de troupe.

2. *Esgargot* : un *gargot* est un mauvais restaurant, une gargote.

Page 155.

1. Surnuméraire : pratique courante sous la monarchie de Juillet. On employait dans les administrations de jeunes juristes que l'on ne payait pas et qui attendaient de voir une place se libérer.

2. Le Cirque olympique était très à la mode. La salle du boulevard du Temple, nouvel établissement de la famille Franconi à partir de 1827, permettait à une troupe de plus de cinq cents personnes de reconstituer des batailles et tableaux historiques. Les grands succès en furent *Les*

Polonais (1831), *Le Siège de Constantinople* (1837) et, au moment du retour des Cendres, les épisodes napoléoniens.

3. Michel, baron de Mélas (1730-1800), feld-maréchal autrichien, battu par Bonaparte à Marengo en 1800.

Page 156.

1. Jeanne-Louise Baron, dite Léontine, fille d'Étienne Fay et de Jeanne Rousselois, née en 1810 et morte en 1876. Elle parut sur scène dès l'âge de 8 ans et débuta au Gymnase en 1821 dans des rôles d'enfants. Après une tournée en province dans le même répertoire de 1821 à 1824, elle revint au Gymnase comme jeune première. Elle épousa en 1832 l'acteur Claude-François Charles Joly, dit Volnys, et entra avec lui à la Comédie-Française en 1834. Admise au Vaudeville, elle créa *La Grand-mère* et *Cécily*.

Page 157.

1. Jacques-Nicolas Gobert : général français (1760-1808) qui fit preuve d'une grande bravoure. Il fut tué au combat de Baylen, en Espagne.

Page 159.

1. *La Prière du soir au Sahara* d'Eugène Fromentin.

Page 163.

1. *Alesso* : le « lesso » est un plat de viande bouillie.

Page 167.

1. Michel de Marolles (1600-1681), auteur d'un grand nombre d'ouvrages et de traductions (dont le *Livre des peintres et des graveurs*). Il offrit sa collection au roi (fonds du Cabinet des Estampes).

Page 168.

1. Le restaurant Philippe était situé 70 rue Montorgueil. À l'époque où les Goncourt écrivaient *Manette Salomon*, il était tenu par Pascal, ancien cuisinier du Jockey-Club. Ce restaurant accueillit le Dîner Bixio à sa fondation en 1853 et le Club des Grands Estomacs.

2. Bal de l'Opéra : ce bal, qui date du début du XVIIIe siècle (il avait été autorisé par le Régent, au rythme de trois par semaine), connut un grand succès. Plusieurs théâtres imitèrent l'Opéra. La vogue du bal de l'Opéra continua sous Louis-Philippe, malgré le grand nombre de bals existant alors. La présence de Mylord-l'Arsouille, qui se rendit célèbre dans la descente de la Courtille, contribua à sa popularité. L'Académie royale de Musique occupa différentes salles avant celle que nous connaissons (et qui fut inaugurée en 1875). De 1821 à 1875, ce fut la salle de la rue Le Peletier qui l'abrita.

Page 169.

1. Valentino : bal qui fut créé dans une salle située 251 rue Saint-Honoré où le musicien Henri Valentino (ancien chef d'orchestre de l'Opéra) avait organisé des concerts de 1838 à 1841.

2. Montesquieu : cette salle située 6 rue Montesquieu servit à la fois pour des bals publics et des combats de boxe entre 1830 et 1855.

3. *Platine* : l'expression populaire « avoir une bonne platine » signifie avoir du bagout, parler beaucoup et avec assurance.

4. Le Grand-Balcon : cette brasserie, disparue peu avant 1882, était située 11 boulevard des Italiens.

Page 170.

1. Philippe : le restaurant Philippe (voir n. 1, p. 168).

Page 171.

1. « Débagouler » signifie vomir, au fig. « débagouler un torrent d'injures ».

Page 177.

1. Phalanstère : dans le système de Charles Fourier, association de travailleurs et domaine où vit et travaille leur communauté (ou phalange).

2. Salente : ville de l'Italie ancienne, dont on ignore la situation exacte. Son nom est célèbre car Fénelon l'évoque dans son *Télémaque* (livres VIII et s.) : c'est là que Mentor enseigne à gouverner les hommes. L'expression « un gouvernement de Salente » s'applique à une conception politique utopique et irréalisable.

3. Allusion au *Voyage en Icarie*, roman d'Étienne Cabet (1842) : inspiré de *l'Utopie* de Thomas Morus, ce livre décrit la société communiste idéale. Cabet, après l'avoir écrit, tenta une expérience originale en Amérique : les colonies icariennes.

Page 178.

1. L'abbé de Saint-Pierre : Charles Irénée Castel (1658-1743), auteur d'un *Projet de paix perpétuelle* (1713). L'abbé de Saint-Pierre souhaitait l'organisation d'une ligue de souverains avec un tribunal et un congrès permanent.

2. Eugène Sue : dans *Les Mystères de Paris* (1842-1843), Eugène Sue développe des théories humanitaires.

3. La Dispute du Saint-Sacrement : allusion à la fresque de Raphaël dans la Chambre de la Signature au Vatican.

4. Arthur : les romanciers avaient mis ce prénom à la mode pour désigner le type du jeune héros de salon irrésistible avec ses longs che-

veux, la pâleur distinguée de son teint, ses regards langoureux et la préciosité affectée de ses propos. Puis, il s'est employé comme nom commun pour désigner un homme à bonnes fortunes, et particulièrement l'amant d'une lorette.

5. Étienne Marin, dit Mélingue (1807-1875), acteur et sculpteur français. Son interprétation de Buridan dans *La Tour de Nesle* d'A. Dumas au théâtre de la Porte-Saint-Martin lui valut un énorme succès. Il interpréta des rôles de cape et d'épée, notamment dans *Les Trois Mousquetaires, La Reine Margot, Monte-Cristo, La Dame de Montsoreau*.

Page 180.

1. Jean-Baptiste Gaspard Deburau (1796-1846), mime. Après une enfance misérable de saltimbanque, il créa une troupe d'acrobates et de danseurs de corde, avec laquelle il vint à Paris. C'est là qu'il créa le personnage de Pierrot, qui remporta un prodigieux succès. Il mourut des suites d'une chute en scène dans les dessous du théâtre. Jules Claretie puis Sacha Guitry l'ont porté à la scène, et Marcel Carné au cinéma avec *Les Enfants du paradis*, où il est interprété par Jean-Louis Barrault.

Page 181.

1. Le bazar Bonne-Nouvelle accueillait, près de la porte Saint-Denis, des expositions artistiques où l'on trouvait souvent des œuvres refusées au Salon. S'y tenaient aussi des expositions consacrées à des artistes de renom, comme celle de janvier 1846, où l'on vit une rétrospective de David et d'Ingres dont Baudelaire fit le compte rendu dans *Le Musée classique du bazar Bonne-Nouvelle*.

Page 182.

1. Il y avait à Grenelle une importante activité manufacturière (chapeaux, cuir, cordes, etc.).

Page 183.

1. *Nage* : navigation, action de ramer (mot de l'ancien français).

Page 185.

1. Padoue : la chapelle des Scrovegni décorée par Giotto est un but de pèlerinage artistique au XIXe siècle, ainsi Proust s'y rend en 1900.

2. L'*innamorata* : l'amoureuse; la fiancée (de *innamoràrsi* : tomber amoureux).

3. La première femme d'Ingres, Madeleine Chapelle était la cousine pauvre d'Adèle de Lauréal qu'Ingres avait courtisée en vain et qui ressemblait un peu à sa parente.

Page 186.

1. Les primitifs : ce que l'on a pu appeler le « préraphaélisme français », porté par le renouveau catholique, soutenu par des historiens d'art comme Alexis-François Rio, illustré en particulier par Flandrin et les élèves de l'atelier d'Ingres, permit la réhabilitation des « primitifs » italiens. Dans la tirade qui suit, Chassagnol évoque quelques artistes alors redécouverts. Sur le préraphaélisme français, voir l'article de D. Ternois dans l'édition de *L'Atelier d'Ingres* d'Amaury-Duval, *op. cit.*, p. 385-401.

2. *Uffizi* : la Galerie des Offices, située dans le Palais des Offices, à Florence.

Page 187.

1. Couvent florentin de Saint-Marc : célèbre pour les peintures de Fra Angelico et de ses élèves, il eut aussi pour prieur Savonarole, cité plus loin, qui prêcha un retour à une iconographie de dévotion et sous l'influence duquel Botticelli détruisit certaines de ses œuvres d'inspiration païenne et néoplatonicienne.

Page 188.

1. Gentile de Fabriano : son œuvre la plus connue, où il a en effet représenté des chameaux et des singes, est l'*Adoration des mages* du musée des Offices.

2. Ingres, dans la *Vierge à l'hostie* (version au musée d'Orsay, 1854) joue sur la similitude entre la pâle hostie du premier plan et l'arrondi du visage de la Vierge.

3. Alfred Dürer : Chassagnol s'emporte, Dürer s'appelait Albrecht ou Albert.

4. Lippi : il peut s'agir aussi bien de Filippo que de son fils Filippino, élève de Botticelli, qui représenta lui aussi un type de beauté florentine blonde très reconnaissable.

5. À Santa Maria del Carmine, dans la fresque de la *Résurrection du fils de Théophile*, une galerie de portraits florentins constitue bien ces « rangées de crânes de sénats marchands » : ils sont de Filippino Lippi qui termina la peinture laissée inachevée par Masaccio. Ce détail précis de la fresque avait été copié par Adolf von Stürler, élève d'Ingres (toile à Berne, Kunstmuseum).

6. *En nova progenies* : voici une nouvelle lignée !

7. *Héracles étouffant Antée* (Offices, Florence).

8. Sarcophage d'un augure : allusion à l'*Adoration des bergers* (Florence, Santa Trinita) de Ghirlandaio où le mot AUGUR se lit clairement, détaché du reste de l'inscription, sur le sarcophage antique qui sert de mangeoire au bœuf et à l'âne de la crèche.

Page 191.

1. Manteau-bleu : espèce de mouette qui, à l'approche des ouragans, quitte la mer pour se répandre dans les terres.

Page 192.

1. Des gravures d'Overbeck : les œuvres religieuses du nazaréen, en particulier ses fresques, sont surtout connues en France par la gravure. La pratique de la mise en couleur de gravures, évoquée plus loin — on peignait à l'huile pour imiter un tableau — était courante.

2. Jean-Nicolas Gannal (1791-1852), chimiste français, auteur du système d'embaumement par injection.

3. Orfila : chimiste français (1787-1853), qui fonda une École et le musée Dupuytren.

Page 196.

1. L'évocation gastronomique qui suit est un thème fréquent sous la plume des Goncourt, il ne fera que se développer lorsque Edmond demeurera seul (*La Maison d'un artiste*, t. II, p. 191-196; *Journal*, 29 septembre 1874, etc.). Proust pastichera les échos de ces gourmandises dans *Le Temps retrouvé*.

Soudac : sandre (poisson voisin de la perche). Riapouschka : petite marène (poisson). *Stschi* : soupe aux choux. Bortsch (ou borchtch) : potage russe au chou, à la betterave et à la tomate. Gribouis : champignons. Vésiga : mets très recherché des Russes, se composant essentiellement de l'épine dorsale d'une espèce d'esturgeon. Coulibiacs (ou koulibiacs) : en cuisine russe, pâtés chauds à base de poisson, surtout de saumon et d'esturgeon, avec des œufs durs. On en fait aussi au poulet. La pâte est une pâte à brioche non sucrée. À l'origine, le koulibiac était un pâté au chou. Varenikis : genre de raviolis aux fruits. Vatrouschkis : tartes au fromage blanc. Sausselis : nous n'avons pu trouver le sens de ce mot. Pellmènes : les pelmeni sont des raviolis à la viande. Ciernikis : myrtilles (tchernika). Mlesnikis : nom des crêpes dans la cuisine polonaise.

Page 197.

1. Marie-Antoine Carême (1784-1833), une des illustrations de l'art culinaire. Il dirigea le service de bouche chez Talleyrand, les empereurs de Russie et d'Autriche, M. de Rothschild, et d'autres personnalités encore. Carême écrivit un grand nombre d'ouvrages sur cet art qu'il pratiqua avec un si grand bonheur.

Page 199.

1. Le mot *laver* dans son emploi argotique signifie : vendre, se défaire de.

Page 200.

1. Clou : (1837, fam.) Mont-de-Piété (où l'on accroche les objets mis en gage).

Page 202.

1. *Supplice de Cancale* : jeu de mots réunissant le supplice de Tantale et le restaurant « Le Rocher de Cancale » cité notamment par Balzac dans *La Comédie humaine* (en particulier dans *Les Illusions perdues*).

Page 203.

1. Bréa : général français (1790-1848). Il servit dans les guerres de l'Empire. Le 25 juin 1848, il fut tué par les insurgés de la barrière de Fontainebleau, avec lesquels il était venu parlementer. Deux d'entre eux (Daix et Lahr) furent exécutés.

Page 204.

1. Azaïs : philosophe français (1766-1845), auteur de la théorie des compensations, selon laquelle le hasard compenserait toujours certains écarts ou certaines erreurs, par des écarts ou des erreurs en sens contraire.

Page 206.

1. *Salonnier* : écrivain qui rend compte des salons, des expositions artistiques.

2. *Le Charivari* : journal satirique illustré fondé en 1832 par Charles Philipon. Daumier, Grandville, Gavarni, Philipon lui-même y participèrent comme illustrateurs.

Page 207.

1. Barathre : par allusion au gouffre situé à l'ouest d'Athènes, hérissé de crochets de fer, où l'on précipitait les condamnés à mort, chez certains auteurs (Bloy, Huysmans, Léon Daudet) syn. d'« enfer ».

2. Les *Sociétés des amis des arts* étaient nombreuses en province sous la monarchie de Juillet. Celle de Lyon était la plus importante. Ces sociétés achetaient en commun des œuvres, organisaient des expositions, faisaient exécuter des estampes. Sur cette question, voir Léon Rosenthal, *op. cit.*, p. 69 sq.

Page 209.

1. Lampes Carcel : lampes à huile, avec rouages et piston, inventées par l'horloger Carcel.

Page 210.

1. Eau des Sultanes : le parfumeur César Biroteau est, selon Balzac, l'inventeur du merveilleux cosmétique qu'est la double pâte des Sultanes.

Page 212.

1. Horatius Coclès : héros légendaire romain (VIe siècle av. J.-C.) qui, pendant la guerre contre Porsenna, aurait défendu à lui seul le pont Sublicius.

Page 216.

1. Yatagan : sabre turc, à lame recourbée vers la pointe; khandjar : poignard oriental à longue lame tranchante, dont la poignée n'a pas de garde; flissat (en fait, flissa) : mot berbère désignant un grand sabre droit à la pointe effilée; cimeterre : sabre oriental, large et recourbé; cama : le kama est un grand poignard à simple poignée en forme de fuseau, sans garde, avec une large lame à deux tranchants, qu'on porte dans un fourreau de bois, habillé de maroquin (chez les Géorgiens, les Circassiens, les Tcherkesses); khoussar (en fait khouttar) : désigne un poignard en usage chez les peuples de l'Inde, dont la lame est triangulaire, et la pointe fortement renflée au milieu; kris : (kriss, criss, ou crid) poignard malais dont la lame est à double tranchant et qui est ondulé en forme de flamme. Il mesure environ 40 cm. Sa lame est ajustée à une poignée de bois ou d'orfèvrerie sans garde ni pommeau, en forme de crosse de pistolet. Le fourreau en bois s'élargit au sommet.

Page 217.

1. Un moulage d'Hygie : célèbre antique du musée du Vatican. (Hygie : personnification de la Santé, et fille, selon la légende, du dieu de la médecine Asclépios.)

2. La *Léda* de Jean-Jacques Feuchère (1807-1852) : statuette (plâtre au musée des Arts décoratifs, bronze à Montargis, musée Girodet).

3. Le *Mercure* de Pigalle : *Mercure attachant ses sandales* (Berlin); *Mercure attachant ses talonnières* (Louvre, Metropolitan Museum)... Pigalle a souvent traité la figure de Mercure qui, au Salon de 1744, avait établi sa réputation.

4. La *Nymphe* de Clodion : les figures en terre cuite de Clodion et de ses imitateurs, à sujets galants ou mythologiques, figuraient dans les collections des Goncourt (voir *La Maison d'un artiste*).

Page 218.

1. La *Poésie légère* de Pradier se trouve au Musée de Nîmes.

2. Un relief du vase Borghèse : Napoléon avait négocié avec son beau-frère Camille Borghèse l'achat, pour le Louvre, de sa collection d'antiques.

3. Un sceptre de la Mère folle de Dijon : le musée de la vie Bourguignonne de Dijon conserve des bâtons et des marottes dits « de la Mère folle ». Dès 1454, en effet, une « Compagnie de la Mère folle » organise une sorte de carnaval à travers les rues de la ville : à sa tête marche la Mère folle. Mais, s'étant trouvée mêlée à une émeute qui éclata en 1630 et au cours de laquelle l'on brûla le portrait de Louis XIII, la Compagnie fut abolie sur ordre du roi la même année. Depuis, la Mère folle est l'une des figures du folklore de la ville.

4. Un masque de Géricault : le masque mortuaire de Géricault appartenait au critique d'art Théophile Silvestre et fut donné, à la mort de son mari, par Céline Silvestre, au collectionneur Bruyas de Montpellier, le protecteur de Courbet. Le masque entra en 1876, avec le legs Bruyas, au musée de cette ville.

Page 219.

1. N'aie pas peur : ici ou ailleurs (ou : maintenant ou plus tard), la mort viendra.

Page 220.

1. Orgères : bourg d'Eure-et-Loir. Au début du XIXe siècle, une bande de chauffeurs (brigands qui brûlaient les pieds de leurs victimes pour leur faire dire où était leur argent), connue sous le nom de bande d'Orgères, commit pendant près de deux ans meurtres et vols. Arrêtés, vingt-trois d'entre eux furent condamnés à mort.

Page 221.

1. Le thème du singe peintre fournissait précisément l'occasion de nombreuses représentations d'ateliers en peinture : *Le Singe peintre* de Chardin (Louvre). (Voir aussi n. 1, p. 228.)

Page 224.

1. Raphaël et Pérugin, son maître, constituaient, pour les élèves d'Ingres, la référence constante. Un portrait de Raphaël, couronné de lauriers d'or, trônait dans l'atelier d'Ingres.

2. Des fœtus de chefs-d'œuvre : critique formulée souvent contre Delacroix. Sa touche visible donne à ses tableaux, selon les critères classiques, l'allure d'esquisses.

3. Allusion à la *Banque de Dante* de Delacroix (Louvre), exposée au Salon de 1822.

3. Hachures : il s'agit du procédé appelé « flochetage », utilisé par Delacroix, consistant à juxtaposer les couleurs, qui se mélangent aux yeux du spectateur qui regarde l'œuvre à bonne distance.

Page 225.

1. *La lie de Rubens* : pour reproduire l'effet de l'eau sur les chairs dans la Barque de Dante, Delacroix avait précisément étudié les néréides peintes par Rubens dans *Le Débarquement de Marie de Médicis* (Louvre).

Page 228.

1. Le singe de Coriolis rappelle la série fantaisiste des singeries de Decamps : *Singes experts* (1839), *Singe peintre, Singe musicien*, etc.

Page 234.

1. *Le Coup de soleil* n'est pas de Rembrandt : il s'agit d'un des plus célèbres tableaux de Ruysdael, au Louvre.

Page 235.

1. La critique formulée ici contre la pâte trop épaisse de Decamps rejoint les commentaires de Baudelaire (Salon de 1846), Pléiade, t. II, p. 450 : « Le seul reproche, en effet, qu'on lui pouvait faire, était de trop s'occuper de l'exécution matérielle des objets; ses maisons étaient en vrai plâtre, en vrai bois, ses murs en vrai mortier de chaux... »

Page 236.

1. Le Palais-National : c'est le nom que porta, un temps, le Palais-Royal.

Page 238.

1. Le quartier Saint-Georges : les frères Goncourt ont habité le 43 de la rue Saint-Georges, de 1850 à 1868, rue du IXe arrondissement de Paris, non loin de la Cité Frochot.

2. Les gravures de Marc-Antoine sont, dans la formation classique, utilisées comme de parfaits modèles à copier.

Page 242.

1. Cheveux en coques : on appelait « coque » un nœud de ruban fait avec un seul morceau dont on réunissait les deux bouts; on donna ensuite ce nom au grand nœud imitant ce nœud de ruban et se portant sur les cheveux : les cheveux apparaissaient ainsi gonflés en forme de coques d'œufs.

2. Mise-bas : (vieilli) vieux habits que l'on met bas, que l'on renonce à porter, défroque.

3. Mlle Duchesnois : célèbre tragédienne française (vers 1780-1835).

Elle fut particulièrement admirée dans les rôles de Phèdre, d'Hermione, et de Roxane.

Page 243.

1. Frères de la Doctrine chrétienne ou des Écoles chrétiennes, dits encore Frères ignorantins, congrégation de religieux fondée en 1679 par J.-B. de La Salle, dans le but de donner gratuitement aux enfants du peuple une instruction élémentaire.

2. *Smorfia* : en italien, grimace.

Page 244.

1. Le portrait gris : un injuste anagramme faisait dire d'Ingres qu'il peignait « en gris », appréciation qui s'étendait à ses élèves (l'on pense à la palette sombre du *Portrait de Mme Hippolyte Flandrin* par Flandrin (1846, Louvre).

Page 250.

1. Eugène Chevreul : chimiste français (1786-1889). Parmi différents travaux, il établit une théorie des couleurs, dont s'inspirèrent indirectement les peintres impressionnistes et divisionnistes.

Page 251.

1. Comme Ingres, maître de Flandrin, avait su le faire dans le *Portrait de M. Bertin* (Louvre).

2. Baudelaire, dans le Salon de 1846 (Pléiade, t. II, p. 465-466) avait tourné en ridicule les femmes portraiturées par les élèves d'Ingres, Flandrin, Lehmann et Amaury-Duval : « Dulcinée de Toboso elle-même, en passant par l'atelier de ces messieurs, en sortirait diaphane et bégueule comme une élégie, et amaigrie par le thé et le beurre esthétique. »

Page 254.

1. On pense à la princesse de Liévin. On disait que cette Russe proche de la cour de Saint-Pétersbourg « gouvernait » Guizot.

Page 255.

2. Le maître des maîtres : Ingres.

Page 256.

1. La société de l'*Oignon* : voir à ce sujet la préface, n. 1, p. 45.

Page 258.

1. Plus qu'au tardif *Bain turc* d'Ingres (1863, Louvre) la description de la toile de Coriolis, avec la servante noire et la baigneuse vue de face, dont les mains en effet se croisent dans les cheveux, fait penser à la *Toilette d'Esther* de Chassériau (1841, Louvre).

2. *Foutah* : vêtement que les femmes arabes portent autour des reins.

Page 259.

1. Rachel : tragédienne française (1821-1858). Engagée à dix-sept ans à la Comédie-Française, elle fut, dès ses débuts et pendant près de vingt ans, une grande interprète des héroïnes de Corneille et de Racine. (Voir aussi la préface, n. 2, p. 22.)

Page 261.

1. On sait que les Goncourt, grands collectionneurs d'estampes, ont écrit sur les estampes japonaises et contribuèrent à la mode du « japonisme ». Voir *La Maison d'un artiste*, où tout un chapitre leur est consacré.

Page 264.

1. *Floches* : dont la torsion est faible.

Page 266.

1. Salle Barthélemy : édifice de Paris situé rue du Château-d'Eau, construit par Charles Duval. C'était un théâtre où l'on donnait aussi des bals, assez fréquentés surtout pendant le carnaval, et par un public plutôt populaire.

Page 267.

1. Fête de la *Pourime* : voir n. 1, p. 385.

Page 271.

1. L'anecdote du couvreur est racontée par Amaury-Duval (*op. cit.*, p. 147-149 et note 10 *bis*, p. 148). Les Goncourt avaient vraisemblablement une connaissance orale de ses souvenirs sur Ingres avant qu'ils ne paraissent.

Page 278.

1. Colonie pompéienne : allusion à un groupe de peintres (dont furent Gérôme, Hamon, Gustave Boulanger) qui s'inspirèrent des fresques découvertes à Pompéi et à Herculanum pour peindre de petites scènes de mœurs gréco-romaines. Théophile Gautier les baptisa du nom de Néo-Pompéiens et les compara aux *poetae minores* de

l'anthologie grecque. Cette école de peinture, portée au mignard et au précieux, fut très en vogue pendant le Second Empire.

Page 279.

1. Rubini : célèbre ténor italien, interprète de Donizetti, de Bellini. Il interpréta le rôle d'Arturo lors de la création des *Puritains* de Bellini au Théâtre des Italiens à Paris le 25 janvier 1835, rôle dans lequel il atteignit le contre-fa.

2. Staub : ce tailleur, en vogue sous Louis-Philippe, habillait entre autres le comte d'Orsay. Le nom de Staub est souvent cité par Balzac dans *La Comédie humaine.*

Page 288.

1. Rue de Jérusalem : le nom de cette rue où se trouvait le siège de la police de Paris servait à la désigner. La rue de Jérusalem (qui datait du Moyen Âge et qui devait son nom à des pèlerins qui y avaient logé en revenant de Terre sainte, et qui se trouvait entre le quai des Orfèvres et la Préfecture) avait cependant disparu : une ordonnance de 1840 la supprima en prescrivant un agrandissement de la préfecture de police. Cependant, certaines maisons datant du Moyen Âge subsistèrent encore jusqu'en 1854.

Page 291.

1. *Taleth* : le taled est un voile dont les juifs se couvrent la tête dans les synagogues.

Page 294.

1. Les fresques de Flandrin à Saint-Séverin et à Saint-Germain-des-Prés, la *Chapelle de Sainte-Philomène* d'Amaury-Duval à Saint-Merry, sont les exemples les plus fameux des décors monumentaux réalisés dans les églises parisiennes par les élèves d'Ingres.

Page 299.

1. Les photographies des modèles, destinées aux artistes trop impécunieux pour faire poser étaient répandues.

Page 301.

1. L'*Antiope*, vers 1530, un des tableaux les plus connus des collégiens et dans le Louvre d'alors, pour sa sensualité : Zola le cite, dans l'*Assommoir* au moment de la visite au Louvre de la noce de Gervaise.

2. Le jour du Nord : l'atelier de David au Collège des quatre nations était au nord, la lumière étant ainsi plus diffuse. Avec le romantisme, se multiplient les ateliers éclairés au midi ou au dernier étage, bénéficiant

d'un éclairage zénithal. Est-ce la pauvreté des artistes relégués dans les soupentes qui favorisa l'invention de la peinture claire et du plein-airisme ?

Page 303.

1. Delacroix, arrivé en 1806 à Paris, habita successivement rue de l'Université, quai Voltaire, rue Visconti, rue Notre-Dame-de-Lorette. De 1857 (date de son entrée à l'Institut) jusqu'à sa mort en 1863, il vécut au numéro 6 de la rue de Furstemberg, dans un ancien commun. Son appartement était au premier étage du bâtiment entre cour et jardin, et son atelier, dans un autre bâtiment, en bordure du jardin. C'est là qu'il peignit *La Descente au Tombeau* et *La Montée au Calvaire*. C'est dans la même période qu'il réalisa ses grandes peintures murales à l'église Saint-Sulpice.

Page 306.

1. Musée du Luxembourg : le musée des artistes contemporains, antichambre du Louvre.

Page 309.

1. Mme d'Albany : princesse allemande (1752-1824), épouse de Charles-Édouard Stuart, comte d'Albany. À la mort de son mari (1788), elle épousa le poète Alfieri, et tint à Florence un brillant salon.

Page 315.

1. Saint Antoine : selon la légende, saint Antoine aurait été suivi par un porc. En fait ce porc n'est pas son compagnon, mais son esclave. On sait que le porc, à cause de son amour pour l'ordure, est une représentation traditionnelle du diable. L'animal qui suit saint Antoine serait ainsi un symbole du diable, qu'il a dompté.

Page 318.

1. On se souvient du bal costumé donné par Alexandre Dumas en 1833. Delacroix et Barye avaient peint les décors à la détrempe, toute la génération romantique s'y était retrouvée : Rossini déguisé en Figaro, Musset en Paillasse, Delacroix en Dante, Barye en tigre. Les costumes se voulaient orientaux, militaires, mexicains. L'éclectisme triomphait.

2. Cesare Vecellio : fils d'un cousin du Titien, membre de cette famille de peintres, il est connu, outre son œuvre picturale, pour ses gravures sur bois et son ouvrage *Degli habiti antichi e moderni nelle diverse parti del mondo* (Venise, 1590), histoire des costumes du monde entier. (C'est la raison de sa mention ici.)

Page 319.

1. Yeddo : (ou Yedo, Jeddo) Tokio.

2. Belle écaillère : le renom de beauté a toujours été attaché à la corporation des écaillères. L'image de la belle écaillère prit une coloration dramatique après l'assassinat (vers 1830) de l'écaillère Louise Leroux, par son amant, le pompier Montreuil. L'affaire fit beaucoup de bruit, puis la légende s'empara de Louise Leroux, de sa vie et de ses amours, donnant lieu à une célèbre romance.

3. Fou de Vélasquez : Vélasquez peignit les nains qui vivaient comme « fous », comme bouffons du roi, à la cour de Philippe IV (Maria Barbola, le Niño de Vallecas, Nicolasito Pertusano...).

4. Jean-Jean : (pop. et vieux) conscrit fraîchement incorporé dans l'armée, à qui l'expérience fait défaut. Par extension, le mot désigne une personne niaise et maladroite.

5. Mezzetin : Angelo Constantini (1654-1729), acteur de l'ancienne Comédie-Italienne, vint en France et y créa le personnage de Mezzetin en 1680. Mezzetin est un valet fourbe, adroit, galant, habile aux négociations amoureuses pour le compte d'autrui. Il ressemble à Scapin, mais porte un habit différent (un bonnet, une fraise, une petite veste, une culotte et un manteau d'étoffe rayée de différentes couleurs). (Voir Watteau, *Sous un habit de Mezzetin*, 1717.)

6. Chicard : nom d'un célèbre danseur de bal masqué. Le mot est devenu ensuite un nom commun, et désigne un personnage de carnaval se livrant à des danses échevelées et grotesques dans les bals masqués. Ce personnage, très en vogue dans la deuxième moitié du XIXe siècle (Flaubert, dans *L'Éducation sentimentale*, et Daudet, dans *Tartarin de Tarascon*, l'ont évoqué), porte un costume comportant des bottes, une culotte, un casque surmonté d'un énorme plumet. Il a été représenté entre autres par Gavarni.

7. Sainte Cécile : il s'agit de la *Vie de sainte Cécile*, œuvre peinte en 1614 par le Dominiquin (1581-1641), et qui se trouve dans la chapelle Polet (dédiée à sainte Cécile) de l'église Saint-Louis-des-Français, à Rome.

8. George Catlin (1796-1872), ethnologue américain. Il consacra sa vie à l'étude de la vie, des mœurs, des coutumes des Indiens du nord et du sud de l'Amérique. Pendant les années qu'il passa au milieu d'eux, il prit un grand nombre de notes et fit une série de dessins et de peintures les représentant dans la vie quotidienne. Son ouvrage *Manners, Customs and Condition of the North American Indians* (1841) est illustré de trois cents gravures. Tout Paris avait vu les Indiens peints par Catlin, que Baudelaire appelait le « Cornac des sauvages » (Salon de 1846, Pléiade, t. II, p. 446-447).

Page 320.

1. *Péricelidès* : le mot latin *periscelis, idis*, fém. (qui provient d'un mot grec signifiant littéralement : ce qui est autour de la jambe) désigne une sorte de bracelet de la jambe que les femmes portaient au-dessus de la cheville.

2. Courtille : voir note 2 de la page 108.

3. Cucurbitus Ier : du mot latin *cucurbita* : courge. Est-ce une allusion à l'*Apokolokyntose* ou *Métamorphose de Claude en citrouille*, violente satire écrite par Sénèque pour se venger de l'exil qui lui avait été imposé par l'empereur Claude ?

4. *Les Noces de Cana* : il s'agit du tableau de Véronèse exécuté pour le réfectoire du couvent de San-Giorgio-Maggiore à Venise en 1562-1563. Véronèse représente la scène comme un festin où siègent François Ier, Charles Quint, Soliman, des cardinaux, des moines, des seigneurs, des dames illustres, des pages musiciens, des bouffons. Ce tableau est aujourd'hui au Louvre.

5. *Tatikos* : pas plus que Jean Bruneau (édition de la *Correspondance* de Flaubert, Gallimard, t. III, 1991, p. 1503), nous n'avons pu trouver le sens de ce mot. Flaubert écrit aux Goncourt qu'il s'agit du mot *tactikos* et non *tatikos*, mais ce mot ne se trouve pas non plus dans les dictionnaires. (Voir dans « Réception de *Manette Salomon* », p. 561.)

Page 321.

1. Stenterello (ou Stentarello) : type de la comédie italienne. Son nom vient de *stentare* : souffrir. Il est le type du souffre-douleur. Son costume est bariolé de couleurs voyantes : veste de boucaran bleu clair; gilet jaune serin; culotte composée d'une jambe noire et d'une autre vert pomme; bas de coton dont l'un est uni ou chiné et l'autre rayé.

Page 322.

1. Tortillard : personnage d'Eugène Sue dans *Les Mystères de Paris* (1842-1843); enfant boiteux, contrefait, méchant et lâche.

Page 323.

1. Fualdès : allusion à une affaire qui eut un grand retentissement, et qui donna lieu à une complainte, longtemps célèbre. En 1817, l'agent de change Jausion, son beau-frère Bastide, et un certain Golard furent accusés d'avoir égorgé J.-B. Fualdès, ancien magistrat de l'Empire. Le crime avait eu lieu dans une maison malfamée de Rodez; pendant l'assassinat, un complice jouait bruyamment de l'orgue de Barbarie dans la rue. Géricault avait pensé tirer de cette affaire un grand tableau historique de ce sujet contemporain et avait multiplié esquisses et dessins.

2. Satan-Chicard : voir la note 6 de la page 319

3. Méphistophélès-Arsouille : le mot « arsouille » désigne un débau-

ché voyou et crapuleux. D'après Privat d'Anglemont, le peuple de Paris appelait « Milord-l'Arsouille » un riche lord anglais, Lord Seymour, qui se faisait remarquer par ses dépenses excessives et son « mauvais genre ». Cette observation faite par Privat d'Anglemont dans son recueil *Paris-Anecdote* (et reprise ensuite par d'autres) est contestée par Georges Matoré, lequel explique que Milord-l'Arsouille, héros de la descente de la Courtille, était, non pas Lord Seymour, mais Charles de La Battut (voir G. Matoré, *Le Vocabulaire et la Société sous Louis-Philippe*, Genève, Droz-Lille, Giard, 1951, p. 67, note 1).

4. Cancan : quadrille échevelé, dansé depuis 1830 environ dans les bals publics, sans doute inauguré par le célèbre Chicard. Il fut par la suite brillamment exécuté par Clodoche au bal de l'Opéra, et par la Goulue au Moulin-Rouge.

Page 326.

1. L'Auberge Ganne, à Barbizon, accueillait les artistes et devint vite célèbre.

Page 327.

1. *Moss* : (ou moos) mesure de capacité pour la bière, contenant deux cannettes ou deux litres. Quantité de bière correspondante.

Page 332.

1. L'École de Fontainebleau : c'est ainsi qu'on nomme parfois l'école moderne du paysage. Les peintres passaient souvent des mois dans les villages les plus proches de la forêt, Barbizon, Marlotte, Chailly, quand ils ne s'y établissaient pas tout à fait. Les plus connus parmi ces artistes sont Théodore Rousseau, Corot, Millet, Daubigny, Dupré, Charles Jacque, Troyon, Courbet, Diaz de la Peña, Huet, Decamps.

2. Rialto : pont de Venise, au milieu du Grand Canal.

Page 333.

1. Le Bas-Bréau : lieu-dit de la forêt de Fontainebleau souvent représenté par les peintres du groupe de Barbizon.

Page 335.

1. L'allée : l'un des tableaux les plus célèbres de Théodore Rousseau est l'*Allée de châtaigniers* (1838, Louvre).

2. Les Gorges d'Apremont : maintes fois représentées, par exemple par Théodore Rousseau, *Groupe de chênes à Apremont* (Louvre).

Page 336.

1. Les artistes de Barbizon ont souvent représenté ces chaos de rochers : le tableau de Diaz de la Peña *Les Rochers de la belle épine* (coll. de la ville de Fontainebleau) est un exemple entre cent

Page 337.

1. Elephanta : Elephanta Gharapuri ou Gharipur, petite île indienne au centre du golfe de Bombay. Les Portugais lui donnèrent ce nom parce qu'en débarquant ils y trouvèrent un éléphant de pierre. Le nom indigène signifie « Cité des Grottes » : l'île est riche en effet en cavernes ornées. La plus célèbre contient un buste monumental de Çiva, datant de la première moitié du VIe siècle après J.-C. Ce buste a quatre visages, dont trois sont figurés.

Page 338.

1. Titania : femme d'Obéron et reine des fées dans *Le Songe d'une nuit d'été* de Shakespeare et dans l'*Obéron* de Wieland.

Page 339.

1. On vient du monde entier à Barbizon : des Belges comme Xavier de Cock et Coosemans, le Suisse Bodmer, l'Allemand Liebermann, le Roumain Grigoresca, le Hongrois Laszlo de Paal, le Portugais Tomàs de Anunciação. Passèrent par Barbizon nombre d'Américains, dont William Morris Hunt, peintre, sculpteur et collectionneur qui mit Barbizon à la mode dans la bonne société de la côte est. Aux États-Unis, le groupe des paysagistes dit de la Hudson River School (Thomas Cole, Asher Brown Durand, Frederick Kensett) peut être comparé au groupe de Barbizon.

2. Claude-François Dennecourt, forestier et écrivain français (1788-1875). Il s'employa à faire connaître la forêt de Fontainebleau, traça 160 km de sentiers et plaça les signes indicateurs qui permettent de se diriger vers les sites célèbres. Il publia une carte de la forêt, ainsi que plusieurs ouvrages sur la forêt et le château.

3. Pet-de-Loup : (vieilli) vieux professeur ridicule.

Page 348.

1. Léon Gozlan (1803-1866), littérateur français qui, après une jeunesse aventureuse, fut un brillant chroniqueur et publia un grand nombre de romans et nouvelles (*Le Notaire de Chantilly*, 1836 ; *Aristide Froissard*, 1843 ; *Les Émotions de Polydore Marasquin*, 1857), un livre de souvenirs sur Balzac (*Balzac en pantoufles*, 1865), des drames et des comédies (*La Pluie et le Beau Temps* ; *Une tempête dans un verre d'eau*).

Page 349.

1. Chauffeur : voir n. 1, p. 220.

2. Piger le motif : Chassagnol n'a pas voulu regarder la nature, Coriolis n'a fait aucun tableau lors de ses promenades, préférant, selon la doctrine traditionnelle de l'École française de paysage, peindre « de

souvenir » ; Anatole, lui, part travailler « sur le motif », pratique naguère réservée à la conception des croquis, « études » et esquisses préparatoires (« il en étudia les petites mousses... », p. 350). La toile d'Anatole n'a nul besoin d'être reprise à l'atelier, elle peut être offerte telle quelle à l'aubergiste (p. 351). Une conception nouvelle de la peinture de paysage est née.

Page 352.

1. Lieux-dits de la forêt de Fontainebleau : la *Mare aux fées* est un peu au sud de Montigny-sur-Loing.

2. *Closerie des lilas* : ancien bal public, situé avenue de l'Observatoire. Bullier l'acheta en 1847, le réaménagea, et y planta mille pieds de lilas. Ce bal, surtout fréquenté par des étudiants, fut d'abord appelé « Prado d'été » puis « Closerie des lilas » vers le début du Second Empire, puis « bal Bullier » puis simplement « le Bullier ». Un café reprit le nom de « Closerie des lilas ».

Page 353.

1. Ruolz : voir note 3 de la page 89.

Page 354.

1. Origines de l'École de Barbizon : la légende dorée de l'installation à Barbizon de Jean-François Millet et son ami Charles Jacque fuyant le choléra en juin 1849 dans ce pays tranquille que leur conseillait Diaz a été racontée par Bénézit-Constant, *Le Livre d'or de J.-F. Millet par un ancien ami*, Paris, 1891 Barbizon, dès le début du siècle, était fréquenté par les artistes. Bidault (1758-1846) y peignait dès 1783 des études en plein air. Vers 1828 Caruelle d'Aligny et Corot y travaillèrent. Sur ces origines et le mythe artistique d'une « École » à l'auberge Ganne, on se reportera à Marie-Thérèse de Forges, *Barbizon, lieu-dit*, Paris, 1962, au catalogue de R.L. Herbert, *Barbizon revisited*, San Francisco, Toledo, Cleveland, Boston, 1962, ainsi qu'à l'article de John Sillevis, *L'École de Barbizon*, dans le catalogue collectif *L'École de Barbizon, un dialogue franco-néerlandais*, La Haye-Paris, 1985-1986.

2. Caruelle d'Aligny, dans sa maison de Marlotte recevait Corot, Rousseau, Brascassat, Barye, Decamps. En 1833, Rousseau logea chez la mère Lemoine à Chailly. Troyon descendait à l'auberge Ganne depuis 1830 environ. Théodore Rousseau s'installa en 1847 dans une maison où il recevait les artistes et un écrivain qui se fit, comme le personnage évoqué ici par les Goncourt, l'historiographe de Barbizon, Sensier.

Page 357.

1. Ne peut-on voir ici un autoportrait des frères Goncourt qui se moquent d'eux-mêmes dans la tirade du sourd ?

Page 360.

1. Crescent : voir la préface, p. 28.

2. Entièrement composé en atelier, le paysage historique français, issu de Poussin et du Lorrain, avait ses maîtres, en particulier Pierre-Henri de Valenciennes, à l'instigation de qui fut créé un prix de Rome de paysage historique, décerné pour la première fois à Achille-Etna Michallon en 1817 pour *Démocrite et les Abdéritains* (Paris, ENSBA). C'était la reconnaissance officielle d'un genre pictural, bientôt dépassé par la nouvelle école naissant autour de Corot. Ce prix, désuet, fut sup primé en 1863, alors que triomphaient les artistes de Barbizon.

Page 362.

1. *L'Angélus* de Millet (1857-1859, musée d'Orsay), qui n'a pas encore acquis la célébrité qu'il tira de sa vente en 1889 à l'occasion de laquelle Gambetta, dans un article de l'*Écho de Paris*, en fit une icône républicaine et moralisante — mainte fois reproduite depuis.

Page 365.

1. Mme Crescent : pour les sources du personnage, voir la préface, p. 29.

Page 369.

1. Les Goncourt sont soucieux de pointer tous les types artistiques de l'époque : l'aquarelliste britannique en est un.

Page 372

1. Jean Journet, dit l'Apôtre (1799-1861) : ce personnage déconcertant (que Champfleury place dans sa galerie des *Excentriques*) fit des études de pharmacie, et s'affilia aux Carbonari, avant de faire la découverte de la doctrine de Fourier, qui fut pour lui une véritable révélation. Après avoir rendu visite à Fourier lui-même, qu'il trouva vivant dans une profonde misère, il passa sa vie à prêcher la bonne nouvelle, d'abord auprès des petites gens, puis auprès de personnalités influentes. Il écrivait des brochures, qu'il donnait ou vendait à très bas prix. Un jour, il en jeta du haut du balcon pendant une représentation à l'Opéra. Arrêté, il faillit être interné à Bicêtre comme aliéné. Il était d'ailleurs considéré comme un illuminé par les chefs de l'école phalanstérienne à Paris.

2. Martin de Gallardon, dit le Petit Homme bleu (1783-1834). Laboureur qui affirma qu'il avait des visions, lesquelles concernaient l'avenir de la France et de la dynastie des Bourbons. En 1816, ayant obtenu une audience royale, il affirma à Louis XVIII que son neveu n'était pas mort à la prison du Temple, et reconnut Naundorff comme le fils de

Louis XVI. Le roi le traita avec des égards. Ce curieux personnage a suscité beaucoup de polémiques.

Page 374.

1. *Propos de table* : ouvrage édité en 1566, dans lequel les amis et disciples de Luther avaient consigné les propos que tenait Luther à table. Luther aimait à parler librement de tout, mais certains sujets excitaient plus particulièrement sa verve. Cet ouvrage d'abord édité en vieil allemand fut connu en France par la traduction que Michelet donna de certains passages dans ses *Mémoires de Luther* (1835), puis par la traduction complète de Gustave Brunet (1844).

Page 375.

1. Le verbe *rendoubler* signifie faire un pli à un vêtement trop long (rendoubler un manteau, une jupe). Employé au sens figuré, le mot signifie ici sans doute hypocrites, retors.

Page 376.

1. *Touille* : nous n'avons pas trouvé ce mot dans les dictionnaires, mais le sens est ici clair : gifle, raclée. Le mot est sans doute formé sur le verbe *touiller* : remuer, agiter.

Page 377.

1. Les pifferari sont de jeunes musiciens ambulants, originaires des Abruzzes. Vêtus de pittoresques costumes, ils descendaient de leurs montagnes jusqu'à Rome, aux approches de Noël, et jouaient de leurs musettes et de leurs pifferi (fifres), dansaient ou chantaient devant des images de la Vierge. Ils furent très en vogue au XIXe siècle ; Berlioz parle d'eux dans ses *Mémoires*.

2. Les charges d'Anatole constituent l'équivalent de ce que proposait au public un journal comme le *Musée pour rire*. Anatole a choisi, pour chaque artiste, un type d'œuvre très significatif de sa manière ou proche de tableaux connus : Henri-Guillaume Schlesinger, peintre de genre et de portrait, était célèbre pour des compositions intitulées *La Jeune Coquette, Femme à sa toilette, Le Portrait parlant*... Adolphe Pierre Leleux (1812-1891) a peint de nombreux sujets bretons, pyrénéens et aussi algériens. Son frère Armand (1818 ?-1885), élève d'Ingres, fit aussi de nombreuses scènes de genre. « Le temple du Réalisme » : Courbet n'est jamais cité dans *Manette Salomon*. Les périphrases employées ici permettent de reconnaître sa manière : son « pavillon du Réalisme » en 1855 avait été face à l'Exposition où triomphaient Ingres et Delacroix, son « temple » personnel. On y voyait l'*Atelier*, sous-titré « allégorie réelle » et le mot vient aussitôt dans la bouche d'Anatole. Enfin, les Goncourt qui méprisaient le grand homme d'Ornans, ont bien laissé de lui dans leur journal l'image de « l'effrayant avalement de bière et

d'alcool de Courbet, qui consommait trente bocks dans une soirée... » (Éd. Bouquins, t. III, p. 671). Bonington fit plusieurs vues de Venise, notamment le *Monument du Colleone à Venise* (aquarelle, Louvre), ou la *Place Saint-Marc* (Wallace coll., Londres). Ses œuvres vénitiennes avaient été montrées au Salon de 1827.

Page 380.

1. Dans ses premières années parisiennes, Millet avait commencé ainsi par des sujets assez lestes, dont il reste peu de témoignages (*Femme nue couchée*, vers 1845, musée d'Orsay).

Page 381.

1. La Bièvre deviendra un véritable thème littéraire avec les *Croquis parisiens* de Huysmans (1880).

2. Théâtre Saint-Marcel : ce théâtre fondé en 1838, et détruit en 1868, connut une existence difficile. Il était situé en plein quartier Mouffetard, habité alors par une population misérable. On y jouait surtout des vaudevilles et des drames. L'acteur Bocage fit tout pour relever ce théâtre, mais en vain.

Page 382.

1. Après 1845, Millet avait tenté une peinture urbaine et parisienne dont témoigne notamment les *Terrassiers occupés aux éboulements de Montmartre* (1847, Toledo Museum of Art).

Page 385.

1. Pour toutes les allusions à la religion et aux coutumes juives, nous renvoyons aux livres cités par Robert Ricatte (*op. cit. in* bibl., p. 319) et dans lesquels les Goncourt ont puisé la majeure partie de leur information : *Archives israélites* (années 1840, 1851, 1852); Cerfberr de Medelsheim, *Les Juifs peints par eux-mêmes* (Paris, 1847); Betling de Lancastel, *Considérations sur l'état des Juifs dans la société et particulièrement en Alsace* (Strasbourg 1824); Arthur Beugnot, *Les Juifs d'Occident* (Paris, 1824). Le lecteur du XXe siècle sera sans doute choqué au cours du roman par les propos antisémites des Goncourt. On les retrouve, sans qu'ils soient pour autant excusables, sous la plume de nombre de leurs contemporains.

Page 390.

1. Millet a représenté de ces paysages désolés : *Hiver aux corbeaux* (1866, Vienne, Kunsthistorisches Museum).

Page 392.

1. Sans que Montaigne fût sa seule lecture, les *Essais* étaient en effet le livre de chevet de Millet. Il le cite souvent dans sa correspondance.

Page 394.

1. Le *Givre* de Rousseau (1846, Baltimore) était célèbre pour avoir été peint « sur le motif » jusqu'à la dernière touche.

Page 395.

1. Pour tout cet épisode de Fontainebleau, commencé au chapitre LXXI, p. 325, voir le *Journal* des Goncourt, du 24 juillet au 12 août 1863 et du 2 juin au 20 juin 1864.

Page 399.

1. Char du Soleil : en 1848, le gouvernement républicain chargea Delacroix de peindre le plafond de la galerie d'Apollon au Louvre. Delacroix y représenta *Apollon vainqueur du serpent Python.*

Page 400.

1. On reprochait à Decamps, peintre du soleil, de ne pas savoir rendre la pluie. Il s'y était essayé au Salon de 1846 avec le *Retour du berger, effet de pluie*, tableau commenté par Baudelaire (Pléiade, t. II, p. 451).

2. *Le Buisson* : tableau de J. Van Ruysdael (Louvre) appelé aussi *Le Coup de vent*, très célèbre au XIXe siècle et très copié. Voir à ce sujet l'article de J. Foucart, « L'inspiration hollandaise » *in* catalogue, *L'École de Barbizon, op. cit.*, p. 21.

Page 401.

1. *Café turc* : tableau exposé au Salon de 1839 et appelé aussi *Un café (Asie Mineure).*

Page 402.

1. *Child-Harold* et *Don Juan* : deux des œuvres les plus intéressantes de Byron. *Child Harold's Pilgrimage*, publié en 1812, raconte les voyages de son auteur. Dans *Don Juan* (1818), le héros parcourt toute l'Europe, la Grèce, Constantinople, la Russie...

Page 406.

1. On utilisait traditionnellement la serge verte dans les ateliers pour couvrir les toiles : le linceul de Vermillon, ce singe digne de Chardin ou de Decamps, en fait finalement une œuvre d'art.

Page 408.

1. *Funérailles d'Atala* (1808) : ce tableau a été très tôt popularisé par l'estampe, gravé en particulier par Roger, Larcher, lithographié par Auguste Foucard et N.H. Jacob.

2. Les Goncourt pensent ici aux paysages de la dernière manière de Corot comme *Souvenir de Mortefontaine* (1864, Louvre) où les arbres sont en effet des bouleaux et l'atmosphère vaporeuse.

Page 410.

1. Coriolis, dans ce chapitre, aborde la vie parisienne à la manière de Daumier.

Page 412.

1. Éginètes : habitants d'Égine, île grecque de la mer Égée. Elle compta de nombreux sculpteurs à l'époque archaïque et jusqu'à la soumission de l'île par les Athéniens en 456 av. J.-C. Les œuvres attribuées aux Éginètes ont rendu célèbres l'art et le sourire « éginétiques ».

2. Faustine : impératrice romaine. Elle épousa Antonin le Pieux, et fut mise au rang des déesses après sa mort.

Page 415.

1. Laïs : nom porté par plusieurs courtisanes grecques, souvent confondues entre elles.

Page 419.

1. Un Elbeuf : drap fin.

2. Baudelaire avait écrit dans le Salon de 1845 : « L'héroïsme de la vie moderne nous entoure et nous presse (...). Ce ne sont ni les sujets ni les couleurs qui manquent aux épopées. Celui-là sera le *peintre*, le vrai peintre, qui saura arracher à la vie actuelle son côté épique, et nous faire voir et comprendre, avec de la couleur ou du dessin, combien nous sommes grands et poétiques dans nos cravates et nos bottes vernies » (Pléiade, t. II, p. 407).

3. Un monsieur : celui que les Goncourt répugnent à nommer, Courbet.

Page 420.

1. Hersilie : une des Sabines enlevées par l'ordre de Romulus. Romulus l'épousa et eut d'elle deux enfants. Sa douleur à la mort de Romulus fut telle que Junon, par compassion, fit conduire Hersilie par Iris dans le bois sacré du Quirinal où elle fut enlevée au ciel. Les Romains lui rendaient des honneurs divins (sous le nom d'Horta).

2. *Marat assassiné* : peint en 1793 (Bruxelles, musées royaux des Beaux-Arts de Belgique).

Page 421.

1. « Le passionné des passionnés » : écho de la formule de Baudelaire : « Delacroix était passionnément amoureux de la passion », in *L'Œuvre et la Vie d'Eugène Delacroix*, Pléiade, t. II, p. 746.

2. La victoire des républicains à Cholet le 17 octobre 1793 obligea La Rochejaquelein et Stofflet, généraux vendéens, à passer la Loire pour gagner un port de la Manche.

Page 422.

1. Marquis de Bonchamps : chef vendéen (1760-1793). Officier, il fut choisi comme chef par les paysans vendéens révoltés. Il participa à de nombreuses batailles, et mourut le lendemain de la bataille de Cholet, où il avait été blessé. Juste avant de mourir, il avait rendu la liberté à près de 5 000 républicains que les Blancs devaient fusiller. Ce geste inspira de nombreux peintres, graveurs et sculpteurs.

2. Lescure : chef vendéen (1766-1793). Il combattit à la tête des Vendéens à Thouars. Après l'échec devant Nantes, il fut mortellement blessé pendant la retraite.

3. *Roman comique* : œuvre de Scarron, évoquant le monde des comédiens ambulants (1651 pour la 1re partie, 1657 pour la 2e).

4. *L'Illustration* : hebdomadaire illustré fondé en 1843 par V. Paulin. Il constitue une source d'informations très précieuse pour la période. Outre les numéros ordinaires, il faisait paraître beaucoup de numéros spéciaux, consacrés au théâtre, au roman, etc.

5. La main de Michel-Ange : voir *journal*, t. III, p. 119, n. 1. Robert Ricatte cite Quatremère de Quincy qui, dans *Histoire de la vie et des œuvres de Michel-Ange* (1835), raconte que Michel-Ange avait sculpté un *Cupidon endormi* que tout le monde croyait être une statue antique; pour prouver que c'était bien son œuvre à lui, « il prit une plume et il improvisa cette main devenue célèbre, que le comte de Caylus a fait graver ».

Page 424.

1. Sur l'antisémitisme des Goncourt, voir n. 1, p. 385.

Page 427.

1. Il s'agit des loges de l'arène des scènes de corridas des taureaux de Bordeaux.

Page 428.

1. « Un autre artiste » : Courbet, ici encore, et son pavillon du réalisme, en marge de l'Exposition.

Page 429.

1. Philippe de Chennevières avait ainsi écrit que *L'Enterrement à Ornans* de Courbet était une « caricature ignoble et impie ».

Page 430.

1. *Rhyparographes* : (du grec *rhuparia* : malpropreté et *graphê* : description.) Mot employé par Pline, et qui désigne le peintre qui ne traite que des sujets tenus pour vulgaires (noces de village, etc.).

Page 432.

1. *Revue des Deux Mondes* : revue périodique bimensuelle, fondée en 1829 par Ségur-Dupeyron et Mauroy, reprise en 1831 par Buloz qui la transforma et la dirigea jusqu'à sa mort. À l'origine, c'était une revue purement littéraire, mais elle s'ouvrit ensuite à la philosophie, à la science, et plus tard à la politique. Elle était l'organe du parti conservateur libéral. Des hommes comme Guizot, Mérimée, Delacroix, Musset, Vigny, Fromentin, du Camp, Renan, Heredia, Coppée, Bourget... y ont collaboré. Cette revue existe toujours.

2. Delacroix, élégant dandy et fin causeur, essuya sept échecs à l'Institut avant d'être élu en 1857. Tout le parti ingriste lui avait fait barrage. Ingres avait été élu dès 1825. Garnotelle, tel qu'Anatole le peint ici, est autant un double de Flandrin (académicien en 1853) qu'un anti-Delacroix.

Page 433.

1. Sainville : Morel, dit Sainville, célèbre acteur du Palais-Royal, mort en 1854. Cet acteur du Palais-Royal, qui créa plus de deux cents pièces (*Le Vicomte de Létorière, La Rue de la Lune, Les Bains à domicile, L'Inventeur de la poudre, Le Bonhomme Richard, Trianon*, etc.), s'était spécialisé dans le rôle du rieur, et aimait en particulier à se moquer du bourgeois bête. Un de ses procédés consistait à répéter deux ou trois fois la même chose, comme un homme à court d'idées.

Page 436.

1. Ce chapitre est nourri de réminiscences de Boudin sans que l'on puisse désigner avec précision quelles œuvres les Goncourt ont à l'esprit. Parmi les onze tableaux présentés par Boudin au Salon entre 1864 et 1869, neuf représentent Trouville. Le tableau évoqué plus loin (chap. CXV), panorama ambitieux, est peut-être décrit d'après *La Plage de Trouville* (vers 1865), de grandes dimensions (67,3 × 104,1 cm), conservé au Minneapolis Institute of Arts.

Page 438.

1. Saute-en-barque : grosse veste portée généralement par les canotiers de la Seine. Sorte de petit manteau court à l'usage des femmes.

2. *Naus* : en fait *nause* : fossé large et profond servant à l'écoulement des eaux.

Page 444.

1. Allusion au tableau *Les Amours de Pâris et d'Hélène*, peint pour le comte d'Artois en 1788 (Louvre). C'est l'archétype du sujet galant de style néoclassique. Le célèbre *Amour et Psyché* de François-Édouard Picot (1786-1868), par exemple, exposé au Salon de 1819, en dérivait directement (Louvre).

2. Suzanne : femme juive, dont l'histoire est racontée au chapitre XIII du Livre du prophète Daniel. Suzanne, épouse d'un riche Israélite, fut surprise, alors qu'elle prenait son bain, par deux vieillards qui exerçaient les fonctions de juges. Leurs avances ayant été repoussées, ils se vengèrent en l'accusant d'adultère. Condamnée à mort selon la loi de Moïse, Suzanne implora Dieu de la sauver. Dieu poussa le prophète Daniel à intervenir : Daniel interrogea séparément les deux vieillards au sujet du prétendu adultère de Suzanne et, devant leurs contradictions flagrantes, put les convaincre de faux témoignage. Ils furent punis de mort. Cette histoire a beaucoup inspiré les artistes.

Page 445.

1. Érinyes : déesses de la Vengeance dans la mythologie grecque. Divinités infernales, elles symbolisaient les lois du monde moral, et châtiaient ceux qui les transgressaient. Elles sont au nombre de trois, et sont représentées comme des monstres au regard menaçant, aux grandes ailes déployées, aux pieds d'airain, avec des fouets, des torches, des serpents enroulés autour des mains et des cheveux. Les Romains les appelaient les Furies.

Page 450.

1. « Un petit flûteur » : dans la *Tribune des chantres* conçue par Luca Della Robia pour la cathédrale de Florence (1431-1438, Florence, musée de l'Œuvre).

Page 452.

1. « La rage au cœur » : Gros s'était suicidé en 1835.
2. *Divo* : divin.

Page 453.

1. La pratique de la gravure par Jules de Goncourt, qui excellait à l'eau-forte, lui a permis de donner à ce chapitre un exceptionnel caractère de vérité. De 1863 à 1867, la Société des aquafortistes fait beaucoup pour le renouveau de cette technique.

Page 460.

1. *Bistingo* : en argot, mauvais cabaret, restaurant médiocre.

2. *Biblot* : autre orthographe de *bibelot*.

Page 462.

1. Gargot : abréviation de *gargote*. Mauvais restaurant.

Page 464.

1. La Surveillance : surveillance de la haute police. Peine accessoire en matière criminelle et correctionnelle, dont l'effet est de donner au gouvernement le droit de déterminer la résidence du condamné et d'exiger qu'il se présente devant l'autorité à des époques fixes.

Page 465.

1. Raleigh (Sir Walter) : aventurier anglais (1552-1618). À la fois courtisan, navigateur, explorateur, et écrivain très spirituel, ce grand seigneur est l'auteur de récits de voyages, de poésies, d'une *Histoire du monde* (inachevée...). Raleigh est resté comme un modèle de galanterie pour avoir déposé son manteau sous les pieds de la reine Élisabeth Ire.

Page 466.

1. Voir n. 1, p. 87.

Page 468.

1. *Minzingue* : même sens que *malzingue* : marchand de vin

Page 469.

1. Ménilmontant : à l'époque où se déroule l'histoire de *Manette Salomon* (ici, autour de 1850), Ménilmontant est encore un village faisant partie de la commune de Belleville. Il ne sera annexé à Paris qu'en 1860. C'est aujourd'hui le XXe arrondissement. La rue de Ménilmontant se divisait en trois sections : c'était dans la partie la plus en hauteur, qu'on appelait la Haute-Borne, que se trouvaient de nombreuses guinguettes, des cabarets, des bals comme *Le Galant-Jardinier* et *Les Barreaux verts*.

Page 470.

1. *Barreaux verts* : ce bal de Ménilmontant était très fréquenté par des artisans en quête de prétendues. Il se distinguait des autres bals par une charmante coutume : quand un cavalier entrait aux *Barreaux verts*, on lui donnait une rose artificielle qu'il mettait à sa boutonnière. Puis il la remettait à la jeune fille avec laquelle il voulait danser. Celle-ci la mettait à son corsage pour montrer qu'elle était engagée.

2. Sapins : (pop. et vieux) fiacre.

3. Mayeux : un des types de la caricature française. Créé après 1830 par Charles Traviès, c'est un bossu ivrogne, irreligieux, anticlérical, mais patriote. Il fut perçu comme le symbole de la petite-bourgeoisie.

4. Pour toute cette partie du roman qui commence au cha-

pitre CXXIX page 470 et qui raconte l'existence bohème d'Anatole, on aura intérêt à se reporter aux passages du *Journal* évoquant le caractère et la vie de Pouthier, cet ancien condisciple d'Edmond de Goncourt qui est à la source du personnage d'Anatole. Voir, notamment, *Journal* : 28 août 1855, 2 septembre 1855, 1er novembre 1856, 31 décembre 1858, 7 janvier 1859, 27 janvier 1859, 3 novembre 1860, 24 novembre 1860, 9 mai 1862, 23 avril 1863.

Page 475.

1. Machine de Marly : Marly-la-Machine était célèbre pour sa machine hydraulique, construite sous Louis XIV pour alimenter l'aqueduc de Marly, qui conduisait les eaux de la Seine à Versailles. Cette machine fut en usage de 1682 à 1804. En 1812, on installa les pompes à feu de Marly. De 1855 à 1859, Dufrayer construisit une machine hydraulique alimentant Versailles, Meudon, Saint-Cloud en eau potable puisée à Croissy dans des nappes souterraines.

2. Samaritaine : ancienne pompe hydraulique construite sur la rive droite de la Seine, près de la deuxième arche du Pont-Neuf, pour alimenter en eau le Louvre, les Tuileries, et les quartiers voisins. Sa façade était ornée d'un bas-relief en bronze représentant Jésus et la Samaritaine au puits de Jacob. Cette pompe fut détruite en 1813.

Page 476.

1. Dieu d'Épidaure : Asclépios, dieu de la médecine, avait pour attributs un serpent, un coq, un bâton, une coupe.

2. Anguille de Melun : expression proverbiale. On disait qu'une personne ressemblait à l'anguille de Melun quand elle se plaignait, se lamentait à l'avance, avant même d'avoir souffert un quelconque dommage. À l'origine de cette expression, un certain bourgeois de Melun nommé Languille, qui devait jouer dans un mystère le rôle de saint Barthélemy (lequel fut écorché vif) : à peine aperçut-il le bourreau qui venait vers lui, qu'il poussa des hurlements et se sauva à toutes jambes...

Page 480.

1. Expédition de Cochinchine : entre 1820 et 1855, la France et l'Angleterre envoyèrent à plusieurs reprises des navires de guerre dans la baie de Tourane, soit pour ouvrir des négociations commerciales, soit pour protester contre les sévices infligés aux missionnaires. En 1855, une escadre française prit position devant les bouches du Mékong. Le 17 février 1859, les Français emportèrent les défenses de Saïgon. La paix fut conclue le 5 juin 1862 à Saigon.

Page 487.

1. Chaussons de lisière : sens particulier et vieux du mot *lisière* : étoffe grossière, utilisée pour tresser des chaussons.

2. *Calibot* : peut-être une des formes de l'adjectif populaire *caliborgne* ou *caliborgnon* : qui n'y voit pas bien, borgne.

Page 488

1. Alexandre Privat d'Anglemont : littérateur français (v. 1815-1859). Il écrivit dans divers journaux, en particulier dans *Le Siècle*. Il connut une existence de bohème, souvent marquée par la misère, et mourut à l'hospice Dubois. En 1854, il avait publié *Paris-anecdote*, recueil d'articles d'abord parus dans *Le Siècle*, où il évoque les nombreuses petites industries inconnues de la capitale.

Page 491.

1. Le portrait « officiel » de Napoléon III par Flandrin (v. 1861-1863, Versailles) a été copié pour prendre place dans toutes les administrations. Flandrin n'aurait pas eu son mot à dire dans le choix des copistes qui ne provenaient pas tous de son atelier. Un autre portrait « officiel » de l'Empereur, en costume de cour avec pour pendant celui de l'Impératrice Eugénie, fut exécuté par Winterhalter (Compiègne). Les indications données par Anatole au chapitre CXLVIII prouvent que c'est ce dernier (manteau d'hermine, couronne...) qui fait l'objet de la commande.

Page 494.

1. *Vache* : (pop.) mou, paresseux. Ce n'est pas le sens moderne de « dur », « sévère ». Voir page 330, « il vachait » (Anatole à Fontainebleau).

Page 504.

1. *Nixkandlers* : Robert Ricatte (*op. cit.*, p. 320) souligne que les Goncourt ont pris ce terme chez Cerfbeer de Medelsheim : « Bischeim, près de Strasbourg, patrie de tous les marchands de lorgnettes, [...] de ce commerce des boulevards appelés nixkandlers. »

2. Rue des Juifs : aujourd'hui rue Ferdinand-Duval (depuis 1900).

Page 505.

1. *Schechita* : les Goncourt ont trouvé ce terme, qui désigne un rite juif, chez Cerfbeer de Medelsheim.

2. Les Goncourt ont trouvé la mention du *Zeanah Surenah* dans *Les Archives israélites* de 1852. Il s'agit d'un recueil de contes racontant des « aventures merveilleuses arrivées à Alexandre — en langue germano-judaïque » (Robert Ricatte, *op. cit.*, p. 321).

Page 517.

1. *Le Moniteur universel* ou *La Gazette nationale* : journal fondé en 1789. À partir de 1799, il devint le journal officiel pour la publication des actes du gouvernement. En 1848, il devint le *Journal officiel de la République française*, puis sous l'Empire, le *Journal officiel de l'Empire français*.

Page 523.

1. Palais de l'Industrie : vaste édifice construit de 1853 à 1855 pour l'Exposition universelle de 1855, et démoli à la fin du XIXe siècle. On construisit à son emplacement l'actuel Petit-Palais, pour l'Exposition universelle de 1900.

Page 527.

1. Voir *Journal*, 2 janvier 1865.

Page 531.

1. Les Goncourt citent de mémoire : l'on connaît en effet de Turner *Lumière et couleur : le matin d'après le déluge, Moïse écrivant le livre de la Genèse* (1843, Londres, Tate Gallery) et *Ombre et ténèbres : le soir du déluge* (même année, même endroit).

Page 533.

1. Monaco : (pop.) Monnaie de cuivre, monnaie quelconque.

Page 535.

1. Caboulée : mot champenois signifiant « soupe », composé du préfixe péj. *ca-* et de *bolée*, « bouillie ». Cf. le wallon *caboléye*, désignant tout mets consistant en légumes ou herbages bouillis et spécialement une espèce de soupe grossière dans laquelle on fait entrer tous les aliments qui doivent composer le repas.

Page 538.

1. Millet eut ainsi neuf enfants (le dernier étant né en 1863).

Page 544.

1. *Pounka* : en fait, *panka* ou *punka*. Écran suspendu au plafond, qui se manœuvre au moyen de cordes, et qui est employé dans les pays chauds pour éventer les appartements.

DU MÊME AUTEUR

Dans la même collection

MADAME GERVAISAIS. *Édition présentée et établie par Marc Fumaroli.*

COLLECTION FOLIO

Dernières parutions

6086. Karen Blixen	*Histoire du petit mousse*
6087. Truman Capote	*La guitare de diamants*
6088. Collectif	*L'art d'aimer*
6089. Jean-Philippe Jaworski	*Comment Blandin fut perdu*
6090. D.A.F. de Sade	*L'Heureuse Feinte*
6091. Voltaire	*Le taureau blanc*
6092. Charles Baudelaire	*Fusées – Mon cœur mis à nu*
6093. Régis Debray et Didier Lescri	*La laïcité au quotidien. Guide pratique*
6094. Salim Bachi	*Le consul* (à paraître)
6095. Julian Barnes	*Par la fenêtre*
6096. Sophie Chauveau	*Manet, le secret*
6097. Frédéric Ciriez	*Mélo*
6098. Philippe Djian	*Chéri-Chéri*
6099. Marc Dugain	*Quinquennat*
6100. Cédric Gras	*L'hiver aux trousses. Voyage en Russie d'Extrême-Orient*
6101. Célia Houdart	*Gil*
6102. Paulo Lins	*Depuis que la samba est samba*
6103. Francesca Melandri	*Plus haut que la mer*
6104. Claire Messud	*La Femme d'En Haut*
6105. Sylvain Tesson	*Berezina*
6106. Walter Scott	*Ivanhoé*
6107. Épictète	*De l'attitude à prendre envers les tyrans*
6108. Jean de La Bruyère	*De l'homme*
6109. Lie-tseu	*Sur le destin*
6110. Sénèque	*De la constance du sage*

6111. Mary Wollstonecraft — *Défense des droits des femmes*
6112. Chimamanda Ngozi Adichie — *Americanah*
6113. Chimamanda Ngozi Adichie — *L'hibiscus pourpre*
6114. Alessandro Baricco — *Trois fois dès l'aube*
6115. Jérôme Garcin — *Le voyant*
6116. Charles Haquet et Bernard Lalanne — *Procès du grille-pain et autres objets qui nous tapent sur les nerfs*
6117. Marie-Laure Hubert Nasser — *La carapace de la tortue*
6118. Kazuo Ishiguro — *Le géant enfoui*
6119. Jacques Lusseyran — *Et la lumière fut*
6120. Jacques Lusseyran — *Le monde commence aujourd'hui*
6121. Gilles Martin-Chauffier — *La femme qui dit non*
6122. Charles Pépin — *La joie*
6123. Jean Rolin — *Les événements*
6124. Patti Smith — *Glaneurs de rêves*
6125. Jules Michelet — *La Sorcière*
6126. Thérèse d'Avila — *Le Château intérieur*
6127. Nathalie Azoulai — *Les manifestations*
6128. Rick Bass — *Toute la terre qui nous possède*
6129. William Fiennes — *Les oies des neiges*
6130. Dan O'Brien — *Wild Idea*
6131. François Suchel — *Sous les ailes de l'hippocampe. Canton-Paris à vélo*
6132. Christelle Dabos — *Les fiancés de l'hiver. La Passe-miroir, Livre 1*
6133. Annie Ernaux — *Regarde les lumières mon amour*
6134. Isabelle Autissier et Erik Orsenna — *Passer par le Nord. La nouvelle route maritime*

6135. David Foenkinos	*Charlotte*
6136. Yasmina Reza	*Une désolation*
6137. Yasmina Reza	*Le dieu du carnage*
6138. Yasmina Reza	*Nulle part*
6139. Larry Tremblay	*L'orangeraie*
6140. Honoré de Balzac	*Eugénie Grandet*
6141. Dôgen	*La Voie du zen. Corps et esprit*
6142. Confucius	*Les Entretiens*
6143. Omar Khayyâm	*Vivre te soit bonheur ! Cent un quatrains de libre pensée*
6144. Marc Aurèle	*Pensées. Livres VII-XII*
6145. Blaise Pascal	*L'homme est un roseau pensant. Pensées (liasses I-XV)*
6146. Emmanuelle Bayamack-Tam	*Je viens*
6147. Alma Brami	*J'aurais dû apporter des fleurs*
6148. William Burroughs	*Junky* (à paraître)
6149. Marcel Conche	*Épicure en Corrèze*
6150. Hubert Haddad	*Théorie de la vilaine petite fille*
6151. Paula Jacques	*Au moins il ne pleut pas*
6152. László Krasznahorkai	*La mélancolie de la résistance*
6153. Étienne de Montety	*La route du salut*
6154. Christopher Moore	*Sacré Bleu*
6155. Pierre Péju	*Enfance obscure*
6156. Grégoire Polet	*Barcelona !*
6157. Herman Raucher	*Un été 42*
6158. Zeruya Shalev	*Ce qui reste de nos vies*
6159. Collectif	*Les mots pour le dire. Jeux littéraires*
6160. Théophile Gautier	*La Mille et Deuxième Nuit*
6161. Roald Dahl	*À moi la vengeance S.A.R.L.*
6162. Scholastique Mukasonga	*La vache du roi Musinga*
6163. Mark Twain	*À quoi rêvent les garçons*
6164. Anonyme	*Les Quinze Joies du mariage*
6165. Elena Ferrante	*Les jours de mon abandon*

Composition Euronumérique.
Impression Grafica Veneta
à Trebaseleghe, le 20 septembre 2016
Dépôt légal : septembre 2016
1er dépôt légal dans la collection: décembre 1995

ISBN : 978-2-07-038799-1./Imprimé en Italie